Remy Eyssen

Verräterisches Lavandou

W0315676

REMY EYSSEN

Verräterisches Lavandou

Ein Provence-Krimi

Ullstein

Besuchen Sie uns im Internet:
www.ullstein.de

Wir verpflichten uns zu Nachhaltigkeit
- Papiere aus nachhaltiger Waldwirtschaft und anderen kontrollierten Quellen
- Druckfarben auf pflanzlicher Basis
- ullstein.de/nachhaltigkeit

MIX
Papier
FSC® C083411

Originalausgabe im Ullstein Paperback

© Ullstein Buchverlage GmbH, Berlin 2024
Wir behalten uns die Nutzung unserer Inhalte für Text und Data Mining im Sinne von § 44b UrhG ausdrücklich vor.
Gesetzt aus der Quadraat Pro powered by *pepyrus*
Druck und Bindearbeiten: CPI books GmbH, Leck
ISBN 978-3-86493-238-0

Meiner Frau und meiner Tochter
für ihre Geduld und ihren Rat

Prolog

Der Mann glitt wie ein Schatten durch die Nacht. Ein Blick zum Himmel. Wolkenfetzen flogen am Mond vorbei. Ein stetiger Mistral brach sich mit lautem Rascheln in den harten Blättern der Korkeichen. Der Mann war stehen geblieben. In seinem Parka war er zwischen den Bäumen kaum zu erkennen. Er schnupperte in den Wind, wie ein wildes Tier, das Witterung aufnimmt. Der Zeitpunkt war perfekt gewählt. Die Menschen schliefen, genau wie ihre Tiere.

Der Mann roch den Dung von Pferden. Verdammte Viecher, dachte er. Spielzeuge für reiche, verzogene Mädchen. Sie würden schon sehen, was er mit diesen überflüssigen Biestern machte. Bei ihm kamen sie nicht ungeschoren davon. Er würde den verzogenen Prinzessinnen zeigen, was ihre Gäule wirklich wert waren – rein gar nichts. Pferde waren nichts als ein blöder Haufen von Knochen und Muskeln. Genauso neurotisch gestört wie ihre Reiterinnen. Aber er würde aufräumen mit den verdammten Viechern und mit den Weibern – vor allem mit den Weibern. Der Mann sah zu der Koppel hinüber, wo im Mondlicht eine dunkelbraune Stute ihren Kopf schüttelte, dass die Mähne flog.

Das Geräusch von zwei Männern, die den Pfad heraufkamen, riss den nächtlichen Eindringling aus seinen Fantasien. Der Mann drängte sich tiefer in den Ginster, der hier in der Senke des

Hügels dicht wie ein Zaun war. Die Männer ließen kurz ihre Taschenlampen aufleuchten. Nichts, nur das Rauschen der Bäume. Als die Männer an ihm vorbeiliefen, kamen sie so nahe, dass er sie hätte berühren können. Er lächelte böse. Sie würden ihn nicht erwischen. Sie hatten ihn noch nie erwischt. Weil sie nicht verstanden, was er hier tat. Er räumte auf, er machte den Menschen Angst. Das tat so gut.

Die Männer waren in Richtung Bauernhof verschwunden. Fantasielose Nachtwächter, waren zu früh zurück ins Haus gegangen. Sie verpassten den besten Teil seines Besuchs. Er hatte einen genauen Plan, und von dem würde er keinen Millimeter abweichen. Der Plan war brutal, das wusste er. Aber so spielte nun mal das Leben. Er war der Ausputzer, er reinigte die Welt von ihren widerlichen Schmarotzern. Er hatte sich auf eine schmerzhafte, blutige Mission begeben, und sie war noch lange nicht zu Ende.

Der Mann hörte ein Schnauben. Es war die Stute. Hatte wahrscheinlich mehr gekostet, als er in zehn Jahren verdienen konnte. Hinterlistig waren diese Viecher. Deswegen mussten sie entsorgt werden. Getilgt und vernichtet, wie Müll.

Der Mann folgte dem Pfad und versuchte dabei, im Schatten der Bäume zu bleiben. Das Mondlicht schien hell, jetzt, wo die Wolken verschwunden waren. Er musste vorsichtig sein. Normalerweise schliefen die Menschen um diese Zeit, aber wer weiß. Er konnte bei seinem Vorhaben keine Beobachter gebrauchen.

In diesem Moment sah er das Pferd. Ein Schauer lief ihm über den Rücken. Er spürte, wie ihn die Aufregung erfasste, jetzt wo das Pferd aus der Dunkelheit auf ihn zugetrottet kam. Das Tier war so groß und stark. Die Muskeln würden ihm nun auch nicht mehr helfen, dachte der Mann. Er bestimmte über das Schicksal dieses Tieres. Das hier war seine Welt, da machte er die Regeln. Jemand hatte ihm erzählt, Pferde würden Schmerzen genauso empfinden wie Menschen. Das war gut, denn genau das wollte er: Schmerzen bereiten.

Der Mann schwang sich auf das oberste Brett des hölzernen Koppelzauns und ließ sich auf der anderen Seite hinuntergleiten. Jetzt stand er dem Tier gegenüber. Keine zwei Meter war er vom Kopf des Pferdes entfernt. Der Mann konnte sehen, wie sich der Sternenhimmel in den großen dunklen Augen des Tieres spiegelte. Er ging einen weiteren Schritt auf sein Opfer zu. Das Pferd schien zu ahnen, dass etwas geschehen würde, aber nicht, was genau. Es schien hin- und hergerissen zwischen Flucht und Erstarrung. Sollte es sich seinem Schicksal ergeben? Die Stute war hilflos ohne ihre Reiterin, die ihr sagte, was sie tun sollte. Sie stieß ein unglückliches kurzes Wiehern aus.

»Ganz ruhig«, sagte der Mann und berührte mit seiner Handfläche die warmen Nüstern des Tieres. Das schien die Stute tatsächlich zu beruhigen. Der Mann lächelte, sie hatte ja keine Ahnung. Sie schnüffelte an seiner Hand und leckte gierig an den beiden Zuckerwürfeln, die er ihr hinhielt. Wieder schnaubte die Stute. Diesmal lauter, drängender. Jetzt musste es schnell gehen. Der Mann griff in die Tasche seines Parkas, und als er die Hand wieder hervorzog, hatte er ein Ausbeinmesser fest im Griff. Die fünfzehn Zentimeter lange schmale Klinge hatte der Mann noch am Abend geschliffen, bis sie rasiermesserscharf war. Damaststahl, dachte er, als er das Messer in seiner Hand ansah. Hundertsechzig Mal gefaltet und handgeschmiedet. Der Griff aus dem polierten Holz einer alten Mooreiche.

Der Mann sog die Luft tief in seine Lunge. Es war dieser Augenblick zwischen Leben und Tod, den er so sehr liebte. Er griff nach der Trense und zwang den Kopf des Tieres nach unten. Dann setzte er ihm das Messer an den Hals und stach mit ganzer Kraft zu. Das Messer glitt tief in die Halsmuskulatur ein und durchtrennte dabei Luftröhre und Schlagader. Eine feine Wolke von Blut schoss aus der Wunde. Die Stute wollte wiehern, aber sie brachte nicht mehr hervor als ein verzweifeltes Gurgeln. Dann brachen ihr die Vorderbeine weg, und mit einem Schnauben stürzte sie zu Boden.

Der Mann ging in die Knie und beobachtete das Pferd, das zuckte und verzweifelt mit den Beinen ins Leere trat. Der Mann wartete einen Moment. Er sah zu dem Bauernhaus, das keine hundertfünfzig Meter entfernt stand. Die Fenster waren dunkel. Nichts rührte sich in dem Gebäude. Er hob das Messer noch einmal und stieß es dem sterbenden Tier unter dem Rippenbogen in den Leib. Blut quoll aus der Wunde, das im Mondlicht wie schwarze Tinte glänzte.

1. Kapitel

Er wusste, dass sie sich über ihn lustig machten. Natürlich. Sie machten Bemerkungen, wenn er seine alte Leica mit dem Stativ aufbaute und auf den Horizont ausrichtete. Der Horizont hatte ihn zeit seines Lebens beschäftigt. Diese imaginäre Linie, die stets vor einem herlief und die man doch nie erreichen konnte. Der Horizont hatte etwas Magisches. Pierre Lagarde verfolgte ihn seit Jahrzehnten. Versuchte den perfekten Augenblick zu erwischen. Den Moment, wenn das erste Licht über die Erdkrümmung kroch, wenn sich die Sonne durch ein fernes Leuchten ankündigte und dann aufstieg. Scheinbar aus den Tiefen des Meeres, höher und immer schneller. Das waren die entscheidenden Sekunden, der Augenblick, wenn alles passte: das Licht am Horizont, der Dunst über dem Meer und der ewige blaue Himmel. In solchen Momenten drückte Pierre Lagarde auf den Auslöser seiner alten Leica IIIa. Aber so weit war es noch nicht.

Sein ganzes Leben hatte er damit verbracht, den richtigen Moment zu finden. Seine Eltern besaßen ein Fotogeschäft. Sein Vater war ein begeisterter Fotograf. Er wusste alles über Verschlusszeiten, Blenden und die Lichtempfindlichkeiten alter Analogfilme. Als seine Eltern vor Jahren bei einem tragischen Autounfall ums Leben gekommen waren, hatte Pierre Lagarde das Geschäft geerbt. Es waren die letzten Jahre der anlogen Fotoapparate. Pierre klapperte damals während der Sommermonate die Terrassen der Restaurants ab und schoss Fotos, die sich die Leute am nächsten Tag in seinem Geschäft abholen konnten.

Pierre Lagarde liebte das Fotografieren, aber mit den Handys kam auch das Fotografieren für jedermann. Und die Selfies brachten das endgültige Aus für die Porträtfotos. Eine Zeit lang stand es düster um die Fotografie. Aber seit Monsieur Lagarde den alten Laden seiner Eltern in einen Postershop verwandelt hatte, konnte er sogar davon leben. Zumal er in der Hauptsaison, zwischen Juni und September, zusätzlich noch einen Souvenirladen in seine Räume aufnahm, an dessen Umsatz er beteiligt war. Und da er erst um zehn Uhr dreißig öffnete, blieb ihm genug Zeit, seiner Leidenschaft nachzugehen, der Suche nach dem perfekten Sonnenaufgang.

An diesem Morgen war er früh aufgestanden. Er wusste, dass er zeitig am Strand sein musste, wenn er die Chance haben wollte, auch nur eine einzige gute Aufnahme zu machen. Die Morgendämmerung begann erst gegen fünf Uhr, aber es war besser, man kam früher. Dann war man völlig ungestört, die Touristen lagen noch in ihren Betten, und niemand nervte mit aufdringlichen Fragen.

Es war eine schmale Treppe aus Steinen und Zement, die von den Felsen am Meer den Hügel hinaufführte und die Pierre um diese Zeit in die Bucht gelockt hatte. Er hatte die Stelle zwischen den Klippen erst vor wenigen Tagen zufällig entdeckt. Dort, wo der Pfad sich zu einer kleinen Terrasse verbreiterte. Irgendjemand hatte dort einen Klappstuhl und einen Blechtisch stehen lassen, der mal hellblau gewesen sein musste, bevor die Sonne die Farbe abgeschält hatte.

Ein Platz wie aus einem Bilderbuch, dachte Pierre, ein magischer Platz, und er hatte ihn entdeckt. Er klappte sein Stativ zusammen, hängte sich die Kamera um den Hals und nahm die erste von zwei Dutzend Stufen, die ihn zu seinem Motiv führen sollten.

In diesem Moment brach ein kurzes, entferntes Wetterleuchten durch die Wolken. Monsieur Lagarde hatte bis jetzt noch gar nicht bemerkt, dass das Wetter umgeschlagen war und der Himmel sich zugezogen hatte. Auf das Flackern der fernen Blitze folgte ein leises Grummeln. Es klang nach einem nahenden Unwetter. Der Fotograf war stehen geblieben und sah kritisch zum Himmel. Dann wandte sich Lagarde wieder den Stufen zu. Der Treppenpfad führte an Klippen und Felsvorsprüngen vorbei. Er folgte den Stufen noch ein paar Meter. Dann, als er um den nächsten Felsen bog, blieb der Fotograf abrupt stehen. Unmittelbar vor ihm, keine drei Meter entfernt, stand der kleine Blechtisch, dicht neben einer Strandkiefer. Davor war der Klappstuhl – und darauf saß jemand. Genauer gesagt eine Frau, die weit nach vorne gebeugt, angelehnt an den Stamm des kleinen Baumes dasaß, sodass ihre schlaffen Arme tief auf beiden Seiten herunterhingen und ihre Hände den Boden berührten. Mit der Schulter schien sie sich gegen die Strandkiefer zu stützen. Lagarde konnte die Unbekannte nur schräg von hinten sehen. Sie trug ein helles Kleid, und Lagarde nahm an, dass es sich eher um eine junge Frau handelte. Für einen Augenblick war Lagarde von dem Anblick wie elektrisiert. Um diese Zeit an diesem ungewöhnlichen Platz jemanden anzutreffen, verschlug dem Fotografen für einen Moment die Sprache. Diese Begegnung war so überraschend und unerwartet, dass er sich erst einmal sammeln musste. Wieder flackerte ein fernes Wetterleuchten. Für einen Moment erhellte sich die Szene erneut. Keine Frage, auf dem Stuhl saß eine Frau, dachte Lagarde. Eine Frau, die sich offenbar nicht für den Blick auf das Meer interessierte, sondern vielleicht krank oder einfach nur eingeschlafen war.

»Bonjour.« Pierre Lagarde räusperte sich und wartete. Aber die Klippenbesucherin antwortete ihm nicht. »Ist ziemlich kühl hier oben um diese Zeit«, sagte er.

Diesmal wartete Lagarde ein paar Sekunden. Da war ein Geräusch, als käme jemand näher. Aber niemand antwortete ihm. Pierre Lagarde machte einen entschlossenen Schritt nach vorn.

»Ich ... ich fotografiere hier«, erklärte er höflich und machte eine Handbewegung in Richtung Meer.

»Das ist der schönste Blick um diese Zeit. Sagen Sie, geht es Ihnen nicht gut?« Der Fotograf klang besorgt.

Die Angesprochene rührte sich nicht. Der Mond war inzwischen wieder hinter Wolken verschwunden, und es war kaum etwas zu erkennen. Monsieur Lagarde stieg noch eine Stufe höher, warum konnte er das Gesicht der Frau nicht erkennen? Nur ihre Schultern. Wieder ein Geräusch.

Der Fotograf wollte noch einen Schritt näher kommen, aber etwas in ihm sträubte sich. Wieder ein Wetterleuchten. In diesem Moment erkannte Lagarde, dass mit der Fremden auf dem Klappstuhl etwas nicht stimmte.

»Madame?«, sagte Lagarde zögerlich.

Der Fotograf griff in seine Jackentasche und holte sein Handy hervor. Seine Hand zitterte leicht, als er die Taschenlampenfunktion einschaltete. Ein fahles, kaltes Licht erleuchtete die Szenerie. Er ließ den Lichtkegel über den Körper der Frau gleiten. Sie saß auf dem Stuhl und rührte sich nicht. Lagarde ließ den Schein des Handys weiter nach oben wandern. Sie trug ein weißes Kleid mit Kirschmuster. Er folgte mit dem Handylicht den Trägern des Kleides. Wieder ein heller Blitzschlag, jetzt sah er es: Die Frau hatte keinen Kopf.

Einen Moment griffen Lagardes Hände hilflos ins Leere. Als gäbe es dort ein unsichtbares Seil oder irgendetwas, woran er sich festhalten konnte. Er atmete vornübergebeugt und fürchtete, dass er sich erbrechen müsste. Aber er fing sich wieder. Lagarde trat langsam näher an die tote Frau heran. Dabei hielt er das Handy wie eine Waffe mit ausgestrecktem Arm vor sich. Er zwang sich, dorthin zu sehen, wo sich eigentlich der Kopf hätte befinden müssen.

Der Hals der Frau war kurz unter dem Kinn durchgeschnitten worden, und das, was da zu sehen war, waren Muskelfasern, Sehnen und ein Stück vom Rückgrat.

Lagarde wurde schwindelig. Es rauschte in seinen Ohren. Wieder ein Geräusch wie von Schritten. Diesmal ganz in der Nähe. Lagarde ging in die Knie, sah zum Meer, zum Sonnenaufgang. Da traf ihn ein Schlag von hinten gegen den Kopf. Es wurde schwarz um ihn herum, und er stürzte ins Nichts.

2. Kapitel

Leon hatte sich an diesem Morgen freigegeben. Die Rechtsmedizinische Abteilung in der Klinik Saint-Sulpice kam auch mal einen halben Tag ohne ihn aus. Also beschloss er, diesen Tag zu genießen, und dazu gehörte ein frisches Baguette zum Frühstück. Docteur Leon Ritter nahm die Abkürzung in den Ortskern von Lavandou. Er genoss es, den schmalen Pfad entlangzulaufen, der in diesem Jahr besonders grün und üppig war.

Es hatte dieses Jahr bis in den Mai geregnet, jetzt platzte die Natur geradezu vor Saft und Kraft und bunten Blüten. Bougainvilleen und Jasmin quollen über die Mauern, die den Pfad und die Treppen zwischen den Gärten begrenzten. Die ersten Smaragdeidechsen krochen aus den Mauerspalten und wärmten sich in der Morgensonne. Für Leon fühlte es sich an wie ein Spaziergang durch das Paradies. Er hatte es nie bereut, nach Lavandou gezogen zu sein. Es war ein ungewöhnlicher Karriereweg gewesen, von der Medizinischen Fakultät der Uni Frankfurt bis an die Strände des Mittelmeers. Und wenn ihn jemand fragte, warum er die Professur in der renommierten Rechtsmedizin der Uni Frankfurt damals abgelehnt hatte, dann sagte er: Um morgens einen Spaziergang durch das Paradies zu machen. Wo es nach Wacholder, Rosmarin und Eukalyptus roch und man hinter den ockerfarbenen Dächern der Häuser das Meer glitzern sehen konnte.

Der Ort Le Lavandou hatte den Anschluss an den modernen Tourismus verschlafen, sagten die Leute, damals, irgendwann in den Siebzigerjahren. Und Leon erinnerte sich, wie er als kleiner Junge mit seinen Eltern regelmäßig im Sommer eine Tante an der Côte d'Azur besucht hatte. Damals hatten die Fischer in Lavandou noch vom Doradenfang gelebt, und der aufblühende Tourismus war seinen Urlaubern hinterhergestolpert, die sich in Saint-Tropez, Grimaud oder Sainte-Maxime niederließen. Lavandou hatte unter jungen Leuten als rückständig und ein wenig verpennt gegolten. Aber das war schon lange her. Die Menschen in Lavandou waren nicht langweilig und verschlafen, sondern sie ließen sich einfach nicht gern von den neuesten Trends treiben. Auf diese Weise ging es zwar etwas langsamer vorwärts, aber dafür konnten allzu große Bausünden und andere sogenannte Errungenschaften des modernen Tourismus vermieden werden. Und das Wichtigste war: Lavandou hatte seine französische Seele behalten.

»Bonjour, Docteur«, rief Denis, der gerade das Rollgitter vor seinem Eissalon hochschob. Seine gefrorenen Leckereien waren weit über die Grenzen des Ortes hinaus bekannt. Um diese Zeit waren erst wenige Leute auf den Straßen, und man konnte sich kaum vorstellen, wie sich durch die engen Gassen bereits in wenigen Stunden die Touristen drängen würden.

In der Bäckerei Pain du Port standen allerdings schon die ersten Kunden Schlange. Das Brot von Serge Roux wurde von allen geschätzt, was umso erstaunlicher war, weil der Bäcker ein wenig sympathischer Zeitgenosse war. Er war unscheinbar, schmal, aber kräftig. Und er schien ständig schlechte Laune zu haben, als wäre das Leben selbst schon eine Zumutung. Vor einem Jahr war seine Frau gestorben. Seitdem hatte Roux sich noch stärker zurückgezogen. Trotzdem ging Leon gern in die Bäckerei am Hafen. Zum einen weil das Brot wirklich köstlich war, und zum anderen hatte

Lilou, seine Stieftochter, über die Semesterferien einen Aushilfsjob bei Serge Roux angenommen.

»Bonjour, Monsieur Roux«, sagte Leon freundlich, als er den Laden betrat und die Tür ein kleines Glockenspiel auslöste.

»Docteur«, brummte der Mann hinter dem Tresen, der sich ein kariertes Küchenhandtuch wie eine Schürze in den Gürtel gesteckt hatte.

In diesem Moment tauchte Lilou aus den Tiefen der Bäckerei auf und schenkte Leon ein breites Lächeln. Sie trug ausgefranste Jeans und ein T-Shirt mit dem Aufdruck *Pain du Port*. Um den Kopf hatte sie sich ein Tuch geknotet, das ihr etwas von einer Piratenbraut gab.

»Bonjour, Monsieur le Médecin Légiste«, grüßte Lilou ihren Stiefvater mit einem frechen Grinsen.

Leon legte ihr liebevoll die Hand auf die Schulter, als sie sich näherte.

»Pain au Chocolat«, Leon zeigte vier Finger, »quatre.« Freundlich wandte er sich an Monsieur Roux und fragte: »Und, wie macht sie sich?«

Roux antwortete nicht, sondern drehte sich um, wo die Backwaren in einem breiten Regal und Körben zum Auskühlen gelagert waren und hinter denen man weitere Mitarbeiter erkennen konnte.

»Wo bleiben die Pains au Chocolat, verdammt?«, schimpfte Roux.

»Sind gerade fertig, Monsieur«, sagte Lilou und rief dann laut in Richtung Backstube: »Die Pains-Choc, Françoise, allez hopp!«

In diesem Moment kam eine große, kräftige Frau von Anfang zwanzig, die ein noch heißes Backblech vor sich her balancierte, aus den Tiefen der Backstube und bewegte sich dabei etwas ungelenk durch den engen Gang des Verkaufsraums.

»Excusez-moi«, sagte Françoise zögernd zu ihrem Chef. »Sie waren noch zu heiß.«

»Dann sehen Sie zu, dass wir wenigstens schon mal die Croissants verkaufen. Schlafen können Sie zu Hause«, fuhr Roux die junge Frau an.

»Entschuldigen Sie, Patron«, sagte Françoise verunsichert. »Mein Fehler.«

»Das ist Françoise, meine Kollegin«, stellte Lilou die junge Frau vor und zeigte dann auf Leon. »Das ist mein Vater.«

»Madame«, sagte Leon mit gespielter Höflichkeit. Lilou lächelte.

Die Bezeichnung »Vater« entsprach eigentlich nicht ganz der Wahrheit, aber Leon mochte es, wenn Lilou ihn als ihren Vater vorstellte. Er hatte sich immer eine Tochter wie Lilou gewünscht. Eines Tages war er in Lavandou einer Frau begegnet, wie er sie sich immer vorgestellt hatte. Es war die Frau, mit der er vom ersten Augenblick an zusammenbleiben wollte. Und eine Tochter gab es noch dazu. Das war vielleicht für ihn der wichtigste Grund gewesen, in Lavandou zu bleiben: Wegen der Liebe zu Isabelle und ihrer Tochter Lilou. Und wegen des Familienlebens, das sie seit zehn Jahren miteinander führten.

»Ah, und ein Baguette, bitte«, fügte Leon hinzu und deutete auf die Brote im Regal hinter dem Bäckermeister.

In diesem Moment machte Françoise einen unüberlegten Schritt nach hinten und stieß mit der Hüfte gegen ihren Kollegen Antoine.

»Pass auf, Françoise!«, rief Lilou ihrer Kollegin noch zu, aber es war bereits zu spät.

Das Blech rutschte Françoise aus der Hand und schmetterte mit der Kante auf den Boden. Die Pains au Chocolat sprangen wie wilde Frösche über den Boden der Bäckerei.

»Merde alors«, fluchte der Bäcker laut. »Kannst du nicht aufpassen? Träumt hier rum«, schimpfte Roux. »Nur Mist im Kopf. Ist doch wahr.«

»Es tut mir leid.« Françoise war den Tränen nahe.

»Ich ... ich mach das schon ...«, sagte Antoine, ein dunkelhaariger Kollege, und kniete sich auf den Boden. Ohne seinen Chef oder seine beiden Kolleginnen anzusehen, sammelte er die abgestürzten Pains au Chocolat auf und warf sie in den Mülleimer.

»Danke«, sagte Lilou zu dem jungen Kollegen.

Antoine sagte nichts und sah nur betreten zu Boden.

»Kannst du nicht aufpassen?«, schnappte Roux in Richtung von Françoise. »Was glaubst du, was wir hier tun?«

»Es tut mir wirklich leid, Monsieur Roux«, sagte die junge Frau kleinlaut.

»Wir verkaufen Brot, wir schmeißen es nicht in den Dreck«, Roux konnte seinen Zorn offenbar nur schwer unterdrücken.

»Kann ja mal passieren, Monsieur Roux«, versuchte Leon zu schlichten. Er hatte in seine Tasche zum Geld gegriffen und zählte ein paar Euro ab. »Françoise ist so eine freundliche Person«, sagte er lächelnd. »Ich glaube, manche Kunden kommen vor allem ihretwegen in die Bäckerei.«

»Sie haben gut reden. Klar, Sie müssen ja auch keine Bäckerei führen, in diesen Zeiten«, brummelte Roux vor sich hin.

Antoine schob die restlichen abgestürzten Backwaren mit einem breiten Besen zusammen, Lilou bückte sich und versuchte noch ein paar Pains einzusammeln, die unter das Regal gerutscht waren.

»Lass nur, ich mach das schon«, sagte Antoine, ohne Lilou anzusehen.

»Ist sicher schwierig im Moment, klar. Kann ich mir vorstellen«, entgegnete Leon, während er sich im Geschäft umsah.

Draußen waren die ersten Kunden eingetroffen und stellten sich bereitwillig am Eingang an, um das erste Baguette des Tages noch ofenwarm in Empfang zu nehmen.

»Der Preis für mein Mehl ist seit Corona um dreißig Prozent gestiegen. Dann noch der Strom für die beiden großen Backöfen. Vierzig Prozent teurer.« Der Bäcker streckte Leon die Hand hin und zeigte vier Finger. »Vierzig Prozent!«

Roux schob mit dem Fuß einen Eimer vor Françoise, den er sich von unter dem Tresen geangelt hatte. »Ich will keinen Krümel mehr am Boden sehen.«

»Ich kümmere mich schon, Patron«, stotterte Antoine und kehrte dabei schnell und geschickt die Reste vom Boden.

»Warte, ich helfe dir«, sagte Lilou, die die Diskussion bisher schweigend verfolgt hatte.

»Ich habe gesagt …«, wollte Roux lospoltern, doch als er Leons Blick sah, unterbrach er sich. »Aber beeilt euch. Und sag in der Backstube Bescheid, dass wir noch ein zweites Blech Pains-Choc hier vorne brauchen.«

»Ich bewundere Sie und Ihr Team.« Leon versuchte weiterhin tapfer, die Stimmung ein wenig aufzulockern. Er sah zu Roux und dann zu Lilou. »Ganz ehrlich, wenn ich jeden Tag um fünf aufstehen müsste, um meinen Job zu erledigen … Weiß nicht, ob ich da so konzentriert arbeiten könnte wie Sie.«

Der Bäcker verkniff sich eine weitere Bemerkung. Leon konnte sehen, wie es in ihm arbeitete. Lilou sah Leon dankbar an.

»Dann nehme ich eben vier Croissants«, sagte Leon. »Auch gut, Monsieur Roux.«

Grummelnd nahm der Bäcker die Croissants vom Blech und steckte sie in eine Papiertüte mit dem Aufdruck *Pain du Port – depuis 1983*.

3. Kapitel

»Meinst du nicht, dass es zu viel für Lilou werden könnte?« Isabelle klang besorgt, als sie in der Küche Müsli zubereitete, während sich Leon um das Rührei kümmerte.

Sie trug die hellblaue Bluse mit den drei Streifen eines Capitaine der Gendarmerie auf den Schulterklappen. Dabei war Isabelle noch viel mehr als nur ein Capitaine de Police. Sie war die stellvertretende Leiterin der Gendarmerie. Und damit die erste Polizeichefin in der fast hundertjährigen Geschichte von Le Lavandou.

Dabei war sie nicht nur erfolgreich, wenn es darum ging, Verbrecher zu jagen. Capitaine Isabelle Morell war auch eine erfahrene Beamtin, die genau wusste, wie man erfolgreich eine Behörde führte, die inzwischen über fünfzig Beamte beschäftigte.

Leon sah liebevoll zu Isabelle hinüber, während er in der Pfanne rührte und verhinderte, dass das Rührei anbrannte.

»Lilou weiß selber, wann es zu viel für sie wird«, beruhigte Leon seine Frau.

»Ich weiß, es ist ungerecht, wenn ich das jetzt sage«, Isabelle trank einen Schluck Tee aus ihrer Tasse, »aber ich konnte diesen Roux noch nie leiden. Schon lange bevor die Sache mit der Fahrerflucht passiert ist.«

»Was die Gendarmerie nie beweisen konnte«, erinnerte sie Leon. »Willst du Tomaten zu deinem Rührei?«

»Ja, unbedingt.«

»Seit dem Tod seiner Frau ist er noch merkwürdiger geworden«, sagte sie dann. »Findest du nicht?«

»Lilou ist einundzwanzig. Wenn sie mit Roux nicht zurechtkommt, geht sie einfach nicht mehr hin. Außerdem hat sie eine nette Kollegin. Françoise, kennst du sie?«

Lilou hatte erst im vergangenen Jahr ihr Baccalauréat, ihr Abitur, gemacht und war gleich an der Uni von Aix-en-Provence angenommen worden. Nun hatte sie bereits ihr erstes Studienjahr in Medizin absolviert.

Leon hatte im Stillen immer gehofft, dass Lilou Ärztin werden würde. Auch er hatte seine berufliche Karriere als Mediziner begonnen, bevor er als Chirurg und Internist in die Rechtsmedizin gewechselt war. Leon war stolz auf seine erfolgreiche Stieftochter.

Isabelle stand an der weit geöffneten Küchentür, die direkt auf die Terrasse mit dem alten, gemütlichen Rattansofa führte, und sah über die Dächer von Lavandou auf das glitzernde Mittelmeer.

»Na?«, fragte Leon. »Immer noch besorgt?«

Isabelle lächelte. Leon hob das Rührei auf einen Teller, den er Isabelle reichte.

»Mit Zwiebeln, Tomaten und ein paar Kapern«, sagte er mit einem warmen Lächeln. »Genau wie Madame es bestellt hat.«

»Ich habe nur gedacht ...«, begann Isabelle. Leon sah sie fragend an. »Was, wenn ihr das Studium nicht gefällt? Vielleicht will sie mit dir reden.«

Leon sah Isabelle misstrauisch an. »Du hast doch jede Woche mit ihr telefoniert«, bemerkte er sachlich.

»Du weißt, was ich meine«, unterbrach ihn Isabelle. »Sie bewundert dich. Vielleicht hat sie Fragen zum Studium.«

»Du willst aber nicht unseren Ausflug schon wieder verschieben?«

Leon hatte im Hotel le Manoir ein romantisches Wochenende für sie beide gebucht. Das Manoir befand sich auf der Insel Port-Cros und war eine Mischung aus romantischem Refugium und provenzalischem Herrenhaus. Ideal, um sich für einige Tage zurückzuziehen, gemütlich auszuschlafen und ausgedehnte Spaziergänge auf der Naturschutzinsel zu unternehmen, auf der Autos verboten waren. Außerdem besaß das Manoir eine hervorragende Küche. Sie hatten den Ausflug wegen Isabelles Job schon so oft verschoben, dass sie einfach nicht mehr Nein sagen konnte.

»Ein paar ruhige Tage werden dir guttun«, sagte Leon.

»Ich dachte ja nur …«, begann Isabelle erneut, aber Leon drohte gespielt vorwurfsvoll mit dem Zeigefinger.

»Lilou wird die ganzen Sommerferien hier bei uns sein. Hör also auf, dir Sorgen zu machen«, sagte er. »Da finde ich genug Möglichkeiten, um mit ihr zu reden.«

Leon legte den Arm um Isabelles Schulter und zog sie sanft an sich, als ihr Handy summte. Isabelle sah auf das Display.

»Keine Störungen mehr beim Frühstück«, sagte Leon mit einem Grinsen. »Hatten wir nicht so etwas ausgemacht?«

»Schon, aber du lebst mit einer Polizistin zusammen.« Isabelle lächelte zurück. »Es ist die Zentrale.« Sie hielt das Display so, dass Leon den Anrufer erkennen konnte.

»Capitaine Morell«, meldete sie sich dann.

In diesem Moment summte auch Leons Handy. Er nahm es in die Hand und las die Anzeige auf dem Display. Dann stöhnte er leise, wartete ein weiteres Summen ab und nahm das Gespräch ebenfalls an.

4. Kapitel

Keine fünfzehn Minuten später waren Isabelle und Leon von einem Polizeiauto mit Blaulicht abgeholt worden. Der Fahrer hatte sie eine Bucht weiter am Strand von Cavalière aussteigen lassen. Auf der Küstenstraße parkten inzwischen vier Einsatzwagen der Polizei und ein Krankenwagen. Gaffer fuhren im Schritttempo vorbei, stauten den Verkehr und wurden sofort von der Gendarmerie weitergewunken. Von der Küstenstraße waren es keine zweihundert Meter auf dem schmalen Pfad durch die Klippen bis zu der Stelle, wo die Tote entdeckt worden war. Das Gelände war inzwischen weiträumig abgesperrt. Lieutenant Masclau von der Gendarmerie erkannte Leon und Isabelle schon von Weitem und hielt das blau-weiße Absperrband hoch, damit die beiden passieren konnten.

»Bonjour Capitaine, bonjour Docteur«, grüßte der Lieutenant höflich und deutete zu den Felsen. »Sie liegt …«, Masclau räusperte sich, »das heißt, eigentlich sitzt sie da unter der Strandkiefer, gleich bei den Klippen. Kommen Sie, ich zeige es Ihnen.«

Leon trug seine abgegriffene Ledertasche bei sich, die eine Art »Grundausstattung« enthielt, wenn er zu einem Tatort gerufen wurde. Er sah zu den neugierigen Urlaubern, die sich auf dem Pfad in den Felsen drängten, um bloß nichts von dem grauenvollen Anblick zu verpassen.

»Die Leute da«, Leon deutete auf die Felsen, »die müssen alle verschwinden. Die zertrampeln uns ja jede Spur.«

»Kümmerst du dich gleich darum, Didier?« Isabelle sah Lieutenant Masclau an. Der Lieutenant gab entsprechende Einsatzbefehle in sein Funkgerät.

»Wo ist der Zeuge?«, fragte Isabelle. »Der Mann, der das Opfer gefunden hat?«

»Lagarde, Pierre Lagarde, der Fotograf«, sagte Masclau. »Behauptet, jemand hätte ihn niedergeschlagen, als er die Leiche entdeckt hat.«

»Könnte er mit der Sache zu tun haben?«, fragte Isabelle ihren Lieutenant.

»Lagarde? Kann ich mir nicht vorstellen«, sagte Masclau. »Ist ein verdruckster Fotograf. Total schüchtern. Wenn Sie ihn sehen, wissen Sie, was ich meine, Capitaine.«

»Leider kann man den Mördern ihre bösen Taten nicht ansehen«, kommentierte Leon. »Und die Harmlosesten sind oft die Gefährlichsten.«

»Wenn Sie das sagen, Docteur«, sagte Masclau mit spöttischem Unterton.

»Wie geht es Lagarde?«, wollte Isabelle wissen.

»Hat einen ordentlichen Schlag abbekommen. War fast eine Stunde weggetreten. Aber es geht ihm wieder gut, habe ich gehört. Der Notarzt hat ihn untersucht und dann nach Hause gebracht.«

»Ist er ansprechbar?«, fragte Isabelle.

»Ich denke schon«, sagte Masclau. »Seine Frau kümmert sich.«

»Gut, ich möchte mit ihm reden«, sagte Isabelle. »Und wenn er hier fotografiert hat, würde ich gern die Bilder sehen.«

»Geht klar«, sagte der Lieutenant. »Ich kümmere mich darum.«

In den Klippen hatte die Polizei inzwischen alle Hände voll zu tun, ungebetene Besucher davon abzuhalten, Selfies mit der Toten zu machen. Aber auch ein paar Beamte der Police municipale, der Verkehrspolizei, die eigentlich für die Absperrung der Straße zuständig waren, hatten sich nah an die Tote herangeschoben. Alle wollten einen Blick auf die kopflose Leiche in den Klippen werfen, um später ihren Freunden und Bekannten von ihrem Abenteuer zu berichten.

Zum Glück hatte sich jemand erbarmt und eine goldene Schutzfolie über die Tote gelegt, die sie vor den gierigen Blicken der Gaffer schützte und ihr einen Rest Würde bewahrte.

Leon beugte sich zu dem Opfer hinab und schob die Folie ein Stück zur Seite. Ein Stöhnen ging durch die Gruppe von Polizisten, die den Médecin Légiste bei seiner Arbeit beobachteten.

Leon hatte in seinem Beruf schon viele Leichen untersucht, und er war nicht leicht aus der Fassung zu bringen. Aber in diesem Fall brauchte er einen Augenblick, um das, was er da vor sich hatte, zu verarbeiten. Eine Tote, deren Kopf abgetrennt worden war.

»Wo bleibt die Sichtblende?«, fragte Leon verärgert. »Bei diesem Zirkus hier kann ich nicht arbeiten.«

»Die Kollegen sind schon dabei«, sagte der Lieutenant mit einer kurzen Kopfbewegung in Richtung der Uniformierten, die zwei Paravents aufstellten, um allzu Neugierigen die Sicht zu nehmen.

Leon war in die Hocke gegangen und betrachtete das Opfer. Ihr Körper war mit großen und kleinen Verletzungen geradezu übersät. Schnitte, Brüche, Hämatome und Verbrennungen verunstalteten den Körper. Wie zum Hohn hatte der Täter, nachdem er sein blutiges Werk getan hatte, ein sauberes weißes Sommerkleid mit Kirschmuster über den zerstörten Körper gezogen. Doch das Schockierendste an dem Bild war die große Wunde, die der Täter seinem Opfer mit einem sehr scharfen Schneidewerkzeug zugefügt haben musste, als er der Frau den Kopf vom Rumpf geschnitten hatte.

»Was für eine verdammte Schweinerei«, sagte eine Stimme, die Leon nur allzu gut kannte. Er sah auf. Vor ihm stand Commandant Zerna, der Chef der Gendarmerie von Le Lavandou.

»Haben Sie so etwas schon einmal gesehen?«, fragte Zerna.

Leon betrachtete einen Moment das Opfer. Dann schüttelte er langsam den Kopf. »So viel Wut ...«, sagte Leon nach einer Weile nachdenklich wie zu sich selbst.

»Wissen wir etwas über die Tote?«, fragte der Polizeichef seine Stellvertreterin.

»Wir suchen im Augenblick noch alles ab, von hier bis zur Küstenstraße.« Isabelle blinzelte gegen das grelle Sonnenlicht.

»Und?«, wollte Zerna wissen.

»Bisher nichts«, antwortete Isabelle.

»Gar nichts?«, fragte Zerna ungläubig. »Es kann doch nicht so schwierig sein, diesen Kopf aufzutreiben.«

In diesem Moment begann der Körper der Toten langsam nach vorne zu rutschen. Leon saß in der Hocke, wollte aufspringen, doch dafür war es zu spät.

»Halten Sie sie«, rief er Lieutenant Masclau zu. Aber der bevorzugte es auszuweichen, statt die Frau ohne Kopf anzufassen. Also griff Leon beherzt nach vorne. Er erwischte die Tote genau in dem Augenblick, als sie vom Stuhl stürzte. Für einen kurzen Augenblick hielt er die Frau in seinen Armen, wie ein Mann seine Geliebte, bevor er sie vorsichtig zu Boden gleiten ließ.

»Ich glaube, ich muss gleich kotzen«, sagte Masclau.

Leon ging nicht auf die Bemerkung des Lieutenants ein, sondern betrachtete die Hände der Frau, bevor er begann.

»Es handelt sich um eine Frau von etwa zwanzig bis fünfundzwanzig Jahren«, erklärte Leon dem Polizeichef sachlich. Als befänden sie sich nicht an einem der schönsten Strände der Côte d'Azur, sondern bei einer Obduktion in der Rechtsmedizin. Zerna sah den Rechtsmediziner fragend an.

»Die Haut des Opfers ist hell, europäischer Typ.«

Leon hatte hauchdünne Latexhandschuhe übergestreift, die er immer dabeihatte, wenn er zu einem Tatort gerufen wurde.

»Sonst noch was?«, fragte Zerna, der es nicht so gerne mochte, wenn Leon im Mittelpunkt stand, etwas unwirsch.

»Das Gewicht dürfte bei etwa siebenundvierzig Kilo liegen.« Leon hatte die Hand des Opfers angehoben, betrachtete sie und bewegte sie vorsichtig ein paar Zentimeter hin und her. »Die Leichenstarre hat noch nicht vollständig eingesetzt«, er sah auf seine Uhr, »der Tod ist wahrscheinlich gegen drei Uhr eingetreten.«

»Hier?« Der Lieutenant sah sich um.

»Nein, bestimmt nicht«, antwortete Leon geduldig. »Der Fundort ist nicht der Tatort.«

»Und da sind Sie sich wie immer sicher?«, stichelte Zerna.

»Keine Blutspuren«, antwortete Leon knapp. »Bei diesen Schnitten müsste viel Blut geflossen sein.«

Leon unterbrach seinen kleinen Vortrag, und alle sahen ihn an, als wüsste er etwas, das er ihnen bisher nur noch nicht mitgeteilt hatte. Er betrachtete das Opfer irritiert.

»Die Hände und die Nägel des Opfers sind sehr gepflegt«, fuhr Leon fort. »Zumindest die, die ihr nicht ausgerissen wurden.«

»In dem Alter könnte sie eine Studentin gewesen sein, oder?«, sagte Isabelle.

»Möglich«, sagte Leon. »So gepflegt, wie diese Handflächen und Fingerkuppen sind, hatte sie wahrscheinlich einen Bürojob.«

In diesem Moment begriff Leon, was ihn irritierte. Es waren die Blätter in der offenen Wunde am Hals. Es sah aus, als hätte jemand dort ganz bewusst einen kleinen Zweig zwischen Nackenwirbel und Luftröhre gesteckt.

»Was sind das da für Blätter?«, fragte Masclau, der jede Bewegung von Leon genau beobachtete.

»Keine Blätter«, sagte Leon. »Ein Blütenstand. Hibiskus.«

»Ist wahrscheinlich da hängen geblieben, als der Kerl die Tote hierhergeschleppt hat«, mutmaßte Zerna.

»Hier gibt's keinen Hibiskus.« Masclau sah sich mit zusammengekniffenen Augen um.

»Und wenn schon. Sehen wir zu, dass die Bestatter die Tote abholen und wir möglichst bald den Strand wieder freigeben können«, sagte der Polizeichef.

»Ich denke, das könnte noch eine Weile dauern«, meinte Leon. »Zwischen den Felsen kann man leicht etwas übersehen.«

»Lassen Sie das mal unsere Sorge sein, Docteur«, sagte Masclau.

Leon zog mit spitzen Fingern die etwa sieben Zentimeter lange Blüte aus der Wunde und steckte sie in eine durchsichtige Asservatentüte. »Das könnte ein Hinweis sein«, sagte er nachdenklich.

»Was für ein Hinweis? Was meinen Sie?« Zerna klang genervt.

»Was, wenn der Täter uns zu einer bestimmten Stelle führen will?«

»Sie denken, das ist eine Botschaft oder so was?«, fragte Masclau.

»Ganz genau.«

»Hier gibt es aber keinen Hibiskus.« Zerna sah sich um.

»Ich habe einen Hibiskus gesehen, als wir den Pfad heruntergekommen sind.« Leon deutete in Richtung Küste.

»Wo genau?«, fragte der Lieutenant.

»Am anderen Ende der Bucht. Knapp oberhalb vom Strand«, Leon deutete vage nach Westen. Dann sagte er zu Zerna gewandt: »Sie können die Tote jetzt in die Rechtmedizin bringen lassen.«

»Das ist doch wohl eher Ihre Aufgabe«, sagte der Polizeichef schlecht gelaunt.

»Ich werde nach dem Hibiskus sehen.« Leon stand auf. »So was lässt mir keine Ruhe.«

»Am Strand? Da ist es heiß wie im Backofen«, sagte Masclau.

»Dann sollten Sie sich einen Sonnenschirm mitnehmen.« Leon ließ seine Aktentasche zuschnappen und lief los. »Auf geht's.«

»Aber Docteur?« Zerna sah dem Rechtsmediziner sprachlos hinterher.

Es war noch nicht elf Uhr, aber die Sonne brannte bereits seit Stunden erbarmungslos auf die Küste nieder. Leon hatte beschlossen, direkt an der Wasserlinie den Strand entlangzulaufen. Er hatte Schuhe und Strümpfe ausgezogen und kühlte seine Füße in den kleinen Wellen, die das Meer gegen den Strand schickte. Hier, in der Bucht zwischen den Felsen, war der Sand gröber. Ab und zu blieb Leon stehen. Er mochte das Kitzeln an den Fußsohlen, wenn die Strömung des rücklaufenden Wassers einem den Sand unter den Füßen wegzog. Leon genoss diese kleinen Spaziergänge. Er krempelte seine Jeans bis zum Knie hoch und setzte einen Fuß vor den anderen. Das kühle Meer half ihm, seine Gedanken zu ordnen. Leon sah über das glitzernde Wasser und atmete den leicht brackigen Geruch von Seetang und warmem Schwemmholz ein, das der letzte Sturm in die Bucht gespült hatte und das jetzt in der Hitze seine Feuchtigkeit verdampfte.

»Docteur, wir müssen uns beeilen!« Masclau wedelte mit seinem Funkgerät. »Sonst sind die Touristen hier, bevor wir oben an der Straße alle Wege gesperrt haben.«

»Hier irgendwo.« Leon sah sich um. Er hatte gar nicht auf den Lieutenant geachtet und deutete auf einen Einschnitt in den Felsen. »Da geht es nach oben.«

Leon marschierte entschlossen die Stufen zwischen den Klippen hinauf, und der Lieutenant folgte ihm. Der Beamte war überzeugt, dass der kleine Ausflug nur eine weitere spleenige Aktion des eigenwilligen Médecin Légiste aus Deutschland war. In Wirklichkeit war er sicher, dass sie nichts finden würden. Masclau schüttelte genervt den Kopf.

»Na, habe ich zu viel versprochen?« Leon war stehen geblieben.

»Wieso?«, fragte Masclau und sah sich um. »Ich sehe nichts.«

»Aber hören Sie mal.« Leon hob den Zeigefinger wie für ein Kind, dessen Aufmerksamkeit man auf ein bestimmtes Geräusch lenken wollte.

Masclau legte den Kopf schief und konzentrierte sich. »Es summt.«

»*Lucilia sericata*.« Leon konnte seine Euphorie kaum verbergen.

»Luci- wer?«

»Schmeißfliegen. Wir müssen ganz nahe sein.«

Leon bezeichnete die Schmeißfliegen gern als seine zuverlässigsten Assistenten. Sie konnten den Tod eines Lebewesens kilometerweit wahrnehmen. Ihr Einnisten, die Eiablage und das Entstehen von Maden folgten seit Millionen von Jahren dem immer gleichen zuverlässigen Fahrplan.

Leon folgte aufmerksam dem Pfad durch die Felsen. Ein Gebüsch aus wildem Hibiskus wuchs direkt neben dem Weg und bildete mit seinen ausladenden Blütenzweigen in der flirrenden Hitze einen schattigen Tunnel.

Es dauerte nur Sekunden, bis sich Leons Augen an den Schatten gewöhnt hatten. Dann sah er, was die Fliegen schon vor Stunden entdeckt hatten: den Kopf eines Menschen. Akkurat in eine Felsspalte gezwängt. Wimmelnde Insekten krochen über das tote Fleisch und gaben dem abgetrennten Kopf etwas Lebendiges. Leon trat einen Schritt näher heran. Er wedelte mit der Hand, und ein Schwarm Schmeißfliegen flog mit lautem Summen auf, umkreiste den Kopf, um sich gleich wieder an einer anderen Stelle niederzulassen.

»Verdammte Scheiße!« Masclau zog die Luft ein.

Leon betrachtete fasziniert die Fliegen, die durch Mund und Nase und durch die große offenliegende Halswunde in den Kopf eingedrungen waren.

»Das war wohl kein Unfall«, murmelte Masclau schal.

»Ganz bestimmt nicht«, sagte Leon, während er den Schädel untersuchte. Es war der Kopf einer Frau, einer blonden Frau. Er gehörte mit an Sicherheit grenzender Wahrscheinlichkeit zu der Toten, die sie nur wenige Hundert Meter entfernt auf dem Stuhl in den Felsen gefunden hatten.

Sie hatte keinen leichten Tod, dachte Leon, während er die Wunden untersuchte. Jemand hatte mit einem scharfen Messer dem Opfer das Gesicht regelrecht vom Schädelknochen gefetzt. Dutzende von Stichwunden hatten das Gesicht so zerstört, dass man es kaum mehr ausmachen konnte. Die Art der Verletzungen hatte etwas zutiefst Böses und Zerstörerisches. Als wäre der Täter wie von Sinnen gewesen. Auf der anderen Seite war der Mörder planvoll genug gewesen, die Polizei zu dem Kopf zu führen.

»Was geht in einem Menschen vor, der so was tut?«, sprach Leon seine Gedanken laut aus.

In diesem Moment tauchte Zerna auf dem Pfad auf. Er hatte einen Lieutenant und einen Polizeiaspiranten im Schlepptau. Zerna und seine beiden Begleiter blieben wie angewurzelt vor Leon und dem Kopf stehen.

»Oh, verdammt«, sagte Zerna, als er den Kopf sah.

»Wer macht denn so was?«, fragte der junge Polizeiaspirant fassungslos. Er sah zu Boden und schirmte mit der Hand den Blick so ab, dass er den abgetrennten Kopf nicht mehr sehen musste.

»Jemand, der nicht mehr ganz klar in der Birne ist«, sagte Zerna nüchtern und sah den jungen Polizisten an. »Was glauben Sie denn, wer so was tut?«

»Ich ... weiß nicht«, stotterte der junge Beamte und versuchte, sich abzuwenden.

»Sie müssen lernen hinzusehen«, forderte ihn der Polizeichef auf, »wenn Sie zur Aufklärung dieses Falles etwas beitragen wollen.«

»Natürlich, ich möchte ... also, ich wollte ...«, stotterte der Beamte und suchte nervös eine Stelle, wo er seinen Blick verbergen konnte. Als er zum zweiten Mal den Kopf und die Schmeißfliegen sah, musste er würgen. Der junge Mann hechelte mit weit geöffnetem Mund, als er vergeblich versuchte, den Brechreiz zu unterdrücken. Er machte zwei schnelle Schritte zur Seite und übergab sich neben den Pfad.

»Gehen Sie da vorne in den Schatten der Strandkiefern und atmen Sie tief durch«, riet Leon ihm mitfühlend.

»Entschuldigen Sie, ich ...«, der junge Polizist ging ein paar Meter weiter, stützte seine Hände auf die Oberschenkel und versuchte, seine Atmung zu kontrollieren.

»Der Täter war immerhin klar genug, uns hierherzulocken«, sagte Leon und sah den Polizeichef an.

»Sage ich doch«, antwortete Zerna. »Ein Spinner.«

»Bestimmt einer von diesen Drogenmackern«, sagte der zweite Polizist. »Die kommen um diese Jahreszeit in Scharen aus Paris und Toulouse.«

»Diese Dealer kennen keine Moral«, der Polizeiaspirant war zurückgekommen.

»Das halte ich für unwahrscheinlich.« Leon hielt seinen Kopf schief wie ein Sammler, der ein neues Kunstwerk begutachtet. »Da ist jemand systematisch vorgegangen. Jemand, der wusste, was er tut.«

»Verschonen Sie mich.« Zerna hob abwehrend die Hände, als wüsste er, was jetzt kommen würde.

»Wer immer das da getan hat«, Leon deutete auf den Kopf mit den Fliegen, »der macht so was nicht zum ersten Mal.«

»Ich bitte Sie«, sagte Zerna, »das können Sie doch gar nicht wissen.«

»Tu ich auch nicht, aber es ist so ein Gefühl.«

»Ein Gefühl«, wiederholte der Polizeichef sarkastisch. »Na klar, unser Médecin Légiste hat so ein Gefühl.«

5. Kapitel

Mit dem Verkauf seines Hauses hätte Lagarde ein Vermögen machen können. Es lag mitten im Ortskern von Le Lavandou und reichte über drei Etagen. Im Parterre gab es ein Ladengeschäft, das Lagarde nur über die Sommersaison kurzzeitig an Pop-up-Stores vermietete. Und auf der Terrasse im ersten Stock konnte man bis zum späten Nachmittag in der Sonne sitzen und aufs Meer sehen.

Lagarde hätte es sich als wohlhabender Hausbesitzer bequem machen können. Aber genau das wollte er nicht. Im Gegenteil, er fürchtete sich sogar vor einem derartigen Leben. Also machte er sich Sorgen. Zum Beispiel redete er sich ein, dass er kaum genug Geld hatte, um sein Leben und das seiner Frau zu finanzieren. Er schimpfte den ganzen Tag über gestiegene Kosten und rechnete sogar die Wasserrechnung nach. Seine Frau ertrug seine Sparsamkeit mit erstaunlicher Ruhe. Sie vertraute den Gesetzen der Natur und hatte gute Karten: Schließlich war sie fast dreißig Jahre jünger als er. Irgendwann in nicht allzu ferner Zukunft, dachte Madame Lagarde, würde sich das alles auszahlen. Als Erstes würde sie dieses scheußliche Haus verkaufen und dann, dann würde ein neues Leben beginnen. Bis dahin ertrug sie ihren Mann und spielte die brave Hausfrau.

Isabelle kannte Pierre Lagarde nur vom Sehen. Sie wusste,

dass er als ein wenig verschroben galt. Ein großer, eher untergewichtiger Mann, der nur das Notwendigste sprach und auch bei größter Hitze dunkle Jeans und schwarze Hemden trug. Als junger Mann hatte Lagarde volles blondes Haar getragen, das ihm bis auf die Schultern reichte. Heute waren ihm davon nur ein paar schüttere Strähnen geblieben, die bis zu seinen Augen hingen und hinter denen er sich zu verstecken schien.

Isabelle war zu Fuß zum Haus der Lagardes gegangen. Vom Polizeirevier aus hatte sie keine zwanzig Minuten gebraucht. Sie wurde von Lieutenant Mohamad Kadir begleitet, dessen Familie aus Tunesien stammte und den die meisten Kollegen Moma nannten. Er selbst war in Nizza geboren worden und gab sich gern französischer als die Franzosen in dritter Generation.

»Was denkst du über die Theorie des großen Unbekannten?«, fragte Isabelle ihren Begleiter.

»Weiß nicht«, sagte Lieutenant Kadir, »als Killer kann ich mir Lagarde nur schwer vorstellen.«

»Hast du jemals einen Mörder getroffen, dem man die böse Tat angesehen hat?«, fragte Isabelle und dachte dabei an Leons Worte.

»Wenn du mich so fragst …« Der Lieutenant war stehen geblieben und schien über Isabelles Frage nachzudenken.

»Nicht durch den Laden. Nehmen wir den hinteren Eingang«, sagte Isabelle. »Muss schließlich nicht jeder sehen, dass die Polizei zu Besuch ist. Du weißt ja, wie die Leute sind.«

Wenige Minuten später läutete Isabelle an der hinteren Tür des Lagarde-Hauses. Ein elektrischer Gong war im Inneren zu hören, dann wurde geöffnet.

Elodie Lagarde war eine kleine, etwas füllige Person mit einem skeptischen Blick. Sie öffnete die Tür nur eine Handbreit.

»Ja?«, sagte Madame Lagarde vorsichtig.

»Bonjour«, sagte Isabelle und zog ihren Dienstausweis aus ihrer Uniformbluse. »Ich bin Capitaine Morell, das ist Lieutenant Kadir. Sie sind Madame Lagarde?«

»Ja.«

»Wir müssen mit Ihrem Mann reden«, sagte Isabelle.

»Jetzt passt es nicht«, sagte Madame Lagarde. »Es geht ihm nicht gut.«

»Wir müssten aber dringend mit ihm sprechen«, mischte sich der Lieutenant ein. »Jetzt gleich.«

»Wissen Sie, was Pierre erlebt hat, da draußen in den Felsen?«

»Genau deswegen sind wir hier, Madame«, sagte Isabelle. »Ihr Mann ist ein wichtiger Zeuge.«

»Können wir jetzt bitte reinkommen?« Die Ungeduld in Kadirs Stimme klang nur unterschwellig mit, während er freundlich, aber entschlossen die Haustür aufhielt.

Madame Lagarde wollte sich beschweren, als sie von ihrem Mann unterbrochen wurde.

»Wer ist da gekommen, Elodie?« Pierre Lagarde erschien in der Tür.

»Das sind Leute von der Polizei«, antwortete sie. »Ich habe ihnen schon gesagt, dass du nichts weißt.«

Lagarde beugte sich ein Stück in Richtung Isabelle, dabei legte er den Kopf schief, sodass die Polizistin das große Pflaster sehen konnte, das von seinem Hinterkopf bis zum Halsansatz reichte.

»Er hat nichts mitbekommen ... Sag ihnen, dass du nichts gesehen hast«, forderte seine Frau ihn auf. »Mein Mann soll sich ausruhen, hat der Arzt gemeint. Ich hab gleich gesagt: Du gehörst in die Notaufnahme.«

»Ich gehe nicht ins Krankenhaus. Müssen wir das schon wieder diskutieren?« Ohne auf die Bemerkung seiner Frau einzugehen, wandte er sich an Isabelle und ihren Kollegen: »Gehen wir ins Wohnzimmer.«

Im Wohnzimmer hingen große Fotos an den Wänden. Der Strand am Morgen, der Strand am Abend, Schwemmholz, Möwen, Wellen, Strandkiefern und Fischerboote im Hafen. Nur Menschen waren auf den Bildern keine zu sehen. Das fiel Isabelle sofort auf.

»Eindrucksvoll«, sagte sie, der kein treffenderes Adjektiv einfiel. »Haben Sie die alle gemacht? Ist sicher eine Menge Arbeit.«

»O ja«, sagte Lagarde. »Sie brauchen viel Geduld, wenn Sie gute Fotos machen wollen.«

»Pierre ist manchmal den ganzen Tag draußen, um zu fotografieren.«

»Verstehe«, sagte Isabelle, »waren Sie heute Morgen auch wegen der Fotos unterwegs?«

»Natürlich, was denken Sie denn?«

»Allein?«, fragte Isabelle, ohne zu antworten.

»Ich bin immer allein am Wasser.«

»Heute Morgen offenbar nicht«, sagte Isabelle, und Lagarde zuckte mit den Schultern.

»Ich habe niemanden gesehen«, sagte er.

»Aber Sie haben doch etwas gehört?« Die ausweichende Art des Mannes irritierte Lieutenant Kadir.

»Es hat geknirscht, als ob jemand mit Schuhen über Kies geht.«

»Und dann?«

»Dann habe ich den Schlag abbekommen, und alles war dunkel. Als ich wieder zu mir gekommen bin, war die Sonne schon draußen.«

»Da müssen Sie aber eine ganze Weile ohnmächtig gewesen sein«, sagte Kadir.

»Der Arzt hat gemeint, ich wäre ungefähr zwei Stunden weg gewesen.«

»Ich möchte Sie bitten, in den nächsten zwei Tagen bei uns auf der Wache vorbeizukommen«, sagte Isabelle, »damit wir Ihre Aussage protokollieren können.«

Der Fotograf griff in die Tasche seines Morgenmantels und zog einen Speicherchip hervor, den er Isabelle reichte.

»Was ist das?«, fragte sie.

»Die Fotos von heute Morgen«, sagte Lagarde. »Die wollten Sie doch sehen.«

»Das musst du nicht machen«, sagte Madame Lagarde zu ihrem Mann.

»Jetzt lass es gut sein, Elodie«, beschwichtigte er.

Isabelle und Moma war klar, dass ihr Besuch zu Ende war.

6. Kapitel

Es war bereits später Vormittag, als Leon mit seinem Peugeot-Cabriolet, das Dach zurückgeklappt, auf den Parkplatz der Klinik Saint-Sulpice einbog. Er hatte sich an diesem Tag bewusst Zeit gelassen für die Fahrt zur Klinik. Er war über die Küstenstraße gekommen, ohne Stress. Im Château de Brégançon hatte er einen Karton Rosé »Cuvée Isaure« gekauft. Isabelle liebte diesen Rosé mit seinem beerigen und zugleich ein wenig sandigen Geschmack. Es handelte sich um einen dieser Weine, die das Aroma einer ganzen Landschaft in sich trugen.

Leon hatte seinen Wagen im Schatten einer großen Platane abgestellt. Er schloss das Verdeck, um den Wein so gut es ging vor Wärme zu schützen. Falls die Temperatur heute noch weiter anstieg, könnte er immer noch den Karton in sein klimatisiertes Büro stellen.

Leon hätte schon vor einer Stunde hier sein können, aber er hatte seinen Arbeitsbeginn hinausgezögert. Nicht weil er es mit einem verstörenden Mord zu tun hatte, sondern weil es ihn manchmal Überwindung kostete, seine Abteilung für Rechtsmedizin im Souterrain der Klinik zu betreten. Vor allem an warmen Sommertagen wie diesem.

Leon war Rechtsmediziner aus Leidenschaft und stolz darauf. Aber der Gang in die durch Kunstlicht beleuchteten Räume der

Rechtsmedizin war immer auch ein Besuch des Bösen. Es war sozusagen die erste Tür auf dem Weg in die Hölle. Ein Pakt mit dem Teufel. Man musste lernen, böse zu denken, wenn man die Täter verstehen wollte, die so etwas taten. Es waren die scheinbar belanglosen Spuren am Opfer, die halfen, einen Täter zu erkennen und sein Motiv für die blutige Tat zu verstehen. Leon kannte sich. Er fühlte sich wie ein Jäger. Hatte er erst einmal Witterung aufgenommen, dann packte ihn das Jagdfieber, und er würde so lange in der Unterwelt bleiben, bis er Antworten auf seine brennenden Fragen fand.

Leon nahm die Tüte mit den beiden übrig gebliebenen Croissants vom Frühstück vom Beifahrersitz und ging zum Haupteingang der Klinik. Mit einem hydraulischen Zischen fuhren die Glastüren auseinander und schlossen sich wieder hinter ihm, als er das Gebäude betrat. Die Halle war maßlos unterkühlt, wie üblich. Am Empfang saß eine Schwester.

»Bonjour, Madame!« Leon war zur Patientenanmeldung gegangen und schwenkte die Tüte von Pain du Port. »Ich habe Ihnen etwas mitgebracht, Schwester Monique«, sagte er mit einem herzlichen Lächeln.

Die Schwester war Anfang vierzig. Leon konnte ihr ansehen, dass sie davon träumte, schlanker zu sein, aber darüber würde natürlich ein Mann wie Leon niemals eine Bemerkung machen. Schwester Monique war zuvorkommend und liebenswürdig, jedenfalls solange sie es mit dem Docteur zu tun hatte, ihrem Docteur. Ansonsten konnte sie durchaus resolut sein. Zum Beispiel wenn es darum ging, die Patientenanmeldung zu organisieren.

»Sie wissen doch, dass ich gerade auf Diät bin«, sagte Schwester Monique mit Blick auf die Tüte der Bäckerei.

»Sehr vernünftig. Solange man es nicht übertreibt«, sagte Leon ganz im Tonfall des engagierten Doktors. »Vielleicht nehmen Sie nur ein Pain-Choc und geben das zweite an eine Kollegin weiter«, sagte er und fügte dann im Flüsterton hinzu: »Die sind von Pain du Port.«

Schwester Monique schnappte sich mit schnellem Griff die Stückchen und ließ sie vor sich unter dem Tresen verschwinden.

»Danke«, sagte sie.

»Es gibt keine Diät, die man nicht auch mal unterbrechen darf«, sagte Leon, und Monique lächelte dankbar.

»Sie werden oben erwartet.« Die Schwester deutete in Richtung Decke. »Dr. Bayet persönlich. Er hat einen Mann vom Investoren-Board dabei.«

Leon ärgerte sich, er hatte den Termin völlig vergessen. Dabei war das Meeting von Dr. Bayet angekündigt worden. Die Klinik Saint-Sulpice war lange Zeit ein etwas verschlafenes Provinzkrankenhaus gewesen. Bis das Département entschieden hatte, die Einrichtung umzubauen und auf den neuesten Stand der Medizintechnik zu bringen, indem man einer Gruppe von Investoren die Finanzierung dieses Projektes überließ. Das war vor sieben Jahren gewesen.

Ab und zu schickte der Klinikvorstand jemanden von einer Unternehmensberatung, der sich über die Arbeit des Hospitals informierte und dem Vorstand Vorschläge zur Reduktion der Kosten vorlegen sollte. Im Klartext hieß das: Es sollte gespart werden wo immer möglich. Und Leon ahnte auch schon, wo die Gesellschaft entsprechendes Einsparpotenzial sah.

Leon nahm die Treppe in den sechsten Stock, wo Klinikchef Dr. Hugo Bayet sein Büro hatte. Er klopfte an eine schwere Holztür.

»Ja, bitte«, kam es kurz angebunden aus dem Büro von Madame Koenig, der Chefsekretärin der Geschäftsleitung. Eine strenge Person, die stets im Hosenanzug herumlief und von Dr.

Bayet gern eingesetzt wurde, wenn es darum ging, den Mitarbeitern unangenehme Nachrichten zu überbringen. Dass sie im Vorzimmer bereits auf Leon wartete, machte ihn mehr als skeptisch.

»Der Termin war schon vor einer halben Stunde angesetzt«, sagte Madame Koenig im Ton einer gestressten Oberlehrerin mit einem demonstrativen Blick auf ihre Uhr. Sie ging zur Tür von Dr. Bayet, klopfte und öffnete.

»Docteur Ritter wäre jetzt da«, sagte sie.

»Kommen Sie herein, Docteur Ritter«, rief Klinikchef Bayet mit falscher Fröhlichkeit in der Stimme. Er wies auf den Herrn neben ihm, der den weißen Kittel eines Arztes trug. »Das ist Monsieur Mendez von der Société des Cliniques Provençales.«

»Wir hatten Sie schon früher erwartet, Docteur Ritter.« Monsieur Merdez reichte Leon die Hand.

»Tut mir leid, aber uns ist leider ein Mordopfer dazwischengekommen.«

»Wir haben bereits davon gehört«, sagte Klinikchef Bayet, »eine scheußliche Sache.«

»Das ist wahr«, antwortete Leon sachlich. »Wir stehen ziemlich unter Druck bei dieser ... Sache.« Leon betonte den Ausdruck »Sache«.

»Natürlich.« Bayet wandte sich an seinen Gast. »Wie Sie bestimmt wissen, hat Docteur Ritter mit seiner Abteilung herausragende Untersuchungen durchgeführt, die zur Lösung einiger äußerst komplizierter Kriminalfälle geführt haben.«

»Ja, ich hörte davon«, sagte Monsieur Merdez. »Aber ... ist nicht genau das die Aufgabe einer rechtsmedizinischen Abteilung, die Staatsanwaltschaft mit korrekten Untersuchungsberichten zu versorgen? Ich denke, wir müssen trotzdem über Ihre Abteilung sprechen.«

»Dann müsste ich schnell noch dem Staatsanwalt und der

Mordkommission von Toulon Bescheid geben.« Leon sah, dass Merdez einen fragenden Blick an Dr. Bayet richtete. »Wegen der Verzögerung.«

»Ich mache den Herren einen Vorschlag«, versuchte Dr. Bayet, zu vermitteln. »Wir lassen Dr. Ritter zunächst seine Untersuchung machen und treffen uns dann später wieder hier in meinem Büro. Sagen wir, gegen siebzehn Uhr?«

»Na ja. Ich möchte einer so dringenden Untersuchung natürlich nicht im Wege stehen«, sagte der Besucher und klang leicht angefasst.

»Sehr gut, wir sehen uns dann später«, sagte Leon und verließ das Büro.

Er nahm die Treppe vom sechsten Stock bis ins Souterrain. Leon behauptete stets, dass er den Lift aus sportlichen Gründen mied, in Wirklichkeit litt er unter Klaustrophobie und konnte Aufzüge schlichtweg nicht ertragen. Besonders schlimm wurde es, wenn er mit Fremden in der Enge eines Aufzuges eingeschlossen war.

Leon war Dr. Bayet dankbar dafür, dass er das Meeting so kurzfristig auf den Nachmittag verschoben hatte. Ihm war klar, dass dieser Merdez von der Société mit schlechten Nachrichten gekommen war. Und Leon sollte der Empfänger dieser Nachrichten sein. Die Klinik Saint-Sulpice hatte regelmäßig Besuch von Unternehmensberatern. Das Ziel dieser sogenannten Spezialisten war immer das gleiche: Verschlankung des Personalstandes, wie es immer so elegant formuliert wurde, und Senkung der Kosten.

Die Abteilung von Leon war in der Tat alles andere als profitabel. Das Problem war, dass eine Klinik immer Leistungen an lebenden Patienten abrechnen und so für Umsatz sorgen konnte. Doch in der Rechtsmedizin gab es nun einmal keine lebenden Patienten. Wer bei Leon in der Abteilung landete, war bereits tot.

Es gab natürlich die Gutachten, die für Versicherungen, Polizei oder bei Gewalttaten erstellt wurden, aber das Geld für die Abteilung war immer knapp. Der einzige Umstand, der bisher verhindert hatte, dass die Abteilung nicht schon längst aufgelöst worden war, bestand in Leons hervorragenden Verbindungen zur Verwaltung des Département Var und der Tatsache, dass die Abteilung von höchster Stelle in Saint-Sulpice implantiert worden war. Das hieß im Klartext: Die Abteilung genoss den Schutz von Toulon und dem dortigen Präfekten. Deshalb war seinerzeit die Genehmigung für die Modernisierung der Klinik an den Bau einer Rechtsmedizinischen Abteilung gekoppelt worden. Diese Abteilung zu schließen, war also nicht so einfach, aber die Investoren versuchten es immer wieder und wurden von Mal zu Mal erfindungsreicher. Sie versuchten, die Rechtsmedizinische Abteilung und ihren Leiter zu diskreditieren, warteten nur darauf, Leon und seiner Abteilung Fehler oder Versäumnisse nachzuweisen. Was nicht einfach war, denn sosehr Leon das Laissez-faire-Lebensgefühl des Südens schätzte, umso pingeliger war er, wenn es um seine Arbeit und »sein« Institut ging.

Wenige Minuten später betrat Leon die Abteilung der Rechtsmedizin. Die kühle und ruhige Atmosphäre stand im krassen Gegensatz zu der Hektik in den Stockwerken über ihnen. Hier im Souterrain herrschten, auch wenn das Wetteramt mal wieder eine Rekordhitze verkündete, immer angenehme einundzwanzig Grad Celsius. Allerdings gab es keine Fenster, lediglich ein paar Oberlichter im Obduktionsraum. Anfangs war Leon besorgt gewesen, dass es ihn bedrücken würde, so ganz von der Außenwelt abgeschlossen zu sein. Doch das Gegenteil war der Fall. Die ruhige Atmosphäre der Abteilung sorgte für eine innere Ruhe in ihm, und er genoss die künstliche Abgeschiedenheit. Die Untersuchungsräume waren wie alle OP-Räume in der Klinik hellblau gekachelt, pedantisch sauber und medizintechnisch auf dem neuesten Stand.

Im Gang kam Leon sein Assistent entgegen. Der Mitarbeiter trug genau wie Leon einen Arztkittel mit Namensschild auf der Brusttasche: Olivier Rybaud, Assistant Médical.

»Bonjour, Docteur«, sagte Rybaud.

»Bonjour, Professeur«, begrüßte Leon seinen Assistenten, ein kleines Spiel zwischen den beiden.

»Der Mann von der Société war hier«, sagte Rybaud.

»Hab ihn schon gesehen.« Leon winkte ab. »Ich denke, er wird uns in Ruhe lassen. Wenigstens heute.«

»Die Bestatter haben die Frau gebracht.«

»Wann?«

»Ist eine knappe halbe Stunde her.« Rybaud sah auf seine Uhr. »Ich habe sie in der Eins vorbereitet.«

»Sehr gut. Dann lassen Sie uns gleich anfangen.«

Leon betrat den Obduktionsraum. Vor ihnen im Licht der LED-Lampen hatte Rybaud ein hellblaues OP-Tuch über die Tote gelegt.

Der Körper des Opfers sah merkwürdig unfertig aus, als wäre er zu kurz, dachte Leon.

In diesem Moment schob Rybaud den Rollwagen, auf dem eine polierte Wanne aus Edelstahl stand, zum Sektionstisch. Leon nickte seinem Assistenten zu, und der zog das weiße Tuch von der Wanne. Da lag der Kopf des Opfers.

Als hätte jemand eine Puppe bauen wollen, aber die Zeit hatte nicht gereicht, dachte Leon, als er den Torso und den Kopf betrachtete.

Leon schlug das Tuch vom Oberkörper der Toten zurück und musste einen Moment die Luft anhalten. Der Körper war voller Wunden. Schnitte, Hämatome, Brandverletzungen. Der Körper der toten Frau bot einen traurigen Anblick. Am stärksten spürte Leon ein Gefühl von Wut, die von diesen Verletzungen ausging. Die Spuren waren eindeutig. Blut war aus den frischen Schnitten geflossen und hatte sich an manchen Stellen gesammelt. Doch es zeichneten sich auch ältere Wunden ab, die bereits Schorf gebildet hatten. Das bedeutete, dass dieser Mensch über längere Zeit gequält worden war. Auch bei dem Kopf hatte der Täter nicht haltgemacht. Als wollte er bewusst alles zerstören, als hätte er für irgendetwas Rache genommen.

Leon erkannte mindestens ein Dutzend Verletzungen im Gesicht des Opfers, an den Wangen, an der Nase, sogar in den Ohren.

»Mein Gott«, sagte Rybaud und wandte das Gesicht zur Seite.

Es würde schwierig werden, eine Fahndung nach dem Opfer einzuleiten. Gesicht und Kopf waren so beschädigt, dass sie sich mit den üblichen Methoden kaum noch wiederherstellen lassen würden. Sie mussten nach anderen Spuren suchen, von denen aus sie eine Fahndung aufbauen konnten.

»Ich schätze sie auf Anfang zwanzig«, sagte Rybaud.

»Vielleicht gibt es eine alte Narbe von einem Unfall oder einer Operation, ein Zahnmuster oder irgendein Tattoo, mit dem die Gendarmerie eine Fahndung beginnen könnte«, überlegte Leon. Er war stehen geblieben und sah das Opfer regungslos an.

»Noch etwas?«, fragte Rybaud.

»Ich fürchte, er hat sich nicht mit der Folter zufriedengegeben.« Leon zog das Leichentuch noch ein Stück tiefer. Jetzt konnte man einen langen Schnitt quer über den Unterbauch des Opfers erkennen.

7. Kapitel

Die Wache in der Avenue André del Monte platzte mal wieder aus allen Nähten. Die Menschen drängten sich im Eingang, und der wachhabende Gendarm war damit beschäftigt, aufgebrachte Touristen zu beruhigen. Die Anzeigen dieses Vormittags reichten von verschwundenen Sonnenschirmen über Streitereien um Parkplätze und betrunkene Touristen bis zu entlaufenen Hunden und betrügerischen Hütchenspielern auf der Uferpromenade. Es war ein typischer Donnerstagvormittag, obwohl die Saison noch gar nicht richtig begonnen hatte.

Isabelle drängte sich durch die Menge in Richtung ihres Büros. Ein Mann stellte sich ihr in den Weg, der nichts weiter als eine Badehose und Flipflops trug und mit seinem Handy herumwedelte.

»Die Frau ist einfach davongerannt«, erregte sich der Tourist. »Können Sie sich das vorstellen? Mit all meinen Papieren und dem Geld dazu.«

»Sie haben ihr die Brieftasche gegeben?«, fragte Isabelle.

»Sie sollte sie doch nur kurz halten. Ihre Fahrradkette war abgesprungen, und sie bekam sie angeblich nicht mehr auf das Zahnrad. Ich wollte ihr helfen, und alles war ölig.« Der Tourist zeigte demonstrativ seine öligen Finger.

»Und da haben Sie ihr das Geld und die Papiere gegeben?«, wiederholte Isabelle noch einmal ungläubig.

»Nur zum Halten, natürlich. Damit ich ihr die Kette auf den Zahnkranz heben konnte.

»Und das haben Sie ihr geglaubt?«

»Es war gar nicht ihr Fahrrad«, sagte der Mann kleinlaut. »Sie hat mir leidgetan.«

»Und dann?« Isabelle sah ihn fragend an.

»Dann war sie plötzlich weg. Einfach in der Menge verschwunden. Ich war so blöd!« Der Mann schüttelte den Kopf über seinen Leichtsinn.

»Capitaine Morell«, rief eine Stimme. Isabelle sah im Gang Moma, der mit ein paar Ausdrucken wedelte.

»Was ist jetzt mit meinen Sachen?«, fragte der Tourist.

Isabelle winkte einen jungen Polizeiassistenten heran.

»Ja, Capitaine?«, sagte der Polizist diensteifrig.

»Kümmern Sie sich um diesen Mann«, sagte Isabelle und deutete auf den geprellten Touristen. »Personalien aufnehmen und Anzeige wegen Diebstahl.«

»Ich dachte, dass Sie …?«, der Tourist sah Isabelle enttäuscht an.

Sie nickte dem jungen Polizisten zu und drängte sich vor zu Moma, als sie von einer etwa siebzigjährigen Frau angehalten wurde.

»Madame la Capitaine«, sagte die Frau, die einen langen grauen Rock und eine weite helle Bluse trug. »Ich muss dringend mit Ihnen sprechen.«

Es war Odette Dumont, Pensionärin und ehemalige Lehrerin für Sport und Geografie, die an ihrem Ärmel zupfte.

»Jetzt nicht«, sagte Isabelle. »Sie sehen doch, was gerade los ist, Madame Dumont.«

»Es ist aber wichtig, sehr wichtig!« Die Pensionärin drückte sich ganz nahe an Isabelle heran und flüsterte ihr die letzten Worte regelrecht ins Ohr. »Bei meiner Seele, ich habe ihn gesehen!«

»Wen haben Sie gesehen, Madame?«, fragte Isabelle ungeduldig und sah zu Lieutenant Kadir hinüber, der sie mit einem Tippen auf seine Armbanduhr daran erinnern wollte, dass sie einen Termin hatten.

»Den Geist«, flüsterte die Lehrerin, als würde sie Isabelle das größte Geheimnis aller Zeiten verraten.

»Den Geist?«

»Er kommt und er verschwindet wie ein Geist …« Die ehemalige Lehrerin sah Isabelle durchdringend an.

»Der Mörder?«, fragte Isabelle nach.

»Natürlich, wer denn sonst?«

»Und wer ist dieser Mörder?«, fragte Isabelle leicht genervt.

Sie kannte Madame Dumont nur allzu gut, darum wollte sie ihre Besucherin auch so schnell wie möglich wieder loswerden. Jedes Polizeirevier hatte seine Madame Dumont – die berüchtigten Augenzeugen, die angeblich immer alles gesehen oder gehört hatten, aber nichts wirklich beschreiben konnten. Meist waren es ältere Witwen, die unter Schlafstörungen litten und deshalb nachts aus dem Fenster beobachteten, wie der Nachbar irgendetwas Verdächtiges unternahm. Oder wie zwei Häuser weiter das Licht angegangen war und dann plötzlich der Hund gebellt hatte. Und dass angeblich verdächtige Gestalten durch die Straßen huschten. Es waren die einsamen Zeuginnen, die vor allem jemanden suchten, der sich mit ihnen unterhielt und dem sie ihr Herz ausschütten konnten.

»Ich muss wirklich weiter«, sagte Isabelle und winkte Lieutenant Kadir über die Distanz zu. »Kommen Sie doch am Nachmittag wieder, da habe ich bestimmt mehr Zeit.«

»Aber es war der Mörder. Ich weiß doch, was ich gesehen habe«, beharrte die Lehrerin.

»Na gut, wer ist es dieses Mal?«, antwortete Isabelle genervt, was ihr im nächsten Moment schon wieder leidtat. Madame Dumont würde sowieso wieder auftauchen. Da war es einfacher, ihr gleich zuzuhören.

»Das weiß ich nicht«, sagte Madame Dumont. »Aber es fällt mir bestimmt gleich ein.«

»Der Mann, den Sie meinen«, fragte Isabelle nun freundlicher, »stammte der aus Lavandou?«

»Nein!« Madame Dumont klang geradezu empört. »Der kam irgendwo aus dem Norden.« Sie wedelte mit der Hand vage in Richtung Hauswand. »Das muss in den Siebzigerjahren gewesen sein.«

»Da war ich noch nicht bei der Polizei«, entschuldigte sich Isabelle. »Sie sollten mit jemandem sprechen, der schon länger als ich bei der Gendarmerie ist.«

»Damals gab es einen Kerl in La Garde-Freinet«, erinnerte sich die Besucherin. »Der hat auch so schlimme Dinge getan. Ganz schreckliche Dinge.«

»Verstehe«, sagte Isabelle, wobei sie ihre Ungeduld sorgfältig unterdrückte. »Und wie hieß der?«

»Das …«, die ehemalige Lehrerin unterbrach sich kurz. »Der Name fällt mir gleich wieder ein. Bestimmt.« Sie sah Isabelle Hilfe suchend an.

»Eben wusste ich den Namen noch«, sagte die angebliche Zeugin. »Der Mann hatte seinen Opfern auch schreckliche Dinge angetan. Mit einem großen Messer.« Sie schüttelte sich.

»Passen Sie auf, ich habe einen Vorschlag«, sagte Isabelle.

»Sollte Ihnen der Name wieder einfallen, dann schreiben Sie ihn auf und geben den Zettel am Empfang ab. Sagen Sie, dass die Nachricht für mich ist.«

»Und wenn der Mann wiederkommt?«, fragte Madame Dumont.

»Dann rufen Sie mich bitte sofort an, Madame«, antwortete Isabelle. »Sie haben doch unsere Nummer?« Isabelle legte der Besucherin freundlich die Hand auf den Arm.

»Ich habe die Nummer aufgeschrieben auf einen Zettel. Zu Hause in der Küche.«

»Sehr gut«, sagte Isabelle. »Sie können jederzeit hier anrufen.«

Isabelle sah Kadir näher kommen.

»Ich komme schon«, rief sie ihrem Kollegen zu.

»Der Patron will uns sehen. Er hat nach dir gefragt.« Lieutenant Kadir lächelte schief.

»Na, dann wollen wir ihn auf keinen Fall warten lassen«, sagte Isabelle ironisch. Dann richtete sie ihren Blick auf die Ausdrucke, die ihr Kollege in der Hand hielt. »Was ist das?«

»Ich glaube, wir haben Glück«, sagte der Lieutenant geheimnisvoll. »Lass dich überraschen.«

Einen Moment später standen sie in Zernas Büro. Der Polizeichef war sauer. Toulon hatte angedroht, Verstärkung nach Lavandou zu schicken. Es war das übliche Verfahren, dass bei Morden oder anderen Gewaltverbrechen eine leitende Kommissarin oder ein Kommissar die Ermittlungen in Lavandou vor Ort übernahm. Für Zerna bedeutete das jedes Mal, dass er die Leitung eines Falls an die übergeordnete Behörde abgeben musste. Und das hieß wiederum, dass es zuletzt die Damen und Herren der Mordkommission in Toulon sein würden, die lobende Erwähnungen von Ministerium und Medien kassierten.

Seit Jahren hoffte Zerna, eines Tages einen ganz großen Fall allein lösen zu können. Das könnte für ihn den lang ersehnten Traum vom Sprung zur Mordkommission in der Département-Hauptstadt wahr werden lassen. Aber solange Toulon ihnen weiterhin Kommissare schickte und ihn somit überging, konnte Zerna den Aufstieg auf der Karriereleiter vergessen.

Entsprechend schlecht war seine Laune an diesem Vormittag. Das ließ er seine Mitarbeiter deutlich spüren. Vor allem weil die eigenen Leute ihm gerade mit Bedauern mitgeteilt hatten, dass sie noch nicht die geringste Spur eines Täters hatten.

»Was ist mit dem Opfer? Keine Verwandten, keine Familie, keine Freunde, die die Frau vermissen?«, fragte er deshalb mit leisem Vorwurf in der Stimme. »Wie steht es mit einem Fahndungsaufruf?«

»Wir haben noch kein Foto des Opfers, das wir in die Fahndung geben könnten«, warf Lieutenant Kadir ein.

»Warum, was ist mit der Toten?«, wollte eine der Polizistinnen wissen.

»Seien Sie froh, dass Sie die Frau nicht gesehen haben«, sagte Zerna frostig. »Da lässt sich kein Foto machen.«

»Was ist mit der Rechtsmedizin? Können die nicht das Gesicht rekonstruieren?«, fragte Masclau.

»Die sind noch nicht durch mit ihren Untersuchungen«, sagte Isabelle. »Später vielleicht.«

»Da sollten wir nicht zu viel erwarten«, schränkte Zerna ein. »Das Opfer sieht übel aus.«

»Keine Vermisstenmeldungen, die infrage kämen?«

»Zumindest keine, auf die die Beschreibung des Opfers passt«, mischte sich Lieutenant Kadir ein. »Unser Médecin Légiste sagt, das Opfer wäre weiblich, Anfang zwanzig, blond, europäischer Typ, eins achtundsechzig groß und ungefähr zweiundfünfzig Kilo schwer. Das sind aber bisher alles nur Schätzungen.«

»Was ist mit Vermisstenmeldungen aus den angrenzenden Départements?«, wollte die Polizistin wissen. Lieutenant Kadir zuckte nur mit den Schultern.

»Ich stelle gerade eine neue Fahndungsliste zusammen«, erklärte Isabelle. »Diesmal legen wir den Fokus auf unveränderliche Kennzeichen wie Narben, Verletzungen, Operationen und Tattoos.«

»Ich habe für sechzehn Uhr eine Pressekonferenz angesetzt.« Zerna klang etwas gequält.

»Ist das nicht zu früh, bei diesem Kenntnisstand?«, fragte Masclau.

»Ist mir egal, was wir haben«, sagte Zerna, »wir müssen etwas vorlegen. Das Innenministerium ruft einmal die Stunde an und will wissen, wo wir stehen.«

»Sie denken, unser Präsident kommt wirklich nach Lavandou?«, fragte Kadir.

»Das müssen Sie doch besser wissen als ich«, sagte Polizeichef Zerna.

»Die Gendarmerie muss einen ihrer beiden Helikopter auf Stand-by halten, für Notfälle«, sagte Lieutenant Kadir. »Er steht jetzt auf dem Damm vor dem Fort de Brégançon.«

»Das heißt …?«

»Monsieur le Président gibt uns die Ehre«, vollendete Isabelle ironisch den Satz.

»Merde, das hat uns gerade noch gefehlt«, murmelte Masclau.

»Das habe ich jetzt nicht gehört«, sagte der Polizeichef.

Das Fort de Brégançon stammte noch aus der Zeit vor der Renaissance und war im 18. Jahrhundert für kurze Zeit sogar Rückzugsort von Napoleon Bonaparte gewesen. Rund hundert Jahre später wurde die Befestigungsanlage von General Charles de Gaulle renoviert und zum Sommersitz des französischen Präsidenten erklärt.

Fort de Brégançon und damit auch der französische Präsident wurden von der Marine überwacht. Eine Aufgabe, um die sich niemand riss. Das Regierungsoberhaupt war bekannt dafür, dass er das Bad in der Menge schätzte, sich gern in die Öffentlichkeit begab und die direkten Begegnungen mit französischen Bürgern suchte. So zeigte er sich mit seiner Frau donnerstags auf dem traditionellen Markt – was für seine Sicherheitsleute Stress pur bedeutete. Genauso verhielt es sich, wenn der Präsident sonntags in Bormes-les-Mimosas in die alte Kirche ging, in der er mit großem Engagement und falscher Stimme lautstark mitsang. In Wirklichkeit gab es allerdings noch einen anderen Grund, warum der französische Präsident so gern in Fort de Brégançon Urlaub machte. Es war ein etwas pikanter Grund, der in Sicherheitskreisen nur als *cas rouge*, der Notfall, bezeichnet wurde.

Zerna wurde jetzt schon nervös, wenn er darüber nachdachte, was in den nächsten Tagen alles auf ihn zukommen würde. Der Polizeichef hatte vergeblich versucht, den Staatssekretär aus dem Innenministerium davon zu überzeugen, dass es ein ganz schlechter Zeitpunkt für einen Urlaub des Präsidenten in Brégançon sei. Aber der erste Mann des Staates hatte sich uneinsichtig gezeigt, und das Innenministerium stellte sich stur. Der Präsident wollte nach Lavandou kommen, also kam er auch nach Lavandou. Oder fühlte sich Commandant Thierry Zerna etwa außerstande, seinen Beitrag zur Sicherheit des Staatsoberhauptes zu leisten? Natürlich würden Zerna und die Gendarmerie von Lavandou zusammen mit der Zentrale in Toulon ihr Bestes geben, wenn es darum ging, dem Präsidenten einen erholsamen, wohlverdienten Urlaub zu ermöglichen. Auch wenn sie zwischendurch noch einen Mörder jagen mussten.

Immerhin konnte man sich mit dem Sicherheitspersonal darauf verständigen, dass die Bevölkerung erst über den Besuch informiert werden sollte, wenn der Präsident tatsächlich auftauchte.

»Sonst noch etwas?« Masclau streckte seine Arme in die Luft und reckte sich, als hätte er gerade eine mehrstündige Konferenz hinter sich gebracht.

Die Polizisten standen schon auf, als Lieutenant Kadir sich meldete.

»Es gäbe da noch eine Sache«, sagte Kadir und legte die drei Ausdrucke auf den Schreibtisch von Polizeichef Zerna.

»Was ist das?«, fragte der unwirsch.

»Aufnahmen von Pierre Lagarde, dem Augenzeugen.«

»Der Fotograf aus der Avenue du Général de Gaulle?« Zerna wollte mit dieser Frage nur beweisen, dass er über die Einwohner seiner Stadt Bescheid wusste.

»Es sind Aufnahmen der letzten beiden Tage«, erklärte Kadir. »Lagarde war jedes Mal bei Sonnenaufgang dort.«

Isabelle griff nach den Fotos und betrachtete sie. Dann gab sie sie an Zerna weiter.

»Ich denke nicht, dass Lagarde für den Mord verantwortlich ist«, erklärte Kadir und genoss die Aufmerksamkeit der kleinen Gruppe. »Aber sehen Sie mal an den oberen Bildrand.«

Isabelle und Zerna betrachteten die Aufnahme, auf die Kadir gedeutet hatte, genauer.

»Ist das ein Camion hier oben?«, fragte Zerna.

»Richtig. Ein uralter silberner Lieferwagen aus der Serie H«, bestätigte Kadir. »Die Dinger sind inzwischen siebzig Jahre alt und laufen immer noch.«

»Sind das die mit der Wellblechkarosserie?«, fragte Masclau und beugte sich über die Bilder.

»Ganz genau.«

Masclau betrachtete ein Foto. »Ich kenne nur einen in der Gegend, der noch so ein Ding fährt. Nicolas Meuron, wohnt oben an der D 27 über La Môle.«

»Sie kennen Meuron?«, fragte der Polizeichef, und Isabelle nickte. »Ich will, dass Sie mit diesem Kerl sprechen, heute noch. Und nehmen Sie drei Leute mit, ich möchte verhindern, dass er verschwinden kann.«

8. Kapitel

Leon hatte sich Zeit gelassen. Die erste halbe Stunde der Untersuchung hatte er damit verbracht, die Tote nur zu betrachten, oder wie er es nannte: mit der Toten zu reden. Niemand kann einen Mord besser beschreiben als das Opfer, erklärte Leon gern seinen verblüfften Kollegen, die ihn in seinem Institut besuchten. Natürlich führte er dabei keine lauten Zwiegespräche, sondern konzentrierte sich nur auf die Spuren. Er hatte einen geübten Blick, und gelegentlich schien er sogar Dinge zu sehen, die für andere Menschen unsichtbar blieben. Oder war das alles nur Einbildung? Wohl kaum, denn Leons außergewöhnliche Erfolge gaben ihm und seiner Methode recht.

Die Leiche lag auf dem Obduktionstisch auf dem Rücken. Leon hatte die große Lupe, die über einen Gelenkarm mit der Raumdecke verbunden war, zu sich heruntergezogen und die LED-Beleuchtung eingeschaltet. Jetzt waren die Wundränder an Brust und Unterbauch klar zu erkennen. Sie stammten alle von dem gleichen Messer. Es besaß eine etwa drei Zentimeter breite Klinge, bei einer Klingenlänge von etwa zwanzig Zentimetern. So wie es in vielen Metzgereien benutzt wurde, dort nannte man es Ausbeinmesser.

Der Täter hatte sein Opfer offenbar zunächst entkleidet. Dann hatte er die Frau mit kleinen Schnitten gequält. An der Spur der

Blutstropfen, die aus den Schnitten gequollen waren, konnte Leon erkennen, dass die Frau dabei gesessen haben musste.

»Hätte sie auf dem Rücken gelegen, so wie jetzt«, erklärte Leon seinem Assistenten, »dann wären die Blutstropfen senkrecht nach unten zum Rücken geflossen.«

»Und sie hat sich nicht gewehrt?«, wunderte sich Rybaud.

»Ich denke, sie konnte sich nicht wehren«, sagte Leon und deutete auf die Hand- und Fußgelenke des Opfers. Sie zeigten dunkelblaue Striemen, die die Fesseln an einigen Stellen tief in die Haut eingeschnitten hatten.

»Typische Strangfurchen«, sagte Leon. »Verursacht durch dünne Nylonseile mit hoher Reißfestigkeit.«

»Sie denken ...« Rybaud sah seinen Chef ungläubig an.

»Ja, ich vermute, dass er sie gefesselt und dann langsam zu Tode gefoltert hat.«

»Dann hat sie alles mitbekommen, all die Schmerzen?« Es war keine Frage, die Rybaud stellte, sondern eine Feststellung.

»Das meiste davon. Ich fürchte, ja«, sagte Leon.

»Das kann sie nicht lange durchgehalten haben.«

Leon sah seinen Assistenten an. Es war leichter zu ertragen, wenn man sich vorstellte, dass das Opfer vor Schmerzen ohnmächtig geworden war, dachte er. Aber er wusste auch, dass das nicht der Realität entsprach. Bei solchen Ohnmachten blieben die Menschen meist länger bei Bewusstsein, als ihnen selbst lieb war.

»Sie war jung, sportlich. Kaum älter als zwanzig.« Leon sah zum Opfer und dann zu seinem Assistenten. »Man ist immer wieder überrascht, wie viel Schmerz der menschliche Körper erträgt.«

»Woran ist sie gestorben?«, fragte Rybaud. »Blutverlust?«

»Möglich«, meinte Leon und tippte auf den auffallend großen

Schnitt, der etwa dreißig Zentimeter waagerecht unter dem linken Rippenbogen bis über die Körpermitte hinaus verlief.

Dieser Schnitt unterschied sich deutlich von den anderen Verletzungen. Hier hatte der Täter sich keine Mühe gegeben, nur die Haut einzuschneiden oder sein Opfer mit Hitze oder Schlägen zu quälen. Bei diesem Schnitt hatte der Täter tief zugestoßen und dann das Messer wie eine Säge zur Körpermitte hin bewegt. Leon hatte sich die OP-Handschuhe aus Latex in der Stärke 1 übergestreift. Er kannte viele Kollegen, die deutlich schneller als er untersuchten und mit den klassischen Autopsieschnitten die Körper der Opfer öffneten. Leon war umsichtiger, sorgfältiger und präziser. Für ihn war es wichtig, den Körper, den er untersuchen wollte, zu »verstehen«. Dafür musste er innere Verletzungen wie Risse oder Brüche mit den Fingerspitzen ertasten, bevor er die obere und untere Körperhöhle auf die klassische Weise öffnete.

»Was immer der Täter mit diesem Schnitt vorhatte, es ist kein Blut mehr geflossen«, sagte Leon.

»Kein Blut?« wunderte sich Rybaud.

Leon schüttelte stumm den Kopf und hob den Brustkorb an. »Halten Sie das mal bitte.«

Während sein Assistent den unteren Rippenbogen hielt, schob Leon vorsichtig die rechte Hand ein Stück in den Körper und zuckte dann zurück. Er zog die Hand aus der Wunde und streifte die Handschuhe ab und ließ sie in den Mülleimer aus Edelstahl fallen.

»Was ist?«, fragte der Assistent mit leiser Stimme und einer unguten Ahnung.

»Dieser Schnitt wurde eindeutig post mortem ausgeführt.« Leon deutete zu der Toten.

»Wie können Sie da so sicher sein?«

Leon sah seinen Assistenten einen Moment schweigend an,

als müsste er darüber nachdenken, ob er Rybaud in das Geheimnis einweihen sollte.

»Das Opfer hat kein Herz mehr«, sagte er nach einer Weile.

Für einen Moment schwiegen die beiden Männer.

»Wir werden das in unserem Bericht nicht erwähnen, wir können uns nicht leisten, dass die Art von Täterwissen irgendwie durchsickert«, sagte Leon. »Zumindest vorerst noch nicht. Ich werde nur den Oberstaatsanwalt und den Polizeichef informieren.«

Die Erfahrung hatte gezeigt, dass es besser war, wenn bei solch abnormen Verbrechen so wenige Details wie möglich an die Öffentlichkeit gelangten. Allein die Tatsache, dass das Opfer geköpft worden war, würde die Medien in helle Aufregung versetzten. Solange die Ermittlungen liefen und noch kein Verdächtiger verhört worden war, war es von Vorteil, wenn die Polizei mehr wusste, als sie bekannt gab. Zumal solche blutigen Taten immer auch die schrägen Vögel aus dem Schatten hervorlockten. Da war es gut, wenn man falsche Zeugen und falsche Geständnisse aussortieren konnte.

9. Kapitel

Lilou kam aus dem Hintereingang der Bäckerei. Der Vorteil dieses Ferienjobs lag auf der Hand: Sie musste zwar morgens zeitig aufstehen, aber dafür gehörte ihr ab Mittag der Tag. Die Studentin blieb stehen und blinzelte in die Sonne. Es war ein perfekter Sommertag. Der Himmel strahlte in zartem Blau. Und obwohl die Sonne mit Wucht vom Himmel herabschien, sorgte eine kleine Brise über dem Meer für Abkühlung.

Lilou ging zu dem orangefarbenen Méhari, diesem verrückten Auto, das die Firma Citroën in den Sechzigerjahren speziell für die Côte d'Azur entwickelt hatte. Die Karosserie war vollkommen aus Plastik gefertigt, eine gestreifte Markise über Fahrer- und Beifahrersitz sorgte für Schatten, und statt Türen gab es nur eine dünne Kette mit Karabinerhaken. Méharis wurden schon lange nicht mehr gebaut, aber man konnte sie als Gebrauchtwagen kaufen. Sie besaßen eine große Fangemeinde, und gut restaurierte Exemplare kosteten so viel wie vor sechzig Jahren ein Neuwagen. Leon hatte Isabelle diesen Méhari vor einigen Jahren zum Geburtstag geschenkt, aber Lilou hatte von Anfang an erklärt, dass dieses Fahrzeug eindeutig besser zu einer Studentin wie ihr passen würde als zur stellvertretenden Polizeichefin von Lavandou. Mittlerweile war es »ihr« Auto, und Isabelle hatte nicht das Herz, ihrer Tochter den Méhari zu verbieten.

Lilou war neben dem orangefarbenen Wagen stehen geblieben. Sie hatte die Bluse aus dem Bund ihrer Jeans gezogen und vor ihrem braun gebrannten Bauch zusammengeknotet. Dann streifte sie die Schuhe von den Füßen und schlüpfte in ihre Flipflops. In diesem Moment tauchte Françoise auf. Lilous Kollegin aus der Bäckerei war blond und hellhäutig und hatte daher den ganzen Sommer einen leichten Sonnenbrand auf den Schultern, was ihrer guten Laune aber keinen Abbruch tat.

»Oh, là, là«, sagte Françoise frech, als Lilou die Hose auszog und gegen eine knappe Jeans mit abgeschnittenen Hosenbeinen tauschte, die sie über ihren Bikini zog. »Was hast du vor? Willst du heute den Mann fürs Leben kennenlernen?«

»Hier am Strand?«, fragte Lilou. »Bestimmt nicht. Oder stehst du auf Eisverkäufer oder Liegestuhlverleiher?«

»Was ist falsch an Eisverkäufern?«

»Gar nichts«, sagte Lilou und kicherte. »Und es gibt immer was Kühles zum Lecken.«

»Du bist so was von unmöglich«, sagte Françoise. Dann fiel ihr Blick auf ein zusammengefaltetes Papier, das offensichtlich jemand hinter den Scheibenwischer geklemmt hatte. Françoise hielt das Papier in die Luft und wedelte hin und her.

»Ob er das ist, der Mann fürs Leben?«, fragte Françoise gespielt naiv.

»Keine Ahnung, ist vielleicht für dich«, schlug Lilou vor.

»Steht aber dein Name drauf!« Françoise wollte das Blatt auseinanderfalten. »Darf ich lesen?«

»Nein!«, rief Lilou gespielt empört. »Das ist schließlich *mein* Mann fürs Leben!«

Lilou faltete den Zettel breit grinsend auseinander, als ihr Blick auf den Text fiel. Schlagartig wurde sie ernst.

»Was ist los?«, fragte Françoise. »Keine Einladung auf eine Jacht bei Sonnenuntergang?«

Lilou hielt ihr stumm den Zettel hin. Darauf war mit Filzstift ein zerrissenes Herz und ein Blitz gezeichnet. Es sah aus wie eine Kinderzeichnung, und trotzdem ging etwas Unheimliches von dieser Zeichnung aus.

»Du gehörst nur mir allein …«, las Lilou vor.

»Ist das alles?«, fragte Françoise fast ein bisschen enttäuscht.

»Mir reicht's völlig.« Lilou sah sich um, als hätte sie Angst, beobachtet zu werden.

»Jetzt komm her.« Françoise schnappte den Zettel aus Lilous Hand und warf ihn achtlos zu Boden. »So macht man das.«

»Ich weiß nicht …« Lilou stieg in das offene Auto und steckte den Schlüssel in das Zündschloss.

»Es gibt so viele Arschlöcher auf dieser Welt«, sagte Françoise. »Wo kommen wir denn hin, wenn wir uns von jedem den Tag vermiesen lassen?«

Lilou ließ den Motor an und zwang sich zu einem Lächeln. »Na gut, steig ein, lass uns nach Cabasson zum Schwimmen fahren.«

»Das ist die richtige Einstellung!« Françoise hielt Lilou die Handfläche hin und die klatschte sie ab. Ein altes Ritual. Lilou gab Gas und fädelte sich in den Verkehr ein. Der kleine Wagen schwang auf und ab und pendelte über die Straße wie ein Stück Kork auf den Wellen.

Françoise drückte auf den Einschaltknopf des Radios, und der Sender Radio Nostalgie spielte »Tous les garçons et les filles«, während sie vom Nachmittagsverkehr davongespült wurden.

Lilou sah nicht mehr zurück, sonst wäre ihr vielleicht der Mann mit dem Basecap und der Sonnenbrille aufgefallen, der von der anderen Straßenseite aus die jungen Frauen beobachtet hatte.

10. Kapitel

»Fahr langsamer«, bat Isabelle, aber Didier Masclau schien seine Chefin nicht zu hören. Isabelle liebte es, die enge Höhenstraße über den Kamm des Massif des Maures gemütlich entlangzurollen. Von hier hatte man abwechselnd Ausblicke auf das dunkelblaue Meer tief unter ihnen oder in die dichte immergrüne wilde Landschaft der Provence. Ein echter Genuss, wenn nicht Lieutenant Masclau hinter dem Steuer gesessen hätte, der enge Straßen immer als Herausforderungen an sein fahrerisches Können verstand.

»Langsamer, habe ich gesagt!« Isabelle klang jetzt etwas ärgerlich, und Masclau nahm tatsächlich den Fuß vom Gas. Sie lehnte sich auf dem Sitz zurück und ließ ihr Fenster hinunterfahren.

»Noch langsamer«, sagte sie.

»Bitte«, stöhnte Didier. »Wir wollen doch heute noch ankommen.« Genervt nahm er das Tempo erneut zurück.

Jetzt konnte Isabelle endlich die Zikaden hören, die wie ein riesiger Chor die Landschaft mit ihrem Gesang überzogen. Isabelle lehnte den Kopf aus dem Fenster und atmete tief ein und aus.

»Alles in Ordnung?«, fragte Didier.

»Fahr mal rechts ran.«

»Geht es dir nicht gut?« Masclau klang besorgt, als er den Wagen anhielt.

»Das ist die Musik der Provence«, sagte Isabelle. Sie hob die Hand, um daran zu erinnern, dass sie diesen kurzen Augenblick genießen wollte.

»Wie weit ist es denn noch zu diesem Meuron? Mir wird hier hinten nämlich schlecht«, sagte Kadir, als Masclau wenige Minuten später mit Schwung eine neue Kurve nahm.

»Warum wohnt einer hier draußen, mitten in der Pampa?«, fragte Masclau.

»Und was sucht er in aller Herrgottsfrühe am Strand?« Isabelle hatte laut gedacht.

»Wenn du jemand umbringen willst, ist das hier genau die richtige Gegend«, sagte Kadir von der Rückbank.

Nicolas Meuron war bei der Polizei zwar kein Unbekannter, aber er war nur ein kleines Licht. Er war in einige Diebstähle verwickelt gewesen, Fahren ohne Führerschein, Jagen ohne Lizenz, und einmal hatte ihm ein Richter wegen Körperverletzung drei Monate Sozialarbeit aufgebrummt. Doch dieses Urteil lag inzwischen schon über zehn Jahre zurück.

Darüber hinaus war nicht viel bekannt über Monsieur Meuron. Auf die Welt gekommen war Nicolas Meuron in Tunis, Anfang der Achtzigerjahre. Er wuchs in Tunesien bei Verwandten auf. Seine Mutter war bei seiner Geburt gestorben, und seinen Vater hatte er nie kennengelernt. Nach einigen Schuljahren, die wirkungslos an ihm vorübergegangen waren, hatte Nicolas Meuron bei einer algerischen Spedition als »Assistent« gearbeitet. Angeblich war er später als Koch auf einem Frachtschiff mitgefahren. Danach sollte er sogar mehrere Jahre lang in einem bekannten Restaurant in Toulon die Küche geführt haben. Andere erzählten, Meuron sei an einem Bordell in Toulon beteiligt gewesen. Jedenfalls war er für einige Jahre abgetaucht. Aber vielleicht waren das alles auch nur Klatschgeschichten, wie man sie sich im Süden gern erzählte, dachte Isabelle.

Nicolas Meuron gab seinen Beruf als Mechaniker an, und er war tatsächlich ein geschickter Handwerker. Er verstand etwas von Installation, Elektrik und Hausbau im Allgemeinen. Vor allem Ferienhausbesitzer engagierten ihn gelegentlich, da sie sich oft von den einheimischen Baufirmen über den Tisch gezogen fühlten. Nicolas arbeitete zuverlässig und für einen Bruchteil der Kosten, die die Baufirmen ihren Kunden in Rechnung stellten. Die Leute riefen ihn meist, um kleine Arbeiten in und um ihre Häuser zu erledigen: zerbrochene Dachpfannen auswechseln, verstopfte Toiletten reparieren oder tropfende Wasserleitungen abdichten, aber auch mal, um eine illegale Stromleitung anzuschließen, vorbei an den Stromzählern der Gemeinde. Darüber hinaus kurvte er mit seinem Moped oder seinem Camion durch die Gegend und fragte auf Baustellen, ob Hilfe gebraucht wurde. Es war bestimmt kein Job, um reich zu werden, aber Nicolas Meuron konnte davon leben. Davon abgesehen hatte er sich noch ein paar Geldquellen eröffnet, von denen die Gendarmerie besser nichts erfuhr.

Eine Viertelstunde später bog der blau-weiße Einsatzwagen der Gendarmerie von der Straße in einen Feldweg ein. Der Weg wurde sofort enger. In Schrittgeschwindigkeit wich Masclau den großen Schlaglöchern aus. Die Reifen wühlten sich durch den Schotter wie durch Wasser, und der Wagen zog eine lange Staubfahne hinter sich her.

»Da vorne ist es!« Isabelle deutete auf eine Lichtung, auf der unter einer großen, einsamen Platane ein verbeulter Wohnwagen stand, von dem die Farbe abblätterte.

Den Wohnwagen hatte Meuron billig auf einer Versteigerung

erworben und hierhinauf in die Hügel geschafft. Das Grundstück hatten ihm vor Jahren entfernte Verwandte geschenkt, als langsam abzusehen war, dass er sein Leben ordnen würde. Es war eher eine freundliche Geste gewesen als ein wirklicher Gewinn, denn auf diesem Land lag nicht einmal ein Baurecht. Makler kamen so gut wie nie hier vorbei. Aber für Nicolas Meuron war es der perfekte Rückzugsort. Keine neugierigen Nachbarn, kaum Steuern, und von der Nationalstraße aus war sein Zuhause so gut wie unsichtbar. Und da Nicolas Meuron über einen Wasseranschluss und eine Stromleitung verfügte und ein Wohnwagen keine Genehmigung brauchte, solange man ihn auf dem eigenen Grundstück abstellte, lebte es sich für den Einsiedler ganz komfortabel hier in der Einsamkeit.

Am Rande der Lichtung stand eine Scheune. Die Bretter ausgeblichen von Regen, Wind und Sonne. Gleich daneben hatte Nicolas Meuron ein militärisches Tarnnetz gespannt und sich damit eine Art Open-Air-Werkstatt geschaffen.

Masclau parkte das Einsatzfahrzeug unter der gewaltigen Platane. Unter dem Tarnnetz stand ein uraltes Vélosolex, das unverwüstliche Moped der Franzosen. Die Einzelteile des Motors waren auf der Werkbank ordentlich sortiert und aufgereiht. Von irgendwoher drang leise Musik – Pavarotti sang aus *Tosca*.

Isabelle ging zum Wohnwagen, der von Efeu und einer üppigen Bougainvillea eingewachsen war. Sie klopfte an die Tür, die geräuschlos zurückschwang, aber nichts rührte sich im Inneren.

»Monsieur Meuron?«, fragte Isabelle in den düsteren Schatten des Wohnwagens.

»Er muss jedenfalls hier irgendwo sein.« Kadir deutete auf den Lieferwagen, der neben der Scheune stand. Ein grauer Citroën Typ H. Keine Frage, das war der Wagen, den Kadir auf den Fotos entdeckt hatte. Mit seiner Wellblechkarosserie war das Auto unverwechselbar.

»Was wollen Sie hier?«, rief eine Stimme, und das Tor der Scheune öffnete sich.

»Monsieur Meuron?«, fragte Isabelle.

»Wer will das wissen?« Der Einsiedler hatte sich trotzig vor der Scheunentür aufgebaut. Er trug eine knielange Kakihose und ein Unterhemd, das am Hals und an den Ärmeln zerrissen war. Die Haut des Mannes war dunkel, das Gesicht schmal und gut geschnitten, wie bei so vielen Bewohnern des Maghreb. Isabelle schätzte ihn auf Ende fünfzig. Er war ungefähr ein Meter achtig groß, muskulös, und seine kurzen krausen Haare waren grau.

»Lieutenant Kadir«, stellte sich der Polizeibeamte vor. »Und das ist Capitaine Morell.« Kadir wies auf Isabelle. »Wir haben ein paar Fragen an Sie.«

»Für so was habe ich keine Zeit.« Meuron drängte sich an den Besuchern vorbei zu seinem Wohnwagen.

»Wir können ihre Personalien auch auf der Wache überprüfen«, sagte Masclau.

»Was wollen Sie wissen?«, fragte Meuron schlecht gelaunt.

»Sie haben von der Toten am Strand gehört, Monsieur Meuron?«, fragte Isabelle.

»Kam doch den ganzen Vormittag in den Nachrichten.«

»Wo waren Sie vergangene Nacht?«, fragte Isabelle.

»Ich weiß nicht, was Sie das angeht.«

»Capitaine Morell hat Sie was gefragt«, sagte Masclau mit drohendem Unterton. »Wir können Sie auch festnehmen, Meuron.«

Nicolas drängte sich an Isabelle vorbei in seinen Wohnwagen und schlug die Tür hinter sich zu.

»Monsieur?«, Isabelles Frage kam knapp und verblüfft. Dieser Mann hatte sie überrascht.

Mit einem Schritt stand Masclau neben Isabelle und klopfte mit der Faust gegen die Tür. »Meuron, machen Sie die Tür auf, verdammt noch mal.«

Meuron konnte den Polizisten nicht entkommen, denn der Wohnwagen verfügte nur über diese eine Tür. Aber es machte Masclau wütend, wenn er als Polizeibeamter nicht respektiert wurde.

»Jetzt beruhigen Sie sich mal«, drang Meurons Stimme aus dem Wohnwagen. »Oder soll ich vielleicht in der Unterhose rauskommen?«

»Machen Sie die Tür auf, auf der Stelle!« Dieses Mal war das Klopfen noch energischer. »Oder wir machen die Tür auf!«

»Ist ja gut!« Mit einem Klicken sprang die Tür auf, und Nicolas Meuron erschien. Er knöpfte ein buntes Hemd zu, das er demonstrativ in den Hosenbund steckte. Masclau schob sofort den Fuß in die Tür.

»Darf der das?« Meuron sah Isabelle an und deutete dabei auf den Lieutenant, der die Tür blockierte.

Isabelle ging auf die Bemerkung nicht weiter ein und fragte: »Also, wo waren Sie?«

»Hier oben, wo denn sonst? Oder glauben Sie, ich würde mich im Juni freiwillig ins Nachtleben von Lavandou stürzen?«

»Ihr Wagen wurde aber an der Küste gesehen.«

»Solche Autos gibt es hier noch eine Menge.«

»Einen hellgrauen Citroën Typ H aus den Sechzigern? Ich kenne keinen anderen.«

Lieutenant Kadir war inzwischen zur Scheune geschlendert und wollte die Tür öffnen, als er von Meuron bemerkt wurde.

»Was machen Sie denn da?«

»Keine Sorge, Monsieur Meuron. Wir möchten uns nur ein wenig umschauen.« Kadir rüttelte an der Scheunentür.

»Haben Sie einen Durchsuchungsbescheid?«, fragte Meuron.

»Monsieur Meuron«, Isabelle sprach wie mit einem unwilligen Schulkind. »Wir befragen Sie nur als Zeugen – bisher. Und es wäre sicher klug, die Polizei bei ihrer Arbeit zu unterstützen.«

»Nur reden, keine Durchsuchung, richtig?«

»Noch einmal«, sagte Isabelle. »Wo waren Sie vergangene Nacht?«

Meuron wollte protestieren, aber Isabelle hob die Hand.

»Wir wissen, dass Sie in den letzten vierundzwanzig Stunden am Tatort waren. Ihr Fahrzeug wurde gesehen und fotografiert.«

»Das kann gar nicht sein«, beharrte Meuron auf seiner Aussage.

»Für uns stellt sich das so dar«, machte Masclau Druck: »Sie waren vor Ort und sind zufällig auf Monsieur Lagarde getroffen.«

»Bin ich nicht, nein. Was unterstellen Sie mir denn da?«, protestierte Meuron, aber Masclau sprach einfach weiter.

»Mit Ihrem Schlag haben Sie ihn ganz schön erwischt«, sagte er. »Das sieht mir nach einem Fall von Körperverletzung aus.«

»Nein! Ich sage doch, ich war nicht am Tatort. Ich war überhaupt nicht da!«

»Ich denke«, Masclau sah Isabelle und seinen Kollegen an, »dann nehmen wir ihn mit auf die Wache.«

»Moment mal! Ich gehe nirgendwohin«, versuchte sich Meuron zu verteidigen.

Isabelle und Masclau wechselten einen schnellen Blick.

»Monsieur Meuron, wir nehmen Sie wegen Mordverdachtes fest.«

Isabelle konnte sehen, wie der Bluff ihres Kollegen Meuron erschreckte. Masclau griff demonstrativ an seinen Gürtel und nahm die Handschellen von dem Haken. Er griff nach dem Arm des Verdächtigen.

»Warten Sie«, Meuron winkte ab. »Is' ja gut. Ich geb's zu, ich war in der Bucht.«

»Na also«, sagte Masclau. »Und was haben Sie da gemacht?«

»Ich habe geangelt.«

»Nachts um drei Uhr?«, fragte Isabelle.

»Nicht, wie Sie denken«, sagte Meuron. »Mit einem Scanner, einem Metallscanner. Moment, ich zeig es Ihnen.« Meuron drehte sich um und zog hinter der geöffneten Wohnwagentür eine Metallsonde hervor. Dieser Scanner hatte als Fuß am Boden eine runde Antenne, zwei Griffe, um das Gerät zu führen, und einen Kopfhörer, um die akustischen Meldungen zu hören, wenn der Sensor auf Metall stieß.

»Und damit finden Sie was genau am Strand?«, wollte Isabelle wissen.

»Damit finde ich alles.« Meuron tätschelte liebevoll das Hightechgerät, wie man sonst nur einen Hund tätschelte. »Uhren, Ringe, Gebisse«, sagte Nicolas Meuron. »Sie glauben gar nicht, was die Leute so alles verlieren.«

»Also, haben Sie etwas gefunden?«

»Nur Coladosen und Kronkorken. Alles Mist, nichts wert.«

»Wen haben Sie getroffen in den Klippen?«, fragte Masclau.

»Niemanden, habe ich Ihnen doch gesagt. War's das?«

»Sie haben niemanden gesehen oder gehört?«, hakte Isabelle noch einmal nach.

»Sie haben gesagt, ich wäre nur ein Zeuge?«

»Das ist richtig.«

»Zumindest im Augenblick«, fügte Masclau hinzu.

»Na gut, dann will ich, dass Sie von meinem Grundstück verschwinden. Ich habe nichts mehr zu sagen.«

»Da wäre ich mir an Ihrer Stelle nicht so sicher«, widersprach

Kadir. »Wir ermitteln in einem Mordfall. Und da sind wir besonders gründlich.«

»Also, schönen Tag noch«, sagte Meuron.

»Ich möchte, dass Sie Ihre Aussage zu Protokoll geben.« Isabelle zog eine Visitenkarte aus ihrer Tasche. »Sagen wir, morgen früh um acht Uhr.«

»Ist doch genau Ihr Ding, so früh am Morgen. Und seien Sie pünktlich«, ätzte Masclau.

Nicolas Meuron hob nur die Hand und drehte sich nicht noch einmal um, sondern verschwand wortlos in der Scheune. Isabelle knallte die Visitenkarte auf die Arbeitsplatte, legte eine Schraube darauf und ging.

11. Kapitel

Das wichtigste Teil in diesem makabren Puzzle hatte sich Leon bis zuletzt aufgehoben. Nicht weil es ihm davor grauste, im Gegenteil. Leon suchte wie immer nach Klarheit. Er wollte Antworten auf alle Fragen, die dieser seltsame und unheimliche Fund ihm stellte, der jetzt vor ihm auf dem Seziertisch lag, beleuchtet vom grellen Licht der OP-Lampe: der Kopf des Mordopfers.

Der Kopf lag auf einem Edelstahltablett. Das Gesicht war bis zur Unkenntlichkeit zerstört, von Schnitten und Hämatomen übersät. Da, wo einmal der Hals gewesen war, sah Leon jetzt auf eine blutige Wunde, auf Muskeln, Sehnen und die Luftröhre. Alles mit groben Schnitten durchtrennt.

Leon hatte mit seinem Assistenten die Wundränder genau untersucht und verglichen. Es bestand kein Zweifel, das hier war der Kopf der Frau vom Strand, den der Täter von seinem unbekannten Opfer abgetrennt hatte.

»Was geht in einem Menschen vor, der so etwas tut?«, fragte Rybaud.

»Das ist die große Frage.«

»Das sind wahre Teufel«, sagte Rybaud mit einem Kopfschütteln.

»In jedem von uns steckt ein solcher Teufel«, meinte Leon lakonisch, »damit müssen wir uns abfinden.«

»Das will ich doch nicht hoffen«, versuchte Rybaud einen kleinen Scherz, den Leon ignorierte.

»Wenn man etwas lernt in diesem Job, dann, dass es leider Menschen gibt, die ihre Emotionen nicht im Griff haben.«

»Aber warum«, fragte Rybaud. »Warum auf so eine grässliche Art und Weise?«

»Die Antwort ist einfach«, sagte Leon. »Die Menschen tun sich untereinander solche grauenvollen Dinge an, weil sie es können. Weil die Natur es so eingerichtet hat.«

Leon beugte sich nach vorn, zog die Lupe noch ein wenig tiefer zu sich herab und knipste die Zusatzbeleuchtung an. Es war der abschließende letzte Blick auf das Opfer, bevor er gleich den Bericht diktieren würde.

»Haben Sie noch etwas gefunden?«, fragte Rybaud.

Leon antwortete nicht. Er schwenkte die Lupe einige Zentimeter nach rechts, dann nach links und wieder zurück. Dann schob er eine lange Sonde in die Schnittwunde.

Leon hatte nichts übrig für die manchmal etwas hemdsärmelige Art vieler seiner Kollegen bei Untersuchungen. Es gab Rechtsmediziner, die den Opfern Spitznamen gaben. So etwas hätte es bei Leon nie gegeben. Er betrachtete die Toten auch nicht als »Beweisstücke«, sondern als »Patienten«, und ebenso behandelte er sie. Mit Respekt.

Leons Arztkittel waren immer frisch gewaschen. Der Sektionsraum war blitzsauber und perfekt aufgeräumt. Die Instrumente sahen aus, als wären sie erst gestern angeschafft worden. Die ganze Atmosphäre erweckte den Eindruck, als befände man sich nicht in einem düsteren Obduktionsraum, sondern im klinisch reinen OP eines hochmodernen Krankenhauses.

»Zange«, sagte Leon und streckte seine Hand aus, »eine von den ganz kleinen, mit Klemme.«

Rybaud legte seinem Chef das gewünschte Instrument in die Hand.

»Können Sie das bitte halten?«, sagte Leon, und der Assistent griff nach der Sonde. Vorsichtig zupfte Leon an etwas, das er zunächst für einen länglichen Knochensplitter in der Luftröhre gehalten hatte. Doch jetzt, als er an dem vermeintlichen Splitter zog, löste er sich und ließ sich mit einem kurzen schmatzenden Geräusch aus der Luftröhre des Opfers ziehen. Leon hielt das Stück mit den schmalen Spitzen der Zange fest und drehte es unter der beleuchteten Lupe.

»Was ist das?«, fragte Rybaud neugierig.

»Papier, bedruckt ...«, antwortete Leon nachdenklich, während er versuchte, den Fund so zu halten, dass er erkennen konnte, was er da gefunden hatte.

»Aber wie kommt Papier ...?«

»Ich denke, er hat sie geknebelt«, sagte Leon.

»Er hat ihr Papier in den Mund gestopft?«

»Um ihre Schreie zu dämpfen, ja«, sagte Leon. »Er fürchtete, jemand könnte ihn hören.«

Leon betrachtete den Fund genauer. Es sah aus wie das Stück eines Flyers, so wie sie einem an der Uferpromenade ständig in die Hand gedrückt wurden. Etwas, das Leon an ein Stück Himmel erinnerte, war auf dem Papier zu erkennen, und zwei Buchstaben, ein c und ein l. Jemand hatte es der jungen Frau brutal in die Mundhöhle gestoßen, sie hatte verzweifelt nach Luft gerungen und diesen Fetzen Papier eingeatmet, dachte Leon. Er spürte, dass er dieses Motiv vom Himmel schon einmal irgendwo gesehen hatte. Aber wo? Er konnte sich nicht erinnern.

Der Fall bedrängte ihn. Er musste an die frische Luft. Die Wärme der Provence fühlen, Menschen sehen, am Leben teilhaben. Auch wenn es nur für eine Stunde war.

»Ich brauche davon eine Vergrößerung.« Leon legte seinem Assistenten den Papierfetzen auf das Edelstahltablett. »Und das Labor soll es auf Fremd-DNA untersuchen.«

12. Kapitel

Im Büro des Polizeichefs konnte Isabelle regelrecht spüren, wie die Stimmung von Minute zu Minute angespannter wurde. Der kleine Raum mit seiner Besucherecke war heillos überfüllt. Ursprünglich sollte Zerna eine Pressekonferenz geben. Zumindest war das der Wunsch der Medien gewesen. Jetzt saßen dem Polizeichef und seiner Stellvertreterin eine Handvoll Journalisten gegenüber, die es irgendwie geschafft hatten, sich in das Büro des Polizeichefs zu drängen. Und dann waren da auch noch die sechs Abgeordneten des Stadtrates mit ihren Sorgen. Sie hatten gehört, dass ein wahnsinniger Killer sein Unwesen trieb, und das mitten in Le Lavandou, kaum dass die Sommerferien begonnen hatten. Was verschwieg die Polizei? Der Täter musste gefunden werden, sonst war die ganze Saison verloren.

Warum sagte man ihnen denn nichts Genaueres? Was sollte man denn den Besuchern erklären? In Lavandou standen in der kommenden Woche gleich zwei wichtige Veranstaltungen an. Da war das fünfzigjährige Jubiläum der deutsch-französischen Städtepartnerschaft mit der Eröffnung des restaurierten Brunnens sowie das Fest der Fischer mit der traditionellen Prozession zum Fischereihafen und anschließendem Open-Air-Gottesdienst.

Die Leute waren beunruhigt, dass die Veranstaltungen ausfallen könnten. Der Ton im Büro wurde härter. Als die Besitzerin des größten Hotels und die Dame vom Fremdenverkehrsamt begannen, sich zu streiten, stand Zerna mit erhobenen Händen auf, bereit, sich zu ergeben.

»Warten Sie, Mesdames«, sagte Zerna. »Gar nichts wird ausfallen. Alle Veranstaltungen finden statt. Und was den Fall der unbekannten Toten betrifft«, Zerna machte eine Geste in Richtung Isabelle, »das erklärt Ihnen am besten die Leiterin der Ermittlungsgruppe, Capitaine Isabelle Morell.«

Zerna mochte Pressekonferenzen, normalerweise. Da konnte er sich wichtigmachen und daran erinnern, wer der seiner Meinung nach wichtigste Polizist zwischen Toulon und Saint-Tropez war – Commandant Thierry Zerna. Aber das hier war keine normale Pressekonferenz und kein normaler Fall. Da lag in der Kühlkammer der Rechtsmedizin eine Frau ohne Kopf, die niemand zu vermissen schien. Das Opfer hatte noch keinen Namen, keine Familie und keine Freunde. Sie hatten nichts, außer einer toten Frau, die niemand kannte. Da waren sie bei dem Täter schon weiter. Allein die Art, wie der Unbekannte sein Opfer gequält und getötet hatte, ließ Schlüsse auf die Persönlichkeit des Mörders zu. Eine zutiefst gestörte Psyche. Ein zutiefst gestörter, psychisch kranker Mensch, der ganz offensichtlich zu allem fähig war – aber das sagte Isabelle ihren Zuhörern natürlich nicht.

Sie hatte erst vor einer Viertelstunde mit Leon in der Rechtsmedizin telefoniert. Er war überzeugt, dass sie es mit einem Fall ausgeprägter Schizophrenie zu tun hatten.

Inzwischen hatte Zerna eine Sonderkommission zusammengestellt, auch wenn das im Augenblick noch keinen wirklichen Nutzen brachte, außer bei den Medien den Eindruck zu erwecken, die Polizei hätte alles im Griff. Tatsache war, dass die Gendarmerie von Lavandou überhaupt nichts im Griff hatte. Es gab im Augenblick noch immer nicht den geringsten Hinweis auf die

Identität des Opfers. Keine Vermisstenmeldungen, keine tödlichen Unfälle, keine Spaziergängerinnen, die sich im Nationalpark verirrt hatten. Sie hatten nichts als eine tote blonde Frau in der Kühlkammer, der ein offensichtlich Wahnsinniger den Kopf abgeschnitten hatte.

»Sind wir denn sicher in Lavandou? Was sollen wir unseren Gästen sagen?«, wollte Marion Sellier wissen. Sie hatte erst vor einem Jahr den Job als Leiterin des Tourismusbüros in Lavandou übernommen. Vorher hatte sie sich um die Tourismuszentrale von Bordeaux gekümmert. Madame Sellier war die Tochter einer französischen Mutter aus Martinique und eines Vaters aus Lyon. Eine auffallend attraktive Erscheinung, der es leichtfiel, mit Menschen ins Gespräch zu kommen. Auf der Tourismusmesse in Paris sollte sie dabei auch den französischen Präsidenten kennengelernt haben. Spitze Zungen behaupteten, Madame Sellier und der Präsident würden sich seit dieser Begegnung besonders gut verstehen. Es sei auch kein Zufall, dass die schöne Leiterin des Tourismusbüros von Bordeaux ausgerechnet ins entfernte Lavandou geschickt worden sei. Die offizielle Lesart lautete, dass Madame Sellier sich auf diese Weise auch gleich um das Fort de Brégançon kümmern könnte, Sommersitz und Gästehaus des Präsidenten.

»Ich kann Ihnen versichern, dass Lavandou gut bewacht wird«, beruhigte der Polizeichef die nervösen Besucher. »Wir werden alles dafür tun, dass sich unser prominenter Gast in Lavandou wohl und sicher fühlt.«

»Heißt das, Sie werden keine Pressekonferenz zu der Toten vom Strand geben, weil Sie keine Spuren haben?«, fragte eine Journalistin und hielt Polizeichef Zerna ihr Mikro unter die Nase.

»Wenn wir in diesem Moment noch nicht über Spuren sprechen, Madame, dann bedeutet das nicht, dass wir keine Spuren haben. Capitaine Morell und ihr Ermittlerteam sind noch dabei, die jüngsten Zeugenaussagen auszuwerten, aber aus ermittlungstechnischen Gründen können wir dazu in diesem Moment noch nichts sagen.«

»Das klingt aber gar nicht so, als gäbe es bereits eindeutige Hinweise«, hakte die Journalistin nach.

»Seien Sie unbesorgt«, antwortete Zerna.

»Ist es richtig, dass heute der Präsident nach Lavandou kommt, Madame Sellier?«, fragte die Journalistin mit einem spöttischen Unterton in der Stimme.

Für einen Moment schienen die Unterhaltungen zu verstummen, und Isabelle hatte den Eindruck, als würden sich alle der Tourismuschefin und der taktlosen Journalistin zuwenden.

»Darüber weiß mein Büro leider auch nicht mehr als Sie, Frau Kollegin.«

»Ich dachte, das Innenministerium und die Tourismuszentrale von Lavandou würden in ganz besonders engem Kontakt stehen, wenn es um die Organisation des Urlaubs unseres Präsidenten geht?«, sagte die Journalistin schnippisch.

»Wenn Sie Fragen zur Sicherheit unseres Präsidenten haben«, antwortete Madame Sellier, als hätte sie die Bemerkung überhört, »dann muss ich Sie bitten, sich direkt an die Pressestelle der Marine zu wenden, die sind für die Bewachung der gesamten Küste und damit natürlich auch für Fort de Brégançon, den Sommersitz unseres Präsidenten, zuständig.«

»Wenn es ansonsten keine Fragen mehr gibt«, sagte Zerna, »würde ich gerne an dieser Stelle unser informatives Gespräch beenden. Sollte sich etwas Neues ergeben, wird unsere Pressestelle Sie umgehend informieren.«

Isabelle konnte hören, dass einige Journalisten kicherten. Aber Zerna ließ sich nicht beirren.

»Darüber hinaus möchte ich eine Pressekonferenz für morgen Mittag ankündigen.«

»Und wo soll die stattfinden?«, erkundigte sich die Journalistin.

»Auf den Stufen zum Rathaus, wie üblich«, antwortete Zerna mit einem gezwungenen Lächeln, das an der jungen Leiterin des Tourismusbüros hängen blieb.

13. Kapitel

»Ich sage euch, das war einer von den Ausländern.« Michel stellte im Chez Miou sein Glas auf den Tresen und sah Jérémy an, den Besitzer des Cafés. »Machst du mir bitte noch einen?«

Jérémy griff zur Flasche und schenkte seinem Gast noch ein Glas Rosé ein.

Michel war der Besitzer des Tabakladens schräg gegenüber dem Rathaus. Wenn er nüchtern war, konnte man ihn noch ertragen. Aber wenn Michel getrunken hatte, und das tat er eigentlich jeden Nachmittag, dann mied Leon ein Gespräch mit ihm.

»Ich kann Michel sagen, dass er verschwinden soll.« Yolande, die Frau von Jérémy, hatte sich zu Leon an den Tisch geschoben und gab ihm mit ihrem Hüftschwung einen frechen kleinen Schubs gegen die Schulter, der aber zu Yolandes mildem Bedauern den verehrten Docteur unbeeindruckt ließ.

Yolande war nicht nur die Ehefrau des Inhabers des wichtigsten Cafés des Ortes, sie war auch die Person, bei der alle Informationen in und um Lavandou zusammenliefen. Egal, ob es um das Tiefdruckgebiet über der Iberischen Halbinsel, die heimliche Schwangerschaft der Erdkundelehrerin am Collège oder die Prostataprobleme des Pfarrers ging, Yolande war immer als Erste informiert.

»Was wollt ihr?« Jetzt war es der dicke Edmonde, der das Wort ergriff. »Ich hab's euch immer gesagt, die schicken uns nur die Verbrecher aus Afrika rüber.«

Edmonde stand wie immer an der Theke, wo er ab siebzehn Uhr Pastis trank. Er hatte seinen rollenden Pizzastand in dieser Saison an der Route nationale D 559 kurz vor Saint-Clair aufgebaut. Edmonde sah etwas verwahrlost aus, seit ihn im vergangenen Winter seine Freundin wegen eines Fährschiffkapitäns verlassen hatte. Die Trennung hatte den Mann hart getroffen, aber seine Pizza war immer noch die beste in der ganzen Gegend.

»Wir wollten es ja nicht anders. Na gut, jetzt haben wir die Flüchtlinge.« Michel sah in die Runde, ob es jemand wagen würde, ihm zu widersprechen.

Im Bistro war Jean-Claude mit seinem Rollstuhl aufgetaucht. »Wir bräuchten einfach mehr Männer wie dich, Edmonde. Dann wäre Frankreich seine Probleme über Nacht los, richtig?«, brummte er, war aber schon an dem Grüppchen am Tresen vorbei, bevor jemand reagieren konnte.

Edmonde sah dem Rollstuhlfahrer hinterher, anscheinend unsicher, ob dieser seine letzte Bemerkung ernst gemeint hatte.

Jean-Claude sah zu Leon herüber und nickte kurz. Eigentlich hasste Jean-Claude die Deutschen. Und das nicht nur, weil deutsche Soldaten seinen Großvater im letzten großen Krieg erschossen hatten. Es war auch ein Deutscher gewesen, der Jean-Claude mit seinem BMW auf dem Fahrrad erwischt hatte. Ein Dutzend Operationen und unzählige Klinikaufenthalte später konnte Jean-Claude sich immerhin mit dem Rollstuhl fortbewegen. Wobei gemunkelt wurde, dass er den Rollstuhl eigentlich schon lange nicht mehr benötigte, aber unter keinen Umständen auf seine Behindertenrente verzichten wollte.

Leon hatte sich von Anfang an mit diesem eigenwilligen

Mann gut verstanden und war inzwischen so etwas wie ein Berater in allen Lebenslagen für Jean-Claude.

Dafür war Jean-Claude zuständig, wenn es um die unergründlichen Geheimnisse der französischen Seele ging. Hinzu kam, dass Jean-Claude so gut wie jeden in Lavandou und Umgebung kannte. Ein Umstand, der Leon schon bei der Lösung von so manch schwierigem Fall geholfen hatte.

Leon winkte seinem Freund zu, und Jean-Claude war mit drei kräftigen Armstößen auf seinem Rollstuhl bei ihm. Leon faltete akkurat die FAZ zusammen, die er sich fast täglich kaufte, vor allem, um sich an den Berichten über das schlechte Wetter in seiner Heimatstadt Frankfurt zu erfreuen. Je schlechter die Voraussagen für Deutschland, umso besser wurde Leons Laune. Darum war er schließlich hierhergezogen: um an der Côte d'Azur durchschnittlich dreihundert Sonnentage im Jahr zu genießen.

»Du siehst so aus, als wolltest du mir etwas erzählen«, begrüßte Leon sein Gegenüber.

Yolande war stehen geblieben und wischte übertrieben sorgfältig den Tisch ab, um nur ja nichts zu verpassen.

»Kann ich euch noch etwas bringen?«, fragte sie und hatte es offensichtlich nicht eilig damit, die beiden allein zu lassen.

»Das ist vertraulich«, erklärte Jean-Claude kurz angebunden. »Aber du kannst mir einen kleinen Rosé bringen.«

»Ich sage nur eines: Kopf ab bei solchen Typen!«, tönte Edmonde in diesem Moment vom Tresen aus.

»Halt die Klappe«, rief Michel in die Runde.

»Das war ein Araber, ein Muslim«, stänkerte Edmonde weiter. »Glotz mich nicht so an. Oder hast du vielleicht jemals gehört, dass ein Franzose jemandem den Kopf abgesäbelt hat? Ich meine, ein echter Franzose.«

»Und für Sie?«, fragte Yolande den Docteur völlig ungerührt

mit ihrer erotischsten Barstimme. »Einen Café Crème wie üblich?«

»Das wäre nett«, sagte Leon.

»Un Rosé pour Jean et un Crème pour le docteur«, rief sie laut und marschierte mit schwingenden Hüften in Richtung der Theke, hinter der ihr Mann die Bestellungen herrichtete.

»Das muss ja eine verdammt blutige Angelegenheit gewesen sein«, sagte Jean-Claude.

Leon sah ihn abwartend an.

»Wenn ich mir das vorstelle. Jemandem einfach so den Kopf runterzusäbeln ...« Jean-Claude schüttelte sich.

»Du kennst die Regeln«, sagte Leon ungerührt.

Die Regeln besagten, dass Leon im Chez Miou niemals über einen laufenden Fall sprach, schon gar nicht, wenn die Ermittlungen noch ganz am Anfang standen.

»Kennst du eigentlich Robert Mignon?«, fragte Jean-Claude, nachdem sich die Männer einige Sekunden schweigend angesehen hatten. »Docteur Robert Mignon«, erklärte Jean-Claude. »Ist ein Kollege von dir. Hatte damals eine Praxis als Allgemeinmediziner in Draguignan, als die große Scheiße passiert ist.«

»Was meinst du mit ›große Scheiße‹?«

»Na ja, Rübe runter. Ich dachte, darüber reden wir.« Jean-Claude sprach mit Leon wie ein Lehrer mit seinem Schüler, der seine Vokabeln nicht gelernt hatte.

»Nie gehört.« Leon hatte eigentlich erwartet, dass sein Freund ein paar blutige Details zu dem aktuellen Mordfall von ihm erfahren wollte. Damit die Stammgäste des Miou für die nächsten Tage etwas zu diskutieren hatten.

»Dann habe ich aber diesmal was für dich«, sagte Jean-Claude mit dramatischer Geste »Und ich informiere nur dich, weil du mein Freund bist.«

Das klang ironisch – und so war es auch gemeint. Leon grinste.

»In Ordnung«, sagte er. »Was wolltest du erzählen?«

»Die kleine Colette«, sagte Jean, »der schreckliche Mord.«

Leon sah den Freund fragend an.

»Er hatte sie genauso zugerichtet wie der Killer sein Opfer vom Strand.«

»Was meinst du genau?«, fragte Leon.

Endlich ließ sich Jean-Claude nicht mehr weiter bitten. »Es gab schon mal so einen Mord. Maurice Blavier, ein Jugendlicher, hat seine Freundin umgebracht und versucht, ihr den Kopf abzuschneiden. Hat aber nicht so richtig geklappt. Saß früher mal im Erziehungsheim, wegen Tierquälerei.«

»Ich hab' nie davon gehört.«

»Die Leute vergessen schnell«, sagte Jean-Claude. »Damals war gerade 9/11. Da hat sich niemand für ein totes Mädchen in der Provence interessiert.«

»Und der Prozess? So was erstreckt sich doch über Monate«, überlegte Leon.

»Es gab keinen Prozess.«

»Wieso? Unzurechnungsfähig?«

»Ganz genau«, antwortete Jean-Claude. »Die Ermittlungen wurden eingestellt und der Täter in die Nervenklinik eingewiesen.«

»Und du glaubst, es war ein Mord, bei dem der Täter dem Opfer den Kopf vom Rumpf getrennt hat?«

»Ich glaube nicht, ich weiß es«, sagte Jean-Claude. »Ich habe einen von den Flics gekannt, die das Opfer gefunden haben.«

»Hat er sie gefoltert? Hat der Täter das Mädchen gefoltert?«

»Colette? Und ob. Dieser Blavier muss wie ein wildes Tier über die Kleine hergefallen sein. Das hat mir zumindest der Flic so erzählt.«

»Und wer ist dieser Docteur in Draguignan?«

»Docteur Robert Mignon«, sagte Jean-Claude. »Er hat das Opfer untersucht. Damals gab es noch keine Rechtsmedizin in Saint-Sulpice.«

»Und diesen Docteur Mignon, den gibt's noch?« Leon konnte seine Neugier nur schwer zurückhalten.

»Ist inzwischen pensioniert«, sagte Jean-Claude. »Renoviert einen Fischkutter im alten Hafen von Cavalaire. Hab' seine Telefonnummer.« Jean-Claude hielt einen Notizzettel mit einer Telefonnummer zwischen den Fingern, den er Leon reichte.

»Tatsächlich?«, sagte Leon und versuchte, seine Aufregung zu unterdrücken.

»Wusste doch, dass dich das interessieren würde.« Jean-Claude strahlte, dass er endlich einmal mehr wusste als der Docteur. »Kostet dich einen Rosé.«

14. Kapitel

Leon hatte seinen Wagen auf dem Hafenparkplatz von Sainte-Maxime abgestellt. Da stand er jetzt in der glühenden Nachmittagssonne und würde so heiß werden, dass Leon das Lenkrad nicht mehr würde anfassen können. Dock 124, hatte der Mann von der Hafenverwaltung zu Leon gesagt und dann mit der Hand vage die Himmelsrichtung angedeutet. Leon war weitergelaufen, bis der Steg an einer Slipanlage endete, wo kleinere Boote ins Wasser gelassen wurden.

Den Kutter von Robert Mignon hatte man bei den Trockendocks auf Stützen gehoben. Das Boot war gut sieben Meter lang, und an der Steuerbordseite auf dem Deck fehlten ein paar Planken. Auf dem Holzdeck, gleich neben dem Steuerhaus, stand ein Klapptisch, auf dem die technische Zeichnung einer Wasserpumpe lag. Davor standen zwei gemütliche Korbstühle. Am Bug des Kutters war der Name zu lesen: *Solitaire*. Eine Metallleiter führte steil nach oben zum Deck. Leon war hinaufgestiegen und hatte an den Bootsrumpf geklopft. Nichts geschah.

»Monsieur Mignon?«, versuchte Leon es noch einmal.

»Sie müssen lauter rufen!« Ein Mann war auf der Slipanlage aufgetaucht.

»Bonjour«, sagte Leon freundlich. »Ich suche Docteur Mignon.«

»Da sind Sie hier genau richtig.« Der Mann schlug mit der Faust ein paarmal gegen den Rumpf. Dann tippte er gegen seine Ohren. »Monsieur Mignon hört nicht mehr so gut.«

Damit verschwand der Mann in Richtung der Bootshäuser.

Leon klopfte noch einmal lauter. »Docteur Mignon?«

In diesem Moment schwang die Tür des Steuerhauses auf, und ein etwa fünfundsiebzigjähriger Mann erschien. Seine Füße steckten in ausgelatschten Sneakers, die irgendwann einmal weiß gewesen waren. Er trug ein blau-weiß gestreiftes T-Shirt, und die Jeans schlackerte um seine dünnen Beine. Auf dem Kopf trug der Mann ein Basecap, unter dem ein paar schüttere weiße Haare hervorschauten.

»Sind Sie der Kollege aus Lavandou?«, fragte der Mann.

»Docteur Ritter.« Leon streckte ihm die Hand hin.

»Docteur Mignon«, begrüßte ihn der Besitzer des Kutters. »Von der Stimme am Telefon her hatte ich einen jüngeren Kollegen erwartet.«

»Geht mir öfter so«, sagte Leon mit einem freundlichen Grinsen.

In diesem Moment musste Mignon husten. Erst war es nur ein kurzes, trockenes Bellen. Doch dann wurde es immer lauter, die Atemzüge dazwischen klangen, als würde der Mann nach Luft ringen.

»Kann ich helfen, Monsieur?«, fragte Leon und machte einen Schritt auf den Mann zu. Robert Mignon wurde von einem weiteren Hustenkrampf geschüttelt. Er deutete auf den Fensterrahmen des Steuerhauses, wo ein Inhalator stand. Leon nahm das Gerät und reichte es Monsieur Mignon, der gierig danach griff. Er steckte sich das Mundstück zwischen die Lippen und nahm drei große Züge. Nach wenigen Sekunden war der Hustenanfall vorbei. Es hatte keine Minute gedauert. Leon sah den Mann besorgt an.

»Sie sind der Rechtsmediziner. Sie kommen zu früh«, sagte Mignon und grinste.

Leon lächelte über den bitteren Scherz des pensionierten Arztes.

»Bevor Sie fragen«, sagte der Ältere, »ja, es ist Lungenkrebs. Die Ärzte haben etwas von einem Vierteljahr erzählt.«

»Tut mir leid, das zu hören.«

»Aber was wissen schon die Ärzte?«, sagte Mignon und grinste erneut.

Er zog einen Stuhl heran. »Bitte, setzen Sie sich.«

Aus einem Bastkorb, der unter dem Tisch stand, zog Mignon eine Thermoskanne und goss sich einen Becher voll Tee.

»Möchten Sie auch einen? Ist von meiner Frau. Alles wahnsinnig gesund.« Monsieur Mignon grinste seinem Besucher verschwörerisch zu, der das Angebot mit einem Nicken annahm.

»Schönes Boot.« Leon betrachtete das Deck des Kutters und stellte sich vor, wie hier einmal pralle Netze voller Fische an Bord gehievt worden waren. »Ist sicher ein Haufen Arbeit.«

»Kann man sagen. Aber deswegen sind Sie nicht hergekommen.«

»Nach unserem Telefonat wollten Sie doch in Ihre Aufzeichnungen sehen …«

»Es gibt keine.« Monsieur Mignon schüttelte den Kopf. »Aber ich habe das Gefühl, als hätten Sie nicht wirklich etwas anderes erwartet.«

»Gar keine?«

»Nein. Ich wurde damals von der Staatsanwaltschaft aufgefordert, meinen Bericht an die Leitung der Nervenklinik zu übermitteln und mit niemandem darüber zu sprechen.«

»Wo haben Sie die Obduktion durchgeführt?«

»In der Praxis. Damals hatten wir noch keine richtige Rechtsmedizin in Draguignan. Da mussten die niedergelassenen Ärzte auch die Leichenschau übernehmen, wenn der Staatsanwalt mehr über die Todesursache erfahren wollte. Das galt für schwere Verkehrsunfälle genauso wie für vermeintliche Morde.«

»Sie erinnern sich also an den Fall?«, fragte Leon.

»Und ob«, antwortete Dr. Mignon. »Der Tod von Colette Clemens. Das Mädchen war damals gerade erst sechzehn geworden. Das war ein ganz ungewöhnlicher Fall. So etwas sieht ein Landarzt wie ich nur einmal im Leben.«

»Da geht es dem Mediziner aus der Großstadt nicht anders«, antwortete Leon.

»Warum haben Sie mich angerufen? Was hat Sie so beunruhigt? Es geht doch um die Frau ohne Kopf, wie sie sie in den Nachrichten nennen, oder?«

»Ich wollte mit dem Mann sprechen, der vor über zwanzig Jahren ein ganz ähnliches Mordopfer untersucht hat.«

Robert Mignon hatte sich von Leon abgewendet. Er sah über das glitzernde Meer auf die Îles d'Or, die Goldenen Inseln.

»Was ist Ihnen damals an der jungen Frau aufgefallen, als Sie sie obduziert haben?«, fragte Leon.

»Was meinen Sie?« Mignon sah Leon abwartend an.

»Fehlte dem Opfer irgendetwas?«, Leon gab seiner Stimme einen fast beiläufigen Ton.

Mignon sah Leon eine Sekunde lang schweigend an, dann nickte der Arzt. »Sie hatte kein Herz.«

»Genau wie bei der Toten vom Strand, die wir gestern in Lavandou gefunden haben«, erwiderte Leon. »Nachdem das Mädchen tot war, muss der Mörder ihr das Herz herausgeschnitten haben.« Er zögerte, sprach dann aber weiter: »Mit einem scharfen Messer.«

»Mit einem sehr scharfen Messer«, sagte Mignon. »Ich hatte damals gleich den Eindruck, dass der Täter anatomische Kenntnisse haben musste.«

»Es war die Tat eines Mörders mit Erfahrung«, erklärte Leon.

»Aber es gab damals nur das eine tote Mädchen«, erinnerte sich Dr. Mignon.

»Die Polizei hat damals nur das eine Opfer gefunden«, sagte Leon. »Das bedeutete aber nicht, dass es keine weiteren Opfer gegeben hatte.«

»Sie haben nicht lange ermittelt, hatten Beweise und ein Geständnis. Ich hatte den Eindruck, sie wollten den Fall möglichst schnell abschließen«, sagte Docteur Mignon.

»Ein Psychopath, der junge Frauen ermordet, ist so ziemlich das Schlimmste, was einem Ferienort wie Lavandou widerfahren kann«, sagte Leon.

»Sie meinen, die Behörden haben alles verschwinden lassen, um Gerede zu vermeiden?«

»Die Gelegenheit war günstig. Der Mörder, dieser Maurice Blavier, hatte gestanden und konnte ohne Gerichtsverhandlung in die Nervenheilanstalt Saint-Joseph überführt werden. Was war mit der Familie von Colette Clemens? Hat sich niemand gemeldet?«

»Die Eltern waren verstorben, und das Mädchen lebte bei Verwandten irgendwo in Nordfrankreich, soweit ich mich erinnere«, sagte Mignon.

»Dann kam 9/11«, sagte Leon nachdenklich. »Und die Nachrichtensendungen drehten sich nur noch um den Anschlag auf das World Trade Center in New York.«

15. Kapitel

Polizeichef Zerna war sichtlich genervt. Das Innenministerium hatte an diesem Tag schon mindestens fünfmal bei ihm angerufen. Es wurde immer die gleiche Frage an ihn gestellt: Kann der Polizeichef für die Sicherheit des Präsidenten in den Straßen von Le Lavandou garantieren? Oder ist das Staatsoberhaupt in irgendeiner Weise gefährdet, wenn er zusammen mit seiner Frau seine Sommerferien wie jedes Jahr in Fort Brégançon verbringen will?

Inzwischen war es achtzehn Uhr geworden, und die Journalisten hatten sich bereits im großen Gemeindesaal versammelt. Aufregung und Spannung lagen in der Luft. Ein unerhörtes Gerücht machte die Runde, das, sollte es sich bewahrheiten, alles in den Schatten stellte, was Lavandou jemals hatte bewältigen müssen. Eigentlich bestand die Aufgabe der Journalisten an solchen Tagen darin, sich vor Ort ein paar Anekdoten rund um den Präsidenten aus den Fingern zu saugen und dabei noch die eine oder andere Andeutung über den Präsidenten und die gut aussehende Leiterin des Tourismusbüros zu verbreiten. Die Journalisten wollten schon einpacken, als jemand das Wort »Serienmörder« in die Runde warf.

Wie Zerna einige Tage später herausfand, hatte ein Reporter etwas aus einer Polizeiquelle erfahren. Um achtzehn Uhr fünf stellte der Reporter im Gemeindesaal des Rathauses von Le Lavandou die entscheidende Frage an den Polizeichef:

»Ist es richtig, dass die Gendarmerie bei der ›Toten vom Strand‹ von der Tat eines Serientäters ausgeht?«

Schlagartig war es mucksmäuschenstill in dem großen Saal.

»Das ist reine Spekulation«, tat Zerna die Frage ab, als wäre sie giftig. »Dafür gibt es nicht den geringsten Hinweis, nicht eine einzige Spur.«

»Bedeutet das, Sie haben bisher noch gar keine Spur des Täters?«, hakte der Reporter nach.

»Das habe ich nicht gesagt«, wandte der Polizeichef ein.

»Es gibt also einen Verdächtigen?«, fragte eine Journalistin.

»Wie heißt er?«, rief jemand in den Saal.

»Ist denn der Präsident sicher in Fort de Brégançon?«

»Wird der Präsident unter diesen Umständen seine Residenz überhaupt verlassen können?«

»Besucht der Präsident auch den Wochenmarkt?«

»Was ist mit dem Gottesdienst in Saint-Trophyme?«

Die Reporter stellten eine ganze Kaskade von Fragen, bis sich die Reporterin von Canal 6 nach vorn gedrängt hatte und mit lauter Stimme fragte: »Welche Hinweise gibt es, die auf einen Serientäter hindeuten, und wo hat er bisher zugeschlagen?«

Zerna machte mit der Hand eine Bewegung in Richtung Isabelle, die neben ihm hinter dem Mikro stand.

»Diese Fragen gebe ich direkt weiter an Capitaine Morell«, sagte Polizeichef Zerna. »Sie leitet die Sonderkommission im Fall der Frau vom Strand.«

»Aber ich ...« Isabelle unterbrach sich und sah sich um. »Ich möchte zu Beginn etwas richtigstellen. Es gibt in diesem Fall keinen Verdächtigen, und es gibt erst recht keinen Serienmörder.

Das sind alles nur Gerüchte, und nicht einem davon werden wir nachgehen.«

»Sie lassen also einen Serienmörder laufen? Darf ich Sie so zitieren?«, fragte ein junger Journalist.

»Nein, das dürfen Sie nicht«, mischte sich Zerna ein. »Es ist nicht akzeptabel, dass Sie wider besseres Wissen Falschmeldungen verbreiten.«

Ein Mann hatte sich nach vorne gedrängt und hielt sein iPhone in Richtung von Isabelle.

»Ist es etwa nicht richtig, dass Sie einen gewissen ...«, der Mann warf einen schnellen Blick auf seine Notizen, »Nicolas Meuron unter Verdacht haben?«

»Wie Ihnen sicher schon aufgefallen ist, nennen wir keine Zeugen mit Namen.« Isabelle sah den Mann mit einem vernichtenden Blick an.

»Das heißt, Sie haben doch schon einen Verdächtigen.«

»Ich wiederhole mich: Wir vernehmen im Moment nur Zeugen.«

»Aus einem Zeugen kann aber schnell ein Verdächtiger werden«, sagte der Reporter mit dem iPhone.

»Wir müssen die Zeugenbefragungen abwarten und werden die Ermittlungsergebnisse dann mit der Öffentlichkeit teilen«, sagte Isabelle.

»Warum haben Sie noch immer keinen Namen zu dem Opfer?«

»Es liegt zurzeit noch keine auf das Opfer passende Vermisstenanzeige vor.«

»Aber ein Foto müssen Sie doch haben. Handy, Ausweis, all diese Dinge ...«

»Leider nicht«, antwortete Isabelle. »Das Opfer wurde sehr schwer verletzt. Es wird eine Weile dauern, bis das Gesicht so weit wiederhergestellt ist, dass man es fotografieren und für die Fahndung freigeben kann.«

»Wie genau hat denn der Killer die Frau verletzt?« Dieses Mal klang die Frage des Reporters blutrünstig.

»Und es ist wirklich wahr, dass das Opfer ohne Kopf gefunden wurde?«, wollte eine junge Reporterin wissen.

Isabelle atmete einmal tief durch, bevor sie antwortete. »Das ist so nicht ganz richtig. Der Kopf des Opfers befand sich in unmittelbarer Nähe des Fundorts der Leiche.«

Isabelle bemühte sich, ihre Erklärungen so nüchtern wie möglich klingen zu lassen. Aber sie spürte genau, wie sich jeder im Raum ihr zugewandt hatte und jetzt an ihren Lippen hing.

»Der Killer hat seinem Opfer also wirklich den Kopf abgeschnitten?«, hakte die Reporterin noch einmal nach.

»Weiß man denn schon, wie der Täter das gemacht hat?«

»Nein, wir haben nur einen ersten kurzen medizinischen Bericht.«

»Aber Sie werden doch wissen, ob er ein Messer genommen hat oder ein anderes Werkzeug?«

»Die Killer von Isis haben für so was Schwerter benutzt«, rief eine Frau, die ein Diktiergerät in der Hand hielt. Gemurmel und unterdrücktes Kichern waren zu hören.

»Über Details werden wir Sie erst nach der Obduktion informieren können«, sagte Isabelle.

»Gehörte das Opfer zu einer Sekte?«, fasste die Reporterin mit dem Diktiergerät noch einmal nach.

»Alles, was wir wissen, ist, dass wir es mit einem ganz außergewöhnlich brutalen Mordfall zu tun haben«, sagte Isabelle. »Und wir werden alles tun, damit dieser Fall so schnell wie möglich aufgeklärt wird.«

»Danke, Capitaine Morell«, ging Zerna dazwischen, bevor der

Mann mit dem iPhone weitere Fragen stellte, die die Polizei nicht beantworten konnte. »So wie die Dinge im Augenblick liegen, werden wir für morgen Vormittag eine neue Pressekonferenz ansetzen.«

Der Polizeichef erhob sich und nickte seinen engsten Mitarbeitern zu. Isabelle drückte noch einmal auf den Sendeknopf des drahtlosen Mikrofons.

»Den genauen Zeitpunkt der Konferenz erfahren Sie rechtzeitig auf unserer Website.«

»Was ist jetzt mit dem Präsidenten? Kommt er nach Lavandou? Und wenn ja, wann?«, rief die junge Journalistin in den Saal.

»Darüber wurden wir noch nicht informiert. Die Details sind Sache des Innenministeriums«, sagte Zerna kurz angebunden. »Wir wissen nur, dass der Besuch verschoben wurde.«

Dann wandte sich der Commandant kurz seiner Stellvertreterin zu. »Wir sehen uns in einer halben Stunde in meinem Büro.«

Von überall kamen jetzt Fragen: »Warum hat das Innenministerium den Termin verschoben?«

»Hat die Polizei Sorge, dass dem Präsidenten etwas zustoßen könnte?«

»Ist es nicht mehr sicher auf den Straßen von Lavandou?«

Ohne auf eine weitere Frage einzugehen, drehte sich Polizeichef Zerna um und verließ den Raum.

16. Kapitel

Leon hatte sich schon bald wieder von Dr. Robert Mignon verabschiedet. Er hatte gespürt, dass die Erinnerung an den Mord an Colette Clemens vor dreiundzwanzig Jahren den Arzt aus Draguignan auch heute noch stark bewegte. Leon verstand das. Jeder Rechtsmediziner hatte es in seiner Karriere mindestens einmal mit einem Fall zu tun, der ihn emotional so sehr berührte, dass er ihn sein Leben lang nicht mehr aus dem Kopf bekam.

Dr. Mignon würde Colette, das sechzehnjährige Mädchen, nie mehr vergessen. Es schien Mignon gutzutun, sich mit seinen Albträumen nach so vielen Jahren endlich einem Kollegen anvertrauen zu können. Docteur Mignon konnte die Art der Folterspuren noch immer genau beschreiben, es kam ihm vor, »als wäre es erst gestern gewesen«. Die Schnitte, die Brandmale, die Hämatome, die Rupturen auf der Haut, die Brüche über den Handgelenken, die nur auftraten, wenn der Körper unmenschlichen Belastungen und Schmerzen ausgeliefert war. Dr. Mignon beschrieb Leon jedes Detail.

Maurice Blavier, der Täter, war damals schnell gefasst worden und hatte schon bei der ersten Befragung ein volles Geständnis abgelegt. Blavier war ein ängstlicher Mensch. So brutal er mit seinem Opfer umgegangen war, so empfindlich war er bei seiner Vernehmung durch die Polizei. Docteur Mignon erinnerte sich noch genau, wie dieser schüchterne Mann im Vernehmungsraum saß und jammerte, weil er sich bei seiner Folterorgie aus Versehen selbst geschnitten hatte. Mignon musste die Wunde versorgen, bevor Blavier bereit war, seine Aussage fortzusetzen.

Dr. Mignon konnte sich auch noch daran erinnern, dass einer der Polizisten bei der Befragung die Beherrschung verloren hatte und auf den Verdächtigen einzuprügeln begann. Der Vorfall wurde nie im Vernehmungsprotokoll erwähnt. Der unbeherrschte Polizist wurde nach Le Luc, einen kleinen Ort im Hinterland der Provence, strafversetzt. Da der Täter vollumfänglich geständig war, wurde Blavier vom Untersuchungsrichter direkt in die Nervenklinik Saint-Joseph bei Draguignan überwiesen. In das *maison de fous*, das Haus der Verrückten, wie die Psychiatrie von der Bevölkerung damals noch genannt wurde.

»Ich habe lange gebraucht, bis mir das Gesicht von Colette nicht mehr in meinen Albträumen erschien«, hatte Dr. Mignon dem Rechtsmediziner aus Lavandou gestanden.

»Das Gefühl kenne ich.«

»Was bringt Menschen dazu, anderen Menschen so etwas anzutun?«

»Ganz ehrlich? Ich weiß es nicht. Aber wenn es im Menschen etwas Diabolisches gibt, dann bricht es in solchen Momenten aus den Seelen der Täter heraus.«

Die beiden Männer saßen auf ihren Klappstühlen und sahen schweigend auf das dunkelblaue Meer, über dem es langsam Abend wurde. Die Sonne stand flach über dem Wasser, und das späte Licht ließ das Rot der Felsen und das Grün der Vegetation unnatürlich intensiv erscheinen. Möwen schrien und ließen sich im Aufwind der Abendbrise die Küste hinauftragen.

»Was ist aus dem Täter geworden?«, hatte Leon schließlich gefragt.

»Aus Blavier? Ich weiß es nicht. Ich habe schon viele Jahre nichts mehr von ihm gehört.«

»Wissen Sie vielleicht trotzdem, wo er sich heute aufhält?«

»Da, wo er die letzten zweiundzwanzig Jahre verbracht hat und wo er aller Voraussicht nach bis zu seinem Tod bleiben wird«, hatte Mignon geantwortet. »Im Centre Hospitalier Saint-Joseph.«

Für die Rückfahrt nach Lavandou hatte Leon sich Zeit gelassen. Er hatte nicht wie sonst die Abkürzung durch das Hinterland über La Môle genommen, sondern er war die kurvenreiche und ewig überfüllte Küstenstraße gefahren. Er wollte in diesem Moment nicht die sanften, einsamen Hügel der Provence sehen. Leon wollte dorthin, wo das Leben war. Wo sich Hunderte von Touristen drängten, die vom Strand zurückkamen und am Nachmittag bereits hupend in den Staus standen, die die ganze Küstenstraße in einen einzigen überfüllten Parkplatz verwandelten. Leon hatte das Verdeck seines Cabriolets aufgeklappt und das Radio eingeschaltet. Dann hatte er sich zurückgelehnt und zugehört, wie Gilbert Bécaud sang: »L'important c'est la rose«. Das Chanson hatte ihn an seine Jugend in Südfrankreich erinnert. Schließlich hatte er entspannt und mit einem leisen Lächeln im Gesicht die Gendarmerie erreicht.

»Was ist mit dir?«, fragte Isabelle, als Leon sie in ihrem Büro abholte.

»Nichts«, antwortete er. »Wieso?«

»Du lächelst«, sagte Isabelle. »Um diese Zeit lächelst du sonst nie.«

»Weil ich glücklich bin«, sagte er, und sie sah ihn ein wenig misstrauisch an. Dann lächelte sie auch.

»Weißt du, was Zerna von dir will?«, fragte Leon.

»Was er von *uns* will«, sagte Isabelle. »Er möchte ausdrücklich uns beide sehen, keine Ahnung warum.«

Ein paar Minuten später saßen Leon und Isabelle auf den Stühlen in Zernas Büro, die eigentlich nur für Besucher reserviert waren.

»Was haben wir?«, fragte Zerna.

»Im Augenblick ...« Leon drehte seine Handflächen nach außen.

»Geben Sie mir etwas. Irgendwas!«, stöhnte der Commandant. »Die Kerle aus dem Innenministerium gehen mir so was von auf den Sack mit ihren ständigen Anrufen. Als hätten wir hier nicht wichtigere Probleme, als dafür zu sorgen, dass Monsieur le Président ungestört Urlaub machen kann.«

»Der Docteur hat vielleicht etwas gefunden«, sagte Isabelle und sah Leon auffordernd an.

»Wir haben bei der Obduktion die Narben einer Blinddarmoperation entdeckt«, erklärte Leon. »Keine zwei Monate alt, minimalinvasiv.«

»Das bedeutet, der Eingriff hat keine sichtbare Narbe auf der Bauchdecke hinterlassen«, erklärte Isabelle ihrem Chef.

»Danke, ich weiß, was minimalinvasiv bedeutet«, antwortete Zerna trotzig wie ein bockiges Kind.

»Wir müssen jetzt nur noch die Vermisstenanzeigen nach weiblichen Personen vergleichen, bei denen die gesuchte Person sich kürzlich einer Blinddarmoperation unterzogen hatte.«

»Wir sind dabei, die Meldungen auszuwerten«, erklärte Isabelle, »aber an die medizinischen Daten zu kommen, stellt sich als schwieriger heraus, als wir dachten.«

»Was ist mit Patienten, die schon einmal psychisch auffällig geworden sind?«, fragte Zerna. »Da muss es doch Verdächtige geben.«

»Die Daten von solchen Personen stehen unter ganz besonderem Schutz«, erinnerte Isabelle.

»Da lobe ich mir doch die USA. Wenn da so ein vorbestrafter Psycho in ein Wohngebiet zieht«, sagte Zerna, »kommt der Sheriff und warnt erst mal alle Anwohner vor ihrem neuen Nachbarn.«

»Wie beruhigend«, sagte Isabelle spöttisch.

Zernas tiefe Bewunderung für alles, was aus Amerika kam, war allgemein bekannt. Seit der Polizeichef einen Fortbildungslehrgang an der Polizeiakademie in Houston in Texas gemacht hatte, war er ein absoluter Fan der Vereinigten Staaten. Auch wenn sein Gastsemester in Texas inzwischen schon einige Jahre zurücklag.

»Ich habe gehört, dass Sie sich mit einem ehemaligen Kollegen getroffen haben, Docteur. Sie wissen, was ich von solchen Alleingängen halte«, sagte Zerna.

Leon ging auf die Kritik nicht weiter ein.

»Ich hatte zunächst Lieutenant Kadir gebeten, im zentralen Computer nach ähnlichen Fällen zu suchen«, sagte Isabelle.

»Sie glauben, dass es noch mehr solcher Mordfälle gab? Wie kommen Sie darauf?«

»Ein Mörder, der so tötet, hat Erfahrung«, sagte Leon.

»Jetzt kommen Sie mir aber nicht mit der Theorie vom Serienmörder, oder?«

»Das kann ich nicht beantworten. Aber das war wohl kaum die Tat von jemandem, der bisher nur einen Raubüberfall begangen hat.« Leon zuckte mit den Schultern. »Das Maß an Zerstörung des Opfers weist deutlich pathologische Züge auf. Wir haben es hier mit einem klassischen Fall einer Übertötung zu tun.«

»Glauben Sie nicht, dass Sie da ein bisschen zu viel hineininterpretieren?«, fragte Zerna.

»Ganz im Gegenteil«, sagte Leon und bemühte sich, so unemotional wie möglich zu wirken. »Ich vermute, dass wir es hier mit einem Täter zu tun haben, der unter einer schizophrenen Psychose leidet. Solche Patienten können über lange Zeiträume völlig unauffällig sein, bis irgendetwas bei ihnen eine Art inneren Schub auslöst. Zum Beispiel wenn sie ihre Tabletten über einen längeren Zeitraum nicht mehr genommen haben.«

»Das ist aber reine Spekulation«, sagte Zerna.

»Ich bin Rechtsmediziner, ich interpretiere nur die Spuren, die ich am Opfer finde«, sagte Leon sachlich.

»Sehr gut«, sagte der Polizeichef. »Genau das sollen Sie für die Staatsanwaltschaft tun: nach Spuren suchen, und zwar in der Nervenklinik Saint-Joseph. Dort, wo Patienten sind, die ähnliche Krankengeschichten haben. Und ganz nebenbei: Ich habe mir sagen lassen, dass Dr. Auvillain als führende Kapazität in Sachen schizophrene Psychose gilt.«

»Führende Kapazität im Wichtigmachen trifft es wohl eher«, sagte Leon mit bitterem Unterton.

»Immerhin berät er sogar das französische Gesundheitsministerium.«

»Klingt für mich nicht gerade nach einer Empfehlung.«

»Kann ja nicht schaden, wenn Sie mal hören, was er zu sagen hat«, sagte der Polizeichef.

»Sie wollen also wirklich, dass wir nach Saint-Joseph fahren und mit dem Leiter der Anstalt sowie mit ausgesuchten Insassen sprechen?«, fragte Leon genervt.

»Ich denke, es wäre am besten, wenn Capitaine Morell mit den Patienten sprechen würde, und Sie beraten sie.«

»Ich glaube nicht, dass das der Anstaltsleitung gefallen würde.«

»Ganz bestimmt nicht«, sagte Isabelle.

»Da habe ich jetzt eine Überraschung für Sie, Docteur.« Zerna lächelte falsch. »Er erwartet sie beide. Morgen Vormittag um neun Uhr in der Klinik Saint-Joseph.«

»Aber wie haben Sie das …?« Jetzt war Leon wirklich überrascht.

»Das Gesundheitsministerium hat ihn angerufen und ein wenig Druck gemacht«, sagte Zerna.

»Vielleicht hofft Dr. Auvillain, dass er so mehr PR bekommt«, sagte Isabelle.

»Mehr PR bedeutet mehr Forschungsgelder«, sagte Leon sachlich. »Und das unter den Augen unseres Präsidenten.«

»Sei nicht so streng mit Dr. Auvillain«, sagte Isabelle.

»Warten Sie es doch erst mal ab.« Zerna lehnte sich in seinem schweren Bürostuhl aus Eichenholz zurück. »Vielleicht können Sie von Ihrem Kollegen ja noch etwas lernen.«

»Das wage ich zu bezweifeln«, sagte Leon, ohne Zerna dabei anzusehen.

17. Kapitel

Die kleine Festgesellschaft von rund sechzig Personen hatte sich am Rond-Point Kronberg, dem Brunnen am Ausgang der Avenue des Commandos d'Afrique versammelt und wartete darauf, dass die letzten Sonnenstrahlen am Abendhimmel im Westen verlöschten. Der kreisrunde Brunnen war umgeben von einem schmalen Kakteengarten und einigen Felsen. Eine Inschrift wies darauf hin, dass an dieser Stelle an die traditionsreiche und langjährige Verbindung der Städte Le Lavandou und Kronberg im Taunus erinnert wurde. Seit über fünfzehn Jahren spuckte der niedrige Brunnen im ewig gleichen Rhythmus Dutzende kleiner und größerer Wasserfontänen in das flache Becken. Nur nachts wurden Wasser und Beleuchtung abgeschaltet, aus Rücksicht auf die Anwohner.

In den letzten Monaten waren die Wasserstrahlen immer dünner und die bunte Unterwasserbeleuchtung immer schwächer geworden. Es war mal wieder an der Zeit gewesen, den Brunnen einer Grundreinigung zu unterziehen. Anlass für ein paar nette Worte des Bürgermeisters an alle, die sich an der Renovierung beteiligt hatten. Der Angestellte des Gartenbauamtes hatte an diesem Abend extra noch gewartet, den Brunnen zu starten. Es sollte erst dunkel werden, bevor die Fontänen ihren Betrieb aufnahmen und er die Beleuchtung einschaltete.

Leon und Isabelle hörten sich zusammen mit den anderen Besuchern die kurzen Reden an, in denen es um die Freundschaft zwischen Lavandou und der deutschen Kleinstadt Kronberg im Taunus ging. Dabei fiel Leon ein junger Mann auf, der ihm gegenüber am Rand des Brunnens stand und immer wieder zu ihm und Isabelle herübersah. Leon wollte gerade Isabelle fragen, ob sie den jungen Mann gegenüber kannte, als ein Gurgeln den Start des Brunnens ankündigte. Das Geräusch wurde lauter, und dann platschten mit einem feuchten Röcheln die ersten Wasserspritzer ins Brunnenbecken. Nach wenigen Sekunden stabilisierte sich der Zulauf, und als auch noch die farbigen Unterwasserstrahler aufflammten, hörte man bewundernde Ahs und Ohs, dann folgte ein frenetischer Applaus der Gäste, als wären soeben die Niagarafälle eröffnet worden.

Als Leon wieder zur anderen Seite des Beckens hinübersah, war der junge Mann verschwunden.

18. Kapitel

Es war spät geworden. Der letzte Rosé war definitiv das berüchtigte »Glas zu viel« gewesen, dachte Françoise, als sie die steilen Steinstufen nach Bormes hinaufstieg. Sie dachte, ein kleiner Spaziergang durch die Nacht könnte ihr wieder einen klaren Kopf verschaffen. Also hatte sie die Abkürzung durch den Parc du Cigalou genommen. Die Anlage war rund um die Uhr geöffnet, und es gab sogar eine Beleuchtung für alle, die in der Dunkelheit leicht die Orientierung verloren. Aber schon ein paar Stufen später wurde es dunkler. Jemand hatte die Birnen aus den Fassungen gedreht. Und noch ein paar Meter weiter herrschte tiefe Finsternis.

Françoise fühlte sich plötzlich verloren in dem nächtlichen Park. Das Licht kam jetzt nur noch von der schmalen Sichel des abnehmenden Mondes. Irgendwo in der Nähe quakte eine Kröte. Es klang bedrohlich. Plötzlich wollte Françoise hier raus, jetzt gleich. Aber das bedeutete, dass sie den Hügel hinauflaufen musste, um ihr Auto zu erreichen, das sie oben, gleich beim Parkeingang, abgestellt hatte. Françoise nahm eine Stufe nach der anderen und versuchte dabei, sich auf ihren Atemrhythmus zu konzentrieren. Eine Stufe einatmen und dann drei Stufen langsam wieder ausatmen. Als sie vor etwa zehn Minuten losgelaufen war, hatte der Pfad keine Herausforderung dargestellt, da ging es auch mal ein Stück bergab. Aber jetzt musste sie wieder den Hügel hinaufhetzen, wenn sie ihr Auto erreichen wollte. Die Nacht war plötzlich kühl geworden, und sie spürte, dass sie fröstelte. Sie musste stehen bleiben, zu Atem kommen. In diesem Moment hörte sie ein Geräusch, das nicht hierhergehörte. Es klang wie ein Knirschen, als ob jemand über Kies liefe. Nur einen Moment später war das Geräusch verstummt.

Françoise hielt den Atem an und horchte in die Dunkelheit wie ein Tier auf der Flucht. Was machte sie hier überhaupt? Ganz allein mitten in der Nacht in einem dunklen Park? In ein paar Tagen würde es in der Zeitung stehen. Die Story von der betrunkenen Studentin, die sich ein paar Euro in der Bäckerei dazuverdiente. Die Studentin, die so dumm war, in tiefster Nacht durch einen menschenleeren Park zu laufen. Das ideale Opfer für einen Vergewaltiger oder Schlimmeres.

Wieder war das Knirschen auf dem Kies zu hören. Jemand hatte ihr erzählt, dass es dieses Jahr mehr Wildschweine in der Gegend gab als je zuvor. Gefährliche Schweine, die ihre Jungen bewachten.

Françoise schüttelte sich. Sie musste endlich raus aus diesem Park, raus aus der Dunkelheit. Vorsichtig drehte sie sich um und spähte den Pfad entlang. Der Mond hatte Bäume und Büsche mit einem fahlen Licht überzogen. Ein Licht, das nicht strahlte. Ein Licht, das ihr nicht half, als sie versuchte, sich zu orientieren. Sie erinnerte sich nur, dass sie der Weg bergauf führen musste, wenn sie zum Parkplatz wollte. Dorthin, wo sie ihren blauen Renault Clio abgestellt hatte.

In diesem Moment sah sie hinter sich eine Gestalt im dunklen Schatten eines Oleanders verschwinden. Françoise stieß einen entsetzten Schrei aus. Im gleichen Moment raschelte es in den Oleanderbüschen, die den Weg säumten. Wieder ein Rauschen über ihr, dann glitt eine Eule auf die junge Frau zu. Sie zuckte zusammen, als der große weiße Vogel so nah an ihr vorbeischwebte, dass sie zur Seite sprang.

In diesem Augenblick war es wieder da, das Knirschen im Kies. Diesmal lauter, näher. Als würde sie jemand beobachten, abwarten, was sie als Nächstes tat. Françoise spürte, wie sie eine Welle der Angst überrollte.

»Du spinnst«, sagte sie laut zu sich, »du bist zu viel allein. Da wird man so. He, du bist erst vierundzwanzig. Panische Anfälle sind etwas für pensionierte Lehrerinnen, nichts für junge Frauen, denen die Welt offensteht. Was ist bloß los mit dir?«

Nein, sie würde jetzt nicht um Hilfe rufen, weder wegen einer Eule noch wegen eines Wildschweins.

Françoise sah nach vorn und lief los. Sie versuchte, zwei Stufen auf einmal zu nehmen. Aber sie verfehlte bei dem schlechten Licht immer wieder die Treppe, rutschte ab, strauchelte. Es ist nicht mehr weit bis zu deinem Auto, sagte sie sich. Es durfte einfach nicht mehr weit sein. Sie kam an eine Gabelung, hielt an. Wieder das Geräusch von Schritten. Oder bildete sie sich das nur ein? Sie zögerte kurz. Dann lief sie nach links. Keine gute Entscheidung, wie sie einen Moment später feststellen musste. Der Weg endete in einer Sackgasse. Françoise lief zurück, wieder zur Gabelung, nahm diesmal den anderen Weg. Es konnte, es durfte einfach nicht mehr weit sein. Nicht mehr weit, nicht mehr weit, wiederholte ihr Gehirn. Wieder eine Treppe, die nach oben führte. Weiter hinauf. Françoise blieb stehen und nahm ein paar Züge von der frischen Meeresluft, die den Hügel hinaufzog. Sie horchte einen Augenblick in die Dunkelheit, aber da war nichts.

Vorsichtig lief sie weiter. Was, wenn ihr Auto nicht mehr dort stand, wo sie es abgestellt hatte? Sie hatte nicht mal die Tür abgeschlossen. Françoise klopfte im Laufen auf die linke Tasche ihrer Jeans und konnte den Autoschlüssel fühlen.

Sei nicht kindisch, ermahnte sie sich. Kein Mensch will einen fünfzehn Jahre alten Clio klauen. Nicht in einem Ort, in dem an der Uferpromenade italienische Sportwagen standen, die mehr kosteten als so manche Eigentumswohnung. In diesem Moment blitzte der Schein einer Straßenlaterne durch die Blätter. Der Parkplatz! Françoise hätte am liebsten aufgeschrien vor Glück. Sie drängte sich durch ein paar letzte Büsche und stand einen Augenblick später auf dem Parkplatz. Das Gelände wurde von einer einzelnen trüben Straßenlaterne beleuchtet. Darunter stand ihr hellblauer Clio genau so, wie sie ihn vor einer Stunde verlassen hatte. Alles war ruhig. Weit weg war Musik zu hören, die der Wind aus den Gassen von Lavandou heraufwehte. Sie war vollkommen allein hier oben. Es dauerte keine Minute, bis sich ihr Puls wieder beruhigt hatte, und ihre Hände zitterten auch nicht mehr. Geschafft. Warum hatte sie bloß so panisch reagiert? Sie war doch früher nicht so ängstlich gewesen.

Françoise öffnete die Fahrertür. Sie war nicht abgeschlossen, natürlich nicht. Warum auch? In der Entfernung fuhr ein Auto durch die Nacht, dann war es wieder still.

Höchste Zeit zu verschwinden, dachte Françoise. Sie stieg ein, steckte den Schlüssel ins Zündschloss und wollte ihn umdrehen. Für die Dauer eines Wimpernschlages sah sie in den Rückspiegel. Da war das Gesicht. Françoise schien das Herz stehen zu bleiben. Sie war starr, wie gelähmt. Dann packte sie von hinten ein Arm um den Hals und presste sie in den Sitz. Das Letzte, was sie spürte, war ein Stich in den Oberarm – dann versank die Welt um sie herum in Dunkelheit.

19. Kapitel

»Nein, der ist mir nicht aufgefallen«, sagte Isabelle, die an diesem Tag Zivil trug. Sie saß am Küchentisch und blätterte durch einige wenige Seiten, die ihr das Polizeiarchiv überlassen hatte. Es waren ausgeblichene Fotos einer Leiche in einem Olivenhain, die nur schwer zu erkennen war, und sie trugen den Stempel »Vertraulich«.

»Das ist alles, was ich im Polizeiarchiv gefunden habe. Selbst bei jeder Bistroschlägerei ist die Akte dicker.«

»Die Akte meine ich nicht«, sagte Leon geduldig. »Ich meine den jungen Mann, der uns die ganze Zeit beim Brunnenfest angesehen hat.«

»Welcher Mann?«, fragte Isabelle.

»Er stand nur ein paar Meter von dir entfernt, blond, ungefähr dreißig Jahre alt, und er trug einen Strohhut.«

»Sportlich, gut aussehend und auch noch jung«, provozierte Isabelle mit unverkennbar ironischem Unterton.

»Du kennst ihn also nicht?«, fragte Leon.

»Noch nicht, leider ...« Sie sah Leon frech an. »Aber du hast dir hoffentlich seine Telefonnummer geben lassen?«

»Guten Morgen«, Lilou kam müde in die Küche getapst.

»Gestern spät geworden?«, fragte Leon einfühlsam. »Ich denke, du brauchst dringend einen Tee.«

»Tee wäre toll«, sagte Lilou. »Was höre ich von gut aussehenden jungen Männern?«

»Nichts, deine Mutter geht fremd«, sagte Leon ironisch mit einem Seitenblick auf Isabelle.

»Im Ernst?«, fragte Lilou provozierend. »Mit einem Jüngeren?«

Isabelle grinste. »Ich dachte, ihr müsst ab fünf Uhr in der Backstube stehen ...?«

»Heute sind wir erst ab zehn Uhr dran.« Lilou nahm einen großen Schluck heißen Tee, während sie auf die Terrasse hinausging und in die Morgensonne blinzelte. Sie stellte ihre Tasse auf den Tisch und tippte konzentriert in ihr Handy.

»Mist«, sagte Lilou laut und legte das Handy zur Seite.

»Gibt es Probleme?«, fragte Isabelle mit einem Hauch von Sorge in der Stimme.

»Nein, alles gut.«

»Klang aber nicht so«, sagte Isabelle

»Françoise meldet sich nicht. Das ist eine Kollegin bei Roux.«

»Wieso, was ist mit deiner Kollegin?«

»Keine Ahnung. Ich glaube, Françoise ist eine ziemliche Chaotin. Wir wollten heute Morgen noch eine Runde schwimmen, bevor unsere Schicht in der Bäckerei losgeht.«

»Gute Idee«, sagte Leon. »Macht den Kopf frei.«

»Schick ihr doch eine WhatsApp.«

»Hab ich längst. Na ja, sie wird schon noch auftauchen.«

»Wohnt Françoise in Lavandou?«, fragte Isabelle.

»Nein, in Lyon. Sie ist zum Studium in Aix, aber nur für zwei Semester – Jura. Kotzlangweilig.«

»Die Arme. Bring sie doch mal mit.«

»Ich weiß nicht. So gut kenne ich sie jetzt auch nicht.« Lilou brach sich ein Stück Baguette ab und stopfte es sich zusammen mit etwas Käse in den Mund.

»Und wo wohnt sie?«, fragte Isabelle mechanisch.

»Keine Ahnung, Mama. Sie ist nur eine Kommilitonin und Kollegin in der Bäckerei, keine Verdächtige.«

»Entschuldige.«

»Schon gut.«

Isabelle sah auf den Käseteller. »Soll ich dir was einpacken?«

Lilou verdrehte die Augen.

»Du musst was essen, wenn du stundenlang in der Bäckerei arbeitest«, rechtfertigte sich Isabelle.

»Ja, Mama«, sagte Isabelle amüsiert. »Ich bekomme was von Monsieur Roux. Genau wie alle anderen.«

Isabelle sah zu Leon hinüber. Auf ihn hörte Lilou – in der Regel.

»Übrigens, mein Verehrer hat sich wieder gemeldet«, sagte Lilou da plötzlich.

»Wann?« Isabelles Stimme schaltete sofort in den Alarmmodus.

»Keine Ahnung. Es war ein kleiner Zettel hinter dem Scheibenwischer.«

»Aber er hat dir Angst gemacht?«, meldete sich Leon.

»Angst nicht gerade.« Lilou nahm noch ein Stück Käse mit einer Olive.

»Es ist nicht klug, solche Dinge als Kavaliersdelikt abzutun«, sagte Leon.

»Da bin ich ausnahmsweise mal ganz deiner Meinung«, sagte Isabelle und wandte sich an Lilou. »Du hast den Zettel hoffentlich aufgehoben.«

»Nein, habe ich nicht.«

»Du hast ihn weggeworfen? Wo?«

»Ich werde jetzt aber nicht halb Lavandou nach einem blöden

Zettel absuchen«, protestierte Lilou, der bereits schwante, worauf ihre Mutter hinauswollte.

»Du könntest Anzeige gegen Unbekannt erstatten«, sagte Isabelle. »Dann hätte ich einen Grund, eine Ermittlung zu dem Fall einzuleiten.«

»Nicht dein Ernst«, sagte Lilou genervt.

»Man sollte solche Dinge nicht auf die leichte Schulter nehmen.«

»Mama, es ist kein Exhibitionist, nur irgendein Typ, der sich nicht traut, mit mir zu reden.«

»Denkst du das oder weißt du das?«, fragte Isabelle.

»Ich möchte einen Vorschlag machen«, rettete Leon die Frühstücksstimmung. »Wir warten ab, ob der Spanner sich noch einmal meldet. Hinterlässt er eine Botschaft, erstattest du Anzeige. Einverstanden?«

»Ja, aber ich halte es trotzdem für übertrieben«, maulte Lilou.

»Du weißt, wer es ist?«, fragte Isabelle argwöhnisch.

»Nein, tu ich nicht«, antwortete Lilou.

»Ich fände es besser, du würdest ihn gleich anzeigen«, sagte Isabelle, »dann könnte ich schon mal überlegen, wie …«

»Mama, lass gut sein, bitte«, unterbrach Lilou ihre Mutter. Aber dieses Mal mit einer gewissen Zuneigung. »Ich muss los«, sagte sie dann. »Ich fahr am Strand vorbei, wo wir uns zum Schwimmen verabredet haben. Vielleicht wartet sie ja da auf mich.«

»Was ist mit ihrem Handy?«, fragte Isabelle.

»Habe ich längst probiert, Capitaine. Sie hat es abgeschaltet.«

»Sei vorsichtig und pass auf dich auf«, sagte Isabelle.

»Schon klar. Ich fahr jetzt los.«

»Nimm bitte den Méhari«, sagte Isabelle. »Ich mag nicht,

wenn du zur Ferienzeit mit dem Roller fährst. Es sind so viele Verrückte unterwegs.«

Lilou hob ihre Hand, und mit spitzen Fingern hielt sie den Rollerschlüssel in Isabelles Richtung.

»Ich nehme lieber den Roller. Dann habe ich keine Probleme mit der Parkplatzsuche. Ich sehe euch heute Abend.«

Damit verschwand Lilou. Leon und Isabelle hörten die Haustür ins Schloss fallen, die beiden sahen sich an. Leon lächelte.

20. Kapitel

Leon und Isabelle hatten sich Zeit gelassen. Zunächst hatten sie noch einen kleinen Streit darüber gehabt, dass Leon nicht streng genug mit Lilou gewesen war. Und Leon war der Meinung, dass Isabelle ihre Tochter zu sehr von allem vermeintlichen Übel abschirmen wollte. Er war der Meinung, dass Lilou schlau genug war, um sich nicht unnötig in Gefahr zu begeben. Vielleicht lagen die Dinge tatsächlich so, wie Lilou vermutete: Irgendein verprellter Verehrer wollte bei Lilou noch mal sein Glück versuchen.

»Warum wollen wir in einem Fremden immer gleich einen Feind sehen?«, fragte Isabelle gegen das Rauschen des Fahrtwindes, der durch das Cabrio blies.

»Wahrscheinlich eine Berufskrankheit.« Leon sah kurz zu Isabelle. Es war ein Geschenk des Schicksals, mit dieser wundervollen Frau zusammen zu sein, dachte er.

»Du lächelst ja schon wieder! Was ist denn los in den letzten Tagen?« Isabelle hatte seinen Blick gespürt.

»Ich hab an dich gedacht«, sagte Leon.

»Lügner.« Isabelle gab Leon einen Stups mit dem Ellenbogen.

Sie sieht hinreißend aus, dachte Leon. Ihr Haar, das im Fahrtwind flatterte, die Junisonne, die ihr Gesicht zum Leuchten brachte, ihr Lächeln, das allein ihm galt.

»Warum glotzt du mich so an?«

»Weil ich mich gerade in dich verliebe ...«

»Wurde auch langsam Zeit«, sagte sie. »Nimm die nächste Abfahrt Richtung Norden.«

»Was hast du vor?«, fragte Leon.

»Ich möchte dich in La Garde-Freinet auf einen Café einladen«, antwortete sie.

Leon schmunzelte. Er konnte sich noch gut erinnern, wie er Isabelle kennengelernt und der erste gemeinsame Fall sie nach La Garde-Freinet geführt hatte.

»Überredet«, sagte er.

Sie hatten die Route départementale genommen, die über La Môle in Richtung Grimaud führte. Das war zwar nicht die traditionelle Strecke an der Küste entlang, mit all ihren atemberaubenden Ausblicken auf das Meer und die Inseln, aber dafür führte die D 558 durch die tiefe Provence. Und wenn sie sich beeilten, konnten sie vielleicht noch einen Café Crème in der Brasserie Le Carnotzet trinken, dem romantischen Bistro, dessen Natursteinfassade von einer gewaltigen Bougainvillea überwachsen war.

Eine halbe Stunde später saßen sie im Schatten des überdachten Pavillons und beobachteten eine Gruppe chinesischer Touristen, die ein viel zu großer Reisebus auf dem Platz abgesetzt hatte.

»Wie alt war der Junge damals, als er das Mädchen getötet hat?«, wollte Leon wissen.

»Blavier?«, fragte Isabelle. »Zwanzig Jahre. Aber wie gesagt, das war vor meiner Zeit bei der Gendarmerie. Ich kenne den Fall nur aus den Ermittlungsakten.«

»Dann müsste Blavier heute Anfang vierzig sein«, überlegte Leon.

»Warum fragst du? Du glaubst doch nicht wirklich, dass Blavier auch für den Mord an der jungen Frau vom Strand verantwortlich sein könnte?«

»Hat das nicht deine Zeugin in der Gendarmerie behauptet?«

»Madame Dumont?«, sagte Isabelle. »Die sieht überall Mörder. Muss eine Alterserscheinung sein.«

»In Lavandou hast du noch anders geredet.«

»Vermutlich ist es Quatsch.«

»Na und? Dann haben wir zumindest einen gemütlichen Ausflug in die Provence gemacht.«

»Danke«, sagte Isabelle und strich ihm sanft über den Arm. »Was haben wir also bisher?«

Leon nahm noch einen Schluck Kaffee. »Eine Sechzehnjährige wurde vor über zwanzig Jahren auf brutalste Weise getötet«, rekapitulierte er. »Ihr wurde quasi der Kopf abgetrennt und das Herz herausgeschnitten. Und jetzt geschieht erneut ein ganz ähnlicher Mord. Gleiche Gegend, gleiche ungewöhnliche Tötungsart. Hältst du das für einen Zufall?«

»Ich kenne da einen Rechtsmediziner, der glaubt grundsätzlich nicht an Zufälle«, sagte Isabelle lächelnd.

»Der Mann hat recht.« Leon griff nach seiner Jacke. »Sehen wir uns um, und machen wir uns schlau.«

21. Kapitel

Es war, als würde Françoise aus einem großen Schwimmbecken auftauchen. Erst gab es da nur dieses Rauschen und einen warmen Strom, der sie vorwärtstrug. Sie konnte nichts sehen. Hatte sie überhaupt ihre Augen geöffnet? Waren da tatsächlich Geräusche oder waren das alles nur Halluzinationen? Es gab keine Bezugspunkte für Zeit und Raum. Françoise fühlte sich, als ob sie schwebte, wie ungeboren. Es war etwas Unheimliches mit dieser Welt geschehen. Als hätten sich das Außen und das Innen umgekehrt.

Françoise nahm einen neuen Anlauf. Diesmal zwang sie sich, die Augen ganz zu öffnen. Und tatsächlich verwandelte sich das Schwarz ganz langsam in Grau. Jetzt konnte sie den Raum erkennen. Ein düsterer Ort, in den das Tageslicht durch die Ritzen einer alten Holztür rieselte. Dunkel und schmutzig.

Die Wände waren gefliest, die Kacheln alt, brüchig und verdreckt. Feine schwarze Risse zogen sich über die Wand, wie das Netz einer Riesenspinne. Françoise wollte sich bewegen, aufstehen, sehen, wo sie sich befand, aber sie konnte nicht. Als sie versuchte, die Arme zu bewegen, kamen die Schmerzen. Helle, brüllend laute Schmerzen. Als würde jemand sie mit brennendem Benzin übergießen. Ihr ganzer Körper schien in Flammen zu stehen. Ihre Haut brannte ebenfalls. War da überhaupt noch Haut an ihren Armen? Sie schloss die Augen und versuchte diesem Albtraum zu entkommen, der nach ihr griff. Sie floh zurück in das Schattenreich. Und plötzlich verschwanden die Schmerzen. Sie ebbten ab wie eine Welle am Strand, die auslief und im Sand versickerte.

Wo war sie? Sie wollte rufen, aber sie spürte, dass nur ein Röcheln und ein luftloses Fauchen aus ihrem Mund kam. Wo war ihre Erinnerung geblieben? Da war dieser Park gewesen und ihr blauer Clio. Sie hatte ihn abgestellt, bei den Bäumen. Danach war nichts mehr. Es gab keine Erinnerung daran, was danach geschah. Sie spürte, dass sie zu zittern begann.

Konzentriere dich auf deine Umgebung, sagte sie sich. Du musst zuerst herausfinden, wo du bist.

Françoise wollte aufstehen, aber etwas hielt sie zurück. Um ihre Fuß- und Handgelenke waren Lederriemen gespannt, die wiederum an einer Kette befestigt waren. Vorsichtig bewegte sie den Kopf, der vor Schmerzen dröhnte. Sie sah an sich herab. Sie war nackt und mit einer Kette an die Mauer gefesselt. Sie lag auf einer schmutzigen Matratze auf dem Boden. Neben ihrem Lager stand ein verchromter Metallstuhl, den sie mit den Fingerspitzen berühren konnte. Der silberne Glanz hatte schon vor Jahrzehnten Blasen gebildet, aus denen inzwischen der Rost quoll.

Aber da war noch etwas, das mit diesen Kacheln zu tun hatte. Da hatte sich etwas in den Rissen und Sprüngen verklemmt. Ganz nah, gleich neben ihrem Gesicht. Es fiel Françoise schwer, den Kopf so zu wenden, dass sie mehr sehen konnte. Sie musste gegen einen Schwindelanfall ankämpfen, hatte das Gefühl, sich übergeben zu müssen. Lass es, sagte ihre innere Stimme. Schau nicht dahin. Wenn du es nicht siehst, ist es auch nicht da.

Aber Françoise konnte nicht anders, sie musste diese Wand ansehen. Das, was da in den Fugen der Fliesen stecken geblieben war, waren Fingernägel. Bunt lackiert, in Neonfarben. Abgebrochen und blutig ausgerissen. Mit Hautfetzen an der Wand hängen geblieben, als jemand verzweifelt versucht hatte, aus dieser Folterkammer zu entkommen.

Plötzlich wurde Françoise kalt. Sie wandte sich ab, und Tränen liefen ihr über das Gesicht. In diesem Moment hörte sie ein Geräusch. Sie sah sich um. In die Wand gegenüber war eine rostige Tür eingelassen. Jetzt gab die Tür ein lautes Knirschen von sich, als sie über den unebenen Boden schrammte. Der Unbekannte schaltete das Licht an, und Françoise sah, wer da gekommen war. Und sie sah auch, was der Mann in seinen Händen trug. Sie wollte schreien, doch sie brachte keinen Laut heraus.

22. Kapitel

Inzwischen war es doch später geworden, als sie geplant hatten. Es war einfach zu verlockend gewesen. Die schmale Straße nach Draguignan bot fantastische Ausblicke über die dicht bewaldeten grünen Hügel der Provence. Leon und Isabelle hatten mehr als einmal angehalten, um die Aussicht zu genießen, und darüber die Zeit aus den Augen verloren.

Schließlich war Leon, ganz entgegen seiner Gewohnheiten, von der Route départementale abgebogen und für kurze Zeit auf die Autoroute A 8 gewechselt. Inzwischen hatten sie die Autoroute wieder verlassen und befanden sich nur noch wenige Kilometer vor ihrem Ziel, der Gemeinde Draguignan. Die dichten Wälder aus Kiefern, Korkeichen und den geradezu verschwenderisch prächtigen Oleanderbüschen waren zurückgewichen. Leon steuerte sein altes Cabriolet jetzt durch eine Provence, die nur noch aus Weinbergen und Olivenhainen zu bestehen schien. Blau blühende Artischockenfelder bildeten natürliche Trennlinien zwischen den einzelnen Parzellen.

Während Isabelle den Angaben des Navigationssystems geradezu blind vertraute, stand Leon den Angaben von Google und Co. grundsätzlich skeptisch gegenüber. Bei der Wahl der besten Route verließ er sich lieber auf sein Bauchgefühl, was auf Reisen häufig zu Diskussion über die kürzeste und beste Strecke führte.

Dieses Mal schienen sich Isabelle und Leon jedoch erstaunlicherweise einig zu sein. Über einige sogenannte Abkürzungen von Leon, die in Wirklichkeit nur theoretisch Zeitersparnis brachten, hatten sie schließlich die Kleinstadt Draguignan erreicht.

»Am besten fahren wir bis nach Trans-en-Provence. Von da dürften es keine drei Kilometer mehr bis zur Klinik Saint-Joseph sein.« Isabelle hielt die Michelin-Karte in der Hand und war auf ihrem Beifahrersitz neugierig nach vorn gerückt, um bloß kein Hinweisschild zu übersehen, das zur Klinik weisen könnte. Aber es gab keine Schilder, keine Hinweise, gar nichts. Isabelles Vorschlag, Klinikleiter Dr. Auvillain anzurufen, hatte Leon abgelehnt. Sie mussten es allein finden. Er wollte vor dem Kollegen nicht als dummer Tourist dastehen, der nicht mal in der Lage war, die Karte zu lesen.

Schließlich erreichten sie Trans-en-Provence, eine kleine Ortschaft, wie sie französischer kaum sein konnte. Bistros und Restaurants am Place du Point, überschattet von den ockerfarbenen Mauern der Kirche Saint-Michel. Dazwischen Metzger, Bäcker, Gemeindeamt und eine Gendarmeriestation, die aussah, als wäre sie schon vor Jahrzehnten stillgelegt worden.

Leon sah zu den erschöpften Touristen hinüber, die sich im Schatten der Markisen einen kühlen Rosé genehmigten, vermutlich nicht der erste des Tages. Bei der intensiven Sonne die beste Voraussetzung für einen frühen Schwips und einen verlorenen Nachmittag. Ein paar von ihnen wechselten auf die Straßenseite, die im Schatten der Platanen lag.

»Ich dachte, es gibt hier wenigstens ein Hinweisschild«, sagte Isabelle.

Leon hatte den kleinen Ort mit dem Cabriolet in wenigen Minuten durchquert. Jetzt war er mit dem Auto etwas orientierungslos am Ortsausgang stehen geblieben. Wenige Meter weiter gab es ein Café des Sports, vor dem die Gäste in durchgesessenen Rattanstühlen saßen und darauf warteten, dass es endlich wieder kühler würde.

Ein Café des Sports gab es in so ziemlich jedem französischen Ort. Das bedeutete allerdings nicht, dass dort die Gäste besonders sportlich gewesen wären, sondern nur, dass man dort nach Herzenslust den ganzen Tag die neuesten Fußballergebnisse und gelegentlich auch die Tagespolitik diskutieren konnte. Leon war ausgestiegen, und Isabelle folgte ihm.

»Es muss hier doch irgendwo einen Hinweis auf die Klinik geben.« Isabelle sah sich um.

»Eine Klinik mitten im Ort?«, zweifelte Leon. »Kann ich mir nicht vorstellen.«

»Was hast du vor?«, fragte Isabelle Leon, der auf den ersten Tisch des Cafés zusteuerte.

»Ich werde Kontakt zu den Eingeborenen aufnehmen.« Leon klopfte mit dem Fingerknöchel freundlich auf den Tisch, an dem zwei Männer vor ihren Gläsern saßen.

»Bonjour, Messieurs«, sagte Leon. Es kam ein gemurmeltes Bonjour zurück. Leon hatte die Gäste offenbar bei einem wichtigen Gespräch unterbrochen.

»Sie sind aber nicht aus Trans, Monsieur!«, sagte der eine Mann am Tisch, bei dem der Schweiß einen dunklen Rand an der Krempe seines Strohhutes hinterlassen hatte. Der zweite Mann am Tisch, etwa Mitte siebzig, tastete Isabelle von oben bis unten mit seinen Blicken ab, als würde sie sich gerade für einen Job als Tabledancerin bewerben.

»Was kann man für Sie tun, schöne Frau?«, fragte der Mann mit seiner Olivenölstimme und dem weit aufgeknöpften Hemd, das den Blick auf seine ergrauten Brusthaare freigab. Isabelle sah demonstrativ zur Seite.

»Wir suchen die Klinik Saint-Joseph«, mischte sich Leon ein.

»Ach so«, der Mann mit dem aufgeknöpften Hemd klang enttäuscht, »das Irrenhaus.«

»Sie wollen zum Irrenhaus«, informierte sein Kompagnon mit dem Strohhut lautstark den Wirt, der hinter der Theke die Gläser polierte.

»Ist doch immer das Gleiche, entweder kommen die Leute wegen dem Rosé oder dem *maison de fous*.«

»Da ist mir der Rosé aber lieber«, sagte ein anderer Gast, den Leon auf mindestens hundertzwanzig Kilo schätzte und der sich in seinem Stuhl so weit zurückgelegt hatte, dass die Lehne ächzte. Der Mann wischte sich mit einem feuchten Taschentuch den Schweiß aus dem Gesicht und trank mit einem Schluck sein Weinglas aus. Leon überlegte, dass dieser Gast nicht mehr weit von einem Herzinfarkt entfernt sein konnte, wenn er in diesem Tempo weitertrank.

»Maurice«, rief der dicke Mann in Richtung Bar und deutete auf Isabelle und Leon. »Zwei kleine Rosé für unsere Gäste.«

»Sehr freundlich«, sagte Isabelle, »aber wir sind dienstlich hier.«

»So, dienstlich?« Er schien nachzudenken und sah Isabelle skeptisch an.

»Gendarmerie«, erklärte Isabelle schnell.

»Dienst ist Dienst, und Schnaps ist auch Dienst«, stolperte der alte Mann über seinen Spruch.

»Gehen wir«, sagte Isabelle zu Leon. Und dann zu den Männern: »Bonne soirée, Messieurs.«

»Sie sind die Chefin, richtig?« Der Mann mit dem aufgeknöpften Hemd ließ seinen Blick erneut über Isabelle gleiten und sah Leon an, wobei er ein gefülltes Glas auf die Theke stellte. »Sie hat die Hosen an, ist doch so?«

»O ja«, spielte Leon das kleine Spiel mit. »Kann man wohl sagen.«

»So was hätte es früher nicht gegeben.«

»Halt die Klappe, Maurice«, unterbrach der Wirt und bat Isabelle mit einem Schulterzucken um Verzeihung.

»Hab ich mir doch gleich gedacht.« Der Mann lachte, was mehr wie ein schnarrendes Grunzen klang.

»Gehen wir«, sagte Isabelle, die keine Lust hatte, mit zwei angetrunkenen Einheimischen Zeit zu vergeuden.

»Oh, là, là, so streng«, sagte der dicke Mann und gab seiner Stimme einen gekränkten Unterton.

»Beim nächsten Mal gern.« Leon blickte kurz auf das Weinglas und sagte dann mit einem Lächeln: »Aber nur, wenn ich auch einen Café Crème bekommen kann.«

»Na klar, haben wir auch«, sagte der Wirt und deutete die Straße hinunter. »Die Straße runter und nach der alten Steinbrücke nach rechts. Die Abzweigung zum Hospital kommt dann nach dem Tabac.«

»Die Klapsmühle ist gar nicht zu übersehen«, mischte sich der Mann mit dem grauen Brusthaar noch einmal ein. »Es gibt natürlich auch noch eine Abkürzung ...«

»Danke, wir haben es verstanden«, sagte Isabelle.

»Für Sie haben wir natürlich Tag und Nacht geöffnet«, der Mann mit dem grauen Brusthaar sah Isabelle an und versuchte, seiner Stimme etwas Anzügliches zu geben.

»Lass den Scheiß, Maurice«, sagte der Wirt zu seinem Gast und wandte sich dann Leon und Isabelle zu. »Sie können die Klinik gar nicht verfehlen.«

Leon hob zum Dank die Hand, und beide gingen zurück zu ihrem Wagen.

23. Kapitel

Der alte, verwinkelte Backsteinbau war ganz plötzlich neben ihnen aufgetaucht, geradeso als hätte jemand das finster aussehende Gebäude aus dem neunzehnten Jahrhundert in die große Parkanlage hineingezaubert. Und es hätte auch niemanden überrascht, wenn der Bau genauso plötzlich wieder verschwunden wäre.

Das Gebäude wirkte trutzig, als wollte es sich der wilden, ungestümen Natur da draußen entgegenstemmen. Als dürfte nichts die strenge Organisation der Klinik stören.

Der Bau hatte eine turbulente Geschichte hinter sich, wusste Isabelle. Er war aus dem Erbe von Margaret Peterson, einer wohlhabenden Engländerin, gegen Mitte des achtzehnten Jahrhunderts errichtet worden. Die Dame aus England hatte große künstlerische Ambitionen, aber nur wenig Talent. Zum Glück hatte Madame Peterson sich schnell damit abgefunden und versuchte erst gar nicht, mit der Malerei anzufangen. Die reiche Gönnerin lud stattdessen ihre weitaus begabteren Künstlerfreunde aus Paris, Berlin und London ein, um ihnen für einen begrenzten Zeitraum ideale Bedingungen zur Erfüllung ihrer künstlerischen Leidenschaften zu bieten. Für einige Jahre war das Haus von Madame Peterson bei Trans-en-Provence ein beliebter Treffpunkt der Kreativen.

Ein jähes Ende erfuhr das Erbe der britischen Touristin während des Ersten Weltkriegs. Die Regierung des Var verfügte, dass das Herrenhaus beschlagnahmt und zu einer Klinik für verletzte Kriegsteilnehmer umgebaut wurde. Die Département-Verwaltung in Toulon sah schnell ein, dass man weit mehr medizinische Zuwendung für die Soldaten brauchte als zunächst angenommen und dass man es in diesem Krieg mit einer völligen neuen Art von Kriegsverletzungen zu tun hatte. Den Verletzungen der Seele.

Der Stellungskrieg in den Festungsanlagen von Verdun und das monatelange Gemetzel der Schlachten forderte unzählige Tote. Aber es gab auch viele Soldaten, die schwer verletzt Trommelfeuer und Giftgas überlebten hatten und bis an ihr Lebensende versorgt werden mussten.

Nach dem Ersten Weltkrieg diente der Bau zwischenzeitlich als Sanatorium. Während des Zweiten Weltkriegs wurde die historische Anlage erneut zum Lazarett erklärt. Erst mit dem Ende des Zweiten Weltkriegs wurde der düstere Backsteinbau endgültig zur Nervenklinik. Dabei war es geblieben, bis heute.

Von Weitem hätte man den großen, verwinkelten Bau eher für ein überdimensionales Herrenhaus oder ein großes Hotel halten können. Erst beim Näherkommen fiel auf, dass das Gebäude gesichert war.

Leon hatte den Wagen außerhalb des Klinikgeländes auf dem Gästeparkplatz abgestellt. Von dort führte eine kurze Allee aus Eukalyptus und Platanen zum Haupteingang.

Eine rissige grau getünchte Mauer umgab das Gelände der Klinik. Erst wenn man die Anlage betreten hatte, konnte man erkennen, dass der Bau nur der älteste von einem ganzen Ensemble war. Die Gebäude waren durch verschiedene Eingänge und Terrassen verbunden. Im Inneren der Anlage befand sich ein Neubau aus den frühen Siebzigerjahren. Es handelte sich um einen zusätzlich gesicherten Gebäudeteil, der von einem vier Meter hohen Zaun umgeben war. Das Ganze erinnerte Leon eher an ein Gefängnis als an eine moderne Psychiatrie.

Als sie näher kamen, öffnete sich die Außentür klappernd und quietschend. Das Tor wurde von einem Mitarbeiter an der Pforte bedient, der die beiden Besucher zu sich heranwinkte. Leon sah Isabelle an und spürte, dass auch sie Unbehagen empfand, als sie die Anlage betraten. Der Empfang war mit alten Gittern gesichert, die in einer Personenschleuse endeten. Das Gebäude selbst war nicht besonders gesichert. Aber wer es verlassen wollte, überlegte Leon, brauchte die Hilfe des Sicherheitspersonals.

»Treten Sie bitte vor die Kamera«, sagte der Mann an der Pforte über die Sprechanlage.

In diesem Moment war ein Summer zu hören, und die Tür sprang auf. Der Wachmann, der hier als Pförtner fungierte, saß in seiner Kabine, die über eine Gegensprechanlage mit den Besuchern verbunden war.

»Bonjour«, sagte Leon freundlich. »Das ist Capitaine Morell«, er wies auf Isabelle, »und mein Name ist Docteur Ritter.«

»Ich weiß«, unterbrach ihn der Mann. »Docteur Auvillain hat schon nach Ihnen gefragt.« In der Begrüßung des Sicherheitsmannes schwang ein leichter Vorwurf mit.

»Dann beeilen wir uns mal besser. So einen Docteur wollen wir ja auf gar keinen Fall warten lassen, oder?«, sagte Leon.

Der Wachmann musterte den Besucher, unsicher, ob Leon seine Bemerkung ernst gemeint hatte.

Dann summte die Schließanlage erneut, und die Tür gab den Zugang zur Klinik frei. Ein dicker Pfleger tauchte hinter dem Sicherheitsmann auf. Seine dunkle Hose wirkte speckig und abgewetzt, und der zu enge grüne Ärztekittel spannte über seinem

Bauch. Über der linken Hemdtasche trug er ein Namensschild: *Pierre Bacon – Infirmier.*

»Monsieur Bacon wird Sie nach oben begleiten«, sagte der Sicherheitsmann, als Leon und Isabelle die Schleuse passierten.

Sie folgten zunächst einem blassgrünen fensterlosen Gang. Rechts und links lagen Zimmer, deren Türklinken speckig und abgegriffen waren. Am Ende des Ganges ging es durch ein Treppenhaus nach oben.

»Es gibt normalerweise auch einen Lift«, erklärte der Pfleger entschuldigend, »aber der ist heute wieder mal ausgefallen. Irgendwas ist ständig kaputt in alten Häusern. Wir müssen ganz nach oben.«

Leon war dankbar, dass sie die Treppe genommen hatten. Alte, unzuverlässige Aufzüge stellten für ihn eine besondere Herausforderung dar.

Obwohl niemand zu sehen war, steckte dieser trutzige Bau voller Geräusche. Stimmen, Rufe und Echos waberten durch das Haus und wurden von Mauer zu Mauer weitergegeben.

Plötzlich sprang unmittelbar vor Leon und Isabelle eine Tür auf, und zwei Männer des Wachpersonals führten einen grauhaarigen Mann im Polizeigriff den Gang entlang. Der Patient trug einen Bademantel und war barfuß. Er versuchte, nach Isabelle zu greifen, als er sich ganz nah an den Besuchern vorbeischob.

»Lass den Scheiß, Daniel«, fluchte der kräftigere der beiden Sicherheitsmänner und riss den Mann mit dem Bademantel zur Seite.

»Er ist harmlos«, versicherte er dann in Richtung Isabelle.

»Das war einer von den Schizos«, sagte Bacon, als die Gruppe durch eine Tür verschwand.

Kurz darauf klopfte er an eine dunkle Eichentür, auf der in

Buchstaben aus gebürstetem Aluminium stand: *Dr. Auvillain – Directeur med.*

»Ja, bitte«, sagte eine Frauenstimme, und sie traten ein. Hinter einem Schreibtisch, der bis auf einen Planer und einen Becher mit Stiften vollkommen leer war, saß eine Sekretärin, die aussah, als gäbe es nichts in dieser Anstalt, was sie noch aus der Ruhe bringen könnte. Sie schien nicht zu blinzeln und auch sonst keine überflüssigen Bewegungen zu machen. Sie wirkte, als hätte sie alles um sich herum unter Kontrolle.

»Bonjour, Madame«, sagte Isabelle.

»Bonjour«, sagte Leon, der Isabelle bewusst das Feld überließ.

Die Sekretärin wirkte blass in ihrem grauen Rock und der schwarzen Bluse.

»Bonjour, Madame«, antwortete die Sekretärin.

Sie stand auf und zupfte ihren grünen Blazer zurecht.

»Sie sind Docteur Ritter und Madame Morell?«, begrüßte sie mit leiser Stimme ihre Gäste.

»Capitaine Morell.«

»Der Docteur hatte Sie früher erwartet«, antwortete die Sekretärin mit leisem Tadel, während sie die Tür zum Büro von Dr. Auvillain öffnete.

Der Klinikleiter saß über einen medizinischen Bericht gebeugt, als die Sekretärin ihn unterbrach. »Ihre Besucher, Docteur.«

Erst jetzt sah Auvillain von seinen Papieren auf. Er hatte schwarzes Haar, bei dem Leon sofort erkannte, dass es gefärbt war. Die hohen Geheimratsecken zeigten, dass der Kollege älter war, als er erscheinen wollte. Leon bemerkte auch die teure Uhr am Handgelenk des Psychiaters. Eine Rolex, die offenbar seine Besucher beeindrucken sollte. Der zartgelbe Leinenanzug zeigte keinerlei Knitterfalten, woraus Leon schloss, dass es sich um den teuren Stoff eines Maßanzugs handelte.

»Schön, dass Sie es doch noch einrichten konnten«, sagte der Klinikleiter, wobei der leicht vergiftete Tonfall sich wie ein übler Geruch im Raum verbreitete. Sein Blick ruhte auf Leon, Isabelle schien er kaum wahrzunehmen, als er fortfuhr: »Wir haben uns schon Sorgen gemacht. Aber so ist das nun mal in unserer Branche. Wir werden überall gebraucht, wo die Kollegen nicht weiterkommen. Und wir wollen uns den polizeilichen Ermittlungen natürlich nicht in den Weg stellen.«

»Ich hoffe, wir halten Sie nicht unnötig auf«, erwiderte Leon mit einem falschen Lächeln und trat einen Schritt vor. Jetzt erst stand Auvillain auf und reichte Leon kurz die Hand.

»Wenn sich ein Kollege an mich wendet, dann helfe ich immer gern ...«, sagte der Psychiater.

»Nur der Ordnung halber: Es war der Wunsch des Innenministeriums, dass wir Sie hinzugezogen haben«, erklärte Leon und wies mit einer freundlichen Handbewegung auf Isabelle. »Darf ich Ihnen Capitaine Morell vorstellen?«

»Bonjour«, sagte der Klinikchef, ohne Isabelle richtig anzusehen. »Sie wissen ja sicher, dass wir die Polizei nicht so gerne in unseren Einrichtungen sehen. Polizeibesuche führen schnell zu Unruhe unter den Patienten.«

Isabelle spürte, dass die Atmosphäre zwischen den zwei Männern im Büro knisterte. Sie wusste von dem Konkurrenzkampf, den Leon und dieser Docteur Auvillain in den letzten Monaten ausgefochten hatten. Man hatte Docteur Auvillain eine Gastprofessur für Forensische Medizin an der Universität von Aix-en-Provence angeboten. Doch da entschied der Präfekt des Département Var, diese renommierte Stelle mit dem weitaus erfahreneren und bekannteren Docteur Ritter zu besetzen, und zog sein Angebot an

Auvillain kurzerhand wieder zurück. Leon hatte die Stelle bekommen und fuhr inzwischen einmal im Monat nach Aix, um seine Vorlesungen zu halten, die bei den Studenten außerordentlich beliebt waren.

Dass der Psychiater seinen Konkurrenten nun auf Wunsch des Innenministeriums unterstützen musste, stieß ihm natürlich sauer auf. Isabelle machte sich eine mentale Notiz und beobachtete die Szene still weiter.

Der Mediziner hatte in der Besucherecke, in der jetzt von der Sekretärin Tee serviert wurde, betont unauffällig seine letzten Veröffentlichungen ausgelegt. Leon tat dem Kollegen den Gefallen und drehte den kleinen Stapel so, dass er die Überschrift der Titelseite sehen konnte.

»›Das Geheimnis der doppelten Persönlichkeit. Neue Methoden zur Dämpfung bei Schüben schizophrener Psychose.‹ Ich habe davon gehört.« Leon tippte mit gespieltem Interesse auf die Fachzeitschrift.

»Die Veröffentlichung hat in Marseille und in Lyon einen ziemlichen Wirbel verursacht«, sagte Auvillain nicht ohne Stolz. »Sie ist von allen Seiten sehr positiv kommentiert worden.«

»Sollte der Aufsatz nicht in *Psychologie Heute* gedruckt werden?«, fragte Leon scheinheilig, der genau wusste, dass der Beitrag abgelehnt worden war.

»Die Publikation wurde nur kurzfristig verschoben«, sagte der Psychiater mit gepresster Stimme. »Aber es gibt schon einen Verlag, der großes Interesse angemeldet hat.«

»Da kommt noch mehr. Warten Sie es nur ab«, sagte Leon ein wenig von oben herab, was normalerweise nicht seine Art war, aber bei einem arroganten Psychiater wie Auvillain erlaubte er es sich, einen kleinen Dämpfer zu erteilen.

Leon hatte den Psychiater erst einmal persönlich getroffen.

Das war auf einer Podiumsdiskussion in der Universität Aix-Marseille gewesen, bei der Leon seinen wissenschaftlichen Gegner hatte alt aussehen lassen. Diese Begegnung hatte der Psychiater dem Kollegen aus Deutschland nie verziehen. Der Zufall wollte es, dass die beiden Kontrahenten ausgerechnet hier in dieser Nervenklinik wieder aufeinandertrafen.

Leon hatte sich natürlich über Dr. Auvillain erkundigt. Der Psychiater stammte aus Nordfrankreich. Er galt als ehrgeizig und war in einer Ärztefamilie groß geworden. Auvillain hatte in einer ganzen Reihe von Kliniken gearbeitet, wobei der Schwerpunkt seiner Arbeit in der Behandlung schizophrener Psychosen lag. In diesem Behandlungsfeld hatte er sich einen Namen gemacht. Allerdings tat sich der Psychiater schwer, sich den Ruhm mit anderen zu teilen, besonders dann, wenn es um die Zusammenarbeit mit jüngeren Kollegen ging. Die letzte Arbeitsstelle an einer renommierten Privatklinik hatte er aufgeben müssen, nachdem Gerüchte aufgekommen waren, Doktor Auvillain hätte einen wichtigen Teil seiner wissenschaftlichen Veröffentlichungen plagiiert. Da der Psychiater diese Vorwürfe nie ganz entkräften konnte, hatte man ihm schließlich nahegelegt, seine Stelle aufzugeben. Dafür hatte man ihm das Angebot gemacht, kommissarisch die Leitung der in die Jahre gekommenen Nervenklinik Saint-Joseph zu übernehmen. Die Provinzklinik galt als schlecht geführt und marode und sollte in der letzten Zeit schon öfter geschlossen werden. Schließlich übernahm Auvillain die unbeliebte Aufgabe mit der Zusage, dass, wenn er sich bewährte, ihm in spätestens zwei Jahren eine Stelle in einer anderen, moderneren Klinik angeboten würde.

Leon beobachtete sein Gegenüber mit wachsender Neugier.

»Ich wurde informiert, dass die Gendarmerie sich mit einigen meiner Patienten unterhalten möchte«, sagte der Psychiater nun frostig.

»Wir haben es in Lavandou mit einem sehr …« Leon unterbrach sich, als müsste er über das richtige Wort nachdenken. »Mit einem sehr speziellen Fall zu tun.«

»Ich habe in der Klinik eine ganze Reihe ›sehr spezieller‹ Fälle, wie Sie sie so treffend bezeichnen.« Der Klinikleiter sah Leon provozierend an.

»Da bin ich sicher«, sagte Leon höflich.

Auvillain nahm einen kleinen Schluck Tee und sah auf seine teure Armbanduhr – ein gefragter Mann unter Druck.

»Es ist ein gewaltiger Unterschied, ob man psychisch kranke Menschen heilen kann, oder ob man es sein Leben lang immer nur mit Verstorbenen zu tun hat«, versuchte er Leon zu provozieren.

Leon sah ihn freundlich lächelnd von der Seite an und schwieg. Der Psychiater war irritiert.

»Verzeihen Sie, ich wollte Sie nicht kränken«, sagte Auvillain, »aber ich kann mir gut vorstellen, dass einem der Umgang mit den Patienten fehlt, wenn man seine Zeit hauptsächlich im Keller der Rechtsmedizin verbringen muss.«

»Dafür kann man gut nachdenken im Keller der Rechtsmedizin«, sagte Leon, und Auvillain fragte sich verunsichert, ob sich Leon über ihn lustig machte. »In der Einsamkeit der Obduktionssäle kann man eine Menge über die Seele der Menschen lernen. Kann ich nur empfehlen.«

»Was genau wollen Sie von mir wissen?«, fragte Auvillain unwirsch.

»Eigentlich wollen wir nur mit einem Ihrer Patienten sprechen«, sagte Isabelle.

»Nämlich …?« Auvillain sah Isabelle lauernd an.

»Es geht um Ihren Patienten Maurice Blavier«, sagte Isabelle.

Der Psychiater lächelte und schüttelte den Kopf. »Das ist leider nicht möglich. Schon gar nicht für eine polizeiliche Befragung.«

»Eine Befragung könnte aber ein wichtiger Ermittlungsschritt in unserem jüngsten Fall sein. Sie würden uns immens helfen«, versuchte es Isabelle diplomatisch.

»Wir haben die Genehmigung des Innenministeriums«, sagte Leon. »Darin wird uns zugesichert, dass die Klinik Saint-Joseph unsere Arbeit mit allen ihr zur Verfügung stehenden Möglichkeiten unterstützt.«

»Wenn Sie die Genehmigung sehen wollen?«, fügte Isabelle provozierend höflich hinzu und begann, in ihren Unterlagen zu kramen.

»Nein, das will ich nicht«, antwortete Auvillain bissig. »Aber Ihnen ist klar, dass das ein Nachspiel haben wird. Was wollen Sie überhaupt erreichen?«

»Wir vermuten, dass Blavier Kontakte aus der Anstalt heraus nach draußen hat.«

»Hat er nicht«, unterbrach der Klinikleiter und funkelte sie an.

»Wie können Sie da so sicher sein?«, fragte Isabelle.

»Das ist völlig ausgeschlossen«, antwortete Auvillain kategorisch.

»Davon würden wir uns gern selbst überzeugen«, sagte Leon.

»Nur in meiner Anwesenheit. Blavier ist mein Patient. Außerdem ist er gefährlich.«

»Ich dachte, er steht unter strenger Überwachung?«, fragte Isabelle.

»Selbstverständlich ist er unter Aufsicht. Außerdem werden dem Patienten starke Psychopharmaka verabreicht, die seinen Zustand gut kontrollierbar machen.«

»Na bestens, dann kann ja nichts passieren«, meinte Isabelle.

»Natürlich nicht«, sagte der Psychiater. »Ich werde Sie trotzdem persönlich zu ihm bringen.«

»Wir würden wirklich lieber allein mit ihm sprechen, um uns ein persönliches Bild von Ihrem Patienten zu machen.«

»Ich bestehe darauf, dass ständig zwei Pfleger in der Nähe sind, dann können Sie sich mit ihm unterhalten.«

»Einverstanden«, sagte Leon.

Dr. Auvillain ging zu seiner Bürotür und öffnete sie.

»Ich werde dieses Gespräch sofort abbrechen, wenn ich merke, dass sich der Patient unwohl fühlt.«

Leon nickte.

»Wo ist er?«, fragte Isabelle.

»Im Garten, bei den Gewächshäusern«, sagte Docteur Auvillain. »Kommen Sie mit.«

24. Kapitel

Leon und Isabelle verließen den alten Backsteinbau durch den hinteren Ausgang, der über eine breite Steintreppe in einen gepflegten, parkähnlichen Garten führte. Im Hintergrund konnte Leon ein altes Gewächshaus erkennen, das fast vollkommen von Oleanderbüschen verborgen wurde. Über den Rasen kam Leon und Isabelle ein schmaler, unauffälliger Mann Anfang vierzig entgegen. Seine Kleidung war zwar in die Jahre gekommen und ein wenig verwaschen, wirkte aber trotzdem ordentlich. Er trug eine dunkelblaue Hose, deren Beine aufgekrempelt waren. Dazu hatte er ein hellblaues Hemd an und auf dem Kopf einen Strohhut, dem Wind und Sonne zugesetzt hatten.

Der Mann wirkte fast ein wenig farblos, wie jemand, den man in der Menge leicht übersehen würde, dachte Isabelle. Nicht wie jemand, der mit zwanzig Jahren ein Mädchen gefoltert und ihr dann den Kopf abgeschnitten hatte. In der Hand hielt er eine kurze Gartenschere und eine etwa zehn Zentimeter lange blassrote Hibiskusblüte. Er war der einzige Patient in diesem Teil des Gartens, bei dem erst nach zweitem Hinsehen auffiel, dass die Gartenanlage von einem hohen Zaun umgeben war.

»Monsieur Blavier«, stellte der Psychiater vor und deutete dann auf Leon und Isabelle. »Docteur Ritter und Capitaine Morell von der Gendarmerie.«

Blavier wollte Isabelle die Hand reichen, dabei rutschte ihm die Blumenschere aus der Hand, und er erwischte mit dem Daumen die scharfe Kante. Ein kleiner Blutstropfen quoll aus dem Schnitt.

»Das tut weh, verflucht, das brennt«, beschwerte sich der Mann lautstark und fuhr mit der Zunge über die kleine Wunde. So, wie er das vor den Augen von Isabelle tat, hatte diese Geste etwas Obszönes.

»Geben Sie mir die Schere.« Der Klinikleiter hielt die Hand auf wie ein Bettler, der Passanten um einen Euro bat, und Blavier legte brav die Schere hinein. Er sah mit gequältem Blick auf seine verletzte Hand.

»Sonst fürchtet die hübsche Polizistin noch, ich könnte ihr etwas antun.« Blavier sah Isabelle an, lachte und machte dabei ein Geräusch, das an das Schnauben eines großen Tieres erinnerte.

»Das tut echt weh!«, sagte er dann und zeigte Isabelle die kleine Verletzung.

Ein Krankenpfleger kam angelaufen, ein bulliger Kerl, der mehr Zeit in der Klinik verbracht hatte als die meisten seiner Patienten. Der Psychiater zeigte dem Pfleger die Schere mit mahnendem Blick, bevor er sie in seine Tasche gleiten ließ.

»Wer hat dem Patienten diese Schere gegeben?«, fragte er. Der Sicherheitsmann sah betreten zu Boden.

»Ich kontrolliere alles doppelt und dreifach, Patron. Immer nach Vorschrift.«

»Darüber müssen wir reden. Ich habe ausdrücklich vor allem gewarnt, das als Waffe dienen könnte.« Er klopfte auf seine Sakkotasche. »Blavier darf nur mit der Schere arbeiten, wenn Sie dabeistehen«, sagte Auvillain. »Sie geben ihm das Gartengerät, und Sie nehmen es ihm auch wieder ab.«

»Blut …« Blavier streckte die Arme aus und sah in den Himmel. Dann drehte er sich zu Isabelle um. »Kennst du Blutregen? Blutregen ist eine Prophezeiung.«

»Ich denke, Blutregen kommt aus Nordafrika«, erklärte Isabelle geduldig. »Dabei vermischt sich der Regen mit dem roten Staub der Wüste, und dann regnet er sich hier bei uns ab.«

»Sie kennt sich wirklich aus«, sagte Blavier versonnen, als der Pfleger noch mal einen Schritt nach vorn machte.

»Patron, das war wirklich ein Einzelfall, ich …«

»Schon gut«, unterbrach ihn der Psychiater zum Pfleger. »Es ist ja nichts passiert. Die Medikation ist äußerst wirkungsvoll.«

»Nichts passiert«, wiederholte der Patient, als würde er aus einem Lied zitieren.

»Monsieur Blavier kümmert sich um unsere Blumen«, sagte Auvillain. »Er ist der Einzige, der in dem alten Gewächshaus arbeiten darf. Eigentlich darf er die Pflanzen nur umtopfen oder wässern, um genau das zu vermeiden, was sie gerade gesehen haben. Aber gelegentlich darf er auch mal mit der Säge arbeiten. Dann ist aber immer eine Aufsicht dabei.«

»Man muss das Haus gut kennen. Dann versteht man, was das Haus einem zu sagen hat«, erklärte Blavier.

Die Gruppe war stehen geblieben, und Auvillain deutete auf das Gewächshaus. Es war eine Backsteinkonstruktion, die zur Hälfte im Boden versenkt war. Daher musste man einige Stufen nach unten gehen, wenn man es betreten wollte.

»Es ist in den Zwanzigerjahren gebaut worden, als Teil der Heizanlage«, erklärte der Psychiater. »Es sollte längst abgerissen werden, wir heizen die Gebäude inzwischen alle mit Gas.«

»Nein, man darf es nicht abreißen«, sagte Blavier. »Es ist ein schönes Haus.«

»Keine Sorge, es wird sicher noch eine ganze Weile hier stehen.« Der Psychiater deutete auf eine weiß gestrichene Bank unter einer Korkeiche. »Da kann man sich gut unterhalten.«

Der Psychiater ging voraus, und Leon, Isabelle und Blavier folgten ihm. Ohne die hohen Zäune hätte man die kleine Gruppe auch für eine Gartengesellschaft halten können.

»Die züchten Sie tatsächlich selber?« Isabelle sah auf die Blüten in der Hand des Patienten.

»Rot wie Blut. Ist ganz selten«, sagte der Patient und drehte die Blüte behutsam zwischen den Fingern. »Rot ist schön.«

Dann knipste er mit den Fingernägeln die Spitze der Blüte ab. »Hoppla ...«, sagte er und lächelte.

»Tja, das ist ganz Monsieur Blaviers Domäne hier«, sagte Auvillain mit einem Blick über die Schulter, ohne auf das Gebaren seines Patienten einzugehen, »an den alten Rohren und Leitungen kann man sich leicht verletzen. Aber unser Monsieur Blavier kennt sich damit aus.«

Blavier lächelte dankbar.

»Nur mit den Blumen«, bestätigte er und lachte sein eigentümliches Lachen.

»Sie sind gerne hier?«, versuchte Isabelle ein unverfängliches Gespräch zu beginnen.

»Gerne, ja, sehr gerne«, sagte Blavier. »Sie wissen, warum ich hier bin?« Er fixierte Isabelle mit seinem Blick. »Weil ich eine ...« Er machte eine Schnittbewegung mit der Handkante vor seinem Hals. »Ich habe sie ausgeknipst.«

»Maurice«, sagte der Psychiater streng.

Blavier hörte sofort auf zu reden. Er grinste und hielt sich demonstrativ den Finger vor den Mund.

»Dann lasse ich Sie jetzt mal allein.« Auvillain deutete auf die schwere Eichentür des Hintereingangs, vor der zwei Pfleger standen. »Ich gebe Ihnen eine Viertelstunde mit ihm.«

Der Klinikleiter ging zurück ins Haus. Die Gruppe sah ihm hinterher.

»Wann war das?«, fragte Leon. »Das mit dem jungen Mädchen?«

»Ist so lange her«, sagte der Patient. Dann strahlte er. »Aber sie haben immer noch Angst vor mir.«

»Sie fühlen sich wohl hier?«, versuchte es Isabelle noch einmal.

»O ja«, sagte Blavier. »Alle sind nett.«

»Warum haben Sie damals das Mädchen getötet?«, fragte Leon.

Blavier antwortete nicht, sondern sah in die Wolken und wippte leicht mit dem Oberkörper vor und zurück.

»Monsieur Blavier? Wollen Sie nicht darüber sprechen?«

Wieder wartete der Patient einen Moment. »Er ist wieder da, richtig?«, fragte er.

Leon spürte sofort, dass sie auf einer Spur waren, einer gefährlichen Spur. Konnte Blavier tatsächlich irgendetwas vom Mord am Strand wissen? Hatte er vielleicht Kontakte zu ehemaligen Insassen? Oder Zugang zum Internet, wo er sich informieren konnte? In der Regel wurden Schizophrene von Medien aller Art ferngehalten, damit sie keine Verbindungen zwischen aktuellen Verbrechen und ihren eigenen Taten herstellen konnten. Die Erinnerung an eine Bluttat konnte leicht zum Auslöser für einen schizophrenen Schub werden.

»Er hat es wieder getan, richtig?« Blavier lächelte leicht. »Ich sehe es euch doch an. Deshalb seid ihr hier. Er hat wieder eine geschnappt, und ihr wollt wissen, welche die Nächste ist.«

Isabelle sah sich um. An der Tür standen die zwei Pfleger und sahen zu ihnen herüber. Wenn wirklich etwas passieren sollte, könnten die Männer dann rechtzeitig hier sein?

Leon sah den Patienten verblüfft an. Konnte er tatsächlich etwas wissen?

»Warum sollte jemand eine junge Frau umbringen?«, fragte Leon und versuchte, sachlich zu bleiben.

»Weil die Stimmen es ihm sagen, natürlich.« Blavier zeigte in den Garten hinter ihnen. »Sind überall, die Stimmen. Sie sagen: Tu es, scheiß drauf, was die anderen erzählen, tu es einfach. Und wenn man es tut, dann hören die Stimmen auf.«

»Warum könnte jemand da draußen sein, der Mädchen tötet, was glauben Sie?«, fragte Leon.

»Die blöde Kuh«, unterbrach Blavier, »was macht die auch nachts am Strand? Ist gefährlich für Frauen, da am Strand. Da gibt es viele böse Menschen.«

»Haben Sie Freunde?«, fragte Isabelle und sah, wie Blavier zurückschreckte.

»Weiß ich doch nicht.« Blavier zuckte mit den Schultern.

»Keine Freunde in der Klinik, nach so langer Zeit?«, hakte Isabelle noch einmal nach.

»Da draußen, da hab ich Freunde, viele Freunde.« Der Patient deutete mit seinem Daumen über die Schulter zum Park.

»Da draußen?«, fragte Leon. »Aber da sind doch Zäune.«

»Zäune können mich nicht aufhalten«, sagte Blavier. Er winkelte die Arme an und ließ die Ellenbogen wie Flügel auf und ab schlagen. Dazu stieß er einen schrillen krächzenden Schrei aus. »Ich mache es wie die Möwen. Die schweben davon, über Zäune und Wälder und über die ganze Welt. Hab ich im Fernsehen gesehen.«

Leon betrachtete den Patienten, irgendetwas an dem, was er gesagt hatte, irritierte ihn. Er konnte nur noch nicht genau sagen, was es war.

»Na, Monsieur Blavier …« Der Pfleger kam über den Rasen auf die kleine Gruppe zu. »Zeit für die Therapiestunde.«

Blavier trat einen Schritt vor, dicht an Isabelle heran.

»Was hat er mit ihr gemacht, mit der Frau vom Strand?«, fragte er. Dabei hob er die Hand und legte sie blitzschnell Isabelle auf den Bauch.

»Tam-tam, tam-tam«, sagte er im Rhythmus eines imaginären Herzschlags.

»Nimm sofort die Hand da weg«, pfiff der Pfleger Blavier an.

Der Patient zuckte zurück und hielt übertrieben die Hände in die Höhe.

»Tam-tam, tam-tam«, sagte er, während er sich von dem Pfleger widerstandslos zum Eingang zurückführen ließ. Isabell sah Blavier für einen Moment wie erstarrt hinterher. Ihr Puls raste.

»Alles in Ordnung?«, fragte Leon besorgt.

Isabelle nickte nur. Stumm sahen sie Blavier nach.

25. Kapitel

Das letzte Mal am Tag wurde der Ofen gegen siebzehn Uhr angeheizt, um frisches Baguette zu backen. Preislich konnte Serge Roux mit der Konkurrenz vom Supermarché natürlich nicht mithalten. Da bekamen die Kunden zwar ihr Baguette dreimal am Tag fertig verpackt in einer durchsichtigen Zellophantüte. Aber dafür mussten sie in Kauf nehmen, dass die Gehzeit des Teigs mit wenig nahrhaften Chemikalien künstlich beschleunigt wurde. Kein Wunder, dass solche industriell hergestellten Baguettes gut dreißig Prozent günstiger waren als bei jedem Bäcker der Stadt.

Trotzdem standen die Kunden bei Roux schon Schlange, noch bevor die Öfen mit dem frischen Brot geöffnet wurden. Weil sie knackfrisches Baguette liebten und weil sie den unvergleichlichen Duft des ofenfrischen Brots schätzten.

Leon spazierte durch den Ort, und der Duft der frischen *flûtes*, *baguettes* oder dicken *restaurants* waberte durch die Gassen und sorgte für diese ganz spezielle Atmosphäre. Das noch warme Baguette wurde in einen Streifen Papier gewickelt, und wenn man es leicht zusammendrückte, knisterte die zartbraune Kruste verheißungsvoll, so, wie es nur in Frankreich möglich war.

Serge Roux hatte Mehlstaub im Gesicht. Der Besitzer des Pain du Port wischte mit einem Lappen die Backbleche sauber, damit sie von den meist weiblichen Mitarbeiterinnen wieder neu gefüllt werden konnten. Er stand am Eingang zur aufgeheizten Backstube und strich sich die nass geschwitzten Haare aus der Stirn. Es war allerdings nicht nur der Fleiß, der ihn an diesen heißen Arbeitsplatz trieb, sondern auch die Möglichkeit, unauffällig zur Tür schräg gegenüber zu sehen, die eine Handbreit offen stand. Hier befand sich der Umkleideraum der Mitarbeiterinnen, und wenn Roux sich ein wenig reckte, konnte er die beiden Frauen sehen, die ihre Latzhosen mit dem Aufdruck *Pain du Port* gegen Jeans und T-Shirts tauschten, als die Arbeitszeit in der Bäckerei zu Ende war.

In diesem Moment drehte sich eine der Frauen zu Roux um.

»Suchen Sie etwas, Monsieur Roux?«, fragte die Frau so laut, dass es alle hörten.

Jede der Mitarbeiterinnen wusste, dass der Patron seine gierigen Augen überall hatte.

»Pardon«, sagte Roux schnell und sah betont zur Seite. »Hat sich Françoise bei Ihnen gemeldet?«, wechselte er schnell das Thema.

»Nein, wieso, ist was mit ihr?« Die zweite Frau kam aus dem Umkleideraum, während sie mit einem Gummiband ihre Haare zu einem Pferdeschwanz zusammenband.

»Sie hat sich heute noch nicht bei mir gemeldet, dabei sollte sie helfen, die Stände am Hafen aufzubauen.«

Roux war ein merkwürdig hellblonder Mann. Seine Haut war blass und milchig, sodass sich seine Adern gut sichtbar unter der weißen Haut schlängelten. Die Haare auf seinem Kopf waren nur wenige Millimeter lang. Sogar die Augenbrauen waren blond, und seine Wimpern erinnerten an die Beine von Raupen. Seine Augen waren gerötet. Roux war so hellhäutig, dass man das Gefühl hatte, regelrecht durch ihn hindurchsehen zu können, wenn man mit ihm sprach. Er war immer schon ein verklemmter Typ gewesen, der seine Mitarbeiterinnen gelegentlich beobachtete. Aber seit dem Tod seiner Frau im letzten Jahr hatte sich diese übergriffige Art noch verstärkt.

»Vielleicht war es Françoise zu heiß in der Backstube«, sagte die Mitarbeiterin.

»Die Klimaanlage funktioniert schon die ganze Woche nicht mehr richtig«, beschwerte sich die erste Frau und drückte die Tür zu. »Echt nicht auszuhalten«, rief sie von innen.

»Françoise soll sich dringend bei mir melden, und zwar pronto!« Roux schüttelte ein kariertes Handtuch aus und steckte es in seinen Gürtel. »Sagen Sie ihr das.«

»Gestern Abend war sie jedenfalls noch hier«, sagte die junge Frau, deren Oberarme dicht mit Tattoos von Booten und Meeresungeheuern verziert waren. Sie schob die Tür zur Umkleide wieder auf und trat heraus. »Wir waren im Calypso. Sie hat ordentlich was gebechert.«

Antoine, der junge Kollege mit den locker fallenden schwarzen Haaren und kurzem Bart, kam vorbei. Er trug einen Stapel frischer Backbleche auf dem Kopf.

»Wohin?«, fragte er Roux.

»Da vorne.« Der Bäcker deutete auf den rechten Stapel.

»Ich habe Françoise geraten, dass sie heute besser nicht in die Bäckerei kommt, wenn es ihr schlecht geht«, sagte die Frau mit den Tattoos.

»Dann gehen Sie und holen Sie sie«, sagte Roux. »Es gibt hier 'ne Menge zu tun. Wir haben wirklich keine Zeit dafür, uns abends zu betrinken und dann nicht zur Arbeit zu erscheinen.«

»Seien Sie nicht so streng, Monsieur Roux«, sagte die Mitarbeiterin. »Françoise hat heute Geburtstag.«

Antoine, der junge Mann mit den Backblechen, war kurz stehen geblieben und glotzte in Richtung des Umkleideraumes.

»Und macht gefälligst die Tür zu, wenn ihr euch umzieht«, sagte Roux.

Von innen wurde die Tür zugedrückt und das Schloss schnappte mit einem Klicken ein.

26. Kapitel

»Du glaubst nicht, dass er etwas damit zu tun hat?« Isabelle hielt sich mit einer Hand an Leons Arm fest. Sie zog sich mit der anderen die Sandalen aus und klopfte den Sand heraus.

»Wen meinst du? Blavier oder den überaus attraktiven Dr. Auvillain?«, machte sich Leon über den Klinikleiter lustig.

»Er sorgt sich eben um seine Patienten. Er hat Blavier keinen Moment aus den Augen gelassen«, sagte Isabelle.

»Glaub bloß nicht, dass er sich aus lauter Mitleid vor Blavier gestellt hat.«

»Sondern?«

»Nichts als Eitelkeit und Eifersucht.«

»Verstehe ich nicht, was soll das mit Eitelkeit und Eifersucht zu tun haben?«

»Je ungewöhnlicher die Symptome eines Patienten, umso höher das Prestige, das von einem Fall wie Blavier ausgeht.«

»Übertreibst du nicht ein bisschen?« Isabelle lächelte Leon an, der neben ihr durch den warmen Sand in der Bucht von Lavandou stapfte.

Um diese Zeit packten sogar die fanatischsten Schwimmer ihr Badezeug zusammen, um nicht zu spät zum Abendessen zu kommen. Minuten später war der Strand wie leer gefegt. Leon blieb stehen und atmete tief ein. Er liebte diese Ruhe während der *heure bleue*, der blauen Stunde. Wenn die Luft wie aus Samt war und der Boden seine Wärme an die kleinen Wellen abgab, die die Abendbrise vor sich herschob.

»Hast du nicht die Psychologiezeitschriften gesehen, die überall in seinem Büro herumlagen?«, fragte Leon. »Diskret verteilt und genau dort aufgeschlagen, wo zufällig ein Artikel des Hausherrn von Saint-Joseph stand.«

»Bist du nicht ein wenig zu streng mit ihm?«, sagte Isabelle.

»Warum verteidigst du ihn auch noch?«, fragte Leon.

»Ich verteidige ihn doch gar nicht«, meinte Isabelle. »Du sagst doch immer, man muss sich in die Täter hineindenken?«

»Erwischt.« Leon war stehen geblieben und zeichnete mit dem großen Zeh Muster in den feuchten Sand. »Der Mann ist selbstverliebt, eitel und ein schlechter Verlierer.«

»Hast du gedacht, er wartet schon mit einem Glas Crémant auf uns, wenn wir ihn besuchen?«, fragte Isabelle.

»Ich hatte gehofft, dass es vielleicht ein paar Verdächtige unter seinen ehemaligen Patienten geben könnten. Patienten mit einer schizophrenen Psychose, die für einen Mord dieser Art infrage kämen.«

»Möglich, aber die sitzen wohlverwahrt in der Nervenklinik Saint-Joseph.«

»Und was ist mit ehemaligen Patienten?« Leon war stehen geblieben. »Menschen mit einer entsprechenden Vorgeschichte. Kranke, die weniger aggressiv sind. Die vielleicht erst kürzlich als geheilt entlassen wurden.«

»Schizophrene?« Isabelle klang erstaunt.

»Wenn sie entsprechend eingestellt sind und wenn sie regelmäßig ihre Medikamente nehmen …«

»Doktor Auvillain hat Nein gesagt.«

»Wundert dich das?«, fragte Leon. »Kein Psychiater gibt gern zu, dass sein Patient eine Heilung nur vorgespielt hat.«

»Dann würde er doch sofort zur Polizei gehen und die Sache melden.«

»Du unterschätzt das Ego meiner lieben Kollegen.«

Leon und Isabelle hatten die vier Stufen vom Strand hinauf zur Promenade genommen, als ihnen ein Maler auffiel, der beim letzten Kai seine Staffelei aufgestellt hatte. Das Gesicht des Mannes wirkte ausgezehrt unter seiner durchgeschwitzten Basecap. Die Schatten unter den Tränensäcken konnten ein Hinweis auf eine fortgeschrittene Lebererkrankung sein, dachte Leon, der immer, wenn er einem Fremden zum ersten Mal begegnete, ganz automatisch eine Anamnese vornahm.

Jeden Tag saßen Maler am Kai bei den Schiffen. Sie gehörten zum Straßenbild wie die Blumendekoration an den Brunnen. Aber dieser Mann war irgendwie anders, schon weil er sich als Motiv nicht den Sonnenuntergang ausgesucht hatte, wie die anderen Maler es taten. Sein künstlerisches Interesse galt den Dächern des Ortes, die im warmen Schein der Abendsonne in satten Farben leuchteten.

Der Maler war ein unauffälliger Mann. Er trug ein Leinensakko, das ursprünglich einmal gelb oder weiß gewesen war. Jetzt war es schmutzig und abgestoßen. Unter dem Sakko trug er ein selbst gebatiktes T-Shirt. Er hatte Sandalen an den Füßen und die Jeans bis zu den Knöcheln aufgerollt.

»Die Dächer sind gut getroffen.« Isabelle sah dem Mann über die Schulter, was ihn nicht zu stören schien. Er saß auf einem kleinen stoffbespannten Klappstuhl und war ganz auf seine Arbeit konzentriert.

»Das würde bei uns in der Küche gut aussehen.« Isabelle deutete auf einen Felsen in der Brandung, der bei den Zeichnungen stand, die der Maler rund um seine Staffelei aufgebaut hatte.

»Ganz bestimmt«, sagte Leon.

»Nicht beim Herd«, brummte der Maler.

»Was meinen Sie?«, fragte Leon überrascht.

»Die feuchte Luft in der Küche«, sagte der Maler, »macht die Leinwand kaputt.«

»Darf ich mir die ansehen?« Isabelle hatte bereits zu einer Mappe gegriffen, die bei den Bildern stand und Zeichnungen enthielt. Sie blätterte die Skizzen durch und war bei dem Bild eines Mädchens, etwa im Alter von Lilou, hängen geblieben. Nur dass dieses Mädchen zentimeterkurze weißblonde Haare hatte.

»Das sind nur Entwürfe«, sagte der Maler.

Isabelle blätterte weiter und zögerte. Es waren verstörende Entwürfe, die sie da aufgeschlagen hatte. Tote Möwen am Strand, mit gebrochenen Flügeln und zerstörten Köpfen. Es sah aus, als wäre irgendein wildes Tier über die Vögel hergefallen.

»Bitte nicht, das sind nur Übungen«, sagte der Maler schnell und griff nach der Mappe in Isabelles Hand.

Sie hatte zu Leon gesehen und tippte mit dem Zeigefinger unauffällig auf das Motiv der Zeichnungen. Doch Leon schien ihren Blick nicht zu bemerken. Isabelle wollte etwas sagen, als der Maler ihr schon die Zeichenmappe aus der Hand genommen hatte.

»Ich sagte doch, die sind nicht zu verkaufen«, sagte der Maler mürrisch.

»Warten Sie, die sind gut«, versuchte Isabelle die Situation zu retten. »Zum Beispiel das Mädchen mit den kurzen Haaren.«

»Ist nicht zu verkaufen. Alles nicht zu verkaufen«, brummte der Maler.

Isabelle sah dem Mann in die Augen, aber er wich ihrem Blick aus.

»Ungewöhnliche Motive.« Sie sah auf die Zeichnungen, die ein Stück herausgerutscht waren. Sie zog sie noch ein Stück weiter hervor. Jetzt konnte man die Motive erkennen. Wieder die toten Möwen und das Meer, Vogelkadaver zwischen den Felsen. Äußerst realistisch dargestellt. »Wo haben Sie solche Motive gefunden?«

»Nach dem Sturm liegen oft tote Vögel am Strand«, sagte der Maler. »Ich muss jetzt einpacken, tut mir leid.« Er klappte den Kasten mit den Kreiden zu, raffte seine Sachen zusammen und verschwand zwischen den Booten.

»War offenbar heute nicht sein Tag.« Leon sah dem Mann verwundert hinterher.

»Hast du die Zeichnungen gesehen?« Isabelle zupfte Leon am Ärmel.

»Meinst du Möwen?«

»Tote Möwen«, sagte Isabelle, »wer malt tote Möwen?«

»Alte, einsame Männer«, sagte Leon.

»Ich fand die Zeichnungen ganz schön«, meinte Isabelle. »Wenn man von den toten Vögeln absieht.«

In diesem Moment wehte die Abendbrise eine Handvoll Papier über das Trottoir. Leon stutzte, bückte sich und hob einen zerknüllten Flyer auf. Es war der farbenfrohe Prospekt einer kleinen Pension mit dem Namen La Vue Mer. Leon kannte die Pension, die besonders bei jungen Gästen beliebt war. Er starrte fasziniert auf den Prospekt.

»Was ist das?«, fragte Isabelle.

»Siehst du diese Farben hier in der Ecke?« Er deutete auf ein stilisiertes Feuerwerk, das auf der ersten Seite zu sehen war.

»Was ist damit?«, fragte Isabelle.

»So ein Papier habe ich in der Luftröhre des Opfers gefunden.«

»Bist du sicher?«

Leon gab Isabelle den Prospekt, den sie interessiert betrachtete.

»Ich bin sicher. Aber ich werde es noch einmal im Labor überprüfen. Ich mache mich gleich noch mal auf den Weg.«

»Ruf mich an, wenn du Genaueres weißt«, bat Isabelle und reichte ihm die Broschüre.

27. Kapitel

Françoise war in den letzten Stunden immer wieder aufgewacht, jedes Mal war sie wieder eingedämmert. Sie hatte ihr Zeitgefühl schon lange verloren. Sie war erschöpft bis zur Bewusstlosigkeit. Françoise versuchte die grauenvollen Erlebnisse der letzten Stunden von sich fernzuhalten. Aber es gelang ihr nicht. Maskenähnliche Gesichter tauchten in ihren Albträumen auf. Oder waren es vielleicht gar keine Träume? Sie sah blank geputzte medizinische Geräte, und sie hörte das hässliche Summen der Elektroden, wenn ihr Folterer Strom auf die Kontakte leitete. Wenn ihr die elektrischen Schläge die Luft nahmen, wenn ihre Muskeln verkrampften, immer und immer wieder. Bis sie nur noch ein zuckendes Bündel voller Schmerz war. Dann erinnerte sie sich wieder an das Messer und spürte auch die Qualen noch einmal. Den Strom in ihren Muskeln, die Schnitte auf der Haut und die Verbrennungen in ihrem Fleisch.

In diesem Moment ging das Licht an. Scheinwerfer blendeten sie. Sie schwebte, und der Schmerz schien ganz weit weg zu sein, in einer anderen Welt.

Françoise blinzelte in das grelle Licht einer taghellen Lampe. War das die Sonne? Sie hörte ein Quietschen, dann das schabende Geräusch der Blechtür, die über den Boden schrammte. Ein Luftzug ging durch den stickigen Raum, und Françoise roch einen Hauch von Lavendel. Sie wagte nicht auszuatmen, weil sie Angst hatte, dass auch die kleinste Bewegung diesen Duft vertreiben, den Zauber auflösen und sie zurück in die brutale Wirklichkeit schleudern könnte.

Die junge Frau hatte im Gegenlicht des Scheinwerfers gar nicht bemerkt, dass der Mann zu ihrem Matratzenlager gekommen war. Als er jetzt direkt neben ihr wie ein Schatten aus dem Boden wuchs, spürte sie, wie sich ihr Herzschlag erhöhte. Schweiß trat ihr auf die Stirn, und ihr Körper begann zu zittern. Sie zuckte auf der fleckigen Matratze und zerrte an den Ketten, die sie auf dem Boden festhielten.

»Hör auf damit«, befahl der Mann streng. »Du machst sonst noch alles kaputt.«

Er wartete darauf, dass sie etwas sagte, aber Françoise brachte nur ein trockenes Krächzen heraus. »Ich ... bitte ... Ich will nach Hause ...« Sie war sich nicht sicher, ob der Mann sie überhaupt verstehen konnte.

»Nein, du weißt doch ganz genau, warum du hier bist«, sagte der Mann.

Françoise musste den Kopf weit nach links drehen, dann konnte sie sehen, was er in der Hand hielt. Es war das Messer, das große Messer.

Françoise begann leise zu wimmern.

28. Kapitel

Leon saß hinter dem Mikroskop, während sein Assistent Rybaud ihm über die Schulter sah. Der Mann, der nur schwarze Kleidung trug, sah immer aus, als wäre er der Titelseite eines Modemagazins entsprungen. Die Hosen hatten präzise Bügelfalten, wie mit dem Lineal gezogen. Über dem Hemd trug er meist eine Weste und erst darüber die vorgeschriebene Schürze, gelegentlich sogar einen Schutzanzug, wenn Leon und er mögliche dann-Spuren nicht kontaminieren wollten.

Rybaud war ein Perfektionist, ganz besonders wenn es um die Dokumentation empfindlicher Spuren ging. Das ließ Leon gelegentlich sogar die größte Macke seines Mitarbeiters vergessen: Er bewegte sich geräuschlos wie ein Geist durch die Labore und Autopsieräume und erschreckte Leon immer wieder mit seinem plötzlichen Auftauchen.

Rybaud hatte neben sich einen Rollwagen stehen, auf dem die wichtigsten medizinischen Geräte für die laufende Untersuchung lagen, mit der sich Leon und sein Assistent jetzt schon seit drei Stunden beschäftigten. Kleine Lupen, bleistiftdünne Lampen und gläserne Objektträger verschiedener Stärke, die in einem Register standen, waren die Hilfsmittel, mit denen Leon einem kleinen Stück Papier auf die Spur kommen wollte. Und es gab noch etwas auf dem Rollwagen, etwas, das ungefähr die Größe eines kleinen Fußballs hatte und in einer Wanne aus rostfreiem Stahl lag, die mit einem grünen Tuch abgedeckt war – der Kopf des Opfers. Leon hatte sich den Schnitt, der den Kehlkopf der Frau glatt durchtrennt hatte, noch einmal genauer angesehen und tatsächlich noch einen weiteren Fetzen bedruckten Papiers entdeckt, den sie ebenfalls fotografiert, vergrößert, und zu den Beweisen genommen hatten. Jetzt betrachtete Leon die Spur erneut. Probierte verschiedene Vergrößerungen und Farbfilter aus, um auch noch kleinste Details zu erkennen. Alles, was er durch das Mikroskop betrachtete, wurde gleichzeitig über einen Flachbildschirm auf seinem Schreibtisch ausgespielt. Im Augenblick sah sich Leon einen zigfach vergrößerten Fetzen Papier an und die darauf gedruckten Buchstaben einer kaum noch lesbaren Computerschrift.

»Vielleicht hat es einen völlig anderen Ursprung«, wollte Rybaud bereits genervt aufgeben. »Vielleicht gehört es zu irgendeiner Gebrauchsanweisung oder ist ein Teil des Fährplans zur Île du Levant.«

»Abwarten«, antwortete Leon ruhig. Mit einigen wenigen Einstellungen am Computer drehte er den Papierfetzen um und schob ihn an den Prospekt heran, den er auf der Promenade aufgesammelt hatte. Leon verglich die Vergrößerungen, korrigierte die Feineinstellungen und – ja, die Probe passte perfekt. Sie fügte sich deckungsgleich der Vorlage an. Keine Frage, die Papierfetzen, die Leon in der Luftröhre des Opfers gefunden hatte, stammten von einer Werbebroschüre der kleinen Pension La Vue Mer.

29. Kapitel

Das Vue Mer lag ganz am Ende des Boulevard de la Baleine. Ursprünglich war im Erdgeschoss des Hauses ein Fischgeschäft untergebracht gewesen, und in den beiden darüber liegenden Stockwerken lebte jahrelang die Familie Lambert, die zwei Doradenkutter betrieb. Das war bis in die Achtzigerjahre noch ein lohnendes Geschäft gewesen. Dann tauchten immer mehr Supermärkte auf und schluckten die traditionellen Lebensmittelgeschäfte, eines nach dem anderen. Erst verschwanden die Metzgereien, dann die Feinkostgeschäfte mit den hausgemachten Pasteten, und irgendwann waren die Fischgeschäfte dran, die mit den Dumpingpreisen der Supermärkte nicht mehr Schritt halten konnten.

Das war der Moment, in dem der alte Lambert eigentlich das alteingesessene Fischgeschäft endgültig schließen wollte. Aber dann überredete ihn seine Frau, doch wenigstens ein paar der Zimmer im Haus zu vermieten. So entstand nach und nach aus einem Fischgeschäft die Pension Vue Mer.

Eines Tages war Roger, der Sohn der Lamberts, überraschend aus Guadeloupe zurückgekehrt, wo er angeblich für eine Reederei gearbeitet hatte. Es war damals eine Menge Tratsch über die Gründe im Umlauf, die zu Rogers überraschender Rückkehr geführt hatten. Da war die Rede von einer Anzeige wegen Körperverletzung und versuchter Vergewaltigung, aber in einer kleinen Gemeinde wurde eben viel gesagt, wenn der Tag lang und der Sommer noch länger war. Außer Frage stand, dass Roger fleißig war und dass er nach dem plötzlichen Unfalltod seiner Eltern das Haus zu einer gemütlichen kleinen Pension umgebaut hatte.

Isabelle betrat das Vue Mer durch das Gartentor. Drei Steinstufen führten zu einer Terrasse, auf der sich im Schatten der großen Sonnenschirme und eines ausladenden Hibiskus ein halbes Dutzend Gäste tummelten. Oder sie tranken Kaffee, den sie sich aus der Küche holten.

Isabelle trug Uniform, und als der Mann sie durch das Küchenfester auf der Terrasse sah, kam er sofort auf sie zu.

»Capitaine Morell?« Der Mann klang überrascht.

»Monsieur Lambert«, sagte Isabelle, und Lambert sah sie offen an. »Wir haben ja heute schon miteinander telefoniert.«

»Aber ich dachte …« Lambert unterbrach sich und sah schnell zu den Gästen, die keine Notiz von Isabelle zu nehmen schienen. »Ich kann Ihnen nicht helfen. Das habe ich doch schon am Telefon gesagt.«

»Das macht nichts«, meinte Isabelle. »Vielleicht erinnern Sie sich ja doch wieder an die Frau, die wir suchen.«

»Wieso glauben Sie, dass sie hier Gast war?«

»Es gibt Hinweise, dass sie sich in dieser Pension aufgehalten hat. Wenn auch nur für ein paar Tage.«

»Welche Hinweise?« Lambert klang zunehmend nervös. »Verstehen Sie mich bitte nicht falsch, Capitaine«, er räusperte sich, »aber es gibt eine Menge Pensionen in diesem Teil des Ortes. Könnte die Frau, die Sie suchen, nicht in einer anderen Pension …?«

Isabelle wusste, dass Lambert recht hatte. Ein kleiner Fetzen Papier in der Luftröhre des Mordopfers hatte sie zu ihm geführt.

Das war noch äußerst vage, aber solch ein Fund war dennoch sehr ungewöhnlich. Isabelle spürte zudem instinktiv, dass Lambert etwas vor ihr verbarg. Der Mann hatte recht. Es gab in Lavandou und Umgebung mehr als hundert Pensionen und kleine Hotels. Sie waren über eine Länge von zwölf Kilometern an der Küste entlang verstreut. Die meisten lagen in Strandnähe, oft nur ein paar Schritte vom Ufer entfernt. Es waren häufig kleine Pensionen mit weniger als zwanzig Gästen. Um diese Jahreszeit war das Vue Mer normalerweise voll belegt. Viele der Besucher blieben nur für ein oder zwei Nächte in der Pension. Dann zogen sie weiter, auf der Suche nach einem noch schöneren, noch näher am Meer gelegenen, noch romantischeren Platz. Für die Gendarmerie war es daher schwierig, nicht die Übersicht über die Besucher zu verlieren. Noch unübersichtlicher war die Lage geworden, als die Leute vor einigen Jahren anfingen, ihre Zimmer, Häuser und Appartements über Airbnb anzubieten. Unter den Tausenden von Besuchern, die in der Hauptsaison die Stadt fluteten, eine bestimmte Person zu finden, und das ohne Fahndungsfoto, war eigentlich aussichtslos. Und trotzdem war Isabelle ins Vue Mer gegangen. Sie hatten schließlich nur diese eine heiße Spur.

»Ich möchte das Anmeldeverzeichnis sehen«, sagte Isabelle streng.

»Warum?«, fragte Lambert nervös. »Bei uns ist alles in Ordnung. Wir melden jeden Gast an.«

»Dann haben Sie ja nichts zu befürchten«, sagte Isabelle mit einem Lächeln, das nicht freundlich gemeint war.

Es war ein beliebter Trick unter den Betreibern von Pensionen und kleinen Hotels, nicht alle Gästeanmeldungen an die offiziellen Stellen weiterzureichen. Auf diese Weise konnten sie sich einen lukrativen und vor allem steuerfreien Nebenverdienst verschaffen.

»Wenn Sie wenigstens ein Foto von der Frau hätten …« Lambert drehte in einer hilflosen Geste seine Handflächen nach außen.

»Die Frau, die wir suchen, wurde schwer verletzt.«

»Wie schwer?«, fragte er.

»Sehr schwer, bis zur Unkenntlichkeit, um genau zu sein.« Isabelle beobachtete die Reaktion von Lambert genau.

»Mon Dieu …« Lambert wandte das Gesicht zur Seite und starrte neben sich auf die Steinstufen der Terrasse. So als könnte er die Stufen dazu bringen, ihm das Geheimnis der verschwundenen Frau zu verraten.

»Wir haben inzwischen mehr Informationen über die Frau«, sagte Isabelle.

Mittlerweile waren die Gäste doch noch auf Capitaine Morell in ihrer Uniform aufmerksam geworden.

»Kommen Sie, gehen wir in die Küche«, sagte Lambert, und Isabelle folgte ihm.

»Die Frau, die wir suchen, war Mitte zwanzig und hatte etwa meine Größe«, erklärte Isabelle dem Betreiber der Pension.

»Wir haben die ganze Saison Gäste, auf die diese Beschreibung passen würde.« Lambert drückte die Küchentür zu. Es musste ja nicht jeder wissen, warum die Polizei bei ihm war.

»Sie war blond, hatte auffallend helle Haut und blaue Augen.«

»Es ist Hauptsaison«, stöhnte Lambert, »da haben wir so viele Besucherinnen …« Er tat so, als würde er sich die Beschreibung ernsthaft durch den Kopf gehen lassen.

»Da gab es noch etwas.« Isabelle ließ Lambert keinen Moment aus den Augen. »Möglich, dass sie ein Pflaster auf dem Bauch hatte. Etwa in Höhe des Nabels.«

Eine dunkelhaarige Frau mit einem leuchtend roten Bikini war in die Küche gekommen und hatte die letzte Bemerkung von Isabelle gehört.

»Da war eine Frau mit so einem Pflaster«, erinnerte sich die Schwarzhaarige. »Ist einige Tage her. Die saß auf der Terrasse. Gleich da.« Sie deutete auf den Busch. »Vor dem Hibiskus. Hat sich mit ein paar Gästen unterhalten.«

»Vielleicht nur eine Besucherin«, korrigierte Lambert. »Hier kommen häufig Gäste vom Strand hoch, um eine Cola oder einen Fruchtsaft auf der Terrasse zu trinken.«

»Haben Sie sie noch einmal gesehen?«, fragte Isabelle.

»Nein.« Die Frau im Bikini hob entschuldigend die Schultern. »Ist was mit ihr?«

»Wie kommen Sie darauf?«, fragte Isabelle.

»In den Nachrichten ist von einer Toten die Rede, die sie am Strand gefunden haben«, die Frau zögerte. »Hat das etwas mit der Sache zu tun?«

»Das wissen wir nicht«, antwortete Isabelle und sah Lambert auffordernd an.

Dieser hob entschuldigend die Hände. »Ich habe die Frau nie gesehen – désolé.«

30. Kapitel

Lilou hatte sich mit ihrem Ferienjob in der Bäckerei Pain du Port arrangiert. Die Kolleginnen und Kollegen waren freundlich, und Lilou konnte das zusätzliche Geld während des Semesters gut gebrauchen. Dafür ertrug sie sogar die zweideutigen Bemerkungen von Serge Roux, die gelegentlich ziemlich daneben waren.

Diesen Nachmittag war sie dran, den Boden in der Backstube zu wischen. Ein unbeliebter Job, um den sich niemand riss. Also hatten sie geknobelt, und dieses Mal hatte es Lilou erwischt. Jetzt war sie allein in der Bäckerei. Von draußen konnte Lilou den Lärm der Straße hören. Sportwagenfahrer ließen die Motoren auf der Promenade aufheulen. Gäste verließen singend ein Bistro in der Nähe, und dazwischen hörte man Kinder lachen, die vor dem Abendessen noch eine letzte Runde auf dem Karussell drehten.

Lilou war zunächst gar nicht aufgefallen, dass die Tür zum Flur geöffnet war. Erst als ein warmer Windstoß im Korridor für Durchzug sorgte, merkte Lilou, dass etwas nicht stimmte. War da doch noch jemand im Laden? Plötzlich spürte sie eine innere Unruhe. Um diese Zeit hätte sie eigentlich allein im Geschäft sein müssen. Sie horchte in die düstere Backstube – nichts. Vielleicht hatte sie sich nur etwas eingebildet. Worüber sollte sie schon besorgt sein? Sie war Studentin und im Augenblick damit beschäftigt, den Fußboden einer Bäckerei zu wischen. Keine besonders gruselige Situation. Lilou versuchte ein kurzes Lachen, aber es klang mehr wie ein Husten. In diesem Moment spürte sie erneut einen Durchzug, und irgendwo in dem zweistöckigen Haus quietschte eine Türangel. Lilou erstarrte und stand mehrere Sekunden bewegungslos im Zwielicht des Ganges.

»Hallo!?«, probierte sie zu rufen und klang dabei merkwürdig heiser. »Ist da jemand?« Sie versuchte sich ihre Unsicherheit nicht anmerken zu lassen.

In diesem Moment sah sie eine Bewegung am Ende des Ganges. Sie drückte sich mit dem Rücken gegen die Wand und tastete vorsichtig über die Kacheln, bis ihre Finger den Lichtschalter fanden. Wieder eine Bewegung in der Dämmerung, Lilou legte den Schalter um, es tat einen Klick – und nichts geschah.

Jetzt hörte sie schnelle Schritte, und jemand stieß an einen Stuhl, der über den Boden schrammte.

Wieder Schritte, dann das Schlagen der Hintertür, die mit lautem Rumpeln ins Schloss fiel.

»Wer ist da, verdammte Scheiße?«, hörte Lilou jemanden fluchen und erkannte sofort die Stimme von Serge Roux.

»Monsieur Roux?«, fragte sie zaghaft in die Dunkelheit. »Sind Sie das?«

In diesem Moment ging das Licht an. Keine zwei Meter von Lilou entfernt stand Roux. Er trug fleckige Bermudas und ein Unterhemd, auf dem sich Schweißflecken abzeichneten.

»Was schleichst du hier im Dunkeln rum?«, fuhr er Lilou an. Roux klang verärgert, als wäre er bei irgendetwas gestört worden.

»Ich wusste nicht, dass Sie hier sind«, entschuldigte sich Lilou und griff nach dem Putzeimer. »Ich wische hier nur schnell fertig. Dann bin ich draußen.«

»Hat dir niemand erklärt, dass man das Licht nur mit diesem Schieber einschalten kann?« Roux tippte mit dem Finger gegen den Schalter, der sich gleich neben dem Kasten mit den Sicherungen befand. Der Schalter summte kurz, und das Licht ging aus. Dann summte der Schalter erneut, und das Licht war wieder da.

»Ist ganz einfach«, sagte Roux, jetzt etwas freundlicher.

»Nein, das hat mir keiner gesagt«, antwortete Lilou. »Aber danke, jetzt weiß ich Bescheid.«

»Bist du allein?«, fragte Roux und sah sich vorsichtig um.

»Natürlich bin ich allein.« Lilou fühlte sich plötzlich unbehaglich.

»Sicher? Ich habe gedacht, da wäre noch jemand gewesen.« Roux musterte Lilou auf eine Weise, die ihr unangenehm war. »Ich dachte, ich hätte die hintere Tür gehört.«

»Also, ich mach hier fertig und verschwinde«, sagte Lilou.

»Nein, nein«, der Bäcker winkte ab, dann legte er seine feuchte warme Hand auf ihre und griff nach dem Eimer. »Geh nur. Ich mach das hier fertig.«

»Danke, das ist nett.«

»Nett, ja?« Roux betonte das Wort *nett* auf eine Weise, dass man alles dahinter vermuten konnte.

»Danke«, sagte Lilou im Gehen, ohne weiter darauf einzugehen. »Bonne soirée, Monsieur.«

Einen Moment später kam Lilou aus der Hintertür der Bäckerei. Sie hatte sich ihre Sporttasche in der Umkleide gegriffen und war gegangen. Mit Roux im Halbdunkel zu plaudern, war das Letzte, woran Lilou interessiert war. Sie atmete die frische Luft ein, die über das Meer kam, und ging zu ihrem Roller. Als Lilou starten wollte, sah sie einen kleinen weißen Zettel, der unübersehbar unter dem Bremshebel klemmte.

Isabelle zog den Zettel hervor und sah sich um. Aber niemand schien sich für die junge Frau mit dem Roller zu interessieren. Sie faltete den handtellergroßen Zettel auseinander. Nur zwei Sätze hatte jemand auf das Papier gekritzelt: »Ich denke Tag und Nacht an dich. Du gehörst mir, für immer …« Dann war da noch ein kleines Herz hinter den Punkten gezeichnet.

Lilou faltete den Zettel sorgfältig zusammen und steckte ihn in die Tasche ihrer Jeans. Dann startete sie den Roller und fuhr davon. Sie drehte sich nicht noch einmal um. Deshalb war ihr auch nicht der Mann aufgefallen, der sich im Hinterhof versteckt hatte, um sie zu beobachten.

31. Kapitel

Leon saß an seinem Stammplatz gleich hinter dem Eingang des Chez Miou. Yolande wischte mit ihrem feuchten Lappen über den kleinen runden Blechtisch und stellte dann einen Café Crème vor ihren Lieblingsgast.

»Merci, Madame«, scherzte Leon.

»Für Sie immer doch!«

»Da hat er gesessen, heute Mittag. So wahr ich hier stehe«, sagte Michel, der Besitzer des Tabakladens, und deutete auf einen leeren Hocker am Ende der Theke.

»Und?«, fragte Jérémy.

»Und, und …?«, machte Michel den Wirt nach. »Das hat der Flic mir alles erzählt.«

»Hat dir was erzählt?«, fragte der dicke Edmonde, der beschlossen hatte, seinen Pizzastand an diesem Abend erst später zu öffnen. Bis dahin würde er seinen Hunger mit Rosé betäuben und dabei hoffentlich mehr über die tote Frau vom Strand erfahren.

»Es muss so übel gewesen sein, dass sogar die härtesten Flics kein Foto machen wollten«, sagte Michel. »Das musst du dir mal reinziehen.«

»Die Tote soll ganz weiß gewesen sein – weiß wie die Wand«,

hauchte Yolande, als könnte die tote Frau jeden Moment in das Bistro marschieren und sie hören.

»Was willst du damit sagen?«, fragte Jérémy neugierig.

»Du weißt schon.« Yolande sah ihren Mann hinter dem Tresen an und schüttelte leicht den Kopf. Sie hatte für heute genug gehört.

»Der Irre hat ihr den Kopf abgesäbelt. Da ist das ganze Blut aus dem Körper gespritzt.« Edmonde verzog in gespieltem Ekel sein Gesicht. »Wusch – alles auf einmal weg.«

»Genauso hat es der Flic erzählt«, bestätigte Michel. »Das Blut am Tatort stand den Flics bis hoch zu den Knöcheln.«

»Das ist doch Quatsch!« Véronique war in das Chez Miou gekommen. Sie hatte wie üblich eine erloschene Gitanes in ihrem Mundwinkel, und Jérémy reichte ihr unaufgefordert einen Pastis.

»Das ist kein Quatsch«, sagte Michel. »Frag doch den Docteur, wenn du mir nicht glaubst.«

Sofort verstummten die Gespräche, und die Blicke wandten sich Leon zu. Der Rechtsmediziner galt im Chez Miou als oberste Instanz, wenn es um medizinische Fragen jeder Art ging. Das Problem war nur, dass Leon niemals über einen laufenden Fall sprach, aber er sprach gelegentlich über ein medizinisches Phänomen. Fest stand: Was der Docteur sagte, war die einzig gültige Wahrheit. Dafür genoss Leon in seiner Stammkneipe Achtung und Bewunderung. Und wenn er ganz ehrlich war, musste er zugeben, dass er diese Augenblicke durchaus genoss.

»Natürlich kann Blut sehr schnell aus einem Körper austreten«, begann Leon seine kleine Vorlesung.

»Sag ich doch!«, rief Edmonde.

»Allerdings nicht in einem ›Wusch‹, wie Sie es so treffend ausgedrückt haben«, sagte Leon zu Michel. »Das Blut tritt eher langsam, stoßweise aus. Jedenfalls solange das Herz noch wie eine

Pumpe weiterarbeitet. Wenn dagegen eine der großen Schlagadern des Körpers verletzt wurde, etwa bei einem Unfall, dann geht es deutlich schneller.«

»Zum Beispiel, wenn man dem Opfer den Kopf abschneidet?«, fragte Michel neugierig. »Wie lange dauert es dann?«

»Minuten«, sagte Leon, »manchmal sogar weniger.«

»Das ist ja schrecklich«, stöhnte Yolande, die immer noch bei Leon stand, um bloß nichts zu verpassen.

»Wie viel Blut hat so ein Körper eigentlich?«, rief Edmonde dazwischen.

»Bei einem Körpergewicht von siebzig Kilo ungefähr fünf bis sechs Liter«, erklärte Leon ganz sachlich.

»Da kommst du nicht mal im Traum ran«, sagte Michel zu Edmonde, und der dicke Pizzabäcker tätschelte nachdenklich seine Wampe.

»Wenn du verblutest«, sagte Michel und betrachtete den Bauch seines Gastes, »dann dauert das mindestens eine Woche.« Ein paar der Gäste lachten.

»Und was passiert, wenn einer von diesen Irren hingeht und seinem Opfer den Hals durchschneidet?«

»Genau, wie war das bei der Frau ohne Kopf?«, fragte Michel neugierig.

»Ihr wisst doch, dass ich nicht über laufende Fälle sprechen kann«, sagte Leon.

»Aber was passiert genau, wenn das Opfer den Hals durchgeschnitten bekommt? Das dürfen Sie doch sagen.«

»Was möchten Sie denn wissen, Edmonde?«, gab sich Leon geduldig.

»Hat die Frau vom Strand noch was mitgekriegt, als der Mörder ihr den Hals durchgeschnitten hat?«, fragte Michel. »Ich meine, wenn es doch minutenlang gedauert hat, bis sie tot war.«

Leon zögerte einen Moment. Genau diese Frage hatte er sich schon selbst oft gestellt. Was genau geschah in dem Augenblick, in dem das Gehirn noch durchblutet war, aber im Körper des Opfers bereits die lebensnotwendigen Organe ausgesetzt hatten? Gab es eine Art Notknopf im Gehirn, mit dem sich die Seele vom Körper trennen ließ? Sozusagen einen allerletzten Moment, der den Tod einleitete? Oder musste das Opfer jeden Augenblick seines gewaltsamen Todes bis zum letzten Impuls des Gehirns durchleiden, bevor der Körper endgültig abschaltete und sein irdisches Dasein beendete?

»Ganz ehrlich?« Leon zögerte einen Moment. »Ich weiß es nicht.«

»Lust auf eine Runde Boule?«, fragte Véronique und wechselte damit schnell das Thema.

»Keine schlechte Idee.« Leon griff dankbar zu seinen Boulekugeln, die in einem Netz steckten, das er über die Lehne seines Stuhles gehängt hatte. »Ich bin bereit.« Er stand auf, aber Véronique war stehen geblieben.

»Was ist, Madame?«, fragte Leon.

»Sieht so aus, als wäre da jemand schneller als ich gewesen.« Véronique deutete auf einen jungen Mann Ende zwanzig in Jeans und lässigem Leinenhemd, der neben dem Tisch stand und ganz offensichtlich darauf wartete, dass man auf ihn aufmerksam wurde. Er hatte blonde wilde Haare, die unter dem umgedrehten Basecap hervorquollen. Seine Füße steckten in hellbraunen Lederslippern, und am Handgelenk trug er eine einfache Swatch-Uhr. Leon hatte den Gast noch nie im Chez Miou gesehen, doch ... war er nicht der junge Mann von der Brunneneinweihung?

»Sind Sie Docteur Ritter?«, fragte der junge Mann höflich und hielt Leon die Hand hin.

»Stimmt, Leon Ritter.« Leon ergriff die Hand. Sie fühlte sich weich und kühl an. Kein Mann, der als Handwerker arbeitete, dachte Leon. »Und Sie sind …?«

»Phillip«, sagte der Mann mit einem Lächeln, das Leon aufgesetzt erschien. »Ich hätte gern mit Ihnen gesprochen, wenn das möglich wäre?«

»Können wir das auch um eine Boulerunde nach hinten verschieben?«, fragte Leon mit einer charmanten Geste Richtung Véronique. »Ich stehe bei dieser Dame im Wort.«

»Ach, das ist doch überhaupt kein Thema«, sagte Véronique.

»Es dauert auch bestimmt nicht lange«, drängte Phillip wie jemand, den sein Entschluss Überwindung gekostet hatte und der nun vorankommen wollte.

»Na gut. Bitte setzen Sie sich.« Leon beobachtete seinen Gast genau. »Darf ich Ihnen etwas anbieten, einen Café?«

»Lieber ein Glas Wein«, sagte der Mann, »wenn Sie mich so fragen.«

»Die haben hier einen sehr anständigen Rosé«, sagte Leon. Phillip nickte.

»Yolande, könnte mein Gast einen Rosé bekommen?«

»Geht klar!« Yolande drehte sich um und stolzierte mit geübtem Hüftschwung zum Tresen.

»Sagt Ihnen der Ort Gassin etwas?«, fragte der junge Mann mit dem Basecap.

»Meinen Sie die Ortschaft bei Saint-Tropez?« Leon nahm einen Schluck von seinem Kaffee. Irgendetwas an diesem Fremden irritierte ihn, und in den Tiefen seines Geistes summte ein kleiner Warnton.

»Genau«, sagte Phillip. »Mögen Sie den Ort?«, sondierte er vorsichtig.

Leon betrachtete den Fremden an seinem Tisch. Ja, er mochte

Gassin, auch wenn er Monate, nein sogar schon seit Jahren nicht mehr dort gewesen war. Gassin war ein entzückendes und zutiefst provenzalisches Örtchen. Es lag eingebettet in den Ausläufern des Massif des Maures, keine zehn Kilometer von der Bucht von Saint-Tropez entfernt. Und trotzdem lagen zwischen dem angesagten ehemaligen Fischerort am Meer und dem verträumten, romantischen Gassin in den Hügeln Welten.

Plötzlich stiegen längst vergessene Bilder in Leons Erinnerung auf. Nach seinen drei überaus erfolgreichen Jahren an der Universitätsklinik in Frankfurt hatte er sich damals ein paar Ferientage in der Provence gegönnt. Die ersten nach Jahren, in denen er eine beispiellose Karriere an der Medizinischen Fakultät der Uni Frankfurt hingelegt hatte. Zuletzt hatten sie ihm sogar die Stelle als stellvertretender Oberarzt in der Abteilung für Rechtsmedizin übertragen. Er hatte sich also eine Auszeit mehr als verdient. Eigentlich hatten es nur fünf stressfreie Tage an der Côte d'Azur werden sollen. Er war damals in einer kleinen Pension in Gassin abgestiegen, direkt neben dem Dorfplatz mit einer wunderschönen alten Platane. Aus den fünf Tagen waren schließlich zwei Wochen geworden. Der Grund waren nicht nur die atemberaubende Landschaft und der romantische Ort in der Provence gewesen. Was ihn in Wirklichkeit davon abgehalten hatte, rechtzeitig zurück nach Frankfurt zu reisen, war Florance. Bei dem Gedanken an diese Frau spürte er für einen kurzen Moment eine warme Welle, die seinen Körper flutete.

»Sie ... mögen Gassin also?«, wiederholte Phillip. Seine Frage klang jetzt mehr wie eine Feststellung, und Leon merkte, dass ihn die Erinnerung an eine längst vergangene Zeit für einen Moment in einen Tagtraum entführt hatte. Er musste über sich selbst lächeln.

»Entschuldigen Sie, ich war in Gedanken«, sagte Leon. »Sie haben ganz recht. Ich mag Gassin wirklich sehr.«

»Und nicht nur wegen der schönen alten Häuser, vermute ich?«

»Was wollen Sie damit sagen?« Leon war irritiert.

»Manchmal hat man die erstaunlichsten Begegnungen auf seinen Reisen.«

»Das kann vorkommen, ja.« Leon machte eine Pause und sah sein Gegenüber an. Er wartete, bis Yolande das Glas Wein serviert hatte.

»Santé«, sagte sie und schritt davon.

»Was wollen Sie mir sagen, Phillip?«, fragte Leon, der langsam genug von dem Geplänkel hatte.

»Ich bin siebenundzwanzig«, sagte der junge Mann.

»Was machen Sie? Studieren?«

»Leider nein. Kann sich nicht jeder leisten, so ein Studium.«

»Sie wollen mit mir bestimmt nicht über Ihre Ausbildung reden.«

»Wie war das damals in Gassin?«, fragte Phillip. »Sie haben jemanden kennengelernt, richtig?«

»Woher …?« Leon unterbrach sich.

»Spielt das wirklich eine Rolle?«, sagte Phillip. »Sie hätten den Kontakt doch sowieso abgebrochen. Vierzehn Tage große Liebe, und das war's.«

»Was wollen Sie von mir?« Leon klang jetzt betont kühl und nüchtern.

»Das habe ich Ihnen doch schon gesagt.« Phillip sah Leon provozierend an. »Ich bin siebenundzwanzig Jahre alt.« Der junge Mann stand auf. »Sie haben wirklich keine Ahnung, worüber ich spreche, oder?«, sagte er. »Nach allem, was ich über Sie gehört habe, hätte ich Sie für schlauer gehalten.«

Leon sah den Fremden verblüfft an, der sich von ihm abwandte und ging. Nun kam ihm ein Gedanke: Wie lange war das noch mal her, die Reise nach Gassin, die romantischen Nächte in der Pension Belle Vue mit Florance, dieser wunderbaren Frau? Sie hatte ihn schon deswegen fasziniert, weil sie mit nichts anderem unterwegs war als mit ihrem alten Clio und ihrer Surfausrüstung.

Was hatte der junge Mann gesagt, wie alt er sei? Siebenundzwanzig Jahre? War es möglich, dass …? Leon sah sich um, aber sein Besucher war verschwunden. Siebenundzwanzig Jahre? Leon erlaubte sich nicht, diesen Gedanken zu Ende zu denken.

32. Kapitel

Sie hatte sich von der Gruppe abgesetzt. Marie lächelte, während sie zwischen zwei Kurven den Sitz ihrer verspiegelten Sonnenbrille korrigierte. Dann trat sie wieder fester in die Pedale ihres Rennrades. Sie spürte den Beginn der Steigung in ihren Beinen. Jetzt waren es keine zwei Kilometer mehr bis zum Aussichtspunkt auf dem Col de Babaou. Keine Entfernung, aber die letzten zweitausend Meter hatten es in sich. Marie sah sich kurz um, hinter ihr war niemand zu sehen. Es war still an diesem frühen Morgen auf der D 41, der schmalen Route départemental. Der große Run auf die kurvenreiche Bergstrecke würde erst in anderthalb Stunden losgehen. Marie hatte sich mit ihren Freundinnen in Collobrières auf dem Parkplatz bei der alten Brücke getroffen. Sie waren zu fünft, wie immer. Freundinnen aus der Schulzeit, alle begeisterte Radfahrerinnen. Sie würden an diesem warmen Sommertag die »große« Runde fahren. Über La Môle und Cogolin bis nach Grimaud, dann nach La Garde-Freinet mit der wunderbaren Aussicht über die bewaldeten Höhen, nach Gonfaron und wieder zurück nach Collobrières. Marie hielt kurz an, zog das Sweatshirt aus und knotete es sich um die Hüften. Heute Morgen um sieben Uhr hatten Marie und ihre Freundinnen noch gefröstelt in der kühlen, feuchten Morgenbrise. Deshalb hatte Marie gleich ein ordentliches Tempo vorgelegt. Sie wollte warm werden und sehen, ob sie immer noch schneller war als ihre Freundinnen, wie in den Jahren zuvor.

Sie war schneller. Und sie war einsamer. In diesem Augenblick tat es ihr fast leid, dass sie den anderen davongefahren war. Später würden sich die Freundinnen über ihren Ehrgeiz lustig machen. Sie hatten ja recht, dachte Marie. Warum musste sie immer allen beweisen, dass sie besser war? Dass sie schneller war, schlauer, geschickter und dass sie sich immer an alles erinnerte, was sie irgendwann einmal vor Jahren diskutiert hatten? Deswegen hatte Marie für ihre Doktorarbeit eine Auszeichnung bekommen, und deswegen war sie auch in den Aufsichtsrat der IT-Firma berufen worden, für die sie erst seit zwei Jahren arbeitete. Und trotzdem wäre sie in diesem Augenblick lieber bei den anderen gewesen. Hätte lieber gelacht, als auf die digitale Anzeige ihres neuesten Navigationsgeräts zu schauen, um die maximale Trittfrequenz zu halten. Wieder spürte Marie die Steigung in den Beinen. Sie schaltete noch einen Gang zurück. Jetzt musste sie die Frequenz erhöhen, wenn sie nicht an Geschwindigkeit einbüßen wollte. Trittfrequenz und Speed, Marie wollte beides. Sie trat energischer in die Pedale, und Schweißperlen standen ihr auf der Stirn. Sie spürte ihren Herzschlag. Es waren keine hundert Meter mehr zum Aussichtspunkt, aber die letzte Steigung war brutal. Marie ging aus dem Sattel und trat im Stehen. Da kam das Schild. Endlich. Auf der Tafel stand: *Col de Babaou – 416 mètres*. Marie kam genau neben dem Schild zum Stehen und tippte mit dem Zeigefinger auf die Stange, die das Schild hielt. Ein altes Ritual, obwohl niemand da war, der ihre Leistung hätte würdigen können. Sie stieg ab und lehnte ihr Rennrad gegen eine Strandkiefer, die der Wind verbogen hatte, als wäre sie aus Wachs.

Marie streckte sich und atmete tief ein und aus, bis sie spürte, dass sich ihr Puls beruhigte. Sie machte ein paar Dehnübungen in den warmen Strahlen der Morgensonne und genoss für einen Moment das Gefühl, die ganze Welt würde ihr gehören.

In diesem Moment hörte sie entferntes Gelächter. Ihre Freundinnen würden jeden Moment hier sein. Marie legte ihr Sweatshirt auf eine hölzerne Bank, als sie plötzlich ein Geräusch wahrnahm, das irgendwie nicht hierhergehörte. Es war zu früh für die Zikaden, die sich erst noch von der Sonne aufwärmen lassen mussten, bevor sie ihren Gesang beginnen konnten. Das waren keine Grillen. Das war etwas anderes, ein Brausen, das in der Lautstärke schwankte wie eine Welle. Vielleicht ein Schwarm Bienen, die ihrer Königin folgten, um irgendwo eine Astgabel in Besitz zu nehmen, überlegte Marie. Sie hatte erst kürzlich einen Dokumentarfilm über das Leben eines Bienenvolkes gesehen.

Sie ging vorsichtig in Richtung des Geräusches. Sie umrundete einen Busch und stand auf einer kleinen Lichtung, auf der die Parkverwaltung Tische, Stühle und Abfallbehälter aufgestellt hatte, damit Wanderer, Radfahrer und andere Touristen einen Zwischenstopp einlegen konnten, ohne die Landschaft zu vermüllen. Marie sah sich um. Jetzt war sie sich sicher, es konnte nur ein Insektenschwarm sein. Das Geräusch kam von einer kleinen Baumgruppe, keine drei Meter von ihr entfernt. Dort stand eine Platane, um deren Stamm die Parkwächter eine runde Bank gezimmert hatten. Marie sah nach oben in die Äste. Wenn es einen Bienenschwarm gab, dann wäre er dort zu finden, hoch über ihrem Kopf. Aber da war nichts.

In diesem Moment entdeckte Marie die Frau. Einen Moment lang blieb Marie stehen, die Augen auf die Umrisse der Sitzenden gerichtet. Sie konnte schon hinter sich ihre Freundinnen hören, die ihren Namen riefen. Aber sie antwortete nicht, sondern ging wie ein Roboter Schritt für Schritt weiter. Das Geräusch wurde lauter. Sie umrundete einen kleinen Ginsterbusch, dann sah sie den Körper direkt vor sich. Eine Frau, nackt und von einem dichten Schwarm Schmeißfliegen umgeben, die wie eine Decke über dem Körper schwebten. Der Schwarm erhob sich, umrundete die Leiche, aber nur um sich gleich wieder auf dem toten Körper niederzulassen. Für einen Augenblick konnte Marie sehen, was die Insekten so anzog. Es war die große, blutige Wunde, die sich quer über den Hals zog. Ihr wurde klar, was an dieser Frau nicht stimmte. Ihr Körper hatte keinen Kopf mehr. Als die Fliegen sich unter lautem Summen erneut erhoben, stand Marie da wie hypnotisiert. Dann knickten ihre Knie ein, und sie wurde zum ersten Mal in ihrem Leben ohnmächtig.

33. Kapitel

Leon war in Gedanken. Er wusch die Frühstücksteller sorgfältig ab und stellte sie anschließend in die Spülmaschine. Isabelle beobachtete ihren Mann amüsiert.

»Woran denkst du?«, fragte sie.

»Wieso, was meinst du?«

»Sie haben gerade das saubere Geschirr zu dem schmutzigen in der Maschine gestellt, Herr Professor.«

»Wirklich?« Leon schien aus tiefen Gedanken aufzutauchen. Er öffnete kurz die Tür der Spülmaschine und musterte das sorgfältig eingeräumte Geschirr. »Entschuldige bitte.«

Die Begegnung mit diesem Phillip beschäftigte ihn. Was wollte der junge Mann von ihm? Er schien tatsächlich etwas von Leons kleiner Urlaubsliebe in einem langen Sommer in den späten Neunzigern zu wissen. Das war merkwürdig, aber nicht verboten. Noch während er darüber nachdachte, war ihm klar, dass er nicht ganz offen mit sich selbst war. Warum sollte dieser Phillip ihn auf diese Art und Weise ansprechen? War es nur ein Spiel? Hatte er den jungen Mann schon einmal gesehen? Hatte er ihn gekränkt, ohne es zu merken, und er war nun auf Rache aus? Oder …?

Seine Informationen konnte Phillip wer weiß woher haben. Leon war schließlich kein Unbekannter an der Côte d'Azur. Sein

Name war im Zusammenhang mit der Aufklärung einiger der spektakulärsten Verbrechen von den Medien genannt worden. Aber warum sollte jemand sich für einen Urlaub interessieren, den Leon vor fast dreißig Jahren gemacht hatte?

Florance, sagte eine Stimme in seinem Kopf. Die junge Frau erschien aus der Tiefe seiner Erinnerung. Sonnenuntergänge und warme Sommernächte unter dem Sternenhimmel. Schöne, intensive Erinnerungen. Plötzlich spürte Leon ein schlechtes Gewissen.

Sei nicht albern, mahnte er sich. Das war damals eine andere Zeit, ein anderes Leben, eine längst vergessene Beziehung. Warum erzählst du nicht Isabelle von deiner Begegnung gestern Abend im Chez Miou? Vielleicht hatte sie ja eine Erklärung für das merkwürdige Verhalten von diesem Phillip. Frauen betrachteten doch Beziehungsprobleme angeblich so viel analytischer als Männer.

Er würde ihr einfach alles erzählen, was damals passiert war. Sie würden über seine Affäre sprechen, die inzwischen fast dreißig Jahre zurücklag. Isabelle würde ein paar freche Bemerkungen über ihn machen, sie würden lachen und über vergangene Zeiten reden, als sie noch jung und voller Pläne gewesen waren. Er konnte das alles nicht ewig vor sich herschieben. Er war damals schwer verliebt gewesen in Florance, als sie sich nach zehn verrückten Tagen wieder trennten. Im Café Sénéquier in Saint-Tropez hatte er sie zum letzten Mal gesehen, bei einer Flasche Minuty Rosé. Danach hatte er nichts mehr von ihr gehört. Obwohl er ihr ein paar leidenschaftliche Briefe geschrieben hatte. Doch – einmal kam eine Karte aus Hawaii, das war ein halbes Jahr später gewesen. Eine Scherzpostkarte. Ein kurzer Gruß, bei dem sie verschiedene vorgegebene Antworten nur noch angekreuzt hatte.

Das war alles gewesen. Aber da hatte ihn der Klinikalltag als stellvertretender Oberarzt schon längst wieder verschluckt.

»Habe ich dir eigentlich von dem Burschen im Chez Miou erzählt?«, gab sich Leon einen Ruck.

»Welcher Bursche?«, fragte Isabelle. »Wen meinst du?«

»Er hat mich angesprochen.« Leon schnitt einen Pfirsich in kleine Happen, und Isabelle schnappte sich ein Stück.

»Was wollte er denn?«

»Keine Ahnung, was er wollte.«

»Also entweder hast du einen Fan, oder er wollte dich für die Mormonen gewinnen.«

Leon lachte, dann wurde er wieder ernst. »Er wusste offenbar genau, was ich vor fast dreißig Jahren gemacht habe.«

»Klingt ein bisschen nach einer Geistergeschichte«, meinte Isabelle.

»Ein Spinner«, sagte Leon. »Vergiss ihn.«

»Nein, so einfach kommst du nicht davon.« Isabelle legte lauernd den Kopf schief.

»Ist wirklich nicht so wichtig«, antwortete Leon.

»Zu spät, zu spät. Was genau hast du damals gemacht?« Isabelle zog den Stuhl zu sich heran und setzte sich genau vor Leon. Sie faltete die Hände hinter dem Kopf, lehnte sich zurück und sah ihn an.

Es war doch ein Fehler gewesen, dass er von der Begegnung erzählt hatte, dachte Leon. Noch gab es eine kleine Chance, die ganze Geschichte zu vergessen, aber Isabelle hatte wie ein guter Spürhund bereits Witterung aufgenommen. Jede Sekunde, die Leon die Geschichte hinauszögerte, machte ihn nur verdächtiger.

»Das war damals im Urlaub gewesen.« Leon versuchte, seine Stimme beiläufig klingen zu lassen.

»Was war das für ein Urlaub?«, bohrte Isabelle nach. »Davon hast du mir nie erzählt«, drängte sie.

»Meine Güte«, stöhnte Leon, als wäre Isabelle schuld daran, dass er sich jetzt durch seine Erinnerungen wühlen musste. »Du hast ganz recht, ich mache mir zu viele Gedanken.«

»Nein, nein!« Isabelle drohte im Scherz mit dem Zeigefinger vor Leons Gesicht. »So leicht kommst du da nicht mehr raus. Gestehe! Was war da los, damals?«

»Na gut«, sagte Leon, »wenn es sein muss ...« Genau in diesem Augenblick klingelte Isabelles Handy. Sie griff danach, las den Namen des Anrufers und hob die Hand. Was bedeuten sollte, dass Leon später noch einmal als »Zeuge« vernommen werden würde.

»Capitaine Morell«, meldete sich Isabelle am Handy und sah Leon mit gerunzelter Stirn an, als hätte sie gerade eine schmerzhafte Nachricht empfangen. »Ja, ich weiß, wo das ist. Ich kenne die Straße.« Sie deckte den Hörer mit der Hand ab und flüsterte Leon zu: »Eine Tote am Col de Babaou.« Dann sprach sie in normaler Lautstärke weiter. »Wir finden da schon hin, keine Sorge. Ja, ich verstehe. Ich sage ihm Bescheid.« Sie hörte noch einen Moment zu, was der Anrufer zu sagen hatte, und sagte dann: »Wir brauchen eine halbe Stunde.«

»Was ist los?«

»Sieht so aus, als hättest du recht gehabt.«

»Wieder eine Frau?«

»Getötet und geköpft«, sagte Isabelle und räusperte sich.

»Verdammt«, sagte Leon laut.

»Sie haben uns einen Wagen geschickt.«

»Wir können auch selbst fahren.«

»Ist schon auf dem Weg. Du sollst auch mitkommen. Zerna besteht darauf. Irgendein hoher Besuch am Tatort.«

»Wer?«

»Einer aus dem Innenministerium. Zerna meint, es wäre gut für die Abteilung, wenn wir ein bisschen Eindruck machen würden.«

»Noch mehr Leute am Tatort. Das hat uns gerade noch gefehlt.«

»Du hast noch Glück gehabt ...«, Isabelle unterbrach sich. »Eigentlich wollte sich der Präsident persönlich ein Bild von der Lage machen.«

»Der Präsident? Ist nicht dein Ernst«, sagte Leon fassungslos.

»Sein PR-Berater hat es ihm gerade noch ausreden können.«

In diesem Moment klopfte es an der Haustür.

»Capitaine Morell«, war die Stimme von Lieutenant Kadir zu hören.

»Komm rein, ist offen«, rief ihm Isabelle zu.

»Wir brauchen nur noch einen Moment.«

Leon griff nach seiner alten Ledertasche, die die wichtigsten Hilfsmittel für die erste Untersuchung eines Opfers am Fundort enthielt.

Isabelle schloss die Schublade der Kommode auf und nahm ihre Beretta 92 aus dem gesicherten Fach. Sie überprüfte mit geübtem Griff, dass die Waffe gesichert und nicht durchgeladen war, und schob sie in das Klemmholster an ihrem Gürtel.

34. Kapitel

Es gab Orte in der Provence, die sahen aus, als stammten sie aus einem Bilderbuch. Die Route départementale, die Bormes-les-Mimosas mit dem Örtchen Collobrières verband, führte an vielen solcher Plätze vorbei. Ein heruntergekommenes Bauernhaus in einem verwilderten Weinberg, das sich euphemistisch »Château« nannte. Ein Hain uralter Kastanienbäume, der die enge Straße für ein paar Kilometer in eine Allee verwandelte. Eine Kapelle, bei der die drei Bankreihen aus Platzgründen vor der Tür im Freien standen, oder die blühenden Artischockenfelder, die mit ihren zartblauen Blüten ganze Schwärme von Schmetterlingen anlockten, und handgemalte Schilder am Straßenrand, auf denen Feigen und Maronencreme zum Verkauf angeboten wurden.

Von der Straße aus, die sich in engen Serpentinen durch die Hügel wand, hatte man einen schier endlosen Blick über das Land, das trotz der Hitze im Schatten der Bäume grün und saftig wucherte. Der ständige Mistral, der hier oben über den Pass wehte, und die dichte immergrüne Macchia verwandelten die Hügel in eine Art Urwald. Nur noch Wildschweine und Dachse konnten sich durch diesen Dschungel bewegen, weil ihnen die Stacheln und Dornen der Hecken nichts ausmachten. Hier oben im Massif des Maures war die Provence eine wilde, ungezähmte Landschaft, heiß in der Sonne und kühl in ihren schattigen Senken. So hatte schon der von Leon verehrte Schriftseller Marcel Pagnol die Gegend beschrieben, und es schien sich in den vergangenen hundert Jahren daran nichts geändert zu haben.

Der Tatort war nicht zu übersehen. Ein Dutzend Streifenwagen und ein rot-weißes Rettungsfahrzeug parkten am Straßenrand und blockierten die Weiterfahrt. Verärgerte Touristen hupten, weil die Beamten der Gendarmerie sie nicht durchließen und sie zurückfahren mussten, um den weiten Umweg über Collobrières zu nehmen, wenn sie Richtung Süden wollten.

Als der Polizeibeamte Leon und Isabelle erkannte, hob er das Absperrband und ließ sie durch.

»Bonjour, Capitaine«, grüßte der Beamte Isabelle und wandte sich dann an Leon, »Bonjour, Docteur.«

»Bonjour«, erwiderte Leon höflich.

»Sie werden schon erwartet. Monsieur le Commandant steht gleich da vorn.« Der Polizist deutete auf den Pfad durch das Unterholz, der mit rot-weißem Flatterband markiert war.

Der Platz bei den Campingtischen war voller Leute, aber irgendwie war es den Frauen und Männern der Gendarmerie trotzdem gelungen, den Bereich rund um den Fundort der Leiche frei zu halten.

Für Leon sah es so aus, als läge ein Fluch über diesem Platz, als gäbe es rund um die Tote einen verwunschenen Bezirk, den keiner sich zu betreten traute.

Zerna löste sich aus der Gruppe und kam auf Leon und Isabelle zu. Er wurde von einem jungen Mann begleitet, der mit seinem staubgrauen Anzug in dieser Wildnis so deplatziert wirkte wie ein Einhorn. Leon erkannte den Mann sofort als den Vertreter aus dem Innenministerium.

»Bonjour, Monsieur«, wurde Leon übertrieben höflich von

Zerna begrüßt, der sich gleich wieder seinem Begleiter zuwandte. »Das ist unser Médecin Légiste.«

»Bonjour, Docteur«, sagte der Mann und schob sich seine Ray-Ban-Sonnenbrille auf die Stirn. »Simon, vom Innenministerium. Ich arbeite für die PR-Abteilung – Schwerpunkt Krisenmanagement.«

»Ist das der erste Mord, mit dem Sie es zu tun haben?«, fragte Leon.

»Ich habe Ihnen doch gesagt: Krisenmanagement. Dieser Job führt einen zu den unterschiedlichsten ... Zwischenfällen.«

»Das hier ist kein Zwischenfall, Monsieur Simon«, sagte Leon betont. »Das ist ein Mordfall. Und ein ziemlich heftiger dazu. Ich schlage daher vor, dass Sie hier bei den Beamten bleiben, solange ich die Erstuntersuchung an dem Opfer vornehme.«

»Machen Sie sich mal keine Gedanken über mich«, sagte Simon selbstbewusst. »Ich denke, das kann ich schon verkraften.«

»Es wäre mir aber wirklich lieber, wenn ...«, Leon unterbrach sich und sah Hilfe suchend zu Zerna.

»Monsieur Simon ist vom Innenministerium«, sagte Zerna, als wäre das eine Entschuldigung.

»Na dann«, Leon nickte und sah zu der Bank hinüber, auf der noch immer der Körper der Frau zu erkennen war, auch wenn die Polizei inzwischen dankenswerterweise eine silberne Rettungsfolie über dem Opfer ausgebreitet hatte. Lieutenant Masclau kam auf Leon zu.

»Ich habe versucht zu verhindern, dass jemand dem Opfer zu nahe kommt, aber ...« Masclau zuckte mit den Schultern. »Aber Sie wissen ja, wie die Leute sind. Hier ging es zu wie auf dem Wochenmarkt.«

»Wo ist die Zeugin, die das Opfer entdeckt hat?«, erkundigte sich Isabelle.

»Eine Frau mit dem Fahrrad hat die Tote entdeckt«, informierte ein übereifriger Polizist in Uniform Isabelle.

»Kann man mit ihr reden?«, fragte Isabelle.

»Ich denke schon. Sie war allerdings ziemlich geschockt«, mischte sich der junge Beamte noch einmal ein. »Ist ja auch kein Wunder, bei dem Anblick.«

»Wo ist sie?« Isabelle sah sich um.

»Der Sanitäter hat sie mitgenommen«, drängte sich der Beamte vor. »Sie müsste im Krankenwagen sein, oben an der Straße. Es kann Sie jemand dorthin begleiten, Capitaine.«

»Danke, ich habe den Krankenwagen schon gesehen«, antwortete Isabelle ein wenig schnippisch.

»Natürlich, Madame la Capitaine«, korrigierte sich der junge Polizist schnell.

»Ich werde mir jetzt das Opfer ansehen«, sagte Leon zu Masclau. »Achten Sie bitte darauf, dass die Leute mindestens drei Meter Abstand zu der Toten haben.«

»Wir begleiten Sie«, sagte Simon, der Mann aus dem Innenministerium.

»Ich würde Sie bitten, noch etwas zu warten«, sagte Leon. »Je weniger der Fundort der Leiche kontaminiert wird, umso effizienter können wir später im Institut arbeiten.«

»Ich würde mir aber trotzdem gern einen persönlichen Eindruck verschaffen«, machte der Mann aus dem Innenministerium bei Zerna Druck.

»Fangen wir an«, sagte Leon, der sofort gemerkt hatte, dass der Mann aus dem Ministerium keineswegs so hartgesotten war, wie er sich gab. »Sehen Sie sich nur um, wir brauchen hier eine Weile.«

»In Ordnung, dann lasse ich Sie mal ungestört arbeiten und

sehe mich um.« Der junge Mann wirkte erleichtert und klopfte sich mit der flachen Hand den Staub vom Anzug.

»Das Gelände muss durchsucht werden. Auf mindestens zwanzig Meter rund um den Tatort«, sagte Leon zu Masclau.

»Wir haben schon alles durchsucht.«

»Und?«

»Nichts, nur Müll. Was die Leute so liegen lassen.«

»Sie wissen, dass Sie mit Durchsuchungen warten sollen, bis ich mein Okay gebe«, erinnerte Leon.

»Sie waren aber nicht da, Docteur. Und ich wollte nicht, dass irgendeine Spur verloren geht«, verteidigte sich Masclau.

»Na gut. Aber bleiben Sie jetzt hinter mir.«

Leon war froh, dass er den Lieutenant bei sich hatte. Masclau war zwar immer etwas mürrisch, und sein Humor war gewöhnungsbedürftig, aber er war zuverlässig und ließ sich von einem Leichenfund nicht so leicht aus der Fassung bringen, egal, wie das Opfer aussah.

Leon war bei dem Körper der Frau stehen geblieben. Er stellte vorsichtig seine Ledertasche auf den Boden und zog Latexhandschuhe an, von denen er ein weiteres Paar an den Lieutenant weiterreichte. Dann griff er zu der Abdeckfolie und zog sie von der Toten herunter. Beim Anblick des geschundenen Körpers ging ein Raunen durch die Gruppe von Polizisten, die jede von Leons Bewegungen genau beobachteten. Aus dem Augenwinkel bemerkte Leon, dass sich auch der Mann aus dem Innenministerium umgedreht hatte und jetzt hinter einer Gruppe Uniformierter verschwand.

Der Anblick dieser Toten war auch für die älteren, erfahreneren Polizisten nur schwer zu ertragen. Die Frau saß halb gegen den Baum gelehnt auf der Holzbank. Sie war nackt. Die Haut, soweit man das in dieser Position überhaupt so genau erkennen konnte, war voller Wunden und verkrustetem Blut, das aus zahllosen Schnitten stammte, die der Frau offenbar zugefügt worden waren, als sie noch gelebt hatte. Es war schwer, anhand dieses Torsos auf die Todesursache zu schließen. Denn das wichtigste Merkmal dieses Körpers fehlte. Das Opfer war geköpft worden.

Leon beugte sich näher über die Tote. Er hatte eine Lupe aus der Ledertasche geholt, mit der er den Stumpf des Halses betrachtete. Das Rückgrat lag normalerweise tief eingebettet zwischen Muskeln, Sehnen und Gefäßen. Doch bei dieser Toten war nichts normal. Jemand hatte Muskeln, Sehnen, Speise- und Luftröhre und schließlich auch die großen Blutgefäße und die Nervenstränge mit heftigen Schnitten zerfetzt und offen gelegt.

»Haben Sie den Kopf gefunden?«, fragte Leon leise.

»Wir haben alles durchsucht, hier ist er nicht.« Masclau schüttelte den Kopf.

»Er muss aber hier sein.« Leon sah auf.

»Wie kommen Sie darauf?«, fragte Masclau.

»Weil er will, dass wir ihn finden.«

»Ich frage nicht, woher Sie das wissen wollen.« Zerna hatte sich zu Leon gestellt, was ihm einen strengen Blick des Rechtsmediziners einbrachte.

»Der Kerl ist ein verdammtes Tier«, presste Masclau zwischen den Zähnen hervor, während er mit der Hand Schwärme von Schmeißfliegen zur Seite scheuchte.

Leon griff in seine Ledertasche und zog eine chromglänzende gebogene Flachzange daraus hervor, die in eine durchsichtige sterile Folie eingeschweißt war.

»Könnten Sie das bitte aufreißen und mir die Zange geben«, Leon reichte dem Polizisten den Beutel, während er weiter den Körper des Opfers stützte, damit der nicht von der Bank rutschte und zu Boden fiel.

Einen Moment später gab der Lieutenant Leon die Zange. Leon konzentrierte sich auf eine bestimmte Stelle zwischen dem dritten und vierten Halswirbel. Dann setzte er die Zange an. Manche der Polizisten mussten sich abwenden, weil sie den Anblick von Haut und Knochen dort, wo eigentlich der Kopf sein sollte, nicht ertragen konnten. Leon hatte mit der Zange etwas gepackt, das er zunächst für einen Knochensplitter gehalten hatte. Aber dann war ihm aufgefallen, dass der vermeintliche Splitter tief in der Halsmuskulatur steckte und silbrig in der Sonne blitzte. Mit einem Ruck zog er den Gegenstand heraus. Es war die Spitze eines Messers, etwa vier Zentimeter lang, die zwischen Muskulatur und Halswirbel stecken geblieben war.

»Was haben Sie da?«, fragte Zerna.

»Die Spitze eines Messers.« Leon drehte seinen Fund mit der Zange im Sonnenlicht.

»Wusste gar nicht, dass so eine Klinge brechen kann«, sagte Zerna.

»Dafür braucht es eine Menge Kraft«, meinte Masclau.

»Und eine Menge Wut«, sagte Leon nachdenklich.

35. Kapitel

Man hätte die Kreuzotter für einen trockenen Ast halten können. Mit seiner graubraunen Musterung fand das Reptil zwischen Licht und Schatten im Laub die perfekte Tarnung. Noch bewegte sich die Schlange nur langsam. Sie brauchte dringend mehr Wärme, um aktiv werden zu können. Normalerweise war das die beste Zeit, um auf Jagd zu gehen. Sie brauchte sich nur auf ihrem Baumstumpf zusammenzurollen und auf Opfer zu warten. Eidechsen, Frösche und gelegentlich auch mal eine ganze Maus standen auf ihrem Speiseplan. Aber an diesem unruhigen Morgen voller Menschen war sie nicht zur Ruhe gekommen. Sie konnte sich nicht ausstrecken und Wärme tanken, sondern musste sich immer wieder in den kühlen Schatten der Holzbank zurückziehen.

René Simon aus dem Innenministerium war dankbar, dass ihn niemand beobachtete. Er hatte sich auf eine der hinteren Holzbänke gesetzt, den Oberkörper nach vorn gebeugt und die Hände auf die Beine gestemmt. Er versuchte gleichmäßig ein- und auszuatmen. Aber alles, was er hervorbrachte, waren unterdrückte Würgegeräusche. Er würde trotzdem aufstehen. Als Mitarbeiter des Innenministeriums musste er zeigen, dass er in jeder Situation einen kühlen Kopf behielt. Doch als er sich aufrichtete, revoltierte sein Kreislauf. Seine Handflächen wurden feucht, er begann zu schwitzen und musste sauer aufstoßen. Als sich sein Magen erneut verkrampfte, beugte er sich über den Abfallkorb, der gleich neben ihm stand. Er fühlte eine neue Welle von Brechreiz in sich aufsteigen. Aber diesmal war er besser vorbereitet, und es gelang ihm irgendwie, sich zu beherrschen, als ihm die teure Ray-Ban-Sonnenbrille vom Kopf rutschte. Er versuchte sie noch aufzufangen, aber es war zu spät. Die Brille klatschte in den Mülleimer und verschwand zwischen fettverschmiertem Butterbrotpapier, Plastikflaschen, verdorbenem Käse und all den anderen Widerlichkeiten. René Simon nahm seinen Mut zusammen, schob den Ärmel seines Leinensakkos nach oben und griff vorsichtig in den Abfall. Im gleichen Moment riss er seine Hand wieder nach oben und schüttelte sie.

»Scheiße, verdammte ...«, unterdrückte er den scharfen Schmerz über seinem Daumengelenk.

Mit seiner Abwehrbewegung hatte Simon den Mülleimer umgestoßen, und Abfall verteilte sich auf dem Waldboden. Da sah Simon die über einen Meter lange Schlange, die blitzschnell in den Büschen verschwand.

»Sie hat mich gebissen!« Simon hielt sich jetzt fassungslos und leicht schwankend an der Bank fest.

»Ist Ihnen etwas passiert?«, rief Kadir.

»Schlange ...«, stöhnte Simon.

»Das war eine Kreuzotter. Ich habe sie gesehen«, rief eine junge Polizistin und deutete auf einen Oleanderbusch, »da ist sie rein.«

Lieutenant Kadir versuchte, den taumelnden Simon festzuhalten, aber dem Mann knickten die Beine ein.

»Allergie ...«, stöhnte Monsieur Simon noch und sackte im gleichen Moment zusammen.

Kadir konnte gerade noch verhindern, dass der Mann aus dem

Innenministerium auf den Boden fiel, und legte ihn in stabiler Seitenlage auf die Bank.

»Docteur!«, rief Kadir in Richtung Leon, der sofort losrannte. Leon erreichte Simon, der inzwischen schwitzend und zitternd auf der Bank lag. Um ihn hatte sich eine Gruppe von Polizisten gebildet, die erwartungsvoll zu Leon sahen.

»Das war eine Kreuzotter«, sagte die junge Polizistin, »hundertpro.«

»Er hat noch gesagt, dass er Allergiker ist«, fügte Kadir hinzu, »dann ist er umgekippt.«

Leon hatte sich über den Verletzten gebeugt. »Sie sind Allergiker?«, fragte er, während er Simon Daumen und Zeigefinger auf das Handgelenk legte, um den Puls zu ertasten.

Zerna drängte sich nach vorne. »Was ist los mit ihm?«, fragte der Polizeichef Leon beunruhigt.

»Kaum noch Puls. Wahrscheinlich ein anaphylaktischer Schock«, antwortete Leon. »Ich fürchte, er kollabiert.«

Simon verdrehte die Augen und starrte in den Himmel. Er hechelte in flachen, kurzen Atemstößen.

»Wir brauchen den Helikopter«, sagte Zerna.

»Bis der hier ist, dauert es mindestens dreißig Minuten«.

»Dann ist es zu spät«, bemerkte Leon sachlich.

»Kann ich irgendetwas tun?«, fragte Kadir besorgt.

»Meine Tasche«, sagte Leon und deutete zum Fundort der Leiche. »Schnell.«

Kadir rannte los, und keine halbe Minute später kam er mit Leons alter Ledertasche zurück. Jetzt machte es sich bezahlt, dass Leon nicht nur medizinisches Gerät zur Erstuntersuchung von vermeintlichen Todesopfern dabeihatte, sondern auch eine kleine Erste-Hilfe-Apotheke. Schon ein paarmal hatte er erlebt, dass ein vermeintliches Unfallopfer sich überraschend als Überlebender entpuppte. Während Leon bei Simon mit einer Herzdruckmassage begonnen hatte, rief er Kadir Anweisungen zu.

»Adrenalin, grauer Plastikkasten!« Er sah kurz zu Lieutenant Kadir hoch, der eine längliche graue Schachtel geöffnet hatte. Darin waren Fertigspritzen in verschiedenen Farben.

»Adrenalin!« Leon hielt Kadir auffordernd die offene Hand hin, aber der schien unsicher, welche der Spritzen er nehmen sollte. »Die mit der blauen Aufschrift.«

Leon ließ Simon los und griff nach der Spritze, die Kadir ihm hinhielt. Er knickte die Sicherungskappe ab.

»Er ist ganz weiß«, sagte die junge Polizistin ängstlich.

»Intramuskulär.« Leon hielt die Spritze in der Hand, aber Kadir sah ihn nur fragend an. »Mein Gott, ich brauche den Oberschenkel«, sagte Leon genervt.

»Aber ...«, stotterte Kadir.

»Worauf warten Sie?! Jetzt ziehen Sie dem Mann schon die Hose runter.«

Kadir zögerte einen kurzen Moment, dann zog er dem Mann die Hose ein Stück herunter. Leon stieß dem Allergiker die Nadel in den Oberschenkel und drückte langsam den Kolben hinunter.

Die Polizistin hatte ihren Daumen und Zeigefinger an das Handgelenk von Simon gelegt. »Ich kann wieder Puls fühlen.«

»Gut gemacht«, lobte Leon die Polizistin, während er ein Pflaster auf die Einstichstelle klebte. Dann nahm er die Hand des Patienten und betrachtete sie. Direkt neben dem Daumen waren zwei kleine Stiche zu sehen.

»Da ist der Biss, würde ich sagen«, sagte Leon.

»Die Kollegin meinte, das wäre eine Kreuzotter gewesen«, sagte Kadir. »Sie scheint sich echt auszukennen.«

Simon stützte sich auf der Bank auf und versuchte aufzustehen.

»Warten Sie.« Leon drückte den Mann aus dem Ministerium auf die Bank zurück. »Der Krankenwagen bringt sie nach Saint-Sulpice in die Notaufnahme.«

»Das ist nicht nötig, mir geht es gut.« Simon versuchte, tapfer zu klingen und aufzustehen, ging aber nach wenigen Sekunden wieder in die Knie.

»Sie hatten einen anaphylaktischen Schock, damit kann ich Sie nicht gehen lassen.« Leon warf einen auffordernden Blick zu Zerna.

»Der Docteur hat ganz recht«, sagte Zerna, »zwei meiner Beamten werden Sie jetzt in die Klinik bringen. Wenn die Ärzte dort ihr Okay geben, können Sie die Klinik verlassen.«

»Na gut, aber ich habe nichts, das kann ich Ihnen gleich sagen.«

»Umso besser«, sagte Leon. »Dann sehen wir Sie später.«

Kaum fünf Minuten später befand sich der Mann aus dem Innenministerium mit dem Krankenwagen auf dem Weg zur Klinik.

Die Sonne stand inzwischen hoch, und die Hitze war nur noch schwer zu ertragen. Die Zikaden sangen in voller Lautstärke, und Staub stand in der vor Hitze flirrenden Luft.

Zerna und Isabelle standen bei Leon, der die beiden Bestatter instruierte, die Tote in den Leichensack zu packen und nach Saint-Sulpice zu bringen. Lieutenant Masclau kam zu der Gruppe und erstattete Bericht.

»Wie sieht es aus? Irgendeine Spur?«, wollte der Polizeichef wissen.

»Nichts.« Masclau schüttelte den Kopf. »Wir haben jetzt echt jeden Stein umgedreht.«

»Sind Sie auch durch?« Der Polizeichef sah zu Leon, der den Blick zum Eingang des Rastplatzes gerichtet hatte und mit zusammengekniffenen Augen in die Sonne blinzelte.

Er hatte seinen Kopf schief gelegt, als müsste er eine knifflige Schachpartie lösen. Er schien die Frage des Polizeichefs nicht zu hören.

»Da ist nichts, Doc«, sagte Masclau. »Echt nicht.«

»Haben Sie hier Hibiskus gesehen?«, fragte Leon und sah sich um.

»Hier oben gibt's keinen Hibiskus«, sagte Masclau. »Ist viel zu windig.«

»Richtig, die ganze Zeit geht hier oben der Mistral«, sagte Leon nachdenklich.

»Sind wir jetzt durch, oder was?«, fragte der Polizeichef genervt, als Isabelle bei der Gruppe auftauchte.

»Wir haben die Namen der Zeuginnen, Commandant. Sind alle im gleichen Fahrradverein«, erklärte Isabelle. »Ich kann mir nicht vorstellen, dass die Gruppe mit der Sache zu tun hat.«

»Warum steckt ein Hibiskuszweig in der Tonne neben dem Eingang?« Leon deutete auf den Eingang, ohne auf die Überlegungen von Isabelle einzugehen. Er marschierte auf die Mülltonne zu, und die anderen folgten ihm.

Als Leon bei der Tonne stehen blieb, machten auch die anderen halt und beobachteten ihn. Leon griff in die Tasche und zog ein frisches Paar Latexhandschuhe heraus, die er sich überstreifte. Dann bückte er sich und zog aus dem Abfall einen etwa zwanzig Zentimeter langen Hibiskuszweig, der unter dem Deckel des Mülleimers klemmte.

»Hibiskus«, sagte Leon zufrieden und drehte die Blüte langsam zwischen den Fingern. »Habe ich doch gesagt.«

»Und was soll das bedeuten?«, fragte Kadir.

»Es ist ein Zeichen.«

»Was für ein Zeichen?«, fragte Zerna.

Dann ging Leon in die Hocke und griff erneut in die Abfälle.

»Da ist nichts, Docteur«, sagte Masclau. »Die Mülleimer haben wir als Erstes durchsucht.«

Leon hatte die Blüte in eine durchsichtige Plastiktüte gesteckt und in seiner Ledertasche deponiert. Die Blüte würde er später im Labor untersuchen. Diese Tonne war größer als die anderen bei den Tischen. Eine etwa einen Meter lange Kunststofftüte wurde von einer Metallfassung gehalten. Die Tüte war vollgestopft mit Abfällen, und Leon war sich fast sicher, dass sich kein Polizist freiwillig komplett durch diesen Müll gewühlt hatte. Er griff nach der Tüte und spürte, dass sie überraschend schwer war. Leon legte sie vor sich auf den Waldboden und zerrte Stück für Stück die Abfälle heraus, die Wanderer und Radfahrer bei ihren Picknicks hinterlassen hatten.

»Ich sammele das jedenfalls nicht wieder auf.« Masclau klang genervt, als er auf den Abfall sah, den Leon aus der Tüte geholt hatte. Leon hörte auf zu graben. Er schien etwas zu ertasten, das er durch die dünne Folie des Müllsacks fühlen konnte.

»Geben Sie mir mal das Messer«, sagte Leon zu Kadir. »Steckt in der Seitentasche«.

Vorsichtig wie bei einer Operation schnitt Leon den Müllsack ein Stück auf. Mit einem leisen Saugen rutschte ein schwerer Gegenstand heraus. Er hatte in etwa die Größe einer Kokosnuss und war seinerseits in eine weitere Plastiktüte eingepackt. Leon stach vorsichtig auch diese Tüte auf und zog dann die Messerklinge ein Stück nach oben. In diesem Moment rutschte etwas auf den Boden, bei dessen Anblick sich das Gehirn sekundenlang weigerte zu begreifen, was es sah. Es war ein Kopf, der da auf dem Boden lag. Die blonden Haare waren mit Blut verklebt, die helle Haut hing in Fetzen vom Gesicht. An manchen Stellen konnte man bis auf den Gesichtsknochen sehen. Die Augen waren blutunterlaufen und in ihren Höhlen durch große Hämatome grotesk angeschwollen. Der Schädel lag auf dem Hinterkopf vor ihnen, und das Gesicht sah aus, als würde die Tote sie ansehen. Ohren und Nase fehlten fast vollkommen. Nur die auffallend blonden Haare und die vollen Lippen erinnerten daran, dass dies einmal das Gesicht einer schönen jungen Frau gewesen war. Sie hatten den Kopf des Opfers gefunden.

»Mon Dieu«, stöhnte Kadir.

Sogar Masclau drehte sich weg und hielt sich entsetzt die Hand vor das Gesicht

»Nein«, rief die junge Beamtin, die sich nach vorn gedrängt hatte und jetzt mit rudernden Armbewegungen ein paar Meter zur Seite lief.

»Woher wussten Sie, dass der Kopf in der Tonne lag?« Zerna ließ der Erfolg des Médecin Légiste keine Ruhe. Er beneidete Leon um sein sicheres Gespür und sein ausgeprägtes logisches Denken. Zumal Leon damit auch noch Isabelle beindruckte, was es für Zerna doppelt schwer machte. Es hatte Zeiten nach der Trennung von seiner Frau gegeben, da hätte sich Zerna eine Partnerin wie Isabelle gewünscht. Doch das war dummerweise genau in die Zeit gefallen, in der Leon im Leben von Isabelle aufgetaucht war. Isabelle verliebte sich in den Rechtsmediziner aus Deutschland, und Zerna konnte sich wieder hinten anstellen.

»Der Täter hat es mir gezeigt«, meinte Leon sachlich.

»Was meinen Sie mit gezeigt?«

»Er wollte, dass ich den Hibiskus finde.«

»Sie glauben, er kennt Sie?«, sagte Zerna mit einem spöttischen Ton in der Stimme.

»Ich glaube, er will mich beeindrucken.«

»Natürlich«, sagte Zerna ironisch. »Und morgen kommt er zum Frühstück zu Ihnen.«

Masclau lachte über die Bemerkung seines Chefs, was wie ein heiseres Bellen klang.

»Die Fundstelle und den Platz rund um den Eingang muss noch einmal genau untersucht werden«, sagte Leon sachlich.

»Ich wühl' bestimmt nicht in dieser Scheiße rum«, sagte Masclau.

»Ich denke, darüber müssen wir uns dann in meinem Büro unterhalten«, sagte Zerna.

»Ich sag doch, wir haben das alles schon mal durchsucht.« Diesmal klang der Lieutenant schon etwas kleinlauter.

»Nehmen Sie sich vier Leute und überprüfen Sie alles noch einmal.«

»Und lassen Sie bitte niemand in die Nähe dieser Fundstelle«, ergänzte Leon. »Sperren Sie am besten den ganzen Rastplatz ab. Und sagen sie den Bestattern, dass ich die Tote so bald wie möglich in der Rechtsmedizin haben will.«

36. Kapitel

»Das sah nicht so aus, als hätte das jemand zu ersten Mal gemacht«, sagte Leon.

Er saß mit Isabelle am Rand der großen Bucht von Le Lavandou auf den Felsen. Hier waren sie am Nachmittag zwar nicht die einzigen Besucher, aber doch so allein, dass sie sich ungestört unterhalten konnten. Am Meer wanderte eine junge Frau etwa Anfang zwanzig entlang. Sie hatte knallblau gefärbte Haare, trug eine Yogamatte und ein Schild unter dem Arm, auf dem stand: *Yoga at the Beach*. Die Yogalehrerin wurde von einer Handvoll Frauen begleitet. Die Frauen waren um die vierzig, sie hatten ebenfalls ihre Yogamatten dabei.

Leon winkte, und die Frauen winkten zurück und lachten.

»Vielleicht sollte ich es auch mit Yogakursen versuchen«, sagte Leon mit betont verklärter Stimme, während die Yogagruppe mit ihren Übungen begann. »Ich könnte nebenher Vorträge über Flora und Fauna der Provence halten«, sagte er mit träumerischem Blick in den strahlend blauen Himmel.

»Ich denke, die halten nach jüngeren Männern Ausschau«, sagte Isabelle mit gespielter Kränkung in der Stimme.

»Du kannst einem die besten Ideen vermiesen.« Leon und Isabelle lachten.

Leon hielt ein Schälchen mit Brombeeren in der Hand, das er in seinem Lieblingsladen gekauft hatte.

»Zur Versöhnung«, sagte er mit einem Lächeln, und Isabelle nahm sich noch eine der Beeren, die sie mit Genuss auf der Zunge zergehen ließ.

»Ich weiß, du suchst immer hinter jedem Fall einen Serientäter «, sagte Isabelle.

»Ich bin nur Realist«, sagte Leon. »Womit wir es hier zu tun haben, ist eine präzise vorbereitete Tat, eine rituelle Inszenierung. So etwas macht einer nicht zum ersten Mal und auch nicht zum letzten Mal.«

»Das ist aber nur eine von deinen Theorien«, sagte Isabelle nüchtern.

»Nein, das ist das Ergebnis von mehr als fünfundzwanzig Jahren Berufserfahrung«, entgegnete Leon.

Die beiden schwiegen einen Moment und sahen auf das Meer, das ruhig in der Nachmittagssonne glitzerte.

»Kann ich noch eine haben?«, sagte Isabelle nach einer Weile und tippte auf die Brombeeren in der offenen Schachtel, die Leon ihr hinhielt.

»Sind die aus dem Obstladen in der Avenue Général de Gaulle?«, fragte sie.

»Was dachtest du denn? Für meine Lieblings-Capitaine nur das Beste.« Leon sah Isabelle mit einem charmanten Lächeln an. Aber Isabelle war auf der Hut.

»Also?«, sagte sie mit lauerndem Tonfall.

»Was meinst du?« Leon überlegte, ob er sich nicht längst zu weit aus dem Fenster gelehnt hatte und ob es für ihn überhaupt noch einen Weg zurück gab.

»Du gehst mit mir am helllichten Tag zum Strand«, wunderte

sich Isabelle, »du bringst mir die leckersten Brombeeren der Côte d'Azur mit, als wäre es unser erstes Date.«

»Bei unserem ersten Date waren es Himbeeren«, bemerkte Leon. »Normalerweise ist die Methode todsicher.«

»Du erinnerst dich an die Himbeeren, nach all den Jahren?« Isabelle sprach plötzlich mit ganz weicher Stimme.

»Ich kann dir sogar sagen, was es dazu gab: Zitronensorbet.«

»Aber deswegen sind wir heute nicht hier.« So wie Isabelle das sagte, klang es mehr nach einer Feststellung als nach einer Frage.

»Wie kommst du drauf?«

»Ich sehe es an deinem Blick«, sagte sie. »Sieht aus, als wolltest du mir etwas sagen, traust dich aber nicht.«

Leo schwieg. Eine leichte Brise malte kleine Wellenmuster auf das scheinbar makellos glatte Meer. Er sah zu den Inseln, und für einen Augenblick dachte er darüber nach, wie oft er schon hier mit Isabelle auf den Felsen gesessen und zum Horizont gesehen hatte. Hatte er damals mit der Surflehrerin auch hier gesessen? Und wollte er das überhaupt noch wissen, nach so vielen Jahren? Aber da war nun einmal dieser Phillip in seinem Leben aufgetaucht, und Leon hatte das Gefühl, dass dieser Eindringling so schnell keine Ruhe geben würde.

»Okay, es gibt da jemanden«, sagte Leon plötzlich.

Isabelle sah ihn fassungslos an. Sie saß mit angezogenen Beinen neben ihm und versuchte ganz langsam zu begreifen, was Leon ihr soeben gestanden hatte.

»Wie, was meinst du? Verstehe ich nicht.« Isabelles Stimme bekam plötzlich eine ungewohnte Härte.

»Es ist nicht so, wie du denkst«, sagte Leon.

»Wieso, was denke ich denn?« Jetzt klang sie bewusst provozierend.

»Es gibt keine Frau oder so.« Leon spürte, wie er mit jeder Antwort ein Stückchen tiefer in den Sumpf sank.

»Ach nein? Sondern?«

»Na ja, es gibt natürlich eine Frau, aber eigentlich geht es um einen Mann.«

»Das verstehe ich nicht.«

»Also, es ist so ...«, tastete sich Leon vorwärts, »es ist schon vor Jahren passiert ... im Sommer.«

Leon spürte, dass er die Sache völlig falsch angegangen war. Er musste dringend verlorenes Terrain zurückgewinnen. Warum musste alles immer so kompliziert sein?!

»Welcher Sommer?« Isabelle musterte Leon mit skeptischem Bick.

»Ich weiß es nicht mehr«, sagte Leon. »Ist doch auch völlig egal.«

»Denkst du? Es ist ein großer Unterschied, ob wir über den vergangenen Sommer reden, oder ob das alles schon Jahre zurückliegt.«

»Ich hätte gar nicht davon anfangen sollen«, sagte Leon mit einem genervten Seufzer.

Isabelle legte ihre Hand auf seine. »Also, was war damals im Sommer? Jetzt kannst du auch gleich alles erzählen.«

»Ich habe eine bessere Idee«, schlug Leon vor. »Wir vergessen einfach die alte Geschichte.«

»Du kannst mir doch ruhig sagen, was los war.«

»Im Ernst?« Leon sah sie skeptisch an.

»Wirklich, ich bin nicht sauer«, sagte sie mit einem Lächeln.

»Es liegt auch schon so lange zurück«, sagte Leon.

»Wie lange?«, wollte Isabelle wissen.

»Fünfundzwanzig Jahre. Nein, länger ...«, Leon dachte laut nach, »siebenundzwanzig Jahre ungefähr.«

»Wie heißt die Frau?«

»Das weiß ich jetzt wirklich nicht mehr.«

»Du triffst deine Ex wieder nach all den Jahren, und du kennst nicht einmal mehr ihren Namen?«

»Es geht nicht um die Frau, ich habe sie nicht getroffen«, sagte Leon.

»Sondern?«

»Um ihren Sohn.«

»Ihren Sohn?«, wunderte sich Isabelle.

»Phillip, ich habe ihn im Chez Miou getroffen«, sagte Leon. »Das heißt, eigentlich hat er mich getroffen. Er schien eine Menge über mich zu wissen.«

Isabelle hatte den letzten Satz gar nicht mehr gehört. Sie griff nach ihren Slippern und sah Leon an.

»In deinem Leben gibt es eine Frau, von der ich nichts weiß, und du hast ein Kind mit ihr?« Jetzt klang Isabelle stinksauer.

»Das habe ich nicht gesagt«, widersprach Leon.

»Du hast doch gerade gesagt, dass du den Sohn deiner Ex getroffen hast.«

»Ja, das bedeutet doch noch lange nicht, dass ich ...«

»Entschuldige mal, Leon.« Jetzt schwang in Isabelles Stimme ein spöttischer Unterton mit. »Da taucht jemand aus dem Nichts auf und sucht den Kontakt zu dir. Warum wohl? Weil du genau vor siebenundzwanzig Jahren ein Verhältnis mit seiner Mutter hattest. Und sein Alter scheint ganz zufällig dazu zu passen. Ist doch klar, worauf das hinausläuft. Der Junge will was von dir.«

Isabelle war aufgestanden und klopfte den Sand aus den Schuhen. Leon wollte ihr beruhigend die Hand auf den Arm legen, doch sie drehte sich zur Seite und marschierte in Richtung Parkplatz.

»Jetzt warte doch mal«, sagte Leon. »Das muss doch nichts bedeuten.«

»Sag mal, wie naiv bist du eigentlich?« Isabelle schüttelte ungläubig den Kopf. Dann blieb sie stehen. »Wann wolltest du mir das eigentlich erzählen?«

»Ich habe es dir doch gerade erzählt«, sagte Leon, und Isabelle stapfte stumm und verbittert neben ihm durch den warmen Sand.

»Ich will ihn kennenlernen«, sagte sie schließlich und marschierte weiter. »Und vergiss nicht die Pressekonferenz um siebzehn Uhr.«

37. Kapitel

Lilou schwitzte. Es war auch so schon ein heißer Tag gewesen. Aber jetzt, als die Nachmittagssonne bei Roux in die Auslagen der Boulangerie knallte, war die Hitze mörderisch. Alle drei Backöfen arbeiteten unter Volllast. Um achtzehn Uhr würde die letzte Ladung frischer Baguettes über den Tresen gehen. Lilou hatte sich die Haare zu einem Dutt hochgedreht, der von einer Klammer in Form eines Pinguins zusammengehalten wurde. Sie schob ein großes voll beladenes Backblech in den Ofen, während eine Kollegin die Klappe zum Brennraum offen hielt.

»Schön warm heute Abend«, witzelte Monsieur Roux, der Lilou schon seit einer Weile ansah.

Lilou spürte den gierigen Blick ihres Chefs, der weniger dem Backblech als ihrem knappen, durchgeschwitzten T-Shirt galt.

»Ich brauche eine Pause«, stöhnte Lilou übertrieben laut.

»Später«, entschied Roux, der die Knetmaschine anwarf.

»Hier bei den Öfen ist es wirklich unerträglich«, sagte Lilous Kollegin.

»Selber schuld, ihr hättet mal mit eurer Freundin sprechen sollen, damit ihr euch die Arbeit besser aufteilen könnt«, sagte Roux ungerührt. »Ich habe Françoise gesagt, dass sie gefeuert ist, wenn sie noch mal zu spät kommt.«

»Hat sie sich bei Ihnen gemeldet?«, fragte Lilou.

»Das weißt du bestimmt besser als ich«, sagte Roux gereizt.

»Ihr ist bestimmt irgendwas dazwischengekommen«, sagte Lilou. »Etwas Wichtiges, vielleicht mit ihrer Familie.«

Roux merkte Lilou an, dass sie improvisierte. Sie wollte verhindern, dass ihre Kollegin den Job verlor und nicht einmal die Möglichkeit hatte, sich zu verteidigen.

»Ist mir egal. Wenn sie jetzt noch kommt, kann sie gleich wieder verschwinden. Sagt ihr das, wenn ihr sie seht.«

»Ich bin kurz draußen«, sagte Lilou und wedelte sich demonstrativ frische Luft zu.

»Aber wirklich kurz«, sagte Roux. »In fünf Minuten müssen die Baguettes aus dem Ofen.«

Lilou ging nach hinten in den Hof. Hier sorgte eine große Platane für Schatten und ließ Lilou ihren anstrengenden Job für einen Moment vergessen. Es dauerte allerdings keine Minute, bis Roux bei ihr auftauchte.

»Dachte mir schon, dass du hier steckst«, sagte er. »Kann einem schnell heiß werden, wenn man so enge Klamotten anzieht.« Er musterte sie erneut.

»Sie haben doch gerade gesagt, es wäre okay, wenn ich kurz nach draußen gehe« verteidigte sich Lilou.

»Das war doch nur so dahingesagt.« Roux brachte ein Lächeln zustande, das auf eine unheimliche Weise bedrohlich wirkte.

»Ich geh gleich wieder rein«, sagte Lilou.

»Ich sage doch, ist kein Problem, wenn du mal Luft schnappen musst«, sagte er. »Bleib doch noch einen Moment hier ...«

»Geht schon.« Lilou wischte sich eine Haarsträhne aus dem Gesicht.

»Wie sieht es bei dir aus, später?«

»Was meinen Sie?«, fragte Lilou, obgleich sie genau wusste, was der Bäcker von ihr wollte.

Roux hatte schon ein paarmal versucht, Lilou anzubaggern. Bisher konnte sie sich immer mit einer Ausrede aus der Affäre ziehen. Aber sie wusste, sie würde das Spiel nicht ewig weitertreiben können.

»Das Calypso hat einen neuen Pächter«, sagte Roux. »Ich kenne ihn. Er macht ziemlich gute Margaritas. Wie wäre es?«

»Vielen Dank, aber ich ...« Sie unterbrach sich, denn sie wusste nicht, was sie sagen sollte.

»Haben Sie tatsächlich nichts von Françoise gehört?«, versuchte sie das Thema zu wechseln.

»Vergiss sie. Also, was ist mit heute Abend? Sagen wir, neunzehn Uhr?«

Lilou versuchte sich schnell eine Ausrede einfallen zu lassen, als ein elektronischer Summer aus der Backstube ertönte.

»Die Baguettes sind fertig«, sagte Lilou hörbar erleichtert. Sie wollte sich an ihrem Chef vorbeidrängen, der auf den Stufen des Hintereinganges stehen geblieben war. Als sie an ihm vorbeikam, machte er einen kleinen Schritt nach vorne, der die Distanz zwischen ihnen weiter verringerte. Für einen Augenblick spürte sie seinen kalten, glitschigen Schweiß auf ihrem nackten Arm und konnte seinen widerlichen Mundgeruch riechen. In diesem Moment erschien Antoine in der Tür.

»Lilou, die Baguettes müssen raus«, rief er und verschwand wieder in der Bäckerei.

»Ich komme«, rief Lilou dankbar.

»Noch einmal entkommst du mir nicht«, lachte Roux, als hätte er einen Witz gemacht. Für Lilou klang es wie eine Drohung.

38. Kapitel

Leon klappte den Laptop auf seinem Schreibtisch zu, lehnte sich zurück und schloss für einen Augenblick die Augen. Er gönnte sich nur ein paar Minuten, in denen sein aufgewühlter Verstand zur Ruhe kommen konnte. Leon wirkte vielleicht müde, aber das täuschte, denn in Wirklichkeit war er hellwach, geradezu euphorisch, und seine Gedanken befanden sich in heller Aufregung. Er hatte über eine Stunde damit verbracht, das Opfer aus den Hügeln zu untersuchen. Er hatte sich Zeit gelassen, jede einzelne Verletzungsspur zu analysieren, hatte versucht, das zu tun, was er immer tat, wenn ein Mordopfer auf seinem Sektionstisch landete. Er hatte sich mit der Toten »unterhalten«. Wie konnte es sein, dass zwei attraktive junge Frauen in einem Ferienort, der für Spaß und gute Laune stand, Opfer eines so grausamen Verbrechens geworden waren? Wem war diese Frau in den letzten Augenblicken ihres Lebens begegnet? War es eine Zufallsbekanntschaft gewesen? Hätte eine Frau wie diese sich leichtfertig mit einem Unbekannten eingelassen? Jemand musste sie gesehen haben. Hatte sie vielleicht mit ihrem Mörder in einem Bistro beim Wein gesessen? Hatte sie mit dem Tod geflirtet? Warum sie? War es Zufall? Oder hatte der Täter sich sein Opfer ganz gezielt ausgesucht?

Der Täter hatte in jedem Fall medizinische Kenntnisse, dachte Leon. Er war geschickt mit dem Messer, der Zange, der Knochensäge gewesen, die alle ihre blutigen Spuren auf dem Körper des maltrãtierten Opfers hinterlassen hatten.

Sieh sie dir ganz genau an, dachte Leon. Denn die Journalisten würden heute Abend auf der Pressekonferenz viele Fragen stellen. Und Leon wollte gewappnet sein, zu jeder eine passende Antwort zu geben.

Leon hatte in den letzten achtundvierzig Stunden zwei tote Frauen auf dem Obduktionstisch gehabt. Beide waren auf die gleiche brutale, unmenschliche Art getötet worden. Das waren weder Morde aus Rachegründen noch eine Bestrafung. Es ging hier nicht um Raub oder einen Überfall. Es handelte sich nicht um Eifersucht, nicht um Ehre, und es war auch keine Affekttat, die den Täter angetrieben hatte. Nein, diesem Täter ging es um etwas völlig anderes. Dieser Mörder genoss das Töten. Er zelebrierte seine Tat. Aber er wollte noch mehr. Er wollte, dass seine Verfolger wussten, mit wem sie es zu tun hatten, und er wollte, dass die Verfolger sahen, dass er ein Künstler war, ein Meister seines Fachs.

Die beiden unbekannten Frauen hatten gelitten, und zwar lange. Leon schätzte, dass zwischen den ersten Schlägen und dem tödlichen Stich ins Genick mindestens dreißig Stunden vergangen waren. Stunden voller Qualen. Er hoffte, dass die Frauen die meiste Zeit bewusstlos gewesen waren, als der Mörder sie zu Tode gefoltert hatte.

Leon klappte den Laptop auf und tippte auf die Tastatur. Auf dem Bildschirm erschienen die Fundorte der Opfer. Zunächst der Platz in den Klippen, dann der zweite Fundort in der Einsamkeit der Wälder des Massif des Maures.

Leon ging zurück in den Autopsieraum, wo die Tote lag und Rybaud auf ihn wartete. Der grau gekachelte Raum lag im Halbdunkel. Das grelle, scharf abgezirkelte Licht der LED-Strahler präsentierte den Körper der Toten wie auf einer Theaterbühne, was im Dämmerlicht des Untersuchungsraumes geradezu obszön wirkte.

»Wie kann ein Mörder sein Opfer so zurichten?«, fragte Rybaud, den Blick auf die Dutzende von Verletzungen der Toten gerichtet.

»Er scheint dabei eine Art Rausch zu durchleben«, antwortete Leon. »Die älteren Verletzungen stammen eindeutig von Schlägen.« Leon deutete auf die Hämatome. Dann auf die großen und kleinen Schnitte. »Diese Schnittverletzungen sind dagegen noch keine vierundzwanzig Stunden alt.«

»Die Schnittkanten sind glatt.« Der Assistent deutete auf eine Reihe von Verletzungen, die alle kleine Blutspuren hinterlassen hatten. »Er muss ein scharfes Messer verwendet haben.«

»Ein sehr scharfes und langes Messer. Die Spitze davon haben wir ja zwischen den Wirbeln gefunden. Er ist erfahren und präzise, was das angeht. Ich denke, für die kleinen Verletzungen benutzt er ein Skalpell.« Leon betrachtete die Schnitte, mit denen der Körper geradezu übersät war. »Langer Griff mit austauschbaren Klingen. Das würde auch erklären, warum die Schnittkanten der Messerverletzungen alle gleichmäßig glatt und tief sind. Der Täter hat mit großer Kraft zugestoßen«

»Warum gehen Sie eigentlich von einem männlichen Täter aus?«

»Weil es seit dem Krieg in ganz Frankreich nur etwa zwanzig Serientäterinnen gegeben hat. Die Wahrscheinlichkeit, dass wir es hierbei mit einer Frau zu tun haben, ist also verschwindend gering.«

»Aber möglich?«, insistierte Rybaud.

»Bei der gewalttätigen Art dieser Verletzungen würde ich von einem Mann ausgehen. Aber wir verfolgen natürlich alle Spuren.«

»Vielleicht ein Mediziner?«, schlug Rybaud vor.

»Arzt, Pfleger, Rettungssanitäter, die Liste der infrage kommenden Berufe ist lang.«

Leon antwortete nicht, sondern hob den rechten Arm des Opfers ein wenig an. »Keine Abwehrspuren.« Die Totenstarre hatte bereits eingesetzt.

»Vielleicht hat er sein Opfer betäubt«, sagte Rybaud.

»Das brauchte er nicht. Sie konnte sich nicht wehren, selbst wenn sie gewollt hätte.« Leon deutete auf die rechte Hand. »Er hat ihr das Karpalband und den Mittelnerv durchtrennt. Der Täter besitzt gute anatomische Kenntnisse.«

»Wenn ich mir das vorstelle ...« Rybaud betrachtete die blutigen Schnitte an den Handgelenken. »Da hat diese Frau um ihr Leben gekämpft, aber sie konnte nichts tun, weil ihre Hände gelähmt waren.« Er schüttelte entsetzt den Kopf. Dann fragte er: »Haben Sie schon überlegt, ob es zwei sind? Ich meine, zwei Täter. Jemand kopiert die Tat von damals.«

Leon sah seinen Assistenten skeptisch an.

»Theoretisch wäre es möglich, aber ich denke, das können wir ausschließen«, sagte er.

»Wieso?«

»Weil er uns eine Botschaft übermittelt hat«, sagte Leon. Sein Assistent sah ihn fragend an. »Er hat ihr das Herz herausgeschnitten, genau wie bei dem Opfer vom Strand. Dieses Detail wurde nie öffentlich gemacht, daher konnte es nur der Täter selbst wissen.«

»Warum macht er das?«, fragte Rybaud.

»Das ist die große Frage: Warum macht jemand so etwas?« Leon zog den Objektträger aus den Halteklammern und versorgte die Probe.

»Lassen Sie mich das machen, Docteur.«

Rybaud nahm seinem Chef die Probe ab und fixierte sie mit

durchsichtiger Klebefolie, während Leon weitersprach. »Da werden zwei Frauen getötet. Beide blond, beide sportlich, attraktiv, beide Mitte zwanzig. Sie werden von ihrem Mörder gequält und zu Tode gefoltert.«

»Und er schneidet ihnen den Kopf ab«, ergänzte Rybaud.

»Richtig, er verstümmelt sie auf die brutalste Weise«, sagte Leon. »Aber das tut er erst danach – post mortem.«

»Warum köpft jemand sein Mordopfer?«

»Er will die Dämonen aus seiner Erinnerung löschen.«

»Aber Sie haben selbst gesagt, dass die Frauen bereits tot waren, als er sie geköpft hat.«

»Er will mehr. Er will die völlige Zerstörung des Opfers«, sagte Leon. »Solche Täter glauben, dass die Seele keine Ruhe findet, wenn man den Körper verstümmelt und zerstört. Dann muss sie für immer in der Schattenwelt des Todes verweilen.«

»Das ist mir zu schräg«, beschwerte sich Rybaud. »Ich brauche beim Tod klare Verhältnisse.«

»Ich glaube, unser Täter will Angst und Schrecken verbreiten. Vielleicht ist er auf einer Mission. So was hat immer auch mit Glauben und mit der Suche nach dem Göttlichen in uns zu tun.«

»Dafür gibt er sich verdammt viel Mühe.«

»Weil er uns etwas beweisen will.« Leon sah Rybaud ein paar Sekunden schweigend an. »Er will uns zeigen, dass er besser ist als wir.«

»Also doch ein Serientäter?«

»Auf seine Art schon. Dieser Mensch ist wie eine Landmine: hochexplosiv, aber ungefährlich, solange niemand auf den Zünder tritt.«

Leon betätigte den Stromschalter neben der Tür, und mit einem Schlag wurde der Autopsiesaal von gleißendem Licht erhellt.

Er zog die große Lupe an ihrer Gelenkaufhängung näher zu sich heran.

»Lassen Sie uns anfangen«, forderte er Rybaud auf.

Leon und sein Assistent waren ein eingespieltes Team. Während der Untersuchung wurde nur in Ausnahmefällen und auch dann nur das Allernötigste gesprochen. Leon war tief in seine Arbeit versunken, und Rybaud reichte ihm unaufgefordert jedes medizinische Gerät an, das gebraucht wurde. Leons Assistent sprach grundsätzlich nicht viel. Es konnten ganze Tage vergehen, ohne dass er auch nur ein Wort sagte. Aber er schien immer genau zu wissen, was Leon für eine Untersuchung brauchte, und hielt es unaufgefordert bereit.

Eine gute Stunde später richtete Leon sich auf und legte ein Skalpell in eine Schale aus rostfreiem Stahl, die Rybaud bereits neben der Toten auf einem Rolltisch bereitgestellt hatte.

Die ellenbogenlangen Gummihandschuhe gaben ein schmatzendes Geräusch von sich, als Rybaud sie sich von den Armen streifte.

»Nichts«, sagte Rybaud enttäuscht. Und sah zu seinem Chef, der sich über den Kopf des Opfers gebeugt hatte, der neben der Toten auf dem Seziertisch lag. Wer immer diese Frau getötet hatte, wusste, wie man Spuren beseitigte.

Leon ging einen Schritt zurück und legte den Kopf ein wenig schief, wie jemand, der im Museum eine Statue betrachtete. Die Gesichtszüge des Opfers waren kaum noch zu erkennen. Jemand hatte Nase, Ohren und Augenlider entfernt. Die Haut über den Wangen und an der Stirn war mit einem scharfen Gegenstand zum Teil bis auf die Gesichtsknochen abgeschält worden. Wie ein Kinderspielzeug, das jemand mutwillig zerstört hatte, dachte Leon. Dann beugte er sich vor und zog mit dem Zeigefinger den rechten Tränensack ein paar Millimeter nach unten. Blut und

Wundflüssigkeit sammelten sich in der Hautfalte. Er betrachtete das Auge durch die große Lupe.

»Reichen Sie mir mal eine von den Pipetten«, sagte Leon. Rybaud gab ihm eine der Pipetten, die in einer Nierenschale lagen.

Leon tippte mit dem Zeigefinger, der noch im Gummihandschuh steckte, auf den Augapfel und fischte eine elastische Kontaktlinse heraus. Anschließend saugte Leon einige Tropfen der Flüssigkeit mit der Pipette ab und tropfte sie auf einen Objektträger. Einige Minuten später betrachtete er die Flüssigkeit unter dem Mikroskop. Leon erhöhte die Vergrößerung, und es waren einzelne Splitter zu erkennen, die sich wie Nebel aus der Flüssigkeit lösten.

»Wollen Sie?« Leon beugte sich ein Stück zur Seite und überließ Rybaud die Okulare. Rybaud sah kurz hindurch, dann sah er zu Leon.

»Sieht aus wie winzige Federn.«

»T 65«, korrigierte Leon, und Rybaud sah ihn verständnislos an. »Das Lieblingsbrot aller Franzosen. Das Baguette.«

»Verstehe ich nicht.«

»Was wir hier sehen«, Leon tippte an das Okular des Mikroskops, »ist eine starke Vergrößerung winziger Flocken von Mehl des Typs T 65. Dem typischen Baguettemehl.«

39. Kapitel

Isabelle ärgerte sich über sich selbst, als sie die Polizeiwache betrat. Konnte sie Leon wirklich übel nehmen, dass er vor beinahe dreißig Jahren einen Urlaubsflirt in Lavandou gehabt hatte? Aber warum hatte er nie mit ihr darüber gesprochen in all den Jahren, die sie jetzt zusammen waren? Isabelle spürte einen Stich von Eifersucht.

Was wäre, wenn Leon die Wahrheit sagte? Wenn er die Beziehung wirklich längst vergessen hatte? Was konnte er dafür, dass eines Tages ein völlig Fremder bei ihm auftauchte und andeutete, sein Sohn zu sein? Wahrscheinlich würde sich die ganze Sache in Luft auflösen, versuchte Isabelle sich einzureden. Aber sie ahnte, dass Probleme auf sie zukamen.

»Isabelle!« Sie sah auf, und Lieutenant Kadir stand vor ihr. »Ich habe dich schon überall gesucht.«

»Ich bin ein Stück spazieren gegangen«, sagte sie. »Musste meinen Kopf frei bekommen.«

»Verstehe. Wenn du auch noch dein Handy einschalten würdest, könnten dich sogar deine Mitarbeiter erreichen.« In der Bemerkung lag gerade nur so viel Vorwurf, dass sie noch als frech durchgehen konnte.

»Habt ihr eine neue Spur?« Isabelle wechselte das Thema.

»Nein, aber wir haben ...«, begann Kadir.

»Was ist mit der Liste?«, unterbrach Isabelle den Lieutenant.

»Welche Liste?«

»Die mit den Namen einschlägig vorbestrafter Gewalttäter?«

»Du weißt doch, wie diese Leute sind: Die wollen nicht mit der Polizei reden, und ihre Psychiater mauern, weil sie angeblich ihre Patienten schützen müssen.«

»Wie viele habt ihr schon befragt?« Isabelle sah ihn kritisch an.

»Vier von achtzehn, die infrage kommen.«

»Mist«, schimpfte Isabelle. Sie atmete tief ein, um Stress abzubauen. Immer gab es Probleme, wenn sie psychisch auffällige Personen befragen mussten. Besonders dann, wenn die Prozesse gegen die Verdächtigen unter Ausschluss der Öffentlichkeit stattgefunden hatten. Oder wenn Prozesse wegen Unzurechnungsfähigkeit der Angeklagten gar nicht erst eröffnet wurden und die Angeklagten gleich in die Nervenklinik überstellt wurden.

»Ich weiß, dass es frustrierend ist«, sagte Isabelle, »aber wir müssen mit diesen Leuten reden. Ich bin noch bis zur Pressekonferenz in meinem Büro. Du schaffst das schon.«

Isabelle hatte bereits die Hand auf die Türklinke zu ihrem Büro gelegt, als Kadir sie aufhielt.

»Warte.« Kadir blieb vor Isabelle stehen. »Da hat sich jemand gemeldet.«

»Wer?«

»Eine Madame Goblet«, sagte Kadir. »Sie behauptet, dass sie die Mutter des ersten Opfers ist.«

»Wie kommt sie darauf? Wir haben die Identität des Opfers doch noch nicht einmal selbst feststellen können.«

»Ihre Tochter geht seit Tagen nicht mehr an ihr Handy.«

»Na toll ...«, seufzte Isabelle genervt.

»Immerhin hatte sie vor sechs Wochen eine Blinddarmoperation«, schob Kadir nach. Isabelle stutzte, dann schickte sie einen genervten Blick zur Decke. Wahrscheinlich nur eine weitere »Zeugin«, die letztlich doch nichts wusste. Was soll's, dachte Isabelle. Sie mussten jeder Spur nachgehen.

»Wo ist sie?«

»Ich habe sie in dein Büro gesetzt«, sagte Kadir, und Isabelle sah ihn so vorwurfsvoll an, dass er schnell hinzufügte: »Tut mir leid. Ich dachte, wenn das einer von den Reportern da draußen mitbekommt, dann haben wir im Nu ein riesiges Chaos auf der Wache.«

»Schon gut.« Isabelle öffnete die Tür und unterdrückte ein Seufzen. Kadir folgte ihr.

40. Kapitel

Madame Goblet hatte Tränen in den Augen, als Isabelle sie begrüßte. Die Besucherin trug ein Kostüm, das für die Jahreszeit viel zu warm war und so gar nicht ins Bild eines Ferienortes passte. Sie saß auf der Kante des Besucherstuhls und erweckte den Eindruck, als wäre sie am liebsten davongelaufen.

»Madame Goblet?«, sagte Isabelle höflich.

»Ja, Madame Commissaire«, sagte die Besucherin, als sie Isabelle in ihrer Uniform sah.

»Das ist Capitaine Morelle«, korrigierte Kadir nüchtern. »Und ich bin Lieutenant Kadir.«

»Ich wollte nur sagen, dass ... Ich bin so froh, dass ich Sie treffe. Es geht um meine Tochter.«

»Habe ich schon gehört«, sagte Isabelle. »Bitte, setzen Sie sich doch.«

»Ich war auch schon bei uns zu Hause bei der Gendarmerie, aber die haben mich gar nicht erst angehört.« Die Frau verhaspelte sich in ihrer Aufregung.

Isabelle legte ihrer Besucherin freundlich eine Hand auf den Arm. »Nur mit der Ruhe. Möchten Sie einen Tee?«

Die Besucherin nickte dankbar.

»Lieutenant, wären Sie so freundlich und würden uns zwei

Tassen Tee besorgen?«, fragte Isabelle Kadir, den sie nur im kleinsten Kreis duzte. Kadir nickte und verließ das Büro.

»Woher kommen Sie, Madame?«, fragte Isabelle betont ruhig.

»Lyon. Ich komme aus Lyon«, sagte die Frau. »Ich bin erst heute Vormittag losgefahren.«

»Von Lyon bis hierher nach Lavandou? Das ist eine ziemlich lange Strecke«, versuchte Isabelle die Atmosphäre aufzulockern.

»Ich weiß, dass es Patricia ist«, sagte die Besucherin leise, als wäre das eine unumstößliche Wahrheit.

»Ist das der Name Ihrer Tochter?«, fragte Isabelle.

»Ja. Der Lieutenant hat mich nicht zu ihr gelassen«, sagte Madame Goblet mit erstickter Stimme. »Ich darf mein Kind nicht sehen. Können Sie sich vorstellen, wie das ist?«

»Ich habe selbst eine Tochter. Sie ist einundzwanzig und studiert in Aix.« Isabelle sah ihre Besucherin an. »Wie lange versuchen Sie schon, Ihre Tochter zu erreichen, Madame Goblet?«

»Seit vier Tagen. Bei uns in Lyon auf der Wache hat man mir erklärt, Patricia müsste mindestens eine Woche verschwunden sein, bevor die Gendarmerie etwas unternimmt.«

»Es sei denn, es liegt der Verdacht auf eine Gewalttat vor«, ergänzte Isabelle.

»Das haben die auch gesagt. Können Sie sich so was vorstellen? Da wurden zwei Frauen ermordet. Ist das etwa keine Gewalttat?«

»Wir wissen nicht, ob zwischen dem Verschwinden Ihrer Tochter und dem Tod dieser Frauen eine Verbindung besteht.«

»Warum lassen Sie mich nicht zu ihr?« Die Besucherin klang verzweifelt. »Wenn ich ... wenn ich sie sehe ... ein Blick, und ich kann Ihnen sagen, ob das meine Tochter ist. Warum sitze ich überhaupt noch hier?«

Madame Goblet wollte aufstehen, als Isabelle freundlich, aber bestimmt nach ihrer Hand griff.

»Sie können die Tote nicht sehen, jedenfalls nicht jetzt. Im Moment befinden sie sich in der Rechtsmedizin.«

»Nein!« Die Frau wollte erneut aufstehen, aber Isabelle drückte sie energisch zurück auf den Besucherstuhl. »Patricia darf nicht aufgeschnitten werden«, empörte sich die Besucherin. »Ich verbiete es. Das müssen Sie den Leuten in der Rechtsmedizin sagen.«

»Darüber entscheidet der Staatsanwalt«, erklärte Isabelle. »Die beiden jungen Frauen sind ohne Zweifel Opfer einer Gewalttat geworden. Jetzt müssen sie zuerst rechtsmedizinisch untersucht werden.«

»Sie werden sie doch aufschneiden, habe ich recht?« Madame Goblet tupfte sich mit einem Papiertaschentuch die Tränen von der Wange.

Isabelle konnte die Frau nur allzu gut verstehen, aber sie wusste auch, was diese verzweifelte Mutter in der Rechtsmedizin erwarten würde: der Anblick des geschundenen Körpers einer jungen Frau und ein abgetrennter Kopf, der so zerstört war, dass nicht einmal mehr die Konturen eines Gesichts zu erkennen waren.

Lieutenant Kadir hatte Tee gebracht, und Isabelle gelang es langsam, Madame Goblet zu beruhigen. Wobei sie ihr Gewissen plagte. Es war zwar nicht gelogen, wenn sie der Mutter erklärte, dass es im Moment keinen belastbaren Beweis dafür gab, dass die Tote in der Gerichtsmedizin ihre Tochter war. Aber Isabelle wusste gleichzeitig, dass einiges eben durchaus darauf hinwies. Da war zunächst der Zeitpunkt, zu dem die junge Frau verschwunden war. Außerdem stimmten Größe, Gewicht, Haarfarbe und schließlich die Narbe der frischen Blinddarmoperation überein.

Alles, was Madame Goblet Isabelle beschrieb, konnte als Spur gewertet werden.

Als Madame Goblet einen Briefumschlag mit Fotografien aus der Tasche zog, um sie Isabelle für eine Fahndung zur Verfügung zu stellen, wollte Isabelle zunächst ablehnen. Doch wie hätte sie das der Mutter erklären sollen?

Isabelle kam sich wie eine Schwindlerin vor, aber sie hatte nicht das Herz, Madame Goblet die Wahrheit zu sagen, ohne absolut sicher zu sein. Sie brachte die Besucherin zur Tür und gab ihr ihre Visitenkarte.

»Bitte rufen Sie mich sofort an, falls sich Ihre Tochter bei Ihnen melden sollte. Sie können mich Tag und Nacht über diese Nummer erreichen«, sagte Isabelle. »Ach, und noch etwas. Wir brauchen einen persönlichen Gegenstand Ihrer Tochter, für einen möglichen DNA-Abgleich.«

»Im Handschuhfach meines Autos liegt eine Haarbürste von Patricia«, sagte die Mutter. »Sie leiht sich den Wagen gelegentlich aus bei mir.«

»Das ist perfekt«, sagte Isabelle. »Und eine letzte Sache: Warum vermuten Sie, dass ihre Tochter in Lavandou sein könnte?«

»Patricia war auf dem Weg zu einer Freundin in Cannes. Sie hat mir gesagt, dass sie sich Zeit nehmen und ein paar Tage in Lavandou haltmachen wollte. In einem kleinen Hotel oder einer Pension am Strand. Patricia hat als Kind mit uns, also mit meinem verstorbenen Mann und mir, oft die Sommerferien hier an der Küste verbracht.«

»Kennt sie denn jemanden in Lavandou?« Plötzlich hatte Isabelle das Gefühl, dass es vielleicht doch eine Spur geben könnte.

»Nicht dass ich wüsste«, sagte Madame Goblet.

»Sie wissen nicht zufällig, wo Ihre Tochter übernachten wollte?«

»Nein … das heißt …«, sie zögerte. »Warten Sie, in unserem letzten Telefongespräch hat Patricia einen Namen genannt«, erinnerte sich die Besucherin. »Ich glaube, es war … Belle Vue oder so ähnlich.«

»Das kenne ich nicht«, sagte Kadir. »Aber es gibt eine Pension am Strand, die heißt Vue Mer.«

»Richtig, das war es. Vue Mer«, erinnerte sich Madame Goblet.

Isabelle und Kadir wechselten einen schnellen Blick.

41. Kapitel

Vier blau-weiße Einsatzfahrzeuge der Gendarmerie kamen in hohem Tempo und mit abgeschaltetem Blaulicht dicht hintereinander den Boulevard de la Baleine entlang. Vor der Pension La Vue Mer bremsten sie scharf ab. Isabelle war als Erste an der Eingangstür. Sie hielt ihre Beretta in der Hand und gab dem Rest der Mannschaft Handzeichen. Vier Beamte gingen rechts und links neben dem Eingang in Deckung. Drei weitere Polizisten liefen um das Haus herum und sicherten die Rückseite. Ein junges Paar verließ kichernd die Pension. Sie wurden von der Gendarmerie abgefangen und in Sicherheit gebracht.

Isabelle lief mit den Lieutenants Kadir und Masclau voraus und stürmte in die Rezeption, wo ein völlig überraschter Roger Lambert saß und auf dem Computer tippte. Die beiden Lieutenants drängten sich hinter die Rezeption, packten Lambert und versuchten den überraschten Pensionsbesitzer in die Halle zu zerren. Doch in diesem Moment hatte sich der Verdächtige von der ersten Überraschung erholt und wehrte sich. Masclau packte den Pensionsbesitzer, drehte ihm den Arm auf den Rücken und fixierte ihn. Eine schmerzhafte Prozedur.

»Was soll diese Scheiße?«, fluchte Lambert laut. »Lassen Sie mich sofort los. Sie tun mir weh!«

»Monsieur Lambert.« Isabelle ging ruhig einen Schritt auf

Lambert zu. »Sie sind Zeuge in einem Mordfall, und Sie haben uns bewusst Informationen verschwiegen.«

»Was? Das ist doch Unsinn. Ich hab Ihnen doch schon mal gesagt, dass ich nichts weiß, verdammt.«

»Sie kennen Patricia Goblet.« Isabelles Stimme war hart. »Sie war Gast in Ihrer Pension.«

»Ich kenne keine Patricia Dingsda.« Lambert versuchte, sich aus dem Griff der Beamten zu winden. »Fragen Sie sie doch selbst.«

»Das können wir leider nicht, Monsieur«, sagte Isabelle. »So wie es aussieht, wurde Patricia Goblet getötet.«

»Und da kommen Sie zu mir, mit diesem Aufgebot?« Lambert schien den Widerstand gegen die Polizisten aufzugeben. »Sie kommen hier mit Ihren Waffen rein und verschrecken mir die Gäste!«

Isabelle sah die beiden Beamten an und gab ihnen mit der Hand ein Zeichen, dass sie ihre Waffen einstecken sollten. Sie ließen Lambert los und schoben die Pistolen zurück in die Gürtelholster. Der Pensionsinhaber zog sich das Hemd gerade.

»Reden Sie mit den Gästen«, sagte er zu Isabelle. »Aber Sie werden hier niemanden mit diesem Namen finden.«

»Wir wollen uns in Ihrem Haus umsehen – wir haben Zeugenaussagen, die die junge Frau hier verorten«, sagte Isabelle.

»Nur mit einem Durchsuchungsbeschluss.« Lambert stellte sich trotzig vor den Treppenaufgang.

»Den können wir jeden Moment bekommen«, sagte Isabelle und zog das Handy aus der Tasche. »Der zuständige Ermittlungsrichter wartet nur auf meinen Anruf.«

Lambert atmete plötzlich schwer und hielt sich eine Hand an die Brust.

»Geht es Ihnen nicht gut?«

»Mir ist schlecht«, stöhnte der Pensionsbesitzer und begann zu würgen.

»Was haben Sie?« Isabelles Skepsis wandelte sich zu Besorgnis, als sie sah, wie der Mann sich an die Brust griff.

Lambert deutete auf die Tür hinter sich.

»Herz«, stöhnte er. »Badezimmer, Medizin.«

»Lassen Sie ihn«, befahl Isabelle ihren Lieutenants, und Lambert verschwand in dem kleinen Raum.

Einen Augenblick später hörte man im Badezimmer etwas umstürzen. Die Beamten sahen verunsichert die stellvertretende Polizeichefin von Lavandou an.

»Na los, sehen Sie nach«, befahl Isabelle.

Masclau stürzte zur Toilettentür. Etwas blockierte die Türklinke von innen. Masclau klopfte gegen die Tür.

»Was ist los, Lambert?« Keine Reaktion. Diesmal schlug der Polizist energischer gegen die Tür. »Machen Sie die Tür auf, sofort!«

Inzwischen schlug der Lieutenant mit der geballten Faust gegen die Tür. Ein Klappern war von innen zu hören.

»Machen Sie die Tür auf, Lambert, das bringt doch nichts«, rief Isabelle – keine Antwort.

»Mach auf, Arschloch«, brüllte Masclau jetzt und warf sich mit der ganzen Wucht seiner fünfundneunzig Kilogramm gegen die Tür aus Pressholz. Bei Masclaus nächstem Stoß sprang die Tür aus den Angeln und stürzte laut klappernd nach innen.

Der Toilettenraum war leer. Der Aluminiumrahmen mit dem Fliegengitter war nach innen gebogen worden und hing jetzt nur noch an einer Schraube. Das Fenster stand weit offen.

»Verdammt! Riegeln Sie die Straße ab«, rief Isabelle. »Sofort!«

Sie drehte sich um und rannte aus dem Hinterausgang des Hauses direkt zu den Felsen, die hier die Bucht begrenzten. Der

Strand war um diese Zeit menschenleer. Etwa fünfzig Meter voraus sah Isabelle den Pensionsbesitzer laufen. Sie folgte ihm. Sie hatte sich in den Kopf gesetzt, Antworten von diesem Mann zu bekommen. Irgendetwas wusste er, da war sie sich sicher – und nach dem Gespräch mit Patricias Mutter war sie entschlossener denn je, diesen Fall schnell und sauber aufzuklären. Lambert beschleunigte seine Schritte. Der Mann war klein, übergewichtig und untrainiert. Er hätte normalerweise gegen die durchtrainierte Isabelle nicht den Hauch einer Chance gehabt. Aber der Strand wurde hier am Ortsrand von Lavandou von einem mehrere Hektar breiten Schilfgürtel begrenzt, und genau dorthinein stürzte sich Lambert. Keine halbe Minute später war der Flüchtende im urwaldähnlichen Dickicht verschwunden. Es war bereits dunkel, und man würde eine Menge Leute brauchen, um unter diesen Bedingungen jemand im Schilf zu finden. Isabelle blieb stehen, nahm ihr Handy aus der Hosentasche und gab Alarm.

42. Kapitel

Polizeichef Zerna fluchte seit zehn Minuten ohne Unterbrechung. Isabelle hatte zugesehen, wie sein Kopf von einer sommerlichen Bräune in tiefes Purpurrot wechselte, wie seine Stimme rau wurde und schließlich überschnappte.

»Haben Sie schon mal was davon gehört, dass man Verdächtige sichert? Wofür tragen Sie eigentlich Handfesseln am Gürtel?« Zerna griff nach einem dicken Buch, das auf seinem Schreibtisch lag. Er packte es und knallte es direkt vor Isabelle.

»Wissen Sie, was das ist?«, fragte der Polizeichef, ohne eine Antwort abzuwarten. »Es ist das Polizeiaufgabengesetz. Schon mal gehört?« Er versuchte, zynisch zu klingen. »Da können sie genau nachlesen, wie man einen Verdächtigen korrekt sichert.«

»Der Mann hat einen Herzinfarkt simuliert, wir haben in dem Moment nicht damit gerechnet, dass Fluchtgefahr besteht.« Isabell blieb ruhig.

»Wenn es um einen geistesgestörten Gewaltverbrecher geht, besteht immer Fluchtgefahr. Das sollten Sie wissen, Capitaine!«

»Lambert war nur ein Zeuge, den wir befragen wollten«, nahm Masclau seine Chefin in Schutz.

»Danke, Lieutenant. Versuchen Sie nicht, mich darüber zu belehren, wie man eine korrekte Zeugenbefragung durchführt!« Die Stimme des Polizeichefs hatte jetzt einen bedrohlichen Unterton.

»Wir haben doch nur …«, setzte Kadir an, wurde jedoch von Zerna mit einer Handbewegung zum Schweigen gebracht.

Zerna hatte recht, dachte Isabelle. Sie war leichtsinnig gewesen, hatte sich von diesem Lambert vorführen lassen wie eine blutige Anfängerin. Aber der Mann hatte ihr leidgetan, als er sich ans Herz gegriffen hatte. Sie konnte ja nicht ahnen, dass er sie täuschen würde.

Nachdem Lambert im Schilfdickicht verschwunden war, hatte sie sofort alle Straßen nach La Londe, Bormes und Saint-Clair sperren lassen. Vergeblich. Der Besitzer der Pension blieb verschwunden. Aber damit war die Schmach noch nicht ausgestanden. Isabelle hatte sofort mit fünf Beamten die Pension durchsucht, und sie waren fündig geworden. In einem kleinen Abstellraum, in dem zusätzliche Betten und Decken gelagert wurden, stand eine kostbare Designerreisetasche aus Leder. Prallvoll mit Sommerkleidung einer jungen Frau.

Keine Viertelstunde später tauchte Madame Goblet in der Wache auf. Sie erkannte die beschlagnahmten Kleidungsstücke aus der Pension sofort, sie gehörten Ihrer Tochter Patricia.

Das war der Moment gewesen, als Zerna seine Lieutenants in sein Büro kommandierte, um an ihnen seinen Frust auszulassen. Isabelle konnte sich gut vorstellen, was ihn so wütend machte: Endlich hatte er einen aufsehenerregenden Mordfall auf dem Tisch, und nur weil seine Leute Glück gehabt hatten, stand Commandant Thierry Zerna unmittelbar vor dem vielleicht größten Ermittlungserfolg seiner Karriere. Und als ob das alles nicht schon Erfolg genug wäre, tauchte auch noch der französische Präsident in Le Lavandou auf. Genau im richtigen Augenblick, wie bestellt. Zerna war ein Held, und er würde dem Präsidenten die Hand schütteln. Zerna, Polizeichef von Lavandou, konnte bereits achtundvierzig Stunden nach dem Mord einen Täter präsentieren. »Commandant Zerna«, der Name würde durch die Medien rauschen. Zernas Gesicht würde in jeder Nachrichtensendung gezeigt werden, über ihn würde man sprechen. Es war die Gelegenheit, die sich im Leben nur einmal bot.

Und jetzt hatten seine Beamten den ganzen schönen Traum zunichtegemacht.

Zerna war überzeugt, dass Lambert der Täter war, nach dem alle suchten. Er war zwar nicht überführt – aber es wäre nur eine Frage der Zeit, ein Geständnis aus dem Verdächtigen herauszuquetschen.

Isabelle konnte sich die Träume ihres Chefs nur allzu gut vorstellen. Alles passte. Zerna hatte bei diesem Fall von Anfang an gewusst, dass er gewisse Risiken barg. Fehler würden genauso gnadenlos seziert wie Erfolge bewundert. Ein Absturz konnte schmerzhaft sein, aber das alles stand in keinem Verhältnis zu den Chancen auf den Hauptgewinn. Dieser Fall konnte Zerna ganz groß rausbringen.

Der Polizeichef hatte die Pressekonferenz, die ursprünglich bereits um siebzehn Uhr stattfinden sollte, inzwischen schon zweimal verschoben. Er hatte gehofft, dass die Gendarmerie eine Spur von Lambert finden würde und dass diese Spur vom Versagen der Gendarmerie ablenken könnte.

Als sich abzeichnete, dass sie den Flüchtigen nicht so schnell schnappen würden, hatte Zerna auch Leon zu der Besprechung gebeten. Leon hatte am Telefon angedeutet, dass sie in der Rechtsmedizin ein paar interessante Hinweise gefunden hätten, die den Kreis der infrage kommenden Täter deutlich eingrenzen könnten. Das hatte Zerna genügt.

43. Kapitel

Polizeichef Zerna saß wie auf heißen Kohlen, und das lag nicht nur an der Temperatur im Gemeindesaal, die inzwischen die 30-Grad-Marke überschritten hatte. Die Journalisten waren unruhig, weil ihnen neue, wichtige Informationen angekündigt worden waren. Wie es hieß, hatte die Polizei sogar einen Verdächtigen im Visier, der allerdings im Moment zur Fahndung ausgeschrieben war.

Zerna sah ein weiteres Mal auf seine Uhr. Dann griff er zum Mikrofon und klopfte mit dem Finger darauf, was ein schrilles Pfeifen im Verstärker erzeugte.

»Dann fangen wir mal an«, sagte Zerna, der sich unsicher im übervollen Saal umsah. »Ich möchte mich zunächst bei Ihnen allen entschuldigen, dass dieses Treffen so kurzfristig angesetzt worden ist. Aber ich bitte gleichzeitig um Ihr Verständnis. Mit dem Besuch unseres Präsidenten und der gleichzeitigen Ermittlung in zwei Mordfällen kommt die Gendarmerie von Lavandou an die Grenzen ihrer personellen Möglichkeiten.« Wieder sah Zerna hoffnungsvoll zum Eingang des Gemeindesaals, der sich aber nur kurz für den Chef der örtlichen Feuerwehr öffnete. Der Mann in der roten Uniform sah zu Zerna herüber und schüttelte kurz den Kopf. Was bedeuten sollte, dass es bei der Feuerwehr keine Neuigkeiten über den geflohenen Lambert gab.

Genauer gesagt gab es also überhaupt keine Neuigkeiten, und die Beamten der Gendarmerie saßen mit leeren Händen vor der großen Wandkarte, die die Grenzen der Gemeinde Le Lavandou zeigte. Fähnchen markierten die Fundorte der Mordopfer.

»Sie haben dem Docteur doch gesagt, dass wir auf neunzehn Uhr verschoben haben«, flüsterte Zerna seiner Stellvertreterin zu.

»Natürlich«, sagte Isabelle. »Die sind auch in der Rechtsmedizin am Anschlag.«

Einer der Journalisten meldete sich zu Wort. »Wir haben gehört, dass die Polizei einen Mann festgenommen hat, der unter Verdacht steht, die unbekannte Frau vom Strand getötet zu haben. Hat dieser Mann inzwischen ein Geständnis abgelegt?«

Zerna sah schnell zu Isabelle, die neben ihm saß. Sein Blick hatte etwas Flehendes.

»Dazu kann am besten die stellvertretende Polizeichefin etwas sagen«, meinte Zerna und wandte sich an Isabelle. »Sie koordiniert auch die Verhöre von Zeugen und Verdächtigen. Capitaine Morell?«

Isabelle räusperte sich kurz und zog dann das Mikrofon näher zu sich heran.

»Nein, der Verdächtige hat noch kein Geständnis abgelegt«, sagte sie. »Aber es sind in den letzten beiden Stunden Indizien aufgetaucht, die beweisen, dass der Verdächtige Kontakt zu dem Opfer hatte.«

»Na, das ist doch schon mal ein Anfang«, sagte der Journalist gespielt großzügig und erntete ein Kichern bei den Kolleginnen und Kollegen.

»Und was sagt der Verdächtige zu den Indizien?«, hakte der junge Journalist nach. »Er muss doch irgendetwas gesagt haben.«

»Bedauerlicherweise konnte er uns nicht weiterhelfen«, sagte Zerna.

»Haben Sie den Verdächtigen denn nicht befragt?«, wunderte sich eine Reporterin, die ihr Mikro wie eine Waffe in Richtung des Konferenztisches streckte.

»Um genau zu sein, konnten wir ihn noch nicht befragen«, hangelte sich Isabelle an der Wahrheit entlang. »Also ... bis jetzt noch nicht.«

»Soll das heißen, Sie haben ihn noch gar nicht vernommen?«, erkundigte sich eine blonde Journalistin, die sich bis zur erste Reihe nach vorn gedrängelt hatte. Isabelle kannte die Reporterin nur zu gut. Brigitte Dupin arbeitete für Canal 6 und war bekannt dafür, dass sie es in ihren reißerischen Beiträgen mit der Wahrheit nicht so genau nahm.

»Er stand bisher noch nicht für eine Vernehmung zur Verfügung«, druckste Isabelle.

»Ich dachte, Sie haben den Mann festgenommen?«

»Das hatten wir auch«, Isabelle holte tief Luft. »Aber der Verdächtige hat sich kurz darauf dem Zugriff entzogen.«

»Wie bitte? Er ist abgehauen?«, fragte ein Reporter. Für eine Sekunde verschlug es den Anwesenden die Sprache. Dann schossen die Hände der Reporter nach oben, und ein Stimmengewirr füllte den Saal.

»Wollen Sie sagen, Sie haben den Killer entkommen lassen?« Dieses Mal war die Empörung in der Stimme der Reporterin nicht gespielt.

»Er ist entkommen, das ist richtig«, musste Isabelle zugeben.

Jetzt sprangen immer mehr Reporter auf und reckten ihre Kameras und Mikrofone in Richtung der Polizeibeamten. Die Fragen überschlugen sich. Die Zwischenrufe wurden zunehmend lauter und fordernder.

»Ist es richtig, dass der Täter ein Soziopath ist?«, rief einer der Journalisten.

»Dann ist die Bevölkerung doch akut gefährdet, oder?«, fragte ein Reporter.

»Da läuft ein mordender Irrer durch unsere Straßen, und wir erfahren davon nur ganz nebenbei«, mischte sich empört eine Journalistin ein.

»Beruhigen Sie sich, bitte!« Zerna war laut geworden. »Wir haben selbst erst in den vergangenen zwei Stunden erfahren, wie sich die Lage entwickelt hat.«

»Aha, und wann wollten Sie die Medien über diesen Skandal unterrichten?«, fragte die Reporterin von Canal 6.

»Die Bevölkerung, insbesondere junge Frauen, befindet sich in akuter Lebensgefahr!«, rief ein älterer Journalist mit dramatischer Stimme in den Raum.

»Jetzt mal langsam«, rief Zerna und wedelte mit ausgestreckten Händen in der Luft, als könnte er so das Chaos auflösen, das sich im Gemeindesaal zusammenbraute.

»Wir haben in den letzten dreißig Minuten Straßensperren errichtet.« Zerna schaute auf seine Uhr. »Wir fahnden in diesem Moment mit rund zweihundert Beamten zwischen Hyères und Sainte-Maxime nach dem Verdächtigen.«

»Wie ist der Name des Verdächtigen?«, rief die Reporterin von Canal 6.

»Während einer laufenden Fahndung geben wir grundsätzlich keine Namen bekannt, wie Sie wissen«, sagte Isabelle streng. »Aber wir haben in diesen Minuten die Unterstützung von zwei weiteren Hubschraubern der Gendarmerie zugesagt bekommen. Außerdem setzen wir Spürhunde ein, und die Küstenwache kontrolliert die Häfen.«

»Klingt ja so, als wäre das ein verdammt gefährlicher Bursche, nach dem Sie da suchen«, rief ein Reporter in die aufgebrachte Menge.

»Die Gendarmerie von Le Lavandou hat die Lage im Griff«, sagte Zerna, aber er klang nicht besonders zuversichtlich.

»Das ist ja wohl ein schlechter Scherz«, rief einer der Reporter dazwischen.

»Zwei Morde und ein Killer auf der Flucht klingen für mich nicht so, als hätte die Polizei alles im Griff«, rief die Reporterin von Canal 6.

»Wir vergleichen zurzeit die Spuren vom Leichenfundort im Nationalpark mit denen aus der Pension. Seien Sie also unbesorgt«, rief Lieutenant Masclau dem Journalisten zu und merkte im selben Moment, dass er gerade ein paar Informationen zu viel preisgegeben hatte. Sofort sprangen neue Diskussionsgruppen auf.

»Bedeutet das etwa, der Toten aus dem Nationalpark wurde auch der Kopf abgeschnitten?«, fragte ein Reporter den Polizeichef.

»Moment, Moment!« Zerna hob die Hände, als könnte er mit dieser Geste den Sturm aufhalten, der sich in diesem Augenblick im Gemeindesaal von Le Lavandou zusammenbraute.

»Bitte, messieurs dames«, sagte Zerna beschwichtigend. »Eine Frage nach der anderen.« Er deutete auf die Journalistin von Canal 6. »Die Dame hier in der ersten Reihe.«

»Die Zuschauer haben nur eine Frage, Commandant: Können sich die Touristinnen unter diesen Umständen noch durch den Ort bewegen, ohne um ihr Leben fürchten zu müssen?«

In diesem Moment hörte man vereinzeltes Klatschen, das aus Richtung des Eingangs kam und sich innerhalb von Sekunden zu lautem Applaus steigerte. Isabelle lehnte sich nach vorne und erkannte ihn sofort. Im Gang, inmitten der Journalisten, war der Präsident der V. Republik aufgetaucht und winkte ein wenig schelmisch, so als wollte er diese wichtige Besprechung nicht mit seiner Anwesenheit stören. Dabei wusste Isabelle, dass der Präsident öffentliche Aufmerksamkeit genoss und keine Gelegenheit ausließ, diese zu zelebrieren. Begleitet wurde der überraschende Besucher von vier Leibwächtern, die betont auffälligen Freizeitlook trugen. Und Marion Sellier war auch dabei. Die Tourismusbeauftragte gab ihr Bestes, um dem hohen Besuch die wichtigsten Leute im Saal vorzustellen.

Zerna war beim Anblick des Staatsoberhauptes aufgesprungen. Jetzt stand er da wie ein Theaterschauspieler, der auf die Bühne gelaufen ist, aber seinen Text vergessen hat. Nach einem kurzen Räuspern hatte er sich gefangen.

»Monsieur le Président«, begrüßte Zerna den Überraschungsgast mit einem kurzen Nicken. »Commandant Zerna, das ist meine Stellvertreterin Capitaine Morelle.« Er wies auf Isabelle. »Und meine Lieutenants.« Er nickte kurz zu Kadir und Masclau, die zu seiner Linken saßen.

»Ich wollte nicht bei der Arbeit stören«, sagte der Präsident, und alle wussten, dass er in Wirklichkeit nach der Aufmerksamkeit des Publikums gierte.

»Ich habe von den entsetzlichen Morden gehört und wollte auf diesem Weg die volle Unterstützung unseres Innenministers signalisieren, um diese dunkle Tragödie so schnell wie möglich aufzuklären.«

»Verstehe«, sagte Zerna eine Spur zu unterwürfig. »Wir können Ihnen gern noch einmal kurz die Fakten dieses Falls referieren. Soweit sie uns bis zu diesem Zeitpunkt zur Verfügung stehen.«

»Das ist nicht nötig«, sagte der Präsident. »Machen Sie so weiter, als wären wir gar nicht hier.« Der Präsident deutete auf ein paar Klappstühle am Rand der Halle. »Wir würden uns einfach da vorne einen Moment hinsetzen, damit ich auch mal einen ganz persönlichen Eindruck von der Arbeit unserer berühmten Gendarmerie nationale bekomme.«

Zerna sah frustriert zur Decke, als wäre von da oben Hilfe zu erwarten.

Die Vorstellung, die die Ermittler vor dem Präsidenten gaben, war erbärmlich. Verzweifelt versuchten die leitenden Polizeibeamten, ihre Arbeit als unabdingbar zu präsentieren. Aber der Präsident kannte die Tricks und wusste, wie man auch die mickrigste Information zu einem großen Ballon aufblasen konnte.

Isabelle bemerkte, dass der Präsident bereits nach wenigen Minuten das Interesse an der Pressekonferenz verlor und mit der Tourismusbeauftragten flüsterte.

Leon war erst spät von seinem Institut weggekommen, obwohl Zerna ihn am Telefon gebeten hatte, zeitig auf der Pressekonferenz zu erscheinen. Es war ihm offenbar wichtig, ihn mit in die Runde der Ermittler zu holen. Leon wusste, dass der Polizeichef ihn immer dann um Unterstützung bat, wenn die Frauen und Männer der Gendarmerie nicht weiterkamen. Dann musste Leon die Journalisten mit Details aus der täglichen Arbeit eines Rechtsmediziners unterhalten, was meistens ganz gut gelang. An diesem Tag beschlichen Leon jedoch Zweifel, ob sich die Reporter bei dieser dünnen Ermittlungslage für die Untersuchungen des Rechtsmediziners begeistern konnten. Als er das Rathaus erreichte und die großen Limousinen sah, war ihm klar, wer da zu Besuch gekommen war. Über dem Eingang des Rathauses flatterte die Trikolore in Blau, Weiß und Rot.

Leon stieg vorsichtig über die Kabel, die zu den Übertragungswagen auf der Uferpromenade führten. Die Platanenallee mit Blick auf das Meer und das Rathaus machte sich immer gut als Hintergrund, wenn in der Berichterstattung provenzalisches Flair gebraucht wurde.

In der Eingangshalle kam Leon Simon vom Innenministerium entgegen, der ganz offensichtlich auf ihn gewartet hatte und wie immer einen grauen Anzug trug.

»Docteur!« Simon stand sichtbar unter Druck, als er fragte: »Haben Sie einen Augenblick?«

»Gerne, was gibt es denn?«

»Es ist wegen heute Morgen.«

»Was meinen Sie?«, fragte Leon arglos. »Ich verstehe nicht.«

»Die Sache mit der Schlange«, sagte Simon. »Könnte das bitte unter uns bleiben?«

»Keine Sorge, Ihre Leute würden das bestimmt verstehen«, Leon betrachtete den Mann, der sich noch an diesem Morgen am Tatort so vorgedrängt hatte, dass man meinen konnte, nicht Zerna, sondern der Mann vom Innenministerium würde die Untersuchung in dem Mordfall leiten.

Leon beschloss, ihn noch ein wenig zappeln zu lassen.

»Sie wissen, dass ich einen Bericht über die Auffindesituation der Toten schreiben muss«, sagte er mit falschem Bedauern. »Das ist Vorschrift.«

Es gab zwar einen Bericht, dachte Leon, aber darin würde bestimmt nichts über den Schwächeanfall sowie den allergischen Schock von Monsieur Simon und schon gar nichts über eine angriffslustige Kreuzotter stehen. Leon sah auf die Hand von Monsieur Simon, die in einem Verband steckte.

»Ich habe gesagt, dass ich in einen Splitter gefasst habe«, sagte Simon. »Werden die Journalisten von der Sache erfahren?« Der Mann aus Paris schien besorgt.

Daher wehte also der Wind, dachte Leon und beschloss, ihn nicht weiter zu quälen.

»Keine Sorge«, sagte er. »So etwas fällt unter die ärztliche Schweigepflicht.«

Leon konnte dem Mann die Erleichterung ansehen.

»Ich bin erst seit vier Wochen im Innenministerium.« Simon sah sich um. »Es darf in keinem Fall so aussehen, als wäre ich nicht voll belastungsfähig in meiner Position.«

»Auf den Schlangenbiss haben Sie allergisch reagiert. Und ansonsten haben Ihnen kurz die Nerven geflattert. Das kann doch jedem passieren.«

»Genau das sollte aber nicht erwähnt werden, Docteur.«

»Muss ein ziemlich stressiger Job sein, den Sie da haben.« Leon sah Simon mit einem freundlichen Lächeln an.

Simon nickte dankbar. Dann griff er in seine Sakkotasche und zog eine Visitenkarte hervor, die er Leon reichte.

»Ich bin Ihnen sehr verbunden«, sagte Simon. »Vielleicht kann ich ja auch mal etwas für Sie tun.«

Leon steckte die Karte ein. Er sah zu einer Gruppe von drei Leibwächtern, die die Treppe zum großen Gemeindesaal bewachten und Maschinenpistolen umgehängt hatten. Auf ihren schusssicheren Westen stand in großen Buchstaben *Police*.

»Dann werde ich mich mal um den hohen Besuch kümmern«, sagte Leon.

»Die warten schon auf Sie, Docteur«, sagte Simon mit einem Kopfnicken in Richtung der Sicherheitsbeamten. »Der Polizeichef hat Sie bereits angekündigt.«

Leon mochte es zwar nicht, von Zerna wie ein Zirkustier vorgeführt zu werden. Aber er wusste auch, dass der Polizeichef gerade jede Unterstützung brauchte. Also kam Leon mit zügigen Schritten den Gang herunter, nickte kurz dem Präsidenten und seiner Begleitung zu und setzte sich auf den freien Platz neben dem Polizeichef.

»Wo waren Sie denn so lange?«, flüstere ihm Zerna zu, und Leon konnte sehen, dass sich auf der Stirn des Polizeichefs

Schweißperlen gebildet hatten. Commandant Zerna fuhr laut und deutlich fort.

»Docteur Ritter, unser Rechtsmediziner, war so freundlich, noch zu uns zu stoßen, um alle auf den neuesten Stand der Ermittlungen im Fall der beiden getöteten Frauen zu bringen.« Der Polizeichef nickte Leon zu und sagte auffordernd: »Docteur?«

»Bonsoir, Monsieur le Président, messieurs dames«, begann Leon etwas formell. Isabelle lächelte stolz.

»Bevor wir in die ermittlungstechnischen Details gehen«, sagte Zerna und sah Leon an, »würde ich Sie bitten, die beiden Taten aus Ihrer ganz persönlichen Sicht zu bewerten.«

»Gern«, begann Leon mit wenig Begeisterung. »Wie die meisten unter Ihnen bereits wissen, haben wir es mit zwei ungewöhnlich brutalen Taten zu tun. Das lässt, ohne dass wir in der knappen Zeit genauere Untersuchungen anstellen konnten, auf die Tat eines Soziopathen schließen. Wie gesagt, die Opfer wurden schwer verletzt, wahrscheinlich über einen Zeitraum von mehreren Tagen. Dabei hat der Täter offenbar versucht, eine spätere Identifizierung der Opfer zu erschweren, wenn nicht sogar unmöglich zu machen.

»Heißt das, die Opfer wurden gefoltert?«, fragte eine junge Reporterin aus der ersten Reihe.

»Das lässt sich anhand der Verletzungen im Moment noch nicht endgültig sagen. Aber ja, es sieht ganz danach aus. Fest steht jedenfalls, dass den Opfern die Verletzungen in einem Zeitraum von mehreren Tagen zugefügt wurden.«

»Was genau hat der Täter seinen Opfern angetan?«, wollte einer der Reporter wissen.

»Wir haben mehr als vierzig Schnittverletzungen festgestellt, außerdem Prellungen, mindestens sieben Rippenbrüche und unzählige Verbrennungen«, sagte Leon. »Verstehen Sie bitte, wenn wir aus Rücksicht auf die Hinterbliebenen der beiden Opfer im Augenblick noch nicht auf weitere Einzelheiten der Verletzungen eingehen möchten.«

»Haben Sie denn gar keine Hinweise auf die Identität der Opfer?«, fragte die Reporterin von Canal 6.

Leon wechselte einen schnellen Blick mit Isabelle, bevor er antwortete.

»So wie es aussieht, haben wir inzwischen eine Spur. Wir haben auch einen ersten Kontakt zu einer der Hinterbliebenen aufgenommen. Es hat aber noch keine Identifizierung stattgefunden. Sie werden sicher verstehen, dass wir die Hinterbliebenen erst dann mit dem Anblick der Opfer konfrontieren, wenn wir uns über deren Identität wirklich sicher sind. Wir stimmen jeden Schritt in dieser Richtung mit der Gendarmerie und der Staatsanwaltschaft in Toulon ab.«

»Warum haben Sie noch keine Fotos von Tatort und Opfer veröffentlicht?«, wollte die Reporterin von Canal 6 wissen.

»Wir kennen den Tatort nicht«, sagte Leon. »Die Spuren weisen darauf hin, dass der Fundort nicht dem Tatort entspricht.«

»Werden wir später Fotos bekommen?«, ließ die Frau von Canal 6 nicht locker.

»Wir haben es mit einem besonders brutalen und grausamen Verbrechen zu tun, sodass wir ganz bewusst keine Fotos von Opfern und Tatorten zur Veröffentlichung freigeben.«

Protestgemurmel wurde laut. Isabelle griff zum Mikrofon und zog es näher an sich heran.

»Sobald uns Fotos der Opfer vorliegen, werden wir entscheiden, ob wir sie veröffentlichen, um auf diesem Weg Zeugen aufzutreiben.«

»Verstehe«, sagte einer der Reporter. »Dann will ich anders

fragen: Ist es richtig, dass der Täter auch sein zweites Opfer geköpft hat?«

Für ein paar Sekunden schwiegen die Anwesenden und sahen zu Leon und zum Präsidenten.

»Ja, das ist richtig«, sagte Leon nach kurzem Zögern, und im Saal hörte man ein kollektives Stöhnen und hektische Diskussionen.

»Monsieur le Médecin Légiste«, meldete sich ein älterer Journalist, der einen kleinen altmodischen Notizblock in der Hand hielt. »Würden Sie sagen, dass wir es mit einem Serientäter zu tun haben?«

Zerna ging dazwischen. »Das zu behaupten wäre im Augenblick reine Spekulation. Es ist genauso gut möglich, dass wir es mit einem sogenannten Trittbrettfahrer zu tun haben, der die Lage ausgenutzt hat, um …«

»Ein zweiter Täter?«, fragte der Journalist ungläubig.

Leon wandte sich daraufhin an den Polizeichef. »Sie haben mich nach meiner persönlichen Einschätzung gefragt: Ja, ich denke, wir können davon ausgehen, dass die beiden Tötungen von ein und demselben Täter begangen wurden.«

»Also doch ein Serientäter?«, fasste der Reporter noch einmal nach.

»Ich würde eher vermuten, dass wir es mit einem Doppelmörder zu tun haben könnten«, korrigierte Leon.

»Ist es richtig, dass es schon einmal einen Fall von Enthauptung in diesem Département gegeben hat?« Der alte Journalist sah Leon über den Rand seiner Lesebrille fragend an.

»Das müsste lange vor meiner Zeit in der Rechtsmedizin gewesen sein. Davon weiß ich nichts«, wischte Leon die Bemerkung beiseite. Zerna sah ihn dankbar an. Eine hysterische Presse, die einen Serienkiller durch die Provence jagte, war das Letzte, was der Ferienort Lavandou zum Saisonbeginn brauchen konnte.

»Über einen solchen Fall haben wir keine Unterlagen in den Akten«, ergänzte Zerna. »Das scheint mir eine von den üblichen Geschichten, die immer dann auftauchen, wenn sich ein ungewöhnlicher Mordfall ereignet hat.«

»Geschichten? Was für Geschichten?«, fragte die Frau von Canal 6 neugierig den Polizeichef.

»Wir sollten uns nicht mit Gerüchten befassen.« Zerna war sichtlich genervt von der Reporterin. »Halten wir uns doch lieber an die Fakten.«

»Und die lassen auf denselben Täter in beiden Fällen schließen«, ergänzte Leon. »Wir haben zwei Morde, und in beiden Fällen wurde das Opfer geköpft. Wir haben Spuren eines sehr scharfen Messers, mit dem offensichtlich beide Opfer gequält und letztlich auch getötet wurden.«

»Das bedeutet, Sie haben also doch Beweise, dass es sich um ein und denselben Täter handelt?«, fragte die junge Reporterin aus der ersten Reihe.

»Das bedeutet: Wir haben *Hinweise*, dass es sich um ein und denselben Täter handelt«, sagte Leon. »Er ist bei beiden Tötungen nach einem ganz bestimmten Ablauf vorgegangen, einer Art Ritual.«

»Was für ein Ritual?«, hakte die Reporterin sofort nach. Leon konnte regelrecht spüren, wie sich der Puls der Reporterin beschleunigte. Ein Mörder, der seine Opfer nach einem bestimmten Ritual tötete und ihnen dann auch noch den Kopf abschnitt – das war genau die Art von Geschichten, die das Herz eines jeden Reporters schneller schlagen ließen.

»Können Sie uns mehr dazu sagen? Es muss doch auch im Interesse der Gendarmerie liegen, die Bevölkerung zu warnen.«

»Tut es nicht«, sagte Zerna und sah zu seinem Schrecken, dass der Präsident aufgestanden war und sich mit seinem kleinen Tross in Richtung Ausgang bewegte. Dem Polizeichef war klar, dass er gerade dabei war, seine große Chance zu verschenken, wenn er den Präsidenten so einfach ziehen ließ.

»Ich könnte Ihnen natürlich jederzeit eine detaillierte Zusammenstellung der aktuellen Ermittlungsfortschritte zukommen lassen, Monsieur le Président«, versuchte Zerna zu improvisieren.

Der Präsident hob mit gespieltem Interesse seine Hand. »Ich wünsche Ihnen viel Erfolg bei der Fahndung nach diesem entsetzlichen Menschen, der diese schrecklichen Taten zu verantworten hat, Commandant.«

»Merci, Monsieur le Président«, stotterte Zerna. »Ich ... ich informiere Sie natürlich auch gern persönlich.« Jetzt lag leise Verzweiflung in der Stimme des Polizeichefs. Zerna wusste genau, dass niemand aus dem Stab des Präsidenten sich bei Thierry Zerna in der Gendarmerie von Lavandou melden würde. Weder heute noch in den nächsten Wochen. Die Morde waren zwar tragisch, aber nichts, was den Präsidenten ernsthaft interessierte.

Zerna wünschte dem prominenten Besucher noch einen »bonne soirée«, aber da hatte der Präsident mit seinem Stab den Konferenzsaal bereits wieder verlassen. Irritiert sah Zerna einen Moment auf den Ausgang.

»Haben Sie noch weitere Fragen?«, fragte der Polizeichef schließlich, und seine Stimme klang jetzt müde.

»Was ist mit DNA-Spuren?«, wollte die Reporterin von Canal 6 nun wissen.

»Wer immer die Tat begangen hat, er hat es verstanden, keine Spuren zu hinterlassen«, sagte Leon. »Und die wenigen DNA-Proben, die wir haben, sind ›blind‹. Das bedeutet, dass sie in keiner Datenbank der Polizei auftauchen.«

»Sie haben gesagt, Sie hätten trotzdem Hinweise auf den Täter gefunden?«, fragte eine ältere Journalistin, die einen auffälligen Poncho trug.

»Der Täter hat wahrscheinlich mit medizinischem Gerät gearbeitet«, antwortete Leon. »Solche Säge- oder Schneidegeräte hinterlassen ganz spezifische Spuren, ähnlich wie der Fingerabdruck eines Menschen.«

»Wie kommt das?«, fragte die Frau von Canal 6.

»Das hängt mit der Form der Klinge zusammen. Außerdem sind Messer unterschiedlich scharf. Sie haben einen individuellen Schliff. Und sie hinterlassen feinsten Metallabrieb in den Wunden. Es können sogar kleine Stücke der Klinge abbrechen. Jedes Gerät hinterlässt eine individuelle Spur, die sich mit den Spuren der zweiten Tötung vergleichen lassen.«

»Und was bedeutet das für diesen Fall?«, fragte die Reporterin mit dem Poncho.

»Bei beiden Opfern wurden übereinstimmende Schnittspuren gefunden«, erklärte Leon.

»Gibt es noch andere Übereinstimmungen?«, fragte der Reporter mit dem Notizblock.

»Ja, aber in diesem Stadium der Ermittlungen werden wir diese Erkenntnisse noch nicht bekannt geben.«

»Und warum nicht? Die Öffentlichkeit hat schließlich ein Recht darauf, alles zu erfahren, was sie bedrohen könnte!«

»Es ist besser, die Bevölkerung überlässt das Analysieren von Gefahrenlagen der Gendarmerie«, sagte Zerna.

44. Kapitel

Eine Stunde später bog Leon mit seinem alten Peugeot- Cabriolet auf den Parkplatz der Klinik Saint-Sulpice ein. Er stieg aus und schloss das Verdeck. Die Luft war noch warm von der Hitze des Tages, und über allem lag ein Hauch von Eukalyptus, den die Abendbrise von den nahen Bäumen herübertrug. Er musste sich beeilen, es war später geworden, als er geplant hatte.

Leon hatte die Pressekonferenz verlassen, kurz nachdem der Präsident gegangen war. Jeder der Anwesenden hatte gemerkt, dass Zerna versuchte, die Veranstaltung für den Präsidenten künstlich in die Länge zu ziehen. In Wirklichkeit hatte es kaum Neues gegeben, und die wenigen wichtigen Fakten hatte Leon der Medienmeute wohlweislich verschwiegen. Zum Beispiel dass der Täter beiden Opfern das Herz aus dem Körper geschnitten hatte. Oder dass sich die Mutter des ersten Opfers bereits bei der Gendarmerie gemeldet hatte und nur darauf wartete, dass sie endlich von ihrer Tochter Abschied nehmen dufte. Aber konnte man das verantworten? Durfte man einer Mutter die sterblichen Überreste ihrer Tochter zeigen, damit sie bestätigte, dass es sich um ihr Kind handelte, das da auf dem Obduktionstisch lag? Eine junge Frau, von deren ehemals hübschem Gesicht nicht viel mehr übrig war als ein Haufen aus Fleisch, Knochen und Gehirn in einer Schale aus rostfreiem Blech? Isabelle hatte der Mutter vergeblich geraten, auf eine Gegenüberstellung zu verzichten. Die vorliegenden Beweise waren auch so schon eindeutig genug. Wenn es jetzt noch eine Übereinstimmung mit der DNA aus der Haarbürste ihrer Tochter gab, dann wäre die Identität bestätigt. Doch die Mutter hatte abgelehnt. Sie wollte ihr Kind unbedingt noch einmal sehen.

Deswegen war Leon so schnell zum Institut gefahren. Er wollte wissen, ob die Computerauswertung bei der DNA schon ein »Match«, ein genetisch passendes Gegenstück, gefunden hatte.

Leon war um den Klinikneubau herum zur zweiten Krankenanfahrt gegangen. Der neue Flügel der Klinik lag bereits im Dunkeln. Die Nachtbeleuchtung lieferte zwar nur ein trübes Licht, aber wenigstens war die Pforte besetzt. Dadurch wirkte dieser Teil der Klinik nicht ganz so verlassen.

Leon warf im Vorbeigehen einen Blick zur Pforte. Er hatte bereits die Hand gehoben, um Barnaud, den Nachtpförtner, zu grüßen, als er sah, dass die Pförtnerloge unbesetzt war. Das war ungewöhnlich. Leon ging weiter durch den Flur, in dem nur die funzelige Notbeleuchtung brannte. Eigentlich besaß jeder Flur eine eigene Beleuchtung, die sich ab acht Uhr abends automatisch durch einen Bewegungsmelder einschaltete. Doch jetzt war der Gang menschenleer. Wahrscheinlich war mal wieder ein Stromausfall der Grund, warum der Sicherheitsmann seinen Posten verlassen hatte. Er war in dem großen Bau unterwegs, um den Hausmeister zu suchen.

Leon ging den Gang entlang zum Treppenhaus und nahm dann die siebzehn Stufen nach unten zum Souterrain, in das Institut der Rechtsmedizin.

Leon sah sich um. Irgendetwas stimmte nicht in der Abteilung. Er betätigte den Lichtschalter – nichts. Hier unten, halb im Keller, schien es noch düsterer zu sein als im Treppenhaus. Die kleinen LED-Lampen, mit denen die Krankenhausleitung versuchte, nachts Strom zu sparen, reichten kaum aus, um das Labor des Instituts und den Obduktionssaal zu beleuchten. Leon drückte gegen die gläserne Eingangstür der Abteilung, und die Tür schwang auf. Diese Tür sollte eigentlich nachts abgeschlossen sein. Um diese Zeit hatte niemand etwas in seiner Abteilung zu suchen. Dass sein Assistent es versäumt haben könnte, in der gesamten Abteilung die Beleuchtung auszuschalten, hielt Leon für ausgeschlossen. Rybaud war ein Ausbund an Zuverlässigkeit.

Leon tippte auf eine Taste des Computers, und eine Grafik erschien. In diesem Moment hört er ein Geräusch. So als wäre irgendwo in der Abteilung jemand gegen einen Stuhl gestoßen, der über den Boden schrappte.

»Hallo?«, rief Leon in die Dunkelheit.

Kein Geräusch, keine Antwort.

»Rybaud? Sind Sie das?«, versuchte Leon es noch einmal.

In diesem Moment fiel etwas mit einem Klirren um. Es schien aus dem Labor am Ende des Ganges zu kommen. Leon zog sein Smartphone aus der Tasche und betätigte den Taschenlampenmodus. Fahles Licht beleuchtete den Gang. Leon blieb vor jedem Raum stehen und leuchtete kurz hinein, aber da war nichts. Er schaltete das Handylicht aus und sah sich um. In diesem Moment sah er den flackernden Schein einer Taschenlampe am Ende des Ganges.

»Hey! Warten Sie!«, rief Leon, und im gleichen Moment wurde die Taschenlampe ausgeschaltet. Schnelle Schritte entfernten sich durch das Treppenhaus.

Leon nahm den Hörer aus der Gabel des Wandtelefons. Er drückte den grünen Knopf und wurde direkt mit der Telefonzentrale verbunden.

»Zentrale«, meldete sich eine Frauenstimme.

»Ritter« antwortete Leon. »Aus der Rechtsmedizin.«

»Bonsoir, Docteur.« Leon erkannte die Stimme von Mademoiselle Pascale aus der Zentrale. »Ich wusste gar nicht, dass Sie noch so spät im Haus sind. Was kann ich für Sie tun?«

»Da war jemand bei uns im Institut.«

»Wie, Sie meinen, es wurde eingebrochen?«, fragte Pascale.

»Das weiß ich nicht«, sagte Leon. »Ich habe niemanden gesehen, nur etwas gehört. Also, ich ...«

Er kam sich plötzlich vor wie ein Trottel. Was war, wenn er sich die Geräusche nur eingebildet hatte? Wenn da in Wirklichkeit niemand im Dunkeln auf ihn gewartet und niemand mit einer Taschenlampe geleuchtet hatte? Was war, wenn das alles nur die Einbildungen eines übermüdeten Rechtsmediziners waren?

»Die Lampen sind ausgefallen«, sagte Leon rasch. »Ich wollte Ihnen das nur melden ...«

»Diese verflixten Lampen«, schimpfte die Frau von der Zentrale. »Die machen schon die ganze Woche Probleme. Ich schick gleich den Hausmeister nach unten – falls ich ihn erreiche.« Pascale lachte. »Wie lange sind Sie noch im Haus, Docteur?«

»Ich bin sozusagen schon auf dem Heimweg.«

»Dann wünsche ich noch einen ruhigen Abend.«

»Ihnen auch«, sagte Leon und hängte den Hörer zurück auf die Gabel. Dann schaltete er seinen Laptop ein und warf einen schnellen Blick auf die Ergebnisse der DNA-Analyse. Es gab noch keine Übereinstimmungen – noch nicht. Leon ließ den Computer im Stand-by-Modus laufen. Dann zog er die Glastür zu und schloss ab. In diesem Moment hörte er wieder ein Geräusch. Dieses Mal klang es wie ein Rollkoffer. Leon lief die Treppe hinauf. Die Pforte war noch immer unbesetzt, und der Einfahrtsbereich lag genauso still und verlassen da wie am Anfang.

Leon schwor sich, eine Meldung an die Geschäftsleitung zu schreiben. Er hatte schon vor Monaten moniert, dass das Licht in ihrer Abteilung nicht ausreichend war. Und dass die Überwachung der Klinik zu wünschen übrig ließ.

In diesem Moment hörte er einen Motor anspringen, und dann verließ ein heller Lieferwagen den Parkplatz. Erst als das Auto die Zufahrt erreichte, schaltete der Fahrer die Scheinwerfer an.

Vielleicht einfach ein Arzt, der Spätdienst hatte, dachte Leon, stieg in sein Auto und startete den Motor. Er wollte sein Unwohlsein abschütteln. Sein Handy meldete sich mit einer Nachricht: »Miou 21 Uhr« stand da. Und darüber in der Absenderzeile: »Anonym«.

Leon starrte auf das Display seines Telefons. Wer wollte ihn in seinem Lieblingsbistro treffen, und warum verbarg der Absender seine Identität? Es gab eigentlich nur eine Möglichkeit …

Am liebsten wäre Leon jetzt nach Hause gefahren. Er würde sich mit Isabelle auf die Terrasse setzen, einen Wein trinken, über das Meer sehen und die jüngsten Entwicklungen dieses eigenartigen Falles diskutieren. Aber Leon wusste auch, dass er das vorgeschlagene Treffen nicht ignorieren konnte, anderenfalls hätte er keine ruhige Minute mehr gehabt. Bei all den sympathischen Eigenschaften, über die Leon verfügte, seine Zuverlässigkeit, seine Souveränität und seine Ehrlichkeit, grenzte seine unbändige Neugier schon an Besessenheit. Aber vielleicht war ja genau diese Eigenschaft der Schlüssel zu seinem Erfolg.

Leon erkannte den Mann im Bistro schon von Weitem. Es war, genau wie er es erwartet hatte, Phillip. Er trug ein auffälliges gelbes Hawaiihemd und hellblaue Bermudas. Der junge Mann hatte sich an Leons Tisch gesetzt. Dieser Platz gehörte Leon natürlich nicht wirklich, aber es galt im Bistro als unausgesprochene Regel, dass der kleine runde Tisch gleich neben der Glasfront, deren einzelne Elemente sich bei heißem Wetter wie eine Ziehharmonika zusammenschieben ließen, für den Médecin Légiste reserviert war. Entsprechend ungehalten war Véronique, als sie den Fremden auf diese speziellen Gepflogenheiten des Bistros aufmerksam machte und der sie einfach ignorierte.

»Was interessiert es Sie denn, wo ich mich hinsetze?«, fragte Phillip patzig und zog den freien Stuhl näher an den Tisch, damit Véronique erst gar nicht auf die Idee käme, sich bei ihm niederzulassen.

»War ja nur ein Tipp von mir«, sagte Véronique leicht gekränkt. »Ist doch immer gut, wenn man die Regeln kennt.« Sie lachte künstlich.

»Sie wissen schon, dass die Dinger einen umbringen?« Phillip deutete mit dem Zeigefinger auf seine Lippe, dort, wo bei Véronique wie üblich eine Gitanes im Mundwinkel brannte. Die Zigarettenglut zog eine feine Rauchspur durch das Bistro, was hier aber keinen zu stören schien.

»Ich habe mein Leben lang geraucht«, sagte Véronique. »Da werde ich jetzt nicht mehr auf der letzten Etappe meine Gewohnheiten ändern.«

»Schon mal Gedanken darüber gemacht, ob es vielleicht die anderen Gäste stört?«, fragte Phillip besserwisserisch.

»Das stört hier niemanden.« Yolande trug ein Tablett mit schmutzigen Gläsern zum Tresen. Véronique folgte ihr.

»Gibst du mir einen Pastis?«, fragte sie den Wirt Jérémy, der wie immer hinter dem Tresen stand, Gläser polierte und seine Gäste im Auge behielt.

»Schon fertig«, sagte Jérémy und reichte ihr ein bis zum Rand mit kaltem Wasser gefülltes Glas, in dem der Pastis trübe Schlieren bildete. »Vorsicht, Véronique, das Zeug kann einen glatt umbringen.« Der Wirt und die anderen lachten.

»Ist echt gefährlich in so einem Bistro«, sagte Michel, der seinen Tabakladen schon vor einer Stunde geschlossen hatte und seitdem mithilfe von zahllosen Gläsern Rosé seinen Arbeitstag beendete.

»Ich frage mich, was wohl das Ordnungsamt dazu sagen würde«, stichelte Phillip weiter. Er schien es geradezu darauf anzulegen, mit den anderen in Streit zu geraten.

»Keine Sorge.« Jérémy sah zu dem fremden Gast hinüber. »Mein Schwager ist beim Ordnungsamt.«

Die Gäste hatten nicht bemerkt, dass Leon das Bistro betreten hatte. Er schlenderte zu der kleinen Gruppe, die sich um Phillip gebildet hatte.

»Bonsoir«, sagte Leon.

»Ich habe ihm schon gesagt, dass das dein Platz ist«, sagte Véronique.

Als Phillip den Docteur sah, wollte er aufstehen, aber Leon gab ihm mit einer Geste zu verstehen, dass er sitzen bleiben sollte.

»Schon in Ordnung«, sagte Leon.

»Ich konnte ja nicht wissen, dass er ein Freund von Ihnen ist«, sagte Véronique mit leichter Provokation in der Stimme.

»Das weiß ich selbst noch nicht so genau«, sagte Leon und wandte sich an Phillip. »Sind wir Freunde?«

»Ich denke schon«, antwortete Phillip schmallippig und versuchte dabei, so etwas wie ein Grinsen auf sein Gesicht zu zwingen.

»Ich habe ein wenig nachgedacht.« Leon unterbrach sich und wandte sich an Yolande. »Ich nehme das Übliche.«

»Café Crème für den Docteur«, rief Yolande ihrem Mann hinter der Theke zu. »Und was bekommt Ihr Freund?«, fragte sie Leon. Dabei sprach sie das Wort *Freund* aus wie eine anrüchige Krankheit.

»Rosé?«, fragte Leon seinen Gast. Der nickte nur kurz.

»Und einen kleinen Rosé«, rief Yolande ihrem Mann hinter dem Tresen zu.

»Warum so geheimnisvoll?«, fragte Leon.

Der Mann am Tisch musterte Leon.

»Sie haben also nachgerechnet«, sagte er zufrieden, als hätte er eben Leons Schularbeiten kontrolliert.

Ja, Leon hatte nachgerechnet, seit ihn dieser Phillip vor zwei Tagen angesprochen hatte. War es möglich, dass dieser Mann sein Sohn war? Aber warum hatte er sich dann erst jetzt gemeldet? Leon war ein notorischer Pessimist, und etwas störte ihn an diesem Fremden, der da versuchte, sich in sein Leben zu drängen. Es war seine innere Stimme, die ihn warnte und zur Vorsicht riet.

»Sagen wir, ich habe versucht, mich zu erinnern«, sagte Leon. »Ich weiß noch, dass es ein ungewöhnlich heißer Sommer damals war, und ich schon in der Rechtsmedizin gearbeitet habe.« Er lehnte sich auf dem Stuhl zurück, und Bilder zogen in seiner Erinnerung vorbei. Leon lächelte, und er spürte, dass Phillip ihn beobachtete.

»Haben Sie das so auch Ihrer Frau erzählt?«, stichelte Phillip.

»Sie sind gut informiert«, sagte Leon. »Aber verheiratet bin ich nicht.«

»Ich verstehe ...«, gab Phillip sich aufgeschlossen. »Ist wahrscheinlich peinlich für Sie, wenn so was aufkommt, ich meine ... nach all den Jahren.«

»Sie hätten mich anrufen können oder eine Mail schicken«, sagte Leon. »Ich frage noch einmal: Warum so geheimnisvoll?«

»Ich wollte Sie nicht in Verlegenheit bringen.«

»Wie rücksichtsvoll«, sagte Leon ironisch. »Helfen Sie mir, wie kommen Sie darauf, dass Sie tatsächlich ... mein Sohn sind?« Da, er hatte es ausgesprochen.

»Der heiße Sommer, dieser Ort, Ihr Alter, Ihre Größe, der Beruf«, zählte Phillip an den fünf Fingern seiner Hand ab. »Alles, was meine Mutter von meinem Vater erzählt hat, stimmte mit Ihnen überein. Sie haben in einem alten Camper am Strand gewohnt, richtig?«

»Hat sie Ihnen das erzählt?«, fragte Leon überrascht. Er schüttelte den Kopf. »Nein, Florance hat Campingplätze nicht leiden können. Darum haben wir in einer kleinen Pension gewohnt. Es war ...«, Leon unterbrach sich. Er war versucht, »romantisch« zu sagen, aber dann korrigierte er sich innerlich und sagte: » ... sehr gemütlich.«

»Werden Sie jetzt etwa sentimental?«, fragte Phillip.

»Warum kommen Sie allein hierher?«, fragte Leon und sah sich um.

»Keine Sorge, Florance ist in Australien, beim Surfen.«

»Warum erst jetzt, nach so langer Zeit?«, fragte Leon.

Phillip sah ihn fragend an.

»Warum haben Sie sich nicht schon früher gemeldet?«, sagte Leon.

»Ich hatte kein besonderes Interesse an dem Mann, dem ich offenbar völlig egal war«, sagte Phillip.

»Aber das hat sich inzwischen geändert?«, fragte Leon.

»Es gibt etwas zu regeln zwischen uns beiden«, sagte Phillip wie einer, der nach dem Small Talk nun zum geschäftlichen Teil der Besprechung übergehen wollte.

»Höre ich da eine kleine Warnung?« Auf Leons Stirn erschien eine skeptische Falte, während Yolande Kaffee und Rosé auf den Tisch stellte und wieder zurück zum Tresen ging.

»Klingt vielleicht hart, aber meine Mutter wollte Sie auch nicht wiedersehen«, sagte Phillip. »Nur für den Fall, dass Sie noch in Erinnerungen schwelgen wollten.«

»Und trotzdem gibt es da etwas, bei dem ich Ihnen helfen kann, richtig?« Leons Frage klang mehr wie eine Feststellung.

»Vielleicht können wir uns ja gegenseitig helfen.«

»Jetzt wird es wirklich geheimnisvoll.« Leon rührte einen Löffel Zucker in seinen Kaffee.

»Ich habe eine Bar in Marseille«, begann Phillipe. »Oder besser gesagt: Ich bin an einer Bar beteiligt.«

»Und jetzt brauchen Sie Geld.« Leon sagte diesen Satz, als wäre das eine gemeinhin bekannte Tatsache. An Phillips überraschtem Blick erkannte er, dass er richtiglag.

»Du kannst ruhig du zu mir sagen«, meinte Phillip.

»Ich soll Ihnen also Geld leihen?« Leon ging bewusst nicht auf das Angebot des Jüngeren ein.

»Nein, nicht leihen, Sie sollen mich abfinden«, sagte Phillip.

»Abfinden? Wofür?«

»Für etwas, das mir gehört«, sagte Phillip. »Oder sagen wir besser: das zu einem gewissen Teil mir gehört. Einem nicht unerheblichen Teil.«

Leon sah den jungen Mann an, als könnte er in dessen Blick lesen, was er meinte. In diesem Moment kam ihm ein Gedanke, und sein Gesichtsausdruck wurde ernst.

»Es geht um Le Lézard?«, fragte Leon.

»Sie haben es erfasst«, sagte Phillip spitz.

Leon liebte das alte Weingut bei Collobrières, das ihm seine Tante vor einigen Jahren kurz vor ihrem Tod vermacht hatte und in dessen Restaurierung er seitdem Wochen, Monate und eine Menge Geld gesteckt hatte.

Phillip machte auf Leon den Eindruck, als hätte er sich intensiv auf dieses Treffen vorbereitet. Dieser Mann würde keine Ruhe geben, bis Leon seine Forderungen erfüllte. Er würde immer wiederkommen. Er würde versuchen, Druck zu machen. Auf ihn, auf Isabelle, auf Lilou. Diesem Mann wäre kein Mittel hinterhältig genug, um zu bekommen, was er wollte. Plötzlich kam Leon das alles vor wie ein schlechter Traum. Gab es nicht so etwas wie einen Vorgriff auf ein Erbe? Leon saß sekundenlang einfach nur da, ohne etwas zu sagen, und versuchte den Strom an Gedanken zu kontrollieren, der in diesem Moment durch sein Gehirn brauste.

»Ich glaube, ich verstehe Sie nicht«, tastete Leon sich vorsichtig an den Gegner heran.

»Die Sache ist ganz einfach«, sagte Phillip. »Sechzigtausend Euro – und ich verschwinde wieder aus deinem Leben.«

Leon war nicht entgangen, dass der Jüngere zum Du gewechselt war. Wie passend. »Sie wollen ...« Er unterbrach sich, als müsste er sich vergewissern, Phillip richtig verstanden zu haben. »Meine Tante hat mir das Haus vermacht«, fuhr er langsam fort, und es klang empört. »Es gehört mir.«

»So, denkst du? In dem Übergabeprotokoll steht, dass das Eigentum im Erbfall zu einhundert Prozent an ein direktes Familienmitglied weitergehen muss. Ich bin ein direktes Familienmitglied«, erwiderte Phillip. »Und wenn du stirbst, bekomme ich das Haus.«

»Das könnte allerdings eine Weile dauern«, sagte Leon, der seinen Humor wiedergefunden hatte. »Ich habe mir nämlich vorgenommen, den Erbfall noch eine ganze Weile vor mir herzuschieben.«

»Für solche Situationen hat der Gesetzgeber den Vorgriff auf den zu erwartenden Erbteil vorgesehen.«

In Leons Ohren klang der Fremde so, als wäre er sich seiner Sache ziemlich sicher.

»Das werde ich ganz bestimmt nicht zulassen.« Leon hatte sich beruhigt, er klang jetzt wieder kühl und aufmerksam.

»Ich habe mich erkundigt«, sagte Phillip. »Wenn wir uns streiten, können Haus und Grundstück blockiert werden. Das Eigentum wird dann beschlagnahmt und bis zur Klärung von einem Notar verwaltet. So was kann Jahre dauern«, fügte er hinzu.

»Und was wäre die Alternative?«, fragte Leon, der schon ahnte, was jetzt kommen würde.

»Du ersparst dir den ganzen Ärger: Die lästigen Gespräche mit deiner Freundin über die Vergangenheit. Über den unbekannten Sohn mit den Schulden und einer Bar im Rotlichtviertel von Marseille. So was bedeutet nur Streit, Stress und Beziehungsprobleme. Mal ganz abgesehen von der Frage, was deine Freunde und Bekannten denken werden.«

»Sie scheinen Erfahrung in diesen Dingen zu haben?«

»Frauen reagieren manchmal merkwürdig, wenn sie alte Beziehungsgeschichten über ehemalige Freundinnen ihrer Männer hören«, sagte Phillip.

»Also?«, wollte Leon wissen.

»Ich habe mir sagen lassen, dass Sie demnächst heiraten wollen«, sagte Phillip.

»Wir sollten unser Gespräch hier und jetzt beenden«, sagte Leon.

»Sechzigtausend und die Story ist vergessen. Sie sehen mich nicht mehr wieder.«

»Wie ist Ihr Nachname?«, fragte Leon.

»Vertrauen Sie mir etwa nicht?«

»Ich brauche einen Nachweis, dass Sie auch wirklich der Mann sind, für den Sie sich ausgeben«, sagte Leon förmlich.

»Sie meinen einen DNA-Test? Vergessen Sie es. Den Quatsch

will ich gar nicht hören. Den verweigere ich«, sagte Phillip. »Wenn Sie deswegen zur Polizei gehen wollen, dann viel Spaß.«

Phillip war aufgestanden, um zu gehen.

Leon sah sein Gegenüber scharf an. »Meine Antwort können Sie gleich haben: Vergessen Sie es. Ich glaube Ihnen kein Wort.«

»Sie haben es noch nicht verstanden.« Phillip nahm seinen Stuhl und rückte ihn ordentlich an den Tisch. Dann griff er in seine Tasche und zog einen Notizzettel heraus, den er Leon reichte. »Überweisen Sie das Geld einfach auf dieses Konto. Sagen wir, innerhalb von ... fünf Tagen. Sie wollen doch keine Probleme bekommen, oder? Man sieht sich.«

Phillip verließ das Café. Vor Yolande blieb er stehen und deutete mit dem Daumen über seine Schulter in Richtung Leon.

»Die Rechnung geht auf ihn«, sagte er arrogant, und dann verschwand er, ohne sich noch einmal umzudrehen.

Leon zog die Papierserviette unter seiner Kaffeetasse hervor und faltete sie auf. Dann nahm er mit spitzen Fingern das Glas, aus dem Phillip getrunken hatte, und legte es auf das dünne Papier. Sorgfältig wickelte er das Weinglas ein. Dann zog er aus seiner Jackentasche einen durchsichtigen Plastikbeutel mit Zippverschluss, steckte das Weinglas hinein und schob es in seine Jackentasche. Er klopfte sich auf die Tasche, als wollte er sich Glück wünschen, und lächelte.

45. Kapitel

Leon blinzelte in den Himmel, aus dem die Sonne mit blendender Helligkeit hinunter auf die Erde strahlte. Der Pfad zwischen den Dünen war menschenleer, genau wie das alte Haus am Ende des Weges. Etwas trieb Leon vorwärts, dabei wäre er am liebsten stehen geblieben, umgedreht und nach Hause gegangen. Aber da gab es eine Kraft, die ihn vorwärtsstieß, auf das alte Backsteingebäude zu, das sich wie eine uneinnehmbare Burg vor ihm auftürmte. Grüne Smaragdeidechsen huschten zwischen den Steinen hin und her. Zitronenfalter taumelten in der Thermik des Sommertages. Wieder spürte Leon Blicke in seinem Nacken, als würde jemand hinter ihm herschleichen, so dicht, dass er den Atem des Fremden fühlen konnte. Aber jedes Mal, wenn Leon sich umsah, war die Straße hinter ihm leer. Er lief weiter. Inzwischen schien die Sonne nur noch knapp über dem Kamm des Hügels vor ihm. Ein kühler Wind war aufgekommen, der ihn frösteln ließ.

Plötzlich stand Isabelle vor ihm. Sie saß auf einer Bank und streckte die Hand nach ihm aus. Es war eine Geste der Hilflosigkeit. Leon wollte sie anfassen, ihr helfen, ihre Hand berühren, aber sie zog sich genauso schnell von ihm zurück, wie er nach ihr greifen wollte. In diesem Moment erreichte er sie. Er hielt sie an den Schultern fest. Isabelle sah Leon mit traurigen Augen an, dann fiel mit einem Knacken ihr Kopf nach vorne. Mit einem Geräusch, als ob Papier zerrissen würde, trennte sich der Kopf vom Körper. Leon sah die Adern, die Sehnen und die Wirbelknochen in ihrem Hals. Alles wirkte so zerbrechlich. Er wollte ihr noch sagen, dass sie sich nicht bewegen dürfe, aber es war zu spät. Der Kopf fiel herab, riss einfach vom Hals ab und rollte ein Stück durch den Sand. Leon wollte ihn halten, dann sah er die blutigen Tränen in ihren Augen. Sie wollte sprechen, aber es kam nur ein trockenes Zischen aus der durchtrennten Luftröhre. In diesem Moment gab Leon einen lauten, tiefen und verzweifelten Seufzer von sich.

»Leon! Leon, geht es dir gut?« Isabelle drückte den Schalter neben ihrem Bett, und auf dem Nachtschränkchen leuchtete eine altmodische Lampe auf, die Isabelle von ihrer Mutter geerbt hatte.

»Isabelle?«, fragte Leon verwirrt, und seine Hand tastete zu ihrem Kopf.

»Du hast geträumt.« Isabelle drehte sich zu ihm um und stützte sich auf. »Nur geträumt.«

»Es sah alles so verdammt echt aus ...« Leon strich ihr mit dem Handrücken zärtlich über das Gesicht.

»War es wieder dieser Phillip?«, fragte Isabelle.

»Was ist, wenn er die Wahrheit sagt?« Leon schüttelte kurz den Kopf, als könnte er so die böse Vorstellung aus seinem Kopf vertreiben.

»Du meinst, er könnte tatsächlich dein Sohn sein?« In ihrer Stimme schwang ein leichter Vorwurf mit.

»Woher soll ich das wissen?«

»Du bist der Einzige, der es wissen könnte, oder?« Isabelle sah ihn an.

»Das ist alles so lange her«, grübelte Leon.

»Sag doch einfach Nein, wenn er das nächste Mal auftaucht«, sagte Isabelle sachlich.

»Und dann?«, fragte Leon.

»Ich weiß, er wird immer wieder vor der Tür stehen«, räumte Isabelle ein.

»Und er wird immer weiter nach Geld fragen«, sagte Leon.

»Und wenn er nicht dein Sohn ist …«, überlegte Isabelle. »Ein schneller DNA-Test, und die Sache ist klar.«

»Habe ich ihm auch gesagt.«

»Und?«

»Er weigert sich. Ich kann ihn schlecht zu einem Test zwingen.«

»Ich weiß, was du denkst«, sagte Isabelle. »Ein heimlicher Test.«

»Ja, ist mir in den Sinn gekommen.«

»Davon kann ich nur abraten« sagte Isabelle. »Erstens ist es verboten …«

»Und zweitens?«

»Gibt es Tratsch im Ort.«

»Ich muss mehr über diesen Phillip wissen«, überlegte Leon.

»Aber nach wem sollten wir suchen? Wir haben ja nicht einmal einen vollen Namen«, sagte Isabelle.

»Wir haben immerhin einen Vornamen und eine Telefonnummer«, widersprach Leon.

»Ich kann dir nicht helfen, so gerne ich das würde«, sagte Isabelle. »Aber ich hätte einen Tee anzubieten.«

»Großartige Idee.«

Es war eine warme Nacht. Leon saß auf dem alten Rattansofa, als Isabelle ihm einen Becher Tee brachte.

»Ingwer mit ein wenig Honig«, verkündete sie lächelnd. »Hilft gegen alles.«

»Auch gegen böse Träume morgens um drei?«

»Ganz besonders gegen böse Träume morgens um drei.«

Isabelle kuschelte sich an Leon, und die beiden sahen in den wolkenlosen schwarzen Himmel, durch den sich die Milchstraße wie ein Band aus brennendem Staub zog. Der Blick auf die Milliarden von Sternen war so klar, als könnte man bis ans Ende des Universums sehen.

»Irgendwo sitzen da oben jetzt auch zwei Leute, so wie wir hier, und sehen zu uns herunter.«

Für eine Weile saßen die beiden still auf dem Sofa, nippten an ihrem Ingwertee und genossen die Ruhe.

»Warum so plötzlich?«, fragte Isabelle schließlich. »Der Täter, warum tötet er zweimal hintereinander? Warum hat man jahrelang nichts von ihm gehört?«

»Ich frage mich das jedes Mal, wenn ich besonders krasse Mordopfer untersuchen muss«, sagte Leon. »Ich glaube, es ist wie ein Rausch für die Täter.«

»Was meinst du?«

»Manche Täter unterdrücken ihre Besessenheit über Jahre, sogar über Jahrzehnte.«

»Und dann?«

»Dann bricht ein Damm in ihrer Seele, und dann gibt es kein Halten mehr.«

»Das würde bedeuten, es könnte jederzeit wieder geschehen?«

»Ich fürchte, ja«, sagte Leon.

Wieder schwiegen sie.

»Willst du noch einen Tee?«, fragte Isabelle.

Leon schüttelte den Kopf.

»Die Mutter von Patricia Goblet ist gestern noch mal bei mir gewesen.«

»Auf der Wache?«

»Sie hat mir noch ein paar persönliche Dinge ihrer Tochter mitgebracht, für einen DNA-Abgleich. Ich habe sie dir ins Büro bringen lassen.«

»Danke«, sagte Leon. »Und, konntest du Madame Goblet überzeugen, sich selbst den Anblick zu ersparen?«

»Nein«, sagte Isabelle. Sie konnte regelrecht fühlen, wie sehr sich Leon wünschte, dass Isabelle die Mutter überzeugt hätte, nicht zur Autopsie zu gehen. »Ich habe es versucht, aber sie will unter allen Umständen bei der Autopsie dabei sein.«

»Keine gute Idee.«

»Kannst du die Mutter nicht von der Obduktion ausschließen?«

»Nein, die direkten Verwandten haben sogar das Recht, bei der Leichenschau dabei zu sein, sofern sie das wünschen«, sagte Leon. »Vielleicht könntest du sie begleiten.«

»Ich werde es ihr vorschlagen.«

Sie blieben noch einen Augenblick sitzen, um die Sterne zu betrachten.

»Ich gehe wieder ins Bett«, sagte Isabelle nach einer Weile.

»Hervorragende Idee«, sagte Leon und schloss die Tür zur Terrasse ab, nachdem sie hineingegangen waren.

46. Kapitel

Wenn Lucy, ihre Katze, rollig war, musste Odette Dumont mit allem rechnen. Insbesondere mit nächtlichen Ausflügen. Das bedeutete, dass sie jederzeit bereit sein musste, aufzustehen und sich auf die Suche nach dem unruhigen Tier zu machen. Lucy fand immer ein Schlupfloch, wenn es darum ging, dem Ruf der Natur zu folgen. So wie auch heute Nacht, als sie wieder mal Madame Dumont in die Verzweiflung und in fremde Gärten trieb, immer auf der Suche nach ihrer Ausreißerin. Natürlich war es die Schuld von Madame Dumont, wenn die Katze mal wieder entwischen konnte. Der Tierarzt hatte völlig recht, wenn er Madame Dumont riet, ihre Katze endlich sterilisieren zu lassen. Aber irgendwann hatte die ehemalige Lehrerin einen Artikel darüber gelesen, dass Katzen nach einer Sterilisation ihren Charakter veränderten und aus den ursprünglich wilden Tieren müde Hauskatzen würden. Das wollte Madame Dumont auf jeden Fall vermeiden. Sie liebte diesen unbändigen, wilden Trieb ihrer Katze, liebte das Raubtier, das in Lucy steckte, wenn sie in mondhellen Nächten laut maunzend in Baumkronen kletterte oder über Dachfirste balancierte. Und Madame Dumont träumte davon, dass auch in den Tiefen ihrer Seele solche verborgenen animalischen Kräfte schlummerten und dass sie eines Tages ... in diesem Moment vernahm sie das Geräusch.

Es war das Knarzen einer rostigen Autotür. Das Geräusch kam von dem kleinen Parkplatz, dessen Rand vom Grundstück von Madame Dumont begrenzt wurde. Zwei Fahrzeuge waren dort dicht nebeneinander abgestellt. Madame Dumont würde sich später nicht mehr an die Marke der Autos erinnern. Autos interessierten die ehemalige Lehrerin nicht, sie hatte nicht einmal einen Führerschein, aber als ehemalige Kunstlehrerin würde sie eine gute Beschreibung der Fahrzeuge abgeben. Bei einem der Wagen handelte es sich um einen ziemlich verbeulten grünen Zweitürer, und das andere Auto, das dicht danebenstand, war ein Camion, ein grauer, fensterloser Lieferwagen, wie sie hier im Süden zu Tausenden herumfuhren. Die pensionierte Lehrerin sah sofort, dass der Lieferwagen über die weiß auf den Asphalt gemalte Begrenzung auf die Fahrbahn hinausragte. Madame Dumont nahm eine Bewegung zwischen den Fahrzeugen wahr. Sie wollte den Autofahrer schon ansprechen, als sie sah, dass der Unbekannte eine Mund-Nasen-Maske angelegt hatte, wie sie auch nach dem Ende der Coronapandemie noch immer von besonders vorsichtigen Menschen getragen wurden. Odette Dumont, die nur schnell den Morgenmantel über ihren Schlafanzug geworfen hatte, machte einen geräuschlosen Schritt zur Seite, wo sie der Mondschatten eines Oleanderbusches verschluckte. Sie rührte sich nicht, als sie zusah, wie der Unbekannte sich über den Fahrersitz beugte, nach unten griff und eine junge Frau aus dem Sitz hob, deren Alter Odette Dumont später bei der Polizei auf etwa fünfundzwanzig Jahre schätzen würde. Die Frau schien in den Armen des Unbekannten zu schlafen. Ein Arm hing schlaff herab. Im nächsten Moment sah sie, dass die Hand sich bewegte und nach dem Mann griff.

Zu viel getrunken, natürlich, dachte Madame Dumont. Wenigstens passte der Mann auf seine Frau auf und brachte sie sicher nach Hause. Angeheiterte Touristen waren in der Saison eine Plage, wenn sie Nacht für Nacht benebelt und singend durch den Ort zogen und in die Vorgärten urinierten. Die Lehrerin hatte eigentlich erwartet, dass sich der Mann mit der OP-Maske etwas liebevoller um seine junge Begleiterin kümmern würde, sie behutsam auf den Beifahrersitz des Camion legen und zudecken würde. Aber das tat er nicht. Der Unbekannte hob die junge Frau mit mühelosem Schwung mitsamt der Decke in den Lieferwagen, wo sie mit einem leisen, aber vernehmlichen Plumps auf den Boden des Laderaums fiel.

Madame Dumont hatte einiges erlebt. Die letzten Monate ihres schwer kranken Mannes hatten sie stark gemacht, um nicht zu sagen abgestumpft. Sie hatte gelernt, sich nur um ihre eigenen Probleme zu kümmern. Wenn man nach dieser Regel lebte, konnte man auch die bittersten Stunden verkraften, konnte sich vor den schlechten und trostlosen Momenten des Lebens schützen.

Hier beobachtete sie offensichtlich eine Frau, die zu viel Wein getrunken hatte, und ihren besorgten Begleiter, der dafür sorgte, dass die junge Frau zwar nicht nüchtern, doch wenigstens unversehrt nach Hause kam.

Der Unbekannte drückte die Autotür leise ins Schloss. Dann setzte er sich hinter das Steuer des Lieferwagens und startete den Motor. Er musste ein wenig rangieren, um aus der engen Parklücke herauszukommen. Einen Augenblick lang war Madame Dumont versucht, auf die Straße zu treten und den Fahrer mit Handzeichen zu unterstützen. Doch dann siegte ihre Vorsicht, und die ehemalige Lehrerin zog sich noch tiefer zwischen die Büsche zurück. Aus dem Augenwinkel sah sie schon, dass sich der Fahrer des Lieferwagens verschätzt hatte. Der Wagen schrammte mit geräuschvollem Knirschen an der niedrigen Begrenzungsmauer von

Madame Dumonts Vorgarten vorbei und riss einen der Backsteine aus der Begrenzung. Jetzt würde sie die ganze Angelegenheit doch noch der Polizei melden müssen, wenn sie damit zu ihrer Versicherung gehen wollte. Verärgert, aber hellwach ging die Lehrerin zurück zu ihrem Haus. Es tröstete sie auch nicht, dass die undankbare Lucy mit gleichgültigem Blick auf der obersten Treppenstufe vor der Haustür saß und sie gelangweilt erwartete.

47. Kapitel

Leon war an diesem Tag früh in sein Büro gekommen. Nach dem nächtlichen Gespräch mit Isabelle hatte er keinen Schlaf mehr gefunden, trotz des Ingwertees mit Honig. Also hatte er neben Isabelle im Bett gelegen und ihr beim Schlafen zugesehen. Er war kein guter »Einschläfer«. Wenn ihn ein Fall besonders beschäftigte – und das taten sie fast alle –, dann wachte er in der Nacht meist öfter auf, gelegentlich lief er auch unruhig durch das Haus. Erst wenn er sich ein paar Notizen gemacht hatte, konnte er wieder einschlafen.

Isabelle hatte dagegen nicht die geringsten Probleme mit dem Einschlafen. Sie konnte immer und überall schlafen. In einer überfüllten Abflughalle, während eines Streiks im Hauptbahnhof oder im schlimmsten Monsunregen an einer indischen Busstation. Isabelle schloss in solchen Fällen die Augen, lehnte sich an Leons Schulter, und nach wenigen Minuten hörte er ihre zufriedenen, regelmäßigen Atemzüge. Nur wenige Stunden genügten ihr, und Isabelle war wieder fit. Während Leon noch mindestens einen oder besser noch zwei Cafés Crème brauchte, um den inneren Motor wieder anzuwerfen. Ja, sie waren zwei sehr unterschiedliche Charaktere, und gelegentlich gerieten sie auch in Streit, wenn es um die richtige Beurteilung eines Falles ging.

Leon lächelte, als er an Isabelle dachte, die schon seit zwei

Stunden in der Gendarmerie bei der Arbeit war. Ihre Freunde hatten der Beziehung zwischen der stellvertretenden Polizeichefin von Le Lavandou und dem eigenbrötlerischen Rechtsmediziner aus Deutschland kein Jahr gegeben. Doch sie hatten sich getäuscht, alle hatten sich getäuscht. Inzwischen waren neun Jahre vergangen, und Leon war noch immer mit Isabelle zusammen. Zufrieden und glücklich darüber, dass sie an einem der schönsten Orte Europas arbeiten durften, wie Leon alten Freunden gelegentlich erklärte, wenn sie zu Besuch kamen.

Heute war dieses Glück allerdings von Problemen überschattet. Leons Assistent Rybaud hatte sich verspätet, was nur selten passierte. Erschwerend kam hinzu, dass Brigitte Goblet, die Mutter des Opfers, darauf bestanden hatte, bei der Identifizierung ihrer Tochter dabei zu sein. Vor einer Viertelstunde hatte Isabelle bei Leon angerufen und ihn vorgewarnt – sie und Madame Goblet waren auf dem Weg zum Institut. Sie würden in den nächsten Minuten hier sein.

Leon sah auf die Uhr. In diesem Moment klopfte jemand an seine offene Bürotür. Leon sah von seinem Computer auf. Rybaud stand in der Tür.

»Docteur«, wollte sich Rybaud entschuldigen, doch Leon war schneller.

»Wir erwarten jeden Moment die Mutter des Opfers«, erklärte er.

»Will sie bei der Obduktion etwa dabei sein?« Rybaud schickte einen Blick an die Decke, dann sah er mit gequältem Gesichtsausdruck Leon an. »Sie weiß doch, auf welche Weise ihre Tochter gestorben ist?«

»Ich konnte es nicht verhindern«, sagte Leon zu seinem Assistenten. »Capitaine Morell ist dabei.«

Rybaud verschwand in den Obduktionssaal.

Leons Telefon summte. Es war die Schwester vom Empfang. Sie informierte Leon, dass Capitaine Morell und eine gewisse Madame Goblet eingetroffen seien. Sie hatte die beiden in den Warteraum geführt.

Leon verließ sein Büro und ging den Gang entlang. Am Ende des Flurs gab es einen Raum, der sich von der üblichen Unruhe, die sonst in den Fluren einer Klinik herrschte, deutlich unterschied. Er war mit vier bequemen Ledersesseln ausgestattet, und an den Wänden hingen Landschaftsfotografien. In einem Regal lagen zwei Reiseführer, ein Kochbuch über die provenzalische Küche und eine Bibel. Da das Institut im Souterrain lag, gab es keine Fenster, nur Oberlichter, und damit auch keinen Blick nach draußen. Leon hatte sich oft gefragt, ob ein Warteraum mit Aussicht nicht eine optimistischere Stimmung in diesem sonst nur mit Trauer belasteten Raum vermitteln würde. Aber es hatte sich nie ein Besucher beschwert. Für die meisten Menschen, die hierherkamen, war das Prozedere einer Identifizierung ohnehin eine große Belastung, und sie waren froh, wenn sie die Rechtsmedizin möglichst schnell wieder verlassen konnten.

Leon sah die rot geweinten Augen der Mutter, die tapfer vor ihm stand und ihm die Hand reichte. Er spürte, wie zerbrechlich der Händedruck der Besucherin war.

»Das ist Madame Goblet«, stellte Isabelle die Mutter vor, und deutete dann mit einer Handbewegung auf Leon. »Das ist Docteur Ritter, der Médecin Légiste.«

»Madame Goblet«, sagte Leon höflich. »Es ist sicher gut und richtig, dass Sie sich dieser Identifizierung stellen, aber Sie brauchen das nicht zu tun. Das wissen Sie?«

»Ja, das weiß ich«, sagte die schmale Frau etwas schroff.

»Die Umstände ihres Todes waren sehr ...«, Leon zögerte kurz. »Sie waren sehr ungewöhnlich.«

»Bitte, ich möchte jetzt mein Kind sehen«, sagte Madame Goblet, und Leon spürte, dass diese Selbstdisziplin sie alle Kraft kostete.

Er sah zu Isabelle, und ihr Blick sagte: »Ich konnte es nicht verhindern. Tut mir leid.«

»Kommen Sie bitte«, sagte Leon. Er öffnete eine neutrale Tür, auf der mit roten Buchstaben *Kein Durchgang* stand.

Diese zweite Tür führte direkt in den Autopsieraum, der speziell für Identifizierungen vorbereitet worden war.

Das Licht in dem hellgrünen Raum war heruntergedimmt, sodass Besucher all die medizinischen Geräte in den Regalen nicht zu genau wahrnahmen. In der Mitte des Raumes stand der Obduktionstisch. Der Tisch war außen mit grauen Fliesen gekachelt, und die Tischplatte aus poliertem Edelstahl blitzte im Licht der LEDs wie eine Theaterdekoration. Auf dem Tisch lag ein Körper, der von einem Leichentuch komplett verdeckt wurde.

Madame Goblet war abrupt in der Tür stehen geblieben, als müsste sie sich erst einmal davon überzeugen, dass sie im richtigen Raum stand. Für einen Augenblick war nur das Summen der Klimaanlage zu hören. Die Mutter schluckte und sah sich um. Isabelle reichte ihr die Hand, und sie ließ sich von Isabelle zum Obduktionstisch führen. Isabelles Blick wechselte zwischen dem Körper auf dem Seziertisch und Leons Gesicht nervös hin und her.

Leon hatte bereits, als sich die Tür öffnete, gemerkt, dass in diesem Raum etwas nicht stimmte. Aber es dauerte ein paar Sekunden, bis ihm klar wurde, was: Unter dem Leichentuch zeichnete sich der schlanke Körper einer jungen Frau ab. Doch dem Körper fehlte etwas – der Leiche fehlte der Kopf.

»Bitte warten Sie einen Moment«, sagte Leon zu der Mutter.

Isabelle, die jetzt auch verstanden hatte, was da schiefgelaufen war, hielt die Frau sanft zurück.

Leon wollte zum Hörer des Wandtelefons greifen, als ein verblüffter Rybaud in den Obduktionsraum gelaufen kam. Er wirkte nervös und abgehetzt, als hätte er gerade einen Dauerlauf hinter sich gebracht. Er beugte sich zu Leon.

»Was ist los?«, fragte Leon.

»Er ist nicht da«, flüsterte der Assistent, um Fassung bemüht.

»Was heißt das?«, fragte Leon, und Isabelle hatte ihn selten so verärgert gesehen. »So was gibt es doch nicht?«

Isabelle konnte sehen, aber nicht hören, was Rybaud seinem Chef zuflüsterte.

»Ich möchte jetzt meine Tochter sehen.« Madame Goblet machte einen Schritt vorwärts in Richtung Obduktionstisch. Sie begriff, dass etwas schiefgegangen war. Sie sah Isabelle mit verängstigten Augen an. »Bitte«, sagte sie.

»Das geht jetzt leider nicht«, improvisierte Isabelle und versuchte, sich zwischen Madame Goblet und den Obduktionstisch zu schieben.

Leon gab Isabelle mit einer kurzen Kopfbewegung zu verstehen, dass sie und Madame Goblet jetzt besser zurück ins Wartezimmer gehen sollten.

»Kommen Sie«, forderte Isabelle die andere Frau mit leiser Stimme auf. »Wir müssen noch einmal kurz nach nebenan.«

»Ich will zu meiner Tochter, was ist mit ihr?«

»Es ... verzögert sich alles noch einen Augenblick.«

»Ist sie das?« Madame Goblet machte eine Kopfbewegung in Richtung der Toten. Dann sah sie Leon an. »Was haben Sie mit meinem Kind gemacht?«

»Nur eine Formalität«, wollte Isabelle sagen, als die Mutter einen entschlossenen Schritt nach vorne tat und nach dem Leichentuch griff.

»Nein, tun Sie das nicht!« war alles, was Leon noch sagen konnte, da hatte die Mutter das graue Tuch vom Körper ihrer Tochter gerissen. Der Anblick ließ sie zusammenfahren.

Der Körper des Opfers war voller Wunden und mit getrocknetem Blut beschmiert. Die Haut des Opfers wirkte so weiß und durchscheinend, dass man glauben konnte, sie bestehe nicht aus Fleisch und Blut, sondern aus Porzellan. War das der Körper ihrer Tochter? Der Körper, den Madame Goblet so dringend noch einmal sehen, noch ein letztes Mal in den Armen halten wollte? Sie würde das zarte Gesicht ihrer Tochter nie wieder sehen. Dafür würde sie den Anblick, der sich ihr jetzt bot, ihr Leben lang nicht mehr vergessen können. Das feine, sanfte Gesicht ihrer Tochter war für immer verschwunden. Genauer gesagt war der ganze Kopf verschwunden. Dort, wo einmal ihr zarter Hals gewesen war, existierte nur noch ein Stumpf. Aufgeschnitten, zerfetzt von einem scharfen Messer. Niemand wollte die schrecklichen Verletzung sehen, aber alle in dem Obduktionsraum fühlten sich wie magisch von diesem entsetzlichen Anblick angezogen. Alle starrten wie hypnotisiert dorthin, wo eigentlich der Kopf des Opfers sein sollte. Doch die Schale aus rostfreiem Stahl, die neben dem Körper stand und die Rybaud am Vortag extra für die Identifizierung vorbereitet hatte, war leer. Der Kopf der Toten war verschwunden.

Sie sieht aus wie eine Schaufensterpuppe, dachte Leon. Eine Puppe, der man nur kurz den Kopf abgenommen hatte, um ihn durch einen anderen zu ersetzen.

»Nein!« Madame Goblet schüttelte den Kopf und sah schweigend auf die gekachelte Wand des Autopsieraumes. Dann sagte sie leise: »Das ist nicht Patricia, nein.«

»Kommen Sie, Madame.« Isabelle nahm die verzweifelte Mutter sanft an ihrem Ellenbogen.

»Das ist sie nicht«, wiederholte die Mutter entschieden. »Das ist nicht mein Kind. Das da nicht.« Jetzt sah sie Leon an. »Wo ist Patricia? Was haben Sie mit meinem Kind gemacht?« Die Mutter wurde von einem Weinkrampf geschüttelt. Als sie schließlich zu sprechen versuchte, kam nur noch ein heiseres Krächzen aus ihrer Kehle.

»Kommen Sie, Madame.« Leon versuchte, die aufgebrachte Mutter zu beruhigen. »Es tut mir sehr leid. Sie hätten das nicht sehen sollen.«

»Was haben Sie ihr angetan?« Kurz hatten Leon und Isabelle das Gefühl, die Mutter könnte die Nerven verlieren und die Tote von dem Sektionstisch zerren. Doch dann sahen sie, dass sie ihre Hände zwar zu ihrer toten Tochter ausstreckte, sie aber doch nicht anfasste.

»Wo haben Sie meine Tochter hingebracht?« Plötzlich sprach Madame Goblet vernünftig und überlegt, als müsste sie nur einen kleinen Behördenirrtum richtigstellen. »Das da«, sie sprach jetzt zu Leon und Isabelle und machte eine wegwerfende Handbewegung. »Das da ist sie nicht, bestimmt nicht.«

Die Mutter wankte plötzlich wie betrunken hin und her. Mit zwei schnellen Schritten war Leon bei der Frau und griff nach ihrem Arm.

»Kommen Sie, wir bringen Sie nach nebenan«, sagte er.

»Was haben Sie ihr angetan?«, sagte die Mutter völlig verstört, und die Tränen liefen ihr die Wangen herunter. Dann wurde Madame Goblet ohnmächtig und stürzte zu Boden.

48. Kapitel

Klinikleiter Dr. Hugo Bayet residierte wie der Chef eines IT-Konzerns im sechsten Stock des Krankenhausneubaus, nicht wie der Leiter einer Provinzklinik im Erdgeschoss, irgendwo hinter der Radiologie. Das Büro war mit wenigem, aber ausgesucht stylishem Mobiliar ausgestattet. Ein Schreibtisch mit einer Platte aus alten Bootsspanten, die von einer Glasplatte abgedeckt wurden, auf der sich Papiere stapelten. An den Wänden großformatige Drucke zeitgenössischer Bilder: Baselitz, Richter, Koons. Ein einsames Regal, in dem nur wenige Aktenordner standen. In der Ecke ein Besprechungstisch mit Designerstühlen. Leon und Isabelle standen wie zwei renitente Schüler vor dem Schreibtisch, hinter dem Klinikleiter Dr. Bayet Platz genommen hatte.

»Ich muss Ihnen nicht sagen, dass die ganze Angelegenheit eine Katastrophe ist.«

Natürlich wusste Leon, dass das Verschwinden von Leichenteilen aus den Räumen der Rechtsmedizin der absolute Super-GAU war. Nicht nur aus Gründen eines pietätvollen Umgangs mit den Verstorbenen. Bei dem Kopf handelte es sich schließlich auch um ein wichtiges Beweisstück, das Informationen über den Täter liefern konnte. Entscheidende Informationen, die womöglich geholfen hätten, diesen Fall aufzuklären. Es war also doch keine Einbildung gewesen, dass Leon den Einbrecher in der Rechtsmedizin um ein Haar erwischt hätte. Die nächtlichen Geräusche, die Person, die durch den Hinterausgang der Klinik geflohen war, das war der Mann, der den Kopf gestohlen hatte, und er war so dicht dran gewesen. Aber warum hatte der Unbekannte das getan? Leon ärgerte sich über sich selbst. Er hätte seinem Gefühl vertrauen sollen, hätte Alarm schlagen und die Polizei informieren sollen. Aber welche Beweise für einen Einbruch hätte er vorweisen können? Es gab keine. Leon sah den Klinikchef an.

»Ausgerechnet jetzt«, klagte Bayet, »wo wir diesen Mendez von der Kommission im Haus haben.«

»Wenn Sie möchten, dann rede ich mit ihm«, sagte Leon. »Ich kann ihm erklären, warum die Abteilung für Rechtsmedizin so wichtig ist und dass die Erfolge der Rechtsmedizin sich auch auf das Image der Klinik auswirken.«

»Und wenn wir die Meldung noch etwas verzögern würden?«, tastete sich Klinikleiter Bayet vorsichtig voran. Schließlich saß mit Isabelle auch ein Capitaine der Gendarmerie nationale mit am Tisch, die auch noch Leiterin des Ermittlungsteams in diesem Fall war.

»Was nützt es uns, wenn wir die Sache verheimlichen?«, fragte Leon.

»Ich habe den Vorfall bereits an die Staatsanwaltschaft weitergegeben«, sagte Isabelle an Dr. Bayet gewandt.

»Eine Verzögerung würde auch nichts bringen«, sagte Leon. »Oder glauben Sie, jemand stiehlt einen Körperteil aus der Rechtsmedizin und bringt ihn irgendwann freiwillig zurück?«

»Das hätten Sie aber trotzdem mit mir abstimmen müssen, Capitaine«, brummte Bayet in leicht gekränktem Ton. »Jetzt hat dieser Mendez endlich etwas Konkretes, mit dem er seine Kritik an der Rechtsmedizin untermauern kann. Ich weiß schon, wie beim nächsten Investorentreffen geredet wird: ›Die können in der Rechtsmedizin ja nicht mal auf ihre Toten aufpassen!‹«

Es war allgemein bekannt, dass die Investorengruppe die Rechtsmedizin gern los gewesen wäre, aber da hatte der Präfekt noch ein Wort mitzureden. Solange der seine schützende Hand über Leon und sein Team hielt, würde die Rechtsmedizin in Saint-Sulpice bleiben.

»Wer stiehlt den Kopf einer Toten?«, fragte Isabelle.

»Das ist die entscheidende Frage«, sagte Leon und fügte an: »Cui bono?«

»Wie?«, sagte der Klinikleiter.

»Wer hat einen Vorteil? Wem nützt es? Ist Latein«, sagte Leon mit provozierendem Unterton in der Stimme.

»Danke, das weiß ich auch«, schnappte der Klinikleiter zurück. »Aber es gibt schließlich Sicherheitsschlösser in unserem Haus.«

»Wir haben seit Monaten Probleme mit der Schließanlage«, unterbrach Leon.

»Ach ja? Warum erfahre ich nichts davon?«

Natürlich hätte der Klinikchef Bescheid wissen können. Aber dazu hätte er sich mit den Bedarfsanforderungen der einzelnen medizinischen Abteilungen beschäftigen müssen. Und genau diese Art von Arbeit war dem Leiter von Saint-Sulpice zuwider. Ihm waren schon die wöchentlichen Budgetsitzungen zu viel. Und so schob er die Probleme so lange auf seinem Schreibtisch hin und her, bis er sie irgendwann unauffällig an seinen Stellvertreter durchreichen konnte. Klinikchef Hugo Bayet bevorzugte es, mit Oberärzten in herausragenden Restaurants Bewerbungsgespräche zu führen oder sich mit Versicherungsvertretern und Filialleitern kleiner Banken zum Golfen zu treffen.

»Meine Abteilung hat bereits im Juni eine entsprechende Anforderung bei der technischen Verwaltung eingereicht«, sagte Leon. »Aber dort wurde die Anfrage ignoriert.«

»Und mit welcher Begründung, wenn ich fragen darf?«, wollte Bayet wissen.

»Sie haben gemeint, dass kein Einbrecher etwas aus der Pathologie entwenden würde«, erinnerte sich Leon.

»Was uns zu der Frage zurückbringt«, sagte Isabelle, »wer in aller Welt ein Interesse daran haben könnte, einen menschlichen Kopf zu stehlen?«

»Leichendiebstähle sind so alt wie die Geschichte der Medizin«, sagte Leon. »Meist war es die Religion, die nicht zulassen wollte, dass die Menschen die Geheimnisse der Schöpfung entzauberten.«

»Sie wollen mir jetzt aber nicht erklären, dass die Kirche hinter dem Diebstahl steckt?«, fragte der Klinikchef spöttisch.

»Nein, ganz im Gegenteil«, sagte Leon. »Ich denke, dass in diesem Fall sehr irdische Interessen im Vordergrund stehen. Offenbar versucht jemand, den Fall zu torpedieren.«

»Wie meinen Sie das?«

»Wer immer das getan hat, wollte wahrscheinlich ein Beweisstück verschwinden lassen.«

»Was für ein Beweisstück?«

»Etwas, das auf den Täter hinweisen könnte.«

49. Kapitel

Das Erste, was die junge Frau spürte, als sie wieder zu sich kam, war der kühle Luftstrom auf ihrem Gesicht, der den Geruch von feuchter Erde und faulem Obst mit sich trug. Es war düster in dem Raum, der jedes Geräusch zu verschlucken schien. Und es war still, ganz still, totenstill.

Die junge Frau war zwar erst dreiundzwanzig Jahre alt, aber sie war schon viel herumgekommen auf der Welt. Dabei hatte sie gelernt, dass es das Wichtigste war, immer einen guten Plan und ein Ziel zu haben. Aber so einen Plan konnte man nur fassen, wenn man die eigene Situation überblicken und die Chancen einschätzen konnte. Doch sie wusste nichts über ihre Situation, nichts über diesen Raum und schon gar nichts über ihre Chancen.

Wo war sie? Die Frau spürte, wie sich ihr Körper langsam verkrampfte und ihr Herz schneller schlug. Das war Angst. Und Angst war ein schlechter Ratgeber. Also konzentrierte sie sich und versuchte, ruhig und gleichmäßig zu atmen. Aber sie konnte nicht tief ein- und ausatmen. Ein Tuch, fest zu einem Knebel verdreht und in ihrem Nacken zusammengeknotet, verschloss ihr den Mund. Sie versuchte zu rufen, aber es wurde nur ein heiseres Krächzen daraus. Als sie den rechten Arm an ihren Mund heben wollte, spürte sie Widerstand. Als würde jemand ihren Arm festhalten. Auch Beine und Kopf ließen sich nicht bewegen. Ihr Körper fühlte sich an, als hätte sie jemand an den Boden geklebt. Sie versuchte, wenigstens den Kopf zu drehen, und drückte ihr Gesicht in eine stinkende Schaumstoffmatratze. Erst in diesem Moment wurde ihr klar, dass sie gefesselt war. Das war kein Traum, das war die Wirklichkeit. Eine Welle von Angst durchlief ihren Körper, und ihr Herz fing an zu rasen.

»Versuche, deine Atmung zu kontrollieren, dann kannst du auch deinen Puls kontrollieren.« Sagte sie das nicht immer ihren Kursteilnehmerinnen, wenn sie sich am Strand zum Yoga trafen? Beruhige dich, beschwor sie sich. Sie versuchte, die Panik wegzuatmen – vergeblich. Sie wusste, was geschah, wenn ihr das nicht gelang. Der Anfall begann mit einem Rauschen im Kopf, und vor ihren Augen bildete sich ein Flimmern, als ob sie in eine stroboskopische Lampe sehen müsste.

»Zehn Minuten«, hatte ihr Verhaltenstherapeut sie beruhigt, als sie vor zwei Jahren nach dem schrecklichen Unfall immer wieder mit Panikattacken zu kämpfen hatte. Maximal zehn Minuten dauert so ein Anfall, dann ist es vorbei, und die Welt ist wieder in Ordnung, hatte ihr der Therapeut versprochen. Und er hatte recht behalten. Die Anfälle wurden seltener, irgendwann hatte sie sie ganz vergessen, bis jetzt. Das Rauschen in ihrem Kopf wurde wieder lauter. Sie kannte dieses Gefühl nur zu gut. Gleich würde sie die Kontrolle verlieren und in die Dunkelheit stürzen. Sie fühlte sich, als wäre sie gelähmt. Es war ihr egal, sie wollte nur hier raus. Weg von diesem toten, finsteren Ort, der so schreckliche Erinnerungen in ihr auslöste. Das alles sollte endlich aufhören.

In diesem Moment spürte sie ihren Fuß. Er kribbelte, als ob er plötzlich durchblutet würde. Dann spürte sie, dass die Fessel nachgab. Sie konnte ihren Fuß in der Fessel drehen. Nur ein winziges Stück. Erst nach rechts, dann ein winziges Stück nach links.

Der Fortschritt war minimal. Aber jedes Mal wurde der Spielraum um den Bruchteil eines Millimeters größer. Links, rechts, links, rechts. Nur eine winzige Bewegung, aber sie machte ihr Mut. Es gab einen Weg hier raus. Es gab immer einen Weg raus. Wer immer ihr das angetan hatte, wer immer sie hier eingesperrt und gefesselt hatte, war leichtsinnig gewesen, denn er hatte sie unterschätzt.

Eine Tür quietschte, ein Blech schrappte über den Boden. Ein Schlüssel wurde ins Schloss gesteckt, und da war es wieder, dieses leise Klirren des Schlüsselbundes.

Plötzlich erinnerte sie sich. Sie lief über den fast leeren Parkplatz am neuen Hafen. Ihr hellblauer Renault Clio stand im Schatten einer großen Pinie. Nur eine Straßenlaterne verbreitete trübes Licht über dem Platz. Sie war nicht allein. Ein Mann hielt ihre Hand, und sie hatte keine Angst vor ihm. Sie hatten ein paar Rosé getrunken und gelacht. Irgendwann wollte sie gehen – allein. Aber ihr war nicht gut, sie wollte zum Campingplatz. Dorthin, wo ihr Zelt stand. Der Mann wollte sie zu ihrem Zelt bringen. Aber sie wollte nicht gebracht werden. Sie braute keine Hilfe. Von niemandem. Sie konnte ihre Dinge allein regeln, und wenn ihr Begleiter das nicht verstand, dann ... Plötzlich begann sich die Nacht um sie herum zu drehen. Sie wollte noch etwas sagen, aber dann verschwamm alles um sie herum. Sie musste sich an ihrem Begleiter festhalten.

Es war das letzte Glas. Da war sie sich sicher. Warum hatte ihr Begleiter auf Rotwein bestanden? Sie vertrug keinen Rotwein. Jetzt war ihr schlecht. Mehr als schlecht. Da war plötzlich dieses Klirren zu hören, als wäre ihrem Begleiter etwas zu Boden gefallen. Sie wollte ihn fragen, doch in diesem Moment spürte sie einen Stich in ihrem Oberarm – und dann drehte sich alles. Sie spürte noch, dass sie stürzte, wie in Zeitlupe. Der Boden kam ihr entgegen.

Sie wollte ihre Arme heben, um sich abzufangen, aber es war zu spät. Sie schlug mit dem Brustkorb auf den steinigen Boden, aber das spürte sie schon nicht mehr.

Die junge Frau bewegte ihren Fuß in der Fessel. Ganz vorsichtig, denn sie war sicher, dass der Mann sie in diesem Augenblick beobachtete. Und jetzt war da wieder das Geräusch der Schlüssel, leise, aber ganz nah. Dann hörte sie ein Summen, wie von einer entfernten Baustelle, und das Licht ging an. Die Schmerzen kamen zurück. Jetzt erinnerte sie sich an all das, was sie eben noch erfolgreich verdrängt hatte: Erst spürte sie ein scharfes Brennen in ihren Oberschenkeln, dann flackerte das Licht.

Sie zwang sich, den Kopf zu drehen, und sah ihn. Er trug eine medizinische Maske und an den Händen OP-Handschuhe. Sie konnte das Gesicht des Mannes nicht erkennen, aber sie sah, was dieser Mann tat: Er steckte zwei Kabel in einen Transformator, der auf einem Rollgestell stand. Von diesem Gerät kam das Brummen, das in ein helles Summen überging, als der Mann die Energie erhöhte. Dann legte der Unbekannte einen Schalter um. Erst kam der Druck, der sich anfühlte, als wäre sie zwischen zwei Mauern geraten, die langsam zusammenrückten, um alles zu zerquetschen, was zwischen ihnen stand. Dann kam der Strom.

Der Stromstoß traf sie mit unkontrollierbaren Muskelkrämpfen. Sie würde das nicht noch einmal aushalten, niemand könnte das aushalten, dachte die Frau. In diesem Moment hörte sie ein Klicken, und die Krämpfe verschwanden.

»Ich sehe dich später«, sagte die Stimme. »Wir haben jede Menge Zeit.«

Sie konnte hören, wie der Mann durch den Raum ging und das Licht abschaltete. Die Tür wurde geöffnet, fiel mit einem metallenen Kreischen ins Schloss, und dann war sie wieder allein. Sie atmete tief ein wie eine Ertrinkende, die plötzlich ein Stück Treibholz findet, an dem sie sich festklammern kann. Die junge Frau hatte das Gefühl, als hätte sie minutenlang die Luft angehalten. Das Blut pochte laut in ihren Ohren. Sie hustete. Ihr Rachen fühlte sich wund und trocken an von ihren Schreien. Sie musste sich darauf konzentrieren, Luft zu holen, regelmäßig zu atmen. War er wirklich gegangen? Die junge Frau hielt den Atem an. War da ein Geräusch? Atme, atme, zwang sie sich. Du darfst jetzt nicht aufgeben. Du hast es geschafft, du hast die Tortur überstanden. Sie spürte, wie sie langsam wieder zu sich kam. Sie öffnete vorsichtig die Augen, als könnte da draußen in der Wirklichkeit irgendetwas auf sie warten, um sie zu vernichten. Aber da war nichts. Nur dieser schreckliche Raum und sie. Eine Gefangene der Dunkelheit. Du darfst jetzt nicht aufgeben. Du hast es bis hierher geschafft, du wirst es auch weiter aushalten. Sie schüttelte ihre Benommenheit ab und dachte an die Fußfessel. Sie würde sie lösen, sie musste sie lösen. Sie würde sich von diesem Ungeheuer nicht zerstören lassen. Sie würde nicht aufgeben, sie würde kämpfen.

50. Kapitel

Manche Geschichten sind für Journalisten so verlockend, dass sie sich einfach nicht geheim halten lassen. Der verschwundene Kopf aus der Rechtsmedizin war so eine Story. Von dem Moment, wo Olivier Rybaud entdeckte, dass jemand in die Kühlkammer der Rechtsmedizin eingedrungen war, bis zur ersten Meldung in den Medien waren keine drei Stunden vergangen. Jetzt standen Isabelle sowie die Lieutenants Masclau und Kadir bei Zerna im Büro und mussten eine Standpauke zum Thema »Vertraulichkeit« über sich ergehen lassen. Schließlich waren sie nicht nur für die Ermittlungen, sondern auch für die Sicherung des Tatorts zuständig.

»Wir haben niemanden in die Rechtsmedizin gelassen, Patron!« Didier Masclau klang geradezu beleidigt.

»Nur unsere zuverlässigsten Beamten waren dabei«, ergänzte Kadir.

»Das sind alles Kollegen, die wir seit Jahren kennen«, ergänzte Isabelle.

»Na, dann erklären Sie mir mal, warum ich vor einer Viertelstunde einen Anruf aus dem Innenministerium bekommen habe. Die wollten wissen, ob es eine erste Spur vom verschwundenen Kopf gibt.«

»Ich kenne die Quellen des Innenministeriums nicht«, sagte Isabelle. »Wir haben sie jedenfalls nicht informiert.«

»Die Medien wären so oder so dahintergekommen.« Zerna klang müde. »Sie kommen immer dahinter.«

»Worüber wollten Sie mit uns sprechen?«, fragte Isabelle ihren Chef. Obgleich sie genau wusste, dass Zerna es nicht leiden konnte, von seinen Mitarbeitern zu Entscheidungen gedrängt zu werden.

»Ich möchte ihre Vorschläge hören.«

»Welche Vorschläge?«, fragte Masclau.

»Was sagen wir den Journalisten?«

»Wie wäre es mit der Wahrheit?«, sagte Isabelle.

»Schlechte Idee«, sagte Zerna.

»Aber die einfachste Lösung.«

»Wir versuchen gerade zum dritten Mal, die Auszeichnung ›Herausragender Ort der Provence‹ zu bekommen.« Zerna sah seine engsten Mitarbeiter an. »Und dieses Mal stehen wir so dicht davor.« Zerna presste Daumen und Zeigefinger der rechten Hand zusammen. »Aber niemand interessiert sich für Auszeichnungen und Preise, wenn auf der anderen Seite die Medienhorde auf blutige Neuigkeiten von einem durchgeknallten Killer sowie Versäumnisse und Fehler der Gendarmerie lauert.«

»Wir machen einfach weiter mit unseren täglichen Pressekonferenzen«, schlug Isabelle vor, »und lassen gerade so viele Informationen raus, dass die Reporter etwas zu berichten haben, ohne großen Schaden anzurichten.«

»Davon träumen Sie aber nur.« Zerna klang frustriert. »Geben Sie diesen Leuten den kleinen Finger, dann nehmen sie gleich den ganzen Arm.«

»Aber wir könnten auf diese Weise den Schaden etwas eingrenzen«, überlegte Kadir.

»Le Lavandou, Ferienparadies an der Côte d'Azur«, zitierte Zerna die Überschrift mit sarkastischem Unterton und schob den Beamten einen Flyer hin, der Wellen, Strand und Palmen zeigte.

»Die Dinger hängen überall zwischen hier und Toulon«, sagte Kadir.

»Vielleicht ein bisschen spießig.« Isabelle, die die Aktion entsetzlich altmodisch fand, betrachtete den Flyer. »Aber wie ich gehört habe, ist die Kampagne gut angelaufen.«

»Gut angelaufen? Na klar!«, sagte Zerna. »Solange keine toten Frauen ohne Kopf an unseren sogenannten Traumstränden rumliegen.«

»Die Aktion kommt super an«, sagte Masclau. »Sogar unser Präsident ist extra hergekommen, um unsere Bewerbung zu unterstützen.«

»Ich glaube, es sind eher persönliche Gründe, die den Präsidenten in unsere hübsche kleine Stadt geführt haben«, bemerkte Isabelle mit nicht zu überhörender Ironie.

Die Männer sahen sich vieldeutig an. In diesem Moment klopfte es, die Tür öffnete sich ein Stück, und gleichzeitig machte ein junger Beamter einen Schritt in den Raum, als er von Zerna gebremst wurde.

»Ja?!«, sagte der Polizeichef in einem Ton, der den jungen Beamten auf der Stelle anhalten ließ.

»Da draußen ...«, sagte er nervös. »Also ... da ist eine Frau, die unbedingt Capitaine Morell sprechen will.« Dabei nickte der Polizist in Isabelles Richtung.

»Jetzt nicht«, sagte Zerna knapp.

»Sie wartet schon seit über zwei Stunden.«

»Zwei Stunden? Wie heißt sie?«, fragte Isabelle.

»Dumat, glaube ich«, antwortete der Polizist.

»Vielleicht eher Dumont?«, fragte Isabelle.

»Ja, genau, Dumont. Sie behauptet, dass Sie sie kennen, und sie müsste Sie dringend sprechen, es ginge um den Mord.«

Lieutenant Kadir sah mit dramatischem Augenaufschlag in Richtung Zimmerdecke, um zu unterstreichen, was er von dieser Zeugin hielt.

»Ich kümmere mich.« Isabelle straffte die Schultern. Zerna sah sie erstaunt an. »Lieutenant Masclau bringt Sie auf den neuesten Stand.«

Die Männer starrten ihr verblüfft nach, als sie aus dem Büro des Polizeichefs marschierte.

Natürlich war Madame Dumont eine etwas eigenbrötlerische Person. Als alleinstehende Witwe hatte sie so ihre Spleens und Eigenarten entwickelt. Wann immer etwas in Lavandou geschah, war Madame Dumont als Erste auf der Gendarmerie, um eine »wichtige« Zeugenaussage zu machen. Normalerweise wurde sie dann stets mit einigen mehr oder weniger freundlichen Worten aus der Wache bugsiert. Diesmal war es anders. Isabelle hatte das Gefühl, dass Odette Dumont, die pensionierte Lehrerin, vielleicht tatsächlich etwas beobachtet haben könnte, das ihnen bei der Lösung dieses Falles helfen konnte.

Der junge Polizist hatte Isabelle ein paar Schritte durch den Flur der Gendarmerie begleitet.

»Da ist sie«, sagte er und deutete auf Madame Dumont, die kerzengerade auf einem der hässlichen hellgrünen Plastikstühle saß, die an der Wand des Flurs standen. Die Frau stand auf. Sie trug eine Caprihose, die so aussah, als hätte ihre Besitzerin sie zwei Kleidergrößen zu klein gekauft, um jünger zu wirken. Dazu hatte sie eine helle Bluse an, die sie über ihrem Bauch geknotet hatte, so wie es die jungen Frauen in den Siebzigerjahren getragen hatten.

Isabelle nahm die Zeugin mit in ihr Büro. Sie bot ihr einen

Platz an, aber Madame Dumont wollte sich nicht setzen. Sie wirkte unruhig und nervös. Isabelle konnte der Besucherin ansehen, dass sie etwas quälte und dass sie mit sich rang, Isabelle in ihr Geheimnis einzuweihen. Endlich blieb sie vor dem Fenster stehen, durch das der Blick auf den trostlosen Hinterhof der Gendarmerie fiel.

»Wie wäre es mit einem Tee?« Isabelle griff zu der Thermoskanne auf dem Besuchertisch, und die Frau nickte.

»Ich habe ihn wieder gesehen«, sagte die Frau leise, als könnte sie jemand hören.

»Den Geist?«, fragte Isabelle sachlich. »Wo?«

»Er hat sich wieder eines der Mädchen geholt. Bitte, Sie müssen sie retten.«

»Wer war dieser Mann?«

»Er hat keinen Namen«, die Lehrerin schüttelte den Kopf.

»Madame Dumont. Wie sollen wir jemand finden, über den Sie uns nichts sagen wollen?«

»Aber ich habe es doch gesehen. Er hat die junge Frau aus dem Auto gehoben, gleich neben unserer Gartenmauer.«

»Und dann? Was hat er dann gemacht?«

»Er ist mit ihr weggefahren«, sagte Madame Dumont.

»Sie kennen seinen Namen?«, fragte die stellvertretende Polizeichefin.

Odette Dumont sah Isabelle nur schweigend an. Dann nickte sie ganz leicht mit dem Kopf.

»Er bringt mich um, wenn ich ihn verrate.«

»Ich denke nicht, dass er das tun wird. Warum sollte er ausgerechnet zu Ihnen kommen?«

»Weil er mich hasst.«

»Aber Madame ...« Bei Isabelle klang die Bemerkung wie ein kleiner Tadel. »Warum?«

»Ich habe ihn schon einmal verraten«, sagte Odette Dumont schließlich. »Bei der Polizei.«

Isabelle wurde hellhörig. War das vielleicht doch möglich?

»Sie kannten ihn? Woher?«

»Ich habe damals zwei Jahre lang am Collège in Grimaud unterrichtet.«

»Warum haben Sie damals den Jungen angezeigt? Es war doch ein Junge, oder?«

»Er war fünfzehn«, erinnerte sich Madame Dumont. »Der Junge war klein für sein Alter, verschlossen und unsportlich. Wenn er sich deswegen von seinen Mitschülern verspottet fühlte, dann konnte er innerhalb von Sekunden hochgehen wie ein Knallfrosch. Er war unberechenbar, kam nur noch in den Unterricht, wenn er wollte. Einmal hat er sogar die Scheibe von meinem Peugeot eingeschlagen, auf dem Lehrerparkplatz. Er wohnte bei Pflegeltern. Wir Lehrer hatten ständig Probleme mit ihm. Erst waren es nur Bagatellen. Kleine Diebstähle. Einbrüche und so was, aber dann wurde es schlimm.«

»Wieso?«

»Damals ist das mit den Pferden passiert.«

»Das mit den Pferden?«

»Das können Sie nicht wissen, da waren Sie noch zu jung.«

»Was war mit den Pferden?«, hakte Isabelle nach.

»Jemand hatte den Pferden auf der Koppel nachts mit einem scharfen Messer die Kehlen aufgeschlitzt, damit sie qualvoll verrecken.«

Isabelle sah die Zeugin erstaunt an.

»Ich weiß, das sagt man nicht, aber es ist die Wahrheit.«

»Was hatte der Junge damit zu tun?«

»Wir haben auf einem Ausflug mit der Klasse einen Pfeifenschnitzer besucht, an der Küste in Cogolin. Der Junge war sehr interessiert, besonders an den Messern. Ein paar Tage später hat er in der Klasse ein langes, schmales Messer aus der Schultasche gezogen und damit vor den anderen angegeben. Er hatte es bei dem Schnitzer geklaut.«

»Daraufhin sind Sie zur Polizei?«, fragte Isabelle. Die ehemalige Lehrerin nickte.

»Es war angeblich ein Messer, wie es auch der Kerl verwendet hat, der die Pferde umgebracht hat. Ich hatte Sorge, dass er damit jemanden ernsthaft verletzen könnte.«

»Sie denken, er hat die Pferde …?«, fragte Isabelle.

»Er hat es immer bestritten. Aber die Polizei fand schnell Beweise gegen den Jungen.«

»Wurde er der Fürsorge überstellt?«

»Das hat man uns jedenfalls im Collège gesagt. Später habe ich gehört, dass er in ein Erziehungsheim in den Bergen gekommen ist. Ich habe der Polizei gesagt, dass ich es für äußerst bedenklich hielte, wenn so einer frei herumlaufen würde. Aber die haben nur gemeint, in dem Heim würden sie schon gut auf ihn aufpassen.« Madame Dumont zuckte mit den Schultern, so als wüsste Isabelle, was aus dem Jungen geworden war.

»Haben Sie ihn danach noch einmal gesehen?«, fragte Isabelle.

»Nein. Sie haben ihn in ein anderes Département verlegt, nach Alpes-de-Haute-Provence.«

»Das ist weitab vom Schuss«, sagte Isabelle.

»Sie wissen, was er später mit dem Mädchen gemacht hat?«, Madame Dumont sprach jetzt leise, so als würde sie im Beichtstuhl eine alte Schuld zugeben. »Ich hätte alles, was dann kam, vielleicht verhindern können. Wenn ich mehr Druck bei der Polizei gemacht hätte.«

»Keine Sorge, Sie haben nichts falsch gemacht, Madame«, sagte Isabelle.

Odette Dumont sah eine Weile schweigend aus dem Fenster, dann drehte sie sich zu Isabelle um. Die stellvertretende Polizeichefin sah, dass ihre Besucherin blass geworden war, als sie zu reden begann.

»Die ganze Geschichte damals … dieser …«, sie unterbrach sich, bevor sie weitersprach. »Dieser schreckliche Junge hat mein Leben verändert.«

»Wir reden hier von Maurice Blavier, richtig?«, fragte Isabelle.

»Bitte erwähnen Sie bei Ihren Ermittlungen meinen Namen nicht. Ich werde nicht noch einmal als Zeugin gegen ihn aussagen.«

»Warum sollten Sie? Mit den jüngsten Morden hat er eindeutig nichts zu tun.«

»Wie können Sie da so sicher sein?«

»Weil ich ihn besucht habe«, erklärte Isabelle. »Er sitzt in der geschlossenen Abteilung der Nervenklinik Saint-Joseph in Draguignan und kommt dort auch nie wieder raus. Das ist eine gut überwachte Einrichtung für geistesgestörte Gewalttäter.«

»Blavier ist kein Mensch, das ist ein wildes Tier«, sagte Odette Dumont im Flüsterton. »Er hat mit den neuen Morden zu tun, glauben Sie mir.«

Isabelle sah die Besucherin an, und zum ersten Mal hatte sie das Gefühl, dass Madame Dumont recht haben könnte.

51. Kapitel

Leon befand sich in der Klinik und tat, was er immer tat, wenn er sich in einen Fall verrannt hatte. Er ging in die Rechtsmedizin, ließ die Untersuchungsberichte auf seinem Schreibtisch ungelesen liegen und begab sich in den Autopsiesaal. Dort dimmte er das Licht so weit, dass nur noch zwei Scheinwerfer die Tote beleuchteten.

Leon hatte einen Stuhl herangezogen und sich neben die Tote auf dem Sektionstisch gesetzt. So, wie sich ein Arzt neben eine Patientin setzen würde, an der ihm viel lag. Ein Tuch, wie zufällig auf das Opfer geworfen, verdeckte die entsetzliche Schnittwunde, die Rumpf und Kopf getrennt hatte. Es war still hier in der Unterwelt, wie die Medizinerkollegen das Institut abfällig nannten. Leon hatte nicht oft Besuch in seiner Abteilung. Das lag nicht nur daran, dass die Rechtsmedizin sich im äußersten Winkel des Klinikneubaus befand. Der wahre Grund war ein anderer: Die Kollegen spürten die Nähe des Todes, die einen auf Schritt und Tritt durch das Institut begleitete. Genau wie der Geruch von Ethanol, der regelrecht mit der Kleidung zu verschmelzen schien. Alles erinnerte Besucher daran, dass man hier Dinge sah, die von diesem Leben übrig blieben, wenn die Seele den Körper für immer verlassen hatte.

Die Rechtsmedizin war kein Ort für ein gemütliches Gespräch. Ganz im Gegenteil. Wer unbedingt in diese Abteilung musste, sah zu, dass er so schnell wie möglich wieder verschwinden konnte.

Bei Leon war das etwas völlig anderes. Er genoss die Ruhe und Abgeschiedenheit seines Instituts. Es war der Ort, wo er den Opfern, seinen »Patienten«, ganz nahe war. Und Nähe war genau das, wonach Leon suchte, wenn er »mit den Toten reden« wollte, wie er es selbst gern nannte.

Leon schob sich mit dem Stuhl noch näher an die Leiche der Frau heran, die auf dem Rastplatz im Park entdeckt worden war und jetzt vor ihm auf dem Sektionstisch lag. Er hatte mit Rybaud bereits den Torso untersucht. Genau wie beim ersten Fall, der jungen Frau vom Strand, hatte sich auch bei dieser Toten jemand die allergrößte Mühe gegeben, alle möglichen Spuren zu vernichten. Aber der Täter hatte trotzdem Spuren hinterlassen.

In diesem Moment hörte Leon das Poltern von schnellen Schritten. Jemand lief draußen den Gang entlang.

»Da können Sie nicht rein«, empörte sich eine Frau.

Leon erkannte die Stimme von Schwester Monique. Im selben Moment wurde die Tür zur Autopsie aufgerissen, und Brigitte Dupin, die Reporterin von Canal 6, drängte sich in den Raum, das Mikro in der Hand und ihren Kameramann im Schlepptau. Vergeblich versuchte die Schwester, die Journalisten aufzuhalten, aber der Kameramann hatte sein Gerät schon auf die Schulter gehoben, und ein grünes Lämpchen am Sucher der Kamera signalisierte, dass sie sich im Stand-by-Modus befand, bereit für die Aufnahme.

Leon war aufgestanden und wollte das Leichentuch über das Opfer ziehen, aber Brigitte Dupin war schneller gewesen. Der Kameramann ließ vor Entsetzen die Kamera sinken und starrte fassungslos auf das Opfer, das da neben seinem eigenen Kopf auf dem Obduktionstisch lag. Die Journalistin wollte noch etwas sagen, aber dann sah auch sie auf die Tote, den zerfetzten Hals und den abgetrennten Kopf. Sie musste sich einen Moment abwenden, dann sah sie Leon an und rang nach Worten.

»Docteur.« Sie musste sich räuspern, um sich wieder zu fangen. Dann fuhr sie fort: »Was können Sie uns über die Tote sagen?« Die Reporterin hielt Leon ihr Mikro vor das Gesicht.

»Wagen Sie es bloß nicht, hier zu drehen.« Leons kühle, kontrollierte Stimme hatte etwas Zwingendes.

»Ist es richtig, dass wir es mit einem Serientäter zu tun haben?«

»Verschwinden Sie aus dem Institut, alle beide. Jetzt.« Leon deutete auf die Kamera. »Und schalten Sie das Ding bloß nicht ein.«

»Die Öffentlichkeit hat ein Recht zu erfahren, was in dieser Stadt vor sich geht!«, protestierte die Reporterin von Canal 6.

»Das hier ist die Rechtsmedizinische Abteilung der Klinik Saint-Sulpice«, rügte Leon im Ton eines genervten Seminarleiters die Eindringlinge. Dabei deckte er mit seiner ausgestreckten Hand die Linse der Kamera ab.

»Ich habe die Sicherheitsleute schon informiert!« Schwester Monique war außer sich vor Empörung.

»Die Rechtsmedizin arbeitet im Auftrag der Staatsanwaltschaft von Toulon«, fuhr Leon fort. »Denen wird es nicht gefallen, wenn ich erzähle, dass Sie gegen meine ausdrückliche Anordnung hier eingedrungen sind.«

Zwei Männer in schwarzen Overalls erschienen in der Tür. Auf Brust und Rücken prangte in großen knallgelben Buchstaben SÉCURITÉ.

Weder die Reporterin noch ihr Kameramann waren eingeschüchtert, wobei Letzterer ein wenig grünlich um die Nase wirkte.

»Da entlang«, sagte der ältere der beiden Sicherheitsleute und wies mit der Hand auf die Tür.

»Das wird ein Nachspiel haben!«, rief Brigitte Dupin zurück in den Saal. »So geht man in diesem Land nicht mit der freien Presse um!«

»Raus jetzt«, sagte Leon unbeeindruckt.

52. Kapitel

Eine Viertelstunde später saß Leon an seinem Computer. Hinter ihm stand Rybaud und schaute ihm über die Schulter. Leon hatte zwei Zahlenkolonnen grün markiert.

»Sind das die Treffer?«, fragte Rybaud.

»So wie es aussieht, hatten wir Glück«, antwortete Leon und tippte auf den Bildschirm.

»Ist das die Bodenprobe?«, fragte Rybaud, und Leon nickte.

Die Rechtsmedizin schickte routinemäßig Bodenproben von Tatorten und Fundorten an die Universität von Aix-en-Provence. Dort gab es genaue Pläne der Bodenbeschaffenheit der Départements. Immerhin konnte Leon jetzt schon mit hoher Sicherheit sagen, dass es sich in beiden Fällen ausschließlich um den Fundort handelte, nicht um den Tatort.

»Konnten die sich in Aix nicht genauer festlegen?«

»Nein, dafür sind die Proben nicht spezifisch genug«, sagte Leon und tippte auf verschiedene Zahlen. »Der Anteil an Silber liegt in der Gegend gering über dem Durchschnitt. Aber sonst …« Er zuckte mit der Schulter.

»Ansonsten ist es nicht mehr als ein Haufen Dreck.«

»Richtig«, sagte Leon mit einem Grinsen. »Aber da gibt es noch etwas.«

Leon griff in eine Probentasche aus Papier und zog einen Glasträger heraus.

»Woher stammt das?«, wollte Rybaud wissen und drehte das Glasblättchen im Licht.

»Jedenfalls nicht vom Fundort der zweiten Leiche«, sagte Leon geheimnisvoll.

Rybaud schaute ihn fragend an.

»Diese Probe haben wir unter den Fingernägeln der Opfer gesichert. Es ist Korkeiche.«

»Davon haben wir wirklich genug in der Provence«, meinte Rybaud.

»Aber die wachsen nicht am Rastplatz im Massif des Maures und auch nicht in den Felsen am Strand.«

»Was wollen Sie damit sagen?«

»Es handelt sich nicht nur um Korkeichenrinde, sondern sie ist auch noch alt.«

»Wie alt?«

»Über hundert Jahre, und um Ihrer nächsten Frage zuvorzukommen: Ja, diese Pflanzenspuren wurden bei beiden Opfern gefunden, bei beiden unter den Fingernägeln.«

»Bringt uns das weiter?« Die Frage von Rybaud hatte etwas spöttisch geklungen, und er erntete einen kritischen Blick seines Chefs.

»Es könnte bedeuten, dass beide Opfer an der gleichen Stelle gefangen gehalten und misshandelt wurden.«

»Was für ein Ort könnte das sein?«, fragte Rybaud.

»Eine Schreinerei vielleicht«, sagte Leon und nahm Rybaud den Glasträger mit der Probe aus der Hand. »Oder ein Dachstuhl, eine Scheune. Vielleicht aber auch ein Keller.«

»Ich dachte, er hätte seine Spuren so gut verwischt«, meinte der Assistent.

»Auch Profis machen Fehler«, sagte Leon.

»Durchtrennte Rückenwirbel. Entnommene Organe, abgeschnittene Köpfe. Da muss jemand echt Ahnung von Anatomie haben.« Bei Rybaud klang es fast respektvoll, als er die Arbeit des Mörders beschrieb.

»Genau das denke ich auch«, sagte Leon. »Er hält seine Opfer über Tage am Leben. Trotz der vielen Verletzungen.«

»Vielleicht ein Sanitäter. Jemand aus der Klinik?« Rybaud zuckte mit den Schultern. »Er will, dass wir die Spuren der Folter sehen?«

»Richtig, jemand will uns provozieren, will uns zeigen, dass er schlauer ist als wir.«

»Aber warum hat er das Herz entfernt?«

»Das ist ein Code. Damit zeigt uns der Unbekannte, dass er der Täter ist. Nur der Täter kann von dem fehlenden Herzen wissen. Das wurde in den Polizeiberichten nie erwähnt«, erklärte Leon. »Das gilt auch für die Hibiskusblüten, die wir an den Fundorten der Leichen entdeckt haben.«

»Wer immer das getan hat ...« Rybaud sah zum Seziertisch, auf dem inzwischen wieder ein Leichentuch die Tote abdeckte. »Der will uns vorführen. Jedenfalls ist er ziemlich gestört.«

»Da muss ich Ihnen ausnahmsweise recht geben, Rybaud.«

»Es gibt da aber noch etwas.« Rybaud machte eine kleine dramaturgische Pause. Ein Trick, den er sich bei Leon abgeschaut hatte. Dann fuhr er fort: »Wir haben eine Übereinstimmung von DNA an beiden Opfern.«

»Zuverlässigkeit?«

»Achtundneunzig Prozent.«

»Das bedeutet?« Leon ließ seinem Assistenten den Spaß.

Rybaud ließ Leon nicht aus den Augen. »Jetzt haben wir nicht nur einen Hinweis auf das Versteck des Mörders, jetzt wissen wir auch, dass beide Opfer mit demselben Täter Kontakt hatten.« Kopfschüttelnd schloss er: »Sie hatten recht, es ist ein Serientäter.«

In diesem Moment läutete Leons Handy, das auf seinem Schreibtisch lag. Er griff nach dem Gerät und meldete sich.

»Ja?« Leon konzentrierte sich auf das, was der Anrufer zu sagen hatte. »Es ist immerhin einen Versuch wert, das sehe ich genau wie dein Chef. Natürlich bin ich dabei.«

53. Kapitel

Die Sonne stand im Westen tief über dem Horizont, als Leon die Autoroute A 8 verließ und in Richtung Draguignan fuhr. Isabelle hatte ihre Schuhe ausgezogen und stemmte die nackten Fersen gegen das Armaturenbrett. Sie hatten das Dach des Cabriolets aufgeklappt, und Leon beobachtete aus den Augenwinkeln, wie der warme Fahrtwind Isabelles Haare aufwirbelte.

»Ist doch schon ein Fortschritt, dass Docteur Auvillain uns überhaupt unterstützt.«

»Das glaube ich erst, wenn ich da bin«, sagte Leon.

»Hat dir schon mal jemand gesagt, dass du ein misstrauischer alter weißer Mann bist?«, fragte Isabelle und grinste.

»Das würdest du nicht wagen.« Leon machte mit der Faust eine spielerische Drohgebärde in ihre Richtung.

»Weißt du, dass ich diesen alten weißen Mann liebe?«, rettete sich Isabelle.

»Da hast du aber gerade noch die Kurve gekriegt!« Leon sah zu ihr hinüber.

Isabelle gab Leon einen schnellen Kuss auf die Wange, als er vor dem Eingangstor von Saint-Joseph hielt.

»Zu wem möchten Sie?«, fragte der Sicherheitsmann in der Pforte über die Gegensprechanlage.

»Wir sind angemeldet.« Isabelle beugte sich noch ein Stück

weiter über Leon. »Capitaine Morell von der Gendarmerie und Docteur Ritter, Médecin Légiste.«

Der Pförtner nahm ein Klemmbrett vom Haken und warf einen Blick darauf. Dann drückte er wieder die Ruftaste.

»In Ordnung, Docteur Auvillain weiß Bescheid.« Er wies mit der Hand die Straße hinauf. »Geradeaus weiter bis zu dem Backsteinbau mit den hohen Gittern. Sie werden schon erwartet.«

Leon bog in die Allee alter Eukalyptusbäume ein, die kerzengerade auf den Haupteingang der Nervenklinik zulief. Die Stämme hatten sich in der Tageshitze aufgewärmt und gaben jetzt den kühl-scharfen Duft ihrer ätherischen Öle ab.

»Gesichert wie die Kronjuwelen«, sagte Leon mit einem Blick auf die hohen Zäune und den Stacheldraht.

»Meine Güte, es ist doch nur das Archiv«, sagte Isabelle. »Was soll das Theater?«

Leon bog auf einen freien Parkplatz ein, gleich neben einen nagelneuen, strahlend weißen Range Rover.

»Das Patientenarchiv ist so etwas wie die Schatzkammer jeder psychiatrischen Einrichtung«, erklärte er. »Hier lagern all die Krankengeschichten, die einmal Grundlage einer wissenschaftlichen Veröffentlichung werden könnten.«

»Was für Veröffentlichungen?«

»Artikel in Fachzeitschriften, Büchern, Sammelbänden. So was führt dann eines Tages zu einer eigenen Abteilung. Dann kommen die Forschungsetats, die Professuren an den Eliteunis und schließlich die Topjobs in der Pharmaindustrie.«

»Na gut, jetzt verstehe ich auch, warum Docteur Auvillain mich am Telefon so angefegt hat«, sagte Isabelle.

»Die Karriere eines Klinikchefs gedeiht auf Neid und den richtigen Verbindungen«, sagte Leon.

»Klingt nicht gerade nach Heilen und Helfen.«

»Nein«, Leon lachte, »da hast du recht. Bei Topmedizinern geht es eher ums Tricksen und Trügen. Das sind alles Hyänen.«

»Die haben ein ziemliches Theater wegen der Genehmigung gemacht.«

»Helfen und Heilen ...« Leon unterdrückte ein Kichern, als die Sekretärin und der Pfleger sie am Auto erreichten.

»Bonsoir, Docteur«, begrüßte der Pfleger Leon und ignorierte Isabelle.

»Danke für Ihre Unterstützung«, sagte Leon mit übertriebener Höflichkeit. »Das ist uns eine große Hilfe.«

»Lügner«, flüsterte Isabelle Leon ins Ohr, als sie die Klinik betraten.

»Es war der Wunsch von Docteur Auvillain, dass es mit dem Archiv doch noch geklappt hat«, sagte der Pfleger. Leon und Isabelle tauschten einen schnellen vielsagenden Blick.

Sie folgten der Sekretärin und dem Pfleger durch den alten Bau. Die Wände waren auch hier in deprimierendem Grün und Grau gestrichen.

Hier ist es noch einsamer als in der Rechtsmedizin, dachte Leon. Gelegentlich begegneten ihnen Pfleger oder Ärzte, die blütenweiße Hosen und Kittel trugen. Auf den Brusttaschen waren die Namensschilder befestigt. Gelegentlich waren entfernte Rufe zu hören, die aus den dicken alten Backsteinwänden zu sickern schienen.

»Ich bin immer wieder überrascht, wie groß der Bau ist«, sagte Leon mit gespielter Bewunderung.

»Der erste Bauabschnitt stammt aus der Mitte des siebzehnten Jahrhunderts.«

Leon hörte der Sekretärin an, dass sie diesen Vortrag nicht zum ersten Mal hielt.

»Und es gibt drei Treppenhäuser«, mischte sich der Pfleger

eilfertig ein. »Jemand hat sich mal die Mühe gemacht und alle Stufen in der Klinik gezählt.«

»Wirklich?« Leon tat interessiert. »Wie viele waren es?«

»Tausendvierhundertfünfundfünfzig.«

»Hat das ein Patient ausgerechnet oder einer der Ärzte?«, fragte Leon mit einem Schmunzeln, wofür er ein höfliches Lachen erntete. Die Sekretärin legte die Hand auf die Türklinke.

»Unser Patientenarchiv«, sagte sie, jetzt wieder mit kühler Sachlichkeit und öffnete die Tür.

Auvillain erhob sich schwungvoll von einem überbreiten Schreibtisch.

»Bonsoir« sagte Leon höflich. Der Psychiater nickte kurz, auch in Richtung von Isabelle.

»Wir sind Ihnen sehr dankbar, dass Sie unsere Arbeit unterstützen«, sagte Isabelle.

»Danken Sie nicht mir«, sagte Auvillain. »Danken Sie Ihrem Médecin Légiste.«

»Ich tue, was ich kann«, sagte Leon.

»Sie haben gute Kontakte zum Innenministerium«, Auvillain musterte Leon, »das muss man Ihnen lassen.«

»Wie kommen Sie darauf?«, fragte Leon.

»Wenn Sie der Präfekt morgens um neun Uhr persönlich anruft, um Ihnen mitzuteilen, dass sich ein gewisser Docteur Ritter aus Allemagne uneingeschränkt in unserer Patientendatei umsehen kann, dann nenne ich das ›gute Kontakte‹.«

Leon konnte ein Lächeln nicht verbergen.

»Ich hoffe, er hat Sie nicht bei Ihrer wissenschaftlichen Arbeit gestört«, sagte er, und es klang ein wenig so, als würde er sich über den Klinikleiter lustig machen.

»Verlieren wir keine Zeit und fangen an«, sagte der Psychiater. »Sie haben sich nach schizophrenen, aggressiven Patienten erkundigt, von denen wir einige über Jahre begleitet und erfolgreich wieder in ihr soziales Umfeld integriert haben.«

»Das ist richtig«, sagte Leon. »Wir suchen Männer im Alter zwischen achtunddreißig und fünfundfünfzig Jahren, die in dieser Klinik behandelt werden oder bis vor Kurzem behandelt worden sind.«

Auvillain legte vor Leon einen dünnen Ordner, der nur wenige Seiten enthielt. »Besteht denn der Verdacht, dass ein ehemaliger Patient von uns der Täter sein könnte?«, fragte der Klinikchef.

»Sie wissen, dass wir während laufender Ermittlungen über keinen unserer Fälle sprechen dürfen«, erinnerte Isabelle.

»Ich hätte vielleicht etwas zum Krankheitsbild einzelner Patienten sagen können.«

»Denken Sie da an einen bestimmten Patienten?« Leon klang neugierig.

»Jeder Patient zeigt ganz eigene Verhaltensweisen, auch bei der gleichen diagnostizierten Störung.«

»Darf ich?« Leon griff nach dem schmalen Aktenordner.

Der Klinikleiter antwortete mit einer großzügigen Handbewegung. »Ich möchte noch etwas ausdrücklich betonen«, sagte er. »Gerade die psychisch besonders labilen Patienten bedürfen auch unserer speziellen Fürsorge. Ich hoffe, das ist Ihnen bewusst.«

»Wir wollen uns nur ein Bild machen. Die Chance, den gesuchten Täter ausgerechnet hier zu finden, ist gering. Das ist uns klar«, sagte Isabelle.

»Für uns steht der Schutz der Patienten und damit auch der Schutz ihrer Daten an oberster Stelle. Ich werde keinen schizophrenen Patienten während einer Therapie durch die Gendarmerie befragen lassen. Ganz bestimmt nicht. Selbst wenn der französische Präsident persönlich bei mir anruft.«

»Das erwartet auch keiner«, sagte Leon besänftigend. »Ich würde mit Ihnen gern über ehemalige Patienten sprechen. Patienten, die ein ungewöhnliches Krankheitsbild aufweisen, ähnlich dem der beiden jüngsten Mordfälle.«

»Und da wenden Sie sich an mich.« Auvillains Augen ruhten auf dem Rechtsmediziner.

»Sie haben die größte Erfahrung«, sagte Leon, »und immerhin besteht die Chance, dass Sie dem Täter einmal begegnet sind. Vielleicht im Zusammenhang mit einer Vorlesung oder einem Vortrag bei einem Ihrer Seminare an der Universität.«

Es hatte Leon Überwindung gekostet, dem narzisstischen Klinikchef so offen zu schmeicheln. Aber das schien Dr. Auvillain nicht im Geringsten peinlich zu sein. Ganz im Gegenteil, er genoss in seiner Eitelkeit diesen kleinen Sieg.

»Wir unterstützen die Polizei, wo immer wir können«, sagte der Klinikchef, noch immer von Leons Worten geschmeichelt. »Aber mir ist bei der Durchsicht der Patientenakten kein Patient aufgefallen, dessen Verhalten auf eine so monströse Tat hingewiesen hätte.«

»Ich verstehe«, sagte Leon. »Deshalb bin ich auch froh, dass wir Sie im Team haben.«

Für diese übertriebene Höflichkeitsfloskel erntete Leon einen weiteren vorwurfsvollen Blick von Isabelle.

»Sie haben mir am Telefon allerdings gesagt, dass Sie eine Liste von Patienten hätten, von Schizophrenen, die behandelt und als geheilt entlassen wurden.«

»Geheilt sind sie nie«, sagte Auvillain. »Aber wenn sie ihre Medikamente nehmen und regelmäßig an Anti-Aggressions-Therapien teilnehmen, können sie ein fast normales Leben führen.« Bei dem Wort *normal* malte der Psychiater mit den Fingern Anführungszeichen in die Luft.

»Diese entlassenen Patienten weisen alle ähnliche Verhaltensweisen auf?« Leon blätterte durch die Papiere in dem schmalen Ordner.

»Wenn einer unserer Patienten auch nur im Ansatz eine solche paranoide Schizophrenie entwickeln würde, dann dürfte er die geschlossene Abteilung auf absehbare Zeit nicht mehr verlassen.«

»Sind Sie sicher, dass Sie eine solche Psychose rechtzeitig erkennen würden?«, fragte Leon.

»Natürlich bin ich sicher, Herr Kollege. Solche Dinge zu erkennen ist schließlich mein Beruf.« Jetzt klang Auvillain gekränkt. »Ich habe zu dem Thema eine ganze Artikelserie veröffentlicht. Glauben Sie mir, ich weiß sehr genau, wann ein Schizophrener eine Gefahr für die Gesellschaft darstellt.«

»Nicolas ...« Isabelle las das Deckblatt einer Patientenakte laut vor. »Hier ist nur der Nachname angeführt. Könnte das auch verwechselt worden sein und das ist eigentlich der Vorname des Patienten?«

»Zeigen Sie mal.« Auvillain nahm Isabelle das Deckblatt der Patientenakte aus der Hand und überflog die Daten.

»Ich kenne diesen Patienten nicht. Er muss vor meiner Zeit als Leiter dieser Klinik hier aufgenommen worden sein.«

»Darf ich mal sehen?«, meldete sich die Sekretärin, und Isabelle reichte ihr die Namensliste.

»Eine S-E-W«, sagte die Sekretärin und tippte auf die Buchstabenkombination in der Namenszeile.

»Was bedeutet das?«

»Selbsteinweisung«, antwortete Dr. Auvillain. »Das bedeutet, dass der Patient sich selbst eingewiesen hat. Es kommt immer wieder vor, dass Patienten spüren, dass zum Beispiel die Medikation nicht mehr passt oder eine Episode innerhalb ihrer Erkrankung bevorsteht. Dann melden sie sich freiwillig.«

»Die gehen freiwillig in die Nervenklinik?«, wunderte sich Isabelle.

»Viele leiden. Dann suchen sie Sicherheit und medizinische Versorgung«, erklärte der Klinikleiter. »Manchmal bleiben diese Patienten auch nur einen Tag, andere länger. Sie werden neu eingestellt und kehren dann üblicherweise früher oder später nach Hause zurück.«

Isabelle nahm sich wieder die Liste vor. »Nicolas«, murmelte sie noch einmal und ließ den Namen in ihrer Erinnerung nachschwingen.

»Sagt Ihnen der Name etwas?«, fragte Dr. Auvillain.

»Einer unserer Zeugen trägt den Namen.«

»Erste Zeichen einer leichten Schizophrenie, spricht auf Medikation gut an, unbedenklich«, rezitierte der Psychiater mit wenigen Blicken die Patientenakte. »Von diesem Patienten geht meines Erachtens keine unmittelbare Gefahr aus«, sagte er und wedelte mit dem Ausdruck.

»Das sind alle Namen?«, fragte Leon.

»Alle, die in dem von Ihnen angegebenen Raster liegen, alle, die im Département Var gemeldet sind, alle, die schon einmal in dieser Klinik wegen einer schizophrenen Störung behandelt worden sind, und alle, die in eine bestimmte Altersgruppe fallen«, dozierte Dr. Auvillain.

»Können wir Fotokopien dieser Unterlagen haben?«, fragte Isabelle.

»Nein, das ist leider nicht möglich.« Sein Ton machte deutlich, dass er nicht einmal daran denken würde, Leon noch weiter entgegenzukommen. »Das ist schon deutlich mehr als das, was wir dem Präfekten zugestanden haben«, sagte er, während er die Papiere ordentlich zusammenschob und zurück in den Ordner heftete.

»Vielen Dank für Ihre Unterstützung«, sagte Leon sarkastisch.

»Immer wieder gern«, antwortete Auvillain übertrieben höflich. »Sie können mich jederzeit anrufen, wenn Sie nicht weiterkommen.«

In diesem Moment war der Lärm von zwei Stimmen im Gang zu hören. Eine Männerstimme, die vergeblich versuchte, einen zornigen Mann zu beruhigen. Die Sekretärin im Archiv war von ihrem Stuhl aufgesprungen und sah verängstigt zur Tür.

»Das ist Blavier«, sagte der Pfleger erschrocken, der die kleine Gruppe begleitet hatte.

»Das ist unmöglich«, sagte Auvillain. »Blavier müsste um diese Zeit in seinem Zimmer sein.«

»Ja aber ...«, druckste der Pfleger, »dort ist er nicht.«

»Was soll das heißen?«, fragte der Psychiater. »Ich dachte, der ist in der Zwei, zur Beobachtung.«

»Er hat die Station zwei verlassen ... eigenmächtig.«

»Verflucht«, sagte der Klinikchef leise. Als er sah, dass er von allen in dem engen Raum beobachtet wurde, gab er sich sofort wieder höflich und um die Besucher bemüht. »Also, wann war das?«

»Vor einer knappen Stunde«, sagte der Pfleger. »Die Kollegen müssen ihn genau hier im Gang geschnappt haben.«

»Ihnen ist aber schon klar, dass Blavier ein überaus schwieriger Patient ist?«, fragte Auvillain den Pfleger in scharfem Ton.

»Deshalb wollten wir ihn ja ruhigstellen. Wir dachten, das würde ohne Geschrei abgehen«, versuchte der Pfleger sich zu verteidigen.

»In der Regel ist der Patient Blavier eher kontrolliert und neigt nicht zu Aggressionen«, erklärte der Psychiater. »Irgendetwas muss ihn getriggert haben.«

Vom Gang drang erneut Lärm herein, diesmal war der Ton aggressiver. Durch die offen stehende Tür konnte Leon den wütenden Maurice Blavier sehen. Der Mann trug einen fleckigen Overall und an den nackten Füßen Espadrilles. Er hielt einen kleinen, schweren Hocker aus Vollholz in der Hand, den er bedrohlich über seinem Kopf kreisen ließ.

»Komm nur her, du Pisser!«, schrie Blavier einen der Pfleger wütend an und gab Knurrtöne von sich.

»Stell den Hocker zurück, Maurice, und wir reden drüber«, versuchte es der Pfleger auf die ruhige Tour. »Dann kannst du dich ausruhen. Ist ja zum Glück nichts passiert.«

»Halt's Maul, Schwuchtel!«, schrie Blavier den Pfleger an.

Leon konnte sehen, dass der Pfleger zitterte. Sein Nacken glänzte unter dem Angstschweiß. Er war in heller Panik. Jeder Klinikmitarbeiter wusste, zu welchen blutigen Taten der Patient fähig war. Und jetzt kam dieser Mann langsam und bedrohlich auf ihn zu.

»Ich reiß dir die Eier ab und steck dir ein Messer in den Arsch«, sagte Blavier jetzt ganz ruhig. »Wollen wir doch mal sehen, wie du dich dann ausruhst, verdammter Wichser. Ich mach dich so was von alle, das glaubst du nicht.« Er ging noch einen Schritt auf den Pfleger zu. »Warte nur ab. Das hier ist die Apokalypse.«

In diesem Moment trat Dr. Auvillain in den Gang. Sofort drehte sich Blavier zu ihm um und schwang den Hocker.

»Gehen Sie zurück in Ihr Zimmer«, sagte der Klinikleiter in seiner arroganten, selbstgefälligen Art. Doch Blavier dachte gar nicht daran, das Spektakel zu beenden.

»Dich hol ich mir zuerst, aufgeblasener Wichtigtuer«, sagte er. »Und dann sind die anderen dran.«

Im Flur hatten sich inzwischen fünf Pfleger versammelt und dem Patienten den Fluchtweg verstellt.

»Monsieur Blavier.« Nun war Auvillains Tonfall sachlich, wobei ein leichter Vorwurf darin mitschwang.

»Scheißkerl, verdammter Scheißkerl«, murmelte Blavier, aber der Leiter der Nervenklinik ignorierte die Bemerkung.

Die Pfleger machten einen Schritt auf den Patienten zu, doch Auvillain hob nur kommentarlos die Hand, und die Männer blieben stehen. Blavier sah zwischen den Pflegern, Leon und den anderen hin und her.

»Wir wollen doch nicht unhöflich werden vor unseren Besuchern«, sagte der Psychiater wie nebenbei. So als ob sie gerade einen Small-Talk-Kurs für gutes Benehmen absolvieren würden und nicht einen der gefährlichsten Mörder der Provence bändigen mussten.

»Ich durchschau Sie«, sagte Blavier. »Ich durchschau Sie ganz genau.«

»Das ist auch gut so«, sagte der Psychiater. »Dann kann ich wenigstens sicher sein, dass Sie wissen, dass ich es ernst meine.« Auvillain sah zu Blavier wie ein Löwenbändiger, der mit dem Raubtier zum Sprung durch den brennenden Reifen ansetzt.

»Stuhl hinstellen, sofort.« Der Psychiater deutete auf den Boden. Der Patient zögerte. »Oder ich streiche Ihnen für einen Monat die Arbeit im Gewächshaus.«

In diesem Moment knallte Blavier den Hocker so auf den Steinboden, dass das Holz splitterte. Dann machte der Mann einen Schritt zur Seite und hielt den Pflegern die Hände hin. Wortlos fixierten sie den Patienten.

54. Kapitel

Keine zehn Minuten später saßen Leon und Isabelle wieder in Leons altem Cabrio und fuhren zurück nach Lavandou. Leon starrte stumm durch die Windschutzscheibe in die aufziehende Nacht. Während die Berge im Osten bereits in tiefer Dunkelheit lagen, verglühte hinter dem Horizont im Westen die letzte Abenddämmerung.

»Glaubst du, ihm wären die Morde zuzutrauen?«, fragte Isabelle.

»Du meinst, Blavier?«

»Heißt es nicht, Hunde, die bellen, beißen nicht?«, antwortete Isabelle mit einem Schulterzucken.

»Darauf würde ich es nicht anlegen. Er hat schließlich bereits das Gegenteil bewiesen. Immerhin konnte Auvillain durch diesen Vorfall seine Show abziehen. Fehlte nur noch, dass die Zuschauer geklatscht hätten.«

»Du kannst ihn nicht leiden«, sagte Isabelle nach einer Weile.

»Stimmt doch gar nicht.« Leon klang mürrisch.

»Ich kenn dich doch, Leon.«

»Ja, ja, in Ordnung.« Leon packte das Lenkrad fester. »Auvillain ist ein unerträglicher Wichtigtuer und ein Narzisst dazu. Darum kann ich ihn nicht leiden.«

»Verstehe«, sagte Isabelle und drehte sich mit einem breiten Grinsen von ihm weg.

»Warum grinst du?«, fragte er.

»Ich grinse doch gar nicht.«

»Ich höre, dass du grinst«, sagte Leon.

Leon musste lachen, und Isabelle lehnte ihren Kopf an seine Schulter.

»Am Schluss dachte ich, du würdest ihm gleich eine knallen.«

»Hätte ich gern getan.« Leon schnaubte mit einem Lächeln. »Aber ich wollte dir den Kontakt nicht kaputtmachen. Immerhin hat er wirklich Erfahrung.«

»Wie hast du vorhin deine Kollegen genannt? Hyänen? Da bin ich echt froh, dass ich nur bei der Polizei bin.«

Im Radio sang Jacques Brel »Ne me quitte pas«. Isabelle drehte den Ton lauter und hielt ihre Hand in den warmen Nachtwind.

55. Kapitel

Sie hatte das Aufblitzen ganz zufällig bemerkt. Als der Unbekannte zum zweiten Mal in den Raum gekommen war, hatte er diese gleißend hellen Scheinwerfer eingeschaltet, sodass sie einen Moment kaum wusste, wo oben und unten war. Da hatte sie das glänzende Metall zum ersten Mal gesehen, seitdem ging es ihr nicht mehr aus dem Kopf. Etwa zwölf Zentimeter lang, dünn wie ein Bleistift, aber aus rostfreiem Stahl. Eine Sonde mit einer scharf gebogenen Nadel an der Spitze. Sie kannte solche Instrumente. Ihr Vater benutzte sie in seiner Zahnarztpraxis.

Als kleines Mädchen war sie fasziniert gewesen vom Beruf ihres Vaters. Sie wollte unbedingt auch Zahnärztin werden. Doch dann kam das schicksalhafte Weihnachten, an dem eine Frau in ihrem Leben aufgetaucht war, die sie nie zuvor gesehen und von der sie noch nie zuvor etwas gehört hatte. Ihr Vater erklärte ihr knapp, dass sie jetzt eine neue *maman* habe. In diesem Moment verwandelte sich die Bewunderung für ihren Vater in blanken Hass. Damals war sie sechzehn Jahre alt und die beste Schülerin in ihrer Klasse gewesen. Zwei Jahre später verkaufte sie Chips und Fritten am Strand von Rio. Jetzt war sie zurückgekommen. Und sie musste sich eingestehen, dass sie ungerecht gewesen war in ihrem Zorn, den sie in den letzten Jahren gegen alles gerichtet hatte, was französisch war.

Hier in der Provence ging es sogar in der Hauptsaison nicht halb so hektisch zu wie in Rio an einem normalen Wochentag. Hier musste man sein Auto nicht absperren, konnte seine Handtasche auf dem Markt offen über die Schulter hängen und sogar unbehelligt nachts am Strand spazieren gehen. Zumindest dachte sie das, bis ...

Wie lange war es her, dass der Mann sie auf dem Parkplatz angesprochen hatte? Einen, zwei, drei Tage? Sie konnte sich nicht mehr erinnern. Die vergangenen Tage waren ein einziger Albtraum gewesen, ein Wechsel aus Schmerzen und betäubendem Dämmerschlaf.

Sie wollte schon aufgeben, damit das endlich alles zu Ende war. Sich einfach in die Finsternis fallen lassen. In diesem Moment hatte sie die Sonde entdeckt. Die junge Frau war geschickt, wenn es um technische Dinge ging. Mit dieser Sonde könnte sie so ziemlich jedes Schloss öffnen, das sich ihr in den Weg stellte. Jetzt war er wieder da, aufgetaucht aus dem Schatten. Sie hörte, wie die Schritte näher kamen. Das war er, der Mann in dem Schutzanzug, mit der Maske vor dem Gesicht und der Haube auf dem Kopf. Er legte einen Schalter um, und sofort war der Raum in helles Licht getaucht. Die junge Frau versuchte, sich nicht zu rühren, nur dazuliegen und sich wie betäubt zu stellen. Er würde sie nicht quälen, wenn sie ohnmächtig war. Er wollte sie ansehen, wenn er sie verletzte, wollte ihre Angst spüren.

»Weißt du, was mit den anderen Mädchen passiert ist?«, fragte der unsichtbare Mann. »Du wirst mich anbetteln, damit ich die Sache zu Ende bringe. Du wirst mich um deinen Tod anflehen«, flüsterte er, als müsste er ihr ein Geheimnis anvertrauen. Die junge Frau blieb bewegungslos liegen, kein Wimpernzucken, sie wagte nicht einmal mehr zu atmen.

»Dann verschieben wir den Spaß noch ein wenig. Ich habe Zeit, viel Zeit.«

Im nächsten Moment spürte sie, dass er sich zu ihr herunterbeugte.

»Eines kann ich dir versprechen«, flüsterte der Mann. »Es wird dir gefallen.« Er stieß ein falsches Lachen aus, das wie ein Husten klang. Dann erhob er sich, und sie konnte aus dem Augenwinkel beobachten, wie die Tür geöffnet wurde. Blech knirschte über den Estrich. Vorsichtig sah sie zur Tür, hinter der ein paar Stufen nach oben führten. Dieses Mal hatte der Mann nicht richtig aufgepasst. Der Wind schlug die Tür weit auf, und zum ersten Mal in ihrer Gefangenschaft konnte die junge Frau für einen Moment den Himmel und die Sterne durch den Türspalt sehen.

Es war dunkel draußen, tiefe Nacht. Sie sah vorsichtig nach vorn, als sie hörte, wie die alte Eisentür verriegelt wurde. Dann schaltete der Mann den Stromgenerator ab. Der Motor verstummte, und das Licht verlosch. Die Welt der Gefangenen versank wieder in der grauen Dämmerung. Sie dachte an die Sonde. Nur ein paar Zentimeter des blanken Metalls waren zu sehen gewesen, aber für die junge Frau war das der Schlüssel zur Freiheit. Die Sonde lag da, direkt vor ihr, keine zwanzig Zentimeter von Ihrer Hand entfernt. Das Ziel war so nahe. Sie musste nur mit der Hand an der Kette zerren, mit der er sie an dem Metallring an der Wand fixiert hatte. Der Ring würde nachgeben, früher oder später. Millimeter um Millimeter. Irgendwann würde sie die Kette aus ihrer Verankerung reißen. Dann würde sie diesem fiesen Schwein die Sonde in sein vermummtes Gesicht stoßen. Bei diesem Gedanken spürte sie ein Gefühl von Macht und Freiheit. Sie hatte einen Plan, es gab ein Ziel, das es jetzt mit allen Mitteln zu erreichen galt. Wenn sie nur wollte, würde ihr alles gelingen, dachte sie. Einen Wimpernschlag lang stellte sie sich vor, sie könnte sich einfach erheben und aus dem Raum spazieren, davonschweben und verschwinden wie der Morgennebel zwischen den Ginsterbüschen.

56. Kapitel

Es kam, wie es kommen musste: Natürlich hatte sich Brigitte Dupin nicht an die Vereinbarung gehalten, die sie noch kurz zuvor mit Leon getroffen hatte. Dass sie schweigen würde zu allem, was sie in der Rechtsmedizin gesehen hatte. Dafür würde Leon von einer Anzeige wegen Hausfriedensbruch und Einbruch absehen.

Alles Schnee von gestern. Brigitte Dupin hatte inzwischen einen anderen Plan, einen viel besseren. Deshalb saß sie auch seit über einer Stunde auf dem Parkplatz der Klinik im Schatten einer Platane, bis der Mann von der Security endlich Dienstschluss hatte. Sie bot ihm an, sie zu einem Bistro in der Nähe zu begleiten. Auf einen Wein, was war schon dabei? Nach dem zweiten Rosé bot Brigitte ihrem neuen Bekannten einen Deal an. Noch einen Rosé später war der Mann vom Sicherheitsdienst bereit, den Speicherchip mit der Videoüberwachung aus dem Obduktionssaal an die Reporterin herauszugeben. Eine Viertelstunde später war der Security-Mann um fünfhundert Euro reicher, und Madame Dupin war in Besitz der Bilder, die noch für eine Menge Wirbel sorgen sollten – nicht nur bei den Zuschauern.

Die Pressekonferenz war kurz und ergebnislos gewesen. Wie üblich hatte Zerna seiner Stellvertreterin die Leitung der Konferenz übertragen, Isabelle hatte sich vorgenommen, die Dinge nüchtern und möglichst unspektakulär darzustellen. Aber die Reporter waren nicht an Dienstplänen oder Statistiken interessiert. Sie wollten mehr über einen Serienkiller und seine düsteren Taten erfahren. Bitte weniger medizinische Fachausdrücke, dafür umso mehr Zeugenaussagen und blutige Details. Aber gerade damit hielt Isabelle sich heute zurück. Die Gendarmerie hatte beschlossen, die Konferenz so kurz wie möglich zu halten und neue Informationen auf ein Minimum zu beschränken. Zunächst sah es so aus, als würde Isabelles Plan aufgehen. Als die stellvertretende Polizeichefin schließlich große Erfolge der Gendarmerie in den letzten Jahren aufzählte, verließen tatsächlich die ersten gelangweilten Pressevertreter den Saal. Und als die übrigen Reporter nach einer Weile mehr Interesse an den Badegewohnheiten des Präsidenten im villaeigenen Swimmingpool als an den Mordopfern zeigten, war Isabelle kurz davor, erleichtert aufzuatmen.

In diesem Moment hörte die stellvertretende Polizeichefin ein vielfaches leises »Ping«, mit dem sich eine Eilmitteilung diverser Apps ankündigte. Nur wenige Sekunden später lief die gleiche Aufnahme über die Bildschirme der französischen Bildagenturen. Sie zeigte etwas, das auch die abgebrühtesten Reporter aus ihren Sitzen riss: eine tote Frau auf dem Obduktionstisch und neben der Toten ihr abgeschnittener Kopf, bei dem die Gesichtszüge kaum noch zu erkennen waren.

»Was für eine Scheiße läuft denn hier?« Polizeichef Zerna starrte auf das Handy, das Masclau ihm hinhielt.

»Das geht gerade durchs Internet«, erklärte der Lieutenant seinem Chef.

»Schaffen Sie das weg, sofort!« Der Polizeichef sah erschrocken zu den Pressevertretern, die sich das Foto aufgeregt auf ihren Handys zeigten. »Lassen Sie das verdammte Foto verschwinden, auf der Stelle!«

»Unmöglich. Es ist erst vor zehn Minuten eingestellt worden und geht jetzt schon viral.«

»Was heißt das?«

»Das Bild ist schon über sechzigtausendmal angeklickt worden.«

»Dann löschen Sie es, schmeißen Sie es in den Papierkorb oder wie auch immer das im Internet genannt wird«, sagte Zerna. »Um Himmels willen, Hauptsache, weg damit.«

»Dafür ist es zu spät, Patron – leider«, sagte Kadir, der neben Zerna am Tisch der Pressekonferenz saß.

»Wer hat das zu verantworten?«, fragte Zerna und flüsterte dann seiner Stellvertreterin zu: »Ich werde diese Leute zur Verantwortung ziehen, das schwöre ich.«

»Egal, was wir tun, wir bekommen dieses Foto nicht mehr aus dem Netz«, sagte Isabelle nüchtern. »Wäre vielleicht am besten, wir würden es nicht noch bekannter machen, als es schon ist.«

»Ich will wissen, wer das war«, sagte Zerna mit Eisesstimme.

Gegen dreiundzwanzig Uhr war es endlich wieder ruhig geworden in Le Lavandou. Die TV-Reporter hatten ihre Interviews abgedreht und waren schon nach Minuten mit einem kurzen Beitrag auf Sendung gegangen. Alle Reporter warnten ihre Zuschauer davor, ihre Beiträge anzusehen, da der Anblick des Mordopfers erschreckend und keinesfalls für Zuschauer unter sechzehn Jahren geeignet war. Erst recht nicht für Menschen mit schwachen Nerven oder Kreislaufproblemen. Diese Warnung führte natürlich dazu, dass die Einschaltquoten raketengleich nach oben schossen.

Inzwischen hatte sich die Lage wieder entspannt. Man traf sich in den Restaurants, Bars und Bistros und war bereit, über jedes Detail des Falles zu diskutieren und sich gegenseitig zum x-ten Mal das Bild der kopflosen Toten zu zeigen.

Isabelle wollte eigentlich an diesem Abend früher nach Hause gehen, doch davon war inzwischen keine Rede mehr. Als sie endlich gegen dreiundzwanzig Uhr ihr Büro verlassen wollte, bekam sie einen anonymen Anruf.

»Im Vue Mer, da ist so ein Licht«, sagte eine Frauenstimme, »ich dachte, das interessiert vielleicht die Polizei«, und legte auf.

Diese Nachricht schien zunächst niemanden in der Gendarmerie besonders zu interessieren. Die Wache war wegen der laufenden Fälle chronisch unterbesetzt, und Isabelle hätte eine Weile gebraucht, um wenigstens ein halbwegs vernünftig ausgerüstetes Team zusammenzustellen, wenn sie die Pension durchsuchen wollte. Tatsächlich glaubte niemand daran, dass Lambert so verrückt war, um diese Zeit in seiner Pension aufzutauchen. Hinzu kam, dass sich ständig selbst ernannte Augenzeugen meldeten, um sich wichtigzumachen. Auf der anderen Seite konnte man nie wissen, ob nicht doch ein echter Hinweis dabei war.

Isabelle zog ihre Jacke an und steckte ihre Pistole in das Gürtelholster, als Masclau an die offene Bürotür klopfte.

»Hast du noch was vor?«, fragte er. »Ich dachte, du wärst längst nach Hause gefahren.«

»Ich sehe mir noch mal schnell die Pension von Lambert an.« Isabelle schob ein paar Berichte auf ihrem Schreibtisch zusammen. »Ich habe gerade noch einen Anruf bekommen.«

»Ein braver Bürger, der Gespenster sieht? Das ist doch reine Zeitverschwendung, Isabelle«, seufzte Masclau. »Na gut, ich komme mit.«

»Das musst du nicht«, sagte Isabelle. »Ich habe den Wagen heute Morgen beim Markt abgestellt. Da muss ich sowieso an der Pension vorbei.«

»Ich komme trotzdem mit.«

»Ich bin schon groß, Didier«, sagte Isabelle ironisch.

»Was ist los mit dir?«, fragte Masclau. »Hast du vielleicht einen heimlichen Geliebten?«

»Das würde mir gerade noch fehlen«, sagte Isabelle und schaltete das Licht in ihrem Büro aus.

57. Kapitel

Eine Viertelstunde später standen Isabelle und Masclau vor der Pension Vue Mer. Die schmale kurze Straße hinter dem Strand war um diese Zeit wie ausgestorben. Das Haus am Ende der Rue du Stade lag in tiefer Dunkelheit. Fenster und Läden waren geschlossen. Es sah nicht so aus, als würde hier zurzeit jemand wohnen.

»Geht doch nichts über einen Augenzeugen«, sagte Masclau spöttisch.

»Ich weiß nicht ...« Isabelle machte ein paar Schritte in Richtung Meer, von wo aus man die Terrasse sehen konnte. Leer und wenig einladend.

»Hast du die Schlüssel?«, fragte Isabelle.

»Du willst nicht wirklich noch mal durch das Haus marschieren?«, sagte Masclau mit genervtem Blick.

Isabelle antwortete nicht, sondern hielt ihm die offene Hand hin, und er legte einen kleinen Ring mit den zwei Sicherheitsschlüsseln hinein.

»Lass uns lieber einen Absacker im Calypso trinken«, bot Masclau an. »Geht auf mich.«

Isabelle achtete nicht darauf, was Masclau sagte, sondern ging voraus. Masclau folgte ihr. Sie überquerten die Terrasse, die Liegestühle waren zur Seite gekippt. Auf einem Mäuerchen stand noch ein Tablett mit schmutzigen Gläsern. Isabelle zog eine Taschenlampe aus der Jacke. Die Terrasse wirkte verwahrlost, zurückgelassen von jemandem, der es eilig hatte. Masclau folgte seiner Chefin zum Eingang. Die Tür war abgeschlossen. Vor der Türschwelle hatten sich ein gutes Dutzend Briefe angesammelt.

»Da, hast du's gesehen?« Isabelle deutete auf die gläserne Eingangstür.

»Was gesehen?«

»Das Licht, eben gerade!«

Sie leuchtete durch die Glastür in die Eingangshalle. Ein paar Kissen und Decken lagen am Boden. Dazwischen waren Unterlagen verstreut, als hätte jemand nach irgendetwas gesucht. Eine hellgraue Geldkassette stand geöffnet und leer auf dem Tresen. Isabelle versuchte ihre Lampe so zu halten, dass sie mehr von der Eingangshalle erkennen konnte. Aber da gab es nichts zu sehen.

»Da ist kein Licht«, meinte Masclau.

»Ich bin doch nicht blind«, sagte Isabelle und klopfte gegen die Haustür. Irgendwo in der Nähe begann ein Hund zu bellen. Sonst tat sich nichts.

»Lass uns gehen.« Masclau fand, dass er für diesen Tag genug getan hätte.

»Nur noch einen Moment«, sagte Isabelle und drückte den Klingelknopf. Aus dem Inneren der Pension war ein melodischer Dreiklang zu vernehmen.

»Da ist keiner«, sagte Masclau noch einmal.

»Und wenn doch?« Isabelle drückte gegen die Tür, und sie schwang auf.

Isabelle hielt Masclau den Schlüsselring hin.

»Wenn du wieder mal Kollegen zu einem Tatort schickst, dann sag ihnen, sie sollen danach wieder abschließen«, sagte sie und betrat das Haus.

Isabelle war stehen geblieben und horchte konzentriert. Aus den Tiefen des Hauses war das Knarzen alter Dielenbretter zu hören.

»Du hattest recht.« Masclau deutete nach oben. »Da ist einer. Ich ruf auf der Wache an.« Masclau fischte sein Handy aus der Tasche. »Die sollen uns noch drei Mann herschicken.«

Wieder war ein Geräusch zu hören. Diesmal klang es, als wäre ein Stuhl oder eine große Stehlampe umgefallen. Isabelle lief die Treppe nach oben.

»Isabelle, warte«, flüsterte Masclau. »Die Kollegen sind in fünf Minuten hier.«

»So viel Zeit haben wir vielleicht nicht.« Isabelle lief die Stufen in den ersten Stock hinauf und verschwand in dem dunklen Flur im ersten Stock.

Isabelle konnte ihren Lieutenant hören, der mit der Einsatzleitung telefonierte. Sie lief fast geräuschlos den Gang entlang, der nur vom spärlichen Licht der Straßenlaternen erhellt wurde, das durch die Lamellen der Fensterläden fiel.

In diesem Moment bemerkte Isabelle eine Bewegung am Ende des Ganges. Eine Gestalt, die von einem Zimmer hektisch in ein anderes quer über den Gang rannte.

»Monsieur Lambert! Hier ist die Gendarmerie«, rief Isabelle laut. »Wir wollen mit Ihnen reden!«

In den Zimmern rührte sich nichts.

»Es ist sehr wichtig. Kommen Sie bitte nach unten. Monsieur Lambert?!« Isabelle war stehen geblieben und horchte erneut in die Dunkelheit. In diesem Augenblick gab es ein blechernes Schrappen, als wäre jemand gegen einen Eimer gestoßen. Isabelle ging gebückt weiter und konzentrierte sich auf die Geräusche.

»Kommen Sie raus, Monsieur«, sagte sie laut. »Es hat doch

keinen Sinn, dass Sie sich vor uns verstecken. Gleich ist Verstärkung hier. Sie helfen sich und uns, wenn Sie jetzt freiwillig rauskommen.«

Es tat sich nichts. Das Haus wirkte genauso ruhig und verlassen wie zuvor. Als hätte hier seit Jahren niemand mehr gewohnt. Isabelle ging mit leisen Schritten den Gang entlang.

»Die anderen sind gleich hier«, sagte Isabelle in die Dunkelheit. Aus der Ferne war die Sirene eines Streifenwagens zu hören.

In diesem Moment flog die Tür des Zimmers gegenüber auf, und Lambert stürzte sich in den Flur. Mit ausgestreckten Händen stieß er Isabelle mit voller Wucht gegen die Wand und gegen einen kleinen Holztisch, auf dem eine Vase mit Trockenblumen stand. Es gab einen lauten Knall, als die Vase zerbarst und die Scherben sich über den Fußboden verteilten. Isabelle stützte sich gegen die Wand und hielt sich am Türrahmen fest. Durch den Stoß blieb ihr für einen Moment die Luft weg. Sie sah sich um und rang nach Luft, Schritte waren zu hören.

Das war genau der Augenblick, als Masclau im Treppenhaus erschien und gerade noch mitbekam, dass jemand Isabelle angriff. Mit drei schnellen Schritten war er bei seiner Chefin.

»Masclau, nicht!«, rief Isabelle, aber es war bereits zu spät. Masclau, einmal in Rage geraten, war nur noch schwer zu stoppen. Und wenn jemand seine Chefin angriff, dann sah der Lieutenant rot.

Gegen den massigen Masclau hatte Lambert keine Chance. Schon der erste Schlag des Lieutenants erwischte Lambert voll in der Magengrube. Der Pensionsbesitzer brach zusammen, als hätte ihn der Blitz getroffen. Er krümmte sich auf dem Boden, hielt sich den Bauch und kotzte auf die polierten Dielenbretter. Masclau und Isabelle standen neben dem Mann und warteten geduldig, bis dieser sich wieder fing.

»Monsieur Lambert«, sagte Isabelle ihren Standardspruch auf. »Ich nehme Sie fest, weil Sie unter Verdacht stehen, zwei Frauen getötet zu haben. Masclau, die Handschellen.«

Lambert atmete schwer, stützte sich auf einen Stuhl und kämpfte darum, die Kontrolle über seinen Körper wiederzuerlangen. Masclau griff in seine Uniformtasche und zog ein Paar Handschellen hervor, die er um die Handgelenke des Verdächtigen zuschnappen ließ.

»Was soll das? Sie haben doch überhaupt nichts in der Hand gegen mich, das ist eine Schmutzkampagne«, wehrte sich Lambert.

»Halt die Klappe«, meinte Masclau trocken und hob drohend die Hand.

»Lieutenant«, sagte Isabelle tadelnd.

Lambert richtete sich mit zittrigen Beinen auf. Wobei er immer wieder von Würgeanfällen unterbrochen wurde.

»Ich weiß nichts von diesen Frauen. Damit habe ich absolut nichts zu tun. Wie oft soll ich Ihnen das denn noch sagen?« Der Mann verzog sein Gesicht und sah Masclau wütend an. »Sie haben mich verletzt. Sie haben mir die Rippen gebrochen.«

»Quatsch«, sagte der Lieutenant. »Ich frage mich, warum Sie letztes Mal abgehauen sind, wenn Sie von nichts wissen?«

»Ich werde Sie verklagen, alle beide!« Lambert klang wie ein trotziges Kind.

»Da gehen Sie am besten gleich zum Staatsanwalt«, sagte Isabelle. »Der hat Sie nämlich zur Fahndung ausgeschrieben.«

»Die Flics können mich mal«, fegte Lambert die beiden Polizisten an. »Vor allem du, Miststück«, geiferte er noch in Isabelles Richtung.

Masclau drückte ihn gegen die Wand. Nicht um ihm Schmerzen zuzufügen, sondern um ihn vor Isabelle zu demütigen. Er konnte es nicht leiden, wenn seine Chefin respektlos behandelt wurde. Ganz besonders von Typen wie Lambert.

»Für Sie immer noch Capitaine«, knurrte er trocken.

Lambert hob die Hände, Isabelle nickte dem Lieutenant zu. Der tastete den Gefangenen ab und zog einen Briefumschlag aus der Innentasche von Lamberts Jacke. Er enthielt ein Bündel Geldscheine, alles Hundert- und Zweihunderteuroscheine.

»Hattest wohl vor, eine kleine Reise anzutreten«, sagte Masclau spöttisch.

»Gehen wir«, sagte Isabelle.

58. Kapitel

Die Steine waren noch warm von der Hitze des Sommertags, als Leon nachts den Weg durch die Gärten nahm. Der schmale Weg, der sich an Zistrosen und Glyzinien vorbeischlängelte, hatte etwas Verzaubertes. Wie ein geheimer Pfad, der in eine andere Welt entführte. Leon war stehen geblieben. Der orangefarbene Mond stieg aus dem tintenschwarzen Meer wie eine Erscheinung. Fledermäuse flatterten geräuschlos wie kleine Gespenster durch die Nacht und verschwanden in den Zypressen. Leon atmete tief ein. Er liebte diesen Geruch von Wacholder und Rosmarin, von Zedern und Eukalyptus. Es war ein Wettbewerb der Wohlgerüche, der Geruch der Provence.

Es hatte an diesem Abend länger in der Rechtsmedizin gedauert. Aber wenn er sich erst einmal in einen Fall verbissen hatte, konnte er nicht mehr loslassen, bis er das Problem gelöst hatte. An solchen Abenden gönnte Leon sich eine kleine Belohnung und ging zu Fuß den Hügel über Le Lavandou hinauf. Der Pfad schlängelte sich zwischen zahllosen Gärten hindurch und führte zu einem der schönen alten Häuser, in dem Isabelles Familie jetzt schon in der dritten Generation wohnte.

Die Häuser mit dem herrlichen Blick über Le Lavandou und das Meer hätte man auch bequem mit dem Auto erreicht, aber das war kein Vergleich mit einem nächtlichen Spaziergang und dem

Blick aufs Meer. Da die Terrassen der meisten Häuser in Gärten übergingen, stießen die Grundstücke mit ihrem unteren Rand an den einen Pfad, der all diese Parzellen miteinander verband. Die Anlieger erreichten den romantischen Weg durch mehr oder weniger verrostete Gartentore, von denen Sonne und Wind schon lange die Farbe geschält hatten.

Leon hatte den Mann nicht kommen sehen. Der Fremde war ganz plötzlich hinter einer Mauerecke aufgetaucht. Hier war der Weg noch schmaler, einzig eine üppige Bougainvillea, die über die Mauer quoll, hatte Leon vor einer Entdeckung bewahrt. Er war abrupt stehen geblieben und hatte sich tief in die Büsche gedrängt. Einen Moment lang hatte er gezögert, ob er nicht einfach auf den Weg treten sollte, um dem Unbekannten ein höfliches »Bonsoir« zu wünschen. Aber das hätte er sofort tun müssen. Jetzt war es zu spät. Der Unbekannte würde ihn für einen Einbrecher halten oder, schlimmer noch, für einen Spanner, der nachts durch die Hügel schlich. Eine peinliche Situation. Leon entschloss sich zu warten, der Unbekannte würde sicher gleich verschwinden, und Leon könnte ohne weitere Begegnungen das Haus erreichen.

In diesem Moment gab es eine erneute Bewegung bei der Mauer. Keine fünf Meter von Leon entfernt war ein weiterer Mann aufgetaucht. Leon hörte das kurze Auf und Ab eines elektronischen Rufsignals, das ganz offensichtlich von einem Funksprechgerät stammte. Leon sah, dass die beiden Unbekannten Funksprechgeräte in der Hand hielten. Sie trugen Sneakers und graue Jogginghosen. Darüber hatten sie lose Hemden gezogen. Als sich einer der Unbekannten umdrehte, konnte Leon erkennen, dass der Mann eine automatische Pistole trug, die in einem Gürtelholster steckte.

Wieder zwitscherten die Funkgeräte. Die Männer tauschten

Informationen aus, die Leon nicht verstand. Er spürte, dass sich sein Puls beschleunigte. Plötzlich drehte sich einer der Männer um, und Leon schien es, als wollte der Unbekannte direkt auf ihn in seinem Versteck zukommen. Doch genau in diesem Augenblick ging auch die Beleuchtung in dem provenzalischen Haus an, das in dem Garten neben ihnen stand, keinen Steinwurf von Leon entfernt.

Leon sah, dass ein dritter Mann erschienen war, der auf der Terrasse des kleinen Hauses eine schlanke Frau umarmte. Er trug Joggingklamotten und Sneakers, genau wie die beiden anderen Männer. Das typische Outfit für einen Lauf zu später Stunde. Auch die Männer mit den Funkgeräten beobachteten betont unauffällig, was sich da auf der Terrasse abspielte. Die Frau trug nur einen dünnen hellblauen Schlafanzug, das Oberteil war weit aufgeknöpft. Der Mann flüsterte der Frau etwas ins Ohr, und sie lachten beide.

Leon hörte, wie eines der Funkgeräte ansprang. Diesmal klang die Meldung deutlicher, er meinte die Worte »Sicherheit« und »Abflug« zu verstehen. Was sollte er tun? Keine Frage, hier war etwas im Gange. Möglicherweise ein Überfall, vielleicht ein Eifersuchtsdrama. Und Leon hockte wie ein Spanner hinter einer Bougainvillea und sah zu, ohne etwas tun zu können. Hatte er nicht erst vor wenigen Tagen gelesen, dass die Waffen- und Drogenhändler die Côte d'Azur als Umschlagplatz für ihre dunklen Geschäfte missbrauchten? Und jetzt saß er hier wie ein Dieb in der Nacht, fühlte sein Herz schlagen und versuchte, unsichtbar zu sein. Dann sah Leon, wie der Mann die Frau zum Abschied küsste. Als er gehen wollte, hielt sie ihn spielerisch fest.

»Da kannst du nicht rüber, das Tor ist total verrostet, mon chéri. Ich will doch nicht, dass du dir wehtust.« Die Frau lachte wieder.

»Keine Sorge«, der Mann gab der Frau einen Kuss. »Ich habe schon gefährlicheren Feinden gegenübergestanden als einem verrosteten Gartentor.«

»Mein Held!« Die Frau warf ihm in gespielter Verzückung eine Kusshand zu.

Leon fragte sich, wo er diese beiden Stimmen schon einmal gehört hatte.

Der Mann lief übertrieben sportlich durch den Garten, genau auf das Mäuerchen zu, genau dorthin, wo Leon auf der anderen Seite hockte. Der Mann zog sein Tempo an, stützte eine Hand auf die hüfthohe Mauerkrone und stieß sich ab, um mit einer eleganten Flanke über das Tor zu segeln.

Leon hatte all das wie in Zeitlupe kommen sehen. Der Mann, der durch den Garten lief, die kleine Mauer mit den losen Steinen und die harten Stufen, die an dieser Stelle in den Fels geschlagen worden waren. Er hörte ein deutliches Knacksen, wie von einem zerbrochenen Zweig, gleichzeitig lösten sich unter den Händen des Mannes ein paar Steine aus der Mauer. Der Mann rutschte weg und schlug unmittelbar vor Leon auf den Weg.

»Merde alors!«, fluchte der Mann am Boden.

Das Licht einer starken Taschenlampe strahlte Leon an, der aus dem Blütenbusch getreten war. Leon kniff die Augen zusammen. Er konnte nichts erkennen, dafür hörte er ein beunruhigendes Geräusch. Das typische »Klick-Klack«, als der zweite Mann seine Pistole durchlud.

»Runter, auf die Knie«, befahl der Mann mit der Pistole leise, aber gefährlich, während er seine Waffe auf Leon richtete, und fragte dann: »Wer sind Sie?«

»Docteur Ritter. Ich wohne hier«, sagte Leon betont freundlich.

»Verflucht noch mal.« Der Mann, der von der Mauer gestürzt war, saß im Staub und rieb sich die schmerzende Ferse.

Leon sah, wie er unsicher versuchte aufzustehen. Aber sofort gab der Fuß nach, und der Mann ging wieder in die Knie.

»Warten Sie, Monsieur«, sagte in diesem Moment der erste Mann. »Ich helfe Ihnen.«

Im gleichen Moment wusste Leon, warum ihm die Stimme so bekannt vorkam. Der Mann, der da vor ihm im Staub des Gartenpfades hockte und seinen Fuß rieb, war der französische Präsident. Und die Frau im Schlafanzug, die eben noch den Präsidenten auf ihrer Terrasse geküsst hatte, war Marion Sellier, Leiterin des Tourismusbüros.

»Nur einen Moment«, sagte Leon zum Präsidenten, der einen neuen Versuch unternehmen wollte, wieder auf die Beine zu kommen. »Bleiben Sie bitte sitzen.«

»Wie kommen Sie darauf, dass wir Ihren Rat brauchen könnten?« Der Bodyguard sah Leon mit lauerndem Blick an. Jeden Moment bereit, sich auf den vermeintlichen Angreifer zu stürzen.

»Ich bin Arzt«, sagte Leon und beugte sich zu dem Verletzten hinunter. Dann griff er vorsichtig nach dem Fußgelenk des Präsidenten.

»Lassen Sie das«, sagte der zweite Bodyguard sofort.

»Quatsch, seien Sie nicht albern«, sagte der Präsident zu seinem Leibwächter. Dann wandte er sich an Leon. »Sie sind Arzt? Da habe ich ja richtig Glück gehabt.«

»Ich sehe mir das kurz an, wenn es Ihnen recht ist«, sagte Leon.

Der Präsident nickte und verzog das Gesicht, als Leon nach seinem Fuß griff.

»Spüren Sie das?«, fragte Leon höflich und hörte, wie der Mann ein leises Stöhnen unterdrückte.

»Natürlich spüre ich das«, sagte der Präsident etwas zu barsch. »Was denken Sie? Ist was gebrochen?«

»Ich glaube nicht, aber um sicher zu sein, müsste man den Fuß röntgen lassen oder besser gleich ein MRT vom Gelenk machen.«

»Wir bringen Sie hoch zur Straße«, schob sich der Bodyguard zwischen Leon und den prominenten Patienten. »Können Sie laufen, Monsieur le Président?«

»Nein, kann er nicht«, antwortete Leon für den ersten Mann der Republik.

»Das zu entscheiden ist wohl kaum Ihre Aufgabe«, bemerkte der Bodyguard arrogant.

»Ein falscher Tritt, und Sie könnten sich die Achillessehne reißen«, warnte Leon den Präsidenten. »Ich schlage vor, ich stabilisiere den Fuß. Mit einem Tuch oder einem Stück Stoff. Dann können Ihre Leute Sie hoch zur Straße bringen.«

»Hilft Ihnen das weiter?« Der freundlichere der zwei Bodyguards hatte eine Mullbinde aus der Tasche gezogen und zeigte sie Leon.

»Das ist perfekt.« Leon begann das Fußgelenk zu bandagieren.

»Ich muss hier dringend weg«, sagte der Präsident. »So schnell wie möglich.«

»Die Verstärkung wartet schon oben auf der Straße«, meldete der Leibwächter, der eine Lampe hielt und gerade noch leise in sein Funkgerät gesprochen hatte.

»Ich will hier keinen Rummel haben«, fauchte der Präsident seinen Bodyguard an. »Ist das klar?«

»Völlig klar, mon président.«

»Dann sorgen Sie dafür. Und ich will darüber auch nichts im Internet lesen.«

Bei seiner letzten Bemerkung hatte der Präsident Leon angesehen. Der hob die Hände.

»Das fällt unter die ärztliche Schweigepflicht«, sagte Leon, und der Präsident nickte kurz.

»Zwanzig Meter weiter«, Leon deutete für den Leibwächter in die angegebene Richtung. »Da kommt gleich eine Abkürzung von der Straße herunter. Da könnten Sie ihn stützen oder besser noch tragen«, erklärte er.

»Unterstehen Sie sich«, lehnte der Präsident trotzig Leons Vorschlag ab. »Ich kann sehr gut laufen. Gab es Zuschauer?«

»Unwahrscheinlich, es ist bereits nach Mitternacht«, sagte der Bodyguard. »Und wenn doch jemand etwas mitbekommt, dann werden wir nur von einem kleinen Sportunfall beim Joggen reden. Das kommt immer gut.«

»Ich will mir gar nicht vorstellen, was geschieht, wenn die Medien von der Sache erfahren ...«

»Die haben noch keinerlei Informationen«, sagte der arrogante Bodyguard.

»Die werden trotzdem spekulieren. Das kann zum Albtraum werden«, sagte der Präsident. »Und dann auch noch so kurz vor den Wahlen.«

»Mon Dieu!« Am rostigen Tor war Marion Sellier aufgetaucht. Sie hatte sich Jeans und einen Sweater übergezogen und kniete jetzt neben dem Präsidenten auf dem staubigen Weg. Als er aufzustehen versuchte und vor Schmerz stöhnte, griff sie nach seiner Hand.

»Hast du Schmerzen, mon chéri?«, fragte sie besorgt. Der Präsident schüttelte tapfer den Kopf.

»Bonsoir, Madame Sellier«, sagte Leon höflich.

»Sie kennen sich?«, fragte der Präsident.

»Oui, Monsieur. Docteur Ritter ist unser Médecin Légiste«, antwortete die Frau.

»Ich muss nicht extra erklären«, sagte der Präsident, »dass das alles hier niemals stattgefunden hat.«

Alle sahen Leon an. Der nickte zustimmend. Dann sah der Präsident die Leiterin des Tourismusbüros fragend an.

»Aber, mon président«, sagte Madame Sellier erschrocken und legte demonstrativ ihre Hand aufs Herz.

Leon lächelte still in sich hinein. Für ihn sah es so aus, als könnte sich Madame Sellier nur allzu gut vorstellen, dass ihre Affäre mit dem ersten Mann des Staates in den Medien breitgetreten würde. Immerhin würde sie das über Nacht zur bekanntesten Mätresse Frankreichs machen, und wer weiß, vielleicht eines Tages sogar zur First Lady.

Keine zehn Minuten später war der Präsident in einem metallicfarbenen SUV an der Straße abgeholt worden. Der Hubschrauber, der aus großer Höhe via Infrarot die Lage überwachte, hatte wieder abgedreht. Vier Männer und eine Frau des Sicherheitsteams des Präsidenten durchsuchten das Gelände, aber der Zwischenfall hatte keine verräterischen Spuren hinterlassen. Das Sicherheitsteam verschwand so unauffällig, wie es gekommen war.

Nur Augenblicke später lag der Pfad wieder im blassen Licht des Mondes, als wäre nichts gewesen. Nur ein einsamer Dachs schnürte über die Straße. Die Männer der Security wollten – auf Anordnung des Präsidenten – Leon nach Hause fahren. Doch der bestand darauf, die letzten zehn Minuten auf der Straße bis zu Isabelles Haus zu Fuß zu gehen.

Leon war noch keine Minute unterwegs, als neben ihm ein dunkler Renault stoppte. Der Beifahrer stieg aus, und Leon erkannte René Simon vom Innenministerium.

»Bonsoir, Docteur.« Simon war vor Leon stehen geblieben.

»Ist eine Menge Verkehr unterwegs heute Nacht auf der Corniche«, sagte Leon amüsiert.

»Ich wollte mich nur noch einmal bei Ihnen bedanken. Ganz besonders im Namen des Präsidenten.«

»Ich habe nicht viel zur Rettung unseres Präsidenten beitragen können«, sagte Leon, und Simon sah ihn an, als wäre er sich nicht sicher, ob Leon das ironisch gemeint hatte. »So wie es aussieht, ist es nur eine Zerrung.«

»Trotzdem«, sagte Simon. »Er weiß Ihre Zuverlässigkeit und Loyalität zu schätzen.«

»Er kennt mich doch gar nicht.«

»Sie haben Eindruck auf ihn gemacht«, sagte Simon.

»So?«

»Sie haben ihn nicht gefragt, warum er hier mitten in der Nacht ... Sie wissen schon.«

»Sie meinen, warum er nachts über fremde Mauern springt?«, fragte Leon spöttisch. »Er wird sicher seine Gründe haben.«

»Es geht um sein Image in der Öffentlichkeit«, sagte Simon entschuldigend.

»Kann ich nicht beurteilen«, sagte Leon. »Ich fühle mich nur für sein Fußgelenk zuständig.«

René Simon lachte kurz. »Damit haben Sie das Innenministerium schon zum zweiten Mal gerettet. Wenn ich also irgendetwas für Sie tun kann ...«

»Nein, vielen Dank.« Leon hob die Hand zum Abschied. Dann fiel ihm etwas ein, und er drehte sich noch einmal um. »Da wäre vielleicht doch etwas.« Leon kramte mit der Hand in der Innentasche seines Leinensakkos und zog ein Papier heraus, auf dem er sich eine Nummer notiert hatte.

»Ich habe da eine Mobilnummer, vielleicht könnten Sie mir

etwas über den Besitzer dieses Anschlusses sagen. Ist eine reine Familiensache.«

»Gern. Ich schau, was ich tun kann. Gute Nacht, Docteur«, sagte René Simon. Aber Leon hatte sich schon umgedreht und marschierte den Hügel hinauf in die Nacht.

59. Kapitel

Die vergangenen Stunden waren ein einziger Albtraum gewesen. Zweimal war der Mann zu ihr gekommen. Zweimal hatte die junge Frau die Hölle durchleiden müssen. Zwei Tage waren vergangen, das konnte sie inzwischen am Licht des Vollmondes erkennen, das durch einen Spalt in der Wand fiel. Zwei Nächte lang Stunden voller Gewalt und voller Angst, dass sich die Tür erneut öffnen würde und dass die Qualen wieder von Neuem begannen. Die Folter war der reine Horror, und die junge Frau hatte jedes Mal aufgeben wollen. Ein Herzinfarkt oder Hirnschlag würde sie von allen Qualen erlösen. So wie bei ihrer Großmutter, die sie tot im Bett gefunden hatte, nachdem die alte Frau drei Tage zuvor gestorben war. Sie wollte auch sterben, aber sie wusste nicht, wie sie es anstellen sollte. Wenn man am Abgrund stand, so wie sie, dann könnte einen der Schlag erwischen, dachte sie. Darum hatte sie sich konzentriert und all ihre Kraft auf die letzte kleine Glut Leben in ihrem Körper gelenkt. Nicht um sie anzufachen, sondern um sie auszulöschen. Aber da war noch diese andere Kraft in ihr. Hoffnung. Die Hoffnung, die sich an die kleine Metallsonde klammerte, die immer noch unter der Matratze am Boden lag, keine zwanzig Zentimeter von ihrer Hand entfernt. Über Stunden hatte sie ihre Hand bewegt. Aber die Riemen mit den Ketten waren neu und fest. Trotzdem gab ihr diese andere Kraft Hoffnung, dass sie es schaffen würde. Wenn sie nur eine Hand frei bekam, dann würde sie die schmale Metallsonde erreichen und dann ... Die junge Frau begann zu träumen.

»Du bist auf dem richtigen Weg, kämpfe weiter«, sagte ihre innere Stimme.

Die junge Frau bewegte ihre Hand: hin und her, hin und her. Sie würde es schaffen. Sie würde die Fessel abstreifen.

60. Kapitel

Leon hatte kaum geschlafen. Zu viel ging ihm durch den Kopf. Gelegentlich hatte er das Gefühl, auf einer neuen Spur zu sein, aber je intensiver er sich mit solchen Ermittlungsschritten befasste, um so größer war die Enttäuschung, wenn das entscheidende Puzzlestück doch nicht für den großen Durchblick, sondern nur für weitere Verwirrung sorgte.

So war das auch in diesem Fall. Leon war sicher, dass die Überprüfung ehemaliger Patienten der Nervenklinik zu neuen, wichtigen Erkenntnissen in den beiden Todesfällen führen könnte. Welche Verbindung bestand zwischen den geköpften Frauen und dem schizophrenen Mörder Maurice Blavier, der inzwischen seit mehr als zwanzig Jahren in Sicherheitsverwahrung in der Klinik Saint-Joseph saß? Allerdings war der Leiter der Nervenklinik, Dr. Auvillain, keine große Hilfe bei den Ermittlungen, ganz im Gegenteil. Aber konnten die eifersüchtigen Hahnenkämpfe zwischen Medizinern und Psychiatern eine ganze Mordermittlung aufhalten? Würde ausgerechnet ein Psychiater so weit gehen, einem Kollegen Informationen zu einer laufenden Ermittlung vorzuenthalten? Leon würde noch einmal mit dem Klinikleiter reden müssen. Und zwar lieber bei einem Glas Wein nach Dienstschluss als bei einem dünnen Kaffee aus der Kantine einer Nervenklinik. Außerdem würde er sich beim nächsten Mal allein mit dem Psychiater treffen. Leon musste dem Mann klarmachen, dass sie diesen rätselhaften Fall nur lösen konnten, indem sie zusammenarbeiteten.

»Du musst doch gesehen haben, wie der Präsident und diese Frau miteinander umgegangen sind!« Isabelle hatte Leon schon seit dem Aufstehen mit Fragen zum Liebesleben des Präsidenten bedrängt.

»Es war nach Mitternacht, da konnte ich kaum die Hand vor Augen sehen«, sagte Leon, »geschweige denn wie die beiden miteinander umgehen.« Dabei betonte er das Wort *umgehen* so, als handelte es sich um etwas Unanständiges.

»Du bist gemein«, sagte Isabelle im trotzigen Tonfall einer Fünfzehnjährigen. »Den besten Teil der Geschichte willst du mir mal wieder vorenthalten.«

»Keine Ahnung, was der beste Teil der Geschichte ist«, sagte Leon mit einem Grinsen.

»Jeder weiß, dass dieser Mann eine Geliebte hat«, sagte Isabelle.

In diesem Moment kam Lilou in die Küche. Sie trug ausgewaschene Jeans, die sie knapp über dem Knie abgeschnitten hatte. Dazu hatte sie ein XXL-T-Shirt an mit dem Aufdruck SOS – *Save Our Ship – Mutig gegen die Klimakatastrophe*.

Das T-Shirt hatte Lilou lässig in den Bund ihrer Jeans gesteckt.

»Wer hat eine Geliebte?«, fragte Lilou, während sie sich eine Gabel griff und sich damit etwas von dem Rührei, das in der Pfanne brutzelte, in den Mund schaufelte.

»Nimm dir bitte einen Teller«, sagte Isabelle. »Und setz dich zu uns an den Tisch.«

»Ich brauche keinen Teller«, antwortete Lilou. »Ich muss gleich los. Also, wer hat eine Geliebte?«

»Nicht wichtig«, wiegelte Isabelle ab und sah auf ihre Armbanduhr. »Wann musst du bei Roux in der Bäckerei sein?«

»Nicht das Thema wechseln, Maman«, sagte Lilou. »Ich habe euch gehört. Ich weiß, über wen ihr gesprochen habt. Der Präsident hat eine Geliebte, das weiß doch jeder.«

»Was aber nicht jeder weiß, ist ...« Isabelle machte eine kleine dramatische Pause und dann eine große Geste in Richtung Leon, »dass dieser Mann heute Nacht den Präsidenten gerettet hat.«

»Jetzt hör aber auf, Isabelle«, sagte Leon mit gespielter Bescheidenheit, während er noch ein paar klein gehackte Oliven auf sein Omelett streute.

»Du hast was? Im Ernst?« Lilou drehte sich zu Leon um. »Du hast den Präsidenten gerettet? Wie?«

»Es war nicht der Präsident, sondern nur sein Fuß«, räumte Leon bescheiden ein.

»Seinen Fuß oder seinen Arm, ist doch ganz egal!« Lilou sah ihren Stiefvater bewundernd an. »Hauptsache, du hast ihn gerettet.« Leon machte eine wegwerfende Handbewegung, die sagen sollte: Das war doch gar nichts.

Lilou stieß Leon an. »Jetzt erzähl doch mal. Hat er eine?«

»Hat er eine was?« Leon ließ die beiden Frauen noch ein bisschen zappeln.

»Eine Geliebte. Was denn sonst? Jetzt komm schon, bitte sag, was du gesehen hast!« Lilou griff nach Leons Arm und zupfte an seinem Hemd.

»Darüber darf ich leider nicht sprechen.« Leon rückte Gabel und Messer gerade. Dann rollte er die Serviette auf und schob den Serviettenring darüber. »Ist alles *top secret*«, ergänzte er schmunzelnd.

»Angeber ...«, brummte Lilou. Isabelle lächelte.

»Wo ist das alles passiert? Und überhaupt, wieso bist du

nachts mit dem Präsidenten unterwegs?«, fragte Lilou, ganz die Tochter der stellvertretenden Polizeichefin.

Leon antwortete nicht, sondern legte nur den Zeigefinger an seine Lippen.

»Jetzt komm schon, mach es nicht so spannend«, drängte ihn Lilou.

»Es war eine zufällige Begegnung. Er ist gestürzt, und ich habe seinen Fuß versorgt«, sagte Leon nach einer Weile. »Ich denke, es ist nur eine Zerrung.«

»Das war alles?«, fragte Lilou sichtbar enttäuscht.

»Dann hast du zumindest den Fuß unseres Präsidenten gerettet«, sagte Isabelle betont sachlich.

»Was macht eigentlich dein heimlicher Verehrer?«, neckte Leon seine Stieftochter.

»Er hat sich wieder gemeldet.«

»Wieder ein Drohbrief?«, wollte Isabelle wissen.

»Das waren doch keine Drohbriefe. Also zumindest keine richtigen.«

»Sondern? Hat er nicht geschrieben, dass du nur ihm allein gehörst?«

»Ich glaube, der Typ ist nur schüchtern.« Lilou wuschelte ihre Haare zum Dutt hoch und fasste sie mit einer großen Klammer in Form eines Schmetterlings zusammen.

»Du solltest die ganze Sache nicht unterschätzen«, sagte Isabelle. »Vergiss nicht: Er stalkt dich und er droht dir.«

»Da muss ich deiner Mutter zustimmen«, sagte Leon, der oft anderer Meinung gewesen war, als es noch um Lilous Erziehung ging.

»Bei euch sind immer alle gleich verdächtig«, sagte Lilou.

»Das kann man so nicht sagen«, meinte Leon. »Wir sind nur besorgt um dich.«

»Wie heißt er denn?«, wollte Isabelle wissen.

»Keine Ahnung. Ich sehe ihn heute zum ersten Mal.«

»Wie bitte?! Du triffst dich mit einem wildfremden Mann, der dich gestalkt und bedroht hat, ohne zu wissen, wie er heißt oder wer dahintersteckt?«

»Dieses Misstrauen ist genau das, was ich meine«, sagte Lilou. »Darum traut meine Generation niemandem von eurer Generation. Der Typ ist vielleicht ganz süß, aber traut sich nicht.«

»Das ist jemand mit einer psychischen Störung«, sagte Isabelle. »Jemand, der möglicherweise gewalttätig werden kann. Vielleicht ist er schon polizeilich aufgefallen.«

»Ich denke, dass er nur ein bisschen schüchtern ist«, sagte Lilou. »Er hat mir noch mal einen Zettel unter den Scheibenwischer gesteckt.«

»Was hat er geschrieben?«, wollte Isabelle sofort wissen.

»Nur, dass er mich treffen will. Daneben hat er ein kleines Herz gemalt und ein großes A«, sagte Lilou. »Das war alles. Aber ich habe da so eine Ahnung.«

»Was für eine Ahnung?«

»Das verrate ich nicht.«

»Ich könnte jemanden schicken«, sagte Isabelle. »Ganz unauffällig natürlich. Nur zu deiner Sicherheit.«

»Wenn du das tust …« Lilou sah ihre Mutter vorwurfsvoll an. »Maman, ich bin einundzwanzig Jahre alt und Medizinstudentin. Denkst du wirklich, ich kann mich nicht gegen einen Verehrer zur Wehr setzen?«

»Wo triffst du ihn?«, wollte Isabelle wissen.

»In Bormes. Vor Saint-Trophyme«, antwortete Lilou.

»Vor der Kirche?« Leon klang ungläubig, aber irgendwie beruhigt.

»Auf der Bank bei der großen Zypresse«, sagte Lilou. »Klingt für mich nicht gerade wie der Treffpunkt eines Serienkillers, oder?«

»Darüber macht man keine Witze«, sagte Isabelle.

61. Kapitel

»Was haben Sie den Mädchen angetan?«, fragte Isabelle und klang eher fassungslos als wütend. Lambert saß ihr gegenüber im Vernehmungsraum. Er sah aus, als hätte er in der vergangenen Nacht keine Minute Schlaf gefunden. Der Mann schwitzte auf dem harten und unbequemen Plastikstuhl und starrte auf seine verdreckten Sneakers, als würde er dort Antwort auf Isabelles Fragen finden.

»Monsieur Lambert«, wiederholte Isabelle. »Mindestens eine junge Frau, die bei Ihnen in der Pension gewohnt hat, ist verschwunden. Was haben Sie getan?«

»Nichts, ich habe gar nichts mit ihnen gemacht. Da können Sie mich so oft fragen, wie Sie wollen. Ich habe nichts damit zu tun.«

»Die Frau war bei Ihnen eingemietet und es findet sich kein Eintrag im Melderegister.«

Lieutenant Masclau lehnte an der Wand gleich neben der Tür und beobachtete die Vernehmung. Langsam verlor er die Geduld.

»Kein Eintrag im Melderegister, dann geht auch nichts an die Steuer. So einfach ist das«, sagte Masclau. »Denken Sie, wir wüssten nicht, wie das läuft?«

»Das stimmt doch gar nicht. Vielleicht wollten sie sich erst am nächsten Tag einschreiben, was weiß ich denn. Wir haben den ganzen Sommer ein volles Haus. Das habe ich Ihnen doch alles schon zehnmal erklärt.«

»Dann erzählen Sie uns alles noch ein elftes Mal.«

Isabelle hatte wenig Mitleid mit Lambert. Schließlich hatten sie Patricias Sachen in der Pension gefunden.

»Warum haben Sie sich dann Ihrer Festnahme entzogen?«, fragte Isabelle. »Wo doch alles so harmlos ist?«

»Weil …«, Lambert geriet ins Stottern, »ach verdammt, die Flics glauben einem doch sowieso nie. Egal, was man sagt. Aus jeder Kleinigkeit machen sie gleich einen Beweis für ein Verbrechen.«

»Wollen Sie bestreiten, dass Sie das Gepäck der Mädchen versteckt haben?«, fragte Masclau.

»Davon weiß ich nichts. In einem Hotel vergessen die Gäste ständig irgendetwas. Dann stellt ein Mitarbeiter die Fundsachen in die Rumpelkammer, und irgendwann kommt der Gast und holt es sich wieder ab.«

Die Tür zum Verhörraum wurde einen Spaltbreit geöffnet, und Kadir steckte seinen Kopf hindurch. »Capitaine, haben Sie einen Moment?«, fragte er. »Dauert nur eine Minute.«

Isabelle stand auf und ging zur Tür.

»Ich bin gleich wieder da, Monsieur Lambert«, sagte sie.

»Hier kann ich aber nicht bleiben. Auf keinen Fall.« Isabelle sah an Lamberts Blick, dass er Angst hatte. Der Mann stand auf, und die Kette, die seine Handschellen mit dem Metalltisch verband, rasselte laut.

»Ich bleib hier nicht. Mit dem da bleib ich keinen Moment allein!« Lambert deutete auf Masclau, und die Kette schepperte über die Tischplatte. »Der hat mich gestern brutal zusammengeschlagen.«

»Jetzt halt aber mal die Luft an, Lambert.« Masclau stand auf und zerrte kurz an der Handfessel, sodass Lambert nach vorn gerissen wurde.

»Masclau«, ermahnte Isabelle ihren Kollegen, der sofort die Hände sinken ließ.

»Wollen Sie sehen, was er mir angetan hat?« Lambert begann demonstrativ sein Hemd aufzuknöpfen, auf dem der Schweiß große Flecken unter den Achseln gebildet hatte.

»Sie müssen dafür sorgen, dass ich mit diesem Mann nicht allein bin.« Lambert sprach in einem Ton, als käme er gleich unter die Guillotine.

»Halt die Klappe, *conard*«, blaffte der Lieutenant den schwitzenden Mann an.

»Sehen Sie, was ich meine?«, rief Lambert. »Haben Sie das gehört? Er hat mir die Rippen gebrochen.«

»Der Arzt hat Sie doch untersucht, Monsieur Lambert«, sagte Isabelle. »Und der war der Meinung, dass Sie nichts als einen blauen Fleck behalten werden.«

»Ich bekomme kaum noch Luft«, jammerte er, »vielleicht ist meine Lunge verletzt.«

»Ich kann diese Scheiße echt nicht mehr hören«, fuhr Masclau den Verdächtigen an.

»Sehen Sie!« Lambert deutete auf Masclau. »Der ist gefährlich und aggressiv.«

»Ich bin gleich wieder da«, sagte Isabelle, sah kurz zur Decke und verschwand aus dem Raum.

Lambert hatte sich so weit von Masclau entfernt wieder an den Tisch gesetzt, wie die Kette das zuließ. Mit Argusaugen beobachtete er den Lieutenant und zuckte zurück, wenn der sich bewegte. So als ginge von dem Polizisten tatsächlich eine latente Gefahr aus. Lambert wusste natürlich, dass im Nebenraum jemand vor dem Display der Videokamera saß und jede seiner Bewegungen aufzeichnete. Vom Gang aus war die Tür zu diesem Raum mit VERHÖR 1 gekennzeichnet. Was eine glatte Übertreibung war. In Wirklichkeit gab es für Verhöre nur diesen einen Raum, und auch der war bei genauerer Betrachtung denkbar bescheiden ausgestattet. Die ganze Technik, von der Videokamera bis zu der ewig klappernden Klimaanlage, alles stammte aus den Nullerjahren. Die Kaffeemaschine auf dem Beistelltisch funktionierte seit Monaten nicht mehr, und die Aktenordner im Regal an der Wand gehörten längst ins Kellerarchiv. Es gab nur ein kleines Fenster, das mit seinem löchrigen Fliegengitter entschlossenen Moskitos nur wenig entgegenzusetzen hatte.

Isabelle war nach wenigen Minuten zurückgekommen und hatte sich genau gegenüber von Lambert an den Befragungstisch gesetzt.

»Sie haben uns erzählt, dass Sie bei einer Reederei in Guadeloupe gearbeitet haben.« Isabelle war auffallend gut gelaunt, seit sie wieder den Verhörraum betreten hatte.

»Ja, das stimmt«, sagte Lambert. »Was ist damit?«

»Was genau haben Sie dort gemacht? Was war Ihr Job?«

»Meine Ausbildung – worauf wollen Sie hinaus?«

»Und warum haben Sie gekündigt?«

»Meine Eltern brauchten Unterstützung hier in Lavandou. Mein Vater ist damals krank geworden. Wir hatten da ja schon die Pension.«

»Hatten Sie irgendwann einmal Probleme mit der Polizei?« Isabelle tat so, als studierte sie die vier Seiten des Polizeiberichts, die vor ihr lagen. Lambert legte den Kopf schief, um einen Blick auf die Unterlagen zu erhaschen.

»Nein, was denn für Schwierigkeiten? Ich hatte noch nie Schwierigkeiten mit der Polizei. Warum sollte ich?«, fragte Lambert arglos.

»Wenn man mal die letzten Tage, als Sie sich nach Ihrer Flucht versteckt hatten, außer Acht lässt«, ergänzte Isabelle bissig.

»Da habe ich die Nerven verloren. Mon Dieu, das war ein Fehler, ich weiß. Deshalb bin ich zurückgekommen. Ich wollte das richtigstellen«, jammerte Lambert.

»Indem sie Capitaine Morell gegen die Wand gestoßen haben?«

»Das wollte ich nicht ...«

»Und bei dieser Gelegenheit wollten Sie noch schnell den Hotelsafe leeren«, meinte Masclau.

»Hören Sie, das ist immer noch mein Geld.«

»Das Sie am Fiskus vorbeigeschummelt haben«, kommentierte Isabelle kühl. »Streng genommen gehört es also der Steuer.«

»Das ist die Handkasse. Jedes Hotel hat Bargeld im Safe.«

»Achtzehntausend Euro? Ich bitte Sie«, sagte Masclau. »Und Sie wollen uns erzählen, dass das kein Schwarzgeld ist?«

»Meine Abrechnungen waren immer korrekt. Ich habe mir nie etwas zuschulden kommen lassen«, sagte Lambert, aber Isabelle hörte an seiner Stimme, dass er log.

»Sagt Ihnen die Segelschule La Possession etwas?« Isabelle fuhr mit dem Zeigefinger über eine Namensliste auf den Ausdrucken.

»Jetzt kommen Sie doch nicht mit dieser alten Geschichte«, verteidigte sich Lambert. »Das ist doch längst alles durch. Da war gar nichts.«

»Gar nichts? Sie haben ein Mädchen eine ganze Nacht lang in einer Garage eingeschlossen.«

»Wir waren betrunken«, versuchte sich Lambert zu rechtfertigen. »Das Mädchen hat ein bisschen Panik bekommen.«

»Panik, verstehe. Hier steht, dass das Opfer noch ein Kind war.«

»Opfer, wenn ich das schon höre.« Lambert grinste anzüglich. So als könnte er sich heute noch über die alte Geschichte auf Réunion amüsieren.

»Das Mädchen war erst fünfzehn«, sagte Isabelle streng.

»Sie sah nicht aus wie fünfzehn, echt nicht. Außerdem ist sie freiwillig mitgekommen«, empörte sich Lambert. »Die beiden Jungs und ich wollten nur ein bisschen Spaß haben. Das war alles.«

»Sie meinen, Sie und ihre beiden Kumpels wollten das Kind missbrauchen?«

»Und, wurde vielleicht jemand missbraucht? Nein! Nichts ist passiert, gar nichts. Alle haben zu viel getrunken, das ist passiert.«

»Das Kind war verletzt«, las Isabelle vor.

»Das war kein Kind, das war eine junge Frau. Ich hab' gedacht, die wäre siebzehn oder achtzehn.«

»Der Körper wies Hämatome und Verletzungen der Haut auf«, zitierte Isabelle weiter aus dem Polizeibericht, ohne auf Lamberts Erklärungsversuche einzugehen.

»Weil sie gestürzt war.« Lambert klang, als hätte er diese Vorfälle schon Dutzende Male erklären müssen. »Die Frau wollte unbedingt auf den Mast von einem der Boote klettern.«

»Tolle Idee«, sagte Masclau zynisch.

»Meine Güte, noch mal: Wir hatten alle zu viel getrunken. Da ist sie abgerutscht und runtergefallen.«

»Das Mädchen hat aber etwas anderes ausgesagt.« Isabelle überflog den Ausdruck.

»Der Arzt hat gesagt, dass es keine Spuren einer Vergewaltigung gegeben hat«, sagte Lambert.

»Weil das Mädchen erst drei Tage nach den Vorfällen zum Arzt gegangen ist.« Isabelle sah von dem Ausdruck hoch und richtete ihren Blick auf Lambert. »Jedenfalls steht das hier.«

»Weil sie so lange auf dem Campingplatz im Zelt lag und ihren Rausch ausgeschlafen hat«, erklärte Lambert.

»Vielleicht hatte ihr ja jemand K.o.-Tropfen in den Wein getan«, sagte Masclau.

»K.o.-Tropfen lassen sich nur bis zu sechs Stunden nach der Einnahme im Blut nachweisen«, erklärte Isabelle ihrem Lieutenant, während sie auf den Computerausdruck sah. »Hier steht, dass Sie aufgrund des Vorfalls in U-Haft waren, Monsieur Lambert.«

»Zu Unrecht! Und außerdem waren es nur fünf Tage«, verteidigte sich Lambert. »Zuletzt hat sich der Untersuchungsrichter sogar entschuldigt, und ich konnte gehen.«

»Das wird dieses Mal wohl nicht so einfach werden«, sagte Isabelle.

»Wieso? Ich habe nichts getan!«

»Ihnen wird vorgeworfen, in den Tod von zwei Frauen verwickelt zu sein«, sagte Isabelle betont ruhig.

»Ich will einen Anwalt, sofort.«

»Wieso, versuchen Sie, etwas vor uns zu verbergen? Monsieur Lambert, Sie haben behauptet, dass Sie die Frau, nie gesehen haben.«

»Zumindest nicht direkt, vielleicht habe ich sie mal kurz gesehen …«

»Was soll das heißen?«, fragte Masclau.

»Manche Gäste kommen an, man sagt ›Bonjour‹, gibt ihnen den Zimmerschlüssel, und das war's.«

»Verstehe«, sagte Isabelle. »Dann erklären Sie uns doch bitte, wie die Fingerabdrücke von Patricia Goblet, dem ersten Opfer, in ihren Lieferwagen kommen?«

»Ich habe keine Ahnung«, sagte Lambert, der sich unentwegt mit der Hand über seine beginnende Glatze strich.

»Das Labor hat gesagt, den Spuren nach zu schließen wäre es auch möglich, dass in Ihrem Auto ein Kampf stattgefunden hat«, sagte Isabelle.

»War das so?«, insistierte Masclau. »Hat sich die junge Frau gewehrt, als Sie auf sie los sind?«

»Ich bin nicht auf sie los.«

»War vielleicht doch mehr zwischen Ihnen und Patricia Goblet als nur eine kurze Begrüßung und die Übergabe der Zimmerschlüssel?«

»Was wollen Sie damit sagen?« Lambert drehte sich zu Isabelle um. »Was will er damit sagen? Da war nichts, gar nichts.«

»Immerhin hat in ihrem Lieferwagen auf dem Beifahrersitz eine Frau gesessen, die auf allerbrutalste Weise getötet worden ist.«

»Und was soll ich damit zu tun haben?«

»Genau das fragen wir Sie.«

»Sie glauben wirklich, dass ich diese Frau …?«

»Es geht hier nicht darum, was wir glauben, sondern was in Ihrem Lieferwagen geschehen ist. Wir betrachten nur die Fakten.«

»Gar nichts ist geschehen«, sagte Lambert. »Sie hatte etwas in Cavalière zu erledigen …«

»Wer?«, fragte Masclau.

»Na, die Kleine«, sagte Lambert.

»Sie meinen, Patricia Goblet«, sagte Isabelle.

»Ich meine, die Studentin«, korrigierte er sich schnell. »Sie hat mich gefragt, ob ich sie bis Cavalière mitnehmen könnte. Ist ja nur eine Bucht weiter. Ich helfe meinen Gästen gerne. Ist doch klar.«

»Warum haben Sie das nicht bei unserer ersten Begegnung erwähnt? Warum haben Sie eben noch behauptet, die junge Frau nie gesehen zu haben?«

»Weil ich mit dieser ganzen Scheiße nichts zu tun habe, darum.«

»Roger Lambert«, sagte Isabelle, und ihre Stimme klang jetzt kühl und sachlich, »ich nehme Sie fest wegen des Verdachtes, Patricia Goblet und eine weitere Person getötet zu haben. Wir überstellen Sie heute noch in Toulon dem Haftrichter.«

In diesem Moment sprang der Mann auf und zerrte fassungslos an seiner Kette. »Das können Sie nicht machen! Ich kenne meine Rechte. Ich will sofort einen Anwalt sprechen!«

»Das ist eine ausgezeichnete Idee«, sagte Isabelle.

62. Kapitel

Polizeichef Zerna hatte die leitenden Polizeibeamten der Wache in sein Büro gerufen. Das Büro lag ganz am Ende des Ganges. Es war keineswegs der attraktivste Raum des Reviers, ganz im Gegenteil. Der Blick aus dem Fenster ging auf einen tristen Hinterhof, in dem ein halbes Dutzend Autos standen, die die Gendarmerie nach Unfällen beschlagnahmt hatte. Aber für den Polizeichef gab es hier noch etwas viel Interessanteres zu sehen. Aufgebockt auf einem Trailer stand da eine zwölf Meter lange Motorjacht, Kajüte, Radar, zwei Dieselmotoren à 250 PS, Baujahr 1991. Am Heck stand der Name des Schiffes in schwungvollen Buchstaben: *C'est la vie II*.

Man konnte dem Boot die Strapazen von drei Jahrzehnten Wind und Wetter ansehen. Zerna hatte sich nach dem Tod seiner Mutter mit seiner bescheidenen Erbschaft diesen Traum vom eigenen Boot erfüllt. Aber wie sich schnell herausstellte, war das Boot kein Glücksgriff gewesen. Es gab ständig etwas zu reparieren, und so stand das Boot die meiste Zeit des Jahres aufgebockt im Hof.

Von seinem geliebten Boot aus konnte Zerna seiner anderen großen Leidenschaft nachgehen, dem Angeln. Der Polizeichef beteiligte sich an allen Angelwettbewerben zwischen Lavandou und den Inseln. Seinen größten Erfolg hatte er gefeiert, als er vor einigen Jahren zusammen mit einem Freund einen knapp siebzig Kilogramm schweren Gelbflossenthunfisch an Bord zog und dann mit seiner Beute stolz wie ein Admiral in den Jachthafen von Le Lavandou einlief. Sogar die Konkurrenten hatten damals den beiden Anglern Applaus gespendet. Später hatte Commandant Zerna erzählt, dass die Einfahrt in den Jachthafen einer der schönsten Momente seines Lebens gewesen sei.

Die große Fotografie gleich neben der Tür, auf der die beiden Helden an Deck ihres Bootes zu sehen waren, zusammen mit ihrem gewaltigen Thunfisch, erinnerte an diesen unvergesslichen Augenblick.

Isabelle, die die Befragungen der Zeugen und Tatverdächtigen koordinierte, hatte vor der Mannschaft den Stand der Ermittlungen referiert. Der Raum war voller Polizisten, alle drängten sich um den Schreibtisch des Polizeichefs.

»Nach achtundvierzig Stunden ist Lambert wieder draußen, wetten?«, sagte Masclau, und erntete zustimmendes Gemurmel.

»So sind nun mal die Gesetze«, sagte Zerna.

»Natürlich lässt sich die U-Haft auch verlängern«, ergänzte Isabelle. »Aber nur wenn Sie uns verwertbare Spuren beschaffen.«

»Das bedeutet: Ab heute ist Lambert unser Verdächtiger Nummer eins.« Der Polizeichef klang zufrieden. »Dass wir bereits so früh einen Hauptverdächtigen präsentieren können, wird die Zentrale in Toulon beeindrucken.«

Und Zerna würde sich diesen Erfolg auf seine Fahne schreiben, dachte Isabelle. Aber das erwähnte sie natürlich nicht.

»Und der Kopf, was ist mit dem Kopf?«, fragte einer der jungen Kollegen, der sich die ganze Zeit schon Notizen gemacht hatte.

»Wenn du ihn findest, leg ihn mir auf meinen Schreibtisch«, sagte Masclau, und einige der Anwesenden kicherten.

»Masclau, bitte«, ermahnte Isabelle ihren Lieutenant.

»Was ist mit den Namen der Verdächtigen auf der Liste?«, fragte eine junge Polizistin, die sich ganz nach vorn gedrängt hatte und darum kämpfte, von Polizeichef Zerna wahrgenommen zu werden.

»Welche Liste?«, fragte ein älterer Kollege, dem man das gute Essen der Provence ansah.

»Capitaine Morell hat doch von einer Namensliste entlassener Patienten gesprochen«, sagte die junge Kollegin.

»Wir haben diese Liste durch Berücksichtigung zusätzlicher Auswahlkriterien stark verkürzt. Geblieben sind im Moment zehn Personen, von denen wir aber erst mit drei gesprochen haben.«

»Echt, nur zehn Patienten?«, fragte einer der Polizisten.

»Es ist schwierig, diese ehemaligen Patienten zu befragen. Man muss diskret vorgehen, ihr Vertrauen gewinnen. Das kostet eine Menge Zeit. Die meisten waren noch nicht zu erreichen, weil sie umgezogen sind, oder sie befinden sich im Sommerurlaub.«

»Aber bitte nicht hier bei uns in Lavandou«, brummte der korpulente Beamte.

»Auch Killer machen mal Urlaub«, sagte Masclau, und die Kollegen kicherten.

»Was ist mit diesem Neuron? Den haben Sie auf der Liste angestrichen.« Der Polizist mit dem Faible für die südfranzösische Küche hielt einen Computerausdruck hoch.

»Sie meinen Monsieur Meuron«, sagte Isabelle.

»Ja, Meuron«, antwortete der korpulente Kollege zu Isabelle. »Er steht ganz oben auf Ihrer Liste.«

»Er ist uns besonders aufgefallen, weil er zwei wichtige Kriterien erfüllt: Erstens ist er vor sieben Jahren in der Nervenklinik Saint-Joseph wegen einer latenten Psychose behandelt worden«, erklärte Isabelle. »Er ist damals ins Visier der Polizei geraten, weil er mehrere Schafe getötet hatte. Das Töten von Tieren oder Tierquälerei im Allgemeinen kann ein Anzeichen einer beginnenden Psychose sein.«

»Ich muss gleich kotzen«, murmelte Masclau halblaut, und die Kollegen stimmten ihm zu.

»Was war das zweite Kriterium?«, wollte die junge Polizistin wissen. Jetzt betrachtete sie der Polizeichef mit neugierigem Blick.

»Gut, dass Sie fragen«, meinte Isabelle. »Der Zeuge befand sich zur Tatzeit in der Nähe des Fundorts der Leiche.«

»Und warum gilt er dann nicht als Hauptverdächtiger?«

»Das ist mehr eine Gefühlssache«, sagte Isabelle. »Wenn die Puzzleteile zu gut ineinanderpassen, werde ich immer misstrauisch.«

»Haben wir diesen Meuron jetzt auf dem Radar?«, fragte der dicke Polizist.

»Wir beobachten ihn und werden ihn erneut verhören. Sonst noch Fragen?«, wollte Zerna wissen.

»Von unserer Seite alles klar«, sagte Isabelle. »Wir arbeiten die Zeugenliste ab.«

»Danke«, sagte Zerna. »Das war es fürs Erste. Nächste Lagebesprechung ist morgen Vormittag um acht Uhr. Viel Erfolg.«

Das kleine Büro leerte sich. Jemand öffnete das Fenster, aber das schaffte auch nicht mehr Frischluft in den engen Raum. Lieutenant Kadir wandte sich an Isabelle. Er hatte einen braunen Umschlag in der Hand, aus dem er das Porträt eines Mädchens zog und Isabelle reichte.

»Das ist Patricia Goblet, darunter unsere Durchwahl zur Bereitschaft. Wir haben das Foto von ihrer Mutter. Das würden wir gern für die Fahndung freigeben. Vielleicht erinnert sich jemand an sie«, erklärte Kadir.

»Ich bezweifle, dass das etwas bringt«, sagte Lieutenant Masclau.

»Es ist einen Versuch wert.« Isabelle hatte ganz automatisch nach dem Foto gegriffen und es erst beim Rausgehen bewusst betrachtet. Sie blieb stehen und starrte auf das Porträtfoto. Sie hatte diese junge Frau schon einmal gesehen.

63. Kapitel

Isabelle lief schnellen Schrittes die Mole entlang. Auf den Felsen, mit denen man einen künstlichen Wall gegen die Wellen gebaut hatte, saßen Jugendliche und angelten. Ihre Ausbeute war bescheiden. Die winzigen Fische waren kaum länger als ein Daumen, und man musste schon einige Stunden angeln und Glück haben, damit man davon satt werden konnte.

Jetzt am Nachmittag war das Meer tiefblau, und am Himmel hatten sich silberne Zirruswolken gebildet. Das Meer lag ruhig wie ein See und schob kleine Wellen gegen die Mole. Aber Isabelle hatte keinen Blick für die Schönheit des Mittelmeeres. Sie verfolgte eine Spur. Sie war auf dem Weg zu einem Zeugen, der Kontakt zu mindestens einem der Opfer gehabt hatte. Einen Kontakt, der vielleicht mit dem Tod des Opfers geendet hatte.

Isabelle erreichte das Ende der Mole. Dort, wo das Meer ruhig war und es nach Tang, Öl und faulem Fisch roch, lagen die alten Bootshäuser. Davor war ein freier Platz, auf dem zwei alte Männer saßen. Der eine auf einem Campingstuhl, der andere auf einer Kühlbox aus Styropor. Sie blinzelten mit zugekniffenen Augen aufs Meer hinaus und beobachteten die großen Fährschiffe, die auf ihrem Weg nach Korsika wie überdimensionale Eisberge an der Küste vorbeitrieben.

»Bonsoir«, sagte Isabelle.

Die Männer musterten neugierig die uniformierte Frau von der Gendarmerie, die ihr gemütliches Treffen störte.

Sie ging auf die weit geöffnete Tür eines der Bootshäuser zu, an der noch das Plakat von Brunos Ausstellung klebte. Der Raum, in dem bei ihrem letzten Besuch Zeichnungen und Gemälde von Möwen und heranstürmenden Meereswellen an den Wänden gehangen hatten, war leer. In der Ecke standen einige Spannrahmen. Zwei Mappen mit Zeichnungen lagen auf einem Tisch, als warteten sie nur darauf, abgeholt und entsorgt zu werden.

»Bruno ist nicht da«, sagte der eine Mann. »Sie suchen doch Bruno, den Maler, oder?«

»Was wollen Sie von Bruno?«, fragte der zweite Mann.

»Wissen Sie, wo er ist?«, fragte Isabelle, ohne auf die Frage des Mannes zu antworten.

»Keine Ahnung«, meinte der Mann auf der Kühlkiste. »Ich weiß nur, dass Bruno dringend nach Hause musste.«

»Eine Familiengeschichte, hat er gesagt.« Der Mann auf dem Klappstuhl lehnte sich nach vorn und sah Isabelle neugierig an. »Seine Leute wohnen oben in Brest. Er wollte hier alles dichtmachen und gleich losfahren.«

»Hatte es ziemlich eilig«, ergänzte der andere.

»Wenn du mich fragst«, sagte der Mann auf dem Stuhl, »hat Bruno mal wieder eine neue Freundin, und seine Alte zu Hause macht Stress.«

»Jetzt komm, das wissen wir doch gar nicht«, sagte der Mann auf der Kühlbox.

»Bei Bruno geht's doch immer um Frauen«, sagte sein Freund. Der Mann stand von seiner Kühlkiste auf, hob den Deckel hoch und zog eine Flasche Rotwein und drei Gläser heraus.

»Wollen Sie einen Schluck?«, fragte er Isabelle, aber die winkte ab.

»Verstehe, der Dienst«, sagte der Mann und kicherte verschwörerisch.

»Wann haben Sie Bruno zuletzt gesehen?«, fragte Isabelle.

»Gib mir einen«, sagte der Mann auf dem Klappstuhl und hielt dem Kumpan das leere Glas hin.

Der Mann goss seinem Freund ein Glas Rotwein ein.

»Das Blut der alten Männer.« Der Mann hielt sein Glas in die Sonne, in der der Wein rot funkelte. Er lächelte sichtlich zufrieden.

»Wenn Sie mich fragen, hat Bruno 'ne Neue.« Isabelle sah ihn fragend an.

»Bruno ist verheiratet«, sagte der Mann und schlürfte einen Schluck Rotwein aus seinem Glas.

»Aber nicht mit einer von den Bräuten, mit denen er sich im Bistro trifft«, sagte der Mann. Sein Freund lachte.

»Sie wissen nicht, wohin Bruno gefahren ist?«, Isabelle sah auf ihre Uhr.

Die Männer antworteten nicht, sondern süffelten aus ihren Gläsern und genossen den ersten Schluck dieses Nachmittags. Sie schlürften den Wein, kauten darauf herum, spitzten die Lippen und ließen den Wein an ihrem Gaumen vorbeirollen, während sie seinem Aroma nachspürten, das sie an Sand und warme Brombeeren erinnerte.

»Ich habe mich immer gefragt, wieso die Frauen so scharf auf Bruno sind.« Der Mann drückte den Korken zurück in die Flasche.

»Besonders schön ist er wirklich nicht.« Der Mann auf dem Campingstuhl grinste und rekelte sich entspannt.

»Nein, daran kann es echt nicht liegen.« Beide lachten.

»Ist eben ein Frauentyp«, erklärte der Mann auf der Kühlkiste.

»Wissen Sie, welcher Berufsstand den größten Erfolg hat bei

Frauen? Klavierspieler«, sagte der Mann auf der Kühlbox und sah dabei Isabelle an. »Das ist wissenschaftlich erwiesen.«

»Oder die Maler«, sagte der zweite Mann.

»Ja, Maler kommt auch gut. Ganz besonders bei den jungen Demoiselles.«

»Meinen Sie, er kommt noch einmal hierher, bevor er fährt?« Isabelle wurde langsam die Zeit knapp.

»Warum fragen Sie ihn nicht selbst?« Er winkte einem Mann zu, der die Mole entlangkam.

»Hier wartet jemand auf dich«, rief der Mann auf der Kühlbox dem Neuankömmling zu.

»Aber ich fürchte, die ist zu alt für dich«, lachte er dann und drehte sich zu Isabelle um. »Entschuldigung, ist mir so rausgerutscht. Das ist Bruno.«

Der Maler hatte schon von Weitem gesehen, wer da auf ihn wartete. Aber es war zu spät, noch umzukehren, und wegzulaufen wäre albern gewesen. So oder so musste er an der Frau vorbei, die die Dienstbluse der Gendarmerie und die Schulterklappen eines Capitaine trug.

»Bonsoir, Monsieur«, grüßte Isabelle förmlich.

»Bonsoir«, sagte Bruno kurz.

»Wir müssen reden«, sagte Isabelle. »Dienstlich.«

»Wieso, was wollen Sie denn von mir?«

»Sind das neue Zeichnungen?« Isabelle ging zu den Mappen, die immer noch auf dem Tisch lagen.

»Die sind noch nicht fertig«, sagte er und wollte die Mappen zuschlagen. Aber Isabelle legte ihre Hand auf die Zeichenmappen. Dann griff sie in ihre Tasche und zog ihr Handy hervor. Sie tippte auf der Tastatur, und das Foto von Patricia Goblet erschien auf dem Display.

»Kennen Sie diese junge Frau?«, fragte Isabelle den Maler.

Bruno stutzte kurz. Dann schüttelte er energisch den Kopf.

»Kenn ich nicht«, sagte er schnell. »Wer soll das sein?«

»Sind Sie sicher?« Isabelle nahm eine der Mappen hoch und begann darin zu blättern.

»Bitte nicht«, sagte Bruno, »die sind noch nicht fertig.«

Er versuchte, Isabelle die Mappe abzunehmen, doch die wandte sich ab. Sie blätterte und betrachtete die unterschiedlichen Porträts von jungen Frauen, älteren Männern und ein paar Kindern.

»Die sind gut«, sagte Isabelle. »Haben Sie die alle hier in Le Lavandou gezeichnet?«

»Die meisten sind Auftragsarbeiten. In den Ferien am Strand lassen sich die Leute gerne porträtieren«, sagte Bruno und wollte Isabelle die Mappe aus der Hand nehmen.

Isabelle hatte aufgehört zu blättern. Mit spitzen Fingern zupfte sie eine DIN-A4-große Skizze aus dem Stapel.

»Das sind alles Kreidezeichnungen, die muss ich noch fixieren.«

Isabelle zog vorsichtig das Porträt eines Mädchens aus dem Stapel. Keine Frage – das war unverkennbar das Gesicht von Patricia Goblet. Die intensiven blauen Augen, die hellen raspelkurzen Haare und das schöne schmale Gesicht.

»Das … das war eine Auftragsarbeit …«, stotterte Bruno. »Aber sie hat die Zeichnung nie abgeholt.«

»Ich denke, jetzt ist es an der Zeit, dass Sie mit mir auf die Wache kommen und Ihre Aussage machen.«

»Was soll ich denn aussagen? Ich werde nichts aussagen, ich habe nichts auszusagen.«

Isabelle hob die Hand, was so viel bedeutete wie: »Entschuldigen Sie einen Augenblick.« Dann drückte sie eine Kurzwahl und hob das Handy an ihr Ohr.

»Capitaine Morell«, meldete sie sich. »Ich bin hier draußen an der Mole beim neuen Hafen. Ich könnte Verstärkung brauchen … Ja, danke.«

»Kommen jetzt die Flics, oder was?«, fragte Bruno, und seine Stimme hatte plötzlich einen aggressiven Unterton.

»Lassen Sie doch den Bruno in Ruhe«, schimpfte der Mann auf dem Klappstuhl. »Der hat bestimmt nichts getan. Der ist Maler.«

»Was wollen Sie denn von Bruno?«, fragte der zweite Mann.

»Halten Sie sich bitte da raus, in Ordnung?« Isabelles Ton war plötzlich härter geworden. Sie steckte ihr Handy wieder ein.

»Was ist mit dem Mädchen?« Bruno machte eine Kopfbewegung in Richtung der Zeichnung.

»Ich hoffe, das werden Sie uns sagen«, antwortete Isabelle.

»Ja, ich habe sie gemalt, und nein, ich kenne sie nicht. Ich weiß noch nicht mal, wie sie heißt. Ist es das, was Sie von mir hören wollen?«

»Es geht nicht darum, was wir hören wollen«, sagte Isabelle. »Es geht um die Wahrheit.«

»Ich habe noch zu tun. Tut mir leid, ich habe echt keine Zeit für so was. Ich muss gleich los«, sagte Bruno. Er griff sich die Staffelei und klappte sie zusammen, um sie in sein Auto zu legen, das er ein Stück weiter auf der Mole abgestellt hatte.

»Ich muss das noch alles wegräumen.«

»Das werden Sie nicht tun«, sagte Isabelle und stellte sich dem Maler, der mindestens zwanzig Zentimeter größer und zwanzig Kilo schwerer als die stellvertretende Polizeichefin war, in den Weg. »Wir werden uns stattdessen auf der Wache unterhalten.«

»Sie haben aber keinen Haftbefehl gegen mich?«, sagte Bruno und ließ es wie eine Frage klingen.

»Nein, habe ich nicht. Aber ich kann Sie als Zeugen vorladen.«

»Was, wenn ich nicht mitkomme?«

»Wie gesagt: Im Moment sind Sie nur ein Zeuge. Das kann sich allerdings schnell ändern«, erklärte Isabelle.

»Dann werde ich jetzt einfach fahren.« Bruno schob Isabelle zur Seite.

Die Situation an der ansonsten so ruhigen Mole hatte sich verschärft. Jetzt stand Isabelle drei feindseligen Männern gegenüber, die keine Lust hatten, sich von der Polizei Vorschriften machen zu lassen. Und schon gar nicht, wenn eine Frau bei den Flics das Sagen hatte.

»Sie bleiben hier«, sagte Isabelle in ganz ruhigem Ton. Dann wies sie auf die beiden anderen Männer. »Und Sie treten da mal ein Stück zurück.«

»Ich gehe jetzt«, sagte der Maler und griff zu der Mappe mit dem Mädchenporträt.

In diesem Moment bog ein Polizeiauto mit blinkendem Blaulicht auf den kleinen Parkplatz ein. Der Wagen stoppte scharf, und zwei Beamte in Uniform stiegen aus.

»Ich kann Sie auch festnehmen lassen.« Isabelle sah den Maler an. Dann nickte sie ihren beiden Kollegen zu. Einer hielt die Tür auf, und der andere Polizist schob den Maler auf die Rückbank des Streifenwagens.

»Wir sehen uns auf der Wache«, sagte Isabelle.

64. Kapitel

Leon hatte schlecht geschlafen. Seit dem frühen Morgen hatte er bereits Stunden in der Autopsie verbracht und in seinem Labor gesessen. Die Pause, die er sich gönnte, hatte er sich wirklich verdient. Er verließ die Klinik und fuhr nach Lavandou. Leon parkte in der Nähe des Marktes und schlenderte durch den Ort. Dabei stellte er sich vor, wie es wohl wäre, wenn er nicht mehr zurückmüsste in die kühle Stille der Rechtsmedizin. Wenn er eines Tages pensioniert wäre und sein Alltag darin bestehen würde, am Hafen Möwen zu füttern. Ein schrecklicher Gedanke. Aber zum Glück hatte er ja noch Zeit bis zu seiner Pensionierung. Ungefähr fünfzehn Jahre, vielleicht waren es auch noch ein paar mehr, wenn sie seinen Vertrag verlängerten. Oder er nahm das Angebot für eine Professur in Vollzeit an der Medizinischen Fakultät in Aix an.

Leon schmunzelte stumm in sich hinein. Er war ein Pessimist, das wusste er. Aber er hatte auch die Erfahrung gemacht, dass gerade Pessimisten leidenschaftlich genießen konnten, wenn man sie in Ruhe ließ. Er war stehen geblieben, hielt sein Gesicht in die Sonne und genoss die Wärme, die durch ihn hindurchfloss. Sofort fiel jeder Stress von ihm ab. Er vergaß den Ärger im Büro, und er sah nicht mehr die Opfer grausamer Verbrechen vor sich. Er sah nur noch das Meer, das still in der Sonne funkelte, und er hörte das Geschrei kleiner Kinder, das vom Strand zu ihm heraufdrang.

Wieder einmal wurde ihm klar, was für ein Glück er doch hatte, dass ihn das Schicksal an einen der schönsten Plätze Europas verschlagen hatte, an die Seite einer wunderbaren Frau und einer liebevollen Stieftochter noch dazu. Leon lächelte, als er weiterging.

Im Vorbeigehen hatte er sich bei Roux ein frisches Croissant mitgenommen. Dann war er zum Bouleplatz spaziert und hatte es sich im Chez Miou an seinem Stammtisch bequem gemacht. Von hier hatte er einen prächtigen Blick auf all die erschöpften Touristen, die um diese Zeit vom Wochenmarkt zurückkamen. Außerhalb der Saison war der Markt ein gemütlicher Platz, wo sich die Standbesitzer trafen und schon am frühen Morgen Wein tranken. Während der Ferienmonate von Mai bis Ende September allerdings war der Markt vollkommen überlaufen. Touristenmassen schoben sich durch die schmalen Gassen zwischen den Ständen, und die verschwitzten Besucher stöhnten über die Hitze und das Gedränge. Aus irgendeinem Grund schienen die Stände mit ihren überteuerten Preisen eine geradezu magnetische Wirkung auf die Besucher auszuüben, denen man einfach alles verkaufen konnte. Was für ein Privileg, wenn man da auf seinem Stammplatz sitzen und das Treiben in den Gassen beobachten konnte, dachte Leon. Eigentlich war es nicht erlaubt, sich Frühstückscroissants in das Bistro mitzubringen, aber bei Leon machte Yolande nur allzu gern eine Ausnahme. Als sie sah, dass Leon das Chez Miou betrat und sich auf seinen Platz setzte, kam sie wie eine neugierige Möwe angesegelt und beugte sich zu ihrem Lieblingsgast hinunter.

»Comme d'habitude, Docteur?«, fragte sie und hielt dabei kokett den Kopf schief, als hätte sie ihm gerade ein zweideutiges Angebot gemacht.

»Comme d'habitude, Madame«, antwortete Leon.

»Ich habe gehört, Sie hatten eine aufregende Nacht?« Yolande zwinkerte ihm zu und wischte mit dem Lappen den runden Tisch sauber.

Leon versuchte die Frage zu überhören, obgleich es im Bistro still geworden war und alle gespannt darauf warteten, was der Docteur zu berichten hatte. Leon wunderte sich nicht, dass offenbar jeder Gast im Bistro bereits über seine nächtliche Begegnung mit dem Präsidenten Bescheid wusste. Schließlich funktionierte die Verbreitung neuster Nachrichten über Yolande schneller als über das Internet. Und dass ihr Lieblingsgast auch noch der heimliche Star in dieser Geschichte war, machte die ganze Sache nur noch spannender.

»Glauben Sie, dass ein Präsident wirklich nachts die Corniche entlangjoggt, nur um fit zu bleiben?«, versuchte Yolande das Gespräch zu beginnen.

»Keine Ahnung, was ein Präsident so tut«, sagte Leon vieldeutig, »aber ich gehe auch gern zu Fuß, wenn ich den ganzen Tag am Schreibtisch gearbeitet habe.«

»Es heißt, Sie hätten ihn gerettet«, sagte Michel, der extra seinen Laden für eine halbe Stunde geschlossen hatte, um die neuesten Nachrichten hier aus erster Hand zu erfahren.

»Davon weiß ich nichts«, sagte Leon, und allen war klar, dass das eine Lüge war.

Véronique, die mit ihrem ersten Pastis des Tages an der Bar stand, drehte sich um und sah die Gäste an.

»Der Docteur kann über den Zwischenfall leider nicht sprechen«, sagte sie zweideutig. »Das habe ich euch doch gleich gesagt.«

»Und warum nicht?«, fragte Michel.

»Unser Präsident hat sich schwer verletzt. Aber die Wahrheit wird unterdrückt, wegen der Wahlen. Ist es nicht so, Docteur?«, fragte Véronique mit einem Grinsen.

»Ist doch klar, keiner will einen Präsidenten, dem ein Bein oder was weiß ich fehlt!« Der dicke Edmonde hatte das Lokal betreten und sich zu den anderen an den Tresen gestellt.

»Quatsch«, sagte Véronique, »dem Präsidenten fehlt gar nichts, oder, Docteur?«

»Keine Ahnung«, sagte Leon noch einmal. »Aber wenn Sie den Jogger meinen, der nachts auf der Corniche unterwegs war – der hat sich nur den Fuß verstaucht.«

»Sag ich doch«, meinte Véronique zufrieden, als hätte Leon gerade ihre Geschichte in allen Einzelheiten bestätigt.

»Na also.« Yolande sah Leon mit einem vielsagenden Augenaufschlag an. »Sie sind mein Held, Docteur.«

»Ganz bestimmt nicht. Ich habe mit der Sache nichts zu tun.« Leon hob die Hände wie ein Wanderprediger, der den Segen sprechen will. »Ich habe keine Ahnung, wovon Sie reden. Ich habe auf meinem Heimweg jedenfalls nur ein paar Fledermäuse und ein Wildschein getroffen.«

Einer der Gäste klopfte von außen ungeduldig mit seinem Schlüssel gegen die Scheibe des Bistros.

»Yolande, gehst du mal raus und nimmst die Bestellung auf?«

Yolande drehte sich nur kurz zu dem Gast auf der Terrasse um und wedelte mit der Hand, als wollte sie eine lästige Fliege verscheuchen.

»Jetzt nicht«, rief sie und sah ihren Mann hinterm Tresen an. »Ich geh doch nicht, wenn der beste Teil der Geschichte kommt.«

»Und was ist der beste Teil, wenn ich fragen darf?«, wollte Michel wissen, dem das erste Bier des Tages bereits zusetzte.

»Je t'aime ...«, summte Yolande, und ahmte dabei mit heiserem Flüstern die Stimme von Jane Birkin nach.

»Was soll das denn heißen?«, fragte Michel und betrachtete die Frau des Wirtes mit lüsternem Interesse. Aber er wusste, dass er bei Yolande keine Chance hatte. Schon gar nicht, wenn dieser Docteur in der Nähe war.

»Wer wohnt denn an der oberen Corniche?«, stellte Véronique die hypothetische Frage. »Ich kenne da nur einen Namen: Marion Sellier.«

»Wie? Die Leiterin des Fremdenverkehrsamtes?«, wunderte sich Edmonde, der die Anspielung nicht verstand.

»Je t'aime ...«, summte Yolande noch einmal, »entre tes reins ...« Dazu schaukelte sie durch das Bistro.

»Hast du was getrunken?«, rief Jérémy seiner Frau zu, wenig amüsiert.

Es klopfte wieder an die Glastür des Bistros, die wie eine Ziehharmonika zusammengeschoben war. Diesmal war der Gast energischer.

Yolande sah Leon an und berührte ihn mit einem vertraulichen Stupser ihrer Hüfte. Dann marschierte sie zu den Gästen auf der Terrasse.

»Ich komme ja schon«, rief sie. »Ich komme ja.«

Die letzte Viertelstunde hatte Leon ohne Störungen mit der Lektüre der FAZ verbracht, eine Reminiszenz an seine Zeiten an der Universität in Frankfurt. Wie immer erfreute er sich an einem Tiefdruckgebiet, das sich seit Tagen an Deutschland festgebissen hatte, während ihm die Côte-d'Azur-Sonne ins Gesicht schien.

Inzwischen waren über zehn Jahre vergangen, seit Leon Deutschland verlassen hatte. Entgegen allen Unkenrufen seiner Kollegen, dass er es kein Jahr dort im Süden aushalten würde. Die Provence, das war Provinz – und die Provinz sei langweilig, spießig und konservativ. Und wer weiß, vielleicht war sie das ja wirklich, dachte Leon. Aber sie war vor allen Dingen bunt. Es gab kleine gemütliche Dörfer, mittelalterliche Kirchen und über dreitausend Sonnenstunden im Jahresdurchschnitt, nicht zu vergessen die ausgesucht leckere Küche. Allein der Rosé wäre schon ein unschlagbares Argument für den Umzug aus Hessen in die Hügel der Provence gewesen. Kurz gesagt: Leon bedauerte keine Sekunde, die er in der Provence verbracht hatte.

»Bonjour, Docteur Ritter«, sagte eine Männerstimme und riss Leon aus seinen Tagträumen. Er erkannte den Mann sofort, der neben seinem Tisch stehen geblieben war. René Simon, der Staatssekretär aus dem Innenministerium, der auch für den reibungslosen Ablauf der Ferien des französischen Präsidenten und dessen Frau verantwortlich war. Der Mann, den Leon nach einem Schlangenbiss gerettet hatte und dem er geholfen hatte, einen verletzten Präsidenten zu versorgen, der gerade erst von einem Schäferstündchen bei seiner Geliebten gekommen war.

»Bonjour, Monsieur Simon!« Leon erhob sich und bot dem Besucher mit einer Handbewegung einen Platz an seinem Tisch an.

»Danke«, sagte Simon, und jetzt sah Leon, dass der Staatssekretär eine Papiertüte dabeihatte, in der sich ganz offensichtlich eine Flasche Rotwein befand. Simon stellte die Flasche neben Leons Füße.

»Ein kleiner Gruß von unserem Präsidenten«, sagte Simon. »Der sich ganz herzlich bedankt und Sie grüßen lässt.«

Leon konnte das Etikett auf der Flasche erkennen, es handelte sich um einen Château Lafite-Rothschild. Leon hatte erst kürzlich einen Artikel über französische Weine gelesen, in dem die Rotweine des Château Lafite-Rothschild ganz oben auf der Liste standen und je nach Jahrgang viele Hundert Euro kosten konnten.

»Das wäre aber nicht nötig gewesen«, sagte er. »Richten Sie dem Präsidenten meinen herzlichen Dank aus.« Er räusperte sich, weil Yolande jetzt neben ihrem Tisch stand und lange Ohren machte.

»Einen Kaffee, Monsieur?«, fragte Leon.

»Ja, gern, einen Café Crème«, sagte Simon zu Yolande.

»Café Crème, kommt sofort!« Yolande verschwand in Richtung Tresen.

»Wie geht es dem Präsidenten?«, fragte Leon den Staatssekretär.

»Vielen Dank, es ist genau, wie Sie vermutet hatten. Eine Zerrung im rechten Sprunggelenk.«

»So was braucht seine Zeit«, sagte Leon. »Er muss den Fuß möglichst ruhig halten, das ist alles.« Simon sah Leon fragend an.

»Entschuldigen Sie«, korrigierte sich Leon. »Der Präsident wird natürlich medizinisch hervorragend betreut, vermute ich.«

»Er ist heute bei den Spezialisten im Militärkrankenhaus in Toulon.«

»Gut zu hören«, sagte Leon. »Ich hoffe nur, der Zwischenfall auf der Corniche hat keine Folgen für den Präsidenten.«

Einen Augenblick schwiegen die beiden Männer. Simon wartete, ob Leon noch etwas sagen würde. Er war sich nicht sicher, ob die letzte Bemerkung des Rechtsmediziners ironisch gemeint war.

»Ich sagte ja schon, das Ganze ist nur eine Kleinigkeit«, sagte Simon. »Oder hatte ich Sie jetzt missverstanden?«

»Es sind da Gerüchte im Umlauf …«, deutete Leon vorsichtig an.

»Es sind immer Gerüchte im Umlauf«, verharmloste Simon den Zwischenfall.

»Nicht, dass sich die First Lady Sorgen um ihren Mann machen muss?«

Jetzt traf Leon ein musternder Blick von Simon.

»Ich wüsste natürlich nicht, was Anlass zur Sorge geben könnte«, versuchte Leon die Situation zu bereinigen. »Ich meinte natürlich … nur aus medizinischer Sicht.«

Leon spürte, dass er sich soeben in eine Sackgasse manövriert hatte. Er sollte nun besser schweigen, um die Wogen zu glätten.

»Das sehen wir im Innenministerium ganz genauso.« Simon lächelte höflich. »Es war wirklich gut, dass Sie so schnell und entschlossen gehandelt haben.«

»Ich bitte Sie, das war doch selbstverständlich«, nahm Leon das Friedensangebot dankbar an.

Einen Moment lang sagte keiner der beiden Männer etwas. Vom Bouleplatz drangen Flüche herüber. Zwei Spieler mit bunten Bermudashorts und nackten, verschwitzten Oberkörpern stritten um eine Kugel, die ins Aus gerollt war. Sie sprachen englisch. Ihre beiden Biergläser standen auf der Bank und waren leer.

»Ich habe Informationen für Sie, Docteur«, sagte Simon. Die anonyme Telefonnummer, Sie erinnern sich?«

»Es war nur ein Versuch«, sagte Leon und ärgerte sich bereits über sich selbst, dass er den Mann aus dem Innenministerium so einen tiefen Einblick in sein Privatleben gewährt hatte. »Belassen wir es dabei.«

»Ganz im Gegenteil«, sagte Simon. »Die Nummer, die Sie mir gegeben haben, läuft auf einen Teilnehmer mit dem Namen Phillip Mathé. Dieser Mann ist kein unbeschriebenes Blatt.« Simon rührte einen Löffel Zucker in seinen Kaffee. »Ganz im Gegenteil.«

Wie Simon schnell herausgefunden hatte, war Phillip in Marseille geboren. Er stammte aus einfachen Verhältnissen. Seinen Vater hatte Phillip nie richtig kennengelernt, dieser hatte seine Familie verlassen, da war der Junge noch keine drei Jahre alt gewesen. Die Mutter hatte ein Yogastudio, das sie aber immer wieder aus finanziellen Gründen schließen musste. Zwischendurch reiste sie der Sonne nach und verbrachte einige Jahre auf Guadeloupe.

Ihr Sohn folgte oder kam irgendwo bei Bekannten unter.

Da seine Mutter sich kaum um ihren Sohn kümmerte, schlug sich Phillip schon als Schüler mit kleinen Betrügereien durch. Er war gerade erst fünfzehn Jahre alt, als die Polizei und das Jugendamt auf ihn aufmerksam wurden. Es folgte eine Phase, in der Phillip regelmäßig zwischen dem Heim und dem bescheidenen Zweizimmerappartement seiner Mutter hin und her zog. Mit sechzehn Jahren begann Phillip seine Karriere als Gesetzesbrecher, der immer häufiger von der Polizei aufgegriffen wurde. Eine erste Haftstrafe wegen Einbruchs wurde zur Bewährung ausgesetzt. Es folgten schnell weitere Verurteilungen, die aber alle keine längeren Haftstrafen nach sich zogen. Im Alter von zwanzig Jahren hatte Phillip etwas gelernt: Wenn er ein angenehmes Leben als Gangster führen wollte, musste er weg von der Kleinkriminalität. In dieser Zeit tauchte sein Name immer häufiger in den Polizeiakten zur organisierten Kriminalität auf. Aber Phillip war für die Polizei nicht leicht zu überführen. Er hatte gelernt, sich im rechten Moment wegzuducken und so lange unter dem Radar zu bleiben, bis die Polizei ihr Interesse an ihm wieder verlor.

Zuletzt war die Zollfahndung hinter ihm her, weil er reichen Bootsbesitzern auf ihren Jachten Drogen verkaufte. Da diese Leute nicht mit Rauschgift in Verbindung gebracht werden wollten, schützten sie sich mit einem Heer von Anwälten. Auf diese Weise wurde auch dafür gesorgt, dass Phillip eine saubere Weste behielt. Zuletzt tauchte Phillips Name häufiger bei illegalen Geldtransaktionen im EU-Raum auf. Offensichtlich hatte er ein Geschäft angestoßen, das eine Nummer zu groß für ihn war. Außerdem hatte er sich bei der Übernahme eines Nachtklubs in

Marseille überhoben und wurde von seinen Partnern unter Druck gesetzt, hieß es.

»Niemand, den man zum Freund haben möchte«, sagte Leon nachdenklich.

»Ich dachte schon, dieser Phillip hätte vielleicht geschäftlichen Kontakt zu Ihnen.« Simon klang erleichtert.

»Herr behüte«, sagte Leon. »Ich wollte eigentlich nur sicher sein, dass zwischen diesem Mann und meiner Familie keine Verbindung besteht.«

»Das kann ich gut verstehen, Docteur«, sagte Simon, »so jemanden möchte man wirklich nicht in der Familie haben.«

»Danke, Sie haben mir sehr geholfen«, sagte Leon.

»Sie wollen mir wahrscheinlich nicht erzählen, in welchem Verhältnis Sie zu diesem Monsieur Mathé stehen, oder?«

»Eigentlich nicht. Denn es gibt gar keine Verbindung, wie ich jetzt von Ihnen erfahren habe.«

»Sie müssen meine Neugier verstehen«, sagte Simon. »Meine Aufgabe besteht auch darin, jedes Problem und alle zwielichtigen Personen von dem Präsidenten abzuwehren.«

»Das verstehe ich gut«, nickte Leon. »Und ich kann Ihnen versichern, dass dieser Herr bestimmt keinen Kontakt zu Ihnen aufnehmen wird.«

65. Kapitel

Antoine ließ nervös den Blick schweifen. Der kleine Platz vor dem Uhrentürmchen war von einer hüfthohen Mauer umgeben, von der aus man das Treiben auf der Gasse beobachten konnte. Hier, mitten in Bormes-les-Mimosas, war man gut aufgehoben, wenn man sich wie Antoine gern vor der Welt versteckte. Natürlich war er zu früh dort gewesen, viel zu früh sogar. Aber was sollte er machen? Im Haus seiner Großmutter bleiben, wo er noch immer sein ehemaliges Kinderzimmer bewohnte? Wo seine Großmutter wie das Schlossgespenst ständig durch das Haus eilte, um ihn mit nervigen Hausmeisterjobs zu belästigen? Da war er lieber die Treppen hoch bis zur Kirche gegangen, wo die großen Pinien standen. Antoine hatte sich einen Plan gemacht. Er wollte Lilou auf dem kleinen Kirchhof treffen. Natürlich würde er noch nicht dort sein, wenn sie käme. Er wollte sie zunächst von den Treppen der Avenue des Bougainvilliers aus beobachten. Sie sollte ruhig ein bisschen warten und sich Gedanken machen, warum er noch nicht da war. Sie sollte sehen, dass er noch wichtige Dinge zu erledigen hatte. Natürlich wusste er, dass es sich in Wirklichkeit genau umgekehrt verhielt. Antoine hatte Angst, dass Lilou nicht käme, und dass er ganz allein auf der Bank warten würde. Mit der albernen Hibiskusblüte in der Hand, die er in einem der Gärten für sie gepflückt hatte. Die Leute würden ihn anstarren und sich fragen, welches Mädchen ihn wohl sitzen gelassen hatte, auf dieser Bank vor der Kirche.

Er sah auf seine Uhr und stellte fest, dass er schon fast eine Stunde hier wartete. Er hatte geträumt und die Zeit vergessen. Antoine ging ein paar Schritte nach links und sah Lilou sofort. Sie saß auf der Bank im Kirchhof, genau wie er es vorgeschlagen hatte. Er atmete tief ein und wollte den ersten Schritt nach vorne machen. Er zögerte und überlegte noch, ob »Bonsoir« oder ein einfaches »Salut« die passendere Begrüßung wäre, als zwei Mädchen über den Platz liefen. Antoine erkannte sie. Sie arbeiteten beide gelegentlich in der Bäckerei von Monsieur Roux. Antoine blieb abrupt stehen. Er sah, wie sich die Mädchen zur Begrüßung umarmten und auf die Wange küssten. Antoine drehte sich um und schlenderte scheinbar desinteressiert den Weg hoch, den er gerade noch heruntergelaufen war. Er ärgerte sich über sich selbst, aber was hätte er machen sollen? Er konnte ja nicht mit Lilou spazieren gehen, wenn ständig die anderen Mädchen dabei wären. Was hätte er auch sagen sollen? In diesem Moment lachten die drei Mädchen laut und ausgelassen. Wahrscheinlich über ihn. Sie lachten immer über ihn, was sollte er tun? Er würde diese blöden Weiber nie verstehen. Ihr Gekicher ging ihm auf den Sack. Sollen sie doch allein etwas unternehmen. Er war nicht im Geringsten an diesen blöden Hühnern interessiert.

»Antoine«, rief eine Frauenstimme, die der junge Mann sofort erkannte. Lilou hatte ihn entdeckt. Sie kam zu ihm über den kleinen Platz gelaufen.

»Ich dachte schon, du hättest es dir anders überlegt«, sagte Lilou mit einem breiten Lächeln.

»Ich … ich wollte …« Antoine stotterte.

»Ist die für mich?« Lilou nahm Antoine die Blüte aus der Hand und steckte sie sich hinter das Ohr. »Merci«, sagte sie.

»Ich wollte dir eigentlich …«

»Ich weiß, dass die Zettel von dir kommen.«

»Ich wusste nicht, wie … Das war echt blöd von mir. Du erzählst das doch nicht weiter?«

»Aber nur wenn du mir versprichst, dass es das war mit den Zetteln.«

»Natürlich. Ich wollte nur …«

»Ich muss jetzt los.« Sie sah kurz auf ihre Uhr. »Ich habe meiner Mutter versprochen, mit ihr zum Einkaufen nach Hyères zu fahren.«

»Verstehe.«

»Der Roller steht da vorn.« Sie deutete auf ihre kleine Vespa, die unter einer Platane stand. »Aber das weißt du ja am besten«, lachte sie unbeschwert. »Ich seh dich morgen bei Roux!« Sie winkte noch einmal kurz, saß auf und fuhr davon.

Antoine sah ihr sehnsüchtig hinterher.

66. Kapitel

Leon und Isabelle liefen barfuß am Strand entlang, bis zum Ende der Bucht, wo die Felsen begannen und die meisten Touristen wieder umkehrten. Dabei lohnte es sich, weiterzugehen und sich dort niederzulassen, wo sich zwischen den Felsen Sandlöcher gebildet hatten. Hier konnte man auf den warmen Felsen sitzen, in die Sonne blinzeln und gleichzeitig die Füße ins kühle Wasser halten. Oder wie Leon nach flachen Steinen suchen und sie über die Wasseroberfläche tanzen lassen.

»Natürlich haben wir Verdächtige«, erklärte Isabelle den Stand der Ermittlungen. »Aber es reicht eben noch nicht mal für die U-Haft.«

»Was ist mit Lambert?«, wollte Leon wissen. »Den hat Zerna doch schon zum Täter erklärt.«

»Stimmt«, sagte Isabelle, »aber das sehe ich anders.«

Leon griff zu einem kleinen Stück Schwemmholz und hielt es Isabelle wie ein Mikrofon vors Gesicht.

»Das Wort hat die stellvertretende Polizeichefin von Le Lavandou mit einem Exklusivbericht.«

»Danke, Monsieur«, spielte Isabelle mit, wurde aber dann gleich wieder ernst. »Mal ehrlich: Es gibt in diesem Fall so einige Geheimnisse, die wir noch nicht lüften konnten.«

»Du nimmst Lambert die Story von den Gästen, die ihre Klamotten vergessen haben, nicht ab?«

»Wenn Lambert die Frauen wirklich umgebracht hat«, sagte Isabelle, »würde er dann ihre Klamotten behalten?«

»Manche Täter sind besessen davon, gewisse Erinnerungen an ihre Taten und an ihre Opfer zu behalten«, warf Leon ein.

»Was wir brauchen, sind Fakten. Wir können Lambert vielleicht wegen Steuerhinterziehung drankriegen, aber nicht wegen Mord.« Sie seufzte. »Was war mit dem Mehl?«

»Was meinst du?« Leon schien sie nicht richtig verstanden zu haben.

»Du hast mir doch erzählt, ihr hättet Mehlspuren unter den Augenlidern eines der Opfer gefunden«, erinnerte sich Isabelle. »Hat sich da noch mal irgendwas ergeben? Ein Hinweis auf eine Bäckerei oder so?«

»Eine Bäckerei, nein, keine bestimmte«, überlegte Leon laut.

»Wir haben Roux vernommen«, winkte Isabelle ab, »angeblich weiß er nichts von einem zweiten Opfer.«

»Was ist mit diesem Maler, diesem Bruno?«, fragte Leon.

»Bruno Parant ...« Isabelle sah Leon an.

»Immerhin kannte der das Opfer. Er hat sie sogar gemalt«, sagte Leon.

»Zumindest für den zweiten Mord hat er ein Alibi«, sagte Isabelle. »Er war die ganze Woche auf einem Zeichenseminar in Manosque.«

»Zeugen?«, fragte Leon.

»Angeblich jede Menge. Wir haben noch nicht mit ihnen gesprochen«, sagte Isabelle. »Wie sieht es bei dem Maler mit Spuren aus?«

»An den Zeichnungen haftet jede Menge DNA«, beantwortete Leon die Frage. »Aber es findet sich keinerlei Übereinstimmung mit den Spuren, die wir am Opfer gefunden haben. Was ist mit dem Fotografen, der angeblich das erste Opfer gefunden hat?«

»Den können wir auch von unserer Liste streichen.« Isabelle zupfte mit spitzen Fingern eine kleine Muschel aus dem Sand und drehte sie zwischen Daumen und Zeigefinger im Sonnenlicht. »Das ist bloß ein etwas schräger Hobbyfotograf.«

»Na, nur weil er schrullig ist, heißt das doch nicht, dass er kein Mörder sein kann?«, sagte Leon amüsiert.

»Der Mann ist siebenundsechzig Jahre alt, und er leidet unter einem Bandscheibenvorfall. Das ist doch keiner, der Frauen foltert.«

»Unterschätze nicht die dunkle Seele alter Männer«, sagte Leon und lächelte. »Bleibt noch Maurice Blavier.«

Isabelle spritzte Leon mit ihrer Hand etwas Wasser ins Gesicht. »Der seit zwanzig Jahren in der Geschlossenen sitzt.«

»Stimmt, aber hier passen einfach alle klassischen Symptome«, sagte Leon. »Ein Mann, der sich als Jugendlicher an Pferden und Lämmern vergangen hat. Irgendwann hat er angefangen, sie zu töten. Und als ihm auch das nicht mehr genügte, um seine perversen Fantasien zu befriedigen, hat er seine Freundin zerstückelt und ihr das Herz herausgeschnitten.«

»Natürlich wäre Blavier höchst verdächtig«, sagte Isabelle. »Aber dann musst du mir erst erklären, wie er es geschafft hat, die Nervenklinik zu verlassen, ohne dass jemand davon etwas gemerkt hat.« Sie sah Leon etwas mitleidig an. Wie ein Kind, dem man leider sein Lieblingsspielzeug abnehmen muss.

»Jede Klinik hat ein paar vergessene Türen«, sagte Leon.

»Aber Saint-Joseph nicht«, antwortete Isabelle. »Die Klinik ist doch kürzlich erst saniert worden.«

»Ja, ich weiß. Es hätte nur so gut gepasst.«

»Als Nächstes kommst du mir noch mit Dr. Auvillain.«

»Der ist mir auch schon durch den Kopf gegangen, das muss ich zugeben.«

»Wäre vielleicht einen kleinen Umweg wert. Ich habe mich mit einer Kollegin von der Gendarmerie in Aix unterhalten. Der liebe Docteur Auvillain ist sauber. Er ist so korrekt, wie man nur sein kann. Er hat während seiner Zeit an der Uni in Aix nicht mal ein Ticket für zu schnelles Fahren kassiert. Aber da gibt es noch einen anderen Professor in der Psychiatrie von Aix-en-Provence, einen Konkurrenten. Der hat vor vier Jahren behauptet, Auvillains Doktorarbeit wäre ein Plagiat.«

»Sieh an, sieh an, der perfekte Dr. Auvillain«, spottete Leon über den Kollegen. »Es wundert mich, wieso sie ihm trotzdem die Leitung der Klinik Saint-Joseph anvertraut haben?«

»Gute Verbindungen. Meine Kollegin in Aix hat gesagt, dass die Anzeige gegen Auvillain zurückgezogen wurde.« Isabelle zuckte mit den Schultern. »Angeblich soll es da aber noch ein paar andere Geschichten aus Docteur Auvillains Vergangenheit geben.«

»Glaube bloß nicht alles, was sie dir in der Uni erzählen. So ein Lehrstuhl kann ein regelrechtes Wespennest sein. Ganz besonders, wenn es um die Psychiatrie geht.«

»Willst du gar nicht wissen, was sie über deinen Freund Auvillain sonst noch sagen?«, fragte Isabelle, und Leon versuchte, ein gleichgültiges Gesicht zu machen. Dabei brannte er darauf, mehr über die Vergangenheit des Psychiaters zu erfahren.

»Jetzt erzähl schon«, sagte er nach einer kurzen Gesprächspause.

»Wusstest du zum Beispiel, dass Auvillain auf Martinique bei einer Tante groß geworden ist? Sie war eine kleine Landärztin, aber vor allem war sie tablettenabhängig – Valium. Auvillain hat auf der Insel Medizin studiert. Danach hat er an der Universitätsklinik von Martinique in der Neurologie angefangen.«

»Auf Martinique? Im Ernst? Ich wusste gar nicht, dass die da eine Uni haben«, wunderte sich Leon. Schließlich hatte sich Auvillain immer als der große Überflieger mit internationaler Erfahrung präsentiert. Elitestudent einer der großen Fachuniversitäten von Frankreich. Aber offensichtlich hatte da nie jemand richtig nachgehakt.

»Du hattest recht«, sagte Isabelle. »Der gute Docteur scheint tatsächlich ein narzisstischer Wichtigtuer zu sein.«

»Falls er wirklich etwas weiß über seine Patienten, dann will er es sicherlich nicht mit uns teilen.«

»Nicht, solange er es noch nicht in einer psychologischen Fachzeitschrift veröffentlichen konnte«, sagte Leon mit einem Grinsen.

»Einen haben wir vergessen«, sagte Isabelle. »Nicolas Meuron.«

»Den Strandläufer?«, fragte Leon. »Da habe ich meine Zweifel.«

»Er war immer mal wieder Patient in der Psychiatrie.«

»Selbsteinweisung. Und jedes Mal ist er danach wieder verschwunden. Ein schüchterner Kerl, der in seinem alten Wohnmobil in den einsamen Hügeln haust.«

»Klingt für mich nach dem idealen Täter.«

»Aber er hat keine psychopathologische Vorgeschichte. Nicolas Meuron ist nie auffällig geworden. Und ich wäre überrascht, wenn er chirurgische Vorkenntnisse hatte. Außerdem gibt es keinerlei bekannte Kontakte zu Blavier und Dr. Auvillain.«

»Das können wir nicht mit Gewissheit sagen«, erinnerte Isabelle, »die Krankenakte war in diesem Punkt unvollständig.«

In diesem Moment klingelte Leons Handy. Er zog es aus der Tasche und sah auf das Display.

»Wenn man vom Teufel spricht …«, sagte er und hielt Isabelle das Handy so hin, dass sie sehen konnte, wer anrief. Es war die Sekretärin von Dr. Auvillain. Es gebe da etwas, das sie beim Sichten der Unterlagen über den Patienten Nicolas Meuron entdeckt habe, sagte sie. Docteur Ritter und Capitaine Morell müssten allerdings gleich in die Klinik kommen, wenn sie Einblick in die Unterlagen haben wollten. Der Klinikchef sei ab morgen in der Universität von Nantes, wo er eine Woche lang ein Seminar halten werde.

67. Kapitel

Wie viel Kraft hatte ein Mensch? Diese Frage stellte sich die junge Frau immer wieder. Wie viel kann ein Körper ertragen? Ein paarmal hatte sie geglaubt, draußen Stimmen gehört zu haben. Dann hatte sie gerufen, so laut sie konnte, hatte gegen die gemauerte Steinwand geklopft. Aber nichts hatte sich gerührt in der Folterkammer. Es war still wie in einem Grab.

Hatte sie sich das alles nur eingebildet? War das möglich? Vielleicht lag sie ja gar nicht angekettet in einem schalldichten Raum, der vollgestopft war mit medizinischem Gerät. Vielleicht war das um sie herum gar keine wirkliche Dunkelheit. Vielleicht hatte sie auch gar keine echten Schmerzen.

Wie war das, wenn man gestorben war? Wie würde sich das anfühlen? Blieb der letzte Gedanke ihres Gehirns wie eine Nebelschwade im kollektiven Bewusstsein der Menschheit hängen? Oder war die Tatsache, dass sie sich solche Gedanken machen konnte, schon Beweis genug dafür, dass sie lebte?

Es roch nach Erde und nach feuchtem Holz. Ja, das hier war die Wirklichkeit. Und wenn der Mann kam, um sie zu quälen, dann fügte er ihr echte Schmerzen zu, schreckliche Schmerzen. Ihr einziger Trost war ihre Hoffnung. Die Hoffnung, ihr Mut und der Glaube daran, dass sie es schaffen würde, dass sie durchhalten würde. Sie hatte vergeblich versucht, sich zu bewegen, die

Handgelenke aus ihren Fesseln zu drehen. Vielleicht war das alles nur ein böser Traum. Vielleicht musste sie sich nur mal schütteln, die Vorhänge aufziehen und das Sonnenlicht hereinlassen.

Gerade als sie kurz vor dem Aufgeben war, als sie den Glauben zu verlieren schien, knirschte es in der Wand neben ihr. Der Mauerdübel, der ihre Kette hielt, hatte sich bewegt. Nicht das Schloss hatte nachgegeben, sondern die Mauer. Es gab vielleicht doch eine Chance, ihre Kette aus der Mauer zu lösen. Sie warf sich gegen ihre Fesseln und spürte, wie jeder Ruck ihres Körpers den Dübel in der alten Mauer lockerer werden ließ. Es gab also doch einen Weg. Es hatte sich gelohnt, nicht aufzugeben. Sie warf sich erneut gegen die Kette – ruck. Und wieder hatte der Dübel sich in der alten Mauer bewegt. Noch einmal. Sie tastete sich zu der Stelle vor, wo der Dübel in der Wand verankert war. Sie spürte zerriebenen Mörtel unter den Fingerspitzen. Sie riss wieder an der Kette, mehr Staub, mehr Mörtel. Sie würde ihre Kette loswerden. Sie würde aus diesem Loch herauskommen. Sie würde leben.

68. Kapitel

Dieses Mal nahm Leon die Abkürzung durch das Hinterland, um die Nervenklinik Saint-Joseph bei Draguignan zu erreichen. Dort, wo die Strecke zwar deutlich weniger spektakulär, aber dafür nicht so kurvenreich war wie die Küstenstraße. Leon und Isabelle folgten der Route nationale 98 in Richtung Sainte-Maxime. Vorbei an einsamen Bauernhöfen und den schier endlosen grünen Hügeln, auf denen die Weinstöcke so dicht wuchsen, dass Leon sich fragte, wer das alles trinken sollte. Isabelle hatte darauf bestanden, das Dach des alten Peugeots aufzuklappen. Jetzt ließ Leon den Wagen gemächlich die Landstraße entlangbrummen, während Isabelle es sich auf dem Beifahrersitz bequem machte. Sie hatte die Beine angezogen, kuschelte sich an Leons Schulter und ließ sich vom Gesang der Grillen dahintragen, diesem ewigen Orchester der Provence. Die Straße führte geradewegs durch den Forêt du Dom, einen der letzten unversehrten Wälder der Provence, den die großen Feuer der letzten Jahre verschont hatten. Gewaltige Platanen, dicke Mimosenstämme und endlose Reihen von Korkeichen und Esskastanien säumten den Weg.

Die beiden fuhren durch La Môle, die ehemalige Tankstelle an der 98, an der man schon lange kein Benzin mehr bekam. Dafür wurde hier aber eine hervorragende, klassische südfranzösische Küche serviert. Ein paar Kilometer weiter führte eine Platanenallee den Hang hinauf, an deren Ende sich das Château von La Môle befand. Das Herrenhaus aus dem siebzehnten Jahrhundert hatte einmal der Großmutter des berühmten Schriftstellers Saint-Exupéry gehört, der als Kind hier viele Sommer verbracht hatte. Die Straße bog nach Norden ab, die Vegetation wurde karger. In der Landschaft mit ihren mächtigen Felsen, die in der Nachmittagssonne in warmem Rot leuchteten, fühlte man sich eher wie in einer amerikanischen Westernlandschaft als irgendwo in der Provence. Eine halbe Stunde später hatten sie Saint-Joseph erreicht, und Leon fuhr durch die Allee auf den Eingang zu. Sie stellten ihren Wagen auf dem Besucherparkplatz in den Schatten eines Baumes. Ein Pfleger, der seine spärlichen Haare zu einem lächerlich kleinen Pferdeschwanz zusammengezwirbelt hatte, erwartete Leon und Isabelle bereits. Als sie zur Eingangstür kamen, wurde die Tür von einem der Sicherheitsmänner elektrisch geöffnet. Der Pfleger mit dem Pferdeschwanz, der wie alle anderen Mitarbeiter in der Klinik eine weiße Hose, ein weißes Hemd und eine weiße Jacke trug, führte die Besucher über zwei Treppen und dann durch eine weitere Schleuse in die geschlossene Abteilung der Klinik. Vor einem Aufzug blieb die kleine Gruppe stehen. Es dauerte eine Weile, dann war ein Rumpeln zu hören, als der Lift anhielt und die Türen sich öffneten. Zu Leons Überraschung war der Aufzug bereits besetzt. In der Liftkabine stand Maurice Blavier, der von einem bulligen Pfleger mit Glatze am Arm festgehalten wurde. Der Patient trug noch den Overall, den er ganz offensichtlich für die Gartenarbeit übergezogen hatte. Man konnte dem Kleidungsstück ansehen, dass es schon viele Jahre seinen Dienst tat. Blaviers Füße steckten in ausgetretenen Sneakers, die Hände des Mannes waren zerkratzt, und unter seinen Fingernägeln klebte Erde. In seiner Faust hielt er eine rote Hibiskusblüte.

Eigenartig, dass diese groben Hände eine so empfindliche Blüte halten können, ohne sie zu zerquetschen, dachte Isabelle.

»Leider voll«, sagte der Pfleger, der Blavier im Lift begleitete. Dabei glotzte er Isabelle an, wie man ein exotisches Tier betrachtete.

»Alles gut«, sagte Leon. »Wir nehmen einfach den nächsten Lift.«

Isabelle sah Leons unglücklichen Blick.

»Die Aufzüge sind für'n Arsch. Bleiben ständig hängen«, krächzte Blavier und schob sein Knie in die Lichtschranke, die die Tür offen hielt. »Und dann geht für die nächsten Stunden gar nichts mehr.«

»Wir können auch die Treppe nehmen«, sagte Leon.

»Komm, Maurice, lass die Tür los«, fuhr der Pfleger Blavier an. Aber Blavier schien es zu genießen, den Lift an der Weiterfahrt zu hindern.

Die Aufzugtür zuckte hin und her und verursachte dabei jedes Mal ein mechanisches Quietschen, wenn sie vom Verschlussmechanismus aufs Neue zurückgeschoben wurde. Blavier lächelte Leon mit einem falschen Grinsen zu. Mit einem Mal begann die Situation ungemütlich zu werden.

»Ja, nehmen wir die Treppe«, meinte Isabelle zu ihren beiden Begleitern.

»Sehr gut«, sagte Leon, und Isabelle konnte seine Erleichterung hören.

»Ich habe etwas für Sie, Madame«, sagte Blavier zu Isabelle und reichte ihr galant die Hibiskusblüte. »Für die schönste Blüte von Le Lavandou.«

»Lass den Scheiß«, sagte der Pfleger zu Blavier, und an Isabelle gewandt: »Nehmen Sie die bloß nicht an.«

Isabelle hatte bereits nach der Blüte gegriffen.

»Die bekommen nur meine Freundinnen aus Le Lavandou.« Monsieur Blavier lächelte zweideutig.

»Maurice, lass das«, sagte der Pfleger mit der Glatze und sah zu Isabelle. »Er spielt gern seine kleinen Spiele«, sagte er entschuldigend und wollte die Lifttür per Knopfdruck schließen, aber Maurice Blavier blockierte weiter die Lichtschranke.

In diesem Moment schoss die sehnige Hand von Blavier nach vorn und packte Isabelle am Handgelenk. Sie versuchte, ihm ihre Hand zu entwinden, aber die jahrelange Arbeit im Park hatten ihn stark gemacht. Sein Griff hielt sie fest wie ein Schraubstock.

»Lass sie los, sofort«, brüllte der Pfleger mit der Glatze im Aufzug den Patienten an. Sein Kollege, der bei den Besuchern im Gang stand, riss den Hartgummiknüppel aus der Schlaufe an seinem Gürtel. Dann griff er von hinten um den Hals von Blavier herum und presste den Knüppel genau gegen Blaviers Adamsapfel. Der Mann begann zu husten, und sein Gesicht lief rot an.

»Hörst du jetzt auf mit dem Scheiß, ja? Sind wir fertig mit den Spielchen?«

Blavier nickte, gab Isabelles Hand frei und rang röchelnd und keuchend nach Luft. Der Pfleger im Lift packte Blaviers Handgelenk und schloss es mit einer Handfessel an seinen Arm.

Der zweite Pfleger mit dem Pferdeschwanz hielt die Tür zum Treppenhaus offen. »Kommen Sie«, rief er Isabelle und Leon zu. Sie folgten ihm nach oben.

69. Kapitel

Die Sekretärin von Dr. Auvillain hatte Leon und Isabelle in den Besprechungsraum gebeten, der das Büro des Chefs mit dem Zimmer der Sekretärin verband. Es war ein holzvertäfelter Raum mit Erker, bei dessen Anblick man glatt vergessen konnte, dass man sich nicht in einem provenzalischen Herrenhaus, sondern im Sicherheitstrakt einer Nervenklinik befand.

»Docteur Auvillain hat angeordnet, dass Sie die Patientenakten einsehen, aber nichts kopieren dürfen. Notizen sind erlaubt. Außerdem soll ich Sie daran erinnern, dass alle medizinischen Informationen nach wie vor der ärztlichen Schweigepflicht unterliegen.«

»Danke, der Umgang mit Patientendaten ist uns durchaus geläufig«, änderte Leon die Tonart.

»Ist denn Dr. Auvillain heute gar nicht im Haus?«, wunderte sich Isabelle.

»Er müsste eigentlich jeden Moment hier sein«, meinte die Sekretärin. »Er hat eine Wohnung im alten Hauptgebäude. Er möchte für seine Patienten immer erreichbar sein, hat er mir mal gesagt.«

»Er scheint ja wirklich ein sehr engagierter Klinikchef zu sein«, sagte Leon mit unüberhörbarem Spott in der Stimme.

»Sie haben uns angerufen«, sagte Isabelle. »Was genau haben Sie für uns?«

Die Sekretärin griff nach einem Aktenordner, der aufgeschlagen auf dem Besprechungstisch lag.

»Sie hatten recht«, sagte sie zu Isabelle, während sie durch die Unterlagen blätterte. »Es gab tatsächlich eine Namensverwechslung.« Sie zog eine Mail aus den Papieren und reichte sie Isabelle.

Isabelle nahm den Ausdruck in die Hand und überflog ihn.

»Was ist das?«

»Es gibt bei uns in der neurologischen Abteilung regelmäßige Anti-Aggressions-Trainingsrunden.« Die Sekretärin deutete auf die Namen auf dem Ausdruck.

»Nicolas Meuron ist auch in der Gruppe gewesen, aber er ist dort fälschlicherweise mit seinem Vornamen als Familienname geführt worden: also Nicolas statt Meuron.«

»Er hat also an einem Anti-Aggressions-Training teilgenommen?«

»Zu dem er sich selbst angemeldet hatte, wenn ich mich richtig erinnere«, sagte Leon.

»Das stimmt.«

»Können Sie uns sagen, wann diese Anti-Aggressions-Runden stattgefunden haben?«, wollte Isabelle wissen. Die Sekretärin suchte ihr den entsprechenden Computerausdruck aus den Unterlagen.

»Darf ich mal sehen?«, mischte sich Leon ein und betrachtete mit Isabelle zusammen die Liste. Er tippte auf das Datum.

»Das würde bedeuten«, sagte Isabelle, »dass das Seminar etwa zu der Zeit stattfand, in der auch die erste Tote gefunden wurde.«

»Das könnte aber auch ein Zufall sein.« Leon sah von der Liste auf.

»Bonsoir, Docteur.« Auvillain hatte den Besprechungsraum betreten, ohne anzuklopfen.

»Bonsoir«, sagte Leon.

»Wie ich sehe, können wir der Rechtsmedizin mal wieder erste Hilfe leisten«, sagte Auvillain mit süffisantem Unterton.

»So wie es aussieht«, sagte Leon, »können Sie uns diesmal wirklich helfen.«

»Ich denke, ich habe auch schon bei Ihrem letzten Besuch Substanzielles beigesteuert«, sagte Auvillain mit falschem Lächeln. »Aber wir stehen natürlich gern weiter zur Verfügung.«

»Wollen Sie die Aufzeichnung jetzt sehen?«, fragte die Sekretärin den Klinikchef und deutete auf den Laptop, der aufgeklappt auf dem Besprechungstisch stand. »Ich habe die Ausschnitte schon vorbereitet.«

»Dann lassen Sie mal sehen«, sagte Auvillain knapp und wandte sich an die Besucher. »Wir zeichnen verschiedene Trainingskreise auf. Natürlich nur zu internen Therapiezwecken.«

»Natürlich«, antwortete Leon, der genau wusste, dass Auvillain das Material weniger zum Wohle seiner Patienten als zur Veröffentlichung in einer Fachzeitschrift sammelte.

»Ich möchte Ihnen unser Material nicht vorenthalten«, sagte der Klinikleiter und wandte sich an seine Sekretärin. »Legen Sie uns das bitte auf den großen Bildschirm.«

»Gerne, Docteur.«

Im nächsten Moment war auf dem Laptopbildschirm eine Gruppe von Männern mittleren Alters zu sehen. Der Ton war abgeschaltet.

»Stopp«, sagte der Klinikchef nach wenigen Sekunden in scharfem Ton, und die Sekretärin stoppte die Aufzeichnung. Die Teilnehmer der Gesprächsrunde trugen Jogginghosen wie zu einem Sporttraining. Im Vordergrund waren zwei Männer zu sehen, die Isabelle und Leon sofort erkannten: Maurice Blavier, sozusagen der Star unter den Psychopathen, und Nicolas Meuron. Es war zwar nicht zu hören, worüber sich die beiden Männer unterhielten, aber sie schienen sich gut zu amüsieren.

Isabelle drehte sich zu dem Klinikleiter um.

»Sie haben doch nach einer Verbindung zwischen einem Mord gefragt, der vor über zwanzig Jahren geschehen ist, und dem Tod von zwei jungen Frauen in der vergangenen Woche.« Isabelle wies auf das Standbild auf dem Laptop. »Bitte, hier haben Sie Ihre Verbindung.«

Der Klinikchef blätterte durch die Patientenakte von Nicolas Meuron und überflog die Berichte.

»Sind das die Patientenberichte?«, fragte Leon. Auvillain brummte nur und sah nicht auf. »Könnten wir hören, was da zwischen Blavier und Meuron gesagt wird?«, wollte Isabelle wissen.

»Leider nicht, ärztliche Schweigepflicht. Sie kennen doch das Prozedere mit dem Datenschutz.«

»Und wenn ich nur den Ton hören möchte? Wer könnte diese Aufzeichnung freigeben?«

»Da müssen Sie sich an den Präfekten wenden«, sagte Auvillain mit falschem Lächeln. »So eine Genehmigung kann bis zu zwei Monate dauern.«

Der Klinikchef schlug die Akte mit gespieltem Bedauern zu. »Außerdem – ein wenig Mühe müssen Sie sich schon selbst machen.«

»Das werden wir«, sagte Leon.

»Eines kann ich Ihnen jetzt schon sagen: Der Patient Meuron zeigte keine auffälligen Verhaltensweisen, die eine weitere Therapie nötig gemacht hätten. Auf der anderen Seite hat er vielleicht Kontakte zu anderen Patienten geknüpft.«

»Danke für den Tipp, Docteur«, sagte Leon, und der Sarkasmus in seiner Stimme war nicht zu überhören. Die Abendbrise trieb einen kleinen Windstoß durch das stickige Zimmer, der ein paar Unterlagen auf den Boden wirbelte. Leon bückte sich, um dem Klinikchef beim Aufsammeln seiner Korrespondenz zu helfen, die unter seinen Füßen gelandet war.

Leon erkannte den Briefkopf der örtlichen Pompiers, der Feuerwehr, auf einem Schreiben, in dem es um das vorschriftsmäßige Stutzen von Büschen und Bäumen ging. Dadurch sollte die Brandgefahr in den dicht bewachsenen Naturschutzgebieten reduziert werden.

Als Leon dem Klinikchef die Unterlagen reichte, riss der ihm das Schreiben regelrecht aus der Hand.

»Danke«, sagte Auvillain. »Ich muss jetzt leider unhöflich sein und Sie bitten zu gehen. Ich habe noch Patientengespräche zu führen.«

»Natürlich, da wollen wir Sie auf keinen Fall aufhalten«, sagte Leon. »Und falls es Fragen von Ihrer Seite geben sollte: Auch die Rechtsmedizin steht der Psychiatrie immer gern mit Rat und Tat zur Seite.«

Leon beobachtete, wie sich Auvillain ein falsches Lächeln abquälte.

70. Kapitel

Leon und Isabelle verriegelten das Dach des Cabriolets und kurbelten die Scheiben hoch. Die Wettervorhersage hatte eine Tiefdruckfront angekündigt, und es war nicht auszuschließen, dass es in der Nacht regnen würde. Inzwischen war es dunkel geworden. Leon sah zum Horizont, an dem in der Ferne ein Wetterleuchten zu erkennen war. Wie Schiffe im Sturm flogen die Wolken an der strahlenden Scheibe des Vollmondes vorbei.

Sie hatten sich mit Auvillain geeinigt, dass sich die Sekretärin sofort bei der stellvertretenden Polizeichefin melden würde, wenn Nicolas Meuron etwas von sich hören lassen sollte. Per Handy war Meuron zurzeit nicht zu erreichen.

»Auvillain hat uns Meuron ja geradezu als Täter aufgedrängt«, sagte Leon, der mit abgeblendeten Scheinwerfern langsam die Zufahrt zurück zur Hauptstraße fuhr.

»Immerhin hat er mit uns gesprochen«, sagte Isabelle.

»Ja, toll, ich bin auch ganz beeindruckt«, sagte Leon ironisch.

»Ich weiß, dass du Auvillain nicht leiden kannst. Aber er könnte so etwas wie der Schlüssel in diesem Fall sein.«

»Ich hoffe, ich trete deinem Doktor Auvillain nicht zu nah, aber ich denke, der liebe Docteur redet Mist. Warum wollte er, dass wir uns ausgerechnet diesen Meuron vornehmen?«

»Das bildest du dir nur ein, weil dich seine arrogante Art stört«, sagte Isabelle.

»Ja, die stört mich wirklich. Auvillain ist ein narzisstischer Wichtigtuer.«

»Wir sollten trotzdem noch bei Meuron vorbeifahren.« Isabelle suchte im Radio nach einem Musiksender. »Vielleicht geht er ja nur nicht an sein Handy.«

»Dafür ist morgen auch noch Zeit«, winkte Leon ab.

»Ich habe schon zwei Kollegen zu seinem Camper geschickt.«

»Warst du in der Schule auch schon so?«, fragte Leon.

»Was meinst du?«, fragte Isabelle.

»Dass du mit den Hausaufgaben immer schon fertig warst, wenn die anderen noch nicht mal ihr Heft aus dem Schulranzen geholt hatten.«

Leon blickte lächelnd zu Isabelle hinüber und sah plötzlich Panik in ihren Augen. »Vorsicht!«, rief sie.

Leon sah den grauen Camion erst im letzten Moment aus dem Feldweg zwischen den Bäumen hervorbrechen. Er trat mit voller Kraft auf die Bremse. Der Fahrer des unbeleuchteten Lieferwagens verfehlte das Cabriolet nur um Zentimeter. Leon war zwar nicht schnell gefahren, aber der Schrecken ließ ihn das Steuer verreißen. Der Peugeot machte einen kleinen Sprung, um anschließend mit einem der Vorderräder in den Straßengraben zu rutschen.

»Verdammt«, rief Leon, als er sah, dass der Lieferwagen das Licht einschaltete und hinter der nächsten Kurve verschwand. »Der Kerl hat doch einen Knall.«

»Ich glaube, der war genauso überrascht wie wir.« Isabelle drehte sich auf dem Sitz um. »Meinst du, das war jemand aus der Klinik?«

Leon versuchte, den Wagen aus dem Graben zu schaukeln.

Doch der Peugeot bewegte sich keinen Zentimeter. Die beiden konnten das Summen des rechten Vorderrads hören, das sich wirkungslos in der Luft drehte.

»Soll ich den Abschleppdienst anrufen?«, fragte Isabelle.

Leon stieg aus, ging in die Knie und betrachtete den Wagen.

»Sieht nicht gut aus«, sagte er und rüttelte ein wenig an dem Reifen.

»Wir könnten in der Klinik anrufen«, schlug Isabelle vor. »Mit etwas Hilfe bekommen wir ihn vielleicht frei.«

»Warte mal«, Leon stand auf und klopfte sich die staubigen Hände an seiner Jeans ab. Er stieg ein und startete den Motor.

»Ich versuch es noch mal.« Leon gab Gas, und eine Wolke von Staub schleuderte unter dem linken vorderen Kotflügel hervor. Leon gab stoßweise Gas. Der Wagen schaukelte vor und zurück, aber der linke Reifen drehte immer weiter durch.

»Stopp!«, rief Isabelle, die neben dem Auto stand. »Hör auf, es riecht schon nach verbranntem Gummi.«

»Du hast recht«, brach Leon die Aktion nach einigen Minuten ab.

»Lass uns in der Klinik anrufen, die sollen jemand hierherschicken«, schlug Isabelle vor.

Leon schaltete den Motor ab und stieg seufzend aus dem Wagen.

71. Kapitel

Das Geräusch der quietschenden Tür riss die junge Frau aus ihrem ohnmachtsähnlichen Schlaf. Sie zitterte, und es vergingen Sekunden, bis ihr bewusst wurde, wo sie sich befand und was der Mann, den sie in Gedanken nur »das Schwein« nannte, mit ihr vorhatte. Aber dieses Mal würde es anders laufen. Ganz anders.

Als der Mann das letzte Mal aufgetaucht war, hatte er sie an den Transformator angeschlossen. Das Gerät war ein simpler Metallkasten, nicht größer als eine Werkzeugkiste. Diese Maschine war ein Tor zur Hölle. Aus der Schmalseite des Apparats führten Kabel, an deren Enden Metallklammern befestigt waren. Wenn diese Klammern an Armen, Beinen oder den empfindlichen Innenseiten der Schenkel in die Haut geklemmt wurden, war das zwar schmerzhaft, aber es ließ sich aushalten. So lange, bis das Schwein Strom auf die Klammern schickte. Wenn das geschah, wurden die Schmerzen unerträglich.

Beim letzten Besuch ihres Peinigers war etwas schiefgegangen. Die junge Frau hatte es an dem Geräusch erkannt, das der Transformator erzeugte. Statt tief und gefährlich zu brummen, war jetzt nur noch ein helles Knistern zu hören. Ein Geräusch, wie es alte Straßenbahnen erzeugten, wenn sie mit regennassem Stromabnehmer die Oberleitungen entlangglitten.

Jedes der Geräte in diesem Raum machte sein eigenes Geräusch. Das Schwein hatte ihr zwar die Augen verbunden, aber sie brauchte die Folterinstrumente nicht zu sehen, es genügte, wenn sie die Geräte hörte. Die Zangen mit der Klemme oder die Sonden mit den rasiermesserscharfen Klingen, die elektrische Handsäge, mit denen in Kliniken Amputationen durchgeführt wurden. Immer wenn sie das Summen des Notstromaggregates hörte, wusste sie, was gleich geschehen würde. Dann kündigte sich bereits der Schmerz in ihrem Körper an. Auch wenn das Schwein sie noch gar nicht berührt hatte.

Doch heute Nacht hatte die junge Frau keine Angst, denn es gab etwas, wovon das Schwein nichts wusste – sie hatte es geschafft. Sie hatte die Kette, die sie zur hilflosen Gefangenen machte, in jeder wachen Minute bewegt. Sie hatte an den Gliedern gerissen, den Dübel in der Wand hin und her bewegt, bis der alte Mörtel aus einer kleinen Fuge zu rieseln begann. Erst waren es nur winzige Krümel gewesen. Aber es wurde mehr, immer mehr, und schließlich hatte sich ein handflächengroßes Stück Mörtel gelöst und war herausgefallen. Mit einem dumpfen Geräusch war das Mauerstück auf ihre Matratze gefallen. Da lag das Ergebnis ihrer Ausdauer, ihrer Wut, ihrer Hoffnung und ihres Gottvertrauens, direkt neben ihr: ein daumenstarker Eisenring und eine Handvoll Mauerwerk. Die junge Frau war nicht mehr angekettet. Sie konnte sich bewegen, frei bewegen.

Diese Erkenntnis hatte sie so plötzlich, so unvermittelt getroffen, dass sie in Tränen ausbrach. Es dauerte Minuten, bis sie sich beruhigte. Das Schwein würde wiederkommen, und dann müsste sie bereit sein. Die junge Frau musste sich konzentrieren, alle ihre verbliebene Kraft sammeln und keinen Fehler machen. Sie musste jeden Schritt genau planen. Nur dann hatte sie eine Chance, dass ihr die Flucht gelingen würde.

Die Gefangene hatte längst gemerkt, dass ihr Peiniger sie

manchmal heimlich beobachtete. Meist geschah das nachts, wenn er sich in der Dunkelheit sicher fühlte. Dann schloss er geräuschvoll die Tür und tat so, als würde er den Raum verlassen. Aber sie wusste genau, dass er in Wirklichkeit neben der Tür stand und sie beobachtete. Die Gefangene konnte ihren Peiniger zwar nicht sehen, aber sie konnte ihn atmen hören. Ihr Hörvermögen hatte sich gesteigert in den Stunden und Tagen, die sie in dieser geräuschlosen Dunkelheit verbracht hatte. Sie hörte nachts die Mäuse durch den Folterkeller tippeln und die großen Motten, die von den winzigen roten und grünen Kontrolllichtern der elektrischen Geräte angezogen wurden, sowie das Rascheln, das entstand, wenn die Geckos über die Wände huschten und sich die Mücken schnappten.

Die junge Frau saß auf der Matratze und horchte in die Dunkelheit. Sie genoss das Gefühl, sich endlich befreit zu haben. Sie hatte es fast geschafft. Das Öffnen der Vorhängeschlösser hatte sich als schwieriger erwiesen, als sie erwartet hatte. Ohne die Sonde hätte sie es nie geschafft. Der Stahl war fest und von hoher Qualität. Und sie hatte auch noch ein Stück Draht am Boden gefunden. Es war nur ein paar Zentimeter lang, aber dünn genug, um die Mechanik im Schloss zu blockieren. Es dauerte eine Stunde, dann hatte sie den richtigen Druckpunkt der Schließzylinder gefunden, und mit einem leisen Klick waren nacheinander beide Vorhängeschlösser aufgesprungen. Diesen Augenblick würde sie nie mehr vergessen. Dieses berauschende Gefühl, frei zu sein. Sie hatte ihre Ketten gelöst, einen Schritt in die Mitte des Raumes gemacht und vorsichtig die Maske von den Augen gezogen, die sie seit Tagen trug. Ein letzter Rest Tageslicht sickerte durch den Türspalt. Genug, um sich im Raum zu orientieren, aber auch genug, um zu erkennen, dass die alte Metalltür mit zwei hochwertigen Riegelschlössern gesichert war, für die man schon ein besseres Werkzeug brauchte als ein Stück Draht und eine Zahnarztsonde. Wenn sie hier herauskommen wollte, dann würde das nur funktionieren, wenn das Timing stimmte. Das Schwein musste von außen die Tür öffnen und dann in den finsteren Raum treten, um das Stromaggregat zu starten. Er wäre für einige Augenblick wie blind. Dann würde sie zuschlagen. Die ganze Aktion würde zwar nur Sekunden dauern, aber es war ihre einzige Chance.

Die junge Frau hatte sich nur kurz umgesehen, sie wusste, dass der Unbekannte mit der OP-Maske jeden Moment kommen würde. In diesem Moment hörte sie ein erneutes Knirschen, als die Tür über den Boden schrappte. Es war die beste und die einzige Gelegenheit, den Unbekannten zu überwältigen – hier und jetzt.

Die junge Frau hatte das Überraschungsmoment auf ihrer Seite. Der Entführer ahnte nicht, dass auf der Matratze an der Wand nicht sein Opfer, sondern nur die zusammengeschobene Decke lag.

»Na, hast du mich vermisst«, sagte die Stimme böse.

Die junge Frau hielt den Atem an und versuchte, sich geräuschlos in Richtung Tür zu bewegen. In diesem Moment flackerte kurz das Licht, nur um sofort wieder zu verlöschen.

»Verdammte Scheiße«, fluchte der Entführer und schlug mit der flachen Hand gegen das Schaltpult. Die junge Frau konnte hören, wie der Mann erneut nach dem Startknopf des Stromgenerators griff. Er drückte den Kippschalter, und wieder sprang der Generator an. Der kleine Motor tuckerte, aber diesmal fing er sich wieder. Die junge Frau hielt die spitze Sonde wie eine Lanze vor sich. Noch hatte der Entführer nicht gemerkt, dass sein Opfer nicht mehr angekettet auf der Matratze lag. Aber das würde sich schon im nächsten Augenblick ändern. Ihr blieben nur noch Sekunden. Sie hatte sich geschworen, hier rauszukommen, koste es, was es wolle.

Der kleine Motor des Stromaggregates lief jetzt rund. Nacheinander begann der Mann die Lichter einzuschalten, um mit seiner blutigen Arbeit fortzufahren. Er war voll konzentriert. In diesem Augenblick machte die junge Frau einen Schritt in Richtung Tür und stieß direkt gegen einen kleinen Rollwagen, von dem eine Nierenschale klappernd zu Boden schmetterte. Eine Bombenexplosion hätte nicht lauter sein können.

Im Bruchteil einer Sekunde wurde dem Entführer klar, dass sich die Situation in der Folterkammer geändert hatte. Für ihn gab es jetzt nur ein Problem, das er sofort lösen musste: Seine Gefangene durfte unter keinen Umständen entkommen. Mit einem Schlag schalteten sich alle Strahler in dem Raum ein, und da stand der Mann in seinem OP-Anzug in der Tür, und die Frau lief genau in seinen Faustschlag hinein. Die Wucht des Schlages schleuderte sie zu Boden, wo sie regungslos liegen blieb.

»Dämliche Kuh«, murmelte der Mann, dem es sichtlich schwerfiel, nicht die Kontrolle über seine Wut zu verlieren. Er betrachtete abwechselnd die Frau am Boden und die Matratze mit den herausgebrochenen Ketten.

»Das hättest du nicht tun sollen«, sagte er und schlug zum zweiten Mal zu.

72. Kapitel

Es war ein anstrengender Tag gewesen. Deshalb hatte Leon auch kein schlechtes Gewissen, dass er schon gegen achtzehn Uhr im Chez Miou saß und endlich dazu kam, in Ruhe einen Café Crème zu trinken und die FAZ zu lesen, die er seit Tagen mit sich herumtrug.

»Na, mal wieder den Präsidenten gerettet?«

Leon sah von seiner Zeitung auf. Vor ihm stand Yolande.

»Ich habe gehört, dass die Gendarmerie jetzt den Bruno im Visier hat.«

»Bruno?«

»Bruno Parant, den Maler!« Yolande deutete zu den Platanen, die die drei Boulebahnen säumten und für den nötigen Schatten auf dem Platz sorgten. »Der immer am Bouleplatz sitzt und Leute zeichnet.«

Yolande beugte sich zu ihrem Lieblingsgast herunter. »Der soll ganz schlimme Dinge gemalt haben.«

»Dafür kommt man aber nicht ins Gefängnis«, rief Jérémy von der Theke herüber.

Yolande beugte sich noch weiter zu Leon herunter. »Bilder von Möwen ohne Köpfe und viel Blut.«

»Davon weiß ich nichts. Da müssen Sie die Polizei fragen.«

Leon versuchte, eine Seite weiterzublättern, was im Wind des aufziehenden Unwetters nicht so leicht war.

»Wie ist das eigentlich, wenn man den Präsidenten gerettet hat? Gibt es da einen Orden?«, fragte Yolande.

»Na klar, einen Orden, eine Schärpe«, sagte Leon amüsiert, »und das Orchester spielt vor dem Chez Miou die ›Marseillaise‘!«

»Sie machen sich über mich lustig«, sagte Yolande mit geübtem Augenaufschlag. »Ich dachte eher an einen Sundowner im Fort de Brégançon.«

»Klingt gut. Ich werde mal nach einem Termin fragen. Für mich und meine Beraterin in gesellschaftlichen Fragen.«

»Ich fürchte, da müssen Sie allein hingehen«, sagte Yolande vieldeutig und wischte mit dem Lappen den Tisch sauber. »Fremde Frauen unter fünfzig sind zurzeit nicht gern gesehen bei der First Lady im Fort de Brégançon.«

»Sie denken, die First Lady weiß Bescheid?«, rutschte es Leon heraus.

»Keine Ahnung, aber ich wette, Sie wissen genau, was der Präsident in dieser Nacht in den Hügeln getrieben hat?«

»Die Buschtrommeln stehen wohl nie still.« Leon faltete mit einem Seufzen die Zeitung zusammen. Er würde heute Abend doch nicht zum Lesen kommen.

»Da gibt es etwas, das ich mich schon lange frage.« Yolande sah Leon mit ernstem Blick an.

»Nämlich?« Leon hielt neugierig den Kopf schief.

»Wenn es eines Nachts an meine Tür klopfen würde und draußen steht der Präsident, muss ich den dann hereinlassen?«

»Kommt darauf an, was Sie vorhaben.«

»Denken Männer auch mal über etwas anderes nach?«

»Wenn es die einzige Möglichkeit wäre, den Präsidenten zu retten, würde die Sache bestimmt in Ordnung gehen.«

Die beiden lachten.

»Hat Sie der junge Mann noch getroffen?« Yolande wischte Leons Tisch zum dritten Mal ab.

»Welcher junge Mann?«, fragte Leon.

»Er meinte, ich solle Ihnen sage, dass Phillip nach Ihnen sucht.«

»Ah. Danke.«

»Ist das ein Freund von Ihnen?«, wollte Yolande wissen.

»Nein, kann man so nicht sagen.«

»Dann ist ja gut«, sagte Yolande, und Leon sah sie fragend an.

»Ich fand ihn irgendwie arrogant und ganz schön selbstgefällig.«

»Gut beobachtet«, sagte Leon.

Phillip war der eigentliche Grund, warum Leon an diesem Abend noch einmal in das Chez Miou gekommen war. Auf der Rückfahrt hatte Isabelle wieder einmal mit ihm angefangen und die Frage gestellt, was denn daran so schlimm wäre, wenn er einen Sohn hätte. Und wieder einmal hatte er geantwortet, dass er glaube, der Mann sei ein Betrüger. Isabelle hatte so lange weitergebohrt, bis Leon schließlich aufgab und ihr von den Informationen aus dem Innenministerium erzählte. Leon war ein schlechter Lügner, das wusste er, und Isabelle wusste es auch. Er gestand ihr, dass er mit dem Gedanken gespielt hatte, auch noch einen DNA-Vergleich zu machen, aber davor zurückgeschreckt war. Nicht weil ihm Phillip damit gedroht hatte, die Sache bekannt zu machen, sondern weil er erreichen wollte, dass Phillip wieder aus seinem Leben verschwand – genauso wie er sich hineingedrängt hatte.

Ein paar Minuten später erschien Yolande und brachte Leon seinen Café Crème.

»Ich wollte Ihnen nur sagen, dass dieser Phillip nun an der Bar sitzt.«

Einen Moment lang wollte er aufstehen und zu Phillip an die Bar gehen, aber dann entschied er sich dagegen.

»Sagen Sie ihm, er möchte an meinen Tisch kommen. Da können wir in Ruhe reden.«

»Aber gern«, sagte Yolande mit ihrem breitesten Lächeln. Es dauerte keine Minute, dann hörte Leon die bekannte Stimme.

»Freut mich, dass du es dir doch noch überlegt hast«, sagte Phillip. »Gute Entscheidung.«

»Da bin ich mir nicht so sicher.«

»Wieso? Du hast dich offenbar entschieden, den Weinberg zu behalten, gut so.« Phillip lehnte sich lässig zurück und streckte die Beine aus.

»Das ist richtig«, sagte Leon. »Aber dafür werde ich dir kein Geld geben.«

»He, mal langsam«, sagte Phillip. »Das war aber so nicht vereinbart.«

»Nein, wir hatten überhaupt nichts vereinbart«, sagte Leon.

»Ich mache dir noch ein anderes Angebot«, sagte Phillip. »Du leihst mir einfach das Geld. Und du kannst dafür unser Haus behalten. Dann bleibt das Geld sozusagen in der Familie.«

»Du verstehst mich nicht«, sagte Leon. »Ich kann dir kein Geld geben, und ich werde dir kein Geld geben.«

»Dann zwingst du mich, unhöflich zu werden.«

»Was soll das sein, eine höfliche Drohung?«, fragte Leon in sarkastischem Ton.

»Du denkst, dass das hier so ein glückliches Vater-Sohn-Ding wird.«

»Ehrlich gesagt, nein. Ich kann mir nicht vorstellen, dass zwischen uns so etwas entstehen könnte.«

»Du glaubst, ich meine es nicht ernst. Und am Schluss ist alles vergessen. Aber da irrst du dich.«

»Ich habe mich entschieden, mit Ihnen keine Geschäfte zu machen, Monsieur Mathé«, sagte Leon im Tonfall eines Sparkassenbeamten, der einem lästigen Kunden gerade den Kredit gestrichen hat.

Phillip sah Leon einen Augenblick verblüfft an.

»Du kennst meinen Namen – na bravo. Ich gebe dir bis morgen Mittag. Wenn du mir bis dahin nicht geholfen hast, kann ich dir auch nicht mehr helfen.«

Leon griff kommentarlos in die Einkaufstüte, die neben ihm auf dem Boden stand, und zog einen durchsichtigen Asservatenbeutel der Gendarmerie nationale daraus hervor, den er vor sich auf den Tisch legte. Durch das Sichtfenster war in dem Beutel ein typisches Weinglas zu erkennen, wie sie zu Dutzenden im Chez Miou im Regal hinter der Theke standen.

»Was soll das sein?«, fragte Phillip.

»Es gibt über sieben Milliarden Menschen auf der Welt. Und alle besitzen ihre ganz individuelle DNA. Deshalb lässt sich auch mithilfe dieser DNA genau bestimmen, wer mit wem verwandt ist.«

»Und, was interessiert mich das?« Phillip versuchte cool zu bleiben, aber Leon hörte die Unsicherheit in seiner Stimme.

»Aus diesem Glas haben Sie getrunken, Monsieur Mathé. Daran haftet Ihre DNA«, erklärte Leon und tippte auf den Beutel. »Und ich kann Ihnen mitteilen: Unsere beider DNA weist nicht die geringste Gemeinsamkeit auf. Nein, wir sind nicht mal entfernt verwandt.«

»Du hast meine DNA untersucht? Das ... das ist nicht legal!«

»Geh doch zur Polizei«, meinte Leon gleichgültig.

»Wir sind noch nicht fertig miteinander!« Phillips Stimme klang jetzt kraftlos. Er stand auf und marschierte aus dem Bistro, ohne sich noch einmal umzusehen.

»Bonsoir, Monsieur«, rief ihm Leon betont höflich hinterher und lehnte sich auf seinem Stuhl zurück. Er hatte Isabelle versprochen, keinen heimlichen DNA-Test vorzunehmen, und er hatte sein Versprechen gehalten. Leon war von Anfang an der Meinung gewesen, dass dieser Phillip nicht sein Sohn war. Phillip war schwach. Wenn es hart auf hart kam, würde er einknicken. Das Ganze war ein Bluff – und er hatte funktioniert. Genau wie Leon es geplant hatte.

Yolande kam an den Tisch und sah Phillip gerade noch aus der Tür gehen.

»Kommt er noch mal zurück?«, fragte sie.

»Das glaube ich kaum«, sagte Leon und griff in die Asservatentüte und zog das Glas heraus.

Yolande betrachtete es neugierig.

»Hat er wirklich aus dem Glas getrunken?«, fragte sie.

»Nein, natürlich nicht.« Leon stellte das Glas auf Yolandes Tablett. »Das hat seine Schuldigkeit getan und kann jetzt zu den anderen in die Spülmaschine.«

Dann griff Leon zur Zeitung und schlug die Seite mit der Wettervorhersage auf. Für ganz Deutschland war Regen angesagt. Leon lächelte still und zufrieden in sich hinein.

73. Kapitel

Der Tierarzt hatte Milou nur noch sechs Monate gegeben. »Höchstens«, hatte er gesagt. Danach hatte Chantal nichts mehr von den Erklärungen des Arztes mitbekommen. Ein Schleier von Tränen hatte sich über diese Erinnerung gelegt.

Milou war nach seinem Vorbild benannt, dem Terrier aus der berühmten belgischen Comicserie *Tintin*. Ein quirliger, eigensinniger kleiner Kläffer, der sein Frauchen auf Schritt und Tritt begleitete. Bis, na ja, bis der Arzt vor zwei Monaten bei dem Terrier Krebs diagnostiziert hatte.

Deswegen brach Chantal aber nicht mit ihren täglichen Routinen. Dazu gehörte auch, dass sie jeden Morgen um acht Uhr mit Milou spazieren ging. In den letzten Wochen war der kleine Hund deutlich langsamer geworden. Chantal sah ihm an, wie anstrengend das Laufen für ihn geworden war, wenn er versuchte, mit seinem Frauchen Schritt zu halten. Aber sie hatte beschlossen, nicht aufzugeben. Sie drehte jeden Morgen mit Milou die gleiche Runde. Sie fuhren mit dem Wagen einen knappen Kilometer in die Hügel und parkten das Auto bei den Felsen, von denen man den unvergleichlichen Blick über die Küste hatte. Und von wo aus man von der Sonne mit einem so klaren Licht überschüttet wurde, dass man glauben konnte, die Luft bestünde aus Glas. Sogar Milou blieb hier jedes Mal einen Moment stehen und schien den Blick auf die Küste zu genießen.

Der Weg verlief zunächst ein gutes Stück am Waldrand entlang, und nach wenigen Minuten konnte Chantal bereits den Wohnwagen von Nicolas Meuron sehen. Sie freute sich jedes Mal, wenn sie auf ihren kleinen Spaziergängen den Einsiedler vor seinem Wohnwagen sitzen und seinen ersten Kaffee trinken sah. Bei diesen Begegnungen wurde nie mehr als ein schnelles »Bonjour« gewechselt. Manche Leute fanden Meuron schrullig und sogar ein wenig unheimlich. Aber Chantal gegenüber verhielt er sich immer höflich und korrekt, wenn er auch jede Konversation vermied.

Der Hund war ein Stück vorausgelaufen. Chantal konnte ihn nicht mehr sehen, aber dafür hörte sie ihn plötzlich. Milou hatte angefangen zu bellen.

»Milou, komm her zu mir!«, rief sie und klopfte sich dabei mit der Hand auf den Oberschenkel. Aber das Bellen hörte nicht auf.

»Schluss jetzt, Milou, hör auf mit dem Lärm.«

Doch der Hund schien nicht auf sein Frauchen hören zu wollen. Sein Bellen war in ein helles kurzes Kläffen übergegangen. Chantal überkam plötzlich ein Gefühl von Unruhe, sie beschleunigte ihren Schritt.

Als sie den Wohnwagen erreichte, sah sie ihren Milou. Der Hund stand etwa dreißig Meter entfernt, dort, wo die großen alten Korkeichen wuchsen, und schien etwas anzubellen. Er sprang vor den Bäumen auf und ab, als ob ihn eine unsichtbare Barriere davon abhielte weiterzulaufen.

Zunächst hatte Chantal gedacht, es läge irgendetwas vor dem Hund am Boden, aber sie konnte nichts erkennen. Dann sah sie nach oben und begriff, warum der Hund bellte: Am untersten Ast der Korkeiche, etwa einen halben Meter über dem Boden, hing ein Mensch. Es war Nicolas Meuron.

74. Kapitel

Es hatte in der Nacht geregnet – das hatte die Natur auch bitter nötig gehabt. Die heißen Tage der letzten Wochen waren offenbar vorbei. Leon genoss es, morgens auf der Terrasse die feuchte Frische des Meeres zu spüren. Er hatte den Tisch draußen gedeckt und saß jetzt vor einem Müsli, das er mit frischen Waldbeeren veredelt hatte. Dazu gab es Honig von einem lokalen Imker.

»Und was, wenn dieser Phillip wiederkommt?«

»Der kommt nicht wieder.«

»Und du hast wirklich keinen DNA-Test von ihm gemacht?«

»Willst du damit vielleicht andeuten, dass ich lüge?«, sagte Leon mit breitem Grinsen.

»Ich will nur sagen, dass du vielleicht schwindelst. Zwischen Lügen und Schwindeln besteht ein Riesenunterschied.« Isabelle genoss einen Löffel Müsli.

»Zugegeben, ich habe darüber nachgedacht«, sagte Leon.

»Ich kenn dich doch«, sagte Isabelle. »Du hast doch einen Abgleich gemacht.«

»Nein, habe ich nicht.« Leon machte eine kurze dramatische Pause und hielt die Hand zum Schwur hoch. »Aber dieser Phillip denkt, ich hätte den Test gemacht und ihn damit entlarvt.«

»Gewagtes Spiel«, sagte Isabelle, nicht ohne Bewunderung.

»Er hatte einfach die schlechteren Nerven«, meinte Leon.

»Was hätte ich tun sollen? Hättest du vielleicht gern einen Drogenhändler in der Verwandtschaft gehabt?«

»Wer hat einen Drogenhändler in der Verwandtschaft?« Lilou kam auf die Veranda.

»Niemand hat einen Drogenhändler in der Verwandtschaft«, erklärte Isabelle kategorisch.

»Du behandelst mich, als wäre ich zwölf.«

»Du hast völlig recht, mein Schatz.« Isabelle nahm ihre Tochter in den Arm und gab ihr einen Kuss. »Eltern können wirklich schlimm sein.«

»Eltern sind immer schlimm.« Lilou sah Leon und ihre Mutter mitleidig an. »Sie glauben, ihre Kinder bleiben ihr Leben lang zwölf Jahre alt.«

»Haben wir nicht eine schlaue Tochter?«, sagte Isabelle ironisch.

»Was macht eigentlich dein Verehrer?«, wollte Leon wissen.

»Der? Vergiss ihn.« Leon und Isabelle tauschten hinter Lilous Rücken einen kurzen Blick.

»Du hast ihn also getroffen?«, fragte Isabelle.

»Ein Rendezvous vor der Kirchentür unter der alten Platane ...« Leon legte den Kopf schief und blickte über die Dächer in Richtung Meer. »Wie romantisch.«

»Wie heißt dein Verehrer?« Isabelle versuchte, entspannt zu wirken.

»Antoine. Er hat mit mir zusammengearbeitet. Der Typ ist harmlos, vielleicht ein bisschen schüchtern.«

»Wie ging es denn weiter? Euer Treffen vor der Kirche?«, fragte Leon. »Na los, ich bin neugierig.«

»Nichts ging weiter. Ich sagte doch: Antoine ist ein bisschen schüchtern.«

»Vielleicht sollte ich mal mit ihm reden«, sagte Isabelle.

»Auf gar keinen Fall!«, rief Lilou. »Du bist so was von peinlich.«

»Ich möchte ihm doch nur erklären, dass man jungen Frauen keine Angst machen soll, wenn man mit ihnen ausgehen will.«

»Bitte nicht. Mit Antoine läuft nichts, außerdem ist er viel zu jung.«

»Ich kann doch einfach mal bei Roux vorbeigehen und mit diesem Antoine sprechen«, sagte Isabelle. »Ist doch nichts dabei.«

»Antoine ist nicht mehr bei Roux«, sagte Lilou. »Er jobbt jetzt im Supermarkt. Übrigens studiert er Psychologie.«

In diesem Moment summte Isabelles Handy. Sie griff nach dem Telefon, auf dem der Anrufer zu sehen war: OFFICE.

Isabelle zeigte Leon kurz das Display, und der verdrehte die Augen.

»Ich dachte, wir hätten endlich einmal ein gemeinsames Frühstück«, flüsterte Leon.

»Ja, ich weiß, wo das ist«, erklärte Isabelle ihrem Anrufer. »Der ist hier.« Sie sah Leon an. »Kein Problem, ich nehme ihn mit.«

Sie hielt die Hand über das Mikrofon und sprach mit gedämpfter Stimme: »Selbstmord, Nicolas Meuron.«

»Sie sollen den Tatort gut absperren, es hat heute Nacht geregnet. Da gibt es sicher jede Menge Spuren«, sagte Leon. Isabelle nickte.

»Der Médecin Légiste bittet, darauf zu achten, dass der Tatort nicht betreten wird. Von niemandem!« Isabelle sah auf ihre Uhr. »Wir sind spätestens in einer halben Stunde da.«

75. Kapitel

Der Mistral zerrte an dem Flatterband, mit dem die Gendarmerie den Tatort gesichert hatte. Der Einsatzbefehl lautete, den Tatort zu sichern und auf die Ankunft des Rechtsmediziners und der stellvertretenden Polizeichefin zu warten. Als die beiden eintrafen, wimmelte es rund um den Wohnwagen von Nicolas Meuron nur so von Polizei, Feuerwehr und Neugierigen. Wie immer hatten sich bereits zahlreiche Gaffer eingefunden, die unbekümmert Selfies machten und die Polizei ignorierten.

»Der Patron wartet schon dahinten.« Lieutenant Kadir deutete zu der Gruppe alter Korkeichen, die am Rande des Waldes standen.

»Sie haben gesagt, dass es eine Zeugin gibt?«, sagte Isabelle.

»Die Frau, die ihn entdeckt hat. Sie ist im Krankenwagen, ziemlich fertig«, sagte Kadir. »Kommen Sie, Capitaine, ich bring Sie hin.«

Während Isabelle dem Polizisten zum Krankenwagen folgte, ging Leon mit Lieutenant Kadir zu den Eichen.

»Bleiben Sie direkt hinter mir«, sagte Leon, der langsam auf den größten der Bäume zuging, an dessen unterstem Ast ein dickes Seil befestigt war. Das untere Ende war mit einem dicken Knoten um den Hals des Opfers geknüpft, das jetzt im Mistral schaukelte. Der Tote trug Bermudashorts und ein fleckiges, ausgewaschenes T-Shirt, das vor langer Zeit einmal weiß gewesen war. Seine Füße steckten in Socken und Sneakers, noch nass von den nächtlichen Regenschauern. Leon nahm aus seiner Hosentasche einen Bleistift, mit dem er den Toten anstieß, damit er sich im Wind ein Stückchen weiterdrehte und Leon einen Blick auf den Henkersknoten und den Hals des Toten werfen konnte. Auf dem Boden unter dem Toten lagen im Schlamm einer Pfütze ein umgestürzter Campingtisch und ein kleiner Hocker.

»Bonjour, Docteur«, begrüßte Zerna den Médecin Légiste.

»Bonjour, Commandant.« Leon nickte dem Polizeichef kurz zu. Er wusste, dass Zerna es schätzte, wenn man ihn mit Respekt behandelte – besonders wenn fremde Beamte in der Nähe waren. Leon ging einmal schweigend um den Toten herum, dessen Füße etwa zwei Meter über dem Boden schwebten. Der Regen muss ihn voll erwischt haben, dachte Leon.

»Hat er sich exakt ausgerechnet.« Zerna beobachtete, wie Leon den Erhängten untersuchte. »Das Seil passt genau in der Länge. Nur dreißig Zentimeter länger, und Monsieur Meuron wäre vergeblich vom Tisch gesprungen.«

»Ja«, sagte Leon. »Da hat jemand ganz genau gemessen.«

»Können wir ihn jetzt runternehmen?«, fragte Masclau den Polizeichef. »Bei so vielen Zuschauern können wir den Tatort nicht länger schützen.«

»Der Docteur hat ihn noch nicht freigegeben.«

Leon hatte sich seine Latexhandschuhe übergestreift und nahm mit einer Phiole eine Probe aus der Pfütze, die sich gleich unter dem Opfer befand.

»Ist das wirklich nötig?« Der Polizeichef beobachtete Leons Arbeit mit zweifelndem Blick.

»Bei einer Strangulation verlieren Selbstmörder die Kontrolle über ihre Körperfunktionen.« Leon sah nicht von seiner Arbeit auf, während er antwortete. »Es sollten sich also Spuren von Kot oder Urin finden.«

»Sollten«, wiederholte Zerna skeptisch, »aber das muss nicht so sein, oder?«

»Warten wir die Ergebnisse der Tests ab«, sagte Leon.

»Das klingt so, als hätten Sie Zweifel, dass es ein Selbstmord war.« Das Misstrauen in Zernas Stimme war unüberhörbar.

»Wie lange lebte Nicolas Meuron schon hier oben in seinem Wohnwagen?«, fragte Leon, ohne auf Zernas Bemerkung einzugehen.

»Sechs, vielleicht sieben Jahre«, meinte Masclau.

Leon sah in Richtung Meer und dachte laut nach. »Da hat sich jemand sein kleines Refugium eingerichtet und wohnte hier friedlich seit sieben Jahren. Ausgerechnet in einer Gewitternacht zieht er seine Bermudashorts, sein ältestes, verdrecktes T-Shirt und Turnschuhe an. Dann trägt er im strömenden Regen einen Campingtisch durch die Gegend, stellt einen Hocker darauf, legt sich eine Schlinge um den Hals und springt. Das kann ich nur schwer nachvollziehen.«

»Sie sind ja auch nicht gesprungen. Vergessen Sie nicht, Meuron saß schon mal in der Nervenklinik«, sagte Zerna.

In diesem Moment kam ein sehr junger Polizist, der die ganze Zeit den Wohnwagen bewacht hatte, auf Leon, Zerna und Masclau zu. Sein Gang war unsicher, und er sah blass aus, als hätte er sein Frühstück nicht vertragen, dachte Leon. Das wäre nicht das erste Mal, dass ein Polizeineuling sich bei seinem ersten Einsatz eingestehen musste, dass er den Anblick eines Toten nicht ertragen konnte.

»Was gibt's?«, fragte Zerna kurz.

»Ich ... ich kann da nicht bleiben ... der Geruch ...«, stotterte der junge Beamte und musste würgen.

»Ganz ruhig«, sagte Leon. »Atmen Sie ein paarmal tief durch. Und dann sagen Sie uns, was Sie gesehen haben.«

»Ich habe ... nichts gesehen«, sagte der Polizist schwer atmend. »Aber dieser Geruch ...«

»Wo? Welcher Geruch?«, fragte Zerna ungeduldig. »Jetzt reden Sie schon.«

»Es kommt aus dem Wohnwagen, glaube ich«, sagte der Polizeineuling zu Zerna. »Sie haben ja gesagt, wir dürfen ihn nicht betreten.«

»Na gut. Sehen wir uns die Sache an«, sagte Zerna. »Kommen Sie.«

Leon, Masclau und Zerna gingen zusammen mit dem jungen Polizisten den Pfad entlang, der zum Wohnwagen führte. Der Camper stand keine fünfzig Meter von der Stelle entfernt, wo man den Toten gefunden hatte. Der Wind hatte nachgelassen. Die heiße Sonne erwärmte jetzt wieder schnell die Luft. Inzwischen hatten auch die Grillen wieder ihre Arbeit aufgenommen, und in der Luft lag das Sirren der Insekten. Eine Smaragdeidechse tauchte zwischen den Steinen auf und verschwand leise raschelnd in den Büschen.

Der Wohnwagen wirkte verlassen, die Tür war geschlossen. In der großen Bougainvillea, die beinahe den ganzen Wagen überwucherte, summten schon wieder die ersten Taubenschwänzchen. Leon bewunderte immer wieder diese faszinierenden Insekten, die wie Kolibris vor den blühenden Büschen auf der Stelle schwebten, um mit ihrem haarfeinen Saugrüssel Nektar aus den Blütenkelchen zu trinken.

»Nicht anfassen«, sagte Leon, als Masclau nach der Türklinke des Wohnmobils greifen wollte. »War die Tür geschlossen, als Sie hier ankamen?«

»Ich glaube, ja«, meinte Masclau.

»Merkwürdig«, sagte Leon. »Ein Mann ist auf dem Weg zu der Korkeiche, an der er sich gleich erhängen wird, und schließt vorher noch die Tür.«

»Was soll denn das schon wieder bedeuten?«, fragte Zerna, hin- und hergerissen zwischen Ungeduld und Bewunderung für Leons geradezu pedantische Vorgehensweise.

»Hier stinkt's wirklich.« Masclau war vor dem Camper stehen geblieben und schnüffelte an dem Fenster, das einen Spaltbreit offen stand. »Verdammt – und wie das hier stinkt.«

»Totes Gewebe«, sagte Leon und ergänzte, als ihn Masclau fragend ansah: »Fleisch.«

»Scheiße«, murmelte der Lieutenant.

»Ich sehe mich erst einmal allein um, damit keine Spuren zerstört werden«, sagte Leon, zog sich die Latexhandschuhe an und öffnete die Tür.

Ein paar schillernde Schmeißfliegen kamen ihm entgegen. Sie flogen einen Bogen und verschwanden sofort wieder im Wohnwagen. Vorsichtig zog Leon die Tür ganz auf. Man konnte dem Inneren des Wohnwagens ansehen, dass hier ein einsamer Mensch lebte. Auf dem Bord lag eine angebrochene Packung Spaghetti. Auf einem Stuhl lagen ein paar Automagazine. Die Bettdecke war zu Boden gefallen. Als Leon sie mit spitzen, behandschuhten Fingern anhob, konnte er Abdrücke von Schuhen erkennen. In der Spüle stapelten sich ein halbes Dutzend Teller, und auf dem Tisch standen eine angebrochene Flasche Rosé und ein leeres Glas. Bei den Gewürzen sah er ein paar angebrochene Blister mit unterschiedlichen Tabletten. Leon warf einen Blick darauf: Blutdrucksenker, Cholesterinsenker, Verdauungsmittel und Tabletten gegen Reflux. Nichts, was auf eine besondere Krankheit hingewiesen hätte.

Leon bückte sich und hob ein Messer mit einer schlanken

langen Klinge auf, das halb von einem bunten Bettvorleger verborgen wurde. Er drehte das Messer in der Sonne und sah die dunklen Flecken auf dem geschliffenen Stahl – und die abgebrochene Spitze. Leon zog eine durchsichtige Asservatentüte aus der Tasche, deponierte das Messer darin und drückte sorgfältig den Klebeverschluss zu.

Er spürte, wie ihm langsam der Schweiß den Rücken hinunterlief. Im Inneren des Wohnwagens war es heiß wie in einer Sauna, und der Gestank verschlug einem den Atem. Das Summen der Schmeißfliegen wurde lauter, je näher Leon dem Bett kam. Aber da war nichts. Keine vergessenen Abfälle, kein verendetes Tier, das sich in den Wagen verirrt haben konnte. Es vergingen ein paar Minuten, bis Leon die handgezimmerte Holzkiste auffiel, die sich sowohl als Bank wie auch als Stauraum verwenden ließ. Der Deckel schloss nicht mehr richtig. Leon ging in die Knie und betrachtete die Kiste, als er sah, dass aus dem Spalt unter dem Deckel ein paar fette Maden hervorquollen und auf den Boden fielen.

»Alles klar bei Ihnen, Docteur?«, rief Zerna und klopfte gegen die Tür.

»Moment noch«, antwortete Leon. »Bin gleich durch.«

Leon tastete den Rand der Kiste ab, bis er einen Riegel spürte, den er zurückschob. Dann klappte er die Kiste auf, und für einen Moment verschlug ihm das, was er gefunden hatte, die Sprache. Vor Überraschung ließ er den Deckel fallen, der klappernd zurückfiel.

Ein Schwarm Fliegen stieg aus der Kiste auf, und der Geruch, der Leon entgegenschlug, war widerwärtig. Von außen hörte man Klopfen.

»Docteur, ist alles in Ordnung?«, rief ihm Masclau zu.

In diesem Moment erschien Leon wie ein Geist in der Tür des Wohnwagens.

»Docteur, fühlen Sie sich nicht gut?«, fragte Masclau besorgt.

Leon schwieg, holte tief Luft, dann drehte er sich um und marschierte stumm zurück in den Wohnwagen. Er war noch nicht fertig mit der Arbeit. In der Kiste, die er geöffnet hatte, lag ein grauer zerschlissener Müllsack. Das, was dieser Müllbeutel verbergen sollte, war nur allzu gut zu erkennen. Es war der Kopf einer Frau.

Der Kopf war offensichtlich mit einem Messer unterhalb des dritten Halswirbels vom Hals getrennt worden. Haut und Muskeln hatten sich größtenteils vom Schädelknochen gelöst, und Leon konnte sehen, dass die Maden, Fliegen und Käfer dabei waren, ihren makabren Fund in Besitz zu nehmen. Die Insekten leisteten ganze Arbeit. Ihrem Entwicklungsstadium nach zu urteilen, musste der Kopf bereits etwa eine Woche hier liegen.

»Scheiße, ich glaube, ich muss kotzen.« Masclau hatte sich in den Wohnwagen gedrängt. Doch als er den abgeschnittenen Kopf und den Schwarm der Insekten sah, verschlug es dem sonst so vorlauten Lieutenant die Sprache.

»Glauben Sie ...«, Masclau räusperte sich. »Glauben Sie, das ist der Kopf dieses Mädchens? Der aus der Pathologie verschwunden ist?«

»Goblet, die junge Frau hieß Patricia Goblet ...« Isabelle war an der Tür des Wohnwagens aufgetaucht und hielt sich ein Taschentuch vors Gesicht.

»Ich denke, es ist ihr Kopf.« Leon drängte sich nach draußen an die frische Luft und atmete tief durch. »Aber sicher sagen kann ich das erst, wenn ich alle Untersuchungsergebnisse vorliegen habe.«

»Glauben Sie mir«, sagte Zerna zu Leon. »Wir ermitteln hier in einem Suizidfall.«

»Was macht Sie da so sicher?« Leon hatte seine Aktentasche geöffnet und ihr ein Thermometer entnommen.

»Ganz einfach, der Täter kann mit seiner Schuld nicht länger leben und begeht Selbstmord.« Zerna sah das Thermometer in Leons Hand. »Was haben Sie damit vor?«

»Ich werde die Körpertemperatur des Opfers messen«, sagte Leon ruhig.

»Warum? Der Mann hat sich doch ganz offensichtlich erhängt!« Zerna war genervt. Er wollte diesen Fall abschließen, und da kam ihm der Selbstmord des Hauptverdächtigen mehr als gelegen.

»Können wir jetzt endlich den Toten abhängen?«, wollte Masclau von Leon wissen. »Auf der Straße staut sich der Verkehr schon bis nach Bormes-les-Mimosas.«

»In Ordnung. Die Bestatter sollen die sterblichen Überreste zum Institut bringen. Ich bin spätestens in einer Stunde da. Ich möchte noch ein paar Spuren sichern.«

»Bekommen Sie«, strahlte Zerna. Leon sah ihm an, dass er schnell die nächste Pressekonferenz einberufen würde, um den Medien die großartige Nachricht zu vermelden: *Ja, wir haben den Mörder der beiden Frauen gefasst. Er hat sich das Leben genommen.*

Damit wäre der Serienkiller vernichtet, und Le Lavandou könnte eine sonnige und unbeschwerte Sommersaison erleben.

76. Kapitel

Die Decke war so wunderbar weich, und das Kissen roch nach warmer Sommerluft und langem Ausschlafen. Die leichte Brise trug den Geruch von Sand und Meer mit sich, und wenn die junge Frau tief einatmete, konnte sie sogar Thymian und Rosmarin riechen, die in der warmen Vormittagssonne ihre ätherischen Öle freisetzten. Es war dieser wunderbare Augenblick des frühmorgendlichen Halbschlafs, den sie so nur bei ihrer Großmutter erlebte. Sie wollte diesen wundervollen, unvergleichlichen Moment auskosten und am liebsten endlos verlängern.

In diesem Moment kroch ihr ein Schauder über den Rücken. Das alles war viel zu schön, um wahr zu sein. Die junge Frau ahnte bereits, dass etwas nicht stimmte. Aber sie wusste auch, dass sie die Erinnerung noch ein paar Wimpernschläge lang festhalten konnte, wenn sie keinen anderen Gedanken zuließ. Doch ihr Unterbewusstsein nahm keine Rücksicht auf ihre Erinnerungen. Mit der gleichen Geschwindigkeit, mit der ihre Erinnerungen verschwanden, erwuchs um sie herum die hässliche Wirklichkeit.

Deine geliebte Großmutter ist schon lange tot, quälte sie die unbarmherzige Realität. *Und das hier ist nicht dein Kinderzimmer in eurem Haus am Meer – ganz und gar nicht. Schau dich doch nur mal um. Oder bist du zu feige, die Wahrheit zu ertragen?*

Im gleichen Moment spürte sie, wie die Bilder ihrer Erinnerungen verschwanden, als hätte man sie in einem Sumpf versenkt. Und jetzt tauchte die Wirklichkeit wie stinkende, schaumige Blasen auf, und die junge Frau tat, wovor sie sich so sehr gefürchtet hatte. Sie öffnete die Augen.

Als sie wieder zu sich kam, konnte sie ihre Hände nicht mehr spüren. Sie sah nach rechts und erkannte sofort, dass das Schwein sie wieder an die Wand gekettet hatte. Aber diesmal gab es keine Möglichkeit zu verschwinden. Die Ketten waren neu und härter als zuvor. Vorhängeschlösser sicherten ihr Gefängnis, die junge Frau konnte kaum ihren Kopf drehen, sich fast gar nicht mehr bewegen. Sie wusste, dass sie sich nicht noch einmal aus ihren Fesseln befreien konnte. Es würde keinen Draht, keine Sonde geben, mit der sie die Schlösser öffnen konnte.

Plötzlich stieg wieder Panik in ihr auf. Die Angst kam zurück. Sie erinnerte sich genau an den Moment, als sie den eisernen Ring aus der Wand gebrochen, wie sie die Schlösser geöffnet hatte. Wie sie bereit gewesen war, ihren Peiniger niederzustrecken. Wie sie alles genau geplant und im letzten Moment doch wieder verloren hatte.

Jetzt war sie immer noch hier, in ihrem Verlies, irgendwo in den einsamen Hügeln der Provence. Draußen war Tag, das erkannte sie an dem Licht, das durch den Türspalt in dieses Horrorszenario sickerte. Schmerzen. Überall. Ihre Haut brannte von den Verletzungen, die das Schwein ihr zugefügt hatte. Mit größter Anstrengung gelang es ihr, den Kopf wenige Zentimeter zu heben. Sie sah an ihrem Körper hinunter. Sie war nackt. In diesem Moment hörte sie das Kratzen der Metalltür, die beim Öffnen über den Boden schleifte.

Der Kerl war zurückgekommen. Dieses Mal würde er sie nicht nur quälen. Er war gekommen, um sie zu töten.

»Hallo«, sagte die Stimme, die sie so fürchtete. »Was hast du dir denn heute ausgedacht? Hast du dir einen Tunnel gegraben? Einen kleinen Mäusetunnel? Grab, grab, grab.« Der Mann lachte bösartig über seinen dummen Witz.

Sie wollte ihm antworten. Wollte ein Gespräch anfangen. Aber sie brachte kein Wort heraus. Sie konnte Worte denken, aber sie konnte sie nicht sprechen. Er musste ihr irgendeine Art von Betäubungsmittel gegeben haben.

Der Unbekannte stand im Schatten. Sie konnte ihn nicht richtig sehen, aber hören. Er startete den Generator und schaltete das Licht an. Die junge Frau drehte ihren Kopf mühsam in seine Richtung, wo vier Stufen nach oben in einen unsichtbaren Gang führten. Und da stand er. Der Mann hatte wieder seinen Schutzanzug übergezogen und trug eine FFP2-Maske vor dem Gesicht. Die junge Frau versuchte, sich nicht vorzustellen, was sie gleich erwartete, aber es gab auch einen Funken Hoffnung. Wenn der Mann die Schutzmaske trug, dann bedeutete das vielleicht auch, dass er sich versteckte, damit sie ihn später einmal nicht identifizieren könnte. Und das bedeutete vielleicht, dass er sie am Leben lassen würde, zumindest für den Augenblick. Vielleicht war das Schwein aber noch grausamer. Vielleicht wollte er seine Gefangene auch nur in falscher Hoffnung wiegen, sie dazu zu bringen, sein williges Opfer zu sein. Sie konnte sehen, wie ihr Peiniger Gummihandschuhe überstreifte und um sein Handgelenk schnappen ließ. Dann griff er in das Regal und zog eine kräftige, chromblitzende Schere hervor, mit der man im Garten Äste aus den Bäumen schneiden konnte. Dieses Mal würde es richtig schlimm werden. Schlimmer als alles, was sie bisher durchgemacht hatte. Sie hatte nicht einmal mehr die Kraft zu schreien und begann still zu weinen.

77. Kapitel

Es herrschte eine bedrückende Atmosphäre in dem Obduktionssaal. Auf der Bahre lag die Tote. Das grüne Leichentuch war ein Stück von dem Körper gerutscht. Daneben lag der der Kopf. Es sah aus, als hätte jemand das Opfer nach der Untersuchung nicht wieder richtig zusammengesetzt, dachte Leon. Als wäre ein schrecklicher Fehler unterlaufen. Das sah nicht nur falsch und irritierend aus, es war irgendwie auch respektlos und brutal.

Leon hatte fast zehn Minuten schweigend und vornübergebeugt an der Bahre gestanden und unverwandt die Tote betrachtet. Dann hatte er die große Lupe an ihrem Gelenkarm nach unten gezogen und das Licht eingeschaltet. Die strahlenden LED-Lampen, die jetzt mit ihrem scharf abgezirkelten Licht den abgeschnittenen Kopf beleuchteten, gaben der ganzen Situation etwas Surreales.

Leon richtete die Lupe abwechselnd auf die Wundränder des Halses und auf die Klinge des Messers, das er im Wohnwagen gefunden hatte und das jetzt vor ihm auf der Bahre lag. Er legte ein kleines Lupenlineal auf die Klinge und verglich die Wundränder an Torso und Kopf. Ein paar weitere Minuten verstrichen. Rybaud hatte seinen Chef die ganze Zeit schweigend beobachtet. Jetzt räusperte sich der Assistent. Leon richtete sich endlich auf.

»Nicht einmal Tiere tun so etwas«, sagte Rybaud, als wollte er alle Säugetiere vor dem Mörder in Schutz nehmen.

»Irrtum. Eine ganze Reihe von anderen Lebewesen sind dazu durchaus in der Lage«, dozierte Leon. »Überall dort, wo im Tierreich um Paarungsvorteile gestritten wird, kommen Grausamkeiten vor.«

»Es geht – wie immer – um die Frauen«, versuchte Rybaud die bedrückende Atmosphäre etwas aufzuheitern, und Leon schmunzelte.

»Wie immer«, stimmte Leon zu, den es jedes Mal freute, wenn das Gespräch mit Rybaud ein wenig abdriftete. »Allerdings gibt es ein Motiv für das Töten, das ausschließlich im menschlichen Sozialverhalten vorzukommen scheint.«

»Und das wäre?«

»Lustgewinn. Die Lust am Töten.«

»In was für einer Welt leben diese Menschen, die zu so einer Tat fähig sind?«

»Sie wären erstaunt«, sagte Leon. »Die meisten integrieren sich nahtlos und völlig unauffällig in ihr soziales Umfeld. Sie können jahrelang unauffällig mitten unter uns leben. Und eines Tages, wie aus heiterem Himmel, verwandeln sie sich in Monster.«

»Aber nur wenn sie einen bösen Charakter haben«, versuchte Rybaud für den Rest der Menschheit eine Lanze zu brechen.

»Nein, wir alle tragen das Böse in uns. Die ganze Zeit. Es lauert nur darauf, freigelassen zu werden.«

Eine Weile schwiegen die beiden Männer. Dann griff Rybaud zu dem Messer und betrachtete es.

»Ich müsste noch Aufnahmen davon machen«, sagte er. »Es ist doch die die Tatwaffe?« Er deutete auf das Messer.

»Sehr wahrscheinlich. Aber wir müssen es noch mit der abgebrochenen Klinge vergleichen. Die einsetzende Verwesung hat viele Spuren an Kopf und Torso vernichtet.«

»Ich begreife nicht, warum er den Kopf unter seinem Bett versteckt hat.«

»In der Regel ist das das Verhalten von Tätern, die ein Souvenir ihrer Bluttat behalten wollen.«

»Pervers«, sagte Rybaud.

»Ich würde eher sagen ›schwer berechenbar‹«, ergänzte Leon. »Wie sieht es mit den anderen Verletzungen aus?«, fragte er.

»Da müssen wir noch etwas warten«, antwortete Rybaud. »Ich habe nach der letzten Autopsie Proben an das Labor in Aix geschickt.«

»Gab es neue Erkenntnisse?«, fragte Leon.

»Blutproben und DNA werden noch ausgewertet. Bisher können wir nur bestätigen, dass es der Kopf von Patricia Goblet ist, der von einem Unbekannten aus der Rechtsmedizin gestohlen wurde.«

Leon griff erneut nach dem kleinen Lupenmaß und hielt es an die Schneide des Messers, das Rybaud in die Edelstahlschale zurückgelegt hatte.

»Von der Klingenbreite her könnte es das Messer sein«, sagte Leon. »Was die Länge angeht – da müssten wir noch ein paar Tests durchführen.«

»Sieht ganz so aus, als hätte Nicolas Meuron tatsächlich den Kopf aus der Rechtsmedizin gestohlen, oder?«, resümierte Rybaud.

»Warum sollte er das getan haben?«, fragte Leon seinen Assistenten.

»Er hat eine ganze Reihe junger Frauen getötet, und als die Polizei ihm auf die Schliche kam, hat er die Nerven verloren und sich erhängt.«

»So hätten es Zerna und seine Leute gern«, sagte Leon.

»Aber war es denn nicht so?«, fragte Rybaud. »Die Polizei ist Meuron auf die Spur gekommen, und er sieht keinen anderen Ausweg, als sich das Leben zu nehmen. Und auch wenn es jetzt herzlos klingt, aber vielleicht ist dieser Suizid das Beste, was passieren konnte. Passt doch alles perfekt zusammen. «

»Und genau das stört mich. Wenn die Dinge allzu perfekt zusammenpassen, stimmt meistens etwas nicht«, sagte Leon nachdenklich.

»Sie sind ein Pessimist, Patron.«

»Sagen wir mal so: Ich verfüge über ein gesundes Maß an Misstrauen. Das ist etwas anderes.«

»Bezweifeln Sie, dass Meuron sich erhängt hat?«, fragte Rybaud.

»Sehen wir uns Nicolas Meuron erst noch einmal genauer an.« Leon umrundete die sterblichen Überreste von Patricia Goblet und ging zu der zweiten Bahre, auf der der tote Nicolas Meuron lag. Leon nickte seinem Assistenten zu, und der zog mit einem kleinen Ruck das Leichentuch von dem Toten. Die Bewegung hatte etwas von einem Magier, dachte Leon, der gleich ein Kaninchen aus dem Hut zaubern wird.

Der Tote war entkleidet worden. Aber er trug die Schlinge, die ganz offensichtlich zu seinem Tod geführt hatte, noch immer um den Hals.

»Was haben Sie für uns?«, fragte Leon, als würde Rybaud im Examen vor ihm stehen.

»Leiche, männlich, zweiundfünfzig Jahre alt, ein Meter achtzig groß, siebzig Kilogramm schwer, Hautfarbe weiß«, begann Rybaud, und Leon hörte seinem Assistenten konzentriert zu.

»Haben wir sonst noch etwas?«, fragte er ihn.

»Alles weist auf Selbsttötung mithilfe des Stranges hin.« Rybaud hob das Seil ein wenig an, das neben dem Opfer auf dem Seziertisch lag. »Bei dem Strang handelt es sich um ein Seil aus Nylongewebe der Stärke zwei, wie es auf den meisten Segelbooten verwendet wird. Das Opfer weist keine Abwehrspuren auf. Hände und Füße ebenfalls ohne Spuren von Fesseln.«

»Sehr gut. Was schließen Sie daraus?«, fragte Leon, ganz der Professor der Rechtsmedizin.

»Ein eindeutiger Fall von Suizid«, sagte Rybaud und sah Leon herausfordernd an. »Das Opfer hat sich erhängt.«

»Eindeutige Fälle sind mir immer suspekt.« Leon zog die beleuchtete Lupe zu sich herüber und richtete sie auf den Kopf des Toten.

»Alle Symptome weisen auf Selbsttötung durch Strangulation hin«, sagte Rybaud. »Das steht doch außer Frage.«

Leon hatte die Hand ganz leicht gehoben, und Rybaud schwieg. »Die Strangfurche ist deutlich ausgeprägt«, kommentierte Leon seine Beobachtungen und deutete auf die blutunterlaufene Kompressionsspur, die das Seil auf dem Hals des Opfers hinterlassen hatte.

»Aber hatte sich der Selbstmörder damit auch die Sauerstoffzufuhr abgeschnitten, als er vom Tisch gesprungen ist?«

»Ja, das sage ich doch die ganze Zeit.« Rybaud fühlte sich nicht ernst genommen und erntete einen kritischen Blick seines Chefs.

»Der Abdruck des Seils umschließt den Hals nicht vollständig.« Leon zeigte die dunkle Spur, die die Schlinge hinterlassen hatte und die über dem Kehlkopf unterbrochen war.

»Soll heißen?«, fragte Rybaud trotzig.

»Es bedeutet, dass der Tote nicht am Seil hing, als er gestorben ist, sondern erdrosselt oder – noch wahrscheinlicher – erstickt wurde. Zum Beispiel mit einer Plastiktüte. Anschließend wurde das tote Opfer mit dem Seil an dem Ast aufgehängt.«

»Und bei der Plastiktüte hat er sich nicht gewehrt?«, fragte Rybaud skeptisch.

»Am Hinterkopf, kurz über dem Haaransatz, befindet sich ein deutliches Hämatom.« Leon schob mit beiden Händen den Haaransatz zur Seite, sodass der ovale blaue Fleck zu erkennen war. »Ich vermute, dass das Hämatom von einem Schlag herrührt, der wahrscheinlich zu einer Ohnmacht geführt hat.«

»Vielleicht ist er ja vorher gestürzt«, versuchte Rybaud seine Diagnose zu retten.

»Richtig. Vielleicht wollte er vor einem Angreifer fliehen«, sagte Leon. Leon sprach nun mehr zu sich selbst. »Oder jemand hat ihn geschlagen und dann erstickt. Dafür würde auch sprechen, dass sich in der Lidbindehaut keine Petechien, also keine geplatzten Äderchen finden. Die entstehen, wenn der Tod beim typischen Erhängen schlagartig eintritt und die kleinen Gefäße Einblutungen in der Schleimhaut hinterlassen.«

Leon schob mit seinem Zeigefinger das Lid von Nicolas Meurons rechtem Auge ein paar Millimeter nach oben. Dann wandte er sich wieder an seinen Assistenten. »Aber diese Einblutungen gibt es hier nicht. Gegen Ihre Theorie einer Selbsttötung durch einen Sprung von dem Tisch spricht auch, dass sich in der Pfütze unter dem Selbstmörder keine Spuren von Kot, Urin oder dem spontanen Abgang von Ejakulat finden.«

»Was ist also Ihre Theorie, Docteur?«, fragte Rybaud.

»Einiges weist auf Fremdverschulden hin.«

»Das würde aber auch bedeuten, dass der Kopf, der im Wohnwagen gefunden wurde, absichtlich dort platziert wurde«, sagte Rybaud.

»Um eine falsche Spur zu legen«, ergänzte Leon.

»Ich glaube nach wie vor an einen Fall von Selbsttötung.«

»Ich weiß nicht.« Leon richtete sich auf und betrachtete den Toten. »Wir müssen uns die letzten Minuten im Leben dieses Mannes nur einmal genau vorstellen«, sagte er. »Es ist kühl in dieser Nacht. Seit dem frühen Abend hat es immer wieder geregnet, und es geht ein scharfer Mistral. Es ist nass und windig. Der errechnete Todeszeitpunkt ist gegen zwei Uhr morgens. Nicolas Meuron tut also was? Er zieht sich Socken und Sneakers an, außerdem ein verdrecktes und löchriges T-Shirt und ausgebleichte Bermudashorts. Bei strömendem Regen und kaltem, stürmischem Wind geht er hinauf zu den Korkeichen. Er hat Tisch und Hocker vielleicht schon vorher aufgestellt. Er besteigt den Tisch, stellt den Hocker auf die Tischplatte und steckt den Kopf durch die Schlinge. Auch das Seil hatte er offenbar penibel vorbereitet. Das Ende mit dem Henkersknoten zieht Meuron an seinem Hals fest, das andere Ende muss er bereits zuvor um die Eiche geschlungen und an einem Ast fixiert haben. Er steigt also auf den Hocker und springt. Das Seil fängt die Wucht des Sturzes ab.«

»Wäre möglich.« Rybaud, der sich immer noch an die Suizidtheorie klammerte, klang geradezu erleichtert.

»Möglich, natürlich, alles ist möglich«, sagte Leon. »Aber wie wahrscheinlich ist dieser Ablauf? Wir finden keine Petechien in der Bindehaut. Keine durchgehende Strangfurche am Hals. Und es ist mieses Wetter, bei dem man keinen Hund vor die Tür schicken würde. Da wäre ein anderer Ablauf viel wahrscheinlicher: Das Opfer wurde nachts aus dem Tiefschlaf gerissen. Meuron bekam einen Schlag auf den Hinterkopf. Er war benommen und leistete deshalb keine Gegenwehr, als der Mörder ihn erstickte. Hinterher hat der Mörder den Selbstmord unter der Korkeiche inszeniert. Der abgeschnittene Kopf und das Messer sind falsche

Spuren, die ganz bewusst vom Täter gelegt worden sind, um die Polizei in die Irre zu führen.«

»Das würde bedeuten, dass Nicolas Meuron doch umgebracht wurde.« Rybaud klang fast ein wenig enttäuscht.

»Da pflichte ich Ihnen bei«, sagte Leon mit seinem freundlichsten Lächeln. »Die Journalisten auf der Pressekonferenz werden eine Überraschung erleben – und Zerna wird vermutlich schwer enttäuscht sein.«

78. Kapitel

»Jawohl, Monsieur le Secrétaire d'État.« Zerna sprach so zackig, als befände er sich noch in der Polizeiausbildung.

Der Polizeichef von Lavandou war von seinem Stuhl aufgesprungen und stand jetzt in vorbildlicher Haltung neben seinem Schreibtisch.

»Im Gegenteil, es ist der Gendarmerie von Le Lavandou eine Ehre, wenn sie der Präsident der Republik mit seinem Besuch auszeichnet …«

In diesem Moment öffnete sich die Tür zu Zernas Büro, und Isabelle kam herein. Sie hob entschuldigend die Hand. Zerna deutete nur auf den Telefonhörer, den er an sein Ohr hielt, und raunte seiner Stellvertreterin zu: »Der Präsident kommt jetzt doch zum Empfang.« Dann sprach er wieder in den Hörer. »Ja, verstehe. Das ist kein Problem, wir sind vorbereitet. Sagen Sie der Security, dass die hintere Zufahrt ebenfalls offen ist.«

Zerna legte auf und setzte sich wieder auf seinen bequemen Bürosessel.

Der Präsident, der den »großen Bahnhof« bei seinen Auftritten schätzte, würde natürlich den Haupteingang wählen, überlegte der Polizeichef.

»Patron«, sagte Isabelle höflich, die spürte, dass Zerna der hohe Besuch etwas aus dem Konzept brachte. »Der Médecin Légiste möchte Sie gern kurz sprechen. Vor der Pressekonferenz.«

»Das muss warten. Sie sehen doch, was hier los ist. Was wollte er denn?«

»Er sagte, es sei wichtig«, antwortete Isabelle.

»Sie wissen, dass wir mit dem Empfang heute im großen Gemeindesaal sind«, erinnerte Zerna und ging auf Isabelles Bemerkung nicht weiter ein. »Ich möchte, dass am Eingang noch eine zweite Reihe von Beamten steht.«

Der Besuch im alten Rathaus war schon vor einigen Tagen geplant worden, bis der nächtliche »Arbeitsunfall« den Präsidenten für kurze Zeit aus dem Tagesgeschäft geworfen hatte. Doch an diesem Morgen hatte der Präsident von seinem Staatssekretär erklären lassen, dass der präsidiale Mittelfußknochen wieder völlig in Ordnung sei und »Monsieur le Président« natürlich gerne die Honoratioren der Gemeinde Le Lavandou im Rathaus zu einem kleinen Empfang begrüßen würde.

Leon, Isabelle und Polizeichef Zerna wussten, dass das nicht ganz der Wahrheit entsprach. Am Vortag hatte die jüngste Wahlprognose offenbart, dass der Präsident in der vergangenen Woche deutlich an Zustimmung verloren hatte. Er brauchte dringend ein paar sympathische Bilder von sich in den Medien. Da war ein wenig Händeschütteln im beliebten Ferienort Le Lavandou an der Côte d'Azur genau das richtige Programm.

»Commandant«, versuchte es Isabelle noch einmal, »ich müsste mit Ihnen wirklich noch mal kurz über die Pressekonferenz sprechen.« Aber der Polizeichef hatte schon wieder die Hand auf das Telefon gelegt, das an diesem Nachmittag ununterbrochen läutete.

»Jetzt nicht«, sagte Zerna.

Isabelle konnte an Zernas Stimme erkennen, dass der Präsidentenbesuch ihren Chef an die Grenze seiner Belastbarkeit brachte. Die stellvertretende Polizeichefin wusste, welche einmalige Chance sich für Zerna mit dem Besuch des Präsidenten ergab. Hier konnte sich der Polizeichef als der harte Macher in der Gendarmerie präsentieren. Als der Commandant, der einen Serienkiller überführt hatte. Dieser Erfolg würde ihn nicht nur in alle Medien bringen, sondern wäre auch ein wichtiger Kontakt direkt in das Innenministerium in Paris.

Wieder klingelte das Telefon. Zerna sah kurz seine Stellvertreterin an und machte mit den Händen eine Geste des Bedauerns, bevor er wieder zum Hörer griff.

»Sie machen das schon, Capitaine«, sagte er, und Isabelle verließ das Büro.

79. Kapitel

Die Kantine war voller Journalisten. Der Tod von Nicolas Meuron hatte sich blitzschnell in Le Lavandou herumgesprochen. Jetzt saßen die Medienleute zum Teil auf dem Boden, um nur kein blutiges Detail dieser Geschichte zu verpassen. Und grausige Einzelheiten gab es in diesem Mordfall genug. Ein Serienkiller, der sich selbst richtete – wann hatte es das zuletzt gegeben? Für die Besucher der Pressekonferenz stand fest, dass Meuron die Qualen einer Strangulierung verdient hatte. Schließlich hatte er mindestens drei Frauen gequält und enthauptet. Manche behaupteten sogar, dass die Polizei dem Killer über zehn Morde vorwarf – die Fantasie der Journalisten war beeindruckend.

Es wurde in der Kantine lautstark diskutiert, und jeder der Journalisten hatte in seiner Karriere natürlich schon einmal mit einem Fall zu tun gehabt, der noch abscheulicher und noch blutrünstiger als dieser gewesen war. Einige Reporter bereiteten schon die Anmoderationen für ihre Liveberichte vor, als Zerna mit seinem Gefolge die Pressekonferenz betrat und am Tisch auf dem Podium am Ende des Raumes Platz nahm. Neben Zerna saß seine Stellvertreterin, daneben die Lieutenants. Der Platz neben Isabelle war leer geblieben. Leon fehlte, und Isabelle sah nervös zur Tür.

»Wenn das alle sind«, sagte Zerna und sah demonstrativ zu

dem freien Platz, der eigentlich dem Médecin Légiste vorbehalten war.

»Fangen wir an«, sagte er mit vorwurfsvollem Blick zu Isabelle.

In diesem Moment ging die Schwingtür zur Kantine doch noch auf, und Leon betrat den Raum. Er war entspannt, aber konzentriert, als ob es ihn nicht im Geringsten interessieren würde, dass sich der Beginn der Konferenz nur wegen ihm verzögert hatte. In der Kantine wurde es schlagartig ruhig, als Leon das Podium betrat und neben Zerna Platz nahm. Alle Aufmerksamkeit richtete sich jetzt auf den Polizeichef von Lavandou und seinen Médecin Légiste.

»Messieurs dames«, begann Zerna vollmundig. »Lavandou, was sage ich, die ganze Provence ist heute ein Stück weit sicherer geworden. Denn der Mann, der in unvorstellbar grausamer Weise junge Frauen gefoltert und enthauptet hat, ist tot.«

Sofort brandete Applaus auf. Zerna lächelte glücklich. Er liebte es, Erfolgsmeldungen zu verkünden.

»Dieser schnelle Erfolg ist das Ergebnis hervorragender Ermittlungsarbeit eines Spitzenteams: der Gendarmerie von Le Lavandou.«

Der Applaus ging in ein Stakkato von Schlüsseln und Stiften über, mit denen auf die Tischplatten getrommelt wurde. Zerna deutete mit seiner Hand auf die Männer und Frauen der Polizei, die neben ihm saßen. Als könnte er so den Applaus auf seine Mannschaft umleiten. Die Beamten nickten zufrieden, wie Schauspieler auf der Bühne, die eine besondere Leistung geboten hatten.

»Vielen Dank«, sagte der Polizeichef. »Und jetzt wieder zurück zur Tagesordnung.« Mit einer Geste übergab er das Wort an Isabelle.

»Danke, Commandant«, sagte Isabelle und sah auf ihren Computerausdruck. »Heute Morgen gegen fünf Uhr früh wurde die Leiche von Nicolas Meuron entdeckt. Der Mann hatte sich scheinbar das Leben genommen – Suizid durch Erhängen. Das alles fand in unmittelbarer Nähe seines Wohnortes statt. Zuletzt war das ein Wohnwagen, der nordwestlich von Collobrières abgestellt war. Gegen Nicolas Meuron wurde von der Gendarmerie als einen der Tatverdächtigen ermittelt. Ihm wurde vorgeworfen, mindestens zwei Frauen missbraucht und getötet zu haben. Dabei war der Täter außergewöhnlich brutal gegen seine Opfer vorgegangen, wie Sie aus unseren täglichen Presseinformationen wissen. Das Markante an seinen Taten bestand darin, dass der Täter seinen Opfern den Kopf vom Körper getrennt hatte. Bei der Durchsuchung des Tatortes wurde im Wohnwagen von Meuron ein abgetrennter Kopf eines der Opfer gefunden. Dieser Kopf war wenige Tage zuvor aus der Rechtsmedizin entwendet worden.«

Ein Stöhnen war zu hören, und erregte Diskussionen schwappten durch den Saal.

»Perverses Schwein!«, rief ein Mann in der Menge.

»Was sind das nur für Menschen?«

»Vielleicht waren es ja doch die Flüchtlinge«, sagte eine ältere Polizistin halblaut.

»Hoffentlich hat der Kerl lange leiden müssen«, sagte die Reporterin von Canal 6, die sich nach vorn gedrängt hatte.

»War das eine Frage?« Zerna sah zu der Frau, die jetzt in der ersten Reihe stand und den Kopf schüttelte.

»Können wir erfahren, warum wir über diesen Diebstahl nicht ausführlicher informiert worden sind?«, fragte ein älterer Journalist, den Isabelle schon bei der Pressekonferenz vor einigen Tagen kennengelernt hatte.

»Das hatte ermittlungstechnische Gründe«, sagte Zerna kurz angebunden.

»Die Umstände um das Verschwinden dieses ...«, Isabelle räusperte sich und suchte nach dem richtigen Wort, »Körperteils ... sind inzwischen Gegenstand einer gesonderten Untersuchung.«

»Ist ›Tod durch Erhängen‹ die endgültige amtliche Bezeichnung dieses Todesfalls?«, wollte ein Journalist in Hawaiihemd und Bermudashorts wissen.

»Könnten Sie Ihre Frage präzisieren?«, bat Isabelle und sah kurz zu Leon.

»Hat sich dieser Meuron tatsächlich erhängt oder könnte es sich auch um einen Mordfall handeln?«, hakte der Journalist nach.

Es wurde leise im Raum, wie immer, wenn eine provokative Frage gestellt wurde.

Zerna sah den Mann in den Bermudashorts an. »Ja, es war definitiv ein Selbstmord, und genauso steht es auch im Bericht, den Sie gleich am Ende dieser Pressekonferenz bekommen werden. Medizinische Details erläutert Ihnen gern unser Médecin Légiste. Docteur Ritter?« Zerna nickte Leon auffordernd zu. Das war genau die Art von Diskussion, die der Polizeichef auf der Pressekonferenz vermeiden wollte.

»Bonsoir«, sagte Leon und drehte das Mikro in seine Richtung. »Danke für die Frage. Es gibt in der Tat noch einige Ungereimtheiten und Spuren rund um den Tod von Nicolas Meuron, die wir zurzeit noch im kriminaltechnischen Labor auswerten.«

»Was für Untersuchungen sind das?« Der Reporter mit dem Hawaiihemd ließ nicht locker.

»Medizinische Untersuchungen, über die wir während einer laufenden Ermittlung keine Auskünfte erteilen.«

Der Journalist hob die Hand und meldete sich erneut zu Wort. »Ich muss da noch mal nachhaken. Ein Informant hat mir gesagt, dass die Umstände des Todes von Meuron keineswegs eindeutig wären. Der Informant wollte sogar einen Selbstmord ausschließen.«

»Wer hat das behauptet?«, brauste Zerna auf.

»Das kann ich nicht sagen«, antwortete der Journalist trotzig. »Aber wenn dieser Meuron ermordet worden ist, dann ...«

»Er wurde nicht getötet«, schnitt ihm Zerna das Wort ab. »Das ist nicht nur die Meinung der Polizei, sondern auch der Leute von der Feuerwehr, unseres Rechtsmediziners und damit auch der Staatsanwaltschaft.«

»Ich muss das ein wenig einordnen«, sagte Leon vorsichtig. »Es gibt da tatsächlich ein paar Punkte, die in diesem Fall noch ungeklärt sind.«

»Sie glauben also auch, Meuron könnte Opfer eines Mordes sein?« Die Reporterin von Canal 6 hatte jetzt ihren Kameramann ganz nach vorn geschoben, ein Skandal lag in der Luft.

»Das wäre anhand der momentanen Indizienlage durchaus möglich«, sagte Leon so ruhig, wie er konnte, während Zerna nach Luft schnappte und sich sammelte.

»Die Polizei geht von Selbstmord aus«, wiederholte Zerna, »so wurde das von uns auch immer kommuniziert.«

»Aber Sie können nicht ausschließen, dass Nicolas Meuron ermordet worden ist?«, fragte die Reporterin.

»Ausschließen natürlich nicht, aber es ist doch mehr als unwahrscheinlich«, versuchte Zerna die aufgebrachten Gemüter zu beruhigen.

»Nur noch eine Frage«, rief die Reporterin von Canal 6 und gab ihrem Kollegen ein Handzeichen, dass er die Kamera laufen lassen sollte.

»Wenn Nicolas Meuron keinen Selbstmord begangen hat, sondern getötet wurde, dann bedeutet das doch, dass der Mörder weiter unter uns lebt und nach neuen Opfern sucht, die er abschlachten kann, richtig?«

Jetzt redeten alle durcheinander. Die Journalisten forderten mehr Informationen. Die Fragen an die Polizei waren nicht mehr zu verstehen. Ein ruhiges Gespräch war unmöglich geworden, bis der Polizeichef die Pressekonferenz schließlich genervt abbrach.

80. Kapitel

Die Honoratioren standen in der Eingangshalle des Rathauses von Le Lavandou Spalier, als der Konvoi des Präsidenten heranrauschte. Der erste Mann des Staates wurde in einer dunklen Limousine vorgefahren. Vorne und hinten wurde sein gepanzerter Wagen von je zwei Minibussen flankiert. In den Fahrzeugen saß auch eine Spezialeinheit des Innenministeriums, die für die Sicherheit des ersten Mannes im Staat verantwortlich war.

Der Präsident genoss die großen Auftritte in den kleinen französischen Städten. Ganz besonders, wenn es sich dabei auch noch um Ferienorte handelte, wo der Präsident keine Sorge haben musste, mit faulem Obst oder Eiern beworfen zu werden. So etwas war in den letzten Wochen vor den Wahlen häufiger geschehen.

In den großen Vasen im Eingang des Rathauses waren die Plastikblumen durch echte Dahlien ersetzt worden. Sogar die ausgeblichene Trikolore, die sich über dem Eingang des Rathauses im Wind blähte, war im letzten Moment noch gegen ein sauberes Reserveexemplar ausgetauscht worden.

In der Eingangshalle standen schon die Weingläser auf den Tabletts und warteten darauf, gefüllt zu werden. Daneben waren abgedeckte Schalen mit Häppchen für die hungrigen Gäste aufgebaut.

Es war der große Auftritt von Staatssekretär René Simon, der jeden der Anwesenden zu kennen schien. Er stellte dem Präsidenten die wichtigsten Besucher vor sowie die, die sich dafür hielten, und umso emsiger nach vorne drängten. Sie alle wollten am nächsten Tag in ihrem Bistro sagen können: Ich war beim Präsidenten eingeladen.

Eigentlich hatte Leon versucht, nach der verunglückten Pressekonferenz nur so kurz wie unbedingt nötig bei dem Empfang im Rathaus vorbeizusehen, als ihm Doktor Auvillain über den Weg lief. Entgegen seinen sonstigen Gepflogenheiten war der Psychiater heute bemüht, möglichst viele der Anwesenden zu begrüßen, um den Eindruck zu erwecken, dass er zu den wichtigeren Gästen gehörte.

»Bonsoir, Docteur«, sprach er Leon an. »Ich habe gehört, es ist nicht so gut gelaufen mit der Pressekonferenz.« Den Hohn in seiner Stimme konnte er nicht ganz unterdrücken. »War wohl nicht das, was die Polizei hören wollte.«

»Ich kann Ihnen nicht sagen, was die Polizei hören wollte, Herr Kollege. Ich fühle mich jedenfalls der Wahrheit verpflichtet.«

»Äußerst löblich«, sagte der Psychiater und lachte über seine herablassende Bemerkung.

In diesem Moment tauchte der Präsident mit seiner Entourage vor ihnen auf, und Leon konnte zusehen, wie der Chef der Nervenklinik schlagartig anfing zu strahlen.

»Docteur Ritter und Monsieur Auvillain ...«, stellte Staatssekretär Simon die beiden Gäste dem Präsidenten vor.

»Docteur Auvillain«, korrigiert der Leiter der Nervenklinik den Staatssekretär.

Doch der französische Präsident beachtete Auvillain gar

nicht. Der erste Mann im Staat sah an dem Psychiater vorbei und begrüßte stattdessen Leon mit einem breiten Lächeln.

»Voilà, mein Medicus«, scherzte der Präsident. Dabei fasste er in einer vertraulichen Geste Leons Unterarm mit beiden Händen. »Endlich komme ich dazu, mich bei Ihnen persönlich zu bedanken.«

Der Präsident sprach diese Sätze so leise, dass die Umstehenden sie nicht verstanden, aber auch niemand denken musste, hier würden private Informationen ausgetauscht.

»Das habe ich doch gern getan, Monsieur le Président«, sagte Leon. Und jetzt gab es da doch ein kleines Geheimnis zwischen den beiden Männern.

»Ich leite die Nervenklinik Saint-Joseph«, platzte Dr. Auvillain dazwischen, der es hasste, von einflussreichen Leuten ignoriert zu werden. Der Präsident reagierte nicht auf diese Unterbrechung und überging Auvillain, als hätte er ihn nicht bemerkt. Bevor Auvillain einen weiteren Versuch starten konnte, wurde er von Staatssekretär Simon elegant, aber wirkungsvoll abgedrängt. Leon sah, wie Auvillain mühsam seinen verletzten Stolz unterdrückte und ein falsches Lächeln aufsetzte.

»Ich hoffe, wir sehen Sie später noch«, sagte der Präsident zu Leon. »Meine Frau will Sie unbedingt kennenlernen.«

»Das wäre wirklich sehr nett«, antwortete Leon, während der Präsident weiterging und die nächsten Gäste begrüßte. Leon sah, dass Auvillain versuchte, im Strom der Besucher abzutauchen.

»Wie ich sehe, hast du einen neuen Freund gefunden«, sagte Isabelle ironisch, als sie Leon auf der Treppe mit zwei Gläsern Rosé entgegenkam. Sie reichte ihm eines der Gläser.

»Mais, Madame ... Alkohol im Dienst?«

»Zerna hat uns für heute freigegeben. Er ist überzeugt, dass

Nicolas Meuron Selbstmord begangen hat. Die große Treibjagd auf den Serienmörder konnte abgeblasen werden.«

»Denkst du, Zerna irrt sich?«, fragte Leon und sah Isabelle an.

»Ich halte mich da an meinen Rechtsmediziner, der nur der Wahrheit verpflichtet ist und an den ich glaube.« Isabelle schenkte Leon ein verschmitztes Lächeln.

»Kannst du Zerna davon überzeugen, dass er sich vielleicht irrt?«, drängte Leon. »In diesem Fall gibt es noch so viele Ermittlungslücken. Da ist es für Siegesfeiern eindeutig zu früh.«

»Vielleicht hast du recht. Drehen wir noch eine Runde?« Isabelle überging damit Leons Bitte geschickt und hakte sich bei ihm ein.

Sie liebte gesellschaftliche Ereignisse jeder Art, und Leon wusste, dass er sie nicht so leicht von diesem Empfang weglocken könnte. Bei ihm war es genau umgekehrt. Auf Empfängen und Feiern gehörte er regelmäßig zu den ersten Gästen, die die Party verließen.

»Ich nehme meinen Absacker lieber im Miou«, sagte Leon. »Hier sind mir zu viele Wichtigtuer unterwegs.«

»Ich finde, du hast Vorurteile«, sagte Isabelle und knuffte ihn in die Seite.

»Wir sehen uns später zu Hause«, sagte Leon und gab Isabelle einen schnellen Kuss auf den Mund.

»Aber Monsieur …?«, sagte Isabelle laut und tat empört.

Leon schüttelte den Kopf und marschierte zum Ausgang.

81. Kapitel

Es gab da etwas, das Leon seit Tagen beschäftigte. Ein Gedanke, der immer wieder in seinem Gedächtnis aufblitzte wie fernes Wetterleuchten. Aber er konnte ihn einfach nicht greifen. Leon kannte dieses Phänomen schon. Wenn er sich zu intensiv mit einem Fall beschäftigte, bei dem er nicht weiterkam, eröffnete sein Gehirn einen Art Nebenermittlung und entwickelte Antworten zu Fragen, die er sich noch gar nicht bewusst gestellt hatte. Auch diesmal gab es so eine vage Idee.

Leon saß im Chez Miou und sah zu, wie der Tag im Meer versank. Er trank einen letzten Rosé und versuchte sich zu entspannen. Hatte er im Fall der geköpften Frauen etwas übersehen? Hatte Zerna vielleicht doch recht, war der Tod von Meuron der Selbstmord eines verzweifelten Mörders, der ahnte, dass seine Zeit abgelaufen war und seine Festnahme unmittelbar bevorstand?

Jean-Claude war zu Leons Tisch gerollt und sah seinen Freund blinzelnd an. »Keine Lust mehr auf Small Talk mit der Prominenz?« Er machte eine Kopfbewegung in Richtung Rathaus, wo inzwischen Scheinwerfer den Eingang anstrahlten und der Szene etwas von Hollywood verliehen.

»Ich habe andere Probleme«, sagte Leon.

»Hab schon gehört … Nicolas Meuron«, sagte Jean-Claude.

»Ich dachte immer, der wäre ganz zufrieden in seinem Wohnwagen da oben bei den Eichen.«

»Was meinst du mit ›den Eichen‹?«, fragte Leon.

»Les Trois Chênes, die drei Eichen, so heißt doch die Gegend in den Hügeln.«

Leon sah den Freund an. Irgendetwas löste die Bemerkung von Jean-Claude in ihm aus, aber er konnte die Erinnerung nicht greifen. Als würde sie ihm durch die Finger flutschen wie ein nasser Aal.

An Leons Tisch war Yolande aufgetaucht. »Noch einen Absacker?«, fragte sie und nahm das leere Glas vom Tisch.

»Nein, danke«, antwortete Leon. »Es wird zu spät für mich. Ich muss endlich mal wieder ausschlafen.«

»Darf ich Sie noch etwas fragen?«, sagte Yolande und sah sich diskret um.

»Ich roll mal wieder an die Bar«, meinte Jean-Claude, als er spürte, dass Yolande im Vertrauen mit Leon sprechen wollte.

Leon hörte, dass sich der Ton von Yolande geändert hatte. Die sonst so unbeschwerte Person klang ernsthaft besorgt.

»Müssen Frauen jetzt Angst haben? Ich meine, wenn da draußen noch immer der Irre herumläuft?«

»Ob da draußen ein psychisch gestörter Mörder herumläuft, kann ich nicht sagen. Aber ich kann es beim jetzigen Stand der Ermittlungen auch nicht mehr ausschließen.«

82. Kapitel

Es war spät geworden auf dem Empfang. Isabelle hatte ein schlechtes Gewissen, weil sie zu den allerletzten Gästen gehörte, die das Rathaus verließen. Sie hatte viel reden und noch mehr zuhören müssen. Offenbar betrachteten die Einwohner von Lavandou Empfänge wie diese als ideale Gelegenheit, sich jeglichen Frust von der Seele reden zu können.

Odette Dumont zum Beispiel, die davon überzeugt war, dass sie bei den Kuttern im Fischereihafen den Mörder Blavier gesehen hatte, der doch in Wirklichkeit seit Jahren in der geschlossenen Abteilung der Nervenklinik saß. Oder Monsieur Lucas vom Rollerverleih, der sich beklagte, dass ihm immer wieder betrunkene Engländer in den Vorgarten pinkelten. Oder die einsame Pensionistin, die ihren schrulligen Nachbarn verdächtigte, ihre Katze zu vergiften. Und dann gab es noch all die Ladenbesitzer, die sich beschwerten, dass die Touristen immer ihre Ein- und Ausladebereiche blockierten.

Die meisten Bürger forderten, dass stärker durchgegriffen würde im Ferienparadies. Aber die meisten waren mit einem Glas Rosé auch wieder leicht zu beruhigen.

Isabelle fühlte sich beschwingt, vielleicht ein wenig zu beschwingt, dachte sie, als sie sich kurz nach Mitternacht auf den Weg zum Parkplatz am alten Hafen machte. Dort hatte sie am

Nachmittag ihren Citroën Méhari abgestellt. Der Wagen stand halb verdeckt von einem blühenden Hibiskusbusch in der äußersten Ecke des leeren Platzes. Hier war es finster, seit die Stadtverwaltung entschieden hatte, den Strom für diesen Teil des Ortes nach Mitternacht abzuschalten, um Energie zu sparen. Der praktische Nutzen dieser Maßnahme war bescheiden. Mal davon abgesehen, dass es hier nun noch dunkler und zu so später Stunde alles andere als einladend war, hatte die Maßnahme außer heißen Diskussionen im Stadtrat nichts gebracht, die Einsparungen waren minimal.

Isabelles Méhari war das einzige Auto, das jetzt noch auf dem Parkplatz stand, abgesehen von dem Lieferwagen, der unter einem Schild parkte, auf dem für einen Minigolfplatz in der Nähe geworben wurde. Isabelle beschleunigte ihren Schritt, als sie den Parkplatz erreichte. Es war kein Ort, an dem man sich um diese Zeit länger als unbedingt nötig aufhalten wollte. Sie musste den gesamten Parkplatz überqueren, um zu ihrem Auto zu gelangen. In diesem Moment hörte sie neben sich ein Rascheln. Als ob jemand durch trockenes Laub schleichen würde. Isabelle war nur noch ein paar Meter von ihrem Auto entfernt und musste sich beherrschen, nicht loszurennen.

Sei vernünftig, ermahnte sie sich, du bist schließlich die Polizeichefin von Lavandou. Innerlich korrigierte sie sich sofort: die stellvertretende Polizeichefin. Isabelle musste über ihre Angst lächeln. Sie ging jetzt langsam, aber zügig zu ihrem Wagen. Alles war ruhig. In der Ferne bellte ein Hund.

Isabelle wollte sich auf den Fahrersitz setzen, als mit einem Schrei wie von einem kleinen Kind eine Katze vom Sitz hochfuhr, an Isabelle vorbei nach draußen schoss und in den Büschen verschwand. Isabelle schüttelte den Kopf über ihre Schreckhaftigkeit. Sie steckte den Autoschlüssel ins Zündschloss und drehte ihn um. Es geschah – nichts.

»Bitte nicht«, sprach Isabelle ihre Gedanken laut aus. Aber auch ein zweiter und ein dritter Versuch scheiterten kläglich. Der Wagen gab keinen Ton von sich.

»Verdammt!« Isabelle schlug mit der flachen Hand gegen das Armaturenbrett. Sie sah sich um. Was sollte sie tun? Sie hatte keine Lust, nach Hause zu laufen, was mindestens eine halbe Stunde dauern würde. Es war schon deutlich nach Mitternacht. Und wenn sie Leon anrief? Der wollte zeitig zu Bett gehen, erinnerte sie sich. Und das hatte er sich auch verdient, nach all den anstrengenden Tagen.

In diesem Moment hörte sie den Motor des Lieferwagens anspringen. Sie hatte den Fahrer gar nicht kommen sehen. Der Camion schaltete das Standlicht ein und rollte langsam auf Isabelle in ihrem Méhari zu.

Was hatte der Fahrer vor? Kannte sie ihn vielleicht, und er wollte ihr helfen? Was sollte sie tun? Loszurennen wäre lächerlich gewesen, der Lieferwagen hätte sie in Sekunden eingeholt. Und die Türen verriegeln konnte sie auch nicht –das Auto besaß keine Türen. Also hob sie die Hand und winkte dem Unbekannten freundlich zu. Gegen das Standlicht konnte Isabelle nicht erkennen, wer da in dem Lieferwagen saß. Drei Meter vor Isabelle blieb er stehen. Die Fahrertür ging auf, und ein Mann stieg aus.

»Bonsoir, Madame. Kann ich Ihnen irgendwie helfen?«, fragte er höflich.

Irgendetwas an der Stimme irritierte sie. Sie hatte schon mal mit diesem Mann gesprochen, aber sie konnte sich nicht erinnern, wann und in welchem Zusammenhang.

»Das Ding springt nicht an.« Isabelle versuchte, mit fester Stimme zu antworten.

Der Mann war ausgestiegen. Jetzt konnte sie im Gegenlicht sehen, dass er eine OP-Maske trug, so wie das immer noch einige Touristen seit Corona taten.

»Licht, Zündung?«, fragte der Mann.

»Nichts, da geht rein gar nichts mehr«, sagte Isabelle.

»Ist bestimmt nur die Batterie.«

»Mist«, schimpfte Isabelle.

»Wir können es mit Starthilfe versuchen. Ich hätte ein Kabel im Wagen. Mit dem können wir Ihre Batterie überbrücken.«

»Das wäre wunderbar. Könnten Sie mir dabei helfen?«

»Natürlich. Keine Sache«, sagte der Unbekannte. »Das mache ich schon. Wenn es die Batterie ist, springt er gleich wieder an.«

Der Mann war jetzt nah an den Méhari herangetreten.

»Wenn Sie zur Seite rutschen«, sagte er freundlich, »dann versuche ich es noch mal. Manchmal verklemmen sich nur die Kontakte bei den alten Dingern. Da genügt ein kräftiger Schlag, und er läuft wieder.«

»Okay, könnten Sie es versuchen?«, sagte Isabelle und sah den Mann an.

»Gerne.« Der Mann deutete auf den Beifahrersitz.

»Moment«, sagte Isabelle. »Ich mache Ihnen Platz.« Sie rutschte rüber.

»Ich habe eine kleine Taschenlampe dabei, die könnten Sie mir halten.« Der Mann klopfte sich auf die Brusttasche seines blauen Overalls.

»Keine Sorge, Sie müssen heute Nacht nicht draußen schlafen.« Der Mann lachte und gab dabei ein eigenartiges rasselndes Schnarchgeräusch von sich.

In diesem Augenblick wusste sie, wo sie diesem Mann schon einmal begegnet war. Das Entsetzen schnürte ihr den Brustkorb ein. Sie vergaß zu atmen, wollte aus dem Wagen springen, als sie einen Stich im Oberarm spürte. Sie wollte noch etwas sagen, doch sie versank bereits in einer bodenlosen Finsternis.

83. Kapitel

Leon hatte so tief und fest geschlafen wie schon seit Wochen nicht mehr. Er öffnete die Augen und blinzelte zum Fenster, wo die Morgensonne durch die Läden schien und leuchtende Muster an die Wand malte. Er genoss die Stille des schönen alten Hauses und atmete tief ein. Doch er spürte, dass etwas nicht stimmte an dieser morgendlichen Idylle. Leon griff vorsichtig hinter sich, um Isabelle zu berühren, ohne sie zu wecken. Aber da war keine Isabelle. Da lag niemand hinter ihm, nur ein frisch bezogenes, leeres Bett. Leon fuhr herum und richtete sich auf.

»Isabelle!«, rief er. Keine Reaktion. Er rief zweimal, dreimal ihren Namen. Nichts.

Bestimmt hatte sie einen Termin an diesem frühen Morgen. Sie war sicherlich längst aufgestanden und hatte nur vergessen, ihm gestern Abend Bescheid zu sagen. Vielleicht stand sie in der Küche und bereitete Müsli für alle vor. Aber schon während er darüber nachdachte, wusste er, dass diese fadenscheinige Erklärung nur ein matter Versuch war, um ihn vor der unvorstellbaren Wahrheit zu schützen, und die lautete: Isabelle war verschwunden.

Leon hastete durch das Haus. Sah ins Gästezimmer, ins Bad, in den Wandschrank, in die Küche. Wer weiß, vielleicht lag Isabelle ja irgendwo hilflos am Boden. Ein Bekannter von Leon war kürzlich nach einem Herzinfarkt in der Garage zusammengebrochen. Es dauerte über eine Stunde, bevor jemand auf die gute Idee kam, auch dort nachzusehen. Und da hatten sie ihn dann gefunden, eingeklemmt zwischen der Schubkarre und dem Rasenmäher, unfähig zu sprechen.

Das Haus von Isabelle besaß nur zwei Stockwerke. Leon hatte es in wenigen Minuten vom Speicher bis in den Keller abgesucht. Er war sogar in den Garten und auf die Straße gelaufen. Aber dort war sie nicht, kein Auto, nichts. Er sprach mit der Nachbarin, die sich wunderte, dass er nicht auf dem Weg war, um frische Croissants zu holen. Niemand hatte etwas gesehen.

Mit seinem lauten Rufen und dem Auf-und-ab-Laufen auf der Treppe hatte Leon Lilou geweckt, die verschlafen in die Küche gekommen war. Leons Fantasie quälte ihn mit immer der gleichen Frage: Wo war Isabelle? Was war mit ihr geschehen? Wer hatte sie entführt? Denn es konnte keinen anderen Grund als eine Entführung geben, so sang- und klanglos zu verschwinden.

Lilou sah Leon erschrocken an. So besorgt hatte sie ihren Stiefvater noch nie gesehen. Leon nahm Lilou in den Arm, und er spürte, wie ihm die Tränen kamen. Auch Lilou weinte.

Einen Moment standen die beiden da und hielten sich fest in den Armen.

Auch Lilou wusste nichts von einem frühen Termin ihrer Mutter. Und Isabelle hätte wohl kaum bei einer Freundin übernachtet, ohne auf dem Handy eine Nachricht zu hinterlassen. Das, was sich keiner vorstellen wollte, war eingetroffen: Isabelle war verschwunden – ganz bestimmt nicht freiwillig.

Um sechs Uhr dreißig, nur fünfundzwanzig Minuten nachdem er aufgewacht war, griff Leon zu seinem Handy und informierte die Polizei.

Unter normalen Umständen hätte das Verschwinden einer erwachsenen Frau in einem Touristenort wie Le Lavandou nicht viel zu bedeuten gehabt. Ständig stritten und versöhnten sich Paare, das galt ganz besonders in Ferienorten. Ständig liefen überforderte Partner sang- und klanglos nach einem Streit aus dem Haus, nur um nach wenigen Stunden oder Tagen wieder aufzutauchen und sich zu versöhnen. Bei der Polizei galt die Regel: Solange es keine Hinweise auf ein Verbrechen oder absehbare Gefahr für Leib und Leben gab, wurde innerhalb der ersten Woche keine Fahndung durch die Polizei eingeleitet. Diese interne Anweisung galt nicht für Kinder unter sechzehn Jahren und erst recht nicht, wenn es sich bei der vermissten Person um die stellvertretende Polizeichefin handelte.

Eine Viertelstunde später war das Haus von Isabelle zum Lagezentrum der Gendarmerie geworden. Zerna und seine Lieutenants hatten entschieden, zunächst verdeckt nach Isabelle zu suchen. Nur nach Isabelles Auto wurde offiziell gefahndet. Niemand konnte daraus ableiten, dass hinter der Fahndung möglicherweise eine Entführung stand.

Die Polizei musste davon ausgehen, dass Isabelle gewaltsam verschleppt worden war. Ansonsten hätte sie sich längst gemeldet. Genauso unvorstellbar war, dass Isabelle ihre Familie verlassen könnte. Andererseits fragte sich Masclau insgeheim, ob bei Beziehungsproblemen nicht alles möglich war.

Es hatte laut Leons Aussage keinen Streit zwischen ihm und Isabelle gegeben. Der Polizei lag auch keine Unfallmeldung für einen Méhari vor. Und es war in den Notaufnahmen der Krankenhäuser zwischen Toulon und Lavandou keine Frau eingeliefert worden, auf die die Beschreibung von Isabelle gepasst hätte.

Das letzte Mal war Isabelle gesehen worden, als sie kurz nach Mitternacht den Empfang im Rathaus allein verlassen hatte. Danach fanden sich keine Spuren mehr. Geradeso als wäre sie wie ein Geist in der Nacht davongeschwebt. Isabelles Handy war ebenfalls verschwunden. Das Letzte, was Lieutenant Kadir von seiner Chefin gehört hatte, war ein Anruf, der gegen zwanzig Uhr auf seinem Anrufbeantworter eingegangen war. Damit hatte sie die Lieutenants Masclau und Kadir zu einer Besprechung am folgenden Morgen um acht Uhr dreißig in ihrem Büro gebeten. Es sollte um die Nervenklinik Saint-Joseph und die jüngsten Ermittlungen im Todesfall Nicolas Meuron gehen. Sie habe auch schon einen Termin mit Docteur Auvillain am Nachmittag gemacht.

Die letzte gesicherte Position von Isabelles Handy befand sich irgendwo in den Hügeln hinter Bormes-les-Mimosas. Danach war das Handy abgeschaltet und nur Minuten nach Mitternacht aus dem Handynetz abgemeldet worden.

84. Kapitel

Isabelle hatte die ganze Nacht kein Auge zugemacht. Immer wieder war sie wach geworden und hatte versucht, sich zu orientieren. Es kostete sie ihre ganze Konzentration zu begreifen, wo sie war. Das hier war kein böser Traum, keine verrückte Fantasie. Kein Albtraum, der gleich wieder verschwinden würde, und dann würde Leon leise atmend neben ihr liegen. Das hier war anders. Das hier war die hässliche Realität. Ein düsterer Raum im Nirgendwo, kalt und zugig, der nach faulem Holz und Keller roch. Mühsam fügte Isabelle ein Puzzleteil zum anderen. Da gab es diesen Raum, und irgendwoher fiel von außen Licht herein. In dem dämmernden Licht des anbrechenden Tages bekam sie eine Ahnung von dem Ort, an den sie offenbar verschleppt worden war. War das der gleiche Ort, den die Frauen zuletzt gesehen hatten, bevor sie von einem wahnsinnigen Mörder gefoltert und getötet worden waren? Dieser Gedanke ließ sich nicht mehr verdrängen: Sie war mitten in der Hölle gelandet.

Neben ihr lag das Mädchen. Es war kaum älter als Lilou. Seine Hände waren kalt, und das Mädchen fror jämmerlich, wie es so nackt und angekettet auf der fleckigen Matratze lag. Anfangs dachte Isabelle, das Mädchen sei tot. Aber dann hustete die junge Frau. Aber als sie sprechen wollte, schlugen ihre Zähne aufeinander. Sie schien völlig dehydriert und ausgekühlt zu sein. Ihre

Stimme war kaum zu verstehen, heiser und kraftlos. Was sie sagte, schien ohne Zusammenhang.

Isabelle wollte ihr helfen, ihre Wunden versorgen. Oder ihr wenigstens etwas von dem Wasser abgeben, das vor ihr in der Plastikflasche auf dem Boden stand. Sie wusste nicht, wer die Flasche dorthin gestellt hatte, aber als sie zum ersten Mal in diesem beängstigenden Raum wieder zu sich gekommen war, war sie noch nicht da gewesen. Sie gab der Flasche einen Stoß, und sie rollte der nackten jungen Frau vor die Füße. Diese griff nach der Flasche und trank gierig einige Schlucke. Aber dann rutschte ihr die Flasche aus der Hand, und der Inhalt ergoss sich mit lautem Blubbern auf den Boden. Isabelle versuchte noch, die Flasche aufzuhalten. Aber sofort spürte sie die Handschellen, die ihre Gelenke umschlossen und die mit einer Kette an der Wand befestigt waren. Isabelle machte beruhigende Geräusche, versuchte, der jungen Frau, wortlos Mut zu vermitteln. Aber die Gefangene, die die ganze Zeit unbeweglich auf der Matratze gesessen hatte, kippte einfach, ohne einen Laut von sich zu geben, zur Seite. So blieb sie liegen, stumm, apathisch und starrte in die Dunkelheit.

Isabelle zwang sich nachzudenken. Sie erinnerte sich an den Empfang im Rathaus. Und an den Parkplatz. Ihr Auto wollte nicht anspringen, dann war da dieser merkwürdige Mann. Sie hatte ihn schon einmal gesehen, aber jetzt war er wieder fort, nicht mehr in ihrem Gedächtnis zu finden, wie ausradiert.

Leon würde sich Sorgen machen, dass sie sich nicht bei ihm meldete, dachte Isabelle.

Sie wollte ihn rufen und erkannte, dass sie niemand hören würde. Vor allem nicht, solange sie diesen Knebel im Mund hatte. Ihr wurde schwindelig. Aber sie musste sich zwingen, wach zu bleiben. Sie wollte bereit sein, wenn jemand in diesem Verlies auftauchen sollte. Der Fremde hatte ihr eine Spritze gegeben. Sie erinnerte sich an den Stich. Die Benommenheit ließ nach.

Isabelle versuchte sich zu konzentrieren. Wie lange war sie schon hier? Tage, Stunden, Minuten? Sie musste sich dringend ausruhen, ausruhen und Kräfte sammeln. Sie musste hier raus, so schnell wie möglich.

85. Kapitel

In Le Lavandou war inzwischen die größte verdeckte Fahndung in der Geschichte der Stadt angelaufen. Auf den Ausfall- und Nebenstraßen waren unauffällige Checkpoints eingerichtet worden. Die Bahnhöfe wurden zusätzlich kontrolliert, und besondere Kontrollen befanden sich auch an den Zu- und Abfahrten der Autobahnen A 57 und A 80. Nach dem Zufallsprinzip wurden Häfen kontrolliert, insbesondere Jachthäfen. Die Beamten der Gendarmerie sprachen mit jedem Anwohner, der als Augenzeuge in Betracht kam. Alle Polizisten zwischen Toulon und Fréjus suchten nach ihrer verschwundenen Kollegin, aber man war sich uneinig, wo genau man mit der Suche anfangen sollte. Außerdem stellte sich die Frage: Gab es überhaupt einen Entführer und hatte er sie irgendwo versteckt? Oder war sie vielleicht schon längst getötet worden?

Die ganze Aktion wirkte zeitweise kopflos. Das, was die Polizeibeamten der Police municipale und der Gendarmerie unternahmen, war kaum mehr als blanker Aktionismus. Viele Maßnahmen schienen nur umgesetzt zu werden, damit man ihnen nicht eines Tages vorhalten konnte, sie hätten nicht genug getan, um die entführte Polizistin zu finden.

Anfangs hatten die Zyniker bei der Polizei noch gescherzt, dass Isabelle vielleicht mit einem heimlichen Geliebten durchgebrannt sei. Jetzt hörte man keine flapsigen Bemerkungen mehr von den Polizeibeamten. Man musste vom Schlimmsten ausgehen. Zerna hatte nur die vertrauenswürdigsten Polizisten in Isabelles Haus versammelt. So konnte er einigermaßen sicher sein, dass nichts von Isabelles Entführung nach außen drang. Falls es überhaupt eine Entführung gegeben hatte.

In dem Haus saßen auch Leon, Lilou und Lieutenant Masclau. Nur für den Fall, dass sich ein Entführer melden würde.

Lilou hatte Tee und Kaffee für die Polizeibeamten gemacht. Sogar frische Croissants hatte jemand besorgt, aber niemand traute sich, sie zu essen. Die Frauen und Männer der Gendarmerie telefonierten ununterbrochen – eher um sich abzulenken, als dass es die Fahndung vorangebracht hätte. Niemand wagte das Unaussprechliche zu sagen, das gleichzeitig so nahelag. War es möglich, dass Isabelle in die Fänge des wahnsinnigen Killers geraten war?

Leon, der sonst so souverän mit Stresssituationen umging, konnte keinen Moment still sitzen. Er stand alle paar Minuten auf, lief durch das Haus und fragte die Beamten der Gendarmerie, ob es etwas Neues gab. Aber da war nichts. Zerna hatte Leon beschworen, auf keinen Fall etwas zu unternehmen, was die Fahndung stören könnte. Vor allem keine Alleingänge. Leon hatte versprochen, alles, was er unternahm, mit Commandant Zerna oder seinen Lieutenants abzustimmen. Aber alle wussten, dass er sich nicht an das Versprechen halten würde, wenn es darum ging, Isabelle zu retten.

Einen ersten Lichtblick zeigte die Fahndung gegen Mittag, als einer Verkehrsstreife ein Méhari auffiel, der auf dem Parkplatz des Supermarktes in der Avenue des Ligures stand. Ein Blick auf das Nummernschild bestätigte den Verdacht: Es war der Wagen der stellvertretenden Polizeichefin. Das Auto wurde auf einen Abschleppwagen gehoben und in den Hof der Gendarmerie gebracht. Leon hatte mit seinem Assistenten die Untersuchung des Wagens vorbereitet, aber sich anschließend nach Hause zurückgezogen. Er hatte einfach nicht die Ruhe, um konzentriert nach Fingerabdrücken und DNA-Spuren in Isabelles Auto zu suchen.

Leon hatte bereits am frühen Morgen Dr. Auvillain kontaktiert. Der Leiter der Nervenklinik Saint-Joseph wusste angeblich nichts von einer Besprechung mit Isabelle und den Beamten der Gendarmerie. Sollte er wider alle Erwartungen etwas von Capitaine Morell hören, würde er sich natürlich umgehend bei der Gendarmerie melden. Dr. Auvillain selbst würde nach Nantes fahren, wo er in den kommenden Tagen an der Medizinischen Fakultät ein Seminar über Schizophrenie leiten würde.

Leon dachte über den Tonfall nach, in dem Auvillain mit ihm am Telefon gesprochen hatte. Und an seine eiskalte Antwort.

»Wir helfen natürlich immer gern«, hatte Dr. Auvillain gesagt. »Ich wüsste allerdings nicht, was unsere Klinik mit dem Verschwinden Ihrer Kollegin zu tun haben könnte.«

Der Psychiater hatte herablassend geklungen, geradezu gleichgültig, so als ob das Verschwinden von Isabelle nichts Besonderes wäre und sie bestimmt in kürzester Zeit wieder auftauchen würde. So wie das bei über achtzig Prozent aller Vermisstenfälle lief. Das hatte Leon so verärgert, dass er sich vor Auvillain zu einigen Bemerkungen hatte hinreißen lassen, die er sich normalerweise verkniffen hätte.

Jetzt machte sich Leon Vorwürfe. Vielleicht hatte der Klinikleiter ja recht: Was hatten der Psychiater und die Klinik Saint-Joseph schon mit dem Verschwinden einer Polizistin in Le Lavandou zu tun, die er in seinem Leben nur ein paar Minuten gesehen hatte? Und war es in der Hinsicht nicht auch völlig normal, dass Auvillain nicht emotional oder aufgebracht reagiert hatte?

Bis zum Nachmittag hatten sich immer noch keine neuen Spuren ergeben. Und natürlich hatte Leon angefangen, ohne Absprache mit der Polizei zu ermitteln – entgegen dem dringenden Rat von Commandant Zerna. Inzwischen war das Verschwinden von Isabelle nicht mehr geheim zu halten. Nach und nach sickerten immer mehr Details nach außen.

Leon saß am frühen Nachmittag auf der Terrasse und starrte minutenlang auf das Meer. Er ließ vor seinem inneren Auge die letzten Tage Stunde um Stunde Revue passieren. Hatte er etwas übersehen? Gab es Telefonate mit Unbekannten? Erpresserbriefe? Nein, da war nichts. Von Isabelle fehlte nach wie vor jede Spur. Es war so, als hätte jemand ihre Existenz einfach ausgelöscht.

Gegen fünfzehn Uhr hielt Leon es nicht mehr aus und rief in der Universität von Nantes an. Als hätte er es geahnt, erklärte man ihm, dass es keine Gastvorlesung über Schizophrenie eines Dr. Auvillain in der Neurologie gebe. Nicht heute und auch nicht in den kommenden Tagen.

Leon zögerte. Sollte er Zerna informieren? Wen erwartete er in der Nervenklinik zu treffen? Würde ihm Dr. Auvillain wirklich mehr sagen, wenn er ihm persönlich gegenüberstand? Vielleicht war die Fahrt nach Draguignan völlig sinnlos. Vielleicht unternahm Leon den kleinen Trip auch nur, weil er nicht wusste, was er sonst tun konnte, um Isabelle zu finden.

Inzwischen war es zwanzig Uhr geworden, als Leon mit seinem Auto in die alte Allee einbog, die zur Nervenklinik Saint-Joseph führte. Für Besucher hatte die Klinik längst geschlossen. Der Parkplatz war leer. Hinter den meisten Fenstern des düsteren Gebäudes war es bereits dunkel. Es kostete Leon seine ganze Überzeugungskraft, der diensthabenden Ärztin klarzumachen, dass die Klinik bei den Ermittlungen in einem Vermisstenfall helfen konnte. Mehr noch, sie würde Leben retten.

Die Ärztin war schließlich bereit, sich auf ein Gespräch einzulassen. Aber eine Befragung eines Patienten durch Leon lehnte sie strikt ab. Dafür müsse Leon kommen, wenn Dr. Auvillain wieder da sei. Der habe sich für zwei Tage abgemeldet, mehr wisse sie nicht.

Zuletzt hatte der Besuch in der Klinik Leon über eine Stunde gekostet. Völlig ohne Erkenntnisgewinn.

Leon ging zu seinem Wagen und klappte das Dach zurück. Vielleicht würde ihm die warme Nachtluft beim Nachdenken helfen und ihn auf andere Gedanken bringen. Er setzte sich in den Peugeot und wählte seinen Lieblingssender, Radio Nostalgie. Jacques Brel sang »Ne me quitte pas«.

Leon drehte den Zündschlüssel, und der alte Wagen sprang brav an. Leon griff zum Lichtschalter, als er sah, dass zweihundert Meter vor ihm ein grauer unbeleuchteter Lieferwagen von einem staubigen Versorgungsweg auf die alte Allee einbog. Kaum hatte er die Zufahrt erreicht, schaltete der Fahrer das Licht an und verschwand Richtung Route nationale. Leon zögerte. War das nicht der gleiche Wagen, der ihn vor einigen Tagen auf dem Weg zur Klinik beinahe gerammt hätte? Leon schaltete das Licht an und folgte dem Camion.

Leon hielt reichlich Abstand. In dieser Gegend, am Rande des Nationalparks, gab es nur diese eine Straße. Leon hatte also keine Sorge, dass er den Lieferwagen aus dem Blick verlieren könnte. Doch dann war der Wagen auf einmal verschwunden. Leon fuhr langsamer, rollte nur noch durch die menschenleere Einsamkeit. Er kam aus einer Kurve, und da stand der graue Lieferwagen plötzlich direkt vor ihm. Als der Fahrer Leons Auto sah, gab er Gas, und Leon folgte. Der Camion legte ein scharfes Tempo vor. Mehrfach dachte Leon, er hätte den Wagen aus den Augen verloren. Doch der Camion tauchte jedes Mal ein paar Kurven weiter wieder vor ihm auf. Der Fahrer schien die Straße gut zu kennen, jedenfalls fuhr er jetzt mit leichtsinnig hohem Tempo durch die unübersichtlichen, engen Kurven. Wieder beschleunigte der Kleintransporter, dann tat es einen Schlag, Staub wirbelte auf, und Leon konnte im Licht seiner Scheinwerfer sehen, dass der Lieferwagen eine enge Kurve viel zu schnell genommen hatte. Der Fahrer hatte offenbar die Kontrolle über sein Fahrzeug verloren, war über das Bankett geraten und auf dem steilen Hang zehn Meter tief nach unten gerutscht.

Leon bremste scharf ab, sprang aus seinem Wagen und lief zum höchsten Punkt der Unfallstelle. Den Transporter hatte es übel erwischt. Das Fahrzeug hatte sich auf dem Abhang mindestens zweimal überschlagen, als es zwischen Büschen und Steinen den steilen Abhang hinuntergeschleudert war. Leon stolperte auf einem schmalen Trampelpfad den Hang hinunter, dann stand er vor dem Wrack. Der Fahrer saß eingeklemmt zwischen Sitz und Armaturenbrett. Ein dreißig Zentimeter langer Holzsplitter eines abgebrochenen Asts einer Strandkiefer hatte sich durch die Frontscheibe direkt in die linke Brustseite des Fahrers gebohrt. Blut quoll in einem fingerdicken Rinnsal aus der Wunde. Leon wusste mit einem Blick, dass dieser Mann keine Chance mehr hatte. Er würde innerhalb von wenigen Minuten sterben. Der Lieferwagen lag auf der Seite. Leon versuchte die Tür aufzustemmen, vergeblich.

»Sieht scheiße aus, oder?«, murmelte der Fahrer, dem das Steuerrad den Brustkorb eingedrückt hatte.

»Keine Sorge, das wird schon wieder«, log Leon.

In diesem Moment hob der Fahrer den Kopf ein Stück und sah ihn an. Leon erkannte den Mann sofort. Es war Maurice Blavier, der Mörder aus der geschlossenen Psychiatrie der Nervenklinik Saint-Joseph.

Der Schwerverletzte versuchte sich zu bewegen, doch jede Bewegung führte nur zu schnellerem Blutverlust. Der Splitter musste den Herzbeutel erwischt haben, dachte Leon. Er musste alles versuchen, damit Blavier am Leben blieb. Er war womöglich der Einzige, der wusste, wo Isabelle versteckt wurde.

»Besser, Sie bewegen sich nicht.« Leon legte dem Sterbenden die Hand auf die Schulter. »Ich habe die Rettung angerufen, die sind bald da.«

»Sie werden sie nie finden«, flüsterte Blavier mit stockender Stimme.

»Wen?«, drängte Leon. »Wen werden wir nicht finden?«

»Ihre Frau ...«, Blavier versagte die Stimme. Stumm starrte er in den wolkenverhangenen Nachthimmel.

»Was ist mit meiner Frau?«, drängte Leon, aber Blavier schien ihn gar nicht zu hören.

»Es ist zu spät ...«, Blavier hustete. Seine Stimme war jetzt leise und heiser. »Wegen ihr sind Sie heute doch in die Klinik gekommen.«

Leon spürte, wie es ihm kalt den Rücken hinunterlief. Das Atmen fiel ihm schwer, als würde ein eisernes Korsett seinen Brustkorb zusammenpressen.

»Was ist mit meiner Frau?«, fragte Leon noch einmal leise, als wollte er die Antwort gar nicht hören.

»Als ob Sie das nicht wüssten.« Blavier musste husten. Blutiger Schaum quoll ihm aus dem Mund.

Die Lunge, der Splitter hatte auch die Lunge erwischt. Du darfst nicht sterben, dachte Leon, nicht bevor du mir gesagt hast, wo Isabelle ist.

»Ich kenne Ihre Geschichte.« Leon musste sich zusammenreißen, um sich nicht auf diesen Mann zu stürzen und ihn zu schlagen. Wenn Blavier starb, bevor er sein Geheimnis verraten konnte, stünden sie wieder ganz am Anfang. Was sollte Leon tun? Sie befanden sich in einer der einsamsten Gegenden der Provence, und sein einziger Zeuge lag im Sterben.

»Einen ... Scheiß ... wissen Sie ...«, Blavier schien jedes einzelne Wort herauszupressen. Schmerzen verzerrten sein Gesicht.

»Wo ist sie? Wo ist meine Frau?« Leons Stimme war wuterfüllt, und er registrierte erst jetzt, dass er Blavier an seinem Overall gepackt hatte. Der Schwerverletzte stöhnte laut auf, als Leon ihn wieder losließ.

»Ich weiß, was Sie damals Ihrer Freundin angetan haben. Damals war es das Herz, und jetzt haben Sie ein neues krankes Spiel begonnen.«

»Sie begreifen es immer noch nicht.«

»Was begreife ich nicht?«, fragte Leon scharf. »Was?«

»Das Spiel ...« Blavier stöhnte und flüsterte nur noch. Leon musste sich ganz dicht zu Blaviers Mund hinunterbeugen, damit er verstand, was der Verletzte stammelte.

»Welches Spiel?«, fragte er barsch. Er musste verhindern, dass Blavier das Bewusstsein verlor. Er brauchte diesen Mann, der offenbar wusste, wo sich Isabelle befand.

»Was soll ich begreifen?«, drängte Leon. »Dass Sie Frauen entführt haben, um ihnen den Kopf abzuschneiden?«, sagte er bitter.

»Das war nicht ich«, wieder war das rasselnde Husten zu hören, das aus der Lunge des Schwerverletzten zu kommen schien, »das hat alles er getan.«

»Was? Auvillain hat Ihnen geholfen?« Leon sah ihn fragend an.

»Ich habe die Frauen nur abgeholt und abgegeben«, sagte Blavier. »Um sie gekümmert hat sich nur der Docteur.« Blut lief aus Blaviers Mund. In seiner Lunge brodelte es.

Leon wusste, dass Blavier jeden Moment ersticken würde, und er konnte nicht das Geringste dagegen tun.

»Sagen Sie mir, wo Isabelle ist?« Leon flüsterte ihm jetzt ins Ohr. »Wem nutzt es, wenn sie tot ist. Verdammt …«

»Sie ist nicht tot«, röchelte Blavier, »noch nicht. Erst muss der Docteur sie behandeln.«

»Wie, wie muss er sie behandeln? Verdammt!« Leon sah auf den Verletzten hinunter, aber Blavier schien durch ihn hindurchzusehen.

»Ich kann Ihnen helfen! Ich bringe Sie nach oben auf die Straße, vielleicht können wir jemand anhalten.« Leons Stimme klang verzweifelt.

»Ich bin immer durch den Keller gehuscht, wie eine Maus …« Blavier schien zu lachen, was bei ihm wie das röchelnde Schnauben eines verwundeten Tieres klang. »Durch den alten Keller im Gewächshaus.« Wieder stöhnte er auf.

»Monsieur Blavier?« Leon rüttelte an Blaviers Schulter. Der schien Leon gar nicht mehr wahrzunehmen. Hörte er noch, was Leon zu ihm sagte?

»Sehen Sie mich an!« Leon sah den Mann an und gab ihm mit der flachen Hand einen Klaps auf die Wange. »Wo ist Isabelle? Wo ist meine Frau, wo?«

»Ich verrate Ihnen ein Geheimnis …«, röchelte Blavier müde. »Ist mir egal, ob ich hier draufgehe. Sie können ruhig wissen, wo sie ist.« Ein neuer Hustenanfall hinderte ihn daran weiterzusprechen.

»Wo ist Isabelle?! Wo, wo, wo?« Jetzt schrie Leon den Verletzten an. Doch der Mann hörte nichts mehr. Er sprach auch nicht mehr.

Als zwanzig Minuten später Polizei und Krankenwagen eintrafen, war Blavier längst tot.

»Sie hätten mit uns reden sollen«, sagte Polizeichef Zerna. Bei ihm standen Lieutenant Masclau und Kadir. »Wir hätten den Kerl festgenommen.«

»Er wollte nichts verraten«, antwortete Leon.

»Bei uns hätte er gesprochen, Docteur. Glauben Sie mir«, sagte Masclau. »Wir hätten ihn so befragt, dass er Antworten gegeben hätte.«

»Verflucht, wir waren so nah dran.« Der Polizeichef zeigte Leon eine imaginäre Lücke zwischen Daumen und Zeigefinger.

»Wieso ist eigentlich hier jeder der Meinung, dass dieser Auvillain hinter allem steckt?«, fragte Masclau.

»Ich glaube, er will sich an mir rächen«, sagte Leon.

»Rächen? Wofür?«, fragte Masclau.

»Für alles. Für das Leben, das ich führe.«

»Sie meinen, deshalb hat er die Frauen umgebracht? Um sich zu rächen?«

»Auvillain ist ein Psychopath«, sagte Leon. »Der braucht keine Gründe, die wir nachvollziehen können.«

»Er ist vor allem ein mieses Dreckschwein«, meinte Masclau.

»Sie wird irgendwo hier am Rande des Massif des Maures gefangen gehalten.« Leon ließ seinen Blick über die silbergraue Landschaft schweifen, die nur vom Vollmond beleuchtet wurde.

»Woher wollen Sie wissen, dass Auvillain ein Versteck im Naturschutzgebiet hat?«

»Ist nur so ein Gefühl«, sagte Leon. Er sah den Polizeichef einen Moment schweigend an.

»Bitte keine Bauchgefühle, keine Pendel und keinen Kaffeesatz«, sagte Zerna. »Was wir brauchen, sind Fakten.«

»Sie wissen nicht, wie es sich anfühlt, wenn jemand aus ihrer Familie verschwindet«, sagte Leon.

»Nein. Aber ich weiß, dass man nur mit kühlem Kopf weiterkommt. Fahren Sie nach Hause«, sagte Zerna und unterbrach sich. »Nein, besser, Masclau fährt Sie.«

»Soll das vielleicht ein Befehl sein?«, fragte Leon ironisch.

Zerna sah ihn an. »Verstehen Sie es als polizeiliche Anordnung.«

86. Kapitel

Leon hatte es keine Stunde zu Hause ausgehalten, dann hatte er sich wieder in sein Auto gesetzt und war in die Rechtsmedizin gefahren. Er war sicher, dass er etwas übersehen hatte. Das war ein hochkomplexer Fall, man übersah leicht etwas. Lilou und Masclau hatten vergeblich versucht, ihn davon abzuhalten, so spät noch einmal loszufahren. Aber Leon ignorierte alle Bitten und guten Ratschläge.

Die Klinik Saint-Sulpice hatte nur noch die Nachtbeleuchtung eingeschaltet, als Leon das Krankenhaus über die Anfahrt für Krankenwagen betrat. Nur Barnaud, der Pförtner, der mit dem Nachtwächterjob seine bescheidene Rente aufbesserte, wunderte sich nicht über den späten Besucher. Der Docteur kam oft zu den merkwürdigsten Zeiten.

»Ich glaube, wir sind die Einzigen in der Klinik, die um diese Zeit noch arbeiten«, hatte Leon einmal zu ihm gesagt.

»Wer rastet, der rostet«, hatte damals Barnaud geantwortet, und er hielt sich auch heute noch immer an das kleine Ritual.

Im Institut für Rechtsmedizin war es still wie in einem Grab. Aber das machte Leon keine Angst. Ganz im Gegenteil, er fühlte sich wohl und geborgen in diesen Räumen. Beschützt vor der verrückten Welt da draußen. Leon setzte sich an seinen Schreibtisch und blätterte in den Berichten und Untersuchungsprotokollen. Es dauerte fast eine Stunde, bis sein Blick an einem Untersuchungsbericht hängen blieb. Es war eine Analyse von Abwehrspuren der beiden ersten Opfer. Die Untersuchung im Labor hatte ergeben, dass die beiden identische Spuren von Pflanzenfasern unter Zehen- und Fingernägeln aufwiesen. Sie stammten von der Rinde einer Korkeiche, und der Baum war schon mindestens sieben Jahrzehnte alt, wie das Labor in der Universität von Aix ermittelt hatte. Leon griff nach seinem Handy und tippte den Namen seines Freundes Jean-Claude ein.

Es klingelte dreimal, bevor sich eine besorgte Stimme meldete.

»Ja?«, sagte Jean-Claude vorsichtig.

»Tut mir leid, wenn ich dich geweckt habe. Aber es ist wirklich wichtig.«

»Du klingst nicht gut, Kamerad«, sagte Jean-Claude besorgt. »Ist was passiert?«

»Ich habe gerade keine Zeit, alles zu erklären«, sagte Leon. »Ich habe nur eine Frage: Vor zwei Tagen haben wir über die Gegend gesprochen, wo Nicolas Meuron gestorben ist.«

»Richtig, in den Hügeln. Die Gegend da oben heißt Les Trois Chênes, die drei Eichen.«

»Du hast irgendeine Herstellungshalle erwähnt. Ziegel, oder?«

»Nein«, brummte Jean-Claude. »Les Trois Chênes war eine Korkenfabrik. Daher auch der Name: Trois Chênes, also drei Korkeichen. Aber die Fabrik haben sie schon vor vierzig Jahren abgerissen. Da steht nur noch das Fundament.«

»Verstehe. Danke dir, Jean-Claude.«

»Das war's schon? Hast du mich deswegen aus meiner heiligen Nachtruhe gerissen? Um herauszufinden, ob die in Trois Chênes Ziegel oder Korken gemacht haben?« Jean-Claudes Stimme klang verärgert. »Schlaft ihr Deutschen eigentlich nie?«

»Ich erzähle es dir später. Tut mir leid, wenn ich dich geweckt habe.«

»Das sollte es auch. Ich hoffe, du hast eine gute Entschuldigung.«

Leon sprang auf, schnappte sich seine Tasche und stürmte die Treppe hoch. Er lief durch den Hinterausgang der Klinik Saint-Sulpice, stieg in seinen Wagen und fuhr los.

Kurz hatte er gezögert, bevor er den Motor angelassen hatte. Sollte er die Gendarmerie informieren? Aber wenn er das täte, würde kostbare Zeit verloren gehen. Sie würden die Sondereinheit zusammenrufen, den Hubschrauber alarmieren und noch mehr Straßensperren aufbauen. Leon spürte, dass ihnen die Zeit davonlief. Wenn es stimmte, was Blavier gesagt hatte, dann schwebte Isabelle in akuter Lebensgefahr. Wenn Blavier gelogen hatte, dann erwarteten ihn nur weitere nervige Vorwürfe von Commandant Zerna.

Leon fuhr mit überhöhter Geschwindigkeit durch die stillen Gassen von Bormes. Hinter dem Ortsausgang bog er scharf nach rechts ab und erreichte die Bezirksstraße. Um diese Zeit war er völlig allein auf der schmalen Straße, die sich über die Höhen des Massif des Maures schlängelte. Von den kleinen Picknickplätzen an dieser Straße aus hatte man einen spektakulären Blick auf die Küste. Aber Leon interessierte sich nicht für die Aussicht. Er hatte das Fernlicht eingeschaltet, starrte nach vorne und betete, dass Jean-Claude recht hatte und sich da oben im Massif des Maures tatsächlich mal eine Korkenfabrik befunden hatte. Und gleichzeitig hoffte er immer noch, dass er sich irrte, dass Blavier Unsinn erzählt hatte und dass sich für das Verschwinden von Isabelle doch noch eine harmlose Erklärung fand.

87. Kapitel

Es war schon tief in der Nacht, als der Mond aufging und das fahle Licht in das Verlies sickerte. Isabelle sah zu dem Mädchen, das neben ihr gefesselt in Ketten auf der Matratze lag.

Isabelle hatte nicht geschlafen, keine Minute, die Nacht nicht, den ganzen folgenden Tag nicht und diese Nacht auch nicht. Sie hatte nur dagelegen und beobachtet, wie das Licht der Sonne durch einen Spalt im Türrahmen strömte, die Decke entlangkletterte, und schließlich wieder verschwand.

Isabelle hatte Hunger und Durst gespürt und beschlossen, dass das ein gutes Zeichen war, weil es bedeutete, dass sie noch lebte. Und sie war der Meinung, es gehe ihr immer noch gut im Vergleich zu dem Mädchen, das neben ihr lag und noch keinen ganzen Satz gesprochen hatte, seit Isabelle in diesem Verlies aufgewacht war. Knapp vierundzwanzig Stunden war sie hier, dachte Isabelle, wenn sie richtig gerechnet hatte. In diesem Moment knirschte die Metalltür über den Boden, als sie von außen aufgeschoben wurde.

Isabelle erkannte den Mann sofort, der da im Türrahmen stand. Dieser Kerl hatte sie definitiv nicht hierhergeschleppt. Sie erkannte ihn an seinen Bewegungen. Es war diese affektierte und arrogante Art, die sie nicht vergessen konnte. Ihr war plötzlich klar, wer da eben in den Raum gekommen war. Nun stand er neben der Matratze und beugte sich zu ihr und dem Mädchen herunter.

Es war Docteur Alexandre Auvillain, der Leiter der Nervenklinik Saint-Joseph.

»Bonsoir«, sagte der Psychiater emotionslos, während er das Stromaggregat startete. Sekunden später sprang der kleine Zweitaktmotor mit einem hellen blechernen Klappern an. Der Psychiater legte einen Schalter um, drückte zwei Knöpfe, und schon flutete das helle Licht der LED-Lampen das Versteck. Auvillain bediente die Maschine so routiniert, dass Isabelle keinen Zweifel daran hatte, dass er das nicht zum ersten Mal tat.

»Du fragst dich, ob du unserer kleinen Begegnung entkommen wirst, richtig?« Auvillain sah Isabelle an, als ob er ihre Gedanken lesen könnte. »Die Antwort ist: Nein, wirst du nicht. Das ist leider nicht möglich. Das wirst du bestimmt verstehen.«

Der Psychiater nahm eine Schere vom Tisch und beugte sich zu Isabelle. Mit einer Hand zog er den Knebel zur Seite, mit der anderen schnitt er die beiden Bänder auf, die den Stoff in ihrem Mund hielten. Als sie plötzlich den Knebel los war, spürte Isabelle Brechreiz und musste husten. Ihr Mund fühlte sich so trocken an, als hätte sie versucht, einen Löffel Sand zu schlucken. Jetzt erkannte Isabelle auch die dunklen Flecken auf der Tischplatte, die im künstlichen Licht rostrot schimmerten. Das war keine Farbe, sondern Blut. Die junge Frau, die noch immer auf der Matratze kauerte, schluchzte auf, als sie die Flecken sah.

»Hör mit dem Gejammer auf«, fuhr Auvillain sie an. »Das ist ja unerträglich. Menschen, die sich so gehen lassen, sind die Pest.«

Auvillain hatte einen schwarzen Hartschalenkoffer auf den Tisch gehoben und aufgeklappt. Er griff in einen Blechschrank und entnahm ihm einige chirurgische Werkzeuge, die er auf dem Tisch drapierte. Isabelle versuchte, sich aufzurichten. Sie wollte nicht hilflos wie ein Käfer auf dem Rücken liegen. Sie wollte dem Mann, der sie offensichtlich töten wollte, auf Augenhöhe begegnen. Sie wollte, dass er sie ansah, wenn er ihr drohte. Dass er sah, wie sehr sie ihn verachtete. Sie wollte es ihm möglichst schwer machen, ihr etwas anzutun. Die Ketten verhinderten jedoch, dass Isabelle sich ganz aufrichten konnte. Aber sie hatte Spielraum nach vorne, und da stand der kleine verrostete Hocker.

»Was wollen Sie von uns?«, fragte Isabelle so arrogant, wie sie nur konnte.

»Versuchst du, mich zu beeindrucken?«, fragte Auvillain, der sofort spürte, dass Isabelle etwas im Schilde führte. »Du denkst wohl, wenn du dich mit mir auf eine Stufe stellst, dann werde ich dir nichts tun, aber da irrst du dich.«

»Was wollen Sie denn tun?«, fragte Isabelle. »Mit uns auf die Polizei warten? Drei Hundertschaften suchen in diesem Moment mit Hunden und Hubschraubern nach uns. Ich glaube nicht, dass Sie die alle aufhalten können.«

»Du drohst mir mit der Polizei? Ich bitte dich, du enttäuschst mich, das hast du doch gar nicht nötig.«

»Warum verschwinden Sie nicht einfach und lassen uns hier zurück?«, fragte Isabelle. »Damit würden Sie sich einen Vorsprung von einem oder zwei Tagen sichern.«

»Ich dachte, die Polizei käme jeden Moment?«, sagte Auvillain und grinste. »Die Wahrheit ist: Niemand kennt diesen Ort. Da kannst du so viele Polizisten in diese Wälder schicken, wie du willst, trotzdem wird uns niemand finden.«

»Ich glaube, Sie unterschätzen unsere Möglichkeiten, Docteur.«

Vielleicht würde es ihr gelingen, den Psychiater zu verunsichern. Vielleicht würde er ja tatsächlich verschwinden und sie hier zurücklassen, wenn die Optionen nur noch »flüchten und überleben« oder »hierbleiben und sterben« hießen.

Auvillain hatte leider recht, niemand kannte den Ort. Und sie konnten nicht darauf warten, dass irgendjemand diesen Platz jemals finden würde.

»Wir werden sehen. Bis dahin wirst du tun, was ich will. Das da«, er deutete auf das Mädchen am Boden, »das da ist nur Ballast.«

»Wenn Sie sich der Polizei stellen, könnten wir einen Deal aushandeln«, versuchte Isabelle von dem Thema abzulenken. »Sie verraten das Versteck, und dafür plädiert der Staatsanwalt auf verminderte Zurechnungsfähigkeit. Da wäre es bestimmt gut, wenn die beiden Entführungsopfer unversehrt wären.«

»Netter Versuch«, sagte Auvillain. »Du weißt genau, dass sich kein Staatsanwalt dieser Welt darauf einlassen würde.«

»Sind Sie sicher?«, fragte Isabelle.

»Weißt du, wie lange ich das alles hier vorbereitet habe?« Auvillain sah sich um und machte eine Handbewegung, als würde er Isabelle den Schatz von König Salomon präsentieren. »Das hier ist nicht nur ein Versteck, das ist so viel mehr.«

»Na dann, erzählen Sie mir Ihre Geschichte«, sagte Isabelle mit genervter Stimme. Dabei versuchte sie, ihre Angst zu unterdrücken.

Seit der Psychiater das Licht eingeschaltet hatte, verfolgte Isabelle einen Plan. Sie hatte gesehen, dass der Hocker, der neben dem OP-Tisch stand, frei beweglich war. Und Auvillain hatte den Hocker sogar ein Stück auf Isabelle zugeschoben, als er die Werkzeuge auf dem Tisch drapiert hatte. Hocker waren fest und solide. Und dieser hier bestand aus Metallrohr.

88. Kapitel

Leon hatte seinen Wagen auf der Landstraße stehen lassen und die Taschenlampe mitgenommen, die zu seiner Standardausrüstung gehörte, falls er nachts zu einem Tatort gerufen wurde. Sie würde ihm auch hier gute Dienste erweisen. Wenn das wirklich der Ort war, an dem sich ein Serienmörder versteckte, dann konnte er gar nicht vorsichtig genug sein.

Die Einfahrt zum Gelände der ehemaligen Korkenfabrik war leicht zu übersehen. Das eiserne Tor war längst durchgerostet, von Zistrosen überwuchert und in sich zusammengestürzt, aber die steinernen Pfosten rechts und links der Einfahrt standen noch. Auf den Blöcken waren die Worte *Trois Chênes* zu erkennen.

Der staubige Wirtschaftsweg führte durch ein Spalier von Ginsterbüschen und wildem Oleander. Obwohl der Weg völlig überwuchert war, konnte Leon die Spuren eines Autos erkennen, das mit seinen Reifen die Pflanzen niedergedrückt hatte. Er bückte sich. Das Gras war noch feucht und erst vor Kurzem geknickt worden. Leon sah sich um. Alles war ruhig. Vorsichtig ging er weiter. Es war eine warme Sommernacht, und es roch nach Brombeeren, Jasmin und Wacholder. Aber Leon hatte kein Interesse an den betörenden Gerüchen der Provence. In dieser Nacht verfolgte er nur ein Ziel: Er musste Isabelle finden, um jeden

Preis. Allein schon der Gedanke, dass ihr jemand etwas angetan haben könnte, war ihm unerträglich.

Leon folgte dem Wirtschaftsweg. Ganz in der Nähe konnte er das Quaken von Fröschen hören, die auf der Suche nach Partnern waren. Fledermäuse flatterten so nahe an ihm vorbei, dass er das Gefühl hatte, sie würden mit ihren Flügeln sein Gesicht streifen. Ganz in der Nähe schrie ein Kauz.

Als Leon zum Ende des Pfades vorstieß, war es plötzlich totenstill um ihn, als hätte er verbotenes Land betreten, über dem ein böser Fluch lag.

Die überwucherte Zufahrt endete abrupt an den Grundmauern einer Ruine, die wie eine Reihe abgebrochener Zähne in den nächtlichen Himmel ragten. Da die eingestürzten Gebäude am Hang lagen, waren die Rückseiten mehrere Meter tief im Boden verborgen. Leon war stehen geblieben, er wagte kaum zu atmen. War das der Platz, nach dem alle suchten? War das der Tatort? Da war ein Geräusch, das aus dem Inneren des Hügels zu kommen schien. Es klang wie ein kleiner Motor für eine Pumpe – oder wie ein Stromgenerator. Leon schaltete die Taschenlampe aus und versuchte seine Augen an das Licht der Sterne und des Vollmondes zu gewöhnen. Minutenlang starrte er in die Dunkelheit. Nach einer Weile konnte er erste Konturen erkennen, und kurz darauf sah er einen kleinen Lichtschimmer, der unter einer verrosteten Tür hindurchschien. Er wich ein paar Schritte zurück und verbarg sich hinter einer Korkeiche, sodass er von der Tür aus nicht gesehen werden konnte. In diesem Moment entdeckte er den Land Rover von Doktor Auvillain. Es war der Wagen, den er schon auf dem Parkplatz der Klinik gesehen hatte. Das Auto wurde halb von einer mächtigen Bougainvillea verdeckt, die ein Stück altes Mauerwerk umrankte. Blavier hatte also nicht gelogen.

Leon wusste nicht, was hinter der rostigen Tür geschah, aber er wusste, dass es leichtsinnig und lebensgefährlich wäre, wenn er jetzt versuchen würde, allein und unbewaffnet in das Versteck einzudringen. Er zog sein Handy aus der Tasche, rief Lieutenant Masclau an und schilderte ihm flüsternd die Lage.

»Versuchen Sie auf keinen Fall, in das Gebäude einzudringen«, beschwor ihn der Lieutenant.

»Was, wenn Isabelle da drinnen ist«, sagte Leon verzweifelt. »Ich spüre es, verstehen Sie das? Ich spüre einfach, dass sie da drinnen ist. Ich kann sie doch nicht diesem Monster überlassen.«

»Das verstehe ich«, sagte Masclau. »Aber ich beschwöre Sie. Dieser Mann ist hochaggressiv und gefährlich. Warten Sie, bis wir da sind. Versprechen Sie mir, nichts zu unternehmen.«

Leon schwieg. Würde Masclau rechtzeitig hier sein?

»Wie schnell können Sie hier sein?« Leon bereute es inzwischen, dass er überhaupt die Polizei angerufen hatte.

»Wir brauchen etwa fünfundzwanzig Minuten zu Ihnen«, sagte Masclau.

Leon schwieg und schaltete das Handy ab.

Keine fünf Minuten vergingen, als Leon Stimmen hörte. Keine Frage, sie kamen aus einem Raum, der hinter der Tür lag. Plötzlich war ein Schrei zu hören.

Für einen Augenblick war Leon wie gelähmt. War das Isabelle? Was tat dieses Schwein ihr an? Leon hatte sich bis zu der rostigen Blechtür herangeschlichen. Jetzt glaubte er, zwei Stimmen zu hören, einen Mann und eine Frau. Sie stritten nicht, sondern die Frau schrie vor Schmerzen. War das Isabelle, die Todesangst hatte? Oder gab es da noch eine Frau?

Leon vergaß alles, was er eben noch mit Lieutenant Masclau vereinbart hatte. Er vergaß, dass er keine Ahnung hatte, was ihn hinter dieser Tür erwartete, und dass er schon in wenigen Sekunden einem Serienkiller gegenüberstehen würde, einem Mörder, der nichts mehr zu verlieren hatte. Aber da war vor allem Isabelle, die Frau, die er liebte und für die er alles tun würde. Und die sich in diesem Augenblick in allerhöchster Gefahr befand. Darum musste er in diese Ruine rein, sofort. In diesem Moment hörte er, wie die Drehzahl des Stromgenerators abfiel, und wieder hörte er einen Schrei, der nicht enden wollte.

Das war der Augenblick, in dem Leon jede Vorsicht fallen ließ. Jetzt gab es für ihn nur noch einen Weg. Er musste das Überraschungsmoment ausnutzen und hoffen, dass er den Killer irgendwie außer Gefecht setzen konnte. Das bedeutete aber auch, dass er diese Tür öffnen und dann sofort entscheiden musste, was zu tun war. Natürlich war das leichtsinnig, aber was sollte er sonst tun? Er konnte doch nicht seelenruhig mit anhören, wie Isabelle oder eine andere Frau zu Tode gefoltert wurde.

Wieder drang ein Schrei aus der Ruine. Leon stürzte zur Tür und griff nach der Klinke. Er versuchte sich zu konzentrieren, atmete tief ein und aus, einmal, zweimal, dann riss er die Tür auf. Er befand sich in einem kurzen dunklen Gang. Keine drei Meter vor ihm war eine zweite Tür, die halb offen stand. Sie offenbarte einen Blick in die Hölle.

Isabelle und eine junge Frau saßen nebeneinander auf zwei Stühlen. Sie waren geknebelt. Arme und Beine waren mit Klettband an den Stuhlbeinen und Armlehnen fixiert. Grelle LED-Strahler tauchten ihre Gesichter in blendende Helligkeit, sodass sie aussahen, als trügen sie Masken. Die junge Frau warf sich auf ihrem Stuhl vor Schmerzen hin und her. An ihren nackten Beinen waren elektrische Klemmen befestigt, die die Stromstöße des Generators in ihre Muskeln leiteten. Aber wo war Auvillain?

Leon war wie gelähmt stehen geblieben. Er brauchte einen Moment, in dem er sich klarmachte, dass dies die Wirklichkeit und keine Einbildung war. Isabelle sah ihn fassungslos an. Sie stieß ein gurgelndes Geräusch aus, einen Schrei, der in ihrem Mund erstickte.

Leon ging einen Schritt auf Isabelle zu. Sie versuchte sich zu bewegen. Zerrte an den Fesseln, stöhnte vor Anstrengung, riss ihren Kopf nach rechts. Erst jetzt merkte Leon, dass er einen Fehler gemacht hatte und Isabelle ihn mit ihren Bewegungen warnen wollte vor dem, was sich hinter der Tür verbarg. In diesem Moment schwang die Tür auf – da stand Doktor Auvillain, eine Pistole in der Hand. Wortlos schlug er mit der Waffe zu. Leon spürte einen schneidenden Schmerz an seinem Hinterkopf, als würde ihm glühendes Metall in den Schädel getrieben. Im gleichen Augenblick versank die Welt um ihn herum in schwarzer Dunkelheit.

89. Kapitel

Als Leon wieder zu sich kam, zitterte er. Er versuchte, seine Hand ruhig zu halten, aber es gelang ihm nicht. Er wollte vom Boden aufstehen, aber seine Füße wollten ihn nicht tragen.

»Das ist der Stress, Docteur.« Gleichgültig betrachtete Auvillain seinen Gefangenen, der jetzt angekettet am Boden saß.

Der Psychiater zog sich den Hocker heran. Jetzt saß er Leon gegenüber. So wie man sich mit einem Kind auf Augenhöhe begab, wenn es ein Fehlverhalten zu besprechen gab. Eine Weile saßen sich die beiden Männer schweigend gegenüber, bis der Psychiater die Geduld verlor.

»Es gibt Augenblicke im Leben«, sagte Auvillain, »da ist man von Menschen umgeben und trotzdem allein.«

»Ja, das kenne ich.« Leon schob sich an der Wand, an die er gekettet war, so weit nach oben, dass er jetzt aufrecht saß. Er betrachtete seine Hände. Sie zitterten nicht mehr. Er sah schnell zu Isabelle und glaubte ein winziges tröstendes Lächeln in ihrem Gesicht zu erkennen. Das Lächeln verschwand, schnell wie ein Wimpernschlag, und trotzdem hatte er sich Isabelle nie so nah gefühlt wie in diesem Augenblick.

»Nein, das kennen Sie nicht«, sagte der Psychiater kühl. »Sie sind mit einem goldenen Löffel im Mund geboren worden. Einziges Kind. Mutter Ärztin, Vater Professor der Mathematik. Da muss man als Kind nicht kämpfen.«

»Das denken Sie vielleicht, aber das stimmt nicht. Nach dem Unfalltod meines Vaters bin ich als Halbwaise groß geworden. Ich habe Zeitungen verkauft, bei McDonald's gejobbt und bin als Pfleger im Krankenwagen mitgefahren. Sie hätten meine Biografie zu Ende lesen sollen, Monsieur.«

»Das tut mir aber schrecklich leid«, sagte Auvillain mit zynischem Unterton.

»Braucht es nicht.« Leon zog vorsichtig an der Kette, die ihn an die Wand fesselte. Gleichzeitig versuchte er, den hämmernden Schmerz in seinem Kopf zu ignorieren und sich auf das Gespräch zu konzentrieren. »Das waren schwierige Zeiten damals, aber es gab eben auch immer wieder die schönen Momente.«

»Das sagt einer, den das Schicksal nur verwöhnt hat«, kam es bitter von Auvillain.

»Da sind Sie im Irrtum«, wollte Leon sagen, als er von Auvillain unterbrochen wurde.

»Wissen Sie, was? Sie hatten einfach nur Glück. Was immer Sie begonnen haben, wurde ein Erfolg: Abitur mit siebzehn. Jüngster Absolvent beim Physikum, jüngster Oberarzt. Zuletzt haben Sie sogar die Professur bekommen.« Auvillain sah Leon an und zog die Luft zwischen den Zähnen ein, als würde ihm der Gedanke an die verlorene Professur Schmerzen bereiten. »Diese Professur, das war *mein* Job. Verstehen Sie? Meiner. Der Rektor persönlich hatte ihn mir zugesagt.«

»Das Komitee hatte allerdings anders entschieden«, bemerkte Leon trocken.

»Wollen Sie damit sagen, dass ich für die Professur nicht qualifiziert bin? Ja? Wollen Sie das sagen?«, fragte Auvillain. Leon spürte, wie die kühle Beherrschtheit des Psychiaters zu kippen drohte. Es fiel Auvillain plötzlich schwer, seine Mimik zu kontrollieren. Unruhig sah er sich im Raum um, als wollte er jeden Moment aufspringen und sich auf Leon stürzen.

»Ich habe die Entscheidung nicht getroffen, das war der Ausschuss der Prüfungskommission«, sagte Leon.

»Ich glaube, Sie kapieren nicht, in was für einer Situation Sie sich gerade befinden.« Der Psychiater stand auf, ging langsam auf Leon zu und flüsterte ihm ins Ohr: »Sie haben verloren, Monsieur Ritter. Dieses Mal hat Sie das Glück verlassen.«

»Das ist keine Frage von Glück, Monsieur Auvillain. Das ist eine Frage von Recht und Unrecht«, sagte Leon in seiner gewohnt nüchternen Art. »Aber ich kann Ihnen vielleicht helfen, hier rauszukommen.«

»Nein«, sagte Auvillain, »nein, das können Sie nicht. Das ist doch nur ein erbärmlicher Versuch von Ihnen, Zeit zu gewinnen. Aber das wird Ihnen nichts nützen. Wie fühlt es sich an, wenn die große Uhr abläuft, hm? Ticktack, ticktack?«

Leon wurde bewusst, wie sehr Auvillain es gerade genoss, Macht zu haben. Das also trieb ihn. Es war ihm bei all seinen Taten nur um das Gefühl gegangen, über Leben und Tod bestimmen zu können, zu herrschen, Gott zu spielen. Junge Frauen waren einfache Opfer für ihn. Leon wurde fast schlecht, als ihm der Gedanke durch den Kopf brannte, wie dieser Mensch es genossen hatte, seine Opfer zu quälen und leiden zu lassen. Es war ihm völlig egal gewesen, wer da vor ihm saß und um Gnade flehte. Es war die pure Lust am Schmerz und Leiden Schwächerer – dieser Teufel hatte Isabelle entführt. Was hatte er ihr angetan? Am liebsten wäre Leon aufgesprungen und hätte sich auf diesen Wahnsinnigen gestürzt.

Er hatte größte Mühe, sich zusammenzureißen und sich wieder auf das Gespräch zu konzentrieren.

»Ich könnte mit dem Staatsanwalt reden«, schlug Leon vor.

»Warum sollten Sie?« Er konnte hören, dass Auvillain schneller atmete. Der Psychiater strich sich mit der Hand über das Gesicht, auf dem Schweiß glänzte.

»Sie wollen mir helfen?«, fragte Auvillain aggressiv. »Na gut, dann dürfen Sie jetzt entscheiden: Sagen Sie mir, welche der beiden Frauen zuerst sterben soll.«

Leon spürte, wie ihn die Kraft verließ. Er konnte die Schmerzen in seinem Kopf nicht mehr verdrängen und fragte sich, ob Auvillain wirklich schießen würde.

»Na gut«, sagte Auvillain, »dann entscheide ich.«

Der Psychiater lud die Waffe durch und zielte auf Isabelle.

»Nein!«, schrie Leon, und Auvillain sah ihn beinahe amüsiert an.

»Sie haben recht, fangen wir mit der Kleinen an.« Dabei deutete er mit der Waffe auf das Mädchen. Die junge Frau schluchzte auf und krümmte sich wie unter Krämpfen.

»Tun Sie das nicht, bitte, ich bitte Sie …« Jetzt flehte Leon seinen Entführer regelrecht an. »Ich spreche mit dem Staatsanwalt. Wir werden dafür sorgen, dass der ganze Fall gar nicht erst vor ein Gericht kommt.«

»Damit ich in der geschlossenen Abteilung lande? Ich bitte Sie, Dr. Ritter. Ist das alles, was Sie zu bieten haben?« Auvillain fuchtelte mit der Waffe vor Leons Gesicht herum und zielte dann aus nächster Nähe auf seinen Kopf.

»Legen Sie die Waffe zur Seite, dann können wir reden.« Leon versuchte, ruhig und überlegen zu wirken.

»Ich will nicht reden, ich will einen Namen von Ihnen, sofort. Wer soll sterben? Ihre Liebste?« Auvillain sah Leon herausfordernd an.

»Nein, bitte, hören Sie auf …«

»Wenn Sie nicht entscheiden wollen, dann übernehme ich das«, sagte Auvillain und richtete die Waffe auf Leons Kopf. »Fangen wir doch bei Ihnen an …«

Im gleichen Augenblick explodierte die Pulverladung eines 9-Millimeter-Geschosses und hallte wie ein Donnerschlag durch das Verlies. Leon war fassungslos.

Für einen Moment herrschte absolute Stille in dem Raum. Dann senkte Auvillain den Kopf, als wollte er seinen Körper untersuchen. Eine Sekunde später stürzte er wortlos nach vorne, schlug mit dem Gesicht auf den Betonboden und blieb regungslos liegen.

90. Kapitel

»Du hattest recht.« Isabelle setzte sich neben Leon auf einen Mauerrest, von dem aus man das Meer sehen konnte. Sie reichte ihm eine Plastikflasche Mineralwasser, die er gierig öffnete und in großen Schlucken trank.

»Das ist ja warm.« Leon verzog das Gesicht.

»Der Arzt meinte, wir sollten die nächsten Stunden nichts Kaltes trinken.«

»Ärzte«, sagte Leon, »was wissen die schon?«

Isabelle lächelte.

Die Ruine der alten Korkenfabrik wurde inzwischen von hellen Strahlern ausgeleuchtet. Ein Dutzend Polizisten durchsuchten das Gelände. In der Zufahrt standen drei Geländefahrzeuge der Gendarmerie, ein Rettungsfahrzeug der Feuerwehr und ein Krankenwagen, der sich mit zuckendem Blaulicht in Bewegung setzte.

»Also: Du hattest recht«, sagte Isabelle erneut.

»Womit hatte ich recht?«

»Das Mädchen, sie wird es schaffen, hat der Unfallarzt gesagt.« Isabelle sah dem Krankenwagen hinterher.

Der Schrecken saß Isabelle noch in den Gliedern. Es war der Moment, als der Schuss fiel und sie einen Augenblick lang dachte, Auvillain hätte auf Leon geschossen. Für den Bruchteil einer Sekunde war ihr Herz stehen geblieben. Erst als Auvillain zusammenbrach und Lieutenant Masclau mit gezogener Waffe und zwei weiteren Polizisten in den Raum stürmte, begriff sie, was geschehen war, und hätte schreien können vor Erleichterung.

»Der Arzt hat gesagt, er würde uns gern noch einmal sehen.«

»Ich brauche keine Untersuchung«, meinte Leon.

»Ich auch nicht«, sagte Isabelle.

Sie legte ihren Arm um Leon und zog ihn ganz dicht an sich heran. Leon spürte den regelmäßigen Schlag ihres Herzens und wusste, dass alles gut war.

»Komm, lass uns nach Hause fahren«, meinte Leon.

»Gute Idee«, sagte Isabelle.

ENDE